Über dieses Buch

Frederick Marryat (1792–1848), Kapitän der britischen Royal Navy und Erfinder des Seeromans, erzählt in ›Peter Simpel‹ (erschienen 1834) die Geschichte eines jungen Mannes aus gutem Hause, der zur Nelson-Zeit als Midshipman zur See geht, sich in Abenteuern und Gefahren zum Kapitän heraufdient und schließlich sogar Lord und Peer des Königreichs wird.

Mit dem Helden fährt der Leser um die halbe Welt und erlebt Seegefechte in der Biskaya, Stürme, einen westindischen Hurrikan, Schiffbruch, Meuterei, Kriegsgericht, Kreuz- und Kaperfahrten in Nordsee und Mittelmeer, Konvoy-Dienst in der Ostsee, das Leben in Hafenstädten und an Bord – dazu finstere Intrigen um Titel und Erbschaft und nach allen Fährnissen das wohlverdiente Happy End, bei dem die Taue aufgerollt werden und Peter seine Celeste in das Schloß seiner Ahnen führt.

Ein Buch für Hornblower-Fans und Süßwasserkapitäne – für solche, die, bei aller nötigen Distanz, bereit sind, sich von der Romantik der christlichen Seefahrt, von blauem Meer und Breitseiten faszinieren zu lassen.

JOIN THE NAVY – SEE THE WORLD oder einfacher, weniger anstrengend und wesentlich erfreulicher:
Lesen Sie ›Peter Simpel‹!

Kapitän Marryat

Peter Simpel

Roman

Fischer Taschenbuch Verlag

Das Schmöker Kabinett
Herausgegeben von Michael Koser

Neuausgabe
unter Verwendung einer anonymen Übersetzung
des 19. Jahrhunderts
Fischer Taschenbuch Verlag
März 1974
Umschlagentwurf: Jan Buchholz/Reni Hinsch
Fischer Taschenbuch Verlag GmbH, Frankfurt am Main

Gesamtherstellung: Ebner, Ulm
Printed in Germany
ISBN 3 436 01846 5

Erstes Buch

Erstes Kapitel

Der große Vorteil, der Dummkopf der Familie zu sein. – Mein Los wird entschieden – ich werde einem Aktienhändler als Quote von Seiner Majestät Seekapital überlassen. – Zum Unglück für mich ist Herr Handycock ein Baissespieler und ich bekomme sehr schmale Kost.

Kann ich auch kein Leben voller kühner Abenteuer erzählen, so habe ich glücklicherweise doch keine schweren Verbrechen zu bekennen; und steige ich auch nicht in der Achtung des Lesers durch Thaten der Tapferkeit und Aufopferung, im Dienste meines Landes vollbracht, so darf ich doch wenigstens das Verdienst des Eifers und der Beharrlichkeit in meinem Berufe in Anspruch nehmen. Wir alle sind von oben verschieden begabt, und wer zufrieden auf dem ihm vorgezeichneten Wege dahinwandelt, anstatt zu laufen, hat, wenn er gleich nicht so schnell das Ziel erreicht, den Vorteil, nicht außer Atem anzukommen. Nicht, als ob mein Leben keine Abenteuer aufzuweisen hätte – ich will damit nur sagen, daß ich bei allem, was mir begegnete, mehr eine leidende als thätige Rolle gespielt habe, und wenn interessante Ereignisse zu berichten sind, so war nicht ich es, der sie aussuchte.

Soviel ich mich erinnere und meine früheren Neigungen erforschen kann, hätte ich mich, wäre mir die Wahl meines Berufes frei gestanden, sehr wahrscheinlich bei einem Schneider als Lehrjungen verdungen; denn ich bewunderte stets ihren behaglichen Sitz auf der Werkstatt und ihre erhabene Stellung, welche sie instand setzte, die ununterbrochene Reihe der Müßiggänger oder Geschäftigen zu beobachten, welche in der Hauptstraße des Landstädtchens, in dessen Nähe ich die ersten vierzehn Jahre meines Lebens zubrachte, vor ihnen Revue passierte.

Allein mein Vater, ein Geistlicher der Hochkirche und der jüngste Bruder einer adeligen Familie, hatte eine einträgliche Pfründe und eine über Knöpfe erhabene Seele, wenngleich dies bei seinem Sohne nicht der Fall war. Es herrschte seit undenklicher Zeit die heidnische Sitte, den größten Dummkopf der Familie der Wohlfahrt und der Seeherrschaft unseres Vaterlandes zu weihen, und in einem Alter von vierzehn Jahren wurde ich zum Opfer auserkoren. Ob das Herkommen gerecht war — ich hatte keinen Grund, darüber zu klagen. Keine Stimme war dagegen, als die Sache vor der ganzen Sippschaft meiner Vettern und Basen in Vorschlag kam, welche zu unserm Neujahrsfest eingeladen waren. Ich wurde unter allgemeinem Beifall für gedachten Beruf erkoren. Durch solche einstimmige Anerkennung meiner Befähigung, sowie ein Streicheln meines Hauptes von Vaters Hand, geschmeichelt, fühlte ich mich stolz und ahnte wenig von dem, was mir bevorstand. Ich fühlte sogar, oder glaubte wenigstens, einen geringen Grad kriegerischer Brunst zu empfinden, und hatte eine Art Vision, indem ich in der Ferne einen Wagen mit vier Pferden und ein silbernes Tischgerät erblickte. Das verschwand jedoch, ehe ich es recht erkennen konnte, vor einem wirklichen körperlichen Schmerze, mir von meinem älteren Bruder Tom verursacht, der auf Geheiß meines Vaters die Lichter putzen sollte und meine Zerstreutheit benutzte, mir ein Stückchen von dem noch brennenden Docht in mein linkes Ohr zu legen.

Da jedoch meine Geschichte nicht sehr kurz ist, darf ich mich nicht so lange beim Anfang aufhalten. Ich muß deshalb dem Leser berichten, daß mein Vater, der im Norden Englands lebte, es nicht für recht hielt, mich in dem Landstädtchen, in dessen Nähe wir wohnten, auszurüsten, sondern vierzehn Tage nach dem erwähnten Beschlusse mich auf dem Kutschbock mit meinem besten flaschengrünen Anzuge und einem Halbdutzend Hemden nach London befördern ließ. Um Mißverständnissen vorzubeugen, ward ich in die Personenliste eingetragen mit der Bemerkung: »Soll an Herrn Thomas Handycock Nummer vierzehn St. Clementsstraße abgeliefert werden — Fuhrlohn bezahlt.« Mein Abschied von der Familie war rührend; meine Mutter weinte bitterlich, denn wie alle Mütter liebte sie den größten Dummkopf, welchen sie meinem Vater geschenkt hatte, mehr als alle übrigen; die Schwestern weinten wegen meiner Mutter, und Tom heulte eine Zeitlang lauter als alle, denn der Vater hatte ihn gezüchtigt, weil er in dieser Woche schon zum viertenmal ein Fenster zerbrochen. Mittlerweile ging mein Vater ungeduldig im Zimmer auf und ab, weil er von seinem Mittagessen abgehalten war und, wie alle orthodoxen Geistlichen, auf den sinnlichen Genuß, der seinem Stande erlaubt war, etwas hielt. Zuletzt riß ich mich selbst los. Ich hatte geweint, bis meine Augen so rot und geschwollen waren, daß man kaum noch die Pupille unterscheiden konnte, auch hatten Thränen und Schmutz meine Wangen wie den Marmor des Kaminsimses geädert. Mein Taschentuch war noch vor Ablauf der Szene vom Abtrocknen der Augen und vom Schneuzen ganz durchweicht. Mein Bruder Tom wechselte mit einer Zartheit, welche seinem Herzen Ehre machte, das seinige für meines aus und sagte mit brüderlicher Teilnahme: »Hier, Peter, nimm das meinige, es ist strohtrocken.« Mein Vater wollte nicht auf ein zweites Taschentuch warten, um seiner Pflicht nachzukommen. Er führte mich durch die Halle, und indem ich allen männlichen Hausgenossen die Hand schüttelte, sowie alle weiblichen, welche mit ihren Schürzen vor den Augen dastanden, küßte, verließ ich das väterliche Dach.

Der Kutscher begleitete mich an den Platz, von wo der Postwagen abfahren sollte. Als er mich zwischen zwei fetten alten Frauen eingekeilt sah, desgleichen auch mein Bündel untergebracht war, nahm er Abschied, und in wenigen Minuten befand ich mich auf der Straße nach London.

Ich war zu niedergeschlagen, um auf der ganzen Reise von etwas Notiz zu nehmen. Als wir in London anlangten, ging's nach dem »Blauen Eber« (in einer Straße, deren Namen ich vergessen habe). Ich hatte nie von einem solchen Tiere etwas gesehen noch gehört, und es kam mir mit seinem offenen Rachen und seinen großen Zähnen wahrhaft furchtbar vor. Am meisten wunderte mich, daß Zähne und Klauen von reinem Golde waren. Wer weiß, dachte ich, ob ich nicht in einem von den fremden Ländern, welche ich zu sehen bestimmt bin, mit einem dieser schrecklichen Ungeheuer zusammentreffe und es erlege? Wie rasch will ich ihm nicht diese köstlichen Teile abnehmen, und mit welcher Freude dieselben bei meiner Rückkehr als eine Gabe kindlicher Liebe meiner Mutter in den Schoß legen! Und als ich an die Mutter dachte, traten wieder Thränen in meine Augen.

Der Kutscher warf dem Wirte seine Peitsche zu und die Zügel über den Rücken der Pferde, stieg ab und rief mir zu: »Nun, junger Herr, Ihnen aufzuwarten.« Er stellte eine Leiter für mich zum Herabsteigen auf und wandte sich dann an einen Gepäckträger mit den Worten: »Bill, du mußt diesen jungen Herrn da und sein Bündel nach dieser Adresse hier bringen. – Denken Sie gefälligst an den Kutscher, mein Herr.« Ich erwiderte, ich wollte es gewiß thun, wenn er es wünschte, und ging mit dem Packträger fort, wobei der Kutscher bemerkte: »Das ist ein rechter Simpel!« Ich kam glücklich in der St. Clementsstraße an, wo der Packträger für seine Bemühungen von dem Mädchen, welches mich hineinführte, einen Schilling empfing, worauf ich ins Wohnzimmer gewiesen wurde, um Frau Handycock vorgestellt zu werden.

Frau Handycock war ein mageres Weibchen, welches, wie mir schien, den größten Teil ihrer Zeit damit zubrachte, von der Treppe nach den Dienern zu rufen. Ich sah sie nie ein Buch lesen noch mit Nähterei beschäftigt, so lange ich im Hause war. Sie hatte einen großen, grauen Papagei, aber ich kann in der That nicht sagen, welches von beiden Geschöpfen am häßlichsten kreischte; doch war sie artig und freundlich gegen mich und fragte zehnmal des Tages, wann ich zuletzt von meinem Großvater, Lord Privilege, gehört habe. Ich bemerkte, daß sie es stets that, sooft während meines Aufenthaltes in ihrem Hause ein Besuch einsprach. Ehe ich zehn Minuten da war, sagte sie mir, sie liebe die Seeleute mit Begeisterung; sie seien die Verteidiger und Beschirmer ihrer Könige und Länder; Herr Handycock werde um vier Uhr nach Hause kommen, und dann würden wir speisen. Nun sprang sie von ihrem Stuhl auf und schrie der Köchin von der Stiege aus zu:

»Jemima, Jemima, wir wollen die Weißfische gesotten, statt gebraten,« worauf Jemima erwiderte:

»Kann nicht sein, Ma'am, sie sind schon aufgezweckt und paniert, den Schwanz im Maul.«

»Wohl denn, laß es gut sein, Jemima,« entgegnete die Lady. »Stecken Sie Ihren Finger nicht in des Papageis Käfig, mein Lieber, er versteht mit Fremden keinen Spaß. Herr Handycock wird um vier Uhr nach Hause kommen, und dann werden wir unsere Mahlzeit halten. Lieben Sie Weißfische?«

Da ich lebhaft wünschte, Herrn Handycock zu sehen, auch ebensosehr, mein Essen zu bekommen, so war es mir gar nicht unlieb zu hören, daß die Uhr auf der Treppe die vierte Stunde schlug. Nun sprang Frau Handycock wieder auf und rief, indem sie ihren Kopf über das Geländer streckte:

»Jemima, Jemima, 's ist vier Uhr.«

»Ich höre es,« erwiderte die Köchin und drehte die Bratpfanne, wodurch das Zischen und der schmorende Geruch in das Wohnzimmer drang, was mich hungriger machte als je.

Tapp, tapp, tapp!

»'s ist unser Herr, Jemima,« kreischte die Dame.

»Ich höre ihn,« entgegnete die Köchin.

»Gehen Sie hinunter, mein Lieber, und lassen Sie Herrn Handycock herein,« sprach Madame; »er wird erstaunt sein, Sie die Thür öffnen zu sehen.«

Ich beeilte mich, Frau Handycocks Wunsch zu erfüllen, und öffnete die Hausthür.

»Wer zum Teufel ist das?« rief in rauhem Tone Herr Handycock, ein Mann von ungefähr sechs Fuß Höhe, in blaukattunenen Hosen und Suworow-Stiefeln, mit schwarzem Rock und Weste. Ich muß es gestehen, daß ich ein wenig verblüfft war, erwiderte jedoch, ich sei Mr. Simpel.

»Um Gottes willen, Mr. Simpel, was würde Ihr Großvater sagen, wenn er Sie nun erblickte! Ich habe Diener genug, mir die Thür zu öffnen, und das Besuchzimmer ist der eigentliche Platz für junge Gentlemen.«

»Handycock,« rief sein Weib von der Treppe herab, »wie kannst Du so wunderlich sein? Ich sagte ihm, er solle die Thür öffnen, um Dich zu überraschen.«

»Du hast mich,« erwiderte er, »mit Deiner verfluchten Dummheit überrascht.«

Während Herr Handycock seine Stiefel an der Matte rieb, ging ich die Treppen hinauf – ich muß es gestehen, umso niedergeschlagener, als mein Vater mir gesagt hatte, Handycock sei sein Börsenmakler und würde alles thun, um es mir bequem zu machen; wirklich hatte er in dieser Absicht einen Brief geschrieben, welchen mein Vater mir zeigte, bevor ich meine Heimat verließ. Als ich in das Besuchszimmer zurückkehrte, lispelte mir Frau Handycock zu:

»Lassen Sie es gut sein, mein Lieber, es ist nur, weil es auf der Börse nicht richtig steht. Mr. Handycock ist gerade jetzt ein *Bär**.«

Ich dachte ebenso, antwortete aber nicht; denn Handycock kam die Treppen herauf, ging mit zwei Schritten von der

* »Bär« heißt im Englischen der Baissier, der Baissespieler, der die Preise der Aktien niederdrückt.

Thür des Besuchszimmers bis zum Kamin, wandte diesem den Rücken zu, hob seine Rockschöße auf und fing zu pfeifen an.

»Bist Du zum Essen bereit, mein Lieber?« fragte die Dame fast zitternd.

»Wenn das Essen für mich bereit ist. Ich glaube, wir speisen gewöhnlich um vier Uhr,« antwortete ihr Ehegemahl verdrießlich.

»Jemima, Jemima, decke auf! Hörst Du, Jemima?«

»Ja, Ma'am,« erwiderte die Köchin; »gerade habe ich die Butter eingedickt.«

Hierauf faßte sich Frau Handycock wieder und fing an:

»Nun, Herr Simpel, wie befindet sich Ihr Großvater, Lord Privilege?«

»Ganz wohl, Ma'am,« gab ich wenigstens zum fünfzehnten Male zur Antwort.

Das Essen machte dem Stillschweigen, welches auf diese Bemerkung folgte, ein Ende. Herr Handycock ließ seine Rockschöße fallen und ging die Treppen hinab, indem er es mir und seiner Frau überließ, nach unserem Belieben zu folgen.

»Verzeihen Sie, Ma'am,« fragte ich, sobald er außer Hörweite war, »was ist denn mit Mr. Handycock, daß er so barsch gegen Sie ist?«

»Ach, mein Lieber, es gehört zu den Leiden des Ehestandes, daß das Weib auch seinen Teil bekommt, wenn's dem Manne schief geht. Mr. Handycock muß auf der Börse Geld verloren haben, und dann kommt er allemal mürrisch heim. Wenn er gewinnt, ist er so lustig wie ein Heimchen.«

»Kommt, Ihr Leute, herab zum Essen,« schrie Mr. Handycock von unten herauf.

»Ja, mein Lieber,« erwiderte die Dame, »ich dachte, Du wüschest Deine Hände.«

Wir gingen nun in das Speisezimmer hinab, wo wir fanden, daß Herr Handycock bereits zwei Weißfische verschlungen und nur einen für seine Frau und mich auf dem Tische gelassen hatte.

»Belieben Sie ein bißchen Weißfisch, mein Lieber,« sprach die Dame zu mir.

»Es ist nicht der Mühe wert, daß man ihn teilt,« bemerkte der Gentleman in saurem Tone, nahm den Fisch zwischen Messer und Gabel und legte ihn auf seinen eigenen Teller.

»Ach, wie freut es mich, mein Schatz, daß es Dir schmeckt,« erwiderte die Dame schmeichelnd und wandte sich dann mit den Worten gegen mich: »'s kommt noch ein köstlicher Kalbsbraten nach, mein Lieber.«

Der Braten erschien und zum Glücke für uns konnte Mr. Handycock ihn nicht ganz verschlingen. Doch nahm er den Löwenanteil, schnitt alles Braune ab und schob dann die Schüssel seiner Frau zu, damit sie sich und mich bediene. Ich hatte noch nicht zwei Stückchen im Munde, als Mr. Handycock mich bat, ihm den Porterkrug zu langen, der auf dem Seitentische stand. Ich dachte, hat es sich für dich nicht geschickt, die Thür zu öffnen, so ist es auch nicht recht, bei Tische aufzuwarten; doch gehorchte ich, ohne eine Bemerkung zu machen.

Nach dem Essen ging Mr. Handycock nach einer Flasche Wein in den Keller.

»O meine Güte,« rief seine Frau aus, »er muß gewaltig viel Geld verloren haben; wir thun besser, wir gehen hinauf und lassen ihn allein, vielleicht wird er nach einer Flasche Portwein umgänglicher.«

Ich ging sehr gern fort und, obwohl sehr ermüdet, ohne Thee zu Bett, denn Frau Handycock durfte es nicht wagen, ihn zu bereiten, bevor ihr Mann heraufkam.

Zweites Kapitel

Ausrüstung in der kürzesten Frist. – Zum Glück für mich ist Mr. Handycock diesen Tag ein Bär, und ich fahre ganz wohl dabei. — Ich reise nach Portsmouth ab. — Hinter der Kutsche treffe ich einen Mann vor dem Maste. Er ist von Schnaps berauscht, aber es ist nicht der einzige Rausch, welchem ich auf meiner Reise begegne.

Den nächsten Morgen schien Mr. Handvcock etwas besser gelaunt. Es wurde nach einem Leinwandhändler geschickt, welcher Kadetten und ähnliche Leute in der kürzesten Frist ausrüstete, und Befehl zu meiner Equipierung gegeben. Mr. Handycock bestand darauf, sie sollte am folgenden Tage fertig sein, oder die Sachen würden nicht angenommen, wobei er bemerkte, daß mein Platz in dem Portsmouther Wagen bereits bestellt sei.

»In der That,« bemerkte der Mann, »ich fürchte, in gar so kurzer Frist —«

»Ihre Karte besagt: in der kürzesten Frist,« erwiderte Mr. Handycock mit der Zuversicht und dem Gewichte eines Mannes, der sich fähig fühlt, einen andern mit seinen eigenen Behauptungen zu schlagen. »Wenn Sie nicht wollen, so gibt es einen andern.«

Dies brachte den Mann zum Schweigen; er versprach es, nahm mir Maß und entfernte sich; bald nachher verließ auch Handycock das Haus.

Während Frau Handycock von meinem Großvater und mit dem Papagei sprach, Mutmaßungen aufstellte, wieviel Geld ihr Mann verloren, dann wieder zur Treppenbrüstung rannte, um mit der Köchin zu sprechen, verfloß der Tag ziemlich gut bis vier Uhr. Da, als eben Frau Handycock, die Köchin und der Papagei untereinander kreischten, klopfte Mr. Handycock an die Thür und wurde eingelassen — aber nicht von mir. Er sprang in drei Sätzen die Treppe hinauf ins Besuchszimmer und schrie:

»Nun, Nannette, meine Liebe, wie geht's?« Dann beugte er sich über sie her. »Gib mir einen Kuß, Liebe! Ich bin so hungrig wie ein Jagdhund. Ach, Herr Simpel, wie befinden Sie sich? Ich hoffe, Sie haben den Morgen angenehm zugebracht. Ich muß die Stiefel wechseln, mein Schatz; in diesem Aufzuge kann ich nicht mit Euch zu Tische sitzen. Nun, Polly, wie steht's?«

»Mich freut es, daß Du hungrig bist, mein Lieber; ich habe ein köstliches Essen für Dich,« erwiderte seine Frau voll Freundlichkeit. »Jemima, tummle Dich und decke auf; Mr. Handycock ist so hungrig.«

»Ja, Ma'am,« gab die Köchin zur Antwort, und Frau Handycock folgte ihrem Manne in das Schlafzimmer auf demselben Gange, um ihm bei seiner Toilette zu helfen.

»Beim Jupiter, Nannette, die Bullen* sind schön angeführt,« begann Mr. Handycock, als wir uns zum Essen niedersetzten.

»Wie bin ich vergnügt,« erwiderte die Frau kichernd, und ich glaube, sie war es auch, aber warum, konnte ich nicht begreifen.

* Die Haussiers, welche durch Verkaufen die Kurse emportreiben.

»Herr Simpel,« hob er an, »belieben Sie etwas Fisch?«

»Wenn Sie selbst nicht alles brauchen,« war meine höfliche Antwort. Frau Handycock runzelte die Stirn und schüttelte den Kopf, während ihr Mann mich bediente.

»Mein Täubchen, ein wenig Fisch.«

Wir beide erhielten heute unsern Teil, und ich sah nie einen Mann so höflich als Herrn Handycock. Er scherzte mit seiner Frau, forderte mich zwei- oder dreimal auf, mit ihm Wein zu trinken, sprach von meinem Großvater – kurz, wir hatten einen sehr vergnügten Abend.

Den andern Morgen kamen alle meine Kleider an; allein Mr. Handycock, der noch seinen rosenfarbenen Humor hatte, sagte, er lasse mich nicht bei Nacht reisen, ich solle hier schlafen und erst am nächsten Morgen aufbrechen. Dies that ich auch um sechs Uhr und kam vor acht Uhr bei dem »Elefanten mit dem Turme« an, wo wir eine Viertelstunde hielten. Ich betrachtete eben das Schild, welches dies Thier mit einem Turme auf dem Rücken vorstellte, als ich an der Ecke einen Haufen Leute versammelt sah. Ich fragte einen Gentleman, welcher neben mir in einem schottischen Mantel saß, was es denn Ungewöhnliches gäbe, das so viel Volk herbeiziehe. Er erwiderte: »Nichts gerade Ungewöhnliches; es ist nur ein betrunkener Matrose.« Ich sprang von meinem Sitze, welcher auf dem hintern Teile der Kutsche war, auf, um ihn zu sehen, denn es war für mich etwas Fremdes und erregte meine Neugierde, als er zu meinem Erstaunen aus dem Gedränge herwankte und schwor, er wolle auch mit nach Portsmouth. Sodann kletterte er am Wagenrade hinauf und setzte sich neben mich. Ich glaube, daß ich ihn sehr lange anstarrte, denn er sagte zu mir: »Was gafft Ihr, junger Maulaffe; wollt Ihr Feigen fangen oder habt Ihr noch nie einen Seemann betrunken gesehen?«

Ich entgegnete, ich sei niemals in meinem Leben zur See gewesen, stehe aber nun im Begriffe, es zu thun.

»Nun, dann gleicht Ihr einem jungen Bären; alle Eure Sorgen werden kommen, mein Junge,« gab er zur Antwort. »Wenn Ihr an Bord kommt, werdet Ihr Affenkost finden, und mehr Fußtritte als Groschen. He, Du Kannenschlepper, bring uns noch eine Halbmaß Bier.« Der Kellner, welcher die Kutsche bediente, brachte das Bier; der Matrose trank davon die Hälfte und schüttete ihm die andere ins Gesicht mit den Worten: »Das ist Dein Teil, was bin ich schuldig?« Der Kellner, welcher äußerst unwillig aussah, aber sich doch zu sehr zu fürchten schien, um etwas zu sagen, antwortete: »Vier Pence.« Während aber der Matrose eine Handvoll Banknoten, mit Gold, Silber und Kupfermünze untermischt, herauszog und das Geld zusammensuchte, um sein Bier zu zahlen, fuhr der Kutscher, der nicht so lange warten mochte, davon. »Da heißt's: Auf und davon!« rief der Matrose, indem er all sein Geld in die Hosentasche steckte. »Dies werdet Ihr lernen, mein Geselle, ehe Ihr zwei Fahrten zur See gemacht habt.« Mittlerweile schmauchte der Gentleman im schottischen Mantel, welcher neben mir saß, seine Zigarre, ohne ein Wort zu sprechen. Ich fing eine Unterhaltung mit ihm an, die sich auf meinen Stand bezog, und fragte ihn, ob dies Geschäft nicht schwer zu erlernen sei. »Zu lernen?« schrie der Matrose, uns unterbrechend, »nein; für solche Burschen, wie ich, mag es schwer sein, vor dem Maste* zu lernen, aber Ihr seid, wie ich glaube, ein Seekadett, und diese haben nicht viel zu lernen; sie kreiden ihre wöchentliche Berichte hin und gehen mit den Händen in der Tasche auf und ab. Ihr müßt Tabak kauen und Grog trinken lernen, dann wißt Ihr alles, was man heutzutag von einem Midshipman erwartet. Hab' ich nicht recht, Herr?« fuhr der Matrose fort und wendete sich an den Gentleman im schottischen Mantel; »ich frag' Euch, weil ich an dem Schnitt Eures Klüvers sehe, daß ihr ein Seemann seid. Bitte um Verzeihung,« setzte er hinzu, indem er an seinen Hut langte, »hoffentlich nichts für ungut.«

»Ich fürchte, Ihr habt nah ans Ziel getroffen, mein guter Geselle,« erwiderte der Gentleman.

Der betrunkene Bursche ließ sich nun in ein Gespräch mit ihm ein und erzählte, er sei vom »Audacious« zu Portsmouth ausbezahlt worden und nun nach London gekommen, um mit seinen Kameraden sein Geld zu verputzen; aber gestern habe er entdeckt, daß ein Jude zu Portsmouth ihm für fünfzehn Schillinge ein Petschaft als golden verkauft, das in der That nur Kupfer sei, und nun wolle er nach Portsmouth zurück, um dem Juden für seinen Schurkenstreich ein Paar blau unterlaufene Augen zu geben; wenn er dies gethan, werde er zu seinen Kameraden zurückkehren, welche ihm versprochen hätten, im ›Hahn und Flasche‹, St. Martinsstra-

* Die Leute »vor dem Maste« sind die Matrosen, im Gegensatz zu »hinter dem Mast«, wo der Aufenthalt der Offiziere ist.

ße, auf den guten Erfolg seiner Unternehmung zu trinken, bis er zurückkomme.

So oft die Kutsche anhielt, verlangte der Matrose Bier, und den Rest, welchen er nicht trinken konnte, schüttete er stets dem Manne, der es ihm brachte, ins Gesicht, gerade, wenn die Kutsche am Abfahren war; den zinnernen Krug warf er zu Boden. Auf jeder Station wurde er betrunkener. Da er auf der letzten Station sein Geld herauszog und kein Silber finden konnte, gab er dem Kellner eine Banknote zum Wechseln hin. Dieser knitterte sie zusammen, steckte sie in die Tasche und gab dann dem Matrosen auf eine Pfundnote Münze heraus; allein der Gentleman im Mantel hatte bemerkt, daß es eine Fünfpfundnote war, welche der Matrose gegeben, und bestand darauf, der Kellner sollte sie hervorziehen und wechseln, wie es sich gehörte. Der Matrose nahm sein Geld, welches ihm der Kellner einhändigte, indem er wegen des Irrtums um Verzeihung bat, wiewohl er sehr darüber errötete, daß er entdeckt worden war.

»Ich muß wirklich um Verzeihung bitten,« begann er wieder, »es war bloß ein Irrtum,« worauf der Matrose mit den Worten: »Ich bitte auch um Verzeihung,« den zinnernen Krug nach dem Kellner warf, und zwar mit solcher Gewalt, daß er auf dem Kopfe des Mannes platt geschlagen wurde, und dieser besinnungslos auf die Straße fiel. Der Kutscher fuhr davon, und ich hörte nimmer, ob der Mann tot war oder nicht.

Während die Kutsche dahinrollte, beguckte der Matrose den Gentleman im schottischen Mantel ein paar Minuten und sagte dann: »Da ich Euch zuerst ansah, nahm ich Euch für einen Offizier in Zivil, nun da ich bemerke, daß Ihr so scharf aufs Bare sehet, denke ich, Ihr seid so ein armer Teufel von Schotte, vielleicht ein Untersteuermann auf einem Kauffahrteischiffe – hier ist eine halbe Krone für Eure Bemühung. Ich würde Euch mehr geben, wenn ich dächte, Ihr wolltet es durchbringen.« Der Gentleman lachte und nahm die halbe Krone, welche er, wie ich später beobachtete, einem grauköpfigen Bettler am Fuße von Portsdown-Hill gab. Ich fragte ihn, wann wir in Portsmouth sein würden, worauf er zur Antwort gab, daß wir eben die Linien passierten; allein ich sah keine Linien, und schämte mich, meine Unwissenheit merken zu lassen. Er erkundigte sich, für welches Schiff ich bestimmt sei; ich konnte mich aber nicht auf seinen Namen erinnern, sondern sagte ihm, er sei auf die Außenseite meines Koffers gemalt, welcher mit dem Wagen kommen werde; alles, woran ich mich noch entsinnen konnte, war, daß der Name französisch sei. »Haben Sie kein Empfehlungsschreiben an den Kapitän?« fragte er. »Jawohl,« entgegnete ich und zog meine Brieftasche heraus, in welcher der Brief lag. »Kapitän Savage, Seiner Majestät Schiff ›Diomede‹,« fuhr ich fort, indem ich es ihm vorlas. Zu meinem Erstaunen wollte er ganz kaltblütig das Schreiben öffnen, welches mich veranlaßte, es ihm sogleich aus der Hand zu reißen, wobei ich zugleich äußerte, daß dies nicht ehrenhaft und er nach meiner Meinung kein Gentleman sei. »Wie es beliebt, junger Herr,« erwiderte er. »Vergessen Sie nicht, daß Sie gesagt haben, ich sei kein Gentleman.« Er wickelte sich in seinen Mantel und sprach nichts mehr; und ich war nicht wenig erfreut, ihn durch mein entschlossenes Benehmen zum Schweigen gebracht zu haben.

Drittes Kapitel

Man macht, daß ich im »Blauen Pfosten« sehr trübe sehe. — Ich finde wilde Geister um mich, bald nachher heiße in mir, welche mich zuletzt überwältigten. — Ich werde aufgefordert, dem Kapitän meine Ehrfurcht zu bezeugen, und finde, daß ich das Vergnügen gehabt habe, ihn schon früher zu treffen. — Aus einer Klemme in die andere.

Als wir anhielten, fragte ich den Kutscher nach dem besten Gasthofe. Er antworte, es wäre der »Blaue Pfosten«, deutete auf zwei große blaue Pfosten an der Thür, nächst dem Postkutschenbureau, und sagte mir, daß alle Seekadetten dieses Hotel besuchten. Er bat dann, mich an den Kutscher zu erinnern, was, wie ich mittlerweile begriffen, bedeutete, ich solle nicht vergessen, ihm einen Schilling zu geben; ich that es und trat in den Gasthof. Das Kaffeezimmer war voller Seekadetten, und weil ich wegen meines Koffers in Angst war, fragte ich einen von ihnen, ob er wisse, wann der Wagen ankomme.

»Erwarten Sie Ihre Mutter damit?« versetzte er.

»O nein! Aber ich erwarte meine Uniformstücke; ich trage

nur diesen Flaschengrünen, bis sie kommen.«

»Um Vergebung, welchem Schiffe sind Sie zugewiesen?«

»Der Die-a-maid, Kapitän Thomas Kirkwall Savage.«

»Der Diomed? ei Robinson, ist dies nicht die Fregatte, auf welcher die Seekadetten vier Dutzend erhielten, weil sie ihre wöchentlichen Berichte am Samstag nicht eingeschrieben hatten?«

»Ja freilich,« entgegnete der andere; »der Kapitän gab dieser Tage einem der jungen Leute fünf Dutzend, weil er ein scharlachrotes Uhrband trug.«

»Er ist der größte Tartar im Dienste,« fuhr der andere fort; »er ließ bei der letzten Fahrt die ganze Steuerbordwache peitschen, weil das Schiff nur neun Knoten segeln wollte.«

»Mein Gott,« sagte ich, »dann fürchte ich mich, dahin zu gehen.«

»Meiner Seele, Sie dauern mich, Sie werden zu Tode geprügelt werden; es sind just nur drei Seekadetten auf dem Schiffe — alle übrigen liefen davon. Nicht wahr, Robinson?«

»Es sind nur noch zwei da; denn der arme Matthews starb vor Anstrengung. Er wurde bei Tag geschunden und mußte sechs Wochen lang alle Nacht Wache halten; an einem Morgen fand man ihn tot auf seinem Koffer.«

»Gerechter Gott!« rief ich aus, »und am Lande sagt man, er sei so artig gegen seine Seekadetten.«

»Ja,« erwiderte Robinson, »er sprengt überall dies Gerücht aus. Nun, merken Sie, wenn Sie ihm zuerst aufwarten und melden, daß Sie gekommen sind, um auf sein Schiff zu gehen, wird er Ihnen sagen, er sei sehr erfreut, Sie zu sehen, und hoffe, Ihre Familie befinde sich wohl; dann wird er Ihnen empfehlen, an Bord zu gehen und Ihren Dienst zu lernen. Nach diesem gehen Sie ihm aus dem Wege. Nun vergessen Sie nicht, was ich sagte, und Sie werden sehen, ob es nicht eintritt. Kommen Sie, setzen Sie sich zu uns und nehmen Sie ein Glas Grog; es wird Ihren Geist erheitern.«

Die Seekadetten sprachen nun so viel von meinem Kapitän und den schrecklichen Grausamkeiten, die er verübte, daß ich einigermaßen zweifelte, ob es nicht besser wäre, wieder heimzugehen. Als ich sie um ihre Meinung befragte, sagten sie, wenn ich dies thue, so werde ich als Deserteur eingefangen und gehängt; am besten sei es, ihn um die Annahme von einigen Gallonen Rum zu bitten; denn er sei sehr auf Grog versessen, und dann möchte ich vielleicht so lange in seiner Gunst stehen, als der Rum wirke.

Leider muß ich sagen, daß die Seekadetten mich diesen Abend ganz betrunken machten. Ich erinnere mich nicht mehr, wie ich zu Bette kam, aber ich fand mich daselbst den andern Morgen mit furchtbarem Kopfweh und konnte mich nur ganz verwirrt an das erinnern, was vorgefallen war. Ich ärgerte mich sehr darüber, daß ich die Ermahnungen meiner Eltern so bald vergessen hatte, und gelobte, nie wieder so thöricht zu sein, als der Seekadett, welcher die Nacht vorher so artig gegen mich gewesen, hereinkam.

»Kommen Sie, Herr Flaschengrün,« rief er, indem er vermutlich auf die Farbe meiner Kleider anspielte. »Aufgestanden und gezäumt. Des Kapitäns Beischiffsführer wartet unten auf Sie; bei Gott, Sie sind in einer schönen Klemme wegen gestern nacht.«

»Gestern nacht!« erwiderte ich erstaunt. »Wie, weiß der Kapitän, daß ich betrunken war?«

»Ich denke, Sie ließen es ihn verdammt gut merken, als Sie im Theater waren.«

»Im Theater! War ich im Theater?«

»Gewiß! Wir thaten alles, Sie davon abzuhalten, aber Sie wollten gehen, obschon Sie so betrunken waren wie David's Sau. Ihr Kapitän war da mit des Admirals Töchtern. Sie hießen ihn einen Thyrannen und schlugen ihm Schnippchen. Wie, erinnern Sie sich nicht?«

»O mein Gott, was soll ich thun, was soll ich anfangen!« rief ich aus. »Meine Mutter warnte mich so vor dem Trinken und schlechter Gesellschaft!«

»Schlechter Gesellschaft? Sie Bube, was meinen Sie damit?«

»Oh, ich bezog es nicht gerade auf Sie.«

»Hoffentlich nicht! Doch rate ich Ihnen als guter Freund, gehen Sie, so schnell Sie können, in Georges Inn und besuchen Sie Ihren Kapitän. Denn je länger Sie es anstehen lassen, desto schlimmer ist es für Sie. Auf alle Fälle wird es sich entscheiden, ob er Sie annimmt oder nicht. Es ist ein Glück für Sie, daß Sie noch nicht in den Schiffsbüchern sind. Kommen Sie, hurtig, der Beischiffsführer ist zurückgegangen.«

»Nicht in den Schiffsbüchern?« versetzte ich ängstlich, »ich erinnere mich doch eines Briefes vom Kapitän an meinen Vater, worin es heißt, er habe mich in die Schiffsbücher eingetragen.«

»Auf Ehre, es thut mir wirklich leid,« erwiderte der Seekadett und sah, als er das Zimmer verließ, so ernsthaft aus, als ob das Unglück ihm selbst begegnet wäre. Ich stand mit schwerem Kopfe, aber noch schwererem Herzen auf und fragte, nachdem ich angekleidet war, nach Georges Inn. Ich nahm meine Empfehlungsschreiben mit, obschon ich fürchtete, es werde mir wenig nützen. Als ich ankam, fragte ich mit zitternder Stimme, ob Kapitän Thomas Kirkwall Savage von Seiner Majestät Schiff Diomed sich hier aufhalte.

Der Kellner versetzte, er sei bei Kapitän Courtney beim Frühstück, aber er wolle meinen Namen melden. Ich sagte ihm denselben; in einer Minute kam der Kellner zurück und bat mich, hinaufzugehen.

Wie schlug mein Herz! Nie war ich so erschrocken – ich dachte, ich müsse auf der Stiege umsinken. Zweimal versuchte ich, ins Zimmer zu treten, und jedes Mal versagten mir die Füße; endlich trocknete ich den Schweiß von meiner Stirne und trat mit verzweifelter Anstrengung ein.

»Herr Simpel, freut mich, Sie zu sehen«, sprach eine Stimme.

Ich stand mit gesenktem Kopfe da; denn ich scheute mich, ihn anzublicken; aber die Stimme klang so freundlich, daß ich Mut faßte, und als ich aufschaute, saß da in Uniform und Epaulette, den Degen an der Seite – der Fremde im schottischen Mantel, welcher meinen Brief öffnen wollte und dem ich ins Gesicht sagte, er sei kein Gentleman. Ich glaubte, sterben zu müssen, wie jener Seekadett auf seinem Koffer, und wollte gerade auf meine Knie niedersinken und um Gnade bitten, als der Kapitän, welcher meine Verwirrung bemerkte, in ein lautes Gelächter ausbrach und sagte:

»So, kennen Sie mich, Herr Simpel? Nun, beunruhigen Sie sich nicht; Sie thaten Ihre Schuldigkeit, daß Sie mich den Brief nicht öffnen ließen, indem Sie mich für eine andere Person hielten, und Sie hatten unter dieser Voraussetzung ganz recht zu sagen, ich sei kein Gentleman. Ihr Benehmen gefällt mir. Nun setzen Sie sich, und nehmen Sie etwas Frühstück. Kapitän Courtenay«, sagte er zu dem anderen Kapitän, der am Tische war, »dies ist einer meiner jungen Leute, der gerade in den Dienst tritt. Wir reisten gestern miteinander in der Postkutsche.« Er erzählte ihm dann den Vorfall, worüber beide herzlich lachten. Ich konnte nun wieder ein wenig leichter atmen, aber die Theatergeschichte war noch da, und ich dachte, er erkenne mich vielleicht nicht mehr. Ich wurde jedoch bald von meiner Angst befreit, und zwar durch den anderen Kapitän, welcher fragte:

»Waren Sie gestern abend im Theater, Savage?«

»Nein, ich speiste bei Admirals, man kann von diesen Mädchen nicht wegkommen, so unterhaltend sind sie.«

»Ich denke, Sie sind da ein wenig gefangen.«

»Nein, auf mein Wort. Es könnte wohl sein, wenn ich Zeit hätte zu entdecken, welche mir am besten gefällt, allein gegenwärtig ist mein Schiff mein Weib, und das einzige Weib, das ich haben werde, bis man mich aufs Brett legt.«

»Gut«, dachte ich, »war er nicht im Theater, so kann ich ihn auch nicht beleidigt haben. Wenn ich ihm jetzt nur den Rum geben und ihn zum Freunde gewinnen könnte.«

»Herr Simpel, wie befinden sich Vater und Mutter?« fragte der Kapitän.

»Sehr wohl, ich danke Ihnen, Sir; ich soll Ihnen viele Empfehlungen ausrichten.«

»Ich bin Ihnen verbunden. Nun, ich denke, je schneller Sie an Bord gehen und den Dienst lernen, desto besser.« (Gerade, was der Seekadett mir sagte — dieselben Worte, dachte ich — dann ist alles wahr — und ich fing wieder zu zittern an.) »Ich habe Ihnen einen Rat zu erteilen«, fuhr der Kapitän fort, »zuerst gehorchen Sie Ihren vorgesetzten Offizieren ohne Zaudern; ich habe zu entscheiden, nicht Sie, ob ein Befehl gerecht ist oder nicht. Sodann fluchen Sie nicht und trinken keine geistigen Getränke. Jenes ist unsittlich und steht einem Gentleman nicht an, dieses ist eine gemeine Gewohnheit, welche sich bei Ihnen festsetzen würde. Ich selbst rühre nie ein geistiges Getränk an und erwarte, daß meine jungen Gentlemen sich ebenfalls dessen enthalten. Nun können Sie gehen, und sobald Ihre Uniformstücke ankommen, werden Sie sich an Bord verfügen. Zugleich lassen Sie mich Ihnen, da ich, während wir miteinander reisten, einige Einsicht in Ihren Charakter gewinnen konnte, empfohlen haben, nicht auf den ersten Anblick mit denjenigen allzu vertraut zu sein, welchen Sie begegnen, oder Sie könnten in Verlegenheit kommen. Guten Morgen.«

Ich verließ das Zimmer mit einem tiefen Bückling, froh, was mir ein Chaos von Schwierigkeiten schien, so leicht überwunden zu haben; allein mein Geist war durch die Aussage des Seekadetten verwirrt, da sie von der Sprache und dem Betragen des Kapitäns so sehr verschieden war. Als ich in den »Blauen Pfosten« kam, fand ich alle Seekadetten im Kaffeezimmer und wiederholte ihnen, was vorgekommen war. Nachdem ich geendigt hatte, brachen sie in ein helles Gelächter aus und sagten, sie hätten mit mir nur gescherzt.

»Nun«, erwiderte ich demjenigen, welcher mich am Morgen gerufen hatte, »Sie mögen es scherzen heißen, ich nenne es lügen.«

»Um Vergebung, Herr Flaschengrün, geht dies mich an?«

»Ja, allerdings«, versetzte ich.

»Dann, Sir, verlange ich als ein Gentleman Satisfaktion. Donnerwetter! Lieber Tod als Schande, Gott straf mich!«

»Ich werde sie Ihnen nicht verweigern«, antwortete ich, »obschon ich noch nie ein Duell hatte; mein Vater warnte mich davor und bat mich, es womöglich zu vermeiden, denn dies heiße seinem Schöpfer Trotz bieten; allein wohl wissend, daß ich meinen Charakter als Offizier aufrecht erhalten muß, überließ er es meiner eigenen Klugheit, sollte ich je so unglücklich sein, in einen solchen Fall zu kommen.«

»Gut, wir wollen Ihres Vaters Predigt nicht aus der zweiten Hand«, versetzte der Seekadett (ich hatte ihnen nämlich gesagt, daß mein Vater ein Geistlicher sei), »die einfache Frage ist die — wollen Sie sich schlagen oder nicht?«

»Kann die Sache nicht anders beigelegt werden?« unterbrach ein anderer. »Wollen Sie nicht zurücknehmen, Herr Flaschengrün?«

»Mein Name ist Simpel, Sir, und nicht Flaschengrün«, erwiderte ich, »und da er eine Unwahrheit sagte, so will ich nicht zurücknehmen.«

»Dann muß die Sache vorwärtsgehen«, sprach der Seekadett. »Robinson, willst Du mein Sekundant sein?«

»Es ist ein unangenehmes Geschäft«, versetzte dieser. »Du bist ein so guter Schütze, allein weil Du es verlangst, kann ich es nicht abschlagen. Herr Simpel hat, glaube ich, keinen Freund?«

»O ja«, entgegnete ein anderer Seekadett; »er ist ein mutiger Bursche, ich will ihm sekundieren.«

Es wurde nun ausgemacht, daß wir den anderen Morgen auf Pistolen losgehen sollten. Ich erwog, daß ich als Offizier und Gentleman es nicht abschlagen konnte, aber fühlte mich sehr unglücklich. Noch nicht drei Tage meiner eigenen Führung überlassen — und schon einen Rausch gehabt und ein

Duell auszufechten! Ich ging in mein Zimmer und schrieb einen langen Brief an meine Mutter, in welchen ich eine Haarlocke einschloß. Nachdem ich bei dem Gedanken, wie bekümmert meine Mutter sein würde, wenn ich fiele, einige Thränen vergossen, borgte ich von dem Kellner eine Bibel, und las den Rest des Tages darin.

Viertes Kapitel

An einem kalten Morgen vor dem Frühstück werde ich belehrt, wie man im Feuer steht, und erprobe so meinen Mut. — Nach dem Frühstück erprobe ich auch meine Galanterie. — Meine Probe trifft Tadel. — Weiber sind im Grunde an allem Unheil schuld. — Durch die eine verliere ich meine Freiheit, durch die andere mein Geld.

Als ich am anderen Morgen erwachte, konnte ich mir nicht erklären, was ich wie einen Zentnerstein auf meiner Brust fühlte, aber als ich aufstand und meine zerstreuten Gedanken sammelte, erinnerte ich mich, daß in einer oder zwei Stunden entschieden werden sollte, ob ich den nächsten Tag noch erleben würde. Ich betete inbrünstig und faßte in meinem Herzen den Entschluß, daß ich das Blut eines Nebenmenschen nicht auf meinem Gewissen haben und mein Pistol in die Luft feuern wolle. Nachdem ich diesen Vorsatz gefaßt hatte, fühlte ich die frühere Unruhe nicht mehr. Ehe ich angezogen war, kam der Seekadett, welcher sich freiwillig als mein Sekundant angeboten hatte, in mein Zimmer und benachrichtigte mich, daß die Sache in dem Garten hinter dem Wirtshaus entschieden werden sollte; mein Gegner sei ein sehr guter Schütze, und ich müsse erwarten, entweder geflügelt oder gedrillt zu werden.

»Was ist das, geflügelt oder gedrillt?« fragte ich; »ich habe noch nie ein Duell gehabt, ja sogar in meinem Leben noch kein Pistol abgefeuert.«

Er erklärte mir, was er damit meine, nämlich unter »geflügelt« verstehe man durch den Arm oder das Bein geschossen werden, während »gedrillt« einen Schuß durch den Leib bedeute.

»Aber«, fuhr er fort, »ist es möglich, daß Sie noch kein

Duell gehabt haben?«

»Nein«, erwiderte ich, »ich bin noch nicht fünfzehn Jahre alt.«

»Nicht fünfzehn? Ich dachte, Sie wären wenigstens achtzehn.«

(Ich war nämlich sehr groß und stark für mein Alter, und man hielt mich allgemein für älter, als ich wirklich war.)

Ich zog mich an und folgte meinem Sekundanten in den Garten, wo ich alle Seekadetten und etliche Kellner des Wirtshauses fand. Sie schienen alle sehr lustig, als ob das Leben eines Mitgeschöpfes von keiner Bedeutung wäre. Die Sekundanten sprachen eine Weile insgeheim und maßen dann die Distanz ab, welche zwölf Schritte betrug. Wir nahmen unsere Posten ein. Ich glaube, ich wurde blaß, denn mein Sekundant kam zu mir heran und flüsterte mir zu, ich dürfe nicht erschrocken sein.

Ich versetzte, ich sei nicht erschrocken, allein ich betrachte es als einen furchtbaren Augenblick.

Der Sekundant meines Gegners kam dann herbei und fragte mich, ob ich meine Entschuldigung machen wolle, was ich wie vorher verweigerte. Sie händigten nun jedem von uns eine Pistole ein, und mein Sekundant zeigte mir, wie man abdrücken müsse. Es war ausgemacht, daß wir auf ein gegebenes Wort zugleich abfeuern sollten. Ich glaubte sicher, daß ich verwundet, wo nicht getötet werde, und schloß meine Augen, als ich mein Pistol in die Luft abfeuerte. Ich fühlte meinen Kopf schwindeln und dachte, ich wäre getroffen, aber zum Glück war ich es nicht. Die Pistolen wurden wieder geladen, und wir feuerten zum zweiten Mal. Die Sekundanten legten sich dann ins Mittel, und es wurde vorgeschlagen, wir sollten uns die Hände geben, was ich sehr gern that, denn ich sah mein Leben nur durch ein Wunder gerettet an. Wir gingen alle in das Kaffeezimmer zurück und setzten uns zum Frühstück nieder. Sie sagten mir dann, daß sie alle zu demselben Schiffe gehörten wie ich; sie seien erfreut zu sehen, daß ich im Feuer stehen könne, denn der Kapitän sei ein furchtbarer Gesell im Kapern und Einlaufen unter feindlichen Batterien.

Den Tag darauf kam mein Koffer mit dem Wagen an; ich zog meinen Flaschengrünen aus und legte meine Uniform an. Ich hatte weder aufgestülpten Hut noch Degen, da der von Herrn Handycock gebrauchte Warenhändler diese Artikel nicht lieferte, und ich sollte sie mir in Portsmouth anschaffen. Als ich nach dem Preise fragte, fand ich, daß sie mehr Geld kosteten, als ich in meiner Tasche hatte; daher brach ich den Brief, welchen ich vor dem Duell an meine Mutter geschrieben, auf, und schrieb einen anderen, worin ich um eine weitere Summe bat, um mir Degen und Hut kaufen zu können. Ich ging dann in meiner Uniform aus, ich muß gestehen, nicht wenig stolz. Ich war nun Offizier in Seiner Majestät Dienst, zwar nicht sehr hoch im Range, aber doch ein Offizier und Gentleman, und gelobte mir, meinen Charakter zu behaupten, obschon ich als der größte Dummkopf der Familie betrachtet wurde.

Ich war an einem gegenüberliegenden Platze angekommen, Sally Port genannt, als eine junge, hübsch gekleidete Dame mich sehr scharf ansah und sagte: »Nun, Seemann, sind Sie wohl mit Seife versehen?«

Ich staunte über die Frage noch mehr als über das Interesse, welches sie an meinen Angelegenheiten zu nehmen schien, und antwortete:

»Danke Ihnen, ich bin sehr gut versehen, ich habe vier Stück Windsor und zwei Stangen gelbe zum Waschen.«

Sie lachte über meine Erwiderung und fragte mich, ob ich nicht mit ihr nach Hause gehen und ein kleines Diner einnehmen wolle.

Ich wunderte mich über dieses artige Anerbieten, welches meine Bescheidenheit mehr meiner Uniform, als meinem eigenen Verdienste zuschrieb, und da ich keine Lust fühlte abzuschlagen, so sagte ich, es sei mir sehr angenehm. Ich dachte, ich wollte es wagen, ihr meinen Arm anzubieten, welchen sie annahm, und wir wandelten miteinander High-Street hinauf, ihrer Wohnung zu.

Gerade gingen wir an des Admirals Hause vorüber, als ich meinen Kapitän mit zwei von des Admirals Töchtern daherkommen sah. Ich war nicht wenig stolz, ihm zu zeigen, daß ich weibliche Bekanntschaften habe, so gut als er, und als ich an ihm mit der jungen Dame unter meinem Schutze vorbeiging, nahm ich meinen Hut ab und machte ihm eine tiefe Verbeugung. Zu meinem Erstaunen erwiderte er den Gruß nicht nur nicht, sondern sah mich mit einem sehr finstern Gesicht an. Ich schloß daraus, er sei ein sehr stolzer Mann, und wollte des Admirals Töchter nicht wissen lassen, daß er einen Seekadetten von Person kenne; allein ich hatte mir noch nicht recht meine Gedanken über den Gegenstand gemacht, als der Kapitän, welcher die Damen in des Admirals Haus begleitet hatte, mir einen Boten nachschickte und mir sagen ließ, ich solle sogleich zu ihm ins George-Hotel kommen, das gegenüberlag. Ich entschuldigte mich bei der jungen Dame und versprach, im Augenblick wieder zu kommen, wenn sie auf mich warten wolle; allein sie versetzte, wenn dies mein Kapitän wäre, so glaube sie, ich werde tüchtig von ihm gewaschen und an Bord geschickt werden. Sie wünschte mir wohl zu leben und setzte ihren Weg nach Hause fort. Ich konnte all dieses so wenig begreifen, als warum der Kapitän so finster blickte, da ich an ihm vorüberging, allein es wurde mir bald klar, wie ich zu ihm in das Besuchszimmer im George-Hotel kam.

»Es thut mir leid, Herr Simpel,« begann der Kapitän, als ich ins Zimmer trat, »daß ein junger Mensch schon so früh solche Zeichen von Schlechtigkeit blicken läßt; und noch mehr, daß er nicht einmal das Zartgefühl besitzt, welches selbst die Verhärtetsten nicht ganz ablegen — ich meine, die Unsittlichkeit im geheimen zu treiben und nicht sich selbst herabzuwürdigen oder seinen Kapitän dadurch zu beschimpfen, daß man seine Ausschweifungen ohne Scham gesteht, ja, ich möchte sagen, damit prunkt, indem man sie am hellen Tage in der besuchtesten Straße der Stadt zur Schau stellt.«

»Sir,« erwiderte ich voll Erstaunen, »mein Gott, was habe ich denn gethan?«

Der Kapitän richtete sein scharfes Auge auf mich, als wollte er mich damit durchbohren und an die Wand nageln.

»Wollen Sie damit sagen, Sir, daß Sie von dem Charakter der Person, mit welcher Sie soeben gingen, nichts wußten?«

»Nein, Sir,« versetzte ich, »ausgenommen, daß sie sehr artig und gutmütig war,« und dann erzählte ich ihm, wie sie mich angeredet habe und was darauf vorgefallen sei.

»Ist es möglich, Herr Simpel, daß Sie ein so großer Dummkopf sind?«

Ich erwiderte, allerdings halte man mich für den größten Pinsel der Familie.

»Ich denke, Sie sind es,« gab er trocken zur Antwort. Er setzte mir dann auseinander, wer die Person war, in deren Gesellschaft ich gewesen und wie eine Verbindung mit ihr mich unvermeidlich in Schande und Verderben stürzen würde.

Ich weinte sehr, denn ich war erschrocken über die nahe Gefahr, in welcher ich geschwebt hatte, und betrübt, in seiner guten Meinung gesunken zu sein. Er fragte mich, wie ich seitdem meine Zeit in Portsmouth angewendet habe, und ich gestand ihm, daß ich betrunken war, erzählte alles, was die Seekadetten mir gesagt hatten, und daß ich diesen Morgen ein Duell gehabt habe. Er horchte sehr aufmerksam auf meine ganze Geschichte, und ich glaubte hier und da ein Lächeln auf seinem Gesichte zu bemerken, obschon er sich in die Lippen biß, um es zu unterdrücken. Als ich geendigt hatte, sagte er:

»Herr Simpel, ich kann Sie nicht länger am Lande lassen, ehe Sie mehr Erfahrung in der Welt gemacht haben. Ich werde meinem Beischiffsführer befehlen, Sie nicht aus dem Gesichte zu verlieren, bis Sie sicher an Bord der Fregatte sind. Wenn Sie einige Monate mit mir gefahren sind, werden Sie imstande sein zu entscheiden, ob ich das Prädikat verdiene, das die jungen Gentlemen mir beigelegt haben, ich glaube, bloß in der Absicht, um sich über Ihre Unerfahrenheit lustig zu machen.«

Im ganzen that es mir nicht leid, daß es vorüber war. Ich sah, daß der Kapitän glaubte, was ich erzählt hatte, und freundlich gegen mich gesinnt war, obschon er mich für sehr einfältig hielt. Der Beischiffsführer begleitete mich, seinem Befehle gehorsam, in den »Blauen Pfosten«. Ich packte meine Kleider zusammen, bezahlte meine Rechnung, und der Packträger brachte meinen Koffer nach Sally-Port hinab, wo das Boot wartete.

»Kommt, meine Jungen, vorwärts, den Anker hoch, lustig! Der Kapitän sagt, wir sollen den jungen Gentleman sogleich an Bord nehmen; seine Freiheit ist ihm genommen, weil er betrunken gewesen und der Dolly Mops nachgelaufen ist.«

»Ach, Bill Freeman«, sprach ein junges Frauenzimmer am Strande, »was für einen hübschen jungen Gentleman haben Sie da. Er sieht aus wie ein Nelson an der Mutterbrust. Ei, mein schöner junger Offizier, können Sie mir nicht einen Schilling leihen?«

Es gefiel mir so sehr, mich von dem Frauenzimmer einen jungen Nelson nennen zu hören, daß ich augenblicklich ihr Gesuch erfüllte.

»Ich habe keinen Schilling in meiner Tasche,« sagte ich, »aber hier ist eine halbe Krone; Sie können sie wechseln und mir achtzehn Pence zurückbringen.«

»Sie sind ein netter junger Mann«, antwortete sie und nahm die halbe Krone; »ich werde sogleich wieder dasein, mein Lieber.«

Die Leute im Boot lachten und der Beischiffsführer befahl ihnen, abzufahren.

»Nein,« bemerkte ich, »wir müssen auf meine achtzehn Pence warten.«

»Dann dürften wir verflucht lange warten, glaube ich. Ich kenne die Dirne, sie hat ein sehr schlechtes Gedächtnis.«

»Sie kann nicht so unehrlich oder undankbar sein«, erwiderte ich; »ich befehle Ihnen zu halten, ich bin Offizier.«

»Ich weiß, Sie sind es, Sir, ungefähr seit sechs Stunden; gut, dann muß ich hinauf und dem Kapitän sagen, daß Sie ein anderes Mädchen im Schlepptau haben und nicht mit an Bord wollen.«

»O nein, Herr Bootsführer, thun Sie das nicht, stoßen Sie ab, sobald es Ihnen beliebt, wir wollen nicht mehr an die achtzehn Pence denken.«

Das Boot fuhr nun ab und ruderte auf das Schiff zu, welches bei Spithead lag.

Fünftes Kapitel

Ich werde in das Hinterdeck eingeführt und dem ersten Leutnant vorgestellt, der mich für sehr geschickt erklärt. Ich steige hinunter zu Frau Trotters Ehestandshimmel in einem Cockpit. — Frau Trotter nimmt mich als Kostgänger an. — Ich bin sehr darüber erstaunt, daß so viele Leute wissen, daß ich der Sohn meines Vaters bin.

Bei unserer Ankunft an Bord gab der Coxswain oder Beischiffsführer dem ersten Leutnant, welcher gerade auf dem Verdeck war, ein Billett von dem Kapitän. Er las es, blickte mich ernsthaft an, und dann hörte ich ihn zu einem andern Leutnant sagen: »Der Dienst geht zum Teufel. So lange er nicht beliebt war, hatten wir, wenn nicht viel Erziehung, doch wenigstens den Vorteil, welche natürliche Fähigkeiten uns gaben; aber nun, da vornehme Leute ihre Söhne zur Versorgung auf die Marine schicken, bekommen wir allen

Ausschuß ihrer Familien, als ob jedes Ding gut genug wäre, um einen Kapitän eines Linienschiffs daraus zu machen, der in manchen Fällen mehr Verantwortlichkeit auf seinen Schultern hat und in Lagen versetzt wird, die mehr Urteilskraft erheischen, als jeder andere Stand erfordert. Hier wird wieder einer von den Familiengimpeln dem Staate zum Geschenk gemacht, ein anderer junger Bär, den ich abrichten soll. Nun, ich sah noch keinen, aus dem ich nicht etwas machte. Wo ist Herr Simpel?«

»Ich bin Herr Simpel, Sir«, erwiderte ich sehr eingeschüchtert durch das, was ich gehört hatte.

»Gut, Herr Simpel, passen Sie auf und schenken Sie dem, was ich sage, besondere Aufmerksamkeit. Der Kapitän schreibt mir in diesem Billette, Sie hätten sich einfältig angestellt. Nun, Sir, ich lasse mich auf diese Art nicht fangen. Sie haben etwas von den Affen, welche nicht sprechen, weil sie besorgen, man werde sie zur Arbeit verwenden. Ich habe Ihr Gesicht aufmerksam betrachtet und auf den ersten Blick gesehen, daß Sie sehr fähig sind, und wenn Sie sich in kurzer Zeit nicht so erweisen, nun, so thun Sie besser, über Bord zu springen, und hiermit Punktum. Sie werden mich vollkommen verstehen, und da ich es Ihnen nun gesagt habe, so suchen Sie mich ja nicht zu täuschen; denn dies geht nicht!«

Ich war über diese Sprache sehr erschrocken, aber zugleich freute es mich zu hören, daß er mich für fähig hielt, und ich nahm mir vor, alles aufzubieten, um eine so unerwartete Meinung zu rechtfertigen.

»Quartiermeister,« sagte der erste Leutnant, »rufen Sie Herrn Trotter aufs Verdeck.«

Der Quartiermeister brachte Herrn Trotter herauf, der sich entschuldigte, daß er so schmutzig sei, da er eben Tonnen aus dem Schiffsraume herausschaffe. Es war ein kleiner untersetzter Mann, ungefähr dreißig Jahre alt, mit einer Nase, welche eine rote Warze hatte, sehr häßlichen Ohren und einem großen schwarzen Backenbarte.

»Herr Trotter,« sagte der erste Leutnant, »hier ist ein junger Gentleman, welcher für das Schiff bestimmt ist. Führen Sie ihn an seinen Kajütenplatz und sehen Sie, daß man seine Hängematte aufschlingt. Sie müssen ein wenig nach ihm schauen.«

»Ich habe wirklich sehr wenig Zeit, nach einem von ihnen zu schauen, Sir,« erwiderte Herr Trotter, »aber ich will thun, was ich kann. Folgen Sie mir, junger Herr!«

Ich stieg also die Leiter hinter ihm hinab, hierauf noch eine, und endlich sollte ich zu meinem Erstaunen noch eine dritte hinabsteigen; ich that es, und jetzt bemerkte er nur, nun sei ich im Cockpit.

»So, junger Herr,« sagte Trotter, indem er sich auf eine große Kiste niederließ, »thun Sie wie zu Hause. Der Tisch der Seekadetten ist auf dem Deck, das sich über diesem befindet, und wenn Sie daran teilnehmen wollen, so können Sie es; aber das will ich Ihnen als guter Freund sagen, daß Sie dann den ganzen Tag durch zerdroschen werden und übel dabei fahren. Der Schwächste kommt hier immer an die Wand; doch vielleicht fragen Sie nichts danach. Da wir im Hafen sind, so speise ich hier, weil Madame Trotter an Bord ist. Sie ist ein sehr reizendes Weib, das kann ich Ihnen versichern, und wird sogleich hier sein. Sie ist gerade in die Schiffsküche gegangen, um nach einem Netz Kartoffeln zu sehen. Wenn Sie wollen, so will ich sie um Erlaubnis bitten, daß Sie mit uns speisen dürfen. Sie sind dann von den Seekadetten entfernt, welche ein böses Volk sind und Sie nichts lehren werden, als was unsittlich und unanständig ist; Sie haben dann den Vorteil, in guter Gesellschaft zu sein, denn Madame Trotter hat die allerbeste in England genossen. Ich mache Ihnen dies Anerbieten, weil ich mich gerne dem ersten Leutnant verpflichten möchte, welcher ein Interesse an Ihnen zu nehmen scheint; sonst wäre ich nicht sehr geneigt, mein häusliches Glück stören zu lassen.«

Ich erwiderte ihm, ich sei ihm für seine Höflichkeit sehr verbunden, und wenn es Madame Trotter in keine Verlegenheit setze, so werde ich sein Anerbieten gerne annehmen; ich hielt mich in der That für sehr glücklich, einen solchen Freund gefunden zu haben. Ich hatte kaum Zeit zu antworten, als ich auf der Leiter über uns ein Paar in schwarzkattunene Strümpfe gehüllte Beine erblickte, und es zeigte sich, daß sie der Madame Trotter gehörten, welche mit einem Netze voll dampfender Kartoffeln die Leiter herabkam.

»Auf mein Wort, Madame Trotter, Sie müssen sich bewußt sein, sehr hübsche Knöchel zu haben, sonst würden Sie es nicht wagen, sie vor Herrn Simpel zu zeigen, vor einem jungen Gentleman, welchen ich Ihnen vorstellen will und der mit Ihrer Erlaubnis unsern Tisch teilen wird.«

»Mein lieber Trotter, wie grausam von Dir, mich nicht gewarnt zu haben; ich dachte, es sei niemand unten; ich schäme mich wirklich,« sprach die Dame, indem sie einfältig lächelte und ihr Gesicht mit der Hand bedeckte, welche sie frei hatte.

»Es ist nun einmal geschehen, meine Liebe, und Du brauchst Dich auch darüber nicht zu schämen. Ich hoffe, Herr Simpel und Du werden sehr gute Freunde sein; ich glaube, ich habe schon seinen Wunsch erwähnt, an unserem Tisch teilzunehmen.«

»Ich werde gewiß in seiner Gesellschaft sehr glücklich sein. Dies ist ein sonderbarer Platz für mich zum Leben, Herr Simpel, nach der Gesellschaft, an welche ich gewöhnt bin; aber Liebe kann jedes Opfer bringen, und ehe ich den Umgang meines teuern Trotter verliere, der in Geldsachen unglücklich gewesen ist —«

»Sprich nicht mehr davon, meine Liebe; häusliches Glück geht über alles und kann selbst die Düsterheit eines Cockpit erhellen.«

»Und doch,« fuhr Madame Trotter fort, »wenn ich an die Zeit denke, wo wir in London zu leben pflegten. Waren Sie schon in London, Herr Simpel?«

Ich antwortete: »Ja.«

»Dann werden Sie gewiß mit den Smiths bekannt geworden sein oder von ihnen gehört haben.«

Ich erwiderte, daß die einzigen Leute, die ich daselbst kenne, Herr und Frau Handycock seien.

»Wenn ich gewußt hätte, daß Sie in London waren, so hätte ich Ihnen mit vielem Vergnügen ein Empfehlungsschreiben an die Smiths gegeben. Diese Leute geben den Ton an.«

»Aber mein Schatz«, unterbrach sie Herr Trotter, »ist es nicht Zeit, nach unserem Essen zu sehen?«

»Ja, ich will nun danach gehen. Wir haben heute Spießbraten. Herr Simpel, wollen Sie mich entschuldigen?« und dann stieg Madame Trotter unter vielem Kokettieren und Lachen über ihre Knöchel die Leiter hinauf, wobei sie mich um die Gunst bat, mein Gesicht abzuwenden. Da der Leser vielleicht gerne wissen möchte, wie diese Person aussah, so will ich diese Gelegenheit benutzen und sie beschreiben. Sie war sehr gut gebaut und zu einer Zeit ihres Lebens mußte ihr Gesicht sehr hübsch gewesen sein; damals, als ich ihr vorgestellt wurde, zeigte es die Verheerungen, welche Zeit oder Not darauf angerichtet hatten, sehr deutlich — kurz, man konnte sie eine verwelkte Schönheit nennen, prunkend in ihrem Anzuge und nicht sehr reinlich von Person.

»Ein scharmantes Weib, Madame Trotter, nicht wahr, Herr Simpel?« sagte des Schiffsmeisters Gehilfe, welchem ich natürlich sogleich beistimmte. »Nun, Herr Simpel«, fuhr er fort, »es sind einige Arrangements zu treffen, welche ich besser erwähne, solange Madame Trotter fort ist; sie würde unser Gespräch über dergleichen Dinge übel aufnehmen. Natürlich ist die Lebensart, welche wir führen, etwas kostspielig. Madame Trotter kann ihren Thee und ihre sonstigen kleinen Bequemlichkeiten nicht missen; zugleich darf ich Ihnen keine besonderen Kosten verursachen, denn lieber wollte ich sie aus meiner Tasche bestreiten. Ich mache Ihnen den Vorschlag, Sie sollen, solange Sie mit uns speisen, wöchentlich nur eine Guinee bezahlen; zum Eintrittsgeld darf ich Ihnen, glaube ich, nicht mehr als zwei Guineen auferlegen. Haben Sie Geld?«

»Ja«, erwiderte ich, »ich habe drei Guineen und eine halbe übrig.«

»Nun, dann geben Sie mir die drei Guineen, und die halbe können Sie als Taschengeld behalten. Sie müssen Ihren Freunden sogleich um weitere Unterstützung schreiben.«

Ich händigte ihm das Geld ein und er steckte es in seine Tasche.

»Lassen Sie«, fuhr er fort, »Ihre Kiste herbeibringen, denn Madame Trotter wird sie, wenn ich es verlange, nicht nur in Ordnung bringen, sondern auch dafür sorgen, daß Ihre Kleider ordentlich ausgebessert werden. Madame Trotter ist eine reizende Frau und sieht junge Gentlemen sehr gerne. Wie alt sind Sie?«

»Fünfzehn«, erwiderte ich.

»Nicht mehr? Nun, das freut mich; denn Madame Trotter ist bei einem gewissen Alter etwas eigen. Ich empfehle es Ihnen, sich auf keine Weise mit den anderen Seekadetten einzulassen. Sie sind sehr ungehalten auf mich, weil ich Madame Trotter nicht gestatte, ihren Tisch zu teilen; auch sind es böse Schwätzer.«

»Das sind Sie in der That«, versetzte ich. Doch hier wurden wir von Madame Trotter unterbrochen, welche mit einem Spieß in der Hand herabkam, auf dem ungefähr ein Dutzend dünne Stückchen Rind- und Schweinefleisch steckten; diese legte sie zuerst auf eine Platte, dann begann sie das Tischtuch auszubreiten und aufzudecken.

»Herr Simpel ist erst fünfzehn, meine Liebe«, bemerkte Herr Trotter.

»Gerechter Himmel«, versetzte Madame Trotter, »wie groß er ist! Er ist gerade so groß als der junge Lord Foutretown, welchen Du beim Ausfahren mitzunehmen pflegtest. Kennen Sie Lord Foutretown, Herr Simpel?«

»Nein, Ma'am«, antwortete ich; weil ich aber sie gern wissen lassen mochte, daß ich in guter Verwandtschaft stehe, fuhr ich fort, »aber ich darf behaupten, mein Großvater, Lord Privilege, kennt ihn.«

»Gott im Himmel! ist Lord Privilege Ihr Großvater? Nun, ich dachte gleich, ich sehe eine Ähnlichkeit. Erinnerst Du Dich nicht an Lord Privilege, lieber Trotter, welchen wir bei Lady Scamp trafen? – eine ältliche Person. Es ist sehr undankbar von Dir, Dich seiner nicht zu erinnern, denn er schickte Dir einen sehr schönen Rehschlegel.«

»Privilege, Gott straf' mich, ja. Ein alter Gentleman, nicht wahr?« sagte Herr Trotter, indem er sich an mich wandte.

»Ja, Sir«, entgegnete ich, voll Freuden, mich unter Leuten zu befinden, welche mit meiner Familie bekannt waren.

»Nun denn, Herr Simpel«, begann Madame Trotter, »da wir das Vergnügen haben, mit Ihrer Familie bekannt zu sein, so will ich Sie unter meine Aufsicht nehmen, und so um Sie besorgt sein, daß Trotter ganz eifersüchtig werden soll«, fügte sie lächelnd hinzu. »Wir werden nur heute ein ärmliches Mittagessen haben, denn die Frau im Marktschiffe hat mich getäuscht. Ich trug ihr nämlich besonders auf, mir eine Hammelkeule zu bringen, aber sie sagt, es wäre noch etwas früh dazu. Nun wollen wir uns zu Tische setzen.«

Ich fühlte mich sehr unwohl und konnte nichts essen. Unsere Mahlzeit bestand in Stückchen Rind- und Schweinefleisch, Kartoffeln und gebackenem Pudding in einer zinnernen Schüssel. Herr Trotter ging hierauf, um der Schiffsmannschaft das Getränk auszuteilen, und kehrte mit einer Flasche Rum zurück.

»Hast Du Herrn Simpels Portion bekommen, mein Lieber?« fragte Madame Trotter.

»Ja, er hat für heute seinen Teil, weil er vor Mittag an Bord kam. Trinken Sie Rum, Herr Simpel?«

»Nein, ich danke Ihnen«, versetzte ich, denn mir fiel des

Kapitäns Warnung ein.

»Da ich ein solches Interesse an Ihrer Wohlfahrt nehme, so muß ich Ihnen ernstlich empfehlen, sich desselben zu enthalten«, sagte Herr Trotter. »Es ist eine üble Gewohnheit, und hat man sie einmal, so kann man sie nicht mehr leicht lassen. Ich muß ihn trinken, um nach der Arbeit im Schiffsraume den Schweiß nicht zu hemmen. Zwar habe ich einen natürlichen Abscheu davor; aber meine Champagner- und Claret-Tage sind vorbei, und ich muß mich in die Umstände schicken.«

»Mein armer Trotter«, sagte die Lady.

»Ja«, fuhr er fort, »es ist mein armes Herz, das nie sich freuet.«

Er goß einen halben Becher voll Rum ein und füllte das Glas mit Wasser auf.

»Mein Schatz, willst Du versuchen?«

»Nun, Trotter, Du weißt ja, daß ich ihn nie anrühre, außer wenn das Wasser so schlecht ist, daß man ihm den Geschmack nehmen muß. Wie ist das Wasser heute?«

»Wie gewöhnlich, mein Schatz, nicht trinkbar.«

Nach vielem Zureden ließ sich Madame Trotter herbei, ein wenig aus dem Glase zu nippen. In Betracht, daß sie das Getränk nicht liebte, dünkte es mich, sie lange ziemlich oft danach, allein ich fühlte mich so unwohl, daß ich auf das Deck gehen mußte. Hier traf ich einen Seekadetten, welchen ich vorher noch nie gesehen hatte. Er blickte mir sehr ernsthaft ins Gesicht und fragte dann nach meinem Namen.

»Simpel«, sagte er, »wie, sind Sie der Sohn des alten Simpel?«

»Ja, Sir«, erwiderte ich, erstaunt, daß so viele Leute meine Familie kennen sollten.

»Nun, ich dachte mir's gleich wegen der Ähnlichkeit. Und wie befindet sich Ihr Vater?«

»Sehr wohl, danke Ihnen, Sir.«

»Wenn Sie ihm schreiben, richten Sie ihm mein Kompliment aus und sagen Sie ihm, ich wünsche besonders in seinem Gedächtnis zu bleiben.«

Damit ging er fort, aber da er vergaß, seinen Namen anzugeben, konnte ich es nicht thun. Ich ging sehr ermüdet zu Bette. Herr Trotter hatte in dem Cockpit meine Hängematte aufgehängt, welche nur durch eine Decke von Segeltuch von der Hängematte getrennt war, in welcher er mit seiner Frau schlief. Dies kam mir sehr sonderbar vor, allein sie sagten mir, es sei so Sitte an Bord, obwohl das Zartgefühl der Madame Trotter sehr dadurch verletzt werde. Ich fühlte mich sehr unwohl, allein Madame Trotter war sehr zärtlich. Als ich im Bette lag, küßte sie mich, wünschte mir gute Nacht, und bald darauf fiel ich in festen Schlaf.

Sechstes Kapitel

Madame Trotter besorgt meine Garderobe. – Ein eheliches Duett, welches con strepito endigt.

Ich erwachte den andern Morgen mit Tagesanbruch durch ein donnerähnliches Geräusch über meinem Kopfe und fand, daß es von dem Abwaschen des Deckes kam. Dessenungeachtet war ich sehr erfrischt und fühlte mich nicht im geringsten unwohl oder schwindlig. Herr Trotter, welcher um vier Uhr aufgestanden war, kam herab und trug einem Matrosen auf, mir Wasser zu bringen. Ich wusch mich auf meinem Koffer und ging dann auf das Verdeck, welches man trocken schwabberte. Als ich an der Kajütenthür bei der Schildwache stand, traf ich auf einen jungen Seekadetten, in dessen Gesellschaft ich im »Blauen Pfosten« gewesen war.

»So, Herr Simpel, der alte Trotter und sein Besen von Weib haben Sie festgehalten, nicht wahr?« sagte er.

Ich erwiderte: »Ich verstehe nicht, was Sie mit dem Besen meinen, allein ich halte die Madame Trotter für ein sehr reizendes Weib.« Hierauf brach er in helles Gelächter aus.

»Nun«, fuhr er fort, »ich will Sie warnen; nehmen Sie sich in acht, oder man wird Sie ausnehmen. Hat Sie Madame Trotter schon ihre Knöchel sehen lassen?«

»Ja,« versetzte ich, »und sie sind sehr hübsch.«

»Ach! das sind ihre alten Kniffe; es wäre für Sie besser gewesen, an unserem Tische teilzunehmen. Sie sind nicht der erste Grünschnabel, den sie gerupft haben. Nun,« schloß er, als er wegging. »heben Sie nur den Schlüssel zu ihrer Kiste gut auf, weiter sage ich nichts!«

Da Herr Trotter mir vorher gesagt hatte, daß die Seekadetten ihnen gram seien, so schenkte ich dem, was er sagte, sehr wenig Aufmerksamkeit. Als er mich verließ, ging ich auf das Hinterdeck. Alle Matrosen waren eifrig beschäftigt, und der erste Leutnant schrie dem Feuerwerker zu:

»Herr Dispart, wenn Sie fertig sind, wollen wir die Kanonen hosen.«

Da ich noch nie gehört hatte, daß eine Kanone Hosen anhabe, war ich sehr gespannt, zu sehen, was vorginge, und trat ganz nahe zu dem ersten Leutnant, welcher mir sagte: »Junger Herr! langen Sie mir den Affenschwanz.« Ich sah nichts, was einem Affenschwanz glich, allein ich war so in Angst, daß ich nach dem ersten, besten Dinge griff, welches eine kurze Eisenstange war, und zufällig war es gerade das Werkzeug, welches er verlangte. Als ich es ihm hingab, blickte der erste Leutnant mich an und sagte:

»So, Sie wissen schon, was ein Affenschwanz ist? Nun stellen Sie sich nur nicht mehr einfältig.«

Ich dachte bei mir selbst, ich bin fürwahr glücklich, aber wenn dies ein Affenschwanz ist, so ist es ein sehr steifer. Ich nahm mir vor, die Namen von allen Dingen so schnell als möglich zu lernen, um immer vorbereitet zu sein; daher horchte ich aufmerksam auf alles, was man sagte, allein ich wurde bald ganz verwirrt und zweifelte daran, mir alle diese Dinge merken zu können.

»Wie wird hier das Ende gemacht, Sir?« fragte ein Matrose den Bootsmann.

»Ei, erlaubt mir, Sir, Euch in der zartesten Weise von der Welt zu bemerken,« versetzte der Bootsmann, »daß es mit einem Doppelwalz endigen muß. Gott straf' mich, wißt Ihr das noch nicht? Kapitän vom Vortopmast!« fuhr er fort, »hinauf zu Euren Pferden und schnallt ihnen die Bügel um drei Zoll kürzer.«

»Ja, ja, Sir.« (Ich schaute und schaute, konnte aber keine Pferde sehen.)

»Herr Chucks!« sagte der erste Leutnant zu dem Bootsmann, »was für Blöcke haben wir unten, die nicht gebraucht werden?«

»Lassen Sie mich sehen, Sir! ich habe eine Schwester, die andern spalteten wir kürzlich mitten entzwei, und ich denke es sind auch noch ein paar Affen drunten im Schiffsraume. He, Smith! zieht die Brasse durch's Ochsenauge und nehmt die Schafskeule heraus, ehe Ihr herabkommt.«

Hierauf fragte er den ersten Leutnant, ob nicht etwas mit einer Maus oder nur mit einem Türkenkopfe versehen werden müsse, und sagte ihm, der Gänsehals müsse, sobald die Esse herauf sei, von dem Rüstmeister ausgestreckt werden. Kurz, vor lauter Totenaugen und Leichentüchern, Katzen und Katzenblöcken, Delphinen und Delphinenstampfern, Peitschen und Puddingen wurde ich so verwirrt, daß ich im Begriffe war, in völliger Verzweiflung das Deck zu verlassen.

»Herr Chucks! vergessen Sie nicht, heute Nachmittag allen Bojen zur Ader zu lassen!«

Den Bojen zur Ader lassen, dachte ich, wie kann dies sein; jedenfalls scheint der Chirurg die geeignete Person zu sein, diese Operation zu verrichten. Diese letzte, unbegreifliche Bemerkung trieb mich vom Verdecke, und ich zog mich in das Cockpit zurück, wo ich Madame Trotter fand.

»Ach, mein Lieber,« sagte sie, »wie freut es mich, daß Sie kommen, denn ich möchte gerne Ihre Kleider in Ordnung bringen. Haben Sie eine Liste von denselben? Wo ist Ihr Schlüssel?«

»Ich habe keine Liste,« versetzte ich und gab ihr den Schlüssel hin, obschon ich die Warnung des Seekadetten nicht vergaß; allein ich dachte, es habe nichts zu sagen, wenn ich sie in meiner Gegenwart meine Kleider sehen lasse. Sie schloß meinen Koffer auf, packte alles nacheinander aus und dann fing sie an, mir zu sagen, was ich brauchen könne und was nicht.

»Diese gestrickten Strümpfe,« sagte sie, »sind bei kaltem Wetter sehr bequem und im Sommer werden diese braunen, wollenen Socken angenehm kühl sein. Sie haben von beiden genug, bis Sie aus ihnen herauswachsen, aber diese feinen wollenen Strümpfe sind für sie von keinem Nutzen! — Sie nehmen nur den Schmutz an, wenn das Deck geschwemmt wird, und stehen nicht nett. Ich wundere mich, wie man so thöricht sein konnte, sie Ihnen zu schicken; niemand trägt sie heutzutage an Bord. Sie sind nur für Frauen passend, und ich möchte gerne wissen, wie sie mir stehen.« Sie rückte ihren Stuhl hinweg und zog einen meiner Strümpfe an, wobei sie immer lachte. Hierauf wandte sie sich gegen mich und ließ mich sehen, wie hübsch sie ihr ständen. »Wahrhaftig, Herr Simpel! gut, daß Trotter im Schiffsraume ist, er würde sonst eifersüchtig werden. — Wissen Sie, was diese Strümpfe kosten? Sie sind für Sie von keinem Nutzen und mir passen sie. Ich will mit Trotter sprechen und sie Ihnen abnehmen.«

Ich erwiderte, ich könne nicht daran denken, sie zu verkaufen, aber weil sie für mich nicht brauchbar wären und ihr paßten, so bäte ich sie, das Dutzend Strümpfe annehmen zu wollen. Zuerst weigerte sie sich standhaft, aber da ich in sie drang, gab sie endlich nach, und ich war ebenso glücklich, sie ihr geben zu können, als sie freundlich gegen mich war; ich hielt sie, wir ihr Ehemann, für eine sehr reizende Frau.

Wir hatten heute Beefsteak mit Zwiebeln, allein ich konnte den Geruch der Zwiebeln nicht vertragen. Herr Trotter kam sehr verdrießlich herunter, weil der erste Leutnant ihn getadelt hatte. Er schwur, er wollte den Dienst aufgeben, er sei nur da geblieben, um den Kapitän zu verpflichten, welcher gesagt hatte, er wolle lieber seinen rechten Arm, als ihn verlieren; auch würde er von dem ersten Leutnant Satisfaktion verlangen, sobald er seine Entlassung erhalten könne. Madame Trotter that alles, was sie konnte, um ihn zu besänftigen; sie erinnerte ihn daran, daß er die Protektion von diesem und jenem Lord habe, welcher ihm zu seinem Recht verhelfen werde, allein umsonst. Der erste Leutnant habe ihm gesagt, fuhr er fort, er sei das Salz nicht wert, und Blut allein könne den Schimpf abwaschen. Er trank ein Glas Grog um das andere, und mit jedem Glase wurde er heftiger, und Madame Trotter trank auch, wie ich bemerkte, einen guten Teil mehr, als sie nach meiner Ansicht hätte trinken sollen; allein sie flüsterte mir zu: sie trinke nur deshalb soviel, damit Trotter keinen Rausch bekomme. Ich hielt dies von ihrer Seite für ein großes Opfer, allein sie blieben so lange sitzen, daß ich sie verließ und ins Bette ging, während er noch immer trank und dem ersten Leutnant Rache schwur.

Ich hatte kaum zwei oder drei Stunden geschlafen, als ich durch ein großes Geräusch und Gezänke aufgeweckt wurde; ich entdeckte, daß Herr Trotter betrunken war und sein Weib prügelte. Sehr ungehalten darüber, daß eine so reizende Frau geschlagen und übel behandelt werden sollte, kletterte ich aus meiner Hängematte heraus, um zu sehen, ob ich keinen Beistand leisten könne, allein es war stockfinster und sie pufften einander so stark als vorher. Hierauf forderte ich den Matrosen, welcher oben an der Geschützkammerthür Wache stand, auf, seine Laterne zu bringen, und ärgerte mich sehr über seine Antwort, ich würde am besten thun, ins Bette zu gehen, und sie den Streit ausfechten zu lassen. Kurz nachher kam Madame Trotter, welche ihre Kleider noch nicht ausgezogen hatte, hinter dem Vorhang hervor. Ich bemerkte sogleich, daß die arme Frau kaum stehen konnte; sie wankte auf mein Kissen zu, setzte sich nieder und weinte. Ich zog meine Kleider so schnell als möglich an, und ging auf sie zu, um sie zu trösten, aber sie konnte nicht vollständig sprechen. Ich suchte vergebens, sie zu beruhigen; sie antwortete nicht, sondern wackelte auf meine Hängematte zu, und nach mannigfachen Versuchen gelang es ihr hineinzukommen. Ich kann nicht sagen, daß es mir sehr angenehm war, aber was konnte ich thun? Ich zog mich daher vollends an und ging auf das Hinterdeck. Der Seekadett auf Wache war derselbe, der mich vor den Trotters gewarnt hatte. Er war sehr freundlich gegen mich und sagte: »Nun, Simpel, was bringt Sie auf das Deck?« Ich erzählte ihm, wie schlimm Herr Trotter mit seinem Weibe umgegangen sei, und daß dieselbe sich in meine Hängematte gelegt habe.

»Die alte besoffene Vettel,« rief er aus, »ich will hinuntergehen und sie kopfüber herauswerfen;« allein ich bat ihn, es nicht zu thun, weil es eine Dame sei.

»Eine Dame?« versetzte er, »Damen dieser Sorte gibt's eine Masse,« und dann erzählte er mir, daß sie viele Jahre die Mätresse eines vermögenden Mannes gewesen, der ihr eine Equipage gehalten habe; allein er sei ihrer überdrüssig geworden und habe Trotter zweihundert Pfund gegeben, daß er sie heirate; nun thäten sie nichts als trinken und einander herumprügeln.

Ich war sehr verdrießlich, all dies zu vernehmen, aber da ich bemerkte, daß Madame Trotter nicht nüchtern war, so begann ich, das, was der Seekadett sagte, für wahr zu halten.

»Hoffentlich«, setzte er hinzu, »hat sie noch nicht Zeit gehabt, Ihnen eins oder das andere von ihren Kleidern abzuschwatzen?«

Ich erzählte ihm, ich hätte ihr ein Dutzend Strümpfe gegeben und Herrn Trotter für meine Kost drei Guineen bezahlt.

»Da muß nachgesehen werden«, entgegnete er; »ich werde morgen mit dem ersten Leutnant reden. Zugleich will ich Ihnen Ihre Hängematte wieder verschaffen. Quartiermeister, geben Sie wohl acht!«

Nun stieg er hinab und ich folgte ihm, um zu sehen, was er anfangen würde. Er ging zu meiner Hängematte und ließ sie an einem Ende herunter, so daß Madame Trotter in einer sehr unbehaglichen Stellung mit ihrem Kopfe auf dem Deck lag. Zu meinem Erstaunen schimpfte sie ihn auf eine schauerliche Weise und weigerte sich herauszugehen. Er blieb ihr nichts schuldig und rüttelte sie eben in der Hängematte hin und her, als Herr Trotter, welcher bei dem Lärmen aufgestanden war, hinter dem Vorhang hervorstürzte.

»Du Schurke, was hast Du mit meinem Weibe zu schaffen?« schrie er, indem er, so gut er konnte, auf ihn losschlug, denn er war so betrunken, daß er kaum zu stehen vermochte.

Ich dachte, der Seekadett könne sich wohl selbst verteidigen, und wollte mich nicht darein mischen; daher blieb ich oben und schaute zu. Die Schildwache stand neben mir mit ihrer Laterne, welche sie über die Luken des Ganges hielt, um dem Kadett zu leuchten und Zeuge von der Balgerei zu sein. Herr Trotter war bald niedergeschlagen, als auf einmal Madame Trotter aus der Hängematte heraussprang, den Kadetten beim Haare ergriff und auf ihn lospuffte. Nun hielt es die Schildwache an der Zeit, sich darein zu legen; sie rief nach dem Profoß und ging selbst hinab, um dem Kadetten zu helfen, dem es zwischen den beiden schlimm erging. Aber Madame Trotter riß ihm die Laterne aus der Hand und schlug sie in Stücke. Nun befanden wir uns alle in tiefer Finsternis, und ich konnte nicht sehen, was vorging, obschon die Rauferei fortdauerte. So war die Lage der Dinge, als der Profoß mit seinem Lichte heraufkam. Der Seekadett und die Schildwache stiegen die Leiter hinauf und Herr und Frau Trotter setzten ihre Prügelei fort. Davon nahm niemand die geringste Notiz; sie sagten, wie vorher die Wache: »Laßt sie den Streit ausfechten.« Nachdem sie sich eine Zeitlang gebalgt hatten, zogen sie sich hinter den Vorhang zurück; ich folgte dem Rate des Kadetten, und ging in meine Hängematte, welche der Profoß wieder für mich aufgehängt hatte. Ich hörte Herrn und Frau Trotter miteinander weinen und einander küssen.

»Grausamer Trotter«, sagte sie schluchzend.

»Mein Leben, meine Liebe, ich war so eifersüchtig«, versetzte er.

»Der Teufel soll Deine Eifersucht holen«, erwiderte die Lady. »Ich habe morgen zwei hübsch blau unterlaufene Augen in der Küche.«

Nach ungefähr einer Stunde, die unter Küssen und Schelten verstrich, schliefen beide wieder fest ein.

Den anderen Morgen vor dem Frühstück meldete der Seekadett dem ersten Leutnant das Betragen Herrn Trotters und seiner Frau. Man schickte nach mir, und ich mußte bekennen, daß alles wahr sei. Es wurde auch nach Herrn Trotter geschickt, welcher sagen ließ, er sei nicht wohl und könne nicht auf Deck kommen. Hierauf befahl der erste Leutnant dem Marinesergeanten, ihn auf der Stelle herzubringen. Herr Trotter erschien mit einem verbundenen Auge, und sein Gesicht war sehr zerkratzt.

»Befahl ich Ihnen nicht, Sir«, sprach der erste Leutnant, »diesen jungen Gentleman in die Kajüte der Seekadetten zu führen? Dagegen haben Sie ihn zu Ihrem schändlichen Weibe geführt und ihn um sein Eigentum betrogen. Ich befehle Ihnen, auf der Stelle die drei Guineen zurückzugeben, welche Sie als Kostgeld empfangen haben, und ebenso soll Ihre Frau die Strümpfe zurückstellen, die sie ihm abgeschmeichelt hat.« Allein da schlug ich mich ins Mittel und sagte dem ersten Leutnant, daß die Strümpfe von meiner Seite eine freiwillige Gabe seien, und obschon ich sehr einfältig gehandelt habe, so glaube ich doch, daß man sie mit Ehren nicht mehr zurückfordern könne.

»Guter, junger Herr«, versetzte der erste Leutnant, »vielleicht ist Ihre Ansicht richtig, und wenn Sie es wünschen, so will ich auf diesem Teile meines Befehles nicht bestehen, aber«, fuhr er, zu Herrn Trotter gewendet fort, »ich fordere, Sir, daß Ihre Frau das Schiff sogleich verläßt, und bin überzeugt, daß der Kapitän mit Ihnen ebenso verfahren wird, wenn ich ihm Ihre Aufführung gemeldet habe. Unterdessen können Sie sich als Arrestanten betrachten wegen Trunkenheit.«

Siebentes Kapitel

Ein scandalum magnatum klar erwiesen. – Ich zeige dem Kapitän, daß ich ihn als Gentleman betrachte, obschon ich ihm das Gegenteil gesagt hatte, und beweise den Seekadetten, daß ich selbst ein Gentleman bin. Sie bezeugen ihre Dankbarkeit, indem sie ihren Witz an mir üben; denn Übung macht den Meister.

Der Kapitän kam ungefähr um zwölf Uhr an Bord und befahl, sobald der erste Leutnant den Vorfall gemeldet hatte, daß die Entlassung des Herrn Trotter sogleich ausgefertigt werden solle. Sodann ließ er alle Seekadetten auf das Hinterdeck kommen.

»Gentlemen«, sprach er mit ernster Miene zu ihnen, »ich fühle mich einigen von Ihnen sehr verbunden, wegen der Charakterschilderung, welche Sie dem Herrn Simpel von mir entworfen haben. Ich muß Sie nun bitten, mir einige Fragen zu beantworten, welche ich in seiner Gegenwart stellen werde. Ließ ich jemals die ganze Steuerbordwache peitschen, weil das Schiff nur neun Knoten segeln wollte?«

»Nein, Sir, nie!« erwiderten alle in großer Angst.

»Ließ ich jemals einem Seekadetten ein Dutzend geben, weil er seine sechswöchentlichen Berichte nicht niedergeschrieben hatte, oder einem anderen fünf Dutzend, weil er ein scharlachrotes Uhrband trug?«

»Nein, Sir, nie!« versetzten alle zugleich.

»Starb jemals ein Seekadett auf seinem Koffer vor Anstrengung?«

Wiederum antworten sie verneinend.

»Dann, Gentlemen, werden Sie mich verpflichten, wenn Sie sagen, wer von Ihnen es für geeignet fand, in einem öffentlichen Kaffeehause dergleichen falsche Aussagen zu behaupten, und ferner, wer von Ihnen diesen jungen Mann genötigt hat, sein Leben in einem Duelle zu wagen?«

Alle schwiegen.

»Wollen Sie antworten, Gentlemen?«

»Was das Duell betrifft, Sir«, erwiderte der Seekadett, welcher sich mit mir geschlagen hatte, »so hörte ich sagen, die Pistolen seien nur mit Pulver geladen gewesen. Es war ein Scherz.«

»Gut, Sir, wir wollen zugeben, daß das Duell nur ein Spaß war (und ich hoffe zuverlässig, daß Ihre Angabe richtig ist); aber erlauben Sie mir zu fragen, ist der gute Ruf Ihres Kapitäns auch nur ein Scherz? Ich verlange zu wissen, wer es wagte, solche schimpfliche Verleumdung zu verbreiten.« (Hier trat eine Totenstille ein.) »Wohlan denn, Gentlemen! Da Sie selbst nicht gestehen wollen, so muß ich mich an meinen Gewährsmann halten. Herr Simpel, haben Sie die Güte, mir den- oder diejenigen zu nennen, welche Ihnen die Mitteilung machten.«

Allein ich dachte, dies sei nicht schön, und da sie mich alle nach dem Duelle sehr freundlich behandelt hatten, so beschloß ich, nichts zu sagen. Ich antwortete daher: »Wenn es Ihnen beliebt, Sir, so will ich die Sache so betrachten, als hätte ich sie Ihnen im Vertrauen gesagt.«

»Im Vertrauen, Sir?« versetzte der Kapitän, »wer hat je von Vertrauen zwischen einem Kapitän und einem Seekadetten gehört?«

»Nein, Sir!« erwiderte ich, »nicht zwischen einem Kapitän und einem Seekadetten, sondern zwischen zwei Gentlemen.«

Der erste Leutnant, welcher bei dem Kapitän stand, hielt seine Hand vor das Gesicht, um sein Lachen zu verbergen.

»Er mag ein Dummkopf sein, Sir!« bemerkte er dem Kapitän beiseite, »aber ich kann Ihnen versichern, er ist offen und geradezu.«

Der Kapitän biß sich in die Lippe, wandte sich dann an die Seekadetten und sagte: »Danken Sie es Herrn Simpel, Gentlemen, daß ich diese Geschichte nicht weiter verfolge. Ich glaube, es war Ihnen nicht ernst, als Sie mich verleumdeten, aber vergessen Sie nicht, daß, was man im Spaß sagt, nur zu oft im Ernst wiederholt wird. Ich hoffe, Herrn Simpels Benehmen wird nicht ohne Wirkung sein und Sie werden aufhören, an demjenigen Ihre Witze zu üben, welcher Sie vor einer strengen Strafe bewahrt hat.«

Als die Kadetten hinuntergingen, schüttelten sie mir alle die Hand und sagten: ich sei ein braver Kerl, weil ich nicht geklatscht habe; in betreff der Mahnung des Kapitäns, sie sollten mich nicht mehr zum besten haben, waren sie jedoch sehr vergeßlich, denn sie fingen sogleich wieder an und ließen nicht eher nach, als bis sie fanden, daß ich nicht länger zu düpieren sei. Ich war noch keine zehn Minuten in der Kajüte, so begannen sie ihre Bemerkungen über mich zu machen. Einer sagte, ich sehe einem tüchtigen Burschen gleich, und fragte mich, ob ich auch ein gut Teil Schlaf ertragen könne. Ich erwiderte: »O ja, wenn es zum besten des Dienstes nötig ist.« Sie lachten darüber, und ich meinte, etwas Gutes gesagt zu haben.

»Nun, hier ist Tomkins,« sagte jener Kadett, »er kann Ihnen zeigen, wie Sie diesen Teil ihres Dienstes versehen können. Er hat es von seinem Vater geerbt, der ein Marineoffizier war. Er kann vierzehn Stunden lang in einem fort schnarchen, ohne sich einmal in seiner Hängematte umzudrehen, und vollendet seinen Schlaf auf der Kiste den ganzen Tag hindurch, die Mahlzeiten ausgenommen.«

Allein Tomkins verteidigte sich und sagte, einige Leute seien sehr schnell in allen Dingen und andere sehr langsam; er gehöre zu den langsamen und bekomme von seinem langen Schlafen nicht mehr Erfrischung als andere Leute durch kurzen Schlaf, denn er schlafe viel langsamer als jene.

Dieses sinnreiche Argument wurde jedoch ohne allen Widerspruch über den Haufen geworfen, weil es sich ergab, daß er am Tische schneller als irgendeiner Pudding aß.

Der Postbote kam mit Briefen an Bord und steckte seinen Kopf in die Seekadettenback. Ich war sehr gespannt, einen von Haus zu bekommen, allein ich wurde enttäuscht. Einige erhielten Briefe, andere nicht. Diese letzteren erklärten, ihre Verwandten seien sehr pflichtvergessen, und sie würden dieselben mit keinem Schilling bedenken; diejenigen, welche Briefe bekamen, boten sie, nachdem sie dieselben gelesen hatten, den anderen gewöhnlich um das halbe Porto zum Kaufe an. Ich konnte nicht begreifen, weshalb die einen kauften und die anderen verkauften; allein es war so. War ein Brief mit guten Ermahnungen angefüllt, so wurde er dreimal nacheinander verkauft, und dieser Umstand trug dazu bei, daß ich eine bessere Meinung von der Sittlichkeit meiner Kameraden bekam. Die Briefe, welche am niedrigsten verkauft wurden, waren von Schwestern. Man bot mir einen für einen Penny an, allein ich lehnte den Kauf ab, weil ich selbst genug eigene Schwestern habe. Kaum hatte ich diese Bemerkung gemacht, als sie alle nach dem Namen und Alter derselben fragten und ob sie hübsch seien oder nicht.

Sobald ich ihnen Auskunft darüber gegeben hatte, stritten sie, wem sie gehören sollten. Der eine wollte Lucie haben, der andere Marie nehmen, aber ein großer Streit erhob sich um Ellen, da ich gesagt hatte, sie sei die hübscheste von allen. Zuletzt kamen sie überein, dieselbe zu versteigern, und sie wurde dem Gehilfen des Schiffmeisters, namens O'Brien, zugeschlagen, welcher siebzehn Schillinge und eine Flasche Rum dafür bot. Sie verlangten, ich solle nach Hause schreiben, um meinen Schwestern ihre Grüße zu vermelden, und ihnen sagen, wie man über sie verfügt habe, was mir sehr sonderbar vorkam; doch muß ich gestehen, ich fühlte mich durch den Preis, welchen man für Ellen bot, sehr geschmeichelt, weil ich zu wiederholten Malen Zeuge war, daß eine sehr hübsche Schwester für ein Glas Grog verkauft wurde.

Ich erwähnte der Ursache, warum ich so ängstlich auf

einen Brief wartete: ich müsse mir nämlich einen Degen und aufgestülpten Hut kaufen, worauf sie mir sagten, ich brauche hierfür mein Geld nicht auszugeben, weil nach dem Dienstreglement des Zahlmeisters Verwalter allen Offizieren diese Stücke verabfolge, wenn man sie verlangte. Da ich wußte, wo das Zimmer von dem Verwalter des Zahlmeisters sich befand, so ging ich sogleich hinab.

»Herr Verwalter«, sagte ich, »lassen Sie mir gleich einen aufgestülpten Hut und einen Degen verabfolgen.«

»Sehr wohl, Sir«, versetzte er, und schrieb auf ein Stückchen Papier eine Anweisung, welche er mir einhändigte. »Hier ist eine Anweisung, Sir, allein die aufgestülpten Hüte werden in der Kiste auf dem Großmars aufbewahrt, und was den Degen betrifft, so müssen Sie sich an den Schlächter wenden, welcher diese Waffen in Verwahrung hat.«

Ich ging mit der Anweisung hinauf und dachte, ich wolle mir zuerst den Degen verschaffen; ich fragte daher nach dem Schlächter, welchen ich im Schafstalle unter den Schafen sitzend fand, wo er seine Hosen ausbesserte. Auf meine Anfrage antwortete er mir, er habe den Schlüssel zu der Reservekammer nicht, da derselbe einem der Marinekorporale anvertraut sei. Als ich fragte, wie er heiße, versetzte er, Cheeks*, der Seesoldat. Ich ging nun überall auf dem Schiffe umher, und suchte nach Cheeks, dem Seesoldaten, konnte ihn aber nicht finden. Einige sagten, sie glaubten, er sei auf der Fockstenge, er stehe Schildwache vor dem Winde, daß er sich nicht drehe, andere, er werde in der Küche sein und den Seekadetten aufpassen, daß sie ihren Zwieback nicht in des Kapitäns Bratpfanne tunken.

Da ich den Seesoldaten nicht finden konnte, so dachte ich, ich wolle mich nun nach dem Hute umsehen und den Degen mir nachher verschaffen. Es war mir nicht lieb, in das Takelwerk zu klettern, weil ich besorgte, schwindelig zu werden, und wenn ich über Bord ginge, konnte ich nicht schwimmen. Ein Seekadett bot sich jedoch an, mich zu begleiten, und sagte, wenn ich über Bord falle, brauche ich mich nicht zu fürchten unterzusinken, denn wenn ich schwindelig sei, werde mein Kopf auf alle Fälle schwimmen. Daher beschloß ich, es zu wagen. Ich klomm nun ganz nahe zum Großmars hinauf,

* Diese berühmte Person bedeutet an Bord eines Kriegsschiffes den ›Herrn Niemand.‹

nicht ohne die kleinen Stricke sehr oft zu verfehlen und mir die Haut vom Schienbein aufzuschürfen. Dann gelangte ich zu den dicken Trossen, welche vom Mast ausgespannt sind und mit rückwärts gebogenem Kopfe erklettert werden müssen. Der Seekadett sagte mir, sie hießen Katzenharfe, weil sie so schwer zu erklimmen seien, daß eine Katze sich sträuben würde hinaufzuklettern. Da ich zögerte, schlug er mir vor, ich solle durch das Lümmelloch gehen, welches für Leute meines Schlages gemacht sei. Ich wollte es versuchen, denn es schien mir leichter, und kam zuletzt ganz außer Atem und überglücklich, mich auf dem Großmars zu befinden, oben an.

Der Kapitän vom Hauptmaste war mit zwei anderen Matrosen daselbst. Der Kadett führte mich sehr höflich ein: »Herr Jenkins — Herr Simpel, Seekadett — Herr Simpel, Herr Jenkins, Kapitän vom Haupttop. Herr Jenkins, Herr Simpel ist mit einer Anweisung zu einem Hute heraufgekommen.«

Der Kapitän vom Top erwiderte, es thue ihm sehr leid, daß er keinen im Vorrat habe, der letzte sei an des Kapitäns Affen ausgeteilt worden. Dies war sehr ärgerlich. Hierauf fragte mich der Kapitän vom Top, ob ich meinen Einstand dabeihätte?

»Meinen Einstand?« sagte ich ganz bestürzt, und wandte mich an den Seekadett: »Was bedeutet dies?«

»Es bedeutet: Sie sollen ein Siebenschillingstück fliegen lassen.«

Ich war gerade so klug wie vorher und machte große Augen, als Herr Jenkins den Matrosen befahl, ein halb Dutzend Füchse zu holen und einen ausgespreizten Adler aus mir zu machen, bis er seine Gebühr habe. Ich hätte nie herausgefunden, was er meinte, hätte nicht der Seekadett, welcher lachte, bis ihm die Augen überliefen, mich endlich belehrt, es sei der Brauch, wenn man zum erstenmal heraufkomme, den Leuten ein Trinkgeld zu geben, und wenn ich dies nicht thue, so würden sie mich an das Takelwerk anbinden. Da ich kein Geld in der Tasche hatte, versprach ich zu zahlen, sobald ich hinabkäme; allein Mr. Jenkins wollte mir nicht trauen. Ich wurde deshalb ärgerlich und fragte ihn, ob er an meiner Ehre zweifle, worauf er erwiderte, nicht im geringsten, aber er müsse, bevor ich hinunterginge, seine sieben Schillinge haben.

»Wie, Sir«, sagte ich, »wissen Sie, mit wem Sie sprechen? Ich bin Offizier und Gentleman. Wissen Sie, wer mein Großvater ist?«

»O ja«, versetzte er, »sehr gut.«

»Nun, wer ist es, Sir?«, entgegnete ich, sehr aufgebracht.

»Nun, es ist Lord, ›wer weiß wer‹.«

»Nein, das ist nicht sein Name, es ist Lord Privilege«, war meine Antwort. (Doch mußte ich mich sehr wundern, daß er wußte, mein Großvater sei ein Lord). »Glauben Sie, ich werde die Ehre meiner Familie wegen sieben elender Schillinge aufs Spiel setzen?«

Diese Bemerkung meinerseits und ein Versprechen von seiten des Seekadetten, welcher sagte, er wolle für mich Bürge sein, genügten Herrn Jenkins, und er ließ mich das Takelwerk hinuntersteigen. Ich ging zu meiner Kiste, zahlte die sieben Schillinge einem von den Matrosen, welche mir folgten, und stieg dann das Hauptdeck hinauf, um soviel als möglich von meinem Geschäfte zu lernen. Ich richtete eine große Menge Fragen an die Kadetten, die Kanonen betreffend, und sie drängten sich um mich, um sie zu beantworten. Einer erzählte mir, sie hießen die Zähne der Fregatte, weil sie den Franzosen das Maul stopften. Ein anderer sagte, er sei so oft im Feuer gestanden, daß man ihn den Feueresser nenne. Ich fragte ihn, wie er dem Tode entronnen sei, worauf er mir erwiderte, er habe es sich stets zum Grundsatze gemacht, sobald die erste Kanonenkugel durch die Schiffsseite schlage, seinen Kopf in das gemachte Loch zu stecken, da nach einer von Professor Inman angestellten Berechnung die Wahrscheinlichkeit wie zweiunddreißigtausend sechshundert siebenundvierzig und einige Dezimalstellen zu eins vorhanden sei, daß eine zweite Kugel nicht in dasselbe Loch fahren würde. Daran hätte ich freilich nie gedacht.

Achtes Kapitel

Meine Tischgenossen zeigen mir die Thorheit des Schuldenmachens und führen mich auf eine feine Weise zur Pflicht zurück. — Ich werde mit einigen Gentlemen von dem Ministerium des Innern bekannt. Die Geschichte von Sholto M'Foy.

Als ich ungefähr einen Monat an Bord war, fand ich mein Leben gar nicht unangenehm. Ich roch das Pech und den Teer nicht mehr, und konnte mich in meine Hängematte schwingen, ohne auf der andern Seite wieder herauszupurzeln. Meine Tischgenossen waren gutmütige Leute, obschon sie sehr viel über mich lachten; allein ich muß gestehen, in ihren Begriffen von Ehre nahmen sie es nicht so genau. Sie schienen der Ansicht, einen zu foppen sei ein Kapitalspaß, und weil sie lachten, während sie betrogen, sei es durchaus kein Betrug. Ich kann nicht anders denken, als daß Betrug eben Betrug ist, und daß eine Person um kein bißchen mehr ehrlich ist, weil sie einen noch obendrein auslacht. Einige Tage, nachdem ich an Bord gekommen war, kaufte ich von der Proviantbootfrau einige Törtchen; ich wollte sie bezahlen, allein sie konnte nicht wechseln und sagte mir sehr höflich, sie wolle mir borgen. Hierauf zog sie ein kleines Buch hervor und sagte, sie wolle für mich eine Rechnung anlegen, ich könne sie bezahlen, wenn es mir passe. Gegen diesen Vorschlag hatte ich keine Einwendung und ließ mir allerlei Sachen kommen, bis ich glaubte, meine Rechnung müsse sich nun auf elf oder zwölf Schillinge belaufen. Weil ich meinem Vater versprochen hatte, ich wolle mich nie in Schulden stürzen, dachte ich, es wäre nun Zeit, die Rechnung zu berichtigen. Als ich danach fragte, staunte ich, daß dieselbe zwei Pfund vierzehn Schilling und sechs Pence betrug. Ich erklärte, es sei unmöglich, und verlangte, sie solle mich die einzelnen Posten durchsehen lassen; da fand ich denn, daß wenigstens drei oder vier Dutzend Törtchen täglich für mich mehr ins Buch eingetragen waren, welche von den jungen Gentlemen bestellt worden waren mit dem Bemerken, es sei auf Herrn Simpels Rechnung zu schreiben. Ich ärgerte mich sehr, nicht allein über die Summe Geldes, welche ich zu zahlen hatte, sondern auch über den Mangel an Ehrlichkeit bei meinen Tischgenossen; allein als ich mich in der Kajüte darüber beklagte, lachten sie mich alle aus. Zuletzt sagte einer: »Peter, sprich die Wahrheit; hat Dich Dein Vater nicht vor dem Schuldenmachen gewarnt?«

»Ja, allerdings.«

»Ich weiß das ganz gut,« versetzte jener; »alle Väter machen es so beim Abschied ihrer Söhne. Dies ist eine ganz natürliche Sache. Nun merke auf, Peter, nur aus Rücksicht für Dich haben deine Kameraden auf Deine Kosten Törtchen gegessen. Du vernachlässigtest Deines Vaters Ermahnungen, bevor Du einen Monat von Hause abwesend warst, und um

Dir eine Lektion zu geben, welche Dir fürs künftige Leben nützlich sein kann, hielten sie es für Pflicht, die Törtchen zu bestellen. Ich hoffe, sie wird an Dich nicht weggeworfen sein. Geh zu der Frau, zahle ihr die Rechnung und laß Dich auf keine andere mehr ein!«

»Gewiß nicht,« versetzte ich. Da ich nicht beweisen konnte, wer die Törtchen bestellte, und es nicht für schön hielt, daß die Frau ihr Geld verlieren sollte, ging ich hinauf und bezahlte die Schuld mit dem festen Entschlusse, bei niemand mehr etwas auf Rechnung zu nehmen. Dadurch wurden meine Taschen ganz leer; ich schrieb deshalb an meinen Vater, berichtete ihm den ganzen Hergang und den daraus folgenden Zustand meiner Finanzen. Mein Vater bemerkte in seiner Antwort, daß meine Kameraden als Freunde an mir gehandelt hätten, was immer ihre Beweggründe gewesen sein möchten, und ich hätte mein Geld durch eigene Fahrlässigkeit verloren, ich dürfe nicht erwarten, daß er mir mehr Taschengeld bewillige. Aber meine Mutter, welche diesem Briefe ein Postscriptum beifügte, schloß eine Fünfpfundnote ein, ich glaube fast mit meines Vaters Genehmigung, obwohl er sich sehr ungehalten zeigte, daß ich seine Lehren vergessen habe. Diese zeitgemäße Unterstützung machte mich wieder ganz flott. Wie erfreulich ist es, von einem seiner Verwandten aus der Fremde einen Brief zu erhalten, besonders wenn Geld darin ist.

Einige Tage vorher befahl mir Mr. Falkon, der erste Leutnant, mein Seitengewehr anzulegen und Dienst zu thun. Ich erwiderte, ich habe weder Degen noch Hut, obschon ich sie verlangt hätte. Er lachte über meine Geschichte und schickte mich mit dem Schiffsmeister ans Land, welcher diese Stücke kaufte; der erste Leutnant aber sandte die Rechnung an meinen Vater, der sie bezahlte und ihm schriftlich für seine Bemühung dankte. Am selben Morgen sagte der erste Leutnant zu mir: »Nun, Herr Simpel, wir wollen Ihrem Hut und Degen den Glanz nehmen. Sie werden mit Mr. O'Brien ins Boot steigen, und darauf acht haben, daß keiner von der Mannschaft sich davon entferne und in den Tavernen sich betrinke.«

Dies war das erstemal, daß ich mit einem Auftrage beordert wurde, und ich war stolz darauf, ein Offizier im Dienste zu sein. Ich legte meine volle Uniform an und stand schon eine Viertelstunde vorher im Gange bereit, ehe man den Matrosen mit der Pfeife das Zeichen gab. Wir wurden zu der Schiffswerft befohlen, um Vorrat einzunehmen. Als wir hier ankamen, war ich sehr erstaunt über die Haufen Schiffsbauholz, die Reihen von Lagerhäusern und die ungeheuren Anker, welche auf der Werft lagen. Es herrschte hier eine solche Regsamkeit, jedermann schien so beschäftigt, daß ich nicht alles auf einmal übersehen konnte. Nahe an der Stelle, wo das Boot landete, holte man eine große Fregatte aus dem sogenannten Bassin; der Anblick interessierte mich so sehr, daß ich leider sagen muß, ich vergaß ganz die Bootsmannschaft und meine Befehle, nach ihr zu schauen. Was mich am meisten überraschte, war, daß, obschon die beschäftigten Leute Matrosen schienen, ihre Sprache sehr von derjenigen abstach, an welche ich mich seit kurzem an Bord der Fregatte gewöhnt hatte. Anstatt zu fluchen und zu schwören war jedermann sehr höflich:

»Wollen Sie dem Steuerbordbugtau gefälligst einen Zug geben, Mr. Jones.«

»Lösen Sie das Backbordtau, Mr. Jenkins, wenn Sie so gütig sein wollen.«

»Auf die Seite, Gentlemen, auf die Seite mit der Fregatte, wenn's gefällig ist.«

»Ihr in dem Boote da, rudert zu Mr. Simmons; ich lasse ihn bitten, mir den Gefallen zu thun, sie aufzuhalten, wenn sie schwingt. Was gibts, Mr. Johnson?«

»Ei, da hat einer von den Midshipmaten eine glühend heiße Kartoffel durch die Sternluke geworfen und unsern Offizier ins Auge getroffen.«

»Melden Sie ihn dem Kommissär, Mr. Wiggins, und haben Sie die Güte, die Ankertaue in Ordnung zu bringen. Sagen Sie Mr. Simpkins mein Kompliment, und er möchte am Deckvorsprung fortwickeln. Auf die Seite mit dem Schiff! Gentlemen, auf die Seite, wenn's beliebt.«

Ich fragte einen der Umstehenden, wer diese Leute wären, und er sagte mir, es seien Seemagazin-Gehilfen. Es schien mir in der That ebenso leicht zu sagen: »Wenn es ihnen gefällig ist«, als »der Teufel soll euch holen«; und jenes klang mir viel angenehmer. Während ich auf das Herausholen der Fregatte schaute, schlichen sich zwei Leute von der Bootsmannschaft hinweg und waren bei meiner Zurückkunft nicht mehr zu sehen. Ich geriet in große Angst, denn ich sah ein, daß ich meine Pflicht vernachlässigt hatte, und zwar bei der ersten Gelegenheit, wo ich im Dienste verantwortlich war. Ich wußte nicht, was ich thun sollte. Ich rannte überall im Hafenmagazin auf und nieder, bis ich ganz außer Atem war, und fragte jedermann, dem ich begegnete, ob sie meine zwei Mann nicht gesehen hätten. Einige von ihnen sagten, sie hätten eine Masse Matrosen gesehen, aber kennten die meinigen nicht recht, einige lachten und hießen mich einen Gelbschnabel. Endlich traf ich einen Seekadetten, welcher mir sagte, er habe zwei meiner Beschreibung entsprechende Leute auf dem Dache der Londoner Postkutsche gesehen, und ich solle mich tummeln, wenn ich sie einholen wolle; aber auf weitere Fragen wollte er keine Antwort geben. Ich setzte meinen Gang durch den Hof fort, bis ich zwanzig oder dreißig Leute in grauen Jacken und Hosen antraf, an welche ich mich um Aufschluß wandte; sie sagten mir, sie hätten zwei Matrosen sich hinter Haufen von Schiffsbauholz verstecken sehen. Sie drängten sich um mich und schienen sehr besorgt, mir beizustehen, bis sie aufgefordert wurden, ein Kabeltau hinwegzutragen.

Ich bemerkte, daß sie alle Nummern an ihren Jacken und einen oder zwei breite eiserne Ringe an ihren Beinen hatten. Obschon ich große Eile hatte, konnte ich doch nicht umhin zu fragen, warum sie die Ringe trügen. Einer erwiderte, dies seien Verdienstorden, welche sie wegen ihres guten Verhaltens bekommen hätten. Ich ging sehr trostlos weiter, als ich beim Umbiegen um eine Ecke zu meiner großen Freude meinen zwei Leuten begegnete, welche an ihre Hüte langten und sagten, sie hätten nach mir geschaut. Ich glaubte nicht, daß sie die Wahrheit sprachen, allein ich war so froh, sie wieder zu finden, daß ich sie nicht schalt, sondern mit ihnen in das Boot hinabging, welches schon einige Zeit auf uns wartete. O'Brien, des Schiffsmeisters Gehilfe, hieß mich einen jungen Hauklotz, ein Wort, welches ich nie vorher gehört hatte.

Nachdem wir an Bord gekommen waren, fragte der erste Leutnant O'Brien, warum er so lange ausgeblieben sei?

Er antwortete, zwei von den Leuten hätten das Boot verlassen, und ich hätte sie wiedergefunden.

Der erste Leutnant schien mit mir zufrieden und bemerkte, er habe schon vorher gesagt, daß ich kein Dummkopf sei; ich aber ging sehr vergnügt über mein gutes Glück hinunter, und fühlte mich O'Brien sehr verbunden, weil er nicht die volle Wahrheit gesagt hatte. Als ich meinen Hut und Degen abgelegt hatte, langte ich nach meinem Taschentuch, fand es aber nicht mehr in meiner Tasche, da die Leute in den grauen Jacken es wahrscheinlich herausgenommen hatten, welche, wie ich im Gespräche mit meinen Kameraden erfuhr, wegen Diebstahls und Taschenfegens zu harter Arbeit verurteilte Verbrecher waren.

Ein paar Tage nachher bekamen wir einen neuen Tischgenossen, namens M'Foy. Ich befand mich eben auf dem Hinterdeck, als er an Bord kam und dem Kapitän einen Brief überreichte, wobei er zuerst fragte, ob er Kapitän Savage heiße. Er war ein blühend schöner, junger Mann, fast sechs Fuß hoch, mit rötlichen Haaren und von sehr gutem Aussehen. Da seine Laufbahn im Dienste sehr kurz war, so will ich auf einmal erzählen, was ich erst einige Zeit nachher erfuhr. Der Kapitän hatte ihn angenommen, aus Gefälligkeit gegen einen Kameraden, welcher sich aus dem Dienste zurückgezogen hatte und im schottischen Hochlande lebte. Die erste Nachricht, welche der Kapitän von der Ankunft des Herrn M'Foy erhielt, war aus einem Briefe, den des jungen Mannes Oheim an ihn schrieb. Derselbe belustigte ihn so sehr, daß er ihn dem ersten Leutnant zu lesen gab. Er lautete wie folgt:

»Sir!

Da unser sehr geschätzter gegenseitiger Freund, Kapitän M'Albine, mir durch einen Brief, datiert vom vierzehnten laufenden Monats, Ihre freundlichen Absichten in betreff meines Neffen Sholto M'Foy (für welche ich meinen besten Dank abstatte), mitgeteilt hat, so schreibe ich Ihnen, um Sie zu benachrichtigen, daß er nun auf dem Wege nach Ihrem Schiff »Diomede« ist, und, so Gott will, sechsundzwanzig Stunden nach Empfang dieses Briefes eintreffen wird.

Weil ich von Leuten, welche einige Bekanntschaft mit dem königlichen Dienst besitzen, erfahren habe, daß seine Ausrüstung als Offizier etwas kostspielig sein wird, so habe ich es für angemessen erachtet, Sie in dieser Beziehung von jeder Ungelegenheit zu befreien und deshalb eine halbe englische Banknote zu zehn Pfund Sterling, Nummer dreitausendsiebenhundertzweiundvierzig eingeschlossen; die andere Hälfte derselben wird pflichtgemäß in einem frankierten Briefe folgen, welcher mir bis übermorgen versprochen ist. Ich bitte Sie, die nötigen Einkäufe zu machen, und den Überschuß, sollte welcher da sein, zu seiner Tischrechnung oder anderen Ausgaben zu verwenden, welche Sie für angemessen oder gerechtfertigt halten mögen.

Ich muß Sie zugleich benachrichtigen, daß Sholto bei seinem Abgange von Glasgow zehn Schilling in der Tasche hatte: ich zweifle nicht, Sie werden nach der befriedigenden Verwendung derselben forschen, da es eine bedeutende Summe ist, welche dem Gutdünken eines jungen Menschen überlassen wurde, der nur vierzehn Jahre und fünf Monate zählt. Ich erwähne sein Alter, weil Sholto so groß ist, daß Sie durch sein Äußeres leicht getäuscht und verleitet werden könnten, seiner Klugheit in Sachen von ernster Natur zuviel zuzutrauen. Sollte er einmal neben seinem Solde, welcher, wie man mir sagt, bei den königlichen Offizieren eine sehr hübsche Summe ausmacht, einer weiteren Nachhilfe bedürfen, so bitte ich Sie zu bemerken, daß ein Wechsel von Ihnen auf zehn Tage Sicht, in dem Betrage von fünf Sterling englisch, von der Firma Monteith M'Killop und Kompagnie zu Glasgow pflichtgemäß honoriert werden wird. Nebst vielem Danke für Ihre Freundlichkeit und in aller Achtung verbleibe ich, Sir,

Ihr gehorsamster
Walter Monteith.«

Der Brief, welchen M'Foy an Bord brachte, sollte seine Identität beweisen. Während der Kapitän ihn las, stierte M'Foy um sich wie ein wilder Hirsch. Der Kapitän bewillkommte ihn auf dem Schiffe, richtete ein paar Fragen an ihn, stellte ihn dem ersten Leutnant vor und ging dann an Land. Der erste Leutnant hatte mich zum Mittagessen in die Konstabelkammer eingeladen; ich vermutete, er sei mit mir wohl zufrieden, weil ich die Leute gefunden hätte. Als der Kapitän ans Land ruderte, lud er auch Herrn M'Foy ein, wobei folgende Unterhaltung begann:

»Nun, Herr M'Foy! Sie haben eine lange Reise gehabt; vermutlich Ihre erste?«

»Allerdings, Sir!« versetzte M'Foy, »und ich bin schrecklich geplagt worden. Hätte ich auf alles Rücksicht genommen, was man mir ins Ohr flüsterte, ich hätte müssen von Geld gemacht sein, — sechs Pence hier — sechs Pence dort —

sechs Pence nach allen Seiten. Solche Quälerei hätte ich mir nicht vorgestellt.«

»Wie kamen Sie denn von Glasgow hierher?«

»Mit dem Räderboot oder Dampfboot, wie sie es nennen, nach London. Hier nahmen sie mir sechs Pence ab für das Tragen meines Gepäcks ans Land. — Ein kleines Kistchen, nicht höher als Ihr aufgestülpter Hut da. Ich wollte es gerne selbst tragen, allein sie ließen es nicht zu.«

»Wohin gingen Sie denn, als sie in London ankamen?«

»Nach einem Platze, der Chichester Rents genannt wurde, zu dem Warenhauslager Storm und Mainwaring; da mußte ich wieder sechs Pence bezahlen fürs Wegzeigen. Ich wartete hier eine halbe Stunde im Kontor, bis sie mich zu einem Platze führten, den man Bull und Maul* hieß. Sie setzten mich hier in eine Kutsche und zahlten den ganzen Fuhrlohn für mich. Dessenungeachtet gingen sie den ganzen Weg hierher mich um Geld an. Da war zuerst der Kondukteur, und dann der Kutscher, dann wieder ein Kondukteur und wieder ein Kutscher. Doch ich gab ihnen kein Gehör, deshalb brummten sie und schimpften auf mich.«

»Wann kamen Sie an?«

»Gestern Nacht; ich hatte nur ein Bett und Frühstück im Gasthaus. Dafür forderten sie mir drei Schilling und sechs Pence ab, so wahr ich hier sitze. Dann war noch das Stubenmensch da und der Kellnerbengel und sagten, ich solle sie nicht vergessen, sie wollten auch Silber haben; allein ich sagte ihnen, was ich zu dem Kondukteur und dem Kutscher gesagt hatte, daß ich keines für sie habe.«

»Wie viel ist Ihnen denn von Ihren zehn Schillingen geblieben?« fragte der erste Leutnant lächelnd.

»Ei, Herr Leutnant, wie kommen Sie dazu, dies zu wissen? Ah! ah! 's ist von meinem Onkel Monteith in Glasgow. Ja, so wahr ich hier sitze, ich habe nur noch drei Schillinge und einen Penny übrig. Aber hier ist so ein Geruch, den ich nicht vertragen kann; ich will wieder in die frische Luft hinausgehen.«

Als Herr M'Foy die Konstabelkammer verließ, brachen alle in ein helles Gelächter aus. Nachdem er eine kurze Zeit auf dem Verdecke gewesen war, ging er in die Kajüte der Seekadetten hinunter, aber machte sich hier sehr unbeliebt,

* »Pall Mall« ist gemeint.

weil er mit jedermann zankte und Händel hatte. Es dauerte jedoch nicht sehr lange, denn er wollte den Befehlen, welche man ihm gab, nicht gehorchen. Am dritten Tage verließ er das Schiff, ohne den ersten Leutnant um Erlaubnis zu fragen; als er den folgenden Tag an Bord zurückkehrte, setzte ihn derselbe in Arrest und gab ihn der Schildwache an der Kajütenthür in Verwahrung.

Während des Nachmittags befand ich mich unter dem Halbdeck und bemerkte, daß er ein langes Schnappmesser auf der Munitionskiste der Kanone schärfte. Ich ging auf ihn zu und fragte ihn, was er da mache, worauf er mit flammenden Augen erwiderte, er wolle den Schimpf rächen, welcher dem Blute der M'Foy widerfahren sei. Sein Blick sagte mir, daß es sein Ernst war.

»Was haben Sie denn im Sinne?« fragte ich weiter.

»Ich will,« erwiderte er, indem er an der Schneide des Messers mit dem Finger hinfuhr und die Schärfe prüfte, »ich will es in den Leib des Mannes mit der goldenen Troddel auf der Schulter stoßen, welcher es wagte, mich hierher zu setzen.«

Ich geriet darüber in große Unruhe und hielt es für meine Pflicht, seine mörderischen Absichten anzuzeigen, damit nicht etwas Schlimmeres erfolge; ich ging daher auf das Verdeck und sagte dem ersten Leutnant, was M'Foy im Sinne habe, und wie sein Leben in Gefahr schwebe.

Herr Falkon lachte und begab sich kurz nachher auf das Hauptverdeck. M'Foys Augen leuchteten; er schritt vorwärts an die Stelle, wo der erste Leutnant stand, allein die Schildwache, welche von mir gewarnt worden war, hielt ihn mit dem Bajonette zurück. Der erste Leutnant, welcher sich umwandte und gewahrte, was vorging, befahl der Schildwache, zu sehen, ob Herr M'Foy ein Messer in seiner Hand habe. Dies war wirklich der Fall. Er hielt es offen hinter seinem Rücken. Man entwaffnete ihn und der Leutnant, welcher bemerkte, daß der Bursche auf Unheil sinne, meldete dem Kapitän bei seiner Ankunft an Bord sein Betragen.

Der Kapitän ließ M'Foy holen, welcher sich sehr halsstarrig benahm, und als man ihn um seine Absicht fragte, leugnete er es nicht nur nicht, sondern versprach nicht einmal, es in Zukunft zu unterlassen; daher wurde er auf der Stelle ans Land geschafft und kehrte zu seinen Freunden ins Hochland zurück.

Wir sahen nichts mehr von ihm, allein ich hörte, er habe eine Anstellung in der Armee erhalten und sei drei Monate, nachdem er bei seinem Regimente eingetroffen, in einem Duelle gefallen, durch welches er irgendeine eingebildete Beschimpfung des Blutes der M'Foy rächen wollte.

Neuntes Kapitel

Wir fahren auf den Portsdowner Markt. – Folge der Störung einer Lady beim Essen. – Natürliche Neigung des Pelikan, auf meine Kosten verwiesen. – Feuerwerk im Ranelagh-Garten. – Backwerk nebst Frömmigkeit. – Es werden Manche zum Feste geladen, nur nicht die Hinkenden, Lahmen oder Blinden.

Einige Tage, nachdem M'Foy das Schiff verlassen hatte, erhielten wir alle von dem ersten Leutnant die Erlaubnis, auf den Portsdowner Markt zu gehen; allein nur die Ältesten durften am Lande übernachten. Wir genossen schon im voraus soviel Vergnügen von unserem Ausfluge, daß einige von uns früh genug auf waren, um mit dem Boote abzugehen, das nach frischem Fleische abgeschickt wurde. Dies war sehr einfältig. Es waren nämlich noch keine Fuhrwerke da, um uns auf den Jahrmarkt zu bringen, auch geht kein Jahrmarkt so früh morgens an. Die Läden waren alle geschlossen, und der »Blaue Pfosten«, unser gewöhnliches Stelldichein, war kaum geöffnet. Wir warteten hier in der Wirtsstube, bis wir von der Magd, welche auskehrte, vertrieben und gezwungen wurden, in der Straße auf und ab zu gehen, bis sie fertig war und ein Feuer anmachte. Wir bestellten hierauf unser Frühstück; allein wir hätten besser gethan, es in Gemächlichkeit an Bord einzunehmen und dann an Land zu gehen, besonders da wir kein übriges Geld hatten. Nebst dem Zuspät ist das Zufrüh das Allerschlimmste in der Welt. Wir bekamen unser Frühstück, zahlten die Rechnung und gingen dann weiter die Georgstraße hinauf, wo Fuhrwerke aller Art bereitstanden, uns auf den Jahrmarkt zu bringen. Wir stiegen in ein sogenanntes Dilly. Ich fragte den Mann, dem es gehörte, warum es so heiße, worauf er versetzte, weil der Platz einen Schilling koste.

O'Brien, der uns, nachdem er an Bord gefrühstückt, eingeholt hatte, sagte, diese Antwort erinnere ihn an eine, welche er von einem der Leute, die in London auf dem Mietkutschenplatz warteten, erhalten habe.

›Um Vergebung,‹ fragte er, ›warum heißen Sie Wasserleute?‹

›Wasserleute,‹ erwiderte der Mann, ›ja, Sir, weil wir die Kutschenthüren aufmachen.‹

Endlich kam unter vielem Peitschen und Fluchen und häufigem Gelächter die alte Mähre, deren Rücken von der Anstrengung, soviele Leute schleppen zu müssen, sich wie ein Fiedelbogen krümmte, am Fuße von Portsdownhill an, wo wir ausstiegen und auf den Markt gingen. Es war wirklich ein sehr schöner Anblick. Das klare blaue Himmelsgewölbe, die bunten Flaggen, welche nach allen Richtungen hin wehten, der helle Sonnenschein und die gelbglänzenden Pfefferkuchen, allerlei Spielzeug und verschiedenartiges Geräusch; die Menge Leute und die Masse Zuckerwerk, kleine Knaben so lebensfroh und Krämer so höflich, die Musik in den Buden und geschäftiges Gedränge der Leute draußen, — von allem diesem hüpfte mein Herz vor Freuden. Da waren Hanswurst und Harlekin und hübsche Frauenzimmer, die in Kleidern, welche von Flittergold strotzten, lustige Walzer tanzten und sehr glücklich aussahen. Dort Burschen, welche Purzelbäume machten, Räder schlugen und allerhand Kunststücke auftischten: zum Beispiel Feuer aßen und Ellen Band aus dem Mund hervorzogen. Dann der Zirkus, wo alle Pferde in einer Linie dastanden, mit Männern und Frauen auf ihrem Rücken, welche mit Fähnlein wehten, während die Trompeter ihre Weisen spielten. Sodann der größte Riese in der Welt und Mr. Paap, der kleinste Zwerg in der Welt, und ein weiblicher Zwerg, noch kleiner; auch Miß Biffin, welche ohne Arme und Beine allerhand Dinge verrichtete. Es war auch da zu sehen das abgerichtete Schwein und der Ochse aus Herefordshire, nebst hundert andern Sehenswürdigkeiten, welcher ich mich nicht mehr erinnern kann. Wir gingen ungefähr ein paar Stunden auf und ab, um die Sachen von außen zu sehen, dann wollten wir auch das Innere betrachten. Zuerst gingen wir ins Theater, wo wir eine blutige Tragödie erblickten mit einem Gespenst und Donnergerolle, nachher eine Pantomime voll equilibristischer Kunststücke. Sodann sahen wir ein paar andere Sachen, ich weiß nicht mehr, was; nur so viel kann ich im allgemeinen sagen, außen war es schöner als innen. Nach diesem spürten wir Hunger und beschlossen, in eine Bude zu gehen, um etwas zu uns zu nehmen. Ringsum standen Tische und in der Mitte befand sich eine gedielte Erhöhung zum Tanzen. Die Damen saßen da, alle geputzt, und warteten auf Tänzer; die Musik klang so lieblich, daß ich große Lust zum Tanzen verspürte, aber wir hatten ausgemacht, fortzugehen und die Fütterung der wilden Tiere in Polito's Menagerie mit anzusehen. Da es nun fast elf Uhr war, bezahlten wir unsere Rechnung und brachen auf. Es war ein sehr merkwürdiger Anblick und das Sehenswürdigste auf dem ganzen Jahrmarkt; ich hatte nie eine Idee davon, daß so viele seltsame Tiere existierten. Sie waren alle in eisernen Käfigen verwahrt. Ein großer Kandelaber mit zwanzig Lichtern hing in der Mitte der Bude und beleuchtete sie, während der Wächter herumging und die Tiere mit seiner langen Stange aufstörte; zu gleicher Zeit gab er uns ihre Geschichten zum besten, welche sehr interessant waren. Ich erinnere mich noch an einiges. Es war daselbst ein Tapir, ein großes Schwein mit einer langen Nase, eine Abart des Hiptostamaß, welches, wie der Wärter sagte, ein amphibilisches Tier sei, da es nicht auf dem Lande leben könne und im Wasser sterbe, obgleich es sich in seinem Käfig sehr wohl zu befinden schien. Auch das Känguruh war da mit seinen Jungen, welche aus ihm herausschauten, ein sehr bewunderungswürdiges Tier. Der Wärter sagte, es bringe zwei Junge zur Welt und nehme sie dann wieder in seinen Magen auf, bis sie zum vernünftigen Alter gelangten. Ferner war der Pelikan aus der Wildnis zu sehen (ich werde ihn nie vergessen), mit einem großen Beutel unter seinem Schlunde, welchen der Mann wie eine Schlafmütze auf seinen Kopf setzte; dieser Vogel füttert seine Jungen mit seinem eigenen Blute — wenn die Fische rar sind. Auch die Lachhyäne war da, welche in dem Walde wie ein menschliches Wesen in der Not schreit und diejenigen verschlingt, welche zu seinem Beistand herbeikommen, ein trauriger Beweis von der Schlechtigkeit der menschlichen Natur, wie der Wärter bemerkte. Außerdem war da ein herrliches Geschöpf, der königliche Tiger aus Bengalen, nur drei Jahre alt, welcher alljährlich zehn Zoll wächst und nie seine volle Größe erreicht. Derjenige, welchen wir sahen, maß, wie der Wärter uns erzählte, sechzehn Fuß von der Schnauze bis zum Schwanze, und siebenzehn von dem

Schwanze bis zur Schnauze; doch es muß da ein Irrtum obgewaltet haben. Auch ein junger Elefant war da, nebst drei Löwen und verschiedenen andern Tieren, welche ich nun vergessen habe; daher will ich jetzt die tragische Szene beschreiben, welche vorfiel.

Der Wärter hatte alle Tiere aufgestört und die Fütterung derselben begonnen. Der große Löwe brüllte und knurrte über dem Schienbein eines Ochsens, welches er wie eine Nuß zerknackte, als durch irgend eine Ungeschicklichkeit das eine Ende der Stange, an welcher der Kandelaber aufgehängt war, herabfiel, die Thür des Käfigs streifte, in welchem die Löwin am Abendessen war, und sie aufstieß. Alles war das Werk einer Sekunde. Der Kandelaber fiel, der Käfig war offen und die Löwin sprang heraus. Ich erinnere mich in diesem Augenblicke noch, wie ich den Leib der Löwin in der Luft sah und dann alles stockfinster wurde. Welch ein Wechsel! Einen Augenblick vorher sahen wir alle mit freudiger Neugier zu, und nun Finsternis, Schrecken und Entsetzen. Das war ein Schreien, Lamentieren und Weinen, Puffen und Rennen und Ohnmächtigwerden, – niemand wußte, wohin und wo hinaus. Die Leute drängten zuerst auf die eine Seite und dann auf die andere, wie die Furcht sie antrieb. Ich wurde sehr bald mit meinem Rücken gegen die Stangen eines der Käfige geschoben, und da ich fühlte, wie eine Bestie mich von hinten anfiel, machte ich eine verzweifelte Anstrengung; es gelang mir, den Käfig hinaufzuklimmen, jedoch nicht ohne das Hinterteil meiner Hosen zu verlieren, welches die Lachhyäne nicht loslassen wollte. Ich wußte kaum, wo ich war, als ich hinaufkletterte, allein ich erinnerte mich, daß oben meistens Vögel aufgestellt waren. Damit aber die Vorderseite meiner Hosen nicht eben so zerrissen wurde, wie das Hinterteil, so drehte ich mich, sobald ich Fuß gewinnen konnte, um, den Rücken an das Gitter des Käfigs lehnend. Allein ich befand mich kaum eine Minute daselbst, so wurde ich von etwas angefallen, was wie eine Spitzhacke in mich bohrte. Mich umzuwenden wäre noch schlimmer gewesen, deshalb versuchte ich, nachdem ich ungefähr ein Dutzend Stiche empfangen, meine Stellung zu ändern, bis ich mich einem anderen Käfig gegenüber befand; aber nicht bevor der Pelikan (denn dies war die Bestie) so viel Blut aus mir gesogen hatte, daß er seine Jungen eine Woche damit füttern konnte. Ich überdachte, welche Gefahr ich zunächst wohl zu bestehen hätte, als ich zu meiner Freude entdeckte, daß ich die offene Thür erreicht hatte, aus welcher die Löwin entsprungen war; ich schlüpfte hinein, schloß die Thüre hinter mir zu und schätzte mich sehr glücklich; hier saß ich nun ganz ruhig in einem Winkel, während das Geräusch und die Verwirrung fortdauerte. Ich war jedoch kaum einige Minuten da, als die Leute, welche draußen Musik machten, mit Fackeln und geladenen Musketen hereindrangen. Der Anblick, welcher sich darbot, war in der That schrecklich; zwanzig bis dreißig Männer und Kinder lagen auf dem Boden, und ich dachte, die Löwin habe sie alle umgebracht, allein sie waren nur in Ohnmacht oder durch das Gedränge niedergetreten worden. Niemand war bedeutend verwundet. Die Löwin konnte man nicht finden, und sobald es gewiß war, daß sie entronnen sei, herrschte draußen ebensolcher Schrecken, ebensolche Flucht, wie vordem in der Menagerie. Es zeigte sich später, daß das Tier sich ebenso gefürchtet hatte wie wir selbst und sich unter einen der Wagen verkrochen hatte. Es stand einige Zeit an, bis sie gefunden werden konnte.

Endlich trat O'Brien, welcher ein sehr beherzter Bursche war, an die Spitze der Männer und sah die glänzenden Augen des Tieres. Sie nahmen nun ein paar Netze von den Karren, welche Kälber auf den Markt geführt hatten, und zogen dieselben über die Löwin her. Als sie tüchtig darin verwickelt war, schleppten sie dieselbe bei dem Schwanze in die Menagerie. Mittlerweile blieb ich ganz ruhig in dem Käfig, aber als ich gewahrte, daß dessen rechtmäßiger Eigentümer zurückkam, um davon Besitz zu nehmen, dachte ich, es sei Zeit, herauszugehen; ich rief daher meinen Kameraden zu, welche mit O'Brien den Leuten beistanden. Sie hatten mich nicht bemerkt und lachten sehr, als sie sahen, wo ich mich befand. Einer der Seekadetten schloß den Riegel der Thür, so daß ich nicht hinausspringen konnte, und dann störte er mich mit einer langen Stange auf. Endlich versuchte ich es, wieder aufzuriegeln und herauszukommen; da lachten sie noch mehr, als sie das zerrissene Hinterteil meiner Hosen sahen.

Mir war es nicht zum Lachen, obschon ich mir zu gratulieren hatte, so glücklich davongekommen zu sein. Derselben Ansicht waren auch meine Kameraden, als ich ihnen meine Abenteuer erzählte. Der Pelikan hatte mir am schlimmsten mitgespielt. O'Brien lieh mir ein schwarzseidenes Halstuch, welches ich um meinen Leib band und hinten herabhängen ließ, damit mein Mißgeschick kein Aufsehen erregen möchte; dann verließen wir die Menagerie; aber ich war so steif, daß ich kaum gehen konnte.

Wir gingen sodann in den sogenannten Ranelagh-Garten, um das Feuerwerk zu sehen, welches um zehn Uhr losgehen sollte. Es war gerade zehn Uhr, als wir unseren Eintritt bezahlten.

Wir warteten sehr geduldig eine Viertelstunde, aber nirgends zeigte sich etwas von Feuerwerk. Der Mann nämlich, welchem der Garten gehörte, wollte warten, bis mehr Gesellschaft komme, obschon der Platz bereits voller Leute war.

Nun hatte der erste Leutnant befohlen, das Boot solle bis zwölf Uhr auf uns warten und dann an Bord zurückkehren; wir waren sieben Meilen von Portsmouth entfernt und hatten daher viel Zeit zu verlieren.

Wir warteten noch eine Viertelstunde; dann wurde allgemein angenommen, da das Feuerwerk nach dem Anschlagezettel präzis zehn Uhr beginnen sollte, seien wir vollkommen berechtigt, es selbst loszulassen. O'Brien ging hinaus und kam mit ein paar Dutzend Rohrstäben zurück, welche er an einem Ende einkerbte.

Das Feuerwerk war an Pfosten und Gerüsten angebracht und alles bereit; wir wollten es nun auf einmal anzünden und uns dann unter das Gedränge mischen. Die Ältesten zündeten Zigarren an, befestigten dieselben an das gespaltene Ende der Stäbe und fuhren fort, sie anzublasen, bis sie alle wohl brannten. Sie gaben jedem von uns einen in die Hand; auf ein gegebenes Zeichen hoben wir sie alle an das Luntenpapier. Sobald sich das Feuer mitteilte, warfen wir unsere Stäbe weg und rannten unter die Menge. In ungefähr einer halben Minute ging alles in der schönsten Verwirrung los: silberne und goldene Sterne, blaue Lichter und Catharinenräder, Minen und Bomben, griechisches Feuer und römische Lichter, griechische Bäume, Raketen und illuminierte Motto's, alles brannte, krachte, prasselte und zischte durcheinander. Einstimmig wurde anerkannt, es sei viel schöner gewesen, als das beabsichtigte Schauspiel. Der Mann, welchem der Garten gehörte, rannte aus der Bude heraus, wo er gemächlich sein Bier trank, während die Gesellschaft draußen wartete, und schwur den Thätern Rache; wirklich setzte er auch den anderen Tag fünfzig Pfund Belohnung auf die Entdeckung derselben. Ich dachte, es sei ihm recht geschehen. Er war in seiner Stelle ein Diener des Publikums und hatte sich als dessen Herr betragen. Wir kamen alle säuberlich davon, nahmen ein anderes Dilly und langten noch in rechter Zeit zu Portsmouth bei unserem Boote an.

Den anderen Tag war ich so steif und empfand solche Schmerzen, daß ich zum Doktor gehen mußte, welcher mich auf die Krankenliste setzte, wo ich eine Woche lang blieb, bevor ich meinen Dienst wieder antreten konnte. So viel vom Markte zu Portsdown.

Es war an einem Samstag, als ich wieder Dienst that, und den Sonntag darauf, an einem schönen Tage, gingen wir alle mit dem ersten Leutnant, Herrn Falkon, ans Land.

Wir gingen sehr gern in die Kirche, nicht, ich muß es leider gestehen, aus religiösem Gefühle, sondern aus folgender Ursache: Der Leutnant saß in einem Kirchenstuhle unten und wir standen auf der Empore, wo er weder uns noch wir ihn sehen konnten.

Wir verhielten uns aber sehr ruhig, und ich darf sagen, sehr andächtig während des Gottesdienstes; allein der Geistliche, welcher die Predigt hielt, war so langweilig und hatte einen so schlechten Vortrag, daß wir in der Regel, sobald er auf die Kanzel stieg, hinausschlichen und uns in den gegenüber befindlichen Konditorladen verfügten, um daselbst Küchelchen oder Törtchen zu essen und Kirschwasser zu trinken, welches wir dem Anhören einer Predigt unendlich vorzogen.

Der erste Leutnant hatte irgendwie unsere Schliche ausgewittert; wir glaubten, der Seesoldatenoffizier habe uns angegeben. Diesen Sonntag spielte er uns einen schönen Streich. Wir waren wie gewöhnlich bei dem Konditor gewesen; sobald wir die Leute aus der Kirche kommen sahen, warfen wir alle unsere Törtchen und Süßigkeiten in unsere Hüte, setzten sie dann auf und nahmen unseren Posten an der Kirchenthür ein, als ob wir gerade aus der Empore herabkämen und auf ihn warteten. Allein statt an der Kirchenthür zu erscheinen, ging er die Straße hinauf und befahl uns, ihm ins Boot zu folgen. Er hatte nämlich in dem hinteren Zimmer des Konditorladens unsere Bewegungen durch die grünen Vorhänge belauscht. Wir vermuteten nichts, sondern dachten, er sei ein wenig früher als gewöhnlich aus der Kirche gegangen.

Als wir an Bord kamen und ihm folgten, sprach er zu uns:

»Auf das Hinterdeck, junge Herren!«

Wir thaten es; hierauf befahl er uns, in Linie zu treten, was so viel bedeutet, als sich in einer Reihe aufstellen.

»Nun, Herr Dixon«, fing er an, »was war der Text heute?«

Da er diese Frage sehr oft an uns richtete, ließen wir stets einen in der Kirche, bis der Text verlesen war, welcher uns dann in dem Konditorladen überbracht wurde, wo wir ihn alle in unsern Bibeln anmerkten, um bereit zu sein, wenn er uns fragte.

Dixon zog sogleich seine Bibel heraus, wo er das Blatt bezeichnet hatte, und las.

»Ei der Tausend«, sagte Herr Falkon, »Sie müssen merkwürdig gute Ohren haben, Herr Dixon, daß Sie den Geistlichen vom Konditorladen aus hören konnten. Nun, meine Herren, die Hüte ab, wenn's gefällig ist.«

Wir zogen alle unsere Hüte ab, welche, wie er erwartete, voll Backwerk waren.

»In der That, meine Herren«, fuhr er fort, indem er die verschiedenen Papiere voll Backwerk und Zuckerwaren befühlte, »es freut mich von Herzen, daß Sie nicht umsonst in der Kirche gewesen sind. Wenige gehen mit so vielen guten Sachen weg, welche dem Sitz ihres Gedächtnisses aufgepackt sind. Profoß! alle Schiffsjungen aufs Hinterdeck.«

Die Jungen sprangen die Leitern herauf, und der erste Leutnant hieß jeden sich auf die Karronadenschleifen niedersetzen. Als sie alle saßen, befahl er uns, mit unseren Hüten herumzugehen und jeden um die Annahme eines Törtchens zu bitten, was wir von einem zum andern thun mußten, bis die Hüte leer waren. Was uns aber mehr ärgerte als alles war das grinsende Lachen der Jungen, daß sie von uns wie von Lakaien bedient wurden, und ebenso das spöttische Gelächter der ganzen Schiffsmannschaft, welche sich in den Gängen versammelt hatte.

Nachdem die Pastetchen verzehrt waren, sagte der erste Leutnant:

»Nun, meine Herren! Da Sie für heute Ihre Lektion haben, können Sie hinuntergehen.«

Wir konnten nicht umhin, selbst zu lachen, als wir in die Kajüte traten. Herr Falkon strafte immer mit gutem Humor, auch standen seine Strafen auf irgendeine Weise mit der Art des Vergehens in besonderer Beziehung. Er hatte stets für alles, was er tadelte, ein Heilmittel, und die Schiffsmannschaft hieß ihn deshalb gewöhnlich nur den Helf-Jack. Ich muß bemerken, daß einige meiner Kameraden nach diesem Umstande gegen die Schiffsjungen sehr streng waren, indem sie ihnen, so oft sie konnten, einen Stoß oder Puff an den Kopf gaben und zugleich sagten: »Da hast Du noch ein Törtchen, Du Seekalb.«

Ich glaube, wenn die Jungen gewußt hätten, was ihnen bevorstand, sie hätten die Pasteten lieber ungegessen gelassen.

Zehntes Kapitel

Ein Preßgang, von einem Weibe zurückgeschlagen. — Gefahren eines Bratspießes. — Ein Schmaus für beide Parteien von gerupften Hühnchen, auf meine Kosten. — Auch Genever für Zwanzig. — Ich werde zum Gefangenen gemacht, entwische und erreiche mein Schiff wieder.

Ich muß nun berichten, was mir einige Tage, bevor das Schiff absegelte, begegnete und was zugleich den Beweis liefern soll, daß es nicht gerade nötig ist, Wind und Wetter oder feindliche Kanonen gegen sich zu haben, um in Gefahr zu sein, wenn man einmal in Seiner Majestät Dienste getreten ist; im Gegenteil, ich bin seitdem im Treffen gewesen und erkläre ohne Bedenken, daß ich mich bei dieser Angelegenheit nicht so sehr beunruhigt fühlte, als bei dem Vorfalle, welchen ich nun erzählen will. Wir wurden segelfertig gemeldet, und der Admiralität lag sehr daran, daß wir abfahren sollten. Das einzige Hindernis unseres Absegelns bestand darin, daß unsere Mannschaft noch nicht vollständig war. Der Kapitän wandte sich an den Hafenadmiral und erhielt die Erlaubnis, Abteilungen ans Land zu schicken, um Matrosen zu pressen. Der zweite und dritte Leutnant und die ältesten Seekadetten wurden jede Nacht mit einigen der zuverlässigsten Leute ans Land beordert und brachten in der Regel am Morgen ungefähr ein halb Dutzend Leute mit, welche sie in den diversen Bierhäusern und Grogläden, wie der Matrose sie nennt, aufgefangen hatten. Einige derselben wurden zurückbehalten, doch die meisten als dienstuntauglich wieder ans Land gesetzt; es ist nämlich gebräuchlich, wenn ein Mann freiwillig eintritt oder gepreßt wird, ihn zum Chirurgen in das Cockpit zu schicken, wo er ausgezogen und am ganzen Leibe untersucht wird, um zu sehen, ob er gesund und für Sr. Majestät Dienst fähig ist; wo nicht, so schickt man ihn wieder an Land. Das Pressen schien mir ein ziemlich ernsthaftes Geschäft, soviel ich aus den Erzählungen schließen konnte, welche ich hörte, und aus der Art, wie unsere Matrosen, welche man zu diesem Dienste verwendete, gewöhnlich geschlagen und verwundet wurden. Die Leute, welche gepreßt wurden, schienen ebenso hartnäckig zu kämpfen, um nicht zum Dienste gezwungen zu werden, als sie es für die Ehre des Landes thaten, wenn sie einmal eingeschifft waren. Ich hatte große Lust, mit von der Partie zu sein, ehe das Schiff absegelte, und bat O'Brien, der überhaupt sehr freundlich gegen mich war und niemand als sich selbst erlaubte, mich zu walken, ob er mich nicht mitnehmen wolle, was er auch in der darauf folgenden Nacht that. Ich schnallte meinen Degen um, sowohl um als Offizier kenntlich zu sein als zu meinem Schutze. Als die Dämmerung eintrat, fuhren wir an die Küste und landeten bei Gosport. Die Matrosen waren alle mit scharfen Messern bewaffnet und trugen erbsengrüne Jacken, sehr kurze Kittel von sogenanntem Flushing. Wir hielten uns an den Grogläden der Stadt nicht auf, da es noch zu früh war, sondern wanderten ungefähr drei Meilen in den Vorstädten herum, bis wir zu einem Hause kamen, dessen Thür verschlossen war. Allein wir brachen augenblicklich mit Gewalt hinein und beeilten uns, den Durchgang zu besetzen, wo die Hausfrau bereit stand, uns den Eintritt zu wehren. Der Durchgang war lang und schmal, sie aber ein sehr großes korpulentes Weib, so daß ihr Leib denselben fast ausfüllte. In der Hand hielt sie einen langen Bratspieß auf uns gerichtet, mit welchem sie uns im Schach hielt. Die Offiziere, welche die Vordersten waren, wollten ein Weib nicht angreifen; sie dagegen machte mit ihrem Bratspieße solche Ausfälle, daß einige derselben bald zum Rostbraten fertig gewesen wären, wenn sie sich nicht zurückgezogen hätten. Die Matrosen, welche draußen standen, lachten, und überließen es den Offizieren, die Sache abzumachen, wie sie konnten. Endlich rief die Wirtin ihrem Manne zu:

»Sind sie alle fort, Jem?«

»Ja«, versetzte dieser, »alle in Sicherheit.«

»Nun dann«, gab sie zur Antwort, »will ich bald mit diesen fertig sein.« Und mit diesen Worten machte sie einen solchen Ausfall auf uns mit ihrem Bratspieße, daß, wären wir nicht zurückgewichen und übereinander gepurzelt, sie sicherlich den zweiten Leutnant durchgerannt hätte, welcher die Abteilung kommandierte. Der Gang war im Augenblicke gesäubert. Sobald wir alle auf der Straße waren, schloß sie uns aus; so waren wir, drei Offiziere und fünfzehn bewaffnete Leute, von einem alten Drachen gänzlich geschlagen; die Matrosen, welche in dem Hause getrunken hatten, waren unterdessen anderswohin entronnen. Allein ich sehe nicht ein, wie es anders kommen konnte; entweder hätten wir das Weib töten oder verwunden müssen, oder sie hätte uns durchbohrt, so entschlossen war sie. Wäre ihr Mann in dem Gange gewesen, mit dem hätte man kurzen Prozeß gemacht; allein was kann man mit einem Weibe anfangen, welches um sich schlägt wie der Teufel, zugleich aber doch die Rechte und Privilegien des zarten Geschlechtes in Anspruch nimmt? Wir gingen alle sehr verdrießlich hinweg, und O'Brien bemerkte, wenn er das nächste Mal wieder an diesem Hause anklopfe, so wolle er die alte Katze umsegeln, denn er werde dann ihre Ladyschaft von hinten angreifen.

Wir besuchten hierauf andere Häuser, wo wir ein paar Leute aufgriffen, aber die meisten entkamen durch die Fenster und Hinterthüren, wenn wir vorne hereintraten. Es war noch ein Grogladen da, das beliebteste Stelldichein der Matrosen auf den Kauffahrteischiffen, wohin sie sich gewöhnlich zurückzogen, wenn sie hörten, daß Preßgänge los wären. Unsere Offiziere wußten dies wohl und machten sich deshalb nicht viel aus dem Entwischen der Leute, indem sie voraussahen, sie würden alle nach jenem Platze eilen und sich im Vertrauen auf ihre Zahl mit uns schlagen. Um ein Uhr glaubte man, es sei Zeit, dahin zu gehen; wir marschierten ohne Geräusch vorwärts, allein sie hatten Leute auf der Lauer, und sowie wir um die Ecke des Gäßchens bogen, wurde Lärm gemacht. Ich fürchtete, sie möchten davonlaufen und wir würden sie verlieren, allein sie hatten sich im Gegenteil in dieser Nacht sehr stark versammelt und waren entschlossen, ein Treffen zu liefern. Die Männer blieben in dem Hause zurück, aber eine Avantgarde von ungefähr dreißig ihrer Weiber empfing uns mit einem Hagel von Steinen und Kot. Einige von unseren Matrosen wurden verwundet, aber sie schienen von dem, was die Weiber thaten, keine Notiz zu nehmen. Sie drangen vor und wurden dann von den Weibern mit Fäusten und Nägeln empfangen. Dessenungeachtet lachten die Matrosen nur dazu und trieben die Weiber mit den Worten auf die Seite: »Sei ruhig; Polly; nicht närrisch, Molly; aus dem Wege, Sukey, wir wollen Dir Deinen Liebsten nicht nehmen«, obschon das Blut von ihren zerkratzten Gesichtern herablief. So versuchten wir, uns mit Gewalt einen Weg durch sie zu bahnen, aber ich kam bei dieser Gelegenheit mit genauer Not davon. Ein Weib ergriff mich beim Arme und zog mich gegen sich hin; wäre mein Quartiermeister nicht gewesen, so wäre ich von meiner Partie getrennt worden; allein gerade, als sie mich wegrissen, hielt er mich am Beine fest und hinderte sie. »Pack ihn, Grete«, rief das Weib einer anderen zu, »wir wollen dieses kleine Kadettchen nehmen, ich brauche ein solches Püppchen zum Säugen.« Es kamen ihr noch zwei Weiber zu Hilfe, welche mich am anderen Arme festhielten, und sie würden mich der Hand des Quartiermeisters entrissen haben, hätte er nicht seinerseits auch um Hilfe gerufen, worauf zwei Matrosen mein anderes Bein ergriffen. Das war ein Zerren, Stoßen und Ziehen, alles auf meine Kosten; bisweilen gewannen die Weiber ein paar Zoll, dann wieder die Matrosen. Einmal glaubte ich, es sei alles mit mir vorbei, und im nächsten Augenblicke befand ich mich mitten unter meinen eigenen Leuten. »Zieh den Teufel, reck' den Bäcker!« schrie das Weib, und dann brachen sie in ein Gelächter aus, in welches ich, wie ich versichern kann, keineswegs einstimmte; denn ich glaube wirklich, ich sei um einen Zoll größer gezogen, und meine Knie und Schultern schmerzten mich entsetzlich. Zuletzt lachten die Weiber so sehr, daß sie mich nicht mehr festhalten konnten. Dadurch kam ich in die Mitte unserer eigenen Matrosen, wo zu bleiben ich mich sorgfältig bemühte. Nach einigem Quetschen und Schlagen wurde ich durch den Haufen in das Haus gedrängt; die Matrosen von den Kauffahrern hatten sich mit Knitteln und anderen Waffen versehen und auf den Tischen Posto gefaßt. Es waren mehr als zwei gegen einen von uns, und es erhob sich ein furchtbarer Kampf, indem sie einen ganz verzweifelten Widerstand leisteten. Unsere Matrosen mußten ihre Schlitzmesser brauchen, und in einigen Minuten war ich durch das Schreien und Fluchen, Stoßen und Balgen, Ringen und Fechten ganz verwirrt; dabei erhob sich ein Staub, welcher mich nicht nur blendete, sondern beinahe erstickte. Während mir der Atem fast aus dem Leibe gepreßt wurde, gewannen unsere Matrosen die Oberhand. Kaum hatte die Wirtin und die übrigen Weiber dies bemerkt, löschten sie alle Lichter aus, so daß ich nicht sagen konnte, wo ich war; unsere Matrosen aber hatten jeder seinen Mann gefaßt, und suchten sie aus der Thür hinauszuziehen, wo sie gesammelt und verwahrt wurden. Nun war ich wieder in großer Not; man hatte mich zu Boden geworfen und auf mich getreten. Als ich mich endlich wieder auf die Beine stellen konnte, wußte ich nicht, in welcher Richtung die Thür lag. Ich fühlte überall an der Wand herum und kam zuletzt an eine Thür (das Zimmer war nämlich damals fast leer, indem die Weiber den Männern aus dem Hause gefolgt waren). Ich öffnete sie, fand aber, daß es nicht die rechte war, sondern in ein kleines Nebenzimmer führte, wo ein Feuer brannte, aber kein Licht.

Ich hatte eben meinen Irrtum entdeckt und wollte mich zurückziehen, als ich von hinten hineingeschoben wurde und der Schlüssel sich drehte.

Hier war ich nun ganz allein, und ich muß gestehen, in großer Angst, da ich an die Rache dachte, welche die Weiber an mir nehmen würden. Ich glaubte, mein Tod sei gewiß und ich werde, wie ich einst von Orpheus in meinen Büchern gelesen, von diesen Bacchantinnen in Stücke zerrissen werden. Doch stellte ich mir wieder vor, daß ich ein Offizier in Seiner Majestät Diensten sei und die Pflicht es mir gebiete, im Notfalle mein Leben für König und Vaterland zu opfern. Meine arme Mutter fiel mir ein; da mich jedoch dieser Gedanke trostlos machte, so suchte ich ihn zu vertreiben, und mir alles ins Gedächtnis zurückzurufen, was ich von der Tapferkeit und dem Mute verschiedener großer Männer gelesen hatte, wenn ihnen der Tod ins Angesicht blickte. Ich blinzelte durch das Schlüsselloch und bemerkte, daß die Lichter wieder angezündet und nur Weiber in dem Zimmer waren, welche alle zugleich sprachen und nicht an mich dachten. Allein ein paar Minuten darauf kam ein Weib von der Straße herein mit langen, schwarzen, über die Schulter herabhängenden Haaren und ihrer Haube in der Hand.

»Gut!« schrie sie, »sie haben mir meinen Mann weggeschnappt; aber ich will mich auffressen lassen, wenn ich nicht das Seekadettchen in diesem Zimmer eingeschachtelt habe, und er soll seinen Platz einnehmen.«

Ich glaubte, ich müsse sterben, als ich das Weib ins Auge

faßte und sie nebst einigen anderen auf die Thür zukommen sah, um sie aufzuschließen. Als die Thür sich öffnete, zog ich meinen Degen, entschlossen, wie ein Offizier zu sterben. Während sie vorrückten, zog ich mich in einen Winkel zurück und schwang meinen Degen, ohne ein Wort zu sagen.

»Nun«, rief das Weib, welches mich zum Gefangenen gemacht hatte, »ich muß sagen, ich sehe gerne eine Pfütze im Sturme. Seht mir einmal den kleinen Zwiebackkauer an, wie er fechten will; komm, mein Schatz, Du gehörst mir.«

»Nie«, rief ich voll Unwillen aus, »zurück! oder ich werde etwas Mißliebiges thun (ich hielt dabei den Degen vorwärts gezückt), ich bin ein Offizier und Gentleman.«

»Sall!« schrie das häßliche Weib, »hol einen Lumpen und einen Eimer Spülwasser, ich will ihm den Degen aus der Faust drehen.«

»Nein, nein«, versetzte ein anderes, ziemlich gut aussehendes junges Weib, »laß ihn mir, thu ihm nichts zuleid; es ist wirklich ein hübsches Männchen. Wie heißt Du, mein Lieber?«

»Peter Simpel ist mein Name«, erwiderte ich, »ich bin königlicher Offizier, deshalb nehmt Euch in acht, was Ihr thut.«

»Fürchte Dich nicht, Peter, es soll Dir niemand etwas thun; aber Du mußt Deinen Degen nicht vor den Damen ziehen, das steht einem Offizier und Gentleman nicht an. Stecke Deinen Degen ein und sei ein guter Junge.«

»Ich will nicht«, war meine Antwort, »wenn Ihr mir nicht versprecht, daß ich unbelästigt fortgehen kann.«

»Ich verspreche es Dir, Du sollst es auf mein Wort, Peter; — auf meine Ehre, bist Du damit zufrieden?«

»Ja«, entgegnete ich, »wenn jede von Euch das Nämliche verspricht.«

»Auf unsere Ehre«, schrien alle miteinander, worauf ich mich zufrieden gab, meinen Degen in die Scheide steckte und das Zimmer verlassen wollte.

»Halt, Peter«, sagte das junge Weib, welche meine Partei genommen hatte, »ich muß einen Kuß haben, bevor Du gehst!«

»Und ich, wir alle«, schrien die Weiber.

Ich wurde sehr unwillig und versuchte meinen Degen wieder zu ziehen, aber sie hatten mich eingeschlossen und hinderten mich daran.

»Denken Sie an Ihre Ehre«, rief ich dem jungen Weibe zu

und sträubte mich.

»Meine Ehre, Gott behüte Dich, Peter, je weniger wir davon sprechen, desto besser.«

»Aber Ihr habt mir versprochen, daß ich im Frieden fortgehen darf«, sagte ich der Gesellschaft.

»Gut, Du sollst es, aber vergiß nicht Peter, daß Du ein Offizier und Gentleman bist. – Du wirst gewiß nicht so schäbig sein und fortgehen, ohne uns zu traktieren. Was hast Du Geld in Deiner Tasche?«

Und ohne mir Zeit zur Antwort zu lassen, fühlte sie in meine Tasche, zog meine Börse heraus und öffnete sie.

»Ei, Peter«, sprach sie, »Du bist ja so reich wie ein Jude«, und zählte dreißig Schillinge auf den Tisch. »Nun, was sollen wir davon haben?«

»Was Euch beliebt«, entgegnete ich, »vorausgesetzt, daß Ihr mich dann gehen laßt.«

»Gut denn, es soll zu einer Gallone Wacholder langen. Sall, rufe Madame Flanagan.«

»Madame Flanagan, eine Gallone Schnaps und frische Gläser!«

Madame Flanagan nahm den größten Teil meines Geldes und kehrte in einer Minute mit dem Schnaps und Weingläsern zurück.

»Nun, Peter, mein Schatz, wollen wir uns um den Tisch setzen und es uns recht schmecken lassen.«

»O nein!« erwiderte ich, »nehmt mein Geld, trinkt den Branntwein, nur laßt mich gehen.«

Allein sie wollten nicht auf mich hören. Ich mußte mich zu ihnen setzen; der Schnaps wurde eingeschenkt und sie zwangen mich, ein Glas zu trinken, was ich mit großem Widerwillen that. Es hatte jedoch eine gute Wirkung, denn es gab mir Mut und in ein paar Minuten fühlte ich mich so stark, als ob ich es mit allen aufnehmen könnte. Die Thür des Zimmers befand sich auf der Seite des Kamins, und ich sah den Schürhaken glühend heiß zwischen dem Roste stecken.

Ich klagte über Kälte, obgleich ich Fieberhitze hatte, und sie gestatteten mir, hinzugehen, um meine Hände zu wärmen. Sobald ich das Kamin erreicht hatte, riß ich den rotglühenden Schürhaken heraus, schwang ihn über meinem Kopfe und drang auf die Thür zu. Sie sprangen alle auf, um mich zu halten, allein ich versetzte der Vordersten einen Schlag, worauf sie mit einem Schrei zurückrannte (ich glaube, ich habe ihr die Nase verbrannt). Ich nahm die Gelegenheit wahr, entwischte auf die Straße und schwang den Schürhaken immer um den Kopf, während alle Weiber schreiend hinter mir drein kamen.

Ich hörte nicht eher auf zu rennen und meinen Schürhaken zu schwingen, bis ich von Schweiß dampfte und der Schürhaken ganz kalt war. Dann schaute ich zurück und fand mich allein.

Es war sehr finster, jedes Haus verschlossen und nirgends ein Licht zu sehen. An der Ecke hielt ich still und wußte nicht, wo ich war, oder was ich thun sollte. Ich fühlte mich in der That sehr unglücklich und überlegte, was wohl das Beste für mich sein möchte, als einer der Quartiermeister, welcher zufällig an Land geblieben war, um die Ecke bog. Ich erkannte ihn an seiner erbsengrünen Jacke und dem Strohhute als einen der Unsrigen und war sehr erfreut, ihn zu sehen. Als ich ihm erzählte, was vorgefallen war, versetzte er, er sei gerade im Begriff, in ein Haus zu gehen, wo die Leute ihn kannten und einlassen würden.

Als wir hier ankamen, waren die Leute des Hauses sehr höflich, die Wirtin machte uns auf Bestellung des Quartiermeisters Wermutbier, das mir sehr gut vorkam. Als wir den Krug geleert hatten, schliefen wir beide auf unsern Stühlen ein. Ich erwachte nicht früher, als bis ich nach sieben Uhr von dem Quartiermeister geweckt wurde; dann nahmen wir ein Boot und fuhren nach unserem Schiffe.

Elftes Kapitel

O'Brien nimmt mich in seinen Schutz. – Die Schiffsmannschaft wird bezahlt, daher auch die Marktschiffweiber, die Juden und der Emanzipationist nach der Mode. – Wir gehen zur See. – Doctor O'Brien's Heilart der Seekrankheit. – Eine Pille von dem Doktor wirkt mehr als eine Dosis.

Als wir ankamen, begab ich mich zum ersten Leutnant und erzählte ihm die ganze Geschichte, wie ich behandelt worden war, indem ich ihm den Schürhaken vorwies, welchen ich mit an Bord gebracht hatte. Er hörte mich ganz geduldig an und sagte dann:

»Gut, Herr Simpel, Sie mögen der größte Dummkopf Ihrer Familie sein; ich aber weiß das anders und ersuche Sie, nie sich bei mir als Dummkopf anstellen zu wollen. Dieser Schürhaken beweist das Gegenteil; wenn Ihr Witz Ihnen dienen kann, sich selbst aus Gefahren zu ziehen, so erwarte ich, Sie werden ihn auch zum Besten des Dienstes verwenden.«

Er schickte sodann nach O'Brien und gab ihm eine Lektion, weil er mich den Preßgang mitmachen ließ, wobei er besonders hervorhob (und da hatte er recht), daß ich von keinem Nutzen gewesen sei, und wie leicht ein ernsthafter Zufall hätte eintreffen können. Ich ging auf das Hauptverdeck, wo O'Brien zu mir kam.

»Peter,« sagte er, »ich bin ausgescholten worden, weil ich Dich gehen ließ, deshalb ist es auch billig, daß Du von mir gedroschen wirst, weil Du mich gebeten hast.«

Ich wünschte diesen Punkt zu widerlegen; er schnitt aber jedes Argument kurz ab, indem er mich die Luke hinunterstieß.

So endete mein eifriger Versuch, für Seiner Majestät Dienst Matrosen zu schaffen.

Endlich war die Fregatte vollständig bemannt, und als wir von andern Schiffen Matrosen erhalten hatten, wurde Befehl erteilt, uns auszuzahlen, bevor wir in See gingen. Die Leute an Land finden immer aus, wenn ein Schiff ausbezahlt wird; daher waren wir schon in aller Frühe von Booten umringt, mit Juden und anderem Volke beladen, von denen einige Zutritt verlangten, um ihre Waren zu verkaufen, andere, um für dasjenige Zahlung zu erhalten, was sie den Matrosen auf Kredit gegeben hatten. Allein der erste Leutnant gestattete keinem, an Bord zu kommen, bis das Schiff ausbezahlt war, obschon sie so stark drängten, daß er sich gezwungen sah, Schildwachen am Bug auszustellen, um die Boote abzutreiben, wenn sie herankamen. Ich stand gerade im Gange und betrachtete das Gedränge in den Booten, als ein schwarz aussehender Kerl in einem derselben zu mir sagte:

»Sir, lassen Sie mich durch die Geschützpforte hineinschlüpfen, ich werde Ihnen ein sehr hübsches Präsent machen«; hier ließ er mich ein goldenes Petschaft sehen.

Ich befahl sogleich der Schildwache, ihn fortzutreiben, denn ich war sehr beleidigt, daß er glaubte, ich könne bestochen werden, den Befehlen nicht zu gehorchen. Ungefähr um elf Uhr kamen auf dem Seemagazinboot der Buchhalter und der Kassier mit seiner Geldkiste an Bord, und wurden in die Vorkajüte gewiesen, wo sie der Kapitän am Zahltisch erwartete. Die Matrosen wurden einer nach dem andern hereingerufen, und weil der Betrag der Löhnung schon zum voraus berechnet war, so waren sie sehr schnell ausbezahlt. Sie faßten ihr Geld in den Hut, nachdem es in Gegenwart der Offiziere und des Kapitäns ausgezählt worden war. Außerhalb der Kajüte stand ein großer Mann in schwarzer Kleidung mit glattgekämmtem Haare, welcher von dem Hafenadmiral die Erlaubnis erhalten hatte, an Bord zu kommen; dieser ging jeden Matrosen, wie er mit seinem Geld im Hute herauskam, um einen Beitrag zur Emanzipation der westindischen Sklaven an, aber die Matrosen wollten ihm nichts geben, und schwuren, die Neger wären besser daran als sie, denn sie hätten bei Tag nicht härter zu arbeiten, und bei Nacht nicht Wache um Wache zu halten.

»Gedient ist überall gedient, mein alter Psalmsinger,« erwiderte einer. »Sie dienen ihren Herren, wie es ihre Schuldigkeit ist, wir dienen dem König, weil er ohne uns nichts kann, und er fragt uns nie um unsere Einwilligung, sondern greift selbst zu.«

»Ja,« versetzte der Gentleman mit den glattgekämmten Haaren, »aber Sklaverei ist etwas ganz anderes.«

»Kann nicht sagen, daß ich da einen Unterschied sehe. Du, Bill?«

»Ich auch nicht, und ich meine, wenn sie nicht gern da blieben, so liefen sie davon.«

»Davon? — die armen Geschöpfe,« sagte der schwarze Gentleman, »wenn sie dies thäten, so würden sie gegeißelt.«

»Gegeißelt? — gut, und wenn wir davonlaufen, so werden wir gehängt; die Neger sind besser daran als wir, nicht wahr, Tom?«

Eben trat des Zahlmeisters Gehilfe heraus; er war so etwas von einem Advokaten, d. h. er hatte mehr Erziehung genossen, als es bei Seeleuten gewöhnlich der Fall ist.

»Ich hoffe, Sir,« sprach der Schwarze, »Sie werden etwas beisteuern.«

»Ich nicht, mein Schatz; ich bin jeden Pfennig meines Geldes schuldig und noch darüber, fürchte ich.«

»Nur eine Kleinigkeit, Sir.«

»Was, Du mußt ein höllischer Schurke sein, daß Du von einem Manne verlangen kannst, er solle weggeben, was nicht sein Eigentum ist. Sagte ich Dir nicht, ich sei alles schuldig? Es ist ein altes Sprichwort: zuerst gerecht, dann freigebig. Nun ist meine Ansicht, daß Du ein methodistischer nichtsnutziger Lumpenhund bist, und wenn je einer ein solcher Esel ist, Dir Geld zu geben, so wirst Du es für Dich selbst behalten.«

Als der Mann sah, daß er an der Thür nichts erhalten könne, so ging er auf das untere Deck hinunter, woran er aber nicht sehr klug that, denn da nun die Leute bezahlt waren, so wurde den Booten gestattet, an die Seite herbeizukommen, und so viel Branntwein eingeschmuggelt, daß die meisten Matrosen mehr oder weniger betrunken wurden. Als er zu den Soldaten hinunter kam, fing er an, Bilder auszuteilen, die einen Schwarzen in Ketten darstellten, welcher sagte: »Bin ich nicht euer Bruder?« Einige der Matrosen lachten, und schwuren, sie wollten ihren Bruder an die Schiffswand ankleben, um für die Schiffsmannschaft zu beten; andere waren sehr ungehalten und schimpften auf ihn. Zuletzt kam ein Mann, welcher betrunken war, auf ihn zu.

»Willst Du wirklich behaupten, daß dieser heulende schwarze Dieb mein Bruder ist?«

»Allerdings,« versetzte der Methodist.

»Dann nimm dies für Deine höllische Lüge,« sagte der Matrose, indem er ihn rechts und links in das Gesicht schlug und ihn in den Kabelkasten hinabwarf, von wo er heraufkletterte und sich so bald als möglich aus dem Staube machte.

Das Schiff befand sich nun in einem Zustande von Verwirrung und Aufruhr: da waren Juden, welche Kleider zu verkaufen oder für verkaufte Kleider Geld einzuziehen hatten; Männer und Frauen aus den Marktschiffen, die ihre langen Rechnungen vorwiesen und Zahlung forderten, oder durch Schmeichelei zu erhalten suchten; andere Leute vom Lande mit hunderterlei kleinen Forderungen und die Matrosenweiber, welche sich eng an sie drängten und jede vorgewiesene Rechnung als eine Erpressung oder Räuberei bestritten. Das war ein Schreien und ein Drohen, Lachen und Weinen — denn die Weiber mußten alle vor Sonnenuntergang das Schiff verlassen. Bald wurde ein Jude umgeworfen und seine ganze Kiste mit Waren im Raume umhergezogen, bald jagte ein Matrose einem Juden nach, der ihn betrogen hatte. Alles zankte oder jauchzte; viele waren schwer betrunken. Es schien mir, daß die Matrosen in einer schwierigen Lage waren; es waren dreierlei Gläubiger gegen sie, die Juden für Kleider, die Männer aus dem Marktschiffe für Zehrung im Hafen und ihre Weiber wegen des Unterhalts in ihrer Abwesenheit. Das Geld, welches sie erhielten, reichte im allgemeinen nicht weiter, als eine dieser Forderungen zu berichtigen. Man darf annehmen, daß die Weiber den besten Teil davon bekamen; den andern wurde eine Kleinigkeit bezahlt und der Rest versprochen, wenn sie von ihrer Fahrt zurückkämen. Obgleich, wie die Sachen nun standen, es scheinen mochte, daß zwei von den Parteien schlecht behandelt wurden, so waren sie doch mehr als entschädigt, weil ihre Rechnungen so übertrieben waren, daß, wenn auch nur ein Drittel davon bezahlt wurde, ihnen noch ein Profit bleiben mußte. Ungefähr um fünf Uhr wurde Befehl gegeben, das Schiff zu säubern. Alle bestrittenen Punkte wurden von dem Marinesergeanten mit seinen Leuten beigelegt, welche ihre Gegner von den Juden trennten. Personen aller Art, welche nicht auf das Schiff gehörten, männliche oder weibliche, wurden entfernt. Man gab mit der Pfeife das Zeichen zum Niederlassen der Hängematten, schaffte die Betrunkenen ins Bett und das Schiff war auf einmal ruhig. Niemand wurde wegen Trunkenheit gestraft, weil der Zahltag an Bord eines Kriegsschiffes so angesehen wird, als sei mit ihm alles unordentliche Benehmen des Matrosen gleichsam ausgelöscht, und es beginne nun ein neues Blatt im Buche seines Lebens; denn obgleich einige Freiheit gestattet ist und die Matrosen im Hafen selten gepeitscht werden, so wird doch in dem Augenblicke, wo der Anker am Bug ist, strenge Mannszucht gehandhabt, und Betrunkenheit darf nicht länger auf Vergebung hoffen.

Den andern Tag war alles bereit, in See zu stechen, den Offizieren wurde kein Urlaub mehr bewilligt, Vorrat jeder Art an Bord gebracht, die großen Boote aufgewunden und befestigt. Am übernächsten Morgen bei Tagesanbruch gab man uns vom Flaggschiff im Hafen das Signal zum Ankerlichten; wir hatten Befehl erhalten, in der Bucht von Biscaya zu kreuzen. Der Kapitän kam an Bord, die Leiter wurde heraufgezogen, und wir fuhren mit herrlichem Nordostwinde durch die Nadeln. Ich bewunderte die Ansicht der Insel Wight, erblickte mit Bewunderung die Alum-Bay, erstaunte über die Nadelfelsen und fühlte mich dann so unwohl, daß ich hinabgehen mußte. Was in den nächsten sechs Tagen vorkam, kann ich nicht sagen. Ich dachte, ich müsse jeden Augenblick sterben, lag die ganze Zeit über in meiner Hängematte oder auf den Kisten und konnte weder essen, trinken, noch umhergehen. O'Brien kam am siebenten Morgen zu mir und sagte, es werde nie wieder gut mit mir werden, wenn ich mich nicht selbst anstrenge; er habe mich gerne und deshalb unter seinen Schutz genommen, und um seine Anhänglichkeit an mich zu beweisen, wolle er für mich thun, was er für einen andern zu thun sich nie die Mühe gegeben hätte, nämlich mir eine gute Tracht Schläge geben; dies sei ein Hauptmittel gegen die Seekrankheit. Die That folgte dem Worte, er gab mir ohne Gnade Rippenstöße und nahm dann ein Tauende und zerdrosch mich, bis ich seinem Befehle gehorchte und sogleich auf das Verdeck ging. Bevor er zu mir kam, hätte ich es nie für möglich gehalten, ihm zu gehorchen; ich versuchte es, auf die eine oder die andere Art die Leiter zum Hauptdeck hinauf zu kriechen, wo ich mich auf die Kugelrecken niedersetzte und bitterlich weinte. Was hätte ich gegeben, wenn ich wieder zu Hause gewesen wäre! Es war nicht meine Schuld, daß ich der größte Dummkopf der Familie war, und doch, wie wurde ich dafür bestraft! Wenn dies von O'Brien Freundlichkeit war, was hatte ich von denen zu erwarten, welche nicht an mir teilnahmen? Allein nach und nach kam ich wieder zu mir selbst, fühlte mich in der That bedeutend besser und schlief diese Nacht sehr gesund. Den andern Morgen kam O'Brien wieder zu mir.

»Es ist ein garstiges schleichendes Fieber, diese Seekrankheit, mein Peter, und wir müssen es austreiben,« und nun begann er eine Wiederholung des gestrigen Heilverfahrens, bis ich fast lederweich war. Ob die Furcht, geschlagen zu werden, meine Seekrankheit vertrieb, oder was immer die wirkliche Ursache davon gewesen sein mag – soviel ist gewiß, ich fühlte nach dieser zweiten Tracht Prügel nichts mehr, und als ich den andern Morgen erwachte, war ich sehr hungrig. Ich eilte, mich anzukleiden, bevor O'Brien käme, und ich sah ihn nicht bis zum Frühstücke.

»Peter,« sagte er, »laß mich Deinen Puls fühlen.«

»O nein,« versetzte ich, »ich bin wirklich ganz wohl.«

»Ganz wohl? Kannst Du Zwieback und gesalzene Butter essen?«

»Ja, ich kann.«

»Und ein Stück fetten Speck?«

»Auch das kann ich.«

»Dank' mir's, Peter,« erwiderte er, »Du wirst nun von meiner Medizin nichts mehr bekommen, bis Du wieder krank bist.«

»Ich hoffe nicht,« gab ich zur Antwort, »denn sie war nicht sehr angenehm.«

»Angenehm, Du dummer Simpel, wann hast Du je von einer angenehmen Arznei gehört, außer man verschriebe sie sich selbst? Ich glaube, Du würdest Zuckerkandis gegen das gelbe Fieber nehmen. Lebe und lerne, Junge, und danke dem Himmel, daß Du jemand gefunden hast, der Dich hinlänglich liebt, um Dich zu prügeln, wenn es für Deine Gesundheit gut ist.«

Ich erwiderte, daß ich zuversichtlich hoffe, so sehr ich mich auch ihm verpflichtet fühle, keine Beweise seiner Anhänglichkeit mehr nötig zu haben.

»Keine so schlagenden Beweise, meinst Du, Peter? aber laß mich Dir sagen, es waren aufrichtige Beweise; denn seitdem Du krank gewesen bist, habe ich Dein Schweinefleisch gegessen und Deinen Grog getrunken. Da ich Dich nun kuriert habe, wirst Du alles dies in Deinen eigenen kleinen Brotkorb hineinstecken, so daß ich keinen Vorteil dabei habe; daher denke ich, Du wirst überzeugt sein, daß Du Deiner Lebtage nie zwei uneigennützigere Trachten Schläge bekommen hast. Doch sprechen wir nicht mehr davon, und sei mir willkommen.«

Ich schwieg und verzehrte ein tüchtiges Frühstück. Von diesem Tag an trat ich meinen Dienst wieder an und wurde mit O'Brien der nämlichen Wache zugeteilt, da er mit dem ersten Leutnant gesprochen und ihm gesagt hatte, er habe mich unter seine Aufsicht genommen.

Zwölftes Kapitel

Neue Theorie des Herrn Muddle, merkwürdig, weil sie kein Ende hat. — Neue Praxis des Herrn Chucks. — O'Brien beginnt seine Geschichte. — Es gab Riesen in jenen Tagen. — Ich bringe des Schiffsmeisters Nachtglas herauf.

Da ich schon genug von dem Kapitän und dem ersten Leutnant erwähnt habe, um den Leser zu befähigen, eine Einsicht in ihren Charakter zu gewinnen, will ich nun zwei sehr sonderbare Personen anführen, welche meine Genossen auf dem Schiffe waren, — den Zimmermann und den Bootsmann.

Der Zimmermann, welcher Muddle hieß, ging gewöhnlich unter dem Namen Philosoph Chips — nicht als ob er einer besondern Schule gefolgt wäre, sondern er hatte sich seine eigene Theorie gebildet, von welcher er nicht abzubringen war. Ich konnte ihn nie dahin bringen zu erklären, auf welche Data seine Berechnungen sich gründeten; er sagte, ich sei zu jung, um es zu begreifen, wenn er es auch erklären wollte; seine Behauptung war diese: daß in siebenundzwanzigtausend sechshundert zweiundsiebzig Jahren alles, was sich ereigne, wieder geschehen würde, mit denselben Leuten, welche gerade zu dieser Zeit lebten.

Er wagte es selten, dem Kapitän Savage diese Bemerkung zu machen, aber desto öfter that er es dem ersten Leutnant.

»Ich bin so nahe daran gewesen als möglich, Sir! Ich versichere Sie, obwohl Sie einen Fehler daran finden; allein vor siebenundzwanzigtausend sechshundert zweiundsiebzig Jahren waren Sie erster Leutnant auf diesem Schiff und ich Zimmermann, obwohl wir uns nicht mehr daran erinnern, und nach siebenundzwanzigtausend sechshundert zweiundsiebzig Jahren werden wir beide wieder auf diesem Boote stehen und von den Reparaturen sprechen, gerade wie jetzt.«

»Ich zweifle nicht daran, Herr Muddle,« versetzte der erste Leutnant, »und will zugeben, daß dies alles sehr wahr ist, aber die Ausbesserungen müssen diese Nacht fertig werden und von heute über siebenundzwanzigtausend sechshundert zweiundsiebzig Jahren werden Sie gerade einen so ausdrücklichen Befehl dazu haben als jetzt, also lassen Sie es sich gesagt sein.«

Diese Theorie machte ihn gegen die Gefahren sowohl als überhaupt gegen alles gleichgültig. Es war ihm einerlei, jedes Ereignis fand bestimmt im Laufe der Zeit statt; es war in früherer Zeit eingetroffen und mußte sich wieder ereignen; alles hing vom Schicksal ab.

Der Bootsmann war ein noch unterhaltenderer Charakter; er wurde als der festeste, d. h. als der thätigste und strengste Bootsmann im Dienste angesehen. Er ging unter dem Namen

Gentleman Chucks, — letzteres war sein Zuname.

Er schien eine halbe Erziehung genossen zu haben; manchmal bestand seine Sprache aus einigen merkwürdig gut gewählten Redensarten, aber plötzlich konnte er durch ein barsches Wort von seiner Höhe herabfallen; doch ich werde imstande sein, den Leser mehr in seine Geschichte einzuführen, wenn ich zu meinen Abenteuern komme.

Er hatte eine sehr hübsche Figur, Neigung zum Starkwerden, durchdringende Augen und Haar, das sich in Locken ringelte. Seinen Kopf trug er aufrecht und ging stolz einher. Er erklärte, ein Offizier müsse auch einem Offizier gleichsehen und sich danach betragen.

Von Person war er sehr reinlich, trug Ringe an seinen großen Fingern und einen gewaltigen Busenstreif, welcher wie das Hinterstück eines Barsches hervorstand; sein Hemdkragen war immer bis an die Backenknochen heraufgezogen. Er erschien nie auf dem Verdeck ohne seinen Tröster, welches drei wie ein Tau ineinander geflochtene Rohrstäbe waren; bisweilen hieß er ihn seinen Orden oder sein Trio juncto in uno, und dieser Tröster war selten müßig.

Er versuchte, sehr höflich zu sein, selbst wenn er den gemeinen Matrosen anredete, und begann immer seine Bemerkungen an dieselben auf eine sehr artige Weise; allein im Verlaufe der Rede war er in seiner Phraseologie nicht sehr wählerisch. O'Brien sagte, seine Reden seien der Sünde des Dichters ähnlich, oben sehr schön, aber an den untern Extremitäten sehr abscheulich.

Er konnte zum Beispiel zu einem Manne auf dem Vorderkastell auf die zarteste Weise von der Welt sagen: »Erlauben Sie mir die Bemerkung, mein Wertester, daß Sie diesen Teer auf das Deck schütteten, ein Deck, Sir, welches, wie ich die Bemerkung zu machen wagen darf, ich die Pflicht hatte, diesen Morgen reinigen zu lassen. Sie verstehen mich, Sir, Sie haben Seiner Majestät Vorderkastell beschmutzt. Ich muß meine Pflicht thun, Sir, wenn Sie die Ihrige vernachlässigen; so nimm dies — und dies — (dabei zerdrosch er den Mann mit seinem Rohrstab). Du verdammter Heumacherssohn von einem Seekoch, thue es noch einmal, Gott straf mich, und ich haue Dir die Leber aus dem Leibe.«

Ich erinnere mich an einen Schiffsjungen, welcher mit einem Eimer schmutzigen Wassers vorbeiging, um es auf dem Vorderteile des Schiffes auszuleeren, ohne seine Hand

wissen, messen sich nach Füßen und brauchen sich nicht um einige Zoll zu bekümmern, wie wir kleine Teufel thun müssen. Fingal hielt nun eine scharfe Wacht vor dem Schottländer; aber an einem schönen Morgen kam dieser den Hügel herauf, gerade auf Fingals Haus zu. War Fingal vorher erschrocken, so hatte er mehr Grund, in Furcht zu geraten, als er den Burschen erblickte; denn er sah gerade aus wie ein Monument auf einer Entdeckungsreise. Fingal rannte sogleich in sein Haus hinein und rief sein Weib Schaia. ›Meine Liebe,‹ sprach er, ›spute dich nur, da kommt gerade der schottische Lümmel den Hügel herauf. Decke mich mit den Bettlaken zu, und wenn er fragt, wer im Bett liege, so sage ihm, es sei das Kind.‹ Fingal legte sich nun ins Bett nieder, und sein Weib hatte kaum Zeit, ihn zuzudecken, als der Schotte hereintrat; aber obschon er sich bückte, stieß er doch seinen Kopf an der Thüre an.

»›Wo ist Fingal, die Bestie?‹ fing er an, indem er sich die Stirne rieb, ›zeige mir ihn, damit ich ihn durchprügeln kann.‹

»›Pst! Pst!‹ rief Schaia, ›Ihr weckt mir da das Büblein auf, und daß Ihr sagt, Ihr wollet ihn prügeln, wird Euer Tod sein, wenn er hereinkommt.‹

»›Ist dies der Bube?‹ rief der Schotte voll Erstaunen, indem er auf die große Gestalt im Bette blickte.

»›Allerdings,‹ versetzte Schaia, ›und dazu noch Fingals Bube. Wecket ihn nicht auf, oder Fingal wird Euch augenblicklich das Genick brechen.‹

»›Bei dem Kreuze des heiligen Andreas,‹ versetzte der Riese, ›dann ist es für mich Zeit, daß ich fortgehe, denn wenn dies sein Bube ist, so werde ich für den Kerl selbst nur ein Maul voll sein. Guten Morgen, Frau.‹

»Also rannte der schottische Riese aus dem Hause und hielt nimmer an, um zu essen oder zu trinken, bis er zu seinen eigenen Bergen zurückkam. Dabei wäre er fast ertrunken, weil er in seiner großen Eile die Furt durch den Kanal verfehlt hatte.

»Nun stand Fingal auf und lachte, soviel er konnte, über seine eigene List; damit endigt meine Geschichte von Fingal. — — Nun will ich von mir selbst anfangen. Wie ich vorhin bemerkte, stamme ich von dem großen O'Brien ab, welcher seiner Zeit ein großer König war; allein diese Zeit ist vorbei. Ich vermute aber, da die Welt sich ringsum dreht, meiner

Kindeskinder Nachkommen werden wieder Könige sein, obwohl es jetzt gerade nicht den Anschein dazu hat; allein es geht aufwärts und abwärts, auf der großen Leiter sowohl als in der Geschichte des einzelnen Mannes, und das Glücksrad dreht sich zum Troste derjenigen, welche gerade so, wie ich jetzt, auf der untersten Sprosse stehen. Um die Geschichte abzukürzen, will ich gleich zu meinem Urgroßvater überspringen, welcher mit seinen zehntausend Pfund jährlich wie ein echter Gentleman lebte, was er auch war. Endlich starb er, und achttausend von den zehnen wurden mit ihm begraben. Mein Großvater folgte seinem Vater im Verlaufe der Zeit und hinterließ meinem Vater nur etwa hundert Morgen Sumpf, um die Würde der Familie aufrecht zu halten.

»Ich bin der jüngste von zehn und der Teufel soll mich holen, wenn ich einen Pfennig mehr habe als meinen Sold, oder wahrscheinlich jemals erhalten werde. Man spricht wohl von absteigender Linie, aber eine absteigendere Familie als die meinige hat nie existiert; denn ich bin hier mit fünfundzwanzig Pfund jährlich, während mein großer Ahnherr mit ganz Irland und jedermann darin anfangen konnte, was ihm gut dünkte.

»Aber dies ist alles nichts, und ich will nur damit beweisen, daß ich keinen Schilling Vermögen habe, was auch der Grund ist, warum ich mich zu Seiner Majestät Diensten herablasse. Pater M'Grath, der Priester, welcher bei meinem Vater lebte, lehrte mich die Elemente, wie man es heißt; ich hatte damals Elemente genug; aber ich habe seither ein gut Teil mehr davon gesehen.

»›Terence,‹ sagte mein Vater eines Tages zu mir, ›was willst Du anfangen?‹ –

»›Mein Essen zu mir nehmen,‹ antwortete ich, denn ich war nicht wenig hungrig.

»›Das sollst Du heute, mein Lieber,‹ versetzte mein Vater, ›allein in Zukunft mußt Du etwas treiben, um Dein Essen selbst zu verdienen; hier ist nicht genug Futter für euch alle. Willst Du zur See gehen?‹

»›Ich will sogleich hinuntergehen und danach sehen,‹ sagte ich, denn wir lebten nur sechzehn irische Meilen von der Küste. Als ich mein Mahl beendigt hatte, welches aus Mangel an Stoff nicht lange währte, trabte ich nach dem Hafen hinab, um zu sehen, was für ein Schiff mir gefallen möchte, und traf zufällig ein ziemlich großes an; denn es lag ein Dreidecker mit einer Admiralsflagge am Fockmaste da.

»›Wollt Ihr so gut sein und mir sagen, was dies für ein Schiff ist?‹ sagte ich zu einem Matrosen auf dem Hafendamme.

»›Es ist die Königin Charlotte,‹ versetzte er, ›hundertundzwanzig Kanonen.‹

Als ich ihre Größe betrachtete und sie mit den kleinen Küstenbooten verglich, welche umherlagen, fragte ich natürlich, wie alt sie sei, worauf er erwiderte, sie sei nicht mehr als drei Jahre alt. Nur drei Jahre alt, dachte ich bei mir selbst, was für ein schönes Schiff wird das werden, wenn es zu Jahren kommt und nach diesem Verhältnis wächst; es wird so groß werden als die Spitze des Benkrow, eines Berges in unserer Nähe.

»Du siehst, Peter, ich war damals ein Dummkopf, wie Du jetzt bist; allein, unter uns gesagt, wenn Du so oft zerdroschen wirst wie ich, dann wirst Du wahrscheinlich ebenso gescheit sein. Ich ging zu meinem Vater zurück und erzählte ihm alles, was ich gesehen hatte; worauf er erwiderte, wenn es mir gefalle, könne ich am Bord des Schiffes Seekadett werden mit neunhundert Mann unter meinem Kommando. Er vergaß zu sagen, wie viel ich über mir haben würde, allein ich fand dies später selbst heraus. Ich willigte ein; mein Vater ließ seinen Klepper satteln und ritt zu dem Lordleutnant, denn dazu hatte er Einfluß genug; der Lordleutnant sprach mit dem Admiral, welcher sich im Palast aufhielt, und ich wurde als Seekadett an Bord genommen.

»Mein Vater stattete mich ziemlich gut aus, indem er allen Handelsleuten sagte, daß ihre Rechnungen von dem ersten Prisengeld bezahlt werden sollten, und so bekam er durch Versprechungen und Zureden alles, was ich bedurfte, auf Kredit.

»Endlich war alles bereit; Pater M'Grath gab mir seinen Segen und sagte mir, wenn ich als ein O'Brien stürbe, so wolle er für das Heil meiner Seele eine Menge Messen lesen.

»›Mögen Sie nie diese Mühe haben, Sir‹, versetzte ich.

»›Was, Mühe! Ein Vergnügen, mein lieber Junge‹, erwiderte er, denn er war ein sehr höflicher Mann.

»Ich ging also mit meiner großen Kiste fort, welche nicht so voll war, als sie hätte sein sollen, denn meine Mutter hatte die Hälfte meiner Ausstattung für meine Brüder und Schwestern beiseite geschafft. ›Ich hoffe, bald wieder zurückzukommen, Vater‹, sagte ich beim Abschiede.

»›Ich hoffe nicht, mein lieber Junge‹, versetzte er; ›bist Du nicht mit allem versehen, und was brauchst Du mehr?‹

»Nach allerlei Scherereien kam ich glücklich an Bord und trennte mich von der Gesellschaft meiner Kiste, denn ich blieb auf dem Verdeck und jene ging hinab. Ich stierte mit meinen Augen eine Weile überall umher, als der Kapitän angemeldet wurde und die Offiziere den Befehl erhielten, ihn auf dem Verdeck zu empfangen. Ich wollte ihn bequem ansehen und nahm daher auf einer Kanone Platz, um ihn nach Muße betrachten zu können. Der Bootsmann pfiff, die Marinesoldaten präsentierten das Gewehr und die Offiziere nahmen alle ihren Hut ab, als der Kapitän auf das Verdeck trat. Die Wache wurde entlassen, und alle gingen wieder auf dem Verdeck auf und ab, wie zuvor; allein ich fand es sehr angenehm, auf der Kanone zu reiten, daher blieb ich, wo ich war.

»›Was machst Du da, Du langer, junger Schlingel‹, sprach er, als er mich sah.

»›Ich mache gar nichts‹, versetzte ich, ›aber was meinen Sie damit, daß Sie einen O'Brien einen Schlingel heißen?‹

»›Wer ist es?‹ sagte der Kapitän zu dem ersten Leutnant.

»›Herr O'Brien, welcher seit ungefähr einer Stunde auf das Schiff gekommen ist.‹

»›Wissen Sie nichts Besseres als auf einer Kanone zu sitzen?‹ sagte der Kapitän.

»›Ganz gewiß‹, erwiderte ich, ›wenn etwas Besseres zum Sitzen da ist.‹

»›Er versteht noch nichts‹, bemerkte der erste Leutnant.

»›Dann muß man es ihn lehren‹, versetzte der Kapitän. ›Herr O'Brien, da Sie sich selbst zu Ihrem Vergnügen auf die Kanone gepflanzt haben, so sollen Sie nun zu meinem Vergnügen zwei Stunden hier bleiben, verstehen Sie mich, Sir? Sie sollen zwei Stunden lang auf dieser Kanone reiten.‹

»›Ich verstehe, Sir‹, war meine Antwort, ›allein ich fürchte, sie wird sich nicht ohne Sporen bewegen, obschon Metall genug daran ist.‹

»Der Kapitän wandte sich ab und lachte, als er in seine Kajüte ging; alle Offiziere lachten und ich lachte auch mit, denn ich sah keine große Anstrengung darin, ein paar Stunden mich niederzusetzen, so wenig als jetzt. Ich fand bald, daß, wie bei einem jungen Bären, alle meine Mühsale erst kommen sollten. Der erste Monat verstrich unter nichts als

Balgen und Zanken mit meinen Tischgenossen; sie hießen mich einen rohen Irländer, und in der That war ich roh von den beständigen Schlägen und Hieben, welche ich von denjenigen erhielt, die größer und stärker waren als ich; aber nichts dauert ewig. — Sobald sie merkten, daß, wenn sie Schläge hergaben, ich sie wieder hübsch heimgab, wurden sie der Sache überdrüssig und ließen mich mit meinem irländischen Dialekt gehen. Wir kreuzten auf der Höhe von Kap Seesee, wieviel Monate weiß ich nicht. Allein ich vergaß zu sagen, daß ich in eine andere Verlegenheit geriet, just bevor wir den Hafen verließen. Ich war auf der Wache, als man zum Essen pfiff, und nahm mir die Freiheit hinunterzulaufen, da meine Tischgenossen die abwesenden Freunde sehr gerne vergaßen. Der Kapitän kam an Bord und es waren keine Schiffsjungen da, keine Taue und keine Offiziere, um ihn zu empfangen. Er kam auf das Verdeck und schäumte vor Wut, denn seine Würde war verletzt, und fragte, wer der Seekadett von der Wache sei.

»›Herr O'Brien‹, sagten alle.

»›Den Teufel auch‹, versetzte ich, ›ich war auf der Vormittagswache.‹

»›Wer hat Sie abgelöst, Sir?‹ fragte der erste Leutnant.

»›Keine Seele, Sir‹, gab ich zur Antwort; ›denn sie waren alle zu sehr mit ihrem Rind- und Schweinefleisch beschäftigt.‹

»›Warum verließen Sie denn das Verdeck, ohne abgelöst zu sein!?‹

»›Weil, Sir, mein Magen nur wenig übrig gefunden hätte, wenn ich dagelieben wäre.‹

»Der Kapitän, welcher dabeistand, sagte: ›Sehen Sie jene Kreuzhölzer, Sir?‹

»›Sind es diese kleinen Stücke Holz, welche Sie meinen, auf dem Topmaste, Kapitän?‹

»›Ja, Sir, nun gehen Sie sogleich da hinauf und bleiben oben, bis ich Sie herunterrufe. Sie müssen zu Sinnen kommen, junger Mann, oder Sie werden nur geringe Aussicht im Dienste haben.‹

»›Es scheint mir, daß ich gewaltig viel Aussicht haben werde, wenn ich da oben bin‹, erwiderte ich, ›doch nach Ihrem Belieben.‹

»Ich stieg also hinauf, wie ich seitdem manchmal gethan habe und Du noch oft thun wirst, Peter, um Dich an der frischen Luft und zugleich an Deinen eigenen angenehmen Gedanken zu erfreuen. Endlich wurde ich mit den Sitten und Gewohnheiten der Seeleute mehr vertraut. In den vierzehn Monaten, welche ich auf der Höhe von Kap Seesee zubrachte, wurde ich als ein recht ordentlicher junger Seekadett angesehen, und meine Kameraden, nämlich alle, welche ich prügeln konnte, wovon nicht viele ausgenommen waren, hatten einen großen Respekt vor mir. Zu Minorka setzte ich zum erstenmal meinen Fuß an Land, wäre beinahe als ein Ketzer totgeschlagen worden, und rettete mich nur dadurch, daß ich mich als einen wahren Katholiken zeigte. Dies beweist, daß die Religion ein großer Trost im Unglück ist, wie Pater M'Grath zu sagen pflegte. Mehrere von uns gingen ans Land, und nachdem wir einen gebratenen welschen Hahn, welcher mit Rosinen-Pudding gefüllt war, verspeist (sonst war alles in Öl gekocht und wir konnten es nicht essen) und so viel Wein getrunken hatten, daß man eine Jolle damit hätte flott machen können, bestellten wir Esel, um eine kleine Übung im Reiten vorzunehmen. Einige gingen davon mit dem Schwanz voran, andere warfen das Hinterteil in die Luft und dann gingen die Reiter statt der Klepper davon; andere wollten gar nicht gehen, aber der meinige ging, und wo Teufels glaubst Du, daß er hinging? Geraden Weges in die Kirche, wo die Leute zur Messe versammelt waren. Das arme Tier starb fast vor Durst und witterte Wasser. Sobald er darin war, steckte er seine Nase, trotz all meines Zerrens und Reißens, in den Weihwasserkessel und trank ihn ganz aus. Obschon ich dachte, daß, wenn man so viele Christen ohne Religion sehe, man auch nicht viel von einem Esel erwarten könne, so erschrak ich doch sehr über diese gottlose Handlung und fürchtete die Folgen, und zwar nicht ohne Grund; denn das Volk in der Kirche war ganz entsetzt. Kein Wunder, denn das Tier trank so viel Weihwasser, daß man die ganze Stadt Port-Mahon nebst den Vorstädten und allem Zubehör damit hätte reinigen können. Sie erhoben sich von ihren Knien und ergriffen mich, wobei sie alle Heiligen im Kalender anriefen. Obschon ich wußte, was sie meinten, konnte ich doch kein Wort in ihrer Sprache sprechen, um für mein Leben zu bitten, und wäre fast in Stücke gerissen worden, bevor der Priester kam. Da ich die Gefahr wohl einsah, in welcher ich schwebte, fuhr ich mit meinen Fingern über die feuchte Nase des Esels, bekreuzte mich selbst und ließ mich vor dem Priester auf die Knie nieder, wobei ich wie alle gute Katholiken mea culpa schrie, obschon es, wie ich vorher bemerkte, nicht meine Schuld war, denn ich versuchte alles Mögliche, und zog das Tier weg, bis meine Kraft nachließ. Die Priester erkannten aus der Art, wie ich mich bekreuzte, daß ich ein guter Katholik war, und errieten, daß dies alles ein Versehen des Esels sei. Sie befahlen dem Volke, ruhig zu sein, und sandten mich zu einem Dolmetsch, welchem ich die ganze Geschichte erklärte. Sie erteilten mir für das, was der Esel gethan hatte, Absolution, und nachher stand ich, da es sehr selten vorkam, einen englischen Offizier zu finden, der ein guter Christ war, während meines Aufenthalts zu Minorka in großer Gunst, lebte in Fülle, zahlte für nichts und fühlte mich so glücklich wie ein Heimchen. So bewies sich der Grauschimmel als ein sehr guter Freund; um ihn zu belohnen, mietete ich ihn jeden Tag und galoppierte mit ihm auf der ganzen Insel herum. Aber einmal passierte es mir, daß ich meinen Urlaub nicht beachtete, denn ich war so glücklich an Land, daß ich ganz vergaß, nur vierundzwanzig Stunden Erlaubnis zu haben, wäre nicht eine Abteilung Marinesoldaten mit einem Sergeanten an der Spitze gekommen, welcher mich am Kragen faßte und von meinem Esel herabzog. Ich wurde an Bord gebracht und wegen Mißverhaltens mit Arrest belegt. Nun, Peter, ich weiß nichts Angenehmeres als im Arrest zu sein, nichts zu thun den ganzen Tag als essen und trinken und sich's wohl sein lassen; nur darf man nicht auf dem Hinterdeck erscheinen, dem einzigen Platze, welchen ein Seekadett zu vermeiden wünscht. Geschah es, um mich strenger zu bestrafen oder vergaß man mich ganz, ich kann es nicht sagen, aber es standen fast zwei Monate an, ehe man mich in die Kajüte berief. Der Kapitän sagte mit einem furchtbaren Stirnrunzeln, er hoffe, daß meine Strafe mir zur Warnung dienen werde, und nun könne ich meinen Dienst wieder antreten.

»›Erlauben Euer Ehren‹, versetzte ich, ›ich glaube noch nicht genug bestraft zu sein.‹

»›Es freut mich, Sie so reumütig zu finden; doch es ist verziehen; nehmen Sie sich nur in acht, daß ich nicht mehr genötigt werde, Sie einsperren zu lassen.‹

»Da ich ihn nicht überzeugen konnte, mußte ich meinen Dienst wieder antreten, allein ich faßte den Entschluß, sobald ich könnte, wieder einen andern Streich auszuführen. – –«

»Ein Segel an Steuerbord«, rief der Ausguck.

»Sehr wohl«, versetzte der Schiffsmeister. »Herr O'Brien, wo ist Herr O'Brien?«

»Meinen Sie mich, Sir?« sagte O'Brien, indem er auf den Meister zuging, denn er hatte so lange in der Falltaurolle gesessen, daß er darin verwickelt war und nicht sogleich herauskommen konnte.

»Ja, Sir, gehen Sie vor und sehen Sie, was es für ein Schiff ist.«

»Gut, Sir«, sagte O'Brien.

»Und, Herr Simpel«, fuhr der Schiffsmeister fort, »gehen Sie hinab und holen Sie mir ein Nachtglas herauf.«

»Ja, Sir«, versetzte ich.

Ich hatte keinen Begriff von einem Nachtglas, und weil ich bemerkte, daß um diese Zeit sein Diener ihm ein Glas heraufbrachte, so schätzte ich mich sehr glücklich zu wissen, was er darunter verstand.

»Geben Sie acht, daß Sie es nicht zerbrechen, Herr Simpel.«

Oh, dann ist alles recht, dachte ich; er meint den Humpen. Ich ging also hinab, rief den Aufwärter der Konstabelkammer und verlangte ein Glas Grog für Herrn Doball. Der Aufwärter taumelte in seinem Hemd heraus, mischte den Grog, gab ihn mir, und ich stieg sehr vorsichtig das Hinterdeck hinauf.

Während meiner Abwesenheit hatte der Schiffsmeister den Kapitän gerufen und gemäß seiner Befehle O'Brien den ersten Leutnant. Als ich die Leiter heraufkam, standen sie beide auf dem Verdeck. Beim Heraussteigen hörte ich den Schiffsmeister sagen: »Ich habe den jungen Simpel nach einem Nachtglase hinabgeschickt, allein er bleibt so lange aus, daß ich vermute, es ist ein Mißverständnis vorgefallen. Er ist ein halber Gimpel.«

»Das muß ich leugnen«, versetzte der erste Leutnant, Herr Falkon, gerade, als ich meinen Fuß auf das Hinterdeck setzte, »er ist kein Gimpel.«

»Mag sein«, antwortete der Schiffsmeister. »Ah, da ist er ja. Wo bleiben Sie denn so lange, Herr Simpel? Wo ist mein Nachtglas?«

»Hier, Sir«, erwiderte ich und gab ihm den Becher Grog hin; »ich sagte dem Aufwärter, er solle ihn stark machen.«

Der Kapitän und der erste Leutnant brachen in ein Gelächter aus, denn Mr. Doball war als ein großer Liebhaber von Grog bekannt. Jener ging nach dem Hinterteil des Schiffes, um das Lachen zu verbergen, dieser blieb da. Mr. Doball war in großer Wut.

»Sagte ich nicht, der Junge sei ein halber Gimpel«, schrie er dem ersten Leutnant zu.

»Auf alle Fälle kann ich nicht zugeben, daß er sich bei dieser Gelegenheit als solcher bewiesen hat«, versetzte Herr Falkon, »denn er hat den Nagel auf den Kopf getroffen.«

Hierauf trat der erste Leutnant zu dem Kapitän, und beide gingen lachend auf und ab.

»Setzen Sie es auf das Gangspill, Sir«, sagte Herr Doball in ärgerlichem Tone zu mir. »Ich werde Sie gelegentlich bestrafen.«

Ich war sehr erstaunt und wußte nicht, ob ich recht oder unrecht gethan hatte, jedenfalls, dachte ich bei mir selbst, that ich es aus bester Absicht: ich setzte es also auf das Spill zu meiner Seite auf dem Verdeck. Der Kapitän und der erste Leutnant gingen nun hinab und O'Brien kam herauf.

Ich erzählte ihm, was vorgefallen war, und wie böse der Schiffsmeister auf mich sei. O'Brien lachte herzlich und sagte, ich solle mich nicht darum kümmern, sondern in der Nähe bleiben und ihn beobachten.

»Ein Glas Grog ist ein Köder, welchen er umkreisen wird, bis er ihn verschlingt. Wenn Du es an seinen Lippen siehst, so gehe keck auf ihn zu und bitte ihn um Verzeihung, wenn Du ihn beleidigt habest, und dann, wenn er ein guter Christ ist, für den ich ihn halte, wird er sie Dir nicht abschlagen.«

Dies dünkte mich ein sehr guter Rat, und ich wartete unter dem Bollwerk an der Leeseite. Ich bemerkte, daß der Schiffsmeister immer kürzere Wendungen machte, bis er endlich am Spill stillstand und den Grog betrachtete. Er wartete ungefähr eine halbe Minute, dann nahm er den Humpen und trank ihn halb aus. Der Grog war sehr stark, und er hielt inne, um Atem zu schöpfen. Ich dachte, es sei nun die rechte Zeit, und ging auf ihn zu. Der Becher war wieder an seinen Lippen, und ehe er mich sah, sagte ich:

»Ich hoffe, Sir, Sie werden mir verzeihen, ich hörte nie von einem Nachtteleskop, und da ich wußte, daß Sie schon so lange auf dem Verdecke gingen, dachte ich, Sie seien müde und brauchten etwas zu trinken, um sich zu erfrischen.«

»Gut, Herr Simpel«, sagte er, nachdem er das Glas geleert

hatte, mit einem tiefen, vergnüglichen Seufzer, »da Sie es freundlich meinten, so will ich Sie diesmal gehen lassen, aber vergessen Sie nicht, daß, wenn Sie mir wieder ein Glas Grog bringen, es nicht in Gegenwart des Kapitäns oder ersten Leutnants geschehen darf.«

Ich versprach es ihm ganz getreulich und ging seelenvergnügt davon, weil ich nun mit ihm Frieden geschlossen hatte, und noch mehr, weil der erste Leutnant gesagt hatte, wegen dessen, was ich gethan, sei ich kein Gimpel.

Endlich war unsere Wache vorbei, und gegen zwei Uhr wurde ich von den Seekadetten der nächsten Wache abgelöst. Es ist sehr unangenehm, nicht zur Zeit abgelöst zu werden, aber wenn ich ein Wort sagte, durfte ich sicher darauf rechnen, den andern Tag unter irgendeinem Vorwande gedroschen zu werden. Auf der andern Seite war der Seekadett, welchen ich ablöste, auch viel größer als ich, und wenn ich nicht vor ein Uhr droben war, wurde ich niedergeworfen und von ihm geschlagen, so daß ich zwischen den zweien viel mehr als meinen Anteil Wache hielt, ausgenommen, wenn der Schiffsmeister mich ins Bett schickte, bevor die Sache vorüber war.

Dreizehntes Kapitel

Der erste Leutnant verschreibt für einen seiner Patienten. – O'Brien endigt seine Lebensgeschichte, in welcher das Sprichwort: »Je mehr, desto lustiger« gänzlich widerlegt wird. – Das Einschiffen von einem neuen Paar Stiefel verursacht das Ausschiffen ihres Besitzers. – Heimkehr nach einem Balle. – O'Brien trifft ein Unfall.

Den andern Morgen stand ich um sieben Uhr auf dem Verdeck, um nachzusehen, daß die Hängematten weggestaut wurden, wobei ich Zeuge war, wie der erste Leutnant, Herr Falkon, zu einem seiner Mittel Zuflucht nahm, um einen Bramstengenjungen vom Rauchen zu kurieren, eine Gewohnheit, welche er nicht leiden konnte. Wenn Matrosen Tabak rauchten oder kauten, legte er sich nie dazwischen; er wollte bloß die Jungen, d. h. Burschen von zwanzig Jahren oder darunter hindern, daß sie sich nicht zu früh dieser Gewohnheit hingaben. Der erste Leutnant roch Tabak, als der Junge auf dem Hinterdeck an ihm vorüberging.

»Wie, Neill, Du hast geraucht«, sagte der erste Leutnant, »ich dachte, Du wüßtest, daß solchen Jungen wie Dir der Gebrauch des Tabaks untersagt ist.«

»Sie erlauben, Sir«, versetzte der Bramstengenjunge, indem er an seinen Hut langte. »Ich habe Würmer, und man sagt, Rauchen sei gut für sie.«

»Gut für sie!« sagte der erste Leutnant, »ja, sehr gut für sie, aber sehr schlimm für Dich. Mein guter Junge, sie wachsen vom Tabak, so lange, bis sie so groß werden, wie Meeraale. Hitze lieben die Würmer, aber Kälte, Kälte tötet sie. Nun, ich will Dich kurieren. Quartiermeister, kommen Sie her. Gehen Sie mit diesem Jungen den Gang an der Wetterseite auf und ab, und jedesmal, wenn Sie vorne an den großen Halsblock kommen, halten Sie sein Gesicht gegen den Wind, drücken ihn scharf im Nacken, bis er seinen Mund weit aufsperrt, und dann lassen Sie die kalte Luft durch seinen Schlund ziehen, so lange, bis Sie zehn zählen; dann gehen Sie zurück, und wenn Sie wieder vorne sind, tritt dasselbe Verfahren ein, wie zuvor. – Kälte tötet die Würmer, mein armer Junge, nicht Tabak, – ich wundere mich, daß Du nicht schon gestorben bist.«

Der Quartiermeister, der, wie alle Seeleute, den Spaß gern hatte, packte den Burschen, und sobald sie vorne ankamen, gab er ihm einen solchen Druck in den Nacken, daß er seinen Mund aufsperren mußte, wenn es auch nur gewesen wäre, um vor Schmerz zu schreien. Der Wind ging sehr frisch und blies ihm so stark in den Rachen, daß er eigentlich pfiff, und so mußte er, um sein Inwendiges abzukühlen, fast zwei Stunden auf und ab gehen, bis der erste Leutnant nach ihm schickte und ihm sagte, er glaube, daß alle Würmer nun tot sein müßten; wenn dies aber nicht der Fall wäre, so solle der Bursche nicht seine eigenen Mittel anwenden, sondern um eine andere Dosis zu ihm kommen. Der Junge jedoch war derselben Ansicht wie der erste Leutnant und beklagte sich nie mehr über Würmer.

Einige Nächte darauf, als wir die Mittelwache hatten, fuhr O'Brien in seiner Geschichte fort.

»Wo bin ich denn stehengeblieben?«

»Damals, wo Sie aus dem Arrest entlassen wurden.«

»Richtig, und ich ging nicht gern an meinen Dienst. Doch

da es nicht anders sein konnte, spazierte ich wie zuvor das Verdeck auf und ab, meine Hände in der Tasche, und dachte an Alt-Irland und meinen großen Ahnherrn Brien Borru. So ging es fort; ich führte mich als ein echter Gentleman auf und kam in keine Verlegenheit mehr, bis die Flotte in den Hafen von Cork einlief und ich nur einige Meilen von meines Vaters Hause entfernt war. Du kannst Dir denken, kaum hatte der Anker den Grund berührt, so begab ich mich zum ersten Leutnant und bat um Urlaub, um an Land zu gehen. Der erste Leutnant war gerade nicht in der besten Laune, da ihn der Kapitän scharf vorgenommen hatte, weil er seinen Dienst nicht zu seiner Zufriedenheit erfüllte. Er antwortete mir daher sehr mürrisch, ich dürfe das Schiff nicht verlassen. ›Beim Blitz‹, sagte ich bei mir selbst, ›das darf nicht geschehen.‹ Ich begab mich daher zum Kapitän und erinnerte ihn, während ich an meinen Hut langte, daß ich Vater und Mutter habe und einen hübschen Haufen Brüder und Schwestern, welche sich sterblich sehnten, mich zu sehen, und daß ich hoffe, er werde mir Urlaub geben.

»›Fragen Sie den ersten Leutnant‹, sagte er und ging weg.

»›Ich habe es gethan, Sir‹, erwiderte ich, ›er sagte: ich solle um des Teufels nicht meinen Fuß an Land setzen.‹

»›Dann haben Sie sich nicht gut aufgeführt‹, sagte der Kapitän.

»›Keineswegs, Kapitän Willis‹, erwiderte ich, ›der erste Leutnant hat sich nicht gut aufgeführt.‹

»›Wie, Sir?‹ antwortete er in zornigem Tone.

»›Nun, Sir, hat er sich nicht gerade dadurch vergangen, daß er seinen Dienst nicht nach Ihrem Wunsch und Willen gethan, und bedienten Sie ihn nicht gerade, wie er es verdiente, und ist er nicht deshalb aufgebracht, und ist dies nicht der Grund, warum ich nicht an Land darf? Euer Ehren, es ist alles wahr, was ich sagte, der erste Leutnant hat sich vergangen, nicht ich. Ich hoffe, Sie werden mir die Erlaubnis geben, ans Land zu gehen, Kapitän. Gott segne Sie, nehmen Sie einige Rücksicht auf meine kindlichen Gefühle gegen den Urheber meiner Existenz.‹

»›Haben Sie etwas gegen Herrn O'Brien einzuwenden?‹ sagte der Kapitän zu dem ersten Leutnant, als er heraufkam.

»›Nicht mehr, als gegen Seekadetten im allgemeinen; allein ich glaube, es schickt sich nicht für einen Offizier, um Urlaub an Land anzuhalten, bevor die Segel eingezogen und die Raen gebraßt sind.‹

»›Sehr wahr‹, versetzte der Kapitän, ›deshalb, Herr O'Brien, müssen Sie warten, bis die Wache gerufen wird, und wenn Sie dann den ersten Leutnant bitten, so zweifle ich nicht, daß Ihnen Erlaubnis erteilt wird, zu gehen und Ihre Freunde zu besuchen.‹

»›Dank Ihnen herzlich, Sir‹, erwiderte ich, und hoffte, die Raen und Segel würden so bald als möglich in Ordnung sein, denn das Herz saß mir auf der Zunge und ich fühlte, daß es vor mir an Land geflogen sein würde, wenn ich noch länger aufgehalten worden wäre.

»Ich hielt mich in dieser Angelegenheit für sehr klug, aber nie in meinem Leben war ich ein größerer Thor, denn ich hätte keine solche Eile gebraucht, um an Land zu kommen, und der erste Leutnant vergaß es mir nie, daß ich mich an den Kapitän wandte; doch davon gelegentlich und alles zu seiner Zeit. Endlich erhielt ich mürrisch die Zustimmung, an Land gehen zu dürfen, und schoß wie eine Rakete davon. Da ich verzweifelte Eile hatte, mietete ich eine Kalesche, um nach meines Vaters Hause zu gelangen.

»›Meinen Sie den O'Brien von Ballihinch?‹ fragte der Kerl, welchem das Gefährt gehörte.

»›Allerdings‹, versetzte ich, ›wie geht es ihm und der ganzen edlen Familie der O'Brien?‹

»›Alles ziemlich wohl, außer dem jungen Tim, welcher gestern Nacht auf dem Jahrmarkte eine kleine Kontusion an dem Kopf bekam und nun ganz gleichgültig gegen Essen und Trinken im Bette zu Hause liegt, aber die Doktoren geben Hoffnung zu seiner Wiederherstellung, da bekanntlich alle O'Brien dicke Schädel haben.‹

»›Was meinst Du damit, grober Kerl?‹ sagte ich, ›aber der arme Tim — wie ging es denn zu? Gab es Händel?‹

»›Gerade keine Händel, nur so ein bißchen Balgerei, — drei Totenschauen, nicht mehr.‹

»›Aber Du fährst ja nicht geradeaus, Du Schlingel‹, sagte ich, da ich bemerkte, daß er links abbog.

»›Ich habe meine Gründe dazu, Euer Ehren‹, erwiderte er; ›ich vermeide stets das Schloß, und zwar aus Grundsatz. — Ich verlor hier einen Freund, das macht mich melancholisch.‹

»›Wie ging das zu?‹

»›Ganz zufällig, Euer Ehren; sie henkten hier meinen armen Bruder Patrick, weil er ein ungeschickter Rechner war.‹

»›Er hätte in eine bessere Schule gehen sollen‹, sagte ich.

»›Ich denke, es war eine böse Schule, in welche er gebracht wurde‹, erwiderte er mit einem Seufzer. ›Er war ein Viehhändler, Euer Ehren; und eines Tages hatte er, ich weiß nicht wie es kam, eine Kuh zuviel, alles, weil er nicht rechnen konnte, Euer Ehren. – Der Teufel soll seinen Schulmeister holen.‹

»›Dies mag alles wahr sein‹, sagte ich, ›und Gott gebe ihm die ewige Ruhe, allein ich sehe nicht ein, warum Du mich zwei Meilen von meinem Wege abführst, und zwar aus Grundsatz.‹

»›Hat Euer Ehren so große Eile nach Hause? Mich will bedünken, sie werden keine so große Eile haben, Sie zu sehen.‹

»›Und wer sagt Dir, daß ich O'Brien heiße, Du Bestie? Wie kannst Du sagen, daß meine Freunde nicht erfreut sind, mich zu sehen?‹

»›Euer Ehren erlauben, 's ist nur so ein Gedanke von mir, wir wollen nicht mehr davon sprechen. Nur so viel weiß ich, Pater M'Grath, welcher mir Absolution giebt, sagte mir vor ein paar Tagen, daß ich ihn bezahlen solle und keine Schulden machen und davonlaufen, wie Terenz O'Brien, welcher zur See ging, ohne seine Hemden, Schuhe, Strümpfe oder sonst etwas zu bezahlen, und welcher so gewiß gehenkt würde, als St. Patrick mit seinem Kopf unter dem Arm über den Liffey schwamm.‹

»›Zum Henker mit dem Pater M'Grath‹, rief ich aus, ›der Teufel soll mich holen, wenn ich mich nicht an ihm rächen will.‹

»Mittlerweile waren wir an meines Vaters Hause angekommen. Ich bezahlte den Kerl und stürzte hinein. Da waren mein Vater und meine Mutter mit allen meinen Brüdern und Schwestern (außer Tim, welcher im Bette lag und den andern Tag starb) und die Bestie Pater M'Grath obendrein. Als mich meine Mutter erblickte, eilte sie auf mich zu und hing weinend an meinem Halse; dann trocknete sie sich die Augen und setzte sich wieder nieder, aber – niemand sprach: »wie geht's?« oder öffnete den Mund, um mich anzureden. Ich sagte zu mir selbst: »da muß ein kleines Mißverständnis sein«, aber ich schwieg. Endlich öffneten sie mit Heftigkeit ihren Mund. Mein Vater fing an:

»›Schämst Du Dich nicht vor Dir selbst, Terenz O'Brien?‹

»›Schämst Du Dich nicht vor Dir selbst, Terenz O'Brien?‹ schrie Pater M'Grath.

»›Schämst Du Dich nicht vor Dir selbst?« schrien alle meine Brüder und Schwestern im vollen Chore, während meine Mutter die Schürze vor die Augen hielt und nichts sagte.

»›Nicht im geringsten vor mir selbst, sondern recht sehr für euch alle schäme ich mich, daß man mich so behandelt. Was soll dies bedeuten?«

»›Haben sie mir nicht meine zwei Kühe genommen, um Deine Ausrüstung zu bezahlen, Du Schlingel?‹ schrie mein Vater.

»›Haben sie nicht das Heu genommen, um Deine Schuhe und Strümpfe zu bezahlen?‹ schrie Pater M'Grath.

»›Haben sie nicht das Schwein genommen, um Deinen garstigen Hut da zu bezahlen?‹ rief meine älteste Schwester.

»›Und haben sie mir nicht meine Hühner genommen, um Deinen Degen da zu bezahlen?‹ kreischte eine andere.

»›Und alles unser bestes Hausgerät, um Deine weißen Hemden und schwarzen Krawatten zu bezahlen?‹ rief Murdock, mein Bruder.

»›Und sind wir seitdem nicht fast Hungers gestorben?‹ schrien alle zugleich.

»›Ach‹, seufzte meine Mutter.

»›Den Teufel haben sie‹, sagte ich, als alles vorbei war, ›es thut mir gewiß leid, aber es ist nicht meine Schuld, Vater. Habt Ihr mich nicht zur See geschickt?‹

»›Ja, Du Landstreicher, aber hast Du nicht versprochen, oder ich für Dich, was Ein Ding ist, Du wollest alles von Deinem Prisengeld zurückbezahlen, und wo ist es? Antworte darauf, Terenz O'Brien.‹

»›Wo es ist, Vater? Es ist, wo die nächsten Weihnachten sind; es kommt, ist aber noch nicht da.‹

»›Sprecht mit ihm, Pater M'Grath‹, sagte mein Vater.

»›Ist das keine Lüge von Dir, Terenz O'Brien, was Du da sagst?‹ sagte Pater M'Grath, ›gib mir das Geld.‹

»›'s ist keine Lüge, Pater M'Grath. Wenn es Euch gefiele, morgen zu sterben, so hätte ich nicht einen Schilling, um ihn zum guten Glück auf Eurem Grabstein klingeln zu lassen, ausgenommen diese drei oder vier, welche ihr unter euch teilen könnt‹, und damit warf ich sie auf den Boden.

»›Terenz O'Brien‹, sagte Pater M'Grath, ›Du wirst morgen für alle Deine Sünden und Gottlosigkeiten Absolution nötig haben, und den Teufel sollst Du haben, — nimm dies hin.‹

»›Pater M'Grath‹, versetzte ich sehr zornig, ›ich will keine Absolution von Euch – nehmt das hin.‹

»›Dann hast Du Deinen Teil am Himmel gehabt; denn ich will Dich davon ferne halten, Du gottloses Ungeheuer – nimmt dies hin.‹

»›Wenn er nicht besser ist, als die Kajüte der Seekadetten, so bleibe ich gerne draußen‹, erwiderte ich, ›doch ich will Euch zum Trotz mich hineinschleichen – nehmt das, Pater M'Grath.‹

»›Und wer soll Deine Seele retten und Dich zum Himmel schicken, wenn nicht ich, Du elender Wicht; aber ich will Dich lieber verdammt sehen – nimm dies, Terenz O'Brien.‹

»›Dann will ich Protestant werden und den Papst verdammen – nehmt dies, Pater M'Grath.‹

»Bei dieser Breitseite von meiner Seite erhoben mein Vater und alle meine Brüder und Schwestern einen Schrei des Entsetzens, und meine Mutter brach in Thränen aus. Pater M'Grath ergriff den Weihwasserkessel, tauchte den kleinen Weihwedel hinein und fing an, das Zimmer zu besprengen, wobei er ein lateinisches Gebet hersagte und alle auf mich hineinschrien. Endlich faßte mein Vater den Stuhl, auf welchem er bisher gesessen hatte, und schleuderte ihn nach meinem Kopf. Ich duckte mich und er traf Pater M'Grath, der gerade in vollem Gange hinter mir ging. Da ich einsah, daß nun alles vorbei sei, sprang ich über seinen Leib weg und gewann die Thür.

»›Guten Morgen euch allen, und bessere Aufführung, wenn wir das nächste Mal zusammenkommen‹, rief ich, und eilte so schnell als möglich nach dem Schiffe.

»Ich war ziemlich melancholisch, als ich zurückging und den Vorfall überdachte. Ich hätte keine so verwünschte Eile nötig gehabt, sagte ich zu mir selbst, um Urlaub zu verlangen, und noch obendrein den ersten Leutnant zu beleidigen; auch that es mir sehr leid, was ich dem Priester gesagt hatte, denn das Gewissen schlug mir sehr, daß ich nur vorgegeben hatte, Protestant werden zu wollen, was ich nie beabsichtigte, noch thun werde, sondern ich will als guter Katholik leben und sterben, wie alle meine Vorfahren vor mir gethan und hoffentlich alle meine Nachkommen in den folgenden Geschlechtern thun werden. Ich kam glücklich an Bord und fand den Leutnant sehr böse. Ich hoffte, es werde vorüber gehen, aber es war nicht der Fall; er fuhr fort, mich so schlecht zu behandeln, daß ich beschloß, das Schiff zu verlassen, was ich auch, sobald wir in Cawsandbai ankamen, ausführte. Der Kapitän erlaubte mir zu gehen, denn ich erzählte ihm getreulich den ganzen Hergang der Sache, und er sah die Wahrheit ein; daher empfahl er mich dem Kapitän einer Eselfregatte, welcher Seekadetten brauchte.«

»Was verstehen Sie unter einer Eselfregatte?« fragte ich.

»Ich meine eines von unsern Schiffen mit achtundzwanzig Kanonen, welche so heißen, weil zwischen ihnen und einer wirklichen Fregatte, wie diejenige, auf welcher wir segeln, ein so großer Unterschied ist wie zwischen einem Esel und einem Rennpferde.«

»Das Schiff war nicht sobald auf die Werft gebracht, als unser Kapitän zu ihm herabkam – ein kleiner, dürrer, unansehnlicher Mann, aber dessenungeachtet ein Mann von Gewicht, denn er führte eine große Waage bei sich und wog alles, was an Bord gebracht wurde. Er hatte ein großes Buch, in welches er das Gewicht des Ballastes, der Munition, des Wassers, der Lebensmittel, der Kohlen, des stehenden und laufenden Takelwerks, der Taue und dergleichen eintrug. Ferner wog er alle Matrosen, alle Seekadetten und alle Kisten derselben, auch alle Offiziere mit allem, was ihnen gehörte. Zuletzt wog er sich selbst, was übrigens die Hauptsumme nicht sehr vermehrte. Ich weiß nicht genau, wozu dies geschah, allein er sprach immer von dem Mittelpunkt der Schwere, vom Verrücken flüssiger Körper, und Gott weiß was! Ich glaube, er wollte die Länge oder so etwas ausfindig machen; allein ich blieb nicht lange genug auf dem Schiffe, um die wahre Absicht zu erfahren; denn eines Tages brachte ich ein paar neue Stiefel an Bord und vergaß sie anzumelden, damit sie in die Waage gelegt würden, welche im Gange hing; ob nun der Kapitän dachte, sein Schiff würde dadurch sinken, oder was sonst kann ich nicht sagen – kurz, ich erhielt den Befehl, sogleich das Schiff zu verlassen.

»Jetzt war ich wieder ohne Bestimmung. Ich packte meine Siebensachen zusammen, ging an Land, zog zum Trotz meine neuen Stiefel an, trat in alle Pfützen und Lachen, welche ich nur finden konnte, um sie zu strafen, und ging von Plymouth bis zum Dock so lange auf und ab, bis ich müde war; in vierzehn Tagen waren die Schlingel abgetragen.

»Einmal war ich auf der Schiffswerft und betrachtete einen Zweidecker in dem Bassin, welcher gerade zum Dienste hergebracht worden war. Ich fragte nach dem Kapitän. Man sagte mir, er heiße O'Connor. ›Dann ist es ein Landsmann von mir‹, dachte ich, ›und ich will mein Glück versuchen.‹ Ich ging also nach Gouds Hotel, wo er logierte, und verlangte mit ihm zu sprechen. Ich wurde vorgelassen und erzählte ihm unter meiner bestmöglichen Verbeugung, ich sei als Freiwilliger auf sein Schiff gekommen und hieße O'Brien. Da zufällig einige Stellen leer waren und er meinen Dialekt liebte, fragte er mich, auf welchen Schiffen ich gedient hätte. Ich nannte sie ihm und ebenso meinen Grund, warum ich das letzte verließ, nämlich, weil man mich verabschiedet hatte. Ich erzählte die Geschichte von den Stiefeln; er stellte Untersuchungen an und fand alles wahr; dann gab er mir eine Stelle als Meistersmaat. Wir waren nach Südamerika bestimmt und die Passatwinde trieben uns sehr schnell vorwärts. Ich liebte meinen Kapitän und die Offiziere sehr, und was noch besser war, wir machten einige gute Prisen. Aber ich weiß nicht, wie es kam, ich hatte nie das Glück, lange auf einem Schiffe zu bleiben, und zwar nicht aus eigener Schuld, wenigstens diesmal nicht. Alles ging so gut als möglich vonstatten, bis uns eines Tages der Kapitän auf einer unserer ruhigen Strecken zu einem Balle ans Land nahm. Wir verlebten eine sehr lustige Nacht, aber wie es das Schicksal wollte, ich hatte die Morgenwache und mußte die Decks reinigen lassen, und da ich nie meine Pflicht vernachlässigte, brach ich ungefähr morgens um drei Uhr, gerade bei Tagesanbruch, auf, um an Bord des Schiffes zurückzukehren. Ich ging den Strand entlang, dachte an das hübsche Mädchen, mit welchem ich soeben getanzt, und hatte ungefähr den halben Weg bis zum Schiffe zurückgelegt, als drei spanische Marodeure hinter einem Felsen hervorkamen und mich mit ihren Säbeln und Bajonetten angriffen. Ich hatte nur meinen Degen, aber ich wollte mich auch nicht umsonst durchbohren lassen, daher focht ich mit ihnen, so gut ich konnte. Ich machte einem Kerl den Garaus, aber zuletzt überwältigten sie mich, denn ein Bajonett fuhr mir durch den Leib und das Bewußtsein schwand mir. Es wollte mir scheinen, daß sie, nachdem sie mich getötet hatten, mich nackt auszogen und in den Sand vergruben; den Leichnam ihres Kameraden schleppten sie mit sich fort. So war ich nun tot und begraben.«

»Aber O'Brien«, sagte ich.

»Pst – halt den Mund, Du hast das Ende noch nicht gehört. Ich war ungefähr eine Stunde begraben, aber nicht sehr tief, wie es schien, denn sie hatten zu große Eile, als ein Schiffer mit seiner Tochter auf dem Wege nach seinem Boote den Strand herabkamen, und die Tochter, Gott segne sie! that mir den Gefallen, auf meine Nase zu treten. Es war klar, daß sie noch nie vorher auf eines Irländers Nase getreten hatte, denn es überraschte sie, und sie schaute zu Boden, um zu sehen, was da wäre, und weil sie nichts sah, so versuchte sie es wieder mit ihrem Fuße, scharrte dann den Sand weg und entdeckte mein hübsches Angesicht. Ich war noch ganz warm und atmete noch, denn der Sand hatte das Blut gestillt und verhindert, daß ich mich zu Tode blutete. Der Fischer grub mich heraus und trug mich auf seinem Rücken in das Haus, wo der Kapitän und die Offiziere noch tanzten.

»Als man mich hineinbrachte, entstand unter den Damen ein großes Geschrei, nicht weil ich ermordet, denn daran ist man in jenen Ländern gewöhnt, sondern weil ich nackt war, was ihnen als eine viel bedenklichere Sache vorkam. Ich wurde ins Bett gebracht und ein Boot an Bord abgeschickt, um unsern Doktor zu holen; in einigen Stunden war ich imstande, zu sprechen und den Vorfall zu erzählen. Allein ich war noch zu schwach, um gehen zu können, als das Schiff absegelte, was in einigen Tagen darauf geschehen mußte; daher gab der Kapitän mir meinen Abschied und ließ mich hier. Es war eine französische Familie, bei welcher ich ein halbes Jahr lang blieb, bevor ich eine Gelegenheit zur Überfahrt nach Hause erhalten konnte; während dieser Zeit lernte ich ihre Sprache und noch ziemlich viel spanisch obendrein. Als ich in England ankam, erfuhr ich, daß die Prisen verkauft waren und das Geld zur Austeilung bereit lag. Ich zeigte meine Zertifikate vor und empfing als meinen Anteil hundertsiebenundsechzig Pfund. ›So ist es zuletzt doch gekommen‹, dachte ich.

»Ich hatte nie in meinem Leben eine solche Hand voll Geld, allein ich hoffe, es wird bald wieder der Fall sein. Sobald ich nach Hause gekommen war, schüttete ich es auf den Tisch, betrachtete es, und sagte dann zu mir selbst: ›Nun, Terenz O'Brien, willst du das Geld für Dich behalten oder nach Hause schicken?‹ Dann dachte ich an Pater M'Grath und den Stuhl, welcher nach meinem Kopfe geworfen worden, und war nahe daran, alles wieder einzustreichen und in meine Tasche zu stecken. Aber dann fiel mir meine Mutter wieder ein, die Kühe, das Schwein und der Hausrat, welche fort waren, und meine Brüder und Schwestern, welche nichts zu nagen und zu beißen hatten, und ich gelobte mir, ihnen jeden Heller zu schicken; Pater M'Grath würde dann auch nicht länger Anstand nehmen, mir Absolution zu erteilen. Ich schickte ihnen das Ganze und behielt für mich bloß den Sold, den ich empfangen hatte, der sich auf dreißig Pfund belief. Nie in meinem Leben fühlte ich mich glücklicher, als damals, da ich das Geld auf dem Postamt in Sicherheit und glücklich aus meinen Händen wußte. Ich schrieb zugleich ein Briefchen an meinen Vater, folgenden Inhalts:

»›*Geehrter Vater!*

Seit unserm letzten angenehmen Zusammentreffen, bei welchem Ihr den Stuhl nach meinem Kopfe warfet, die Taube fehltet und die Krähe trafet, bin ich gestorben und begraben worden, aber nun befinde ich mich, Gott sei Dank, ganz wohl, und brauche keine Absolution von Pater M'Grath, den Unheil treffen möge. Was aber die Hauptsache ist, ich habe eben meinen Anteil am Prisengeld empfangen, das erste, welches mir eingehändigt wurde, seitdem ich in Seiner Majestät Diensten stehe. Ich sende Euch hiermit jeden Pfennig, damit Ihr Eure alten Kühe, das Schwein und die übrigen Gegenstände zurückerhalten könnt, welche verpfändet wurden, um meine Ausrüstung zu bezahlen. Fraget also nicht mehr, ob ich mich nicht vor mir selbst schämen wolle, schämet vielmehr Ihr Euch, daß Ihr einen gehorsamen Sohn wie mich mißhandelt, welcher auf Euer Geheiß zur See ging und seitdem nie eine wirklich gute Kartoffel in seinem Munde gehabt hat. Ich bin ein echter O'Brien, sagt das meiner Mutter, und gedenke nicht, Protestant zu werden, sondern die Religion meines Landes aufrechtzuerhalten, obschon der Teufel Pater M'Grath holen mag und sein Weihwasser auch dazu. Ich werde nicht zu Euch zu Besuch kommen, da Ihr vielleicht einen andern Stuhl für mich in Bereitschaft habt und das nächste Mal besser treffen könntet. So viel für jetzt von Eurem zärtlichen Sohn *Terenz O'Brien‹*

»Ungefähr drei Wochen darauf erhielt ich von meinem Vater einen Brief, worin er mir schrieb, ich sei ein echter

O'Brien, und wenn jemand das Gegenteil anzudeuten wage, so werde er ihm alle Knochen im Leibe zerbrechen; sie hätten das Geld empfangen und dankten mir als einem wahren Gentleman; ich sollte, wenn ich das nächste Mal komme, den besten Stuhl im Hause haben, nicht für meinen Kopf, sondern für mein Sitzfleisch; Pater M'Grath schicke mir hier seinen Segen, und habe mir für alles, was ich gethan oder in den nächsten zehn Jahren begehen würde, Absolution erteilt. Meine Mutter habe vor Freuden über mein pflichtgemäßes Betragen geweint, und alle meine Brüder und Schwestern (ausgenommen Tim, welcher den andern Tag, nachdem ich sie verlassen, starb) wünschten mir viel Glück, und recht viel Prisengeld, damit ich es ihnen nach Hause schicken könne.

»Dies war alles sehr angenehm, und ich hatte nun nichts im Sinne, als ein anderes Schiff zu bekommen. Ich ging daher zu dem Hafenadmiral und erzählte ihm, wie es gekommen sei, daß ich mein letztes Schiff verließ. Er erwiderte, gestorben und begraben worden sein wäre ein ganz zureichender Grund für einen, seinen Abschied vom Schiffe zu erhalten, er wolle mir einen Platz auf einem andern verschaffen, weil ich nun wieder zum Leben gekommen sei. Ich wurde an Bord des Wachtschiffes geschickt, wo ich ungefähr zehn Tage blieb, und dann für diese Fregatte bestimmt; und damit schließt meine Geschichte, auch schlägt es gerade acht, somit hat auch die Wache ein Ende; spring schnell, Peter, ruf Robinson und sage ihm, ich lasse ihn bitten, er solle nicht wieder wie das letzte Mal einschlafen und mich nicht gegen alle Vorschriften und Regeln des Dienstes hier herumtraben lassen.«

Vierzehntes Kapitel

Der erste Leutnant hat mehrere Patienten. – Mr. Chucks teilt mir das Geheimnis seiner feinen Sitten mit.

Ehe ich in meiner Erzählung weiter fortfahre, will ich dem Leser bemerken, daß meine Geschichte nicht im spätern Leben geschrieben wurde, nachdem ich eine größere Weltkenntnis erlangt hatte. Als ich zum erstenmal zur See ging, versprach ich meiner Mutter, ein Tagebuch zu führen, worin ich alles, was mir begegnete, nebst meinen Bemerkungen darüber aufnehmen wollte. An dieses Versprechen habe ich mich strenge gebunden, und seitdem ich mein eigener Herr geworden bin, sind diese Journale in meinem Besitz geblieben. Demnach ist alles, was den ersten Teil meiner Abenteuer bildet, so erzählt, wie es sich damals meinem Geiste eingeprägt hatte. In manchen Punkten habe ich Ursache gehabt, eine von der früheren verschiedene Meinung zu fassen, und bei manchen andern habe ich seitdem über meine Thorheit und Einfalt herzlich lachen müssen, allein dessenungeachtet hielt ich es für rätlicher, die Ansichten von damals beizubehalten, als sie durch die Meinungen einer später teuer erkauften Erfahrung zu berichtigen. Von einem Knaben mit fünfzehn Jahren, der in einem abgelegenen Landstädtchen erzogen wurde, kann nicht so viel Urteil und Überlegung erwartet werden als von einem jungen Manne, welcher viel im Leben gesehen und mancherlei Abenteuer durchgemacht hat. Der Leser darf also nicht vergessen, daß ich mich in betreff der Meinungen und Gefühle, welche mich bei jedem bedeutenden Wendepunkte meines Lebens leiteten, auf mein Tagebuch bezogen habe.

Wir hatten nun sechs Wochen gekreuzt, und ich fand meinen Stand viel angenehmer, als ich gedacht hatte. Mein Wunsch, es recht zu machen, wurde für die That genommen, und obschon ich gelegentlich einen Bock schoß, schienen doch der Kapitän und der erste Leutnant der Ansicht, daß ich so viel als möglich auf meinen Dienst bedacht sei, und lächelten nur über meine Mißgriffe. Ich entdeckte auch, daß, wie auch immer meine natürlichen Fähigkeiten von meiner Familie geschätzt werden mochten, sie hier nicht so beurteilt wurden. Jeden Tag fühlte ich mehr Zutrauen in mich selbst und hoffte durch Fleiß und Aufmerksamkeit den Mangel an natürlichen Gaben zu ersetzen. Es ist gewiß etwas im Leben des Seemannes, was seinen Geist erweitert. Als ich vor sechs Monaten zu Hause war, ließ ich andere Leute für mich denken und mich von ihren Meinungen gängeln; an Bord dachte ich so viel als möglich für mich selbst. Mit meinen Tischgenossen stand ich gut; diejenigen, welche barsch gegen mich waren, ließen davon ab, weil ich ihr Betragen nicht rügte, und diejenigen, welche mir artig begegneten, wurden noch artiger als vorher. Die Zeit floß schnell dahin, vermutlich weil ich genau wußte, was ich zu thun hatte, da jeder Tag dem andern glich.

Der erste Leutnant war einer von den unterhaltendsten Männern, die ich je kennenlernte, aber er wich doch nie von der Mannszucht im Dienste ab, noch nahm er sich die geringste Freiheit gegen einen seiner Vorgesetzten oder Untergebenen heraus. Sein Humor zeigte sich besonders bei den verschiedenen Arten von Strafen, und obgleich die Strafe für den Schuldigen streng war, so bot doch die Art, wie sie auferlegt wurde, der übrigen Schiffsmannschaft eine unversiegliche Quelle des Vergnügens dar. Es fiel mir oft auf, daß, obgleich kein einzelner gerne gestraft werden mochte, doch die ganze Schiffsmannschaft sich höchlich ergötzte, wenn eine Bestrafung stattfand. Er war in betreff seiner Verdecke besonders eigen; sie waren immer so weiß wie Schnee, und nichts mißfiel ihm so sehr, als wenn sie beschmutzt wurden. Aus diesem Grunde hatte er eine starke Abneigung gegen den Tabak, weshalb auch auf verschiedenen Stellen der Verdecke für die Matrosen Spucknäpfe aufgestellt waren, damit sie die Dielen mit Tabaksaft nicht besudeln möchten. Bisweilen vergaß ein Mann in seiner Eile, sich dieser Näpfchen zu bedienen, allein da der Tischgesellschaft, neben welcher der Fleck sich befand, der Grog vorenthalten wurde, wenn man den Schuldigen nicht ausfindig machte, so nahmen sie sich wohl in acht, aufzupassen und den Thäter anzugeben. Die Strafe für das Vergehen bestand darin: dem Manne wurden die Hände auf den Rücken gebunden, und ein großer zinnerner Spucknapf an einem Riemen über die Schultern an seiner Brust befestigt. Alle übrigen Spuckkästchen auf dem untern Verdecke wurden hinweggenommen, und er mußte auf die Aufforderung eines jeden, welcher seinen Mund des Tabaksaftes zu entledigen wünschte, bereit sein. Die übrige Mannschaft freute sich so sehr über den Einfall, daß sie, um sich das Vergnügen zu verschaffen, den Sträfling herumlaufen zu sehen, zweimal mehr als sonst ausspien. Herr Chucks, der Bootsmann, nannte dies des ersten Leutnants »ambulierenden Spucknapf«. Er bemerkte mir eines Tages, Herr Falkon sei wirklich ein solcher Epikur in betreff seiner Verdecke, daß er sich scheue, einen Anker auf dem Vorderkastell mit einem Taukranz zu verstehen.

Auf einer Morgenwache hatte ich einen großen Spaß. Wir waren gerade daran, die Hängematten in die Hinterdecknetze zu verpacken, als ein Schiffsjunge mit seiner Hängematte auf der Schulter heraufkam; da er an dem ersten Leutnant vorüberging, bemerkte dieser, daß er ein Stück Tabak in seinem Backen hatte.

»Was hast Du da, mein guter Junge — ein Geschwür? — Deine Backe ist ja ganz angeschwollen.«

»Nein, Sir«, versetzte der Junge, »es fehlt mir gar nichts.«

»Das kann nicht sein; dann ist es ein böser Zahn, öffne Deinen Mund und laß mich sehen.«

Sehr ungern öffnete der Junge seinen Mund, und eine tüchtige Rolle Tabakblätter wurde sichtbar.

»Ich sehe schon«, sagte der erste Leutnant, »dein Mund braucht Ausputzens und Deine Zähne müssen gereinigt werden. Ich wünsche, wir hätten einen Zahnarzt an Bord, allein da wir keinen haben, so will ich, so gut ich kann, operieren. Schickt den Rüstmeister mit seiner langen Zange herauf.«

Als dieser erschien, wurde der Junge gezwungen, seinen Mund zu öffnen, worauf sodann der Tabaksklumpen mit dem großen Instrumente herausgenommen wurde.

»Ich bin überzeugt«, sagte der erste Leutnant, »Du mußt Dich jetzt schon besser fühlen. Du kannst ja gar keinen Appetit haben. Kapitän von der Hinterwache, bringt ein Stück altes Segeltuch und etwas Sand her und putzt ihm seine Zähne sauber.«

Der Kapitän von der Hinterwache kam herbei, nahm den Kopf des Jungen zwischen seine Knie und rieb seine Zähne mit dem Sand und dem Segeltuch zwei oder drei Minuten lang.

»Das wird es thun«, sagte der erste Leutnant. »Nun, mein Bürschchen, Dein Mund ist jetzt rein und sauber und das Frühstück wird Dir schmecken. Du hast unmöglich etwas essen können, so lange Dein Mund in einem so garstigen Zustande war. Wenn er wieder schmutzig ist, komm nur zu mir, ich will Dein Zahnarzt sein.«

Einmal befand ich mich mit Herrn Chucks, dem Bootsmann, der sehr artig gegen mich war, auf dem Vorderkastell. Er hatte mir eben gezeigt, wie man die verschiedenen Knoten und Schleifen an den Tauen machte, welche in unserm Dienste üblich sind. Ich fürchte, daß ich mich sehr einfältig anstellte, allein er zeigte mir es wieder und wieder, bis ich es lernte. Unter anderem lehrte er mich den Fischersknoten, welchen er den König aller Knoten nannte, »und, Herr Simpel«, fuhr er fort, »in diesem Knoten liegt eine Moral. Sie bemerken, daß die Teile, wenn sie recht geschlungen werden, um so fester halten, je mehr man zieht, allein Sie sehen auch, daß sie, einzeln gezogen, durch einen noch so schwachen Zug nach einer andern Seite hin sogleich sich auflösen, und wie leicht sie dann im Augenblick losgehen. Dies weist auf die Notwendigkeit hin, in dieser Welt zusammenzuhalten, wenn man stark sein will, und dies ist ein Stück Philosophie, das die sechsundzwanzigtausend und einigen Jahre meines Freundes, des Zimmermanns, aufwiegt, welche ihn nur auf finstere Gedanken bringen, wenn er auf seinen Dienst aufmerken sollte.«

»Sehr wahr, Herr Chucks, Sie sind der bessere Philosoph von beiden.«

»Ich bin besser erzogen, Herr Simpel, und wie ich hoffe, mehr ein Gentleman.«

»Ich denke, ein Gentleman muß in gewissem Grade Philosoph sein; denn er ist sehr oft gezwungen, seinen Charakter als solchen zu behaupten, und muß manches einstecken, was einen andern in heftige Leidenschaft versetzen könnte. Kaltblütigkeit halte ich für ein Hauptmerkmal eines Gentleman.«

»Im Dienste, Herr Simpel, muß man zornig scheinen, ohne daß man sich diesem Gefühle hingiebt. Ich kann Ihnen versichern, daß ich nie meine Gemütsruhe verliere, selbst wenn ich von meinem Rohrstocke Gebrauch mache.«

»Wie kommt es denn, Herr Chucks, daß Sie soviel auf die Matrosen fluchen? Dies ist gewiß nicht gentlemanlike.«

»Allerdings nicht, Sir. Allein ich muß mich verteidigen, indem ich auf den ganz erkünstelten Zustand aufmerksam mache, in welchem wir an Bord eines Kriegsschiffes leben. Not, mein lieber Herr Simpel, kennt kein Gebot. Sie müssen bemerken, wie höflich ich immer beginne, wenn ich einen Fehler zu rügen habe. Ich thue dies, um meine feinen Manieren zu zeigen; allein Sir, mein Eifer für den Dienst zwingt mich, meine Sprache zu ändern und am Ende zu beweisen, daß ich es ernst meine. Nichts würde mir mehr Vergnügen gewähren, als wenn ich als ein Gentleman meinen Dienst erfüllen könnte, allein das ist unmöglich.«

»Ich sehe in der That nicht ein, warum.«

»Sie können mir dann vielleicht erklären, warum der Kapitän und der erste Leutnant fluchen?«

»Dies will ich nicht beantworten, aber sie thun es nur im Notfall.«

»Ganz richtig, allein, Sir, ihr Notfall ist mein täglicher

und stündlicher Dienst. Bei dem beständigen Arbeiten auf dem Schiffe bin ich für alles verantwortlich, was fehlerhaft geschieht; das Leben eines Bootsmannes ist ein Leben des Notfalls und daher fluche ich.«

»Ich kann dennoch nicht zugeben, daß es notwendig ist, und gewiß ist es sündhaft.«

»Entschuldigen Sie, mein lieber Herr; es ist durchaus notwendig und keineswegs sündhaft. Es gibt eine Sprache für die Kanzel und eine andere an Bord eines Schiffes, und in jeder Lage muß ein Mann die Ausdrücke gebrauchen, welche am wahrscheinlichsten die nötige Wirkung auf seine Zuhörer hervorbringen. Kommt es nun von der langen Gewohnheit im Dienste oder von der Gleichgiltigkeit eines Matrosen gegen alltägliche Dinge und Ausdrücke her (ich kann mich nicht recht erklären, Herr Simpel, allein ich weiß, was ich meine), vielleicht mag es auch ein beständiger Anreiz sein, und deshalb braucht es mehr Stimilis, wie sie es nennen, um ihn in Bewegung zu setzen. Gewiß ist soviel, daß die gewöhnliche Sprachweise bei den Matrosen nicht ausreicht. Hier heißt es nicht, wie in der heiligen Schrift: ›Thu dies und er thut es‹ (nebenher bemerkt, dieser Bursche muß seine Soldaten tüchtig in Ordnung gehalten haben), sondern da muß es heißen: ›Thu dies, Gott verdamm dich‹, und dann ist es auf der Stelle gethan. Der Befehl ›zu thun‹, macht gerade das Gewicht einer Kanonenkugel, allein es fehlt die Triebkraft, ›das Gott verdamm dich‹, ist das Schießpulver, welches ihm in der Ausübung seines Dienstes Flügel verleiht. Verstehen Sie mich, Herr Simpel?«

»Ich verstehe Sie vollkommen, Herr Chucks, und kann nicht umhin zu bemerken, und zwar ohne Schmeichelei, daß Sie sich von den übrigen Unteroffizieren sehr unterscheiden. Wo erhielten Sie Ihre Erziehung?«

»Herr Simpel, ich bin hier ein Bootsmann mit reinlichem Hemde, und ich darf es selbst sagen, und niemand wird es bestreiten, verstehe meinen Dienst durchaus. Allein obschon ich nicht sagen will, daß ich mich je besser befunden habe, so kann ich doch behaupten, daß ich in der besten Gesellschaft, in der von Lords und Ladies, gewesen bin. Ich speiste sogar einmal mit Ihrem Großvater.«

»Das ist mehr, als ich jemals that, denn er lud mich nie ein und nahm nicht die geringste Notiz von mir«, erwiderte ich.

»Was ich sage, ist wahr. Ich wußte nicht, daß es Ihr Großvater war, bis gestern, da ich mit Herrn O'Brien sprach; allein ich erinnere mich noch ganz gut an ihn, obschon ich damals noch ganz jung war. Nun, Herr Simpel, wenn Sie mir als ein Gentleman versprechen (und ich weiß, Sie sind einer), daß Sie nicht wiedersagen wollen, was ich Ihnen erzählen will, so werde ich Ihnen meine Lebensgeschichte mitteilen.«

»Herr Chucks, so wahr ich ein Gentleman bin, will ich es nie weiter verbreiten, bis Sie tot und begraben sind, und selbst dann nicht, wenn Sie es wünschen.«

»Wenn ich tot und begraben bin, dann können Sie thun, was Ihnen beliebt, es kann dann andern Leuten zum Nutzen dienen, obwohl meine Geschichte nicht sehr lang ist.«

Herr Chucks setzte sich sodann auf das vordere Gebälk-Ende neben der Schornsteinröhre nieder, und ich nahm an seiner Seite Platz, worauf er folgendermaßen anfing:

»Mein Vater war ein Bootsmann wie ich, einer von der alten Schule, so rauh wie ein Bär und so betrunken wie ein Marktgeiger. Meine Mutter war – meine Mutter und mehr will ich nicht sagen. Mein Vater wurde nach einem ausschweifenden Leben zum Hafendienste untauglich und starb bald darauf. Mittlerweile ward ich durch die Güte der Frau des Hafenadmirals in einer Schule erzogen. Ich war dreizehn Jahre alt, als mein Vater starb, und meine Mutter, welche nicht wußte, was sie mit mir anfangen sollte, wünschte mich als Lehrjungen auf ein Kauffahrteischiff zu bringen; allein dieses wollte ich nicht, und nach halbjährigem Zanken über diesen Gegenstand entschied ich die Sache dadurch, daß ich freiwillig auf die Fregatte »Narzissus« ging. Ich glaube, die Gentleman-Ideen waren mir angeboren, Herr Simpel; ich konnte schon als Kind den Gedanken an Kauffahrteidienst nicht ertragen. Nachdem ich eine Woche an Bord gewesen, wurde ich dem Zahlmeister als Bedienter zugewiesen, dessen Zufriedenheit ich durch mein flinkes und gewandtes Wesen in solchem Grade erwarb, daß der erste Leutnant mich von dem Zahlmeister weg und in seine eigenen Dienste nahm. So war ich nach zwei Monaten eine Person von solchem Einfluß, daß ich in der Offizierkajütte einen Streit erregte, denn der Zahlmeister war sehr erzürnt und viele Offiziere nahmen seine Partei. Man flüsterte sich in die Ohren, ich sei der Sohn des ersten Leutnants, und dies sei ihm wohl bekannt. Inwiefern dies wahr sein mag, weiß ich nicht, allein es herrschte eine Ähnlichkeit zwischen uns, und meine Mutter, welche eine sehr hübsche Frau war, hatte sein Schiff vor Jahren als Marktschiffmädchen bedient. Ich will weiter davon nichts sagen, nur soviel, Herr Simpel, – und manche werden mich deshalb tadeln, aber ich kann nicht umhin, meine natürlichen Gefühle auszusprechen – ich möchte lieber der Nebensprößling eines Gentlemans sein als der rechtmäßige Abkömmling eines Bootsmannes und seiner Frau. Im letzteren Falle kann kein gutes Blut in unsern Adern fließen, während man im ersten ein paar Tropfen erwischt haben mag. Es traf sich, daß, nachdem ich den ersten Leutnant ein Jahr bedient hatte, ein junger Lord (seinen Namen darf ich nicht erwähnen, Herr Simpel) von seinen Freunden oder aus eigener Wahl zur See geschickt wurde. Ich weiß nur soviel, daß man sagte, sein Onkel, welchem an seinem Tode gelegen sein mochte, habe ihn dazu überredet. Ein Lord war zur damaligen Zeit, etwa vor fünfundzwanzig Jahren, eine Seltenheit im Dienste, und man pflegte vor ihm, wenn er an Bord kam, zu salutieren. Die Folge davon war, daß der junge Lord für sich selbst einen Bedienten haben mußte, obgleich alle übrigen Seekadetten nur einen miteinander hatten. Der Kapitän fragte nach den besten Jungen im Schiffe, und der Zahlmeister, an welchen er sich wandte, empfahl mich. Demgemäß wurde ich zum großen Verdrusse des ersten Leutnants (denn die ersten Leutnants durften sich damals nicht soviel herausnehmen, wie jetzt; doch spreche ich nicht von Herrn Falkon, der ein Gentleman ist) sogleich für Seine Lordschaft bestimmt. Ich hatte hier ein sehr angenehmes, bequemes Leben und that wenig oder gar nichts; fragte man nach mir, wenn alle Hände beschäftigt waren, so mußte ich gerade Seiner Lordschaft Stiefel reinigen oder Seiner Lordschaft Kleider ausbürsten, und man sagte nichts, wenn Seiner Lordschaft Namen erwähnt wurde. Wir gingen in das Mittelmeer (weil Seiner Lordschaft Mama es wünschte) und waren ungefähr ein Jahr daselbst gewesen, als Seine Lordschaft soviel Trauben aß, daß sie von der Ruhr befallen wurde. Er war drei Wochen krank und wünschte dann in einem Transportschiff, welches für Ochsen nach Gibraltar oder vielmehr nach der Küste der Berberei ging, nach Malta geschickt zu werden. Er wurde jeden Tag schlimmer, machte sein Testament und hinterließ mir alle seine Effekten an Bord, was ich gewiß für die Sorgfalt verdiente, mit welcher ich ihn gepflegt hatte. Auf der

Höhe von Malta trafen wir auf eine Schebeke, welche nach Civita Vecchia bestimmt war, und der Kapitän des Transportschiffes, welcher gern vorwärtszukommen wünschte, riet uns, an Bord derselben zu gehen, da der Wind leicht und widrig war und diese Mittelmeerschiffe besser im Winde segelten als das Transportschiff. Mein Herr, welcher nun schnell dahin wollte, gab es zu, und wir wechselten die Schiffe. Als er am andern Tage starb, stellte sich ein stürmischer Wind ein, der uns mehrere Tage hinderte, den Hafen zu gewinnen. Der Leichnam Seiner Lordschaft wurde nicht nur so übelriechend, sondern erregte auch den Aberglauben der katholischen Matrosen dermaßen, daß er über Bord geworfen wurde. Niemand von den Leuten konnte englisch sprechen, noch ich maltesisch; sie hatten keinen Gedanken, wer wir wären, und mir blieb Zeit genug zum Nachdenken. Ich hatte oft gedacht, wie hübsch es wäre, ein Lord zu sein, und oft gewünscht, daß ich als ein solcher geboren worden wäre. Der Wind war noch gegen uns, als ein Kauffahrteischiff heranfuhr, welches von Civita Vecchia nach Gibraltar bestimmt war. Ich bat den Kapitän der Schebeke, ein Notsignal zu geben, oder ich gab es vielmehr selbst, und das Schiff, welches sich als ein englisches auswies, steuerte auf uns zu. Als ich das Boot bestieg, um an Bord zu gehen, kam mir der Gedanke in den Kopf, wenn sie mich auch nicht annehmen möchten, so würden sie doch einen Lord nicht zurückweisen. Ich legte die Seekadettenuniform, welche Seiner Lordschaft gehörte, an (damals gehörte sie allerdings mir), und steuerte auf das Kauffahrteischiff zu. Ich sagte ihnen, ich hätte, um meine Gesundheit herzustellen, mein Schiff verlassen und suchte auf meinem Heimwege eine Gelegenheit nach Gibraltar. Mein Titel und meine augenblickliche Bewilligung der für die Überfahrt verlangten Kosten war hinreichend. Mein Eigentum wurde von der Schebeke an Bord gebracht, und da ihre Leute nicht englisch konnten, so konnten sie natürlich nicht widersprechen, wenn sie auch Verdacht geschöpft hätten. Hier, Herr Simpel, muß ich eine kleine Betrügerei in meinem früheren Leben eingestehen, welche ich Ihnen nun im Vertrauen mitteile, sonst wäre es mir nicht möglich, die Richtigkeit meiner Behauptung zu beweisen, daß ich mit Ihrem Großvater zu Mittag speiste. Allein die Versuchung war zu stark, ich konnte nicht widerstehen. Denken Sie sich selbst, Herr Simpel, nachdem man als ein Schiffsjunge gedient hat — hier gestoßen, dort geschlagen, von dem einen verflucht, von dem andern zum Teufel geschickt — denken Sie sich nun, auf einmal mit Achtung und Ehrerbietigkeit behandelt und jede Minute des Tages Euer Lordschaft hier und Euer Lordschaft da angeredet zu werden! Während der Überfahrt nach Gibraltar hatte ich Zeit genug, meine Pläne zu ordnen. Ich brauche kaum zu sagen, daß meines Lords Kleidung von Wert war und, was noch besser war, sie paßte mir ganz genau. Ebenso hatte ich seine Uhren und Kleinodien und außerdem einen Sack voll Dollars. Doch dies war mein rechtmäßiges Eigentum. Das einzige, was ich nahm, war sein Name, welchen er nimmer nötig hatte, der arme Junge. Allein es ist vergeblich, verteidigen zu wollen, was nicht recht ist, — es war unredlich und damit Punktum. Bemerken Sie nun, Herr Simpel, wie ein Ding zum andern führt. Ich versichere Ihnen, mein erster Gedanke, von Seiner Lordschaft Namen Gebrauch zu machen, war, mir eine Gelegenheit nach Gibraltar zu verschaffen. Ich war dann unentschlossen, was ich thun sollte; da ich jedoch seine Papiere und Briefe an seine Mutter besaß, so denke ich, ja, ich bin fest überzeugt, ich würde meine Würde mit der Seekadettenkleidung beiseite gelegt und mich wegen der Überfahrt nach Hause an den Hafenkommissär gewendet haben. Aber es war vom Schicksale anders beschlossen, denn der Kapitän des Transportschiffes ging an Land, um dasselbe anzumelden und Erlaubnis zum Ausladen zu holen, und erzählte jedermann, es sei der junge Lord A. an Bord, der, um seine Gesundheit wiederherzustellen, nach England gehe. In weniger als einer halben Stunde kam das Boot des Kommissärs an und noch ein anderes vom Gouverneur und bat um die Ehre eines Besuches, wie auch, daß ich während meines Aufenthaltes ein Nachtlager in ihrem Hause annehmen möchte. Was konnte ich machen? Ich geriet in Angst, allein ich fürchtete mich zu bekennen, daß ich ein Betrüger sei; denn sicherlich hätte der Kapitän des Transportschiffes mich über Bord geworfen, wenn ich ihn hätte merken lassen, daß er so verdammt höflich gegen einen Schiffsjungen war. Halb aus Bescheidenheit, halb aus dem Gefühle der Schuld errötend, nahm ich die Einladung des Gouverneurs an; dem Kommissär schickte ich unter dem Vorwande, es gäbe kein Papier und keine Federn an Bord, mündlich eine höfliche, abschlägige Antwort. Ich hatte meinen letzten Herrn so oft in die Gesellschaft begleitet, daß ich sehr wohl wußte, wie ich mich betragen mußte; auch hatte ich sein Benehmen und seine Haltung größtenteils angenommen, wie ich denn überhaupt einen natürlichen Geschmack an feinen Manieren besaß. Ich konnte lesen und schreiben; vielleicht nicht so gut, als ich hätte sollen, in Betracht der Erziehung, welche ich genossen, aber doch noch gut genug für einen Lord und in der That viel besser als mein letzter Herr. Ich kannte seine Unterschrift ganz gut, obschon der Gedanke, davon Gebrauch machen zu müssen, mir ein Zittern verursachte. Doch der Würfel war gefallen. Ich muß bemerken, daß wir in einem Punkte nicht unähnlich waren; wir hatten beide helles, geringeltes Haar und blaue Augen; in anderer Hinsicht fand keine Ähnlichkeit statt. Ich war bei weitem der hübschere Bursche von beiden, und da wir zwei Jahre auf dem mittelländischem Meere gewesen waren, besorgte ich keinen Zweifel an meiner Identität, bis wir in England ankamen.

»Ich kleidete mich sehr sorgfältig an, zog meine Kettten und Ringe an, träufelte ein bißchen Parfüm auf mein Taschentuch und begleitete den Adjutanten zu dem Gouverneur, wo man mich nach meiner Mutter, Lady —, nach meinem Onkel und nach meinem Vormund fragte, und hundert andere Fragen an mich richtete. Anfangs war ich sehr verwirrt, was man meiner Blödigkeit zuschrieb; das war es auch, aber nicht von der rechten Sorte. Aber ehe der Tag vorbei war, gewöhnte ich mich so daran, mich Lord nennen zu hören, und überhaupt an meine ganze Lage, daß ich mich sehr wohl befand und anfing, die Bewegungen und das Benehmen der Gesellschaft zu beobachten, um mein Betragen nach dem des guten Tones zu regeln. Ich blieb vierzehn Tage in Gibraltar, und dann bot sich mir eine Gelegenheit auf einem Transportschiffe nach England dar. Als ein Offizier war ich natürlich bis auf einen gewissen Betrag frei. Bei meiner Überfahrt nach England faßte ich wieder den Entschluß, meine Kleidung und meinen Titel, sobald ich es unbemerkt könnte, abzulegen, allein ich wurde wie zuvor daran verhindert. Der Hafenadmiral ließ sich das Vergnügen meiner Gesellschaft bei Tisch ausbitten; ich durfte es nicht abschlagen, und nun war ich wieder wie vorher Mylord, von jedermann bekomplimentiert und gefeiert. Handelsleute erbaten sich die Ehre von Seiner Herrlichkeit Kundschaft; mein Tisch im Hotel war mit Karten aller Art bedeckt, und um die Wahrheit zu gestehen, ich gefiel mir so sehr in meiner Lage und hatte mich so daran gewöhnt, daß mir der Gedanke, eines Tages darauf verzichten zu müssen, unangenehm war, obschon ich den Entschluß faßte, dies, sobald ich den Platz verließ, wirklich zu thun. Meine Rechnung im Hotel war sehr übertrieben und überstieg thatsächlich meine Geldmittel, allein der Inhaber sagte, dies habe gar nichts zu bedeuten, Seine Lordschaft sei natürlich nicht mit Kasse versehen, da sie gerade aus fremden Landen kämen, und bot mir, wenn ich es wünschte, Geld an. Doch ich muß sagen, daß ich ehrlich genug war, dies abzulehnen. Ich ließ meine Karten zurück und fuhr auf der Post nach London, wo ich fest entschlossen war, meinen Titel abzulegen und zu Seiner Lordschaft Mutter mit der traurigen Nachricht seines Todes nach Schottland zu gehen – denn Sie sehen, Herr Simpel, niemand wußte, daß Seine Lordschaft tot war. Der Kapitän des Tansportschiffes hatte ihn lebend in die Schebeke gebracht, und das nach Gibraltar bestimmte Kauffahrteischiff ihn, wie man vermutete, aufgenommen. Der Kapitän der Fregatte erhielt sehr bald Nachricht von Gibraltar, welche Seiner Lordschaft Wiederherstellung und Rückkehr nach England meldete. Ich war kaum fünf Minuten in der Kutsche, als ein Gentleman hereinstieg, welchen ich bei dem Hafenadmiral getroffen hatte; außer diesem kannten mich der Kutscher und andere Personen sehr wohl. Als ich in London ankam (ich trug noch meine Uniform), begab ich mich in ein Hotel, das mir empfohlen und, wie ich nachher fand, das nobelste in der Stadt war. Mein Titel folgte mir dahin nach. Ich beschloß nun, die Uniform abzulegen und einfache Kleidung zu tragen – meine Komödie war vorbei. Ich ging in dieser Nacht zu Bette und erschien den anderen Morgen in Zivil und fragte den Oberkellner, welches die beste Gelegenheit nach Schottland wäre.

»›Extrapost mit Vieren, mein Lord. Wann soll ich's bestellen?«

»›Oh‹, versetzte ich, ›ich weiß noch nicht gewiß, ob ich morgen abreisen werde.‹«

»Gerade in diesem Augenblicke trat der Hotelbesitzer mit der Morgenpost herein, machte mir eine tiefe Verbeugung, indem er auf einen Artikel hinwies, der meine Ankunft in seinem Hotel unter der Noblesse bezeichnet. Dies ärgerte mich, und da ich nun fand, wie schwierig es war, meinen Titel loszuwerden, wünsche ich mir sehnlichst, wieder William

Chucks zu sein wie vorher. Vor zwölf Uhr wurden drei oder vier Gentlemen in mein Zimmer geführt, welche meine Ankunft in der verdammten Morgenpost entdeckt hatten und mir ihre Ehrerbietung bezeugen wollten; ehe der Tag vorbei war, hatte ich von einem Dutzend Personen Einladung über Einladung. Ich sah ein, daß ich mich nicht zurückziehen konnte, und ging mit dem Strome, wie früher zu Gibraltar und Portsmouth. Drei Wochen lang war ich überall, und wenn ich es in Portsmouth angenehm fand, wieviel angenehmer in London? allein ich fühlte mich nicht glücklich, Herr Simpel, weil ich ein Betrüger war, der jeden Augenblick erwarten mußte, entdeckt zu werden. Doch war es wirklich etwas Hübsches, ein Lord zu sein.

»Endlich hatte die Posse ein Ende. Einige junge Leute hatten mich in ein Spielhaus gelockt, wo sie mich zu rupfen beabsichtigten, aber in der ersten Nacht ließen sie mich, glaube ich, dreihundert Pfund gewinnen. Ich war ganz erfreut über mein gutes Glück und hatte versprochen, den nächsten Abend wieder mit ihnen zusammenzukommen; allein als ich eben mit übereinandergeschlagenen Beinen beim Frühstück saß und die Morgenpost las, – wer trat herein? – mein Onkel-Vormund. Er kannte seines Neffen Züge zu gut, um sich täuschen zu lassen, und der Umstand, daß ich ihn nicht erkannte, bewies sogleich, daß ich ein Betrüger war.

»Erlauben Sie mir über die Szene hinweg zu eilen, welche nun folgte. – Die Wut des Onkels, die Verwirrung in dem Hotel, das Schimpfen der Aufwärter, des Polizeioffiziers, und wie ich in einer Mietkutsche nach Bowstreet geschleppt wurde. Hier wurde ich verhört und gestand alles. Der Oheim freute sich so sehr zu finden, daß sein Neffe wirklich tot war, daß er keinen Groll gegen mich empfand, und da ich überhaupt nur einen Namen angenommen, aber niemand als den Wirt in Portsmouth betrogen hatte, so wurde ich an Bord des Leichters beim Tower geschickt, um einem Kriegsschiffe überliefert zu werden. Von meinen dreihundert Pfund, meinen Kleidern und so fort habe ich nie mehr etwas gehört, sie wurden vermutlich von dem Hotelier für meine Rechnung in Beschlag genommen, und er muß sich sehr gut damit bezahlt gemacht haben. Ich trug zwei Ringe an meinen Fingern und eine Uhr in meiner Tasche, als ich an Bord des Leichters geschickt wurde, und verwahrte sie sehr sorgfältig. Ich hatte auch einige Pfund in meinem Beutel. Man schickte mich nach

Plymouth, wo ich auf einer Fregatte Dienst nehmen mußte. Nachdem ich hier einige Zeit verweilt hatte, verwandelte ich die Uhr und die Ringe in Geld und kaufte mir einen guten Vorrat Kleider; denn Schmutzigkeit konnte ich nicht leiden. Ich wurde für den Besanmast bestimmt, und niemand wußte, daß ich ein Lord gewesen bin.«

»Sie fanden gewiß einen Unterschied in Ihrer Lage?«

»Allerdings, Herr Simpel, allein ich war viel glücklicher. Ich konnte die Ladies und die Diners und die Oper und alle Ergötzlichkeiten Londons, nebst dem Respekt, welchen man meinem Titel zollte, nicht vergessen; allein der Polizeioffizier und Bowstreet kamen mir auch ins Gedächtnis, und ich schauderte bei der Erinnerung. Es hatte jedoch eine gute Wirkung; ich faßte den Entschluß, womöglich Offizier zu werden, lernte meinen Dienst und arbeitete mich zum Quartiermeister und von da zum Bootsmann hinauf – und ich kenne meinen Dienst, Herr Simpel. Allein für meine Thorheit habe ich seitdem stets gebüßt. Ich faßte Gedanken, die über meine Stellung im Leben hinausgehen, und kann nicht umhin zu wünschen, daß ich ein Gentleman sein möchte. Es ist ein böses Ding für einen Mann, wenn er Ideen hat, die über seinem Stand sind.«

»Sie mußten allerdings einen Unterschied zwischen der Londoner Gesellschaft und den Unteroffizieren finden.«

»Es ist nun schon einige Jahre her, Sir, allein ich vermag über das Gefühl nicht Herr zu werden. Ich kann mich durchaus nicht mit ihnen befassen. Es kann jemand auch in einem niedrigen Stande die Gefühle eines Gentleman haben, aber nie kann man mit solchen Leuten, wie Herr Dispart oder Herr Muddle, dem Schiffszimmermann, auf vertrautem Fuße stehen. Sie sind zwar ganz recht in ihrer Art, Herr Simpel, aber was läßt sich von Offizieren erwarten, welche ihre Kartoffeln in einem Kohlnetze zum Sieden in den Schiffskessel hängen, während sie wissen, daß ihnen ein Drittel eines Kochofens eingeräumt ist, um daselbst ihre Speise zu kochen?«

Fünfzehntes Kapitel

Ich trete den Dienst an und werde von einer alten Lady zum Gefangenen gemacht, welche nicht imstande, meine Hand zu erlangen, meinen Finger nimmt zum Andenken. – O'Brien befreit mich. – Eine Leeküste und knappes Einkommen.

Zwei oder drei Tage nach dieser Unterhaltung mit Herrn Chucks lief der Kapitän mit der Fregatte an Land; als wir noch fünf Meilen davon entfernt waren, entdeckten wir zwei Fahrzeuge. Wir machten mit allen Segeln Jagd darauf und wollten ihnen die Flucht um eine Sandbank abschneiden, welche sie zu umsegeln suchten. Als sie sahen, daß sie ihr Vorhaben nicht ausführen konnten, liefen sie unter eine kleine Batterie von zwei Kanonen an Land und fingen an, auf uns zu feuern. Der erste Schuß, welcher durch die Masten schwirrte, hatte für mich einen schrecklichen Klang; aber die Offiziere und Matrosen lachten darüber, und ich versuchte natürlich das Nämliche, obwohl ich in der Wirklichkeit nichts zum Lachen sehen konnte. Der Kapitän befahl, die Steuerbordwache aufs Verdeck zu pfeifen und die Boote zu reinigen, damit sie zum Auslaufen bereit wären; wir ankerten nun eine Meile von der Batterie entfernt und erwiderten das Feuer. Mittlerweile setzte die übrige Schiffsmannschaft Boote aus, welche zum Sturm auf die Batterie bemannt und ausgerüstet waren. Ich sehnte mich sehr, ins Feuer zu kommen, und O'Brien, welcher das Kommando über den ersten Kutter hatte, erlaubte mir mitzugehen, unter der Bedingung, daß ich mich unter den Vordersegeln verborgen halte, damit mich der Kapitän nicht sehe, ehe die Boote vom Lande abstießen.

Ich befolgte dies und wurde nicht entdeckt. Wir segelten gerade auf die Batterie los; in weniger als zehn Minuten liefen die Boote auf den Strand, und wir sprangen heraus. Die Franzosen feuerten eine Kanone auf uns ab, da wir nahe an die Küste hinfuhren, und liefen dann davon, so daß wir ohne Kampf Besitz nahmen, was, um die Wahrheit zu gestehen, mir nicht leid that, da ich mich nicht für alt oder stark genug halten konnte, um mit einem erwachsenen Mann handgemein zu werden. Nahe bei der Batterie fanden sich einige Fischerhütten, und während zwei von den Booten an Bord der Schiffe gingen, um zu sehen, ob sie wieder flott gemacht werden konnten, andere die Kanonen vernagelten und die Lafetten zerstörten, ging ich mit O'Brien zu den Hütten, um sie zu untersuchen. Sie waren von den Leuten verlassen, wie vorauszusehen war, aber es lag eine große Menge Fische darin, welche, dem Anschein nach, erst den Morgen gefangen worden waren. O'Brien wies auf eine sehr große Glattroche.

»Alle Hagel,« rief er aus, »das ist wahrhaftig der Geist meiner Großmutter, wir müssen sie haben, wenn es auch nur wegen der Familienähnlichkeit wäre. Peter, stecke Deinen Finger in die Kieme und schleppe sie zum Boote hinab.«

Ich konnte meinen Finger nicht in die Kieme einzwängen, und da das Tier ganz tot schien, krümmte ich denselben in sein Maul; aber ich machte einen dummen Streich, denn das Tier war noch am Leben und schloß sogleich seine Kinnladen, indem es meinen Finger bis aufs Bein durchbiß und ihn so fest hielt, daß ich ihn nicht zurückziehen konnte; auch war der Schmerz zu groß, als daß ich ihn mit einem Ruck herauszureißen vermochte. So war ich nun in einer Falle und von einem Plattfische zum Gefangenen gemacht. Zum Glücke schrie ich laut genug, so daß O'Brien, welcher, mit einem großen Stockfisch unter jedem Arm, schon nahe bei den Booten war, wieder umkehrte und mir zu Hilfe kam. Zuerst konnte er mir vor Lachen nicht helfen, aber endlich öffnete er die Kinnlade des Fisches gewaltsam mit seinem Messer, und ich zog meinen Finger heraus, aber sehr schlimm zugerichtet. Ich nahm alsdann mein Strumpfband ab, band es um den Schwanz der Glattroche und zog sie nach dem Boote, welches gerade im Begriff war, abzustoßen. Die übrigen Boote hatten es unmöglich gefunden, die Schiffe flott zu machen, ohne sie auszuladen, daher wurden sie auf Befehl des Kapitäns in Brand gesteckt und waren, ehe wir sie aus dem Gesicht verloren, schon bis zum Wasserspiegel herabgebrannt. Mein Finger war drei Wochen lang sehr schlimm, aber die Offiziere lachten sehr über mich, indem sie sagten, ich sei beinahe von einer alten Jungfer gefangen worden.

Wir setzten unsere Fahrt der Küste entlang fort, bis wir in die Bai von Arkason einliefen, wo wir zwei oder drei Fahrzeuge wegnahmen und mehrere auf den Strand zu laufen nötigten. Hier hatten wir einen augenscheinlichen Beweis, wie wichtig es ist, daß ein Kapitän von einem Kriegsschiffe ein guter Seemann ist und sein Schiff so in Zucht hält, daß ihm die Mannschaft strenge gehorcht. Ich hörte, nachdem die Gefahr vorüber war, die Offiziere einstimmig behaupten, nur die Geistesgegenwart, welche Kapitän Savage gezeigt, habe das Schiff mit der Mannschaft retten können. Wir hatten ein Geschwader von Fahrzeugen bis an das Ende der Bai verfolgt; der Wind wehte sehr frisch, als wir, nachdem wir sie an Land getrieben hatten, abdrehten; die Brandung am Strande war gerade damals so stark, daß die Schiffe in Stücke gehen mußten, ehe sie wieder flott gemacht werden konnten. Wir waren genötigt, die Topsegel doppelt zu reffen, sobald wir dem Winde entgegenfuhren. Das Wetter sah sehr drohend aus. Eine Stunde nachher bedeckte sich der Himmel mit einer schwarzen Wolke, welche so niedrig stand, daß sie fast unsere Maststpitze berührte; eine furchtbare See, welche wie durch Zaubergewalt sich zu erheben schien, rollte auf uns los und trieb das Schiff hart gegen eine Leeküste. Mit einbrechender Nacht wütete ein schrecklicher Sturm; das Schiff wurde durch den Druck der Segel beinahe begraben. Hätten wir offene See gehabt, würden wir nur unsere Sturmstagsegel gesetzt haben, aber wir mußten auf alle Gefahr hin Segel führen, um die Küste zu vermeiden. Die See brach sich, wenn wir zwischen ihren Hohlwellen lagen, über uns und überschüttete uns mit Wasser von dem Vorderkastell bis zu den Binakeln. Sehr oft, wenn das Schiff in die Tiefe hinabstürzte, geschah es mit solcher Gewalt, daß ich wirklich glaubte, es werde durch die Heftigkeit des Stoßes entzweigehen. Wir banden doppelte Anhalt-Taue an die Kanonen, auch wurden sie überdies mit Takelwerk versehen; denn wir legten oft so sehr auf die Seite, daß die Kanonen nur durch die Anhalt-Taue und das Takelwerk gehalten wurden, und wäre eine davon losgegangen, so wäre sie gerade durch die Leeseite des Schiffes gebrochen und das Schiff wäre gescheitert. Der Kapitän, der erste Leutnant und die meisten übrigen Offiziere blieben die ganze Nacht auf, und wirklich glaubte ich bei dem Heulen des Windes, bei der Gewalt des Regens, dem Überfluten der Verdecke, bei dem Arbeiten der Kettenpumpen und dem Krachen und Ächzen der Balken, daß wir unfehlbar verloren seien; ich sagte wenigstens zwölfmal während der Nacht meine Gebete her, denn es war mir unmöglich, zu Bette zu gehen. Ich hatte oft aus Neugierde gewünscht, einen Sturm zu erleben, aber ich hielt es für keine Szene dieser Art und nicht für halb so furchtbar. Was unsere Lage noch schrecklicher machte, war, daß wir uns an einer Leeküste befanden, und die Beratungen des Kapitäns mit den

Offizieren, sowie die Sehnsucht, mit welcher sie nach dem Tageslicht ausschauten, sagten uns, daß wir außer dem Sturme noch andere Gefahren zu bestehen hatten. Endlich brach der Morgen an und der Wächter auf dem Gange rief aus: »Land an der Leeseite!« Ich bemerkte, daß der Schiffsmeister, wie aus Unwillen, mit seinen Füßen stampfte und, ohne ein Wort zu sagen, mit sehr ernsthaftem Aussehen wegging.

»Hinauf, Herr Wilson«, sagte der Kapitän zu dem zweiten Leutnant, »und sehen Sie, wie weit das Land sich vorstreckt und ob Sie etwas erkennen können.«

Der zweite Leutnant stieg die Haupttakelung hinan und zeigte mit seiner Hand auf ungefähr zwei Strich vor dem Maste.

»Sehen Sie zwei Hügel im Binnenlande?«

»Ja, Sir«, versetzte der zweite Leutnant.

»Dann ist es so«, bemerkte der Kapitän dem Schiffsmeister, »und wenn wir es umsegeln, werden wir offene See haben. Haltet den Bug voll und laßt ihn durchs Wasser gehen, hört Ihr, Quartiermeister?«

»Ja, Sir.«

Es war in der That ein furchtbarer Anblick. Als das Schiff in der hohlen See daherfuhr, konnten wir nichts als eine stürmische Wasserwüste unterscheiden, aber wenn es auf der Spitze der ungeheuren Wogen tanzte, sah man unter sich, scheinbar ganz nahe, eine niedrige sandige Küste, mit Schaum und Brandung bedeckt.

»Die Fregatte hält sich gut«, bemerkte der Kapitän, indem er an der Brücke Halt machte und auf den Kompaß schaute. »Wenn der Wind sich nicht gegen uns dreht, können wir herumkommen.«

Der Kapitän hatte kaum Zeit, diese Bemerkung zu machen, als die Segel sich füllten und gleich dem Donner krachten.

»Herum mit dem Steuer! Wie steht es, Quartiermeister?«

»Der Wind weht uns ins Gesicht, Sir«, versetzte der Quartiermeister kaltblütig.

Der Kapitän und der Schiffsmeister blieben an der Brücke, um den Kompaß zu beobachten; als die Segel sich wieder füllten, war die Fregatte um zwei Strich abgewichen und die Landspitze nur ein wenig an der Leeseite.

»Wir müssen wenden, Herr! Hand angelegt! Wende das Schiff – fertig, he, fertig!«

»Pfeift zum Belegen«, sagte der Kapitän. »Falkon«, fuhr er fort, »wenn sie noch einmal abweicht, haben wir keinen Raum zum Halsen mehr, es ist in der That so wenig Raum hier, daß ich es auf die Gefahr hin wagen muß. Welches Kabel wurde letzte Nacht aufgerollt – der beste Buganker?«

»Ja, Sir.«

»Dann eilen Sie hinab, und sehen Sie, daß er doppelt umschlungen und auf dreißig Faden gestoppt wird. Sehen Sie zu, daß es sorgfältig geschieht, unser Leben hängt davon ab.«

Das Schiff hielt fortwährend seinen Kurs; wir waren eine halbe Meile von der Spitze entfernt und hofften zuversichtlich, sie zu umsegeln, als die nassen und schweren Segel wieder im Winde klappten und das Schiff wie vorher um zwei Strich abwich. Die Offiziere und Matrosen erblaßten, denn das Schiff ging gerade auf die Brandung los.

»Angeluvt, soviel als möglich, Quartiermeister!« schrie der Kapitän, »die Mannschaft sogleich aufs Hinterdeck! Meine Jungen, jetzt ist keine Zeit zum Sprechen, ich will das Schiff mit dem Anker wenden, denn zum Halsen ist kein Raum; die einzige Möglichkeit eurer Rettung besteht darin, daß ihr kaltblütig seid, in meinen Augen lest und meine Befehle genau vollzieht. Auf eure Posten! Den besten Buganker herbei. Herr Wilson, Sie bleiben unten mit dem Zimmermann und seinem Gehilfen und sind bereit, sogleich das Tau zu kappen, wenn ich den Befehl gebe. Alles still vorn wie hinten! Quartiermeister, haltet das Schiff voll für die Stagsegel. Laß das Steuer nach, wenn ich es sage.«

Ungefähr eine Minute verging, ehe der Kapitän weitere Befehle gab. Das Schiff hatte sich ungefähr eine Viertelmeile dem Strande genähert, die Wogen umschäumten und berührten uns, indem sie uns der Küste zuführten, welche eine zusammenhängende Oberfläche von Schaum darstellte und sich ungefähr eine halbe Kabellänge von unserem Standorte erstreckte, bis zu welcher Entfernung die ungeheuren Wogen sich auftürmten und mit Donnergeräusch niederfielen. Der Kapitän winkte dem Quartiermeister am Rade schweigend mit der Hand, und das Steuerruder wurde nachgelassen. Das Schiff wandte sich langsam dem Winde zu und schlingerte, sobald man die Segel luvwärts braßte. Dann gab der Kapitän Befehl: »Den Anker los! Wir wollen alle auf einmal ziehen, Herr Falkon.«

Kein Wort wurde gesprochen, die Matrosen gingen an die Vorderbrassen, welche nicht bemannt waren; die meisten derselben wußten (was bei mir nicht der Fall war), daß, wenn das Schiff sich nicht wende, wir in einer halben Minute an der Küste mitten in der Brandung sein würden. Ich glaubte, der Kapitän hätte gesagt, er wolle alle Raen auf einmal anziehen lassen; hierbei schien sich auf dem Gesichte des Herrn Falkon Zweifel oder eine andere Meinung auszudrücken, und man sagte mir nachher, daß er nicht mit dem Kapitän übereinstimmte; aber er war ein zu guter Offizier und wußte, daß jetzt keine Zeit zu Erörterungen sei, um eine Bemerkung zu machen, und der Erfolg bewies, daß der Kapitän recht hatte. Endlich wandte sich das Schiff gegen den Wind, und der Kapitän gab das Zeichen. Die Raen flogen mit solchem Krachen herum, daß ich dachte, die Masten seien gebrochen, und im nächsten Augenblick hatte der Wind die Segel gefaßt; das Schiff, welches ein paar Minuten auf ebenem Kiel gewesen war, legte sich durch seine Gewalt bis ans Schanddeck auf die Seite. Der Kapitän hielt sich an der Takelung fest, befahl, das Steuerruder geradeaus zu halten, sah fest auf die Segel und dann auf das Kabel, welches breit auf der Luvseite hervorkam und das Schiff abhielt, sich der Küste zu nähern. Endlich rief er aus: »Kabel gekappt!« Es wurden ein paar Streiche von den Äxten gehört und dann fuhr das Kabel infolge der Reibung mit heller Flamme durchs Ankertauloch und verschwand unter einer furchtbaren Welle, welche uns vorn und hinten mit Wasser überschüttete. Das Schiff hatte nun einen anderen Kurs und hielt seinen Lauf wieder, während unsere Entfernung vom Lande offenbar zunahm.

»Meine Jungen«, sagte der Kapitän zu der Schiffsmannschaft, »ihr habt euch gut gehalten, ich danke euch, allein ich muß auch ehrlich bekennen, daß wir noch mehr Schwierigkeiten durchzumachen haben. Wir müssen in dieser Richtung eine Spitze der Bai umsegeln; Herr Falkon, splissen Sie die große Brasse und rufen Sie die Wache. Wie ist der Kurs, Quartiermeister?«

»Südwest bei Süd, südlich, Sir.«

»Sehr wohl; Kurs halten.«

Mit diesen Worten ging der Kapitän, indem er dem Schiffsmeister winkte, ihm zu folgen, in die Kajüte hinab. Da die augenblickliche Gefahr vorbei war, begab ich mich ebenfalls in die Kajüte, um zu sehen, ob ich nicht etwas zum Frühstück erhalten könnte, und fand daselbst O'Brien mit einigen andern.

»Bei Gott, es war ein so hübsches Ding, wie ich je eines ausführen sah«, bemerkte O'Brien; »das geringste Versehen in der Zeit oder Behandlung – und die Plattfische würden jetzt an unsern häßlichen Leichnamen nagen. Peter, mein Junge, bist Du Liebhaber von Plattfisch? Danken wir dem Himmel und dem Kapitän, das kann ich euch sagen, meine Jungen; aber wo ist die Karte, Robinson? Reich mir das Parallellineal und den Zirkel, Peter; sie liegen in der Ecke des Simses. Wir sind nun verteufelt nahe an dieser höllischen Spitze. Wer weiß, wie der Kurs ist?«

»Ich, O'Brien; ich hörte den Quartiermeister zum Kapitän sagen, Südwest bei Süd, südlich.«

»Laß mich sehen«, fuhr O'Brien fort, »Abweichung $2^1/_4$ Strich Leeseite, zu viel angenommen, fürchte ich; doch will ich ihm $2^1/_2$ Strich geben. Die ›Diomede‹ würde erröten, unter allen Umständen mehr als diese zu machen. Den Zirkel her, ich will sehen;« und damit rückte O'Brien das Parallellineal von dem Zirkel an die Stelle, wo das Schiff auf der Karte verzeichnet war.

»Sieh nach der Entfernung, O'Brien«, sagte Robinson.

Man maß und fand sie dreizehn Meilen.

»Nur dreizehn Meilen; wenn wir herumkommen, haben wir gewonnen; denn die Bai ist weiter draußen tief. 's ist eine Felsenspitze, wie ihr seht. Nun, meine Jungen, ich habe immerhin noch eine Art Trost für euch. Ihr werdet nicht lang im Ungewissen sein: denn um ein Uhr Mittags werdet ihr entweder einander wegen eures guten Glücks gratulieren, oder es wird Matthäi am letzten sein. Kommt, rollt die Karte auf, ich hasse den melancholischen Anblick; Proviantmeister, seht, was Ihr zur Stärkung finden könnt.«

Etwas Brot und Käse mit den Überresten des gekochten Schweinefleisches von gestern wurden aufgetischt nebst einer Flasche Rum; allein wir fühlten uns nicht sehr zum Essen aufgelegt; einer nach dem andern kehrte aufs Verdeck zurück, um nach dem Wetter zu sehen und ob der Wind uns günstig sei. Auf dem Verdecke besprachen sich die höheren Offiziere mit dem Kapitän, der dieselbe Besorgnis ausgedrückt hatte, welche O'Brien in der Kajüte äußerte. Die Matrosen, welche wohl wußten, was sie zu erwarten hatten, traten haufenweise zusammen, ernsten Blickes, ohne jedoch die Zuversicht zu verlieren. Sie wußten, daß sie auf den Kapitän vertrauen konnten, soweit als Einsicht und Mut ihnen helfen konnte, und Seeleute sind zu sanguinisch, um selbst im letzten Augenblicke zu verzweifeln. Was mich betrifft, so fühlte ich nach dem, wovon ich diesen Morgen Zeuge gewesen, solche Bewunderung für den Kapitän, daß, als mich der Gedanke beschlich, ich werde sehr wahrscheinlich in einigen Stunden verloren sein, ich mir trotzdem eingestehen mußte, der Verlust eines solchen Mannes sei für sein Vaterland viel trauriger. Ich will damit nicht sagen, daß mich dieser Gedanke tröstete, aber er trug gewiß dazu bei, daß ich das Unglück, womit wir bedroht waren, noch mehr bedauerte.

Vor dem Schlag zwölf Uhr war die Felsenspitze, welche wir so sehr fürchteten, breit auf der Leeseite sichtbar; wenn nun schon die niedrige Sandküste furchtbar erschien, um wie viel mehr diese, selbst in der Entfernung! Schwarze Felsmassen waren mit Schaum bedeckt, welcher jede Minute höher spritzte als die Spitzen unserer niedrigen Masten. Der Kapitän betrachtete einige Minuten in stillschweigender Überlegung dieses Schauspiel.

»Herr Falkon,« sagte er endlich, »wir müssen das Großsegel setzen.«

»Die Fregatte kann es nicht tragen, Sir.«

»Sie muß es tragen,« war die Antwort.

Das Großsegel wurde gesetzt, und die Wirkung desselben auf das Schiff war furchtbar. Es legte sich über, und wenn eine Woge kam, wurde die Leeseite des Hinterdecks und der Gang überflutet. Das Schiff gemahnte mich an ein feuriges Roß, welches durch den angelegten Sporn wild geworden ist; es erhob sich nicht wie früher, sondern erzwang sich seinen Weg mitten durch die Wogen und zerteilte die Wellen, welche in beständigem Strom vom Vorderkastell auf das Verdeck herabstürzten. Vier Männer wurden an das Rad befestigt, die Matrosen mußten sich anklammern, um nicht weggeschwemmt zu werden, die Taue wurden in Verwirrung leewärts geschleudert. Die Kugeln rollten aus ihren Behältern hervor, und aller Augen waren auf die Masten geheftet, welche jeden Augenblick über Bord geworfen werden konnten. Eine schwere Welle legte uns auf die Batterieseite. Es dauerte einige Minuten, bis das Schiff sich wieder zu erholen schien; es schwankte, zitterte und hielt seinen Lauf inne, als ob es betäubt wäre. Der erste Leutnant sah den Kapitän an, als ob er sagen wollte: das wird nicht gehen.

»Es ist unser einziges Rettungsmittel,« antwortete der Kapitän auf die Mahnung.

Daß das Schiff schneller durch das Wasser ging und einen besseren Kurs hielt, war gewiß, aber gerade, bevor wir an die Spitze kamen, nahm die Gewalt des Sturmes zu.

»Wenn etwas bricht, sind wir verloren, Sir,« bemerkte der erste Leutnant wieder.

»Ich bin vollkommen davon überzeugt,« erwiderte der Kapitän in ruhigem Tone, »aber wie ich vorhin sagte und wie Sie nun einsehen müssen, es ist unsere einzige Rettung. Die Folge einer Sorglosigkeit oder Nachlässigkeit beim Ansetzen und Befestigen des Takelwerks wird sich nun fühlbar machen, und wenn wir aus dieser Gefahr entrinnen, dürfen wir nie vergessen, wie viel wir zu verantworten haben, wenn wir unseren Dienst vernachlässigen. Das Leben einer ganzen Schiffsmannschaft kann durch die Nachlässigkeit oder Unfähigkeit eines Offiziers im Hafen geopfert werden. Ich muß Ihnen das Kompliment machen, Falkon, daß ich überzeugt bin, die Masten des Schiffes sind so fest, als Einsicht und Sorgfalt sie nur machen konnten.«

Der erste Leutnant dankte dem Kapitän für seine gute Meinung und hoffte, es werde nicht das letzte Kompliment sein.

»Ich hoffe auch nicht, aber in ein paar Minuten wird es entschieden sein.«

Das Schiff war nun nur noch zwei Kabellängen von der Felsenspitze entfernt. Ich bemerkte einige Matrosen, welche ihre Hände zusammenschlugen, aber die meisten legten stillschweigend ihre Jacken ab und zogen ihre Schuhe aus, um keine Gelegenheit zur Rettung zu verlieren, im Falle das Schiff stranden sollte.

»Es wird scheitern und untergehen, Falkon,« bemerkte der Kapitän (ich hatte mich nämlich in der letzten halben Stunde, seitdem das große Segel gesetzt war, nahe bei ihnen angeklammert). »Kommen Sie, Sie und ich müssen das Steuer führen — wir werden dort unsere Kraft brauchen.«

Der Kapitän und der erste Leutnant gingen nach hinten, nahmen die Vorderspeichen des Rades, und O'Brien faßte auf ein vom Kapitän gegebenes Zeichen die Hinterspeichen. Ein alter Quartiermeister nahm als der vierte seinen Posten ein. Das Brausen der Wellen an den Felsen, verbunden mit dem Heulen des Windes, war furchtbar, allein der Anblick war noch schrecklicher als das Getöse. Einige Minuten schloß ich meine Augen, doch die Angst zwang mich, sie wieder zu öffnen. Soviel ich beurteilen konnte, waren wir noch zwanzig Ellen von den Felsen entfernt, als das Schiff nahe an ihnen vorbeifuhr. Wir befanden uns mitten im Schaume, welcher uns rings bespritzte, und als das Schiff dem Riffe näher getrieben wurde und durch den Andrang einer Woge sich umlegte, kam es mir vor, unser Großstag müsse den Felsen berührt haben. In diesem Momente erhob sich ein Windstoß, welcher das Schiff auf die Seite legte, und seinen Lauf durchs Wasser hemmte, während das erhöhte Getöse betäubend war. Das Schiff trieb einige Minuten weiter dahin; da fiel eine andere Woge über dasselbe her und brach sich an den Felsen, während der Schaum von ihnen zurückspritzte und auf das Verdeck herabfiel. Der vorderste Felsen war etwa zehn Ellen von seinem Buge entfernt, als ein anderer Windstoß uns auf die Seite warf; das Vordersegel und das Großsegel zerrissen, das Schiff richtete sich vorne und hinten zitternd wieder auf. Ich blickte nach hinten – die Felsen lagen windwärts an unserem Hinterdecke, und wir waren in Sicherheit. Ich dachte damals, das von seiner Anstrengung befreite und wieder auf den Wogen dahin hüpfende Schiff wäre kein übles Gleichnis für die Erleichterung, welche wir alle in diesem Augenblicke empfanden, denn wie jenes zitterten wir mit klopfendem Herzen, infolge der plötzlichen Rückwirkung, und fühlten das Weichen der beklemmenden Ängstlichkeit, welche auf unserer Brust lastete.

Der Kapitän verließ das Steuer und ging nach hinten, um die Spitze zu betrachten, welche nun deutlich an der Luvseite lag. Nach ein paar Minuten befahl er Herrn Falkon, neue Segel setzen zu lassen, und dann gingen wir in seine Kajüte hinab. Ich bin überzeugt, er dankte Gott für unsere Befreiung; ich that es auch mit inbrünstigem Gebete, nicht nur damals, sondern auch, als ich nachts in meine Hängematte stieg. Wir waren nun vergleichsweise sicher; in einigen Minuten vollkommen, denn sonderbar – sogleich, nachdem wir die Felsen umsegelt hatten, ließ der Sturm nach, und ehe der Morgen anbrach, hatten wir schon ein Reff aus den Topsegeln. Ich war auf meiner Nachmittagswache, und da ich Herrn Chucks auf dem Vorderkastell wußte, so begab ich mich zu ihm und fragte ihn, was er davon denke.

»Was ich davon denke, Sir,« versetzte er, »wie ich immer übles davon denke, wenn die Elemente mein Pfeifen nicht hören lassen, und ich halte das nicht gerade für günstige Wetterchancen. Ich kümmere mich wenig darum, wenn es gilt, sich in eigener Person anzustrengen, aber wie ist es einer Schiffsmannschaft möglich, ihre Schuldigkeit zu thun, wenn sie die Bootsmannspfeife nicht hören kann? Doch, Gott sei gedankt, und möge er uns alle zu besseren Christen machen! Aber der Zimmermann ist verrückt; gerade bevor wir die Spitze umsegelten, sagte er mir, es seien nun just siebenundzwanzigtausend sechshundert und etliche Jahre seither. Ich glaube, er wird auf seinem Totenbette (und gestern war ihm ein sehr hartes nicht gerade ferne) uns erzählen, wie er vor so vielen tausend Jahren an der nämlichen Krankheit starb. Und unser Feuerwerker ist auch ein Narr. Können Sie es glauben, Herr Simpel, er ging weinend auf dem Verdecke herum: ›O meine Kanonen, was wird aus ihnen werden, wenn sie losbrechen.‹ Es schien ihm von gar keiner Bedeutung, ob das Schiff mit seiner Mannschaft zu Grunde ging, wenn nur seine Kanonen glücklich an den Strand gebracht würden. ›Herr Dispart,‹ sagte ich endlich, ›erlauben Sie mir, auf die zarteste Weise von der Welt zu bemerken, daß Sie ein verdammt alter Narr sind.‹ Sie sehen, Herr Simpel, es ist die Pflicht eines Offiziers, das Allgemeine im Auge zu behalten, und dem Einzelnen nur insofern Aufmerksamkeit zu schenken, als es die Sicherheit des Ganzen erfordert. Ich schaue nach meinen Ankern und Tauen, sowie nach dem Takelwerk, nicht als ob ich sie besonders lieb hätte, sondern weil die Sicherheit eines Schiffes von ihrem guten Zustand abhängt. Ich hätte gerade so gut weinen können, weil wir gestern Morgen einen Anker und ein Tau opferten, um das Schiff vom Stranden zu retten.«

»Sehr wahr, Herr Chucks,« erwiderte ich.

»Privatgefühle,« fuhr er fort »müssen immer dem öffentlichen Dienste aufgeopfert werden. Wie Sie wissen, das untere Verdeck war voll Wasser, und in unseren Kajüten schwammen die Koffer umher, doch damals dachte ich nicht an meine Hemden; aber nun sehen Sie dieselben an, wie sie in der vorderen Takelung aufgehängt sind, ohne ein bißchen Stärke in den Kragen oder Krausen. Ich werde die ganze Fahrt durch nicht imstande sein zu erscheinen, wie es einem

Offizier geziemt.«

Während er so sprach, ging der Küfer an ihm vorbei und stieß ihn an.

»Bitte um Verzeihung, Sir,« sagte der Mann, »das Schiff hat sich geneigt.«

»Hat sich geneigt, wirklich?« versetzte der Bootsmann, welcher, wie ich vermute, wegen seiner Garderobe nicht in der besten Laune war. »Verzeiht, Herr Küfer, wozu hat der Himmel Euch zwei Beine beschert nebst Gelenken an den Knien, als um es Euch möglich zu machen, der horizontalen Abweichung zu begegnen. Glaubt Ihr, sie seien zu nichts bestimmt, als ein Faß fortzurollen? Hört, Sir, hieltet Ihr mich für einen Pfosten, um daran Eure Sauhaut zu reiben? Erlaubt mir, Euch zu bemerken, Herr Küfer, daß, wenn Ihr an einem Offizier vorbeigeht, es Eure Pflicht ist, Euch in ehrfurchtsvoller Entfernung zu halten, und nicht seine Kleider mit Eurer eisenrostigen Jacke zu besudeln. Versteht Ihr mich, Sir, oder soll Euch dies in Zukunft ins Gedächtnis rufen?«

Der Rohrstock erhob sich und fiel mit einem Hagel von Schlägen herab, bis der Küfer durch die Vorderluke entwischte.

»Da, nimm dies, Du schmutziger Faßklopfer, Du bohrerführender Ausbund von einer Mistpfütze! Ich bitte um Verzeihung, Herr Simpel, daß ich die Unterhaltung unterbrach, allein wenn die Pflicht ruft, müssen wir gehorchen.«

»Allerdings, Herr Chucks, man läutet soeben Klock sieben, und ich muß es dem Schiffsmeister melden. Also guten Tag.«

Sechzehntes Kapitel

Neuigkeiten von Hause. – Eine ermüdende Partie zu Gibraltar. – Nähere Einzelheiten aus der Lehre des Herrn Chucks. – Ein Strauß mit dem Feinde. – Ein Kriegsgericht und ein dauernder Eindruck.

Einige Tage darauf holte uns von Plymouth ein Kutter ein, mit dem Befehl für die Fregatte, nach Gibraltar zu steuern, wo wir unseren Bestimmungsort erfahren sollten. Wir waren alle sehr darüber erfreut; denn wir hatten in der Bai von Biscaya lange genug gekreuzt, und da wir vermuteten, wir würden im mittelländischen Meere stationiert werden, so hofften wir Sturmwind und strenges Wetter mit günstigem Wind und heiterem Himmel zu vertauschen. Der Kutter brachte uns Briefe und Zeitungen. Ich fühlte mich nie so glücklich, als da mir ein Brief in die Hand gelegt wurde. Man muß notwendig fern vom Hause und von Freunden sein, um das wirkliche Entzücken zu empfinden, einen Brief zu erhalten. Ich weinte vor Freude, bevor ich ihn öffnete, aber noch viel mehr aus Schmerz, nachdem ich seinen Inhalt gelesen, denn mein ältester Bruder Tom war an einem Nervenfieber gestorben. Armer Tom! wenn ich mich erinnerte, was für Streiche er mir zu spielen pflegte, wie er von mir Geld borgte und nie wieder zurückgab, und wie er mich zerdrasch, um mich gehorsam zu machen, weil er mein älterer Bruder war — da vergoß ich einen Strom von Thränen über seinen Verlust; dann fiel mir ein, wie traurig meine arme Mutter sein müsse, und ich weinte noch mehr.

»Was giebt's, Tölpel«, sagte O'Brien, indem er auf mich zukam. »Wer hat Dich wieder geschmiert?«

»Oh, niemand«, versetzte ich, »aber mein ältester Bruder ist dahin, und einen zweiten solchen habe ich nicht.«

»Peter, ich muß sagen, Dein Bruder war ein sehr guter Bruder, allein ich will Dir ein Geheimnis anvertrauen. Wenn Du lang genug gelebt hast, um einen Bart zum Scheren zu haben, wirst du etwas Besseres zu thun wissen, als aus einem älteren Bruder ein Wesen zu machen. Aber Du bist eben jetzt ein guter unschuldiger Junge, deshalb will ich Dich dafür nicht prügeln. Komm, trockne Deine Augen, Peter, und laß es gut sein, wir wollen nach dem Abendessen auf seine Gesundheit und langes Leben trinken und dann nicht mehr daran denken.«

Ich war einige Tage sehr trübsinnig, allein es war so ergötzlich, an den portugiesischen und spanischen Küsten hinzufahren, das Wetter war so warm, die See so ruhig, daß ich besorge, ich vergaß meines Bruders Tod früher, als ich hätte thun sollen; mein Geist war heiter und die Neuheit der Szene hinderte mich am Nachgrübeln. Zudem war alles so lustig und vergnügt, daß ich nicht wohl anders sein konnte. In vierzehn Tagen gingen wir in der Bai von Gibraltar vor Anker, wo das Schiff abgetakelt wurde, um wieder ausgebessert zu werden. Es gab hier so viel zu thun, daß ich nicht an Land gehen mochte. Wirklich hatte Leutnant Falkon es einigen meiner Kameraden abgeschlagen, und ich hielt es für besser, gar nicht anzufragen, obgleich ich sehr begierig war, einen so außerordentlichen Platz zu sehen. An einem Nachmittag, als die Leute gerade am Essen waren, schaute ich über den Gang hin, da kam Herr Falkon auf mich zu und sagte:

»Nun, Herr Simpel, was denken Sie?«

Ich versetzte, indem ich an meinen Hut langte, daß ich mich wundere, wie man in diese festen Felsen Galerien habe hauen können, dieselben müßten sehr merkwürdig sein.

»Das heißt soviel, Sie möchten sie gerne sehen. Nun, da Sie Ihren Dienst gut besorgt und nicht um Erlaubnis gebeten haben, ans Land gehen zu dürfen, so will ich Ihnen von morgen früh bis zur Abendkanone Urlaub geben.«

Ich war sehr erfreut darüber. Da die Offiziere im allgemeinen eine Einladung erhalten hatten, mit den Landoffizieren zu speisen, und jeder, der Urlaub erhalten konnte, aufgefordert war mitzugehen, so war ich imstande, an der Partie teilzunehmen. Der erste Leutnant entschuldigte sich damit, daß er zuviel an Bord zu besorgen habe, aber die meisten Artillerieoffiziere und einige Schiffskadetten erhielten Urlaub. Wir gingen bis Essenszeit um die Stadt und die Festungswerke herum, und verfügten uns sodann nach der Kaserne. Die Mahlzeit war sehr gut, und wir waren alle recht vergnügt; aber als der Nachtisch hereingebracht wurde, schlüpfte ich mit einem jungen Fähnrich hinweg, welcher mich in den Galerien herumführte und mir alles erklärte. Das hieß gewiß meine Zeit besser anwenden als die andern, wie der Leser zugeben wird. Ich war vor der Abendkanone an dem Ausfallthor. — Das Boot war da, aber kein Offizier erschien. Die Kanone wurde abgefeuert, die Zugbrücke aufgezogen, und ich besorgte, einen Verweis zu bekommen, aber das Schiff hatte keinen Befehl abzustoßen, da es auf Offiziere wartete. Ungefähr eine Stunde darauf, als es ganz dunkel war, fällte die Schildwache das Gewehr und rief eine Person, die auf sie zukam, mit »Werda« an. —

»Ein betrunkener Seeoffizier auf einem Schubkarren!« war die mit lauter, singender Stimme erteilte Antwort.

Hierauf schulterte die Schildwache das Gewehr und sang dagegen:

»Passiert betrunkener Seeoffizier auf einem Schubkarren, alles gut.«

Sodann erschien ein Soldat in seinem Arbeitsanzug, welcher den dritten Leutnant auf einem Schubkarren herabführte, auch dieser war so betrunken, daß er weder stehen noch sprechen konnte. Den rief die Schildwache wieder an und es erfolgte dieselbe Antwort.

»Ein anderer betrunkener Seeoffizier auf einem Schubkarren — alles gut.«

Dies war mein Freund O'Brien, mit dem es fast ebenso schlimm stand, wie mit dem dritten Leutnant. So ging es zehn Minuten lang mit Anrufen und Passieren fort, bis man den Rest der Partie herunterbrachte, mit Ausnahme des zweiten Leutnants, welcher Arm in Arm mit dem Offizier ging, der den Befehl brachte, die Zugbrücke herabzulassen. Ich war sehr ungehalten darüber, denn es kam mir ganz unanständig vor; allein man sagte mir nachher — und das konnte einigermaßen als Entschuldigung dienen — dieser Offizierschmaus sei dafür bekannt, daß er keinem von den Gästen gestatte, die Tafel nüchtern zu verlassen. Sie wurden alle sorgfältig in das Boot gelegt, und ich freue mich sagen zu können, der erste Leutnant war im Bett und sah sie nicht; allein ich konnte nicht umhin, die Wahrheit einer Bemerkung anzuerkennen, welche von einem Matrosen gemacht wurde, als die Offiziere ins Boot gehoben wurden:

»Ich sage Dir, Bill, wenn *sie wir* wären, was für eine köstliche Tracht würden wir morgen um sechs Uhr bekommen!«

Das Schiff blieb ungefähr drei Wochen in der Bai von Gibraltar, während welcher Zeit unser Takelwerk vorne und hinten wiederhergestellt, der Rumpf kalfatert und die Außenseite bemalt wurde. Es sah nie so schön aus als damals, da wir unserem Befehl zufolge die Anker lichteten, um zum Admiral zu stoßen. Wir passierten die Europaspitze mit günstigem Winde, und bei Sonnenuntergang waren wir sechzig Meilen von dem Felsen entfernt, der gleich einer blauen Wolke in seinen Umrissen noch vollkommen gut unterschieden werden konnte. Ich erwähne diesen Umstand, da mein Leser vielleicht nicht glauben könnte, daß es möglich sei, in solcher Entfernung Land zu sehen. Wir steuerten nach dem Kap von Gatta und befanden uns den andern Morgen nahe dem Strande. Ich war sehr ergötzt durch den Anblick der spanischen Küste: Berg erhob sich an Berg, Hügel an Hügel, bis zum Gipfel mit Weinreben bedeckt. Wir hätten an einigen Plätzen an Land gehen können, denn wir standen damals auf freundlichem Fuße mit den Spaniern, aber der Kapitän hatte zu große Eile, den Admiral einzuholen. Wir hatten sehr schwachen Wind und ein paar Tage nachher vor Valencia beinahe Windstille. Ich stand eben auf dem Gang und schaute durch ein Fernrohr nach den Häusern und Gärten, welche rings die Stadt umgeben, als Herr Chucks, der Bootsmann, auf mich zukam.

»Herr Simpel, erlauben Sie mir einen Augenblick das Glas, ich wünschte zu sehen, ob noch ein Gebäude hier steht, an welches ich mich zu erinnern einigen Grund habe.«

»Wie, waren Sie schon einmal hier an Land?«

»Ja, allerdings, Herr Simpel, und ich wäre fast gestrandet, aber ich kam ohne großen Schaden davon.«

»Wie meinen Sie das, sind Sie denn gescheitert?«

»Nicht mein Schiff, Herr Simpel, aber mein Seelenfrieden für einige Zeit; doch es ist schon viele Jahre her, seitdem ich zuerst Bootsmann auf einer Korvette wurde (während dieser Unterhaltung schaute er durch das Fernrohr); ja, da ist es«, sagte er, »ich habe es im Feld. Schauen Sie, Herr Simpel, sehen Sie eine kleine Kirche mit einem Turme von glasierten Ziegeln, der gleich einer Nadel glänzt?«

»Ja, freilich.«

»Nun, gerade oberhalb, ein wenig rechts, steht ein langes, weißes Haus mit vier schmalen Fenstern, unten ein Wald von Orangenbäumen.«

»Ich sehe es«, erwiderte ich, »aber was hat es mit diesem Hause für eine Bewandtnis, Herr Chucks?«

»Nun, es knüpft sich eine Geschichte daran«, versetzte er mit einem Seufzer, welcher seine Hemdkrause hob und dann wenigstens sechs Zoll wieder herabsinken ließ.

»Was ist das für ein Geheimnis, Herr Chucks?«

»Ich will es Ihnen sagen, Herr Simpel. In Eine, welche in diesem Hause lebte, war ich zum ersten- und letztenmale verliebt.«

»Wirklich? Ich bin sehr begierig, die Geschichte zu hören.«

»Das sollen Sie, Herr Simpel; allein ich muß bitten, daß Sie nichts davon erwähnen, da junge Gentlemen so gerne necken. Es ist nun sechzehn Jahre her – wir standen damals gut mit den Spaniern, wie jetzt; ich war etwas mehr als dreißig Jahre alt und hatte soeben meine Anstellung als Bootsmann erhalten. Ich galt damals für einen hübschen jungen Mann, obwohl ich in der letzten Zeit bis auf einen gewissen

Grad über dies hinweg bin.«

»Sie sehen wirklich noch merkwürdig gut aus, Herr Chucks.«

»Dank Ihnen, Herr Simpel, allein nichts wird durch das Alter besser, soviel ich weiß, als Rum. Ich pflegte mich sehr zierlich zu kleiden und am Lande den Bootsmann zu spielen. Vielleicht hatte ich auch noch nicht so viel von dem feinen Wesen verloren, das ich in guter Gesellschaft aufgefangen hatte. Eines Abends ging ich an dem Platze spazieren, da sah ich ein weibliches Wesen gerade vor mir, welches mir als das niedlichst gebaute Fahrzeug vorkam, das je meinen Augen begegnet war. Ich folgte ihrem Kielwasser und musterte sie; einen so feinen Lauf sah ich nie — überdies ihr ganzes Takelwerk so nett, alles so niedlich unter die Luken verpackt. Und dann segelte sie in einem solchen Stile und hüpfte im Augenblicke so leicht dahin, wie die Fregatte mit ihren Topsegeln, daß es gar nicht fehlen konnte. Einmal, als sie scharf im Winde um eine Ecke bog — Kiel pfeilgerade, nicht leewärts — setzte ich alle Segel, um an ihre Seite zu kommen, und als ich unter ihrem Buge war, prüfte ich sie genau. Nie sah ich so feine Wölbung an den Seiten, und alles so nett, kein Tau über Bord hängend. Nun, Herr Simpel, ich sagte zu mir selbst: »Gott straf' mich, wenn ihre Galionsfigur und ihr Auge von demselben Baumeister gemacht sind, so ist sie vollkommen.« So schoß ich ihr gerade entgegen, gierte ein wenig, warf einen Blick durch ihren Schleier und sah zwei schwarze Augen, so strahlend wie Perlen und so groß wie Damaszenerpflaumen. Ich sah genug, und da ich sie nicht zu erschrecken wünschte, zog ich mich zurück. Kurz nachher änderte sie ihren Kurs und steuerte auf dieses weiße Haus zu. Gerade als sie in seiner Nähe war und ich ihre Wetterseite umspielte, kamen die Priester in Prozession vorbei, welche die heilige Hostie zu irgendeinem Sterbenden trugen. Meine kleine Fregatte ließ ihre Topgallantsegel herab, wie andere Nationen pflegten und noch thun müssen, Gott straf' mich, wenn sie die Flagge von Alt-England passieren.«

»Was wollen Sie damit sagen?« fragte ich.

»Ich meine, sie breitete ihr weißes Taschentuch, welches, als sie ging, in ihrer Hand flatterte, aus und ließ sich mit einem Knie darauf nieder. Ich that dasselbe, weil ich beidrehen mußte, um meinen Posten zu behaupten, und ihr zu gefallen glaubte, wenn sie mich sähe. Als sie aufstand, war ich auch auf meinen Beinen; aber in meiner Eile hatte ich keinen sehr reinlichen Platz gewählt und fand, als ich mich wieder erhob, daß meine weiße Hose in einem schrecklichen Zustande war. Das junge Frauenzimmer kehrte sich um, und da sie mein Unglück sah, lachte sie; dann ging sie in das weiße Haus, während ich wie ein Narr dastand und zuerst auf die Thür des Hauses, dann auf meine Hosen schaute. Doch dachte ich, dieser Umstand könne mir als Vorwand dienen, mit ihr bekannt zu werden; ich ging also auf die Thür zu und klopfte an. Ein alter Herr in einem weiten Mantel, ihr Vater, kam heraus; ich zeigte auf meine Hosen und bat ihn auf Spanisch um etwas Wasser, sie zu reinigen. Da kam die Tocher heraus und erzählte ihrem Vater, wie die Sache sich ereignet hatte. Der alte Herr erstaunte, daß ein englischer Offizier ein so guter Christ sei, und schien darüber erfreut. Er bat mich sehr höflich, einzutreten, und schickte eine alte Frau nach Wasser. Ich bemerkte, daß er ein Stückchen Papier rauchte, und da ich zum Glücke einige Dutzend echte Havannahs in meiner Tasche hatte (denn ich rauche nie etwas anderes, Herr Simpel, und kein Gentleman kann es nach meiner Ansicht), zog ich sie heraus und bat ihn, sie anzunehmen. Seine Augen glänzten bei ihrem Anblicke, allein er weigerte sich, mehr als eine anzunehmen; doch ich bestand darauf, daß er das ganze Bündel annehme, in dem ich immer sagte, ich hätte noch Überfluß an Bord. Nur eine behielt ich für mich, um sie mit ihm zu rauchen. Er bat mich, Platz zu nehmen, und die alte Frau brachte etwas sauren Wein, welchen ich für sehr gut erklärte, obschon er mich nachher ganz krank machte. Er fragte mich, ob ich ein guter Christ sei, was ich bejahte. Ich wußte, daß er einen Katholiken darunter verstand, denn uns heißen sie Ketzer, Herr Simpel. Die Tochter kam sodann ohne Schleier herein und sie war die Vollkommenheit selbst. Allein ich schaute sie nicht an und schenkte ihr nach der ersten Begrüßung keine weitere Aufmerksamkeit. Ich fürchtete nämlich, den alten Herrn argwöhnisch zu machen. Er fragte mich weiter, was ich sei, was für ein Offizier, ob ein Kapitän, was ich verneinte, oder ein Tenente, soviel als Leutnant; dies beantwortete ich wieder mit Nein, aber mit einer verächtlichen Miene, als ob ich etwas Besseres wäre. Was ich denn sei? Ich wußte den Ausdruck für Bootsmann auf Spanisch nicht, und, um die Wahrheit zu sagen, ich schämte mich meines Standes. Ich wußte, daß man in Spanien einen Beamten Corregidor nenne, was im Englischen Korrektor bedeutet oder Einen, welcher straft. Nun ist, Herr Simpel, ein Corregidor in Spanien eine Person von Rang und Ansehen; sie glaubten daher, ich müsse dasselbe sein, und schienen darüber erfreut. Das junge Frauenzimmer fragte hierauf, ob ich von guter Familie sei, ob ein Gentleman oder nicht. Ich erwiderte, ich hoffe dies. Ich verweilte eine halbe Stunde bei ihnen, bis meine Zigarre zu Ende war; dann stand ich auf, dankte dem alten Herrn für seine Gefälligkeit, bat ihn, er möchte erlauben, ihm noch mehr Zigarren bringen zu dürfen, und verabschiedete mich. Die Tochter öffnete die Hausthür und ich konnte mich nicht enthalten, ihre Hand zu nehmen und zu küssen.«

»Wo ist Herr Chucks? Ruft den Bootsmann nach vorne!« schrie der Leutnant.

»Hier bin ich, Sir,« versetzte Herr Chucks, eilte fort und ließ mich mit seiner Geschichte allein.

»Der Kapitän vom Haupttop meldet, das Bramstengenstag habe durch den Gebrauch sehr gelitten; gehen Sie hinauf und untersuchen Sie es,« sagte der erste Leutnant.

»Ja, Sir,« versetzte der Bootsmann, welcher sogleich das Takelwerk hinaufstieg.

»Und Herr Simpel, sorgen Sie, daß die Matrosen die Flecken auf dem Hinterdeck abschaben.«

»Ja, Sir,« erwiderte ich, und so wurde unsere Unterhaltung abgebrochen.

Das Wetter änderte sich diese Nacht, und wir hatten sechs oder sieben Tage nacheinander Regen und widrigen Wind, während welcher Zeit ich keine Gelegenheit fand, den Rest von des Bootsmanns Erzählung zu hören. Wir holten die Flotte auf der Höhe von Toulon ein, näherten uns dem Admiralschiff, und der Kapitän ging an Bord, seine Reverenz zu machen. Als er zurückkehrte, erfuhren wir durch den ersten Leutnant, daß wir bis zur Ankunft einer anderen Fregatte, welche in ungefähr vierzehn Tagen erwartet wurde, bei der Flotte bleiben sollten, dann habe der Admiral uns eine Kreuzfahrt versprochen. Den zweiten Tag nach unserer Ankunft erhielten wir Befehl, einen Teil von dem Küstengeschwader zu bilden, welches aus zwei Linienschiffen und vier Fregatten bestand. Die französische Flotte pflegte auszulaufen und innerhalb Schußweite ihrer Batterien zu manövrieren; aber wenn sie sich weiter von der Küste entfernte, so sah sie sich wohl vor, daß sie günstigen Wind hatte, um rasch in den Hafen zurückzukehren. Wir hatten uns ungefähr eine Woche an der Küste aufgehalten, liefen jeden Tag nahe am Hafen hin und zählten die französischen Schiffe darin, um zu sehen, ob sie noch ganz wohlbehalten wären, und meldeten es durch ein Signal dem Admiral, als wir an einem schönen Morgen bemerkten, daß alle französischen Schiffe ihr Topsegel setzten und in weniger als einer Stunde aus dem Hafen ausliefen. Wir waren stets Tag und Nacht schlagfertig und wechselten oft ein paar Schüsse mit den Batterien, wenn wir rekognoszierten; das Küstengeschwader konnte es natürlich mit der ganzen französischen Flotte nicht aufnehmen, und unsere eigene war ungefähr zwölf Meilen in der offenen See; allein der Kapitän des Linienschiffes, welcher uns kommandierte, drehte gleichsam zum Hohne bei, in der Hoffnung, sie weiter herauszulocken. Dies war nicht leicht zu bewerkstelligen, da die Franzosen wohl einsahen, daß das Umspringen des Windes es ihnen unmöglich machen könnte, ein Treffen abzuschlagen, welches sie zu vermeiden und wir so sehnlich herbeizuführen wünschten. Ich sage wir, meine aber die Engländer, nicht mich selbst; denn die Wahrheit zu sagen, ich sehnte mich nicht so sehr danach. Ich hatte nicht gerade Angst, empfand aber bei dem Geräusch der Kanonenkugeln ein unangenehmes Gefühl, das ich bis jetzt noch nicht hatte überwinden können. Vier von den französischen Fregatten segelten auf uns zu und drehten bei, während drei oder vier Linienschiffe, gleichsam zu ihrem Schutze, in einer Entfernung von vier Meilen ihnen folgten. Unser Kapitän gab das Signal, ob man sich dem Feinde nähern dürfe; dies wurde uns und einer anderen Fregatte gestattet. Wir setzten sogleich alle Segel, sammelten die Mannschaft auf den Verdecken, löschten die Feuer aus und öffneten die Magazine. Da die französischen Linienschiffe bemerkten, daß nur zwei von unseren Fregatten gegen ihre vier geschickt wurden, drehten sie ungefähr in derselben Entfernung ihrer Fregatten bei, welche unsere Linienschiffe und andere Fregatten einhielten. Mittlerweile fuhr unsere Hauptflotte, unter Setzung aller Segel, fort, sich der Küste zu nähern, auch die französische kam nach und nach ihren entsandten Schiffen nahe. Das ganze Schauspiel erinnerte mich an die Turniere, von denen ich schon gelesen hatte; es war eine Forderung in die Schranken, nur daß der Feind zwei gegen einen war — von ihrer Seite ein schönes Anerkenntnis unserer Überlegenheit. In ungefähr einer Stunde kamen wir so nahe, daß die französischen Fregatten Segel setzten und das Feuer begannen. Wir sparten das unsrige bis auf die Entfernung von einer Viertelmeile, als wir auf einmal unsere Breitseite der vordersten Fregatte gaben, mit welcher wir einen Gang wechselten. Das »Seepferd«, welches folgte, gab auch seine Breitseite. So wechselten wir mit allen Breitseiten und hatten den Vorteil dabei; denn sie konnten nicht so schnell als wir laden. Wir beide waren wieder für die Fregatten bereit, als sie an uns vorbeisegelten, allein sie waren mit ihrer Breitseite für das »Seepferd« noch nicht fertig, welches uns ganz nahe folgte, so daß sie jede zwei Breitseiten erhielten, und wir in der »Diomede« nur vier hatten, das »Seepferd« aber gar keine. Unser Takelwerk war größtenteils zerschossen, auch hatten wir sechs oder sieben Mann Verwundete, aber keinen Toten. Die französischen Fregatten litten mehr, und da ihr Admiral gewahrte, daß sie tüchtig zerschossen waren, gab er das Zeichen zum Rückzug. Unterdessen hatten wir beide gewendet und näherten uns der hintersten Fregatte von der Wetterseite; die Linienschiffe, welche dies bemerkten, segelten mit zwei Strich freiem Winde zum Schutze ihrer Fregatten herbei, während unser Küstengeschwader, welches in der Nähe lag, alle Segel setzte, um uns zu helfen. Allein der Wind war, was man zur See einen sogenannten Soldatenwind heißt, er blies nämlich so, daß die Schiffe sowohl in den Hafen ein- als auslaufen konnten, und die französischen Fregatten segelten, ihrem Befehle gehorsam, auf ihre Küstenflotte, die zu ihrem Schutze herbeikommenden Linienschiffe, zu. Doch unser Kapitän wollte das Gefecht nicht aufgeben, obschon wir mit jeder Minute den französischen Linienschiffen näher kamen. — Wir liefen auf die Fregatten zu und wechselten Breitseiten mit ihnen, so schnell wir konnten. Eine derselben verlor ihren Vortopmast und fiel zurück; wir hofften sie abzuschneiden, allein die übrigen kürzten zu ihrem Vorteil die Segel. Dies dauerte etwa zwanzig Minuten, als die französischen Linienschiffe nur noch eine Meile von uns entfernt waren und unser eigener Kommandeur das Signal zu unserem Rückzug gab, denn er dachte, wir würden überwältigt und genommen werden. Allein das »Seepferd«, welches das Signal zum Rückzuge aufgezogen sah, wiederholte es nicht; auch unser Kapitän war entschlossen, es nicht zu bemerken, und befahl dem Signalisten, nicht dahin zu schauen. Das Treffen dauerte fort; zwei französische Fregatten wurden in Stücke zerschossen und vollständige Wracks, als die französischen Linienschiffe das Feuer begannen. Es war nun hohe Zeit, sich davonzumachen. Jedes Schiff von uns gab noch eine Breitseite, dann wandten wir uns nach unserem eigenen Geschwader um, welches ungefähr vier Meilen leewärts zu unserem Schutze bereit lag. Als wir wendeten, fiel unser Haupttopmast, der übel zugerichtet war, über Bord; sobald die Franzosen dies bemerkten, setzten sie alle Segel, in der Hoffnung uns zu nehmen; allein das »Seepferd« blieb bei uns, wir steuerten in den Wind, und bestrichen sie, bis sie nur zwei Kabellängen von uns entfernt waren. Hierauf segelten wir unseren eigenen Schiffen zu. Zuletzt kam eines der Linienschiffe, welches so gut wie die Fregatten segelte, in unsere Nähe und gab uns eine solche Breitseite, daß alles bei uns in Unordnung geriet, und ich glaubte, wir müßten genommen werden; allein obschon wir einige Leute verloren, sagte doch der Kapitän zum ersten Leutnant:

»Wenn Sie jetzt nur noch ein bißchen warten, sind Sie erwischt, so wahr ich lebe!«

Gerade in diesem Augenblicke eröffneten unsere Linienschiffe ihr Feuer, und dann wandte sich das Blatt. Die Franzosen wendeten und segelten, so schnell sie konnten, davon, von unserem Küstengeschwader verfolgt, mit Ausnahme unseres Schiffes, das zu sehr gelitten hatte, um die Jagd mitzumachen. Eine ihrer Fregatten hatte die andere, welche ihren Topmast verloren hatte, ins Schlepptau genommen; mit dieser kam unser Geschwader sehr schnell zusammen. Die englische Flotte war auch auf drei Meilen herbeigesegelt, während die französische zum Beistande der anderen Schiffe, welche in den Kampf verwickelt gewesen waren, in der Nähe lag. Ich und jedermann mit mir dachte, es würde eine allgemeine Schlacht geben, allein wir täuschten uns. Als die Fregatte, welche die andere schleppte, das Entrinnen unmöglich sah, band sie dieselbe los, und überließ sie ihrem Schicksale, d. h. sie mußte ihre Flagge vor dem Kommandeur des Küstengeschwaders streichen. Die Jagd wurde fortgesetzt, bis alle französischen Schiffe dicht unter ihren Batterien lagen. Hierauf kehrte unsere Flotte mit der Prise, welche sich als der »Narziß« mit sechsunddreißig Kanonen, Kapitän Pelleton auswies, nach ihrer Station zurück. Unser Kapitän hatte sich durch sein wackeres Benehmen viel Zutrauen erworben. Wir hatten drei Mann tot und der Seekadett Robinson nebst zehn Mann waren verwundet, darunter einige bedeutend. Ich glaube, dieses Treffen heilte mich vom Kanonenfieber; denn in den wenigen Tagen, welche wir noch bei der Flotte blieben, kamen wir beim Rekognoszieren oft ins Feuer, allein ich kümmerte mich nicht darum. Die Fregatte traf zur erwarteten Zeit ein, und wir erhielten Erlaubnis, uns vom Convoy zu trennen. Bevor ich in der Erzählung unseres Kreuzens fortfahre, muß ich noch einige Umstände bezüglich eines Kriegsgerichtes erwähnen, welches, solange wir bei der Flotte waren, stattfand. Da unser Kapitän von dem Küstengeschwader zurückberufen war, um als Mitglied darin zu sitzen, wurde ich dem Boot des Kapitäns als Seekadett zugewiesen und blieb an Bord des Admiralschiffes, so lang das Gericht seine Sitzungen hielt. Zwei Matrosen, einem Engländer und einem Franzosen, wurde wegen Desertion von einer unserer Fregatten der Prozeß gemacht. Sie hatten ihr Schiff ungefähr drei Monate verlassen, als die Fregatte einen französischen Kaper aufbrachte und sie unter seiner Mannschaft an Bord fand; für den Engländer gab es natürlich keine Verteidigung; er verdiente die Todesstrafe, zu welcher er augenblicklich verurteilt wurde. Desertion mag einigermaßen Entschuldigung finden, wenn wir bedenken, daß die Matrosen mit Gewalt zum Dienste genommen werden, aber gegen sein Vaterland fechten, läßt keine zu; der Fall des Franzosen war verschieden. Er war in Frankreich geboren und erzogen, und hatte auf einem französischen Kanonenboote zu Cadiz gedient, wo er von den Spaniern zum Gefangenen gemacht wurde. Da er nun täglich erwarten mußte, daß man ihm den Hals abschnitte, hatte er an Bord der Fregatte zu entwischen gesucht, welche im Hafen lag, und bei uns Dienste genommen, wie ich wirklich glaube, bloß um sein Leben zu retten. Er befand sich beinahe zwei Jahre auf der Fregatte, ehe er Gelegenheit finden konnte, von ihr zu desertieren und nach Frankreich zurückzukehren, wo er auf dem französischen Kaper in Dienst trat. So lange er auf der Fregatte war, bewies er einen ausgezeichneten Charakter. Der Hauptklagepunkt gegen ihn war, daß er bei seiner Ankunft zu Gibraltar das ihm angebotene Handgeld angenommen hatte. Als man den Engländer fragte, was er zu seiner Verteidigung anzuführen habe, erwiderte er, er sei aus einem amerikanischen Schiffe gepreßt worden, auch selbst ein geborener Amerikaner und habe nie Handgeld genommen. Allein dies war falsch. Die Verteidigung des Franzosen wurde für eine Person seines Standes so gut erachtet, daß ich mir eine Abschrift davon verschaffte, welche so lautet:

»Herr Präsident und ihr Herren Offiziere des verehrlichen Gerichtshofes! Mit der größten Unterwürfigkeit wage ich es, mich an Sie zu wenden: ich werde sehr kurz sein, und will es nicht versuchen, die gegen mich erhobenen Anklagen zu widerlegen, sondern mich auf wenige Thatsachen beschränken, deren Erwägung, wie ich hoffe, ihre Gefühle zur Milderung der Strafe stimmen werden, zu welcher ich wegen meines Vergehens verurteilt bin — eines Vergehens, das aus keinem schlechten Beweggrunde, sondern aus glühender Liebe für mein Vaterland hervorging. Ich bin ein Franzose von Geburt, mein Leben dem Dienste Frankreichs geweiht, bis ich einige Monate nach der spanischen Revolution mit der Mannschaft, welche das französische Geschwader zu Cadiz bildete, gefangengenommen wurde. Die Leiden und die grausame Behandlung, welche ich erduldete, wurden mir unerträglich. Ich bewerkstelligte meine Flucht, und nachdem ich zwei oder drei Tage in stündlicher Erwartung, ermordet zu werden, ein Schicksal, das so manche meiner unglücklichen Landsleute traf, in der Stadt umhergewandert war — als ich vor Hunger verzweifelte und kein anderes Mittel sah, aus der Stadt zu entrinnen, wurde ich in die Notwendigkeit versetzt, mich als Freiwilliger an Bord einer englischen Fregatte zu melden. Ich wagte es nicht, was ich hätte thun sollen, mich als Gefangenen anzugeben, aus Furcht, den Spaniern ausgeliefert zu werden. Was meine Aufführung betrifft, solange ich an Bord Ihrer Fregatte diente, so verlasse ich mich mit Vertrauen auf den Kapitän und die Offiziere.

»Mag auch die Liebe zu unserem Vaterlande eine Zeit lang schlafen, endlich wacht sie wieder auf, und bei mir trafen besondere Umstände zusammen, welche dieses Gefühl unwiderstehlich machten. Ich kehrte zu meiner Pflicht zurück, und deshalb soll es mir versagt sein, das mir so teure Land und meine bejahrten Eltern, welche mich in meiner Abwesenheit segneten, wiederzusehen — meine Brüder und Schwestern wieder zu umarmen; soll ich mein Leben auf dem Schafotte endigen, nicht wegen des Verbrechens, welches ich dadurch beging, daß ich in englischen Dienst trat, sondern wegen einer Handlung der Pflicht und der Treue — weil ich zu den Meinigen zurückkehrte! Erlauben Sie mir zu bemerken, daß die Anklage gegen mich nicht darin besteht, daß ich bei Ihnen Dienste nahm, sondern daß ich sie verließ. Was das erste betrifft, so kann selbst mein Elend kaum als Entschuldigungsgrund vorgebracht werden; hinsichtlich des letzteren habe ich ein stolzes Bewußtsein, das mich in meiner letzten Not aufrecht halten solle. Meine Herren, ich bitte Sie ernstlich, meine Lage zu bedenken, und ich bin überzeugt, Ihre edelmütigen Herzen werden mich bemitleiden; lassen Sie die Liebe zu Ihrem Lande, welche Ihre Brust beseelt und Sie erregt, Gut und Leben dafür zu wagen, für mich sprechen. Schon hat britische Menschlichkeit tausende meiner Landsleute vor der Rache der Spanier gerettet, möge dieselbe Menschlichkeit sich nun auch auf mich ausdehnen und meine Richter bewegen, einen mehr der Reihe derjenigen beizufügen, welche, obschon unsere Nationen miteinander im Kriege liegen, dennoch, wenn sie Gefühl besitzen, nur eine Empfindung gegen ihre edelmütigen Feinde haben können — eine Empfindung, welche alle übrigen überwältigt, das Gefühl inniger Dankbarkeit.«

Was auch immer die Wirkung der Anrede an den Gerichtshof im einzelnen gewesen sein mag, auf die Gesamtheit schien sie damals keinen Eindruck gemacht zu haben. Beide Matrosen wurden zum Tode verurteilt und der andere Morgen zur Hinrichtung bestimmt. Ich beobachtete die zwei Gefangenen, als sie herabstiegen, um an Bord ihrer Schiffe geführt zu werden.

Der Engländer warf sich im Hinterteile des Bootes nieder; jede andere Betrachtung schien bei ihm von dem Gedanken an sein bevorstehendes Ende verschlungen zu sein; der Franzose aber, welcher, bevor er sich niedersetzte, bemerkte, daß der Sitz etwas schmutzig war, zog sein seidenes Taschentuch heraus und breitete es über den Sitz hin, um seine Nankinbeinkleider nicht zu beschmutzen.

Ich erhielt Befehl, an dem festgesetzten Tage der Exekution beizuwohnen. Die Sonne schien so heiter und der Himmel war so klar, der Wind so sanft und mild, daß es kaum möglich schien, er solle für die zwei armen Matrosen ein Tag solchen Grausens und Elends, für die ganze Flotte aber so betrübend sein. Ich legte mein Boot nebst den anderen, welche zu den Schiffen der Flotte gehörten, dem Befehle des kommandierenden Offiziers gemäß, nahe an die vorderen Ketten des Admiralschiffes. Ungefähr eine halbe Stunde nachher erschienen die Gefangenen auf dem Schafott. Die Mützen wurden über ihre Augen gezogen und die Kanone unter ihnen abgefeuert. Als der Rauch hinwegrollte, baumelte der Engländer an der Raa, der Franzose aber nicht; als die Kanone abgefeuert wurde, hatte er einen Sprung gemacht, in der Hoffnung, sein Genick auf einmal zu brechen und seinem Elend ein Ende zu machen; allein er fiel an die Ecke des Schafotts, wo er liegen blieb. Wir glaubten, sein Strick sei gewichen, und er schien derselben Ansicht, denn er fragte, man gab ihm aber keine Antwort.

Die ganze Stunde, solange der Engländer hängen blieb, mußte der Franzose auf dem Schafott zubringen. Seine Mütze hatte man ihm abgezogen, und er blickte zuweilen seinen Leidensgenossen an. Als man den Leichnam herunterließ, sah er, daß seine Zeit gekommen war, und suchte über Bord zu springen. Er wurde zurückgehalten und aufs Hinterdeck gebracht, wo ihm seine Begnadigung vorgelesen und die Arme losgebunden wurden. Allein die Wirkung des Schreckens war für seinen Geist zu stark; er fiel in Ohnmacht, und als er wieder zu sich kam, hatte er den Verstand verloren; ich hörte, daß er nie wieder zu Sinnen kam, sondern als Wahnsinniger nach Hause geschickt wurde, um eingesperrt zu werden.

Ich dachte und der Erfolg bewies es, daß man zu weit gegangen war. Es ist nicht gebräuchlich, wenn ein Mann begnadigt wird, es ihm früher zu sagen, bevor er auf dem Schafott gestanden hat, weil man beabsichtigt, seine schreckliche Lage werde für sein übriges Leben einen bleibenden Eindruck auf ihn machen; aber als ein Fremder kannte er unsere Gebräuche nicht, und die Stunde furchtbaren Leidens, welche er durchlebte, war für seine Vernunft zu viel. Ich muß sagen, dieser Vorfall erregte auf der ganzen Flotte tiefes Mitleiden, und der Umstand, daß er nicht ein Engländer, sondern ein Franzose war, erhöhte das Mitgefühl.

Siebzehntes Kapitel

Herrn Chucks Ansicht von den Eigennamen. – Er vollendet seine spanische Geschichte. – Fortschritte der Bildung unter den Unteroffizieren.

Wir waren alle vergnügt, als das Signal gegeben wurde, uns von dem Convoy zu trennen, da wir Prisengelder in Fülle unter einem so unternehmenden Kapitän vorausahnten. Wir steuerten nach der französischen Küste, da, wo sie nahe an die spanische grenzt, weil der Kapitän Befehl hatte, einige Convoys aufzufangen, welche der französischen Armee Lebensmittel und Schießbedarf zuführen sollten. Den Tag, nachdem wir uns von der Flotte trennten, vollendete Chucks sein Geschichte.

»Wo bin ich stehengeblieben, Herr Simpel, als ich gestört wurde?« sagte er, während wir auf einem langen Achtzehner Platz nahmen.

»Sie verließen das Haus, nachdem Sie ihnen gesagt, Sie seien ein Corregidor, und küßten die Hand der Dame.«

»Ganz richtig, Herr Simpel, ich machte zwei oder drei Tage nachher keinen Besuch, denn ich wollte sobald nicht wiederkommen, zumal da ich die junge Dame jeden Tag auf der Plaza sah. Sie sprach nicht mit mir, aber sie gab mir ihre Augen und bisweilen ein süßes Lächeln. Ich erinnere mich, eines Tages so sehr in ihren Anblick vertieft gewesen zu sein, daß ich über meinen Degen stolperte und beinahe auf die Nase fiel, worüber sie in ein Gelächter ausbrach.«

»Ihren Degen, Herr Chucks? Ich dachte, Bootsmänner trügen nie Degen.«

»Herr Simpel, ein Bootsmann ist ein Offizier und somit berechtigt, einen Degen zu tragen, so gut als der Kapitän, obschon wir deshalb von einem Haufen Affen von Seekadetten ausgelacht worden sind. Ich trug damals immer meinen Degen, aber heutzutage wird ein Bootsmann für nichts geachtet, außer wenn es eine schwere Arbeit giebt, da heißt es: Herr Chucks hier und Herr Chucks dort. Doch ich will Ihnen erklären, wie es kommt, Herr Simpel, daß wir Bootsleute so viel von unserm Ansehen und unsrer Würde verloren haben. Die ersten Leutnants müssen heutzutage den Dienst der Bootsmänner versehen, und wenn sie nur die Bootsmannspfeife handhaben könnten, so dürften sie den Namen Bootsmann aus der Hälfte der Schiffsbücher in Seiner Majestät Diensten streichen. Aber ich will in meiner Geschichte fortfahren. Am vierten Tage machte ich, mit meinem Taschentuche voll Zigarren für den Vater, einen Besuch, aber er hielt seine Siesta, wie sie es heißen. Die alte Dienerin wollte mich zuerst nicht einlassen, allein ich schob ihr einen Dollar zwischen ihre knöchernen, alten Finger, und dies stimmte ihren Ton um. Sie steckte ihren alten Kopf heraus, blickte ringsumher, um zu sehen, ob niemand in der Straße uns beobachten könne, dann ließ sie mich ein und schloß die Thür. Ich trat in das Zimmer und fand mich mit Seraphina allein.«

»Seraphina! — welch ein schöner Name!« —

»Kein Name kann für ein hübsches Mädchen oder für eine gute Fregatte zu schön sein, Herr Simpel. Ich für meinen Teil habe diese schweren Namen sehr gern. Beß und Poll und Sue passen wohl für einen Hafen oder für Lumpenherbergen, aber nach meiner Ansicht würdigen sie eine Dame herab. Bemerken Sie nicht, Herr Simpel, daß alle unsre Kanonenboote, eine Art Schiffe, welche gewiß ihren Erfinder in Ewigkeit verdammen, nur niedrige, gemeine Namen haben, als Drescher, Boxer, Dachs und dergleichen, welche gut genug für sie sind, während alle unsre schmucken und kühnen Fregatten so lange Namen haben, als die Haupttop-Boleine, und schwer genug sind, uns im Schlunde stecken zu bleiben — zum Beispiel Melpomene, Terpsichore, Arethuse, Bacchantin — herrliche Ziernamen, so lang als ihre Wimpel, welche bei einer Windstille herabhängen.«

»Sehr wahr«, versetzte ich, »aber glauben Sie denn, es verhalte sich mit Familiennamen ebenso?«

»Ganz gewiß, Herr Simpel. So lange ich in guter Gesellschaft lebte, traf ich selten auf Namen wie Potts oder Bell oder Smith oder Hodges; es hieß immer: Herr Fortescue oder Herr Fitzgerald oder Herr Fitzherbert – selten machte ich vor so einem Ding unter drei Silben meine Verbeugung.«

»Dann, vermute ich, Herr Chucks, lieben Sie Ihren eigenen Namen nicht sonderlich?«

»Da haben Sie's getroffen, Herr Simpel, aber er ist gut genug für einen Bootsmann,« versetzte Herr Chucks mit einem Seufzer. »Ich handelte allerdings sehr schlecht, daß ich die Leute täuschte, aber ich wurde sehr empfindlich dafür gestraft; es machte mich seitdem immer unzufrieden und unglücklich. Ich habe meinen Hochmut teuer bezahlt. Es gibt nichts so Erbärmliches, Herr Simpel, als Gedanken zu haben, die über unsern Stand hinausgehen. Aber ich muß wieder weitersegeln. Ich blieb drei Stunden bei Seraphina, ehe ihr Vater nach Hause kam, und diese ganze Zeit über hatte ich nicht eine Minute ruhig vor Anker gelegen. Ich lag auf meinen Knien, that Schwüre und Gelübde, küßte ihre Hände und Füße, bis ich zuletzt zu ihren Lippen gelangte, wobei ich meinen Weg so regelmäßig ging, wie einer, der durchs Ankerkabelloch hereinkommt und zu den Kajütenfenstern hinaufkriecht. Sie war sehr freundlich, lächelte und seufzte, stieß mich von sich, drückte meine Hand, wurde zornig, schmollte, bis ich in Verzweiflung geriet; dann beglückte sie mich wieder mit ihrem schmachtenden, schwarzen Auge, welches so zärtlich strahlte; bis sie endlich sagte, sie wolle versuchen, mich zu lieben, und mich fragte, ob ich sie heiraten und mit ihr in Spanien leben wollte. Ich erwiderte Ja, und fühlte wirklich so etwas, als ob ich es vermöchte, nur fiel mir zugleich ein, woher das Geld kommen sollte, denn ich konnte nicht, wie ihr Vater, von einer papiernen Zigarre und einem Stück Melone täglich leben. Jedenfalls war es eine ausgemachte Sache – mit Worten. Als ihr Vater nach Hause kam, sagte ihm die alte Dienerin, ich sei gerade erst gekommen, und seine Tochter befinde sich auf ihrem Zimmer, was wirklich der Fall war; denn sobald sie ihren Vater hatte klopfen hören, hatte sie sich davongemacht. Ich machte dem alten Herrn meine Verbeugung und gab ihm die Zigarren. Er war anfangs ernst, aber der Anblick derselben versetzte ihn in guten Humor, und ein paar Minuten darauf trat Donna Seraphina (in Spanien heißen sie eine Dame Donna) herein, mich steif begrüßend, als ob wir nicht eine Stunde miteinander geküßt hätten. Ich blieb nicht lange, weil es spät wurde; daher nahm ich ein Glas von dem sauern Wein des alten Herrn und entfernte mich mit einer Einladung von ihm, wieder vorzusprechen, während die junge Dame mir, so lange ich verweilte und bei meinem Abschiede, wenig oder gar keine Aufmerksamkeit schenkte.«

»Herr Chucks«, bemerkte ich, »sie scheint mir eine listige junge Person gewesen zu sein.«

»Allerdings, Herr Simpel, aber ein Verliebter kann nicht sehen, und ich will Ihnen sagen warum. Wenn er die Dame gewinnt, so ist er ebenso in sich selbst verliebt als in sie, weil er auf ihre Eroberung stolz ist; dies war bei mir der

Fall. Hätte ich meine Augen gehabt, so würde ich gesehen haben, daß diejenige, welche ihren alten Vater bloß um eines Fremden willen hintergehen konnte, diesen gewiß wiederum täuschen würde. Allein Liebe macht blind, und Eitelkeit, Herr Simpel, macht noch blinder. Kurz, ich war ein Esel.«

»Lassen Sie es gut sein, Herr Chucks; Sie waren zu entschuldigen.«

»Nun, Herr Simpel, ich kam dann und wann mit ihr zusammen, bis ich rasend verliebt war; der Vater schien zu bemerken, was vorging, und nichts dagegen zu haben. Doch schickte er nach einem Priester, der mit mir sprechen sollte, und ich wiederholte, ich sei ein guter Katholik. Ich erzählte ihm, ich sei in die junge Dame verliebt und wolle sie heiraten. Der Vater machte keine Einwendung, da ich versprach, in Spanien zu bleiben; denn er wollte sich von seiner einzigen Tochter nicht trennen. Hier machte ich mich wieder eines Betruges schuldig, einmal dadurch, daß ich ein Versprechen gab, welches zu halten ich nicht beabsichtigte, und dann, weil ich mich für einen Katholiken ausgab. Ehrlichkeit ist am Ende die beste Politik, Herr Simpel, verlassen Sie sich darauf.«

»So sagte mir mein Vater immer, und ich habe ihm geglaubt«, erwiderte ich.

»Ich schäme mich, sagen zu müssen, Sir, daß ich noch Schlimmeres that; denn der Priester fragte mich, nachdem die Sache ausgemacht war, ob ich kürzlich gebeichtet hätte. Ich verstand, was er meinte, und verneinte es. Er hieß mich dann niederknien, allein da ich zu diesem Zwecke nicht genug spanisch sprechen konnte, murmelte ich etwas her, halb spanisch, halb englisch, und endete damit, daß ich als Almosen vier Dollars in seine Hand drückte. Er war am Ende mit meiner Beichte zufrieden, was er auch immer beim Beginne derselben denken mochte, und erteilte mir Absolution, obschon er nicht verstanden haben konnte, worin mein Vergehen bestanden, aber vier Thaler können in diesem Lande viele Verbrechen sühnen. Und nun, Sir, kommt der Wendepunkt dieser Geschichte. Seraphina sagte mir, sie werde mit einigen ihrer Verwandten in die Oper gehen, und fragte mich, ob ich dabei sein würde; der Kapitän der Fregatte nebst andern Offizieren würden auch hingehen, und sie wünsche, daß ich sie begleite. Sie sehen, Herr Simpel, obschon Seraphinens Vater so arm war, daß eine Maus in seinem Hause Hungers gestorben wäre, war er doch von guter Familie und mit Leuten verwandt, welche sich besser standen. Er war selbst ein Don und hatte vierzehn oder fünfzehn lange Namen, welche ich nun vergessen habe. Ich schlug es ab, mit ihr zu gehen, da ich wußte, daß der Dienst es einem Bootsmanne nicht erlauben würde, in einer Opernloge zu sitzen, während der Kapitän und der erste Leutnant anwesend waren. Ich sagte ihr, ich habe versprochen, an Bord zu gehen und nach der Mannschaft zu sehen, solange der Kapitän am Land wäre; so machte ich mich selbst, wie Sie bemerken werden, Herr Simpel, zu einem Manne von Gewicht, nur um zuletzt noch empfindlicher gedemütigt zu werden. Als sie sich in die Oper begeben hatte, fühlte ich mich sehr unbehaglich; ich fürchtete, der Kapitän möchte sie sehen und Geschmack an ihr finden. Ich ging draußen auf und ab, bis ich von Liebe und Eifersucht so erfüllt war, daß ich beschloß, ins Parterre zu gehen und zu sehen, wie es mit ihr stehe. Ich bemerkte sie bald nebst anderen Damen in einer Loge, und unter ihnen meinen Kapitän und den ersten Leutnant. Der Kapitän, welcher sehr gut spanisch konnte, lehnte sich lachend und scherzend über sie hin; auch sie lächelte bei seinen Worten. Ich beschloß sogleich fortzugehen, aus Furcht, sie möchte mich sehen und entdecken, daß ich ihr eine Unwahrheit gesagt hatte, allein sie schienen so vertraut, daß ich vor Eifersucht das Theater nicht verlassen konnte. Endlich bemerkte sie mich und winkte mit ihrer Hand; ich warf ihr einen zornigen Blick zu und verließ das Theater, wie ein Wahnsinniger fluchend. Es schien, als habe sie mich dem Kapitän gezeigt und ihn gefragt, wer ich sei; er sagte ihr meinen wirklichen Stand an Bord und sprach verächtlich von mir. Sie fragte, ob ich nicht von guter Familie wäre; darüber brachen der Kapitän und der erste Leutnant in ein Gelächter aus und sie sagten, ich sei ein gemeiner Matrose, welcher durch sein gutes Betragen sich zu einem höhern Rang emporgeschwungen habe – nicht gerade ein Offizier und alles, nur kein Gentleman. Kurz, Herr Simpel, ich war in die Luft gesprengt, und obgleich der Kapitän mehr sagte, als recht war, wie ich nachher durch die Offiziere erfuhr, so hatte ich es doch verdient. Entschlossen, das Schlimmste zu erfahren, wartete ich draußen, bis die Oper vorüber war. Da sah ich sie herauskommen, und der Kapitän und der erste Leutnant in ihrer Gesellschaft; deshalb konnte ich nicht mit ihr sprechen. Ich ging in eine Posada (ein Gasthaus) und trank sieben Flaschen Rosolio, um mein Gemüt zu beruhigen; hierauf verfügte ich mich an Bord, wo der zweite Leutnant, welcher kommandierender Offizier war, mich wegen Trunkenheit in Arrest legte. Es stand eine Woche an, ehe ich freigelassen wurde, und Sie können sich vorstellen, was ich litt, Herr Simpel. Endlich erhielt ich Urlaub, an Land gehen zu dürfen, und trat meinen Weg nach dem Hause an, wo mein Schicksal entschieden werden sollte. Die Alte öffnete die Thür, schalt mich einen Dieb und schlug sie mir vor der Nase wieder zu; als ich mich zurückzog, kam Donna Seraphina ans Fenster, winkte verächtlich mit ihrer Hand und sagte: »Gehen Sie und Gott sei mit Ihnen, Herr Gentleman.« Voll Wut kehrte ich an Bord zurück, und wenn ich den Feuerwerker hätte bewegen können, mir eine Patrone zu geben, so würde ich mich durch den Kopf geschossen haben. Was die Sache noch verschlimmerte, ich wurde von jedermann im Schiffe ausgelacht, denn der Kapitän und der Leutnant hatten die Geschichte erzählt.«

»Herr Chucks«, versetzte ich, »ich kann nicht umhin, Sie zu bedauern, obschon Sie gewiß für Ihre Unehrlichkeit Strafe verdienten. War dies das Ende der Geschichte?«

»Soweit es mich betraf, allerdings, aber nicht hinsichtlich anderer. Der Kapitän nahm meine Stelle ein, aber ohne Wissen des Vaters. Im Grunde hatte keiner von beiden große Ursache, sich des Tausches zu freuen.«

»Wieso, Herr Chucks, was meinen Sie damit?«

»Nun, Herr Simpel, der Kapitän machte keine ehrliche Frau aus ihr, wie ich gethan hätte, und als der Vater entdeckte, was vorging, brachte man ihn in einer Nacht mit durchbohrtem Leibe an Bord. Wir segelten sogleich nach Gibraltar, und es dauerte lange, bis er wiederhergestellt war; dann hatte er ein anderes Mißgeschick.«

»Was für eines?«

»Nun, er verlor seinen Bootsmann, Herr Simpel, denn ich konnte seinen Anblick nicht ertragen, und damit verlor er (wie Sie wissen müssen, nicht aus eigener Erfahrung, sondern von andern) einen Bootsmann, der seinen Dienst versteht.«

»Jedermann sagt so, Herr Chucks; gewiß würde unser Kapitän Sie sehr ungern verlieren.«

»Ich bin überzeugt, daß es jeden Kapitän, mit dem ich segelte, ebenso ging. Aber dies war nicht alles, was er verlor,

Herr Simpel; denn bei den nächsten Kämpfen verlor er seine Masten, und der Verlust derselben verursachte den Verlust seines Schiffes, und seitdem ist ihm nie wieder ein anderes anvertraut worden, sondern er wurde auf den Sand gesetzt. Solange ich bei ihm war, verlor er nie einen Balken von Bedeutung. Ein Mast an sich ist nichts, Herr Simpel, — nur ein Stück Holz —, aber ordnen Sie Ihr Takelwerk richtig, dann ist ein Mast so stark, wie ein Fels. Fragen Sie nur Herrn Falkon, er wird Ihnen dasselbe sagen; ich traf nie einen Offizier, der es besser verstand, einen Mast zu befestigen.«

»Hörten Sie nichts mehr von der jungen Dame?«

»Ja, ungefähr ein Jahr nachher kehrte ich auf einem andern Schiffe zurück; sie war in ein Kloster gesperrt und gezwungen worden, den Schleier zu nehmen. Ach, Herr Simpel, wenn Sie wüßten, wie ich das Mädchen liebte. Seitdem bin ich gegen Frauenzimmer nie mehr als höflich gewesen und will als Junggeselle sterben. Sie können sich nicht vorstellen, wie ergriffen ich letzthin war, als ich das Haus erblickte. Ich konnte kaum ein Stück Rind- oder Schweinefleisch anrühren, und bin zwei Quart Rum über meine Ration schuldig. Aber, Herr Simpel, ich habe Ihnen dieses im Vertrauen erzählt, und ich hoffe, Sie sind zu sehr ein Gentleman, um es zu wiederholen, denn ich kann das Foppen von jungen Seekadetten nicht leiden.«

Ich versprach, nichts davon zu erwähnen, und hielt mein Wort; aber Umstände, welche der Leser in der Folge kennen lernen wird, haben mich von diesem Versprechen befreit. . . . Nun kann ihn niemand mehr necken.

Wir erreichten unsere Station an der Küste von Perpignan, und sobald wir uns dem Land näherten, wurden wir auf eine höchst ärgerliche Weise durch eine Brise abgetrieben. Ich will über den Sturm keine Bemerkungen machen, denn einer gleicht dem andern, aber ich muß den Umstand wegen einer stattgehabten Unterredung anführen, an der ich mich sehr ergötzte.

Ich stand in der Nähe des Kapitäns, als er nach Herrn Muddle, dem Zimmermann, schickte, welcher hinaufgestiegen war, um die Haupttopsegelraa zu untersuchen, die einen Sprung bekommen haben sollte.

»Nun, Herr Muddle!« sagte der Kapitän.

»Sie ist gesprungen, Sir, ganz gewiß, aber ich denke, wir

können sie lindern.«

»Können Sie dieselbe für den Augenblick befestigen, Herr Muddle?« versetzte der Kapitän etwas scharf.

»Wir wollen sie in einer halben Stunde lindern, Sir!«

»Ich wünschte, daß Sie gewöhnliche Ausdrücke gebrauchten, wenn Sie mit mir sprechen, Herr Muddle. Ich glaube, Sie wollen mit dem Lindern sagen, daß Sie dieselbe festmachen können. Meinen Sie so, Sir, oder nicht?«

»Ja, Sir, das ist meine Meinung, ganz gewiß. Hoffentlich habe ich Sie nicht beleidigt, Kapitän Savage, denn ich beabsichtigte nicht, Ihnen durch meine Sprache zu mißfallen.«

»Sehr gut, Herr Muddle«, versetzte der Kapitän. »Es ist das erste Mal, daß ich mit Ihnen über diesen Gegenstand gesprochen habe — vergessen Sie nicht, daß es das letzte Mal sein soll.«

»Das erste Mal!« erwiderte der Zimmermann, welcher seine Philosophie nicht vergessen konnte. »Ich bitte um Verzeihung, Kapitän Savage. Vor siebenundzwanzigtausend sechshundert zweiundsiebzig Jahren fanden Sie auf diesem Hinterdecke gerade denselben Fehler an mir auszusetzen, und —«

»Wenn ich es that, Herr Muddle«, unterbrach ihn der Kapitän sehr ärgerlich, »so verlassen Sie sich darauf, daß ich Ihnen zu derselben Zeit befahl, hinaufzusteigen und auf Ihren Dienst zu achten, statt auf dem Hinterdecke Unsinn zu schwatzen; und obgleich, wie Sie sagen, Sie und ich uns nicht daran erinnern können, so steckte ich Sie doch, wenn Sie dem Befehl nicht sogleich gehorchten, in Arrest und Sie mußten das Schiff, sobald es in den Hafen zurückkehrte, verlassen. Verstehen Sie mich, Sir?«

»Ich glaube vielmehr, Sir«, versetzte der Zimmermann, indem er demütig an seinen Hut langte und die Haupttakelung hinanstieg, »daß so etwas nicht stattfand, denn ich ging augenblicklich hinauf, wie eben jetzt und —« fuhr der unverbesserliche Zimmermann fort, als er das Takelwerk hinaufstieg — »wie ich in siebenundzwanzigtausend sechshundert zweiundsiebzig Jahren wieder thun werde.«

»Dieser Mann ist unheilbar mit seinem verdammten Unsinn,« bemerkte der Kapitän zum ersten Leutnant. »Jeder Mast auf dem Schiffe könnte über die Seite gehen, wenn er nur einen Menschen bekommen kann, der seine lächerliche Theorie anhört.«

»Es ist kein übler Zimmermann, Sir«, erwiderte der erste

Leutnant.

»Das nicht«, antwortete der Kapitän, »aber alles hat seine Zeit.«

Gerade in diesem Augenblick kam der Bootsmann das Takelwerk herunter.

»Nun, Herr Chucks, was halten Sie von der Raa? Müssen wir sie wechseln?« fragte der Kapitän.

»Im Augenblicke, Kapitän Savage,« erwiderte der Bootsmann, »ist sie, wie ich glaube, in einem Zustande, welchen man prekär und durchaus nicht dauernd heißen kann, aber mit ein wenig menschlicher Anstrengung und vier Faden dreizölliger und einem halben Dutzend Zehnpfennig-Nägel, mag sie, so viel ich verstehe, halten, bis es wieder Zeit ist, daß sie springt.«

»Ich verstehe Sie nicht, Herr Chucks; ich weiß keine Zeit, wann eine Raa springen muß.«

»Ich meinte nicht unsere Zeit, Sir,« versetzte der Bootsmann, »sondern die siebenundzwanzigtausend sechshundert zweiundsiebzig Jahre des Herrn Muddle, wann —«

»Vorwärts, sogleich, Sir, und auf Ihren Dienst aufgepaßt,« schrie der Kapitän mit zorniger Stimme; dann sagte er zu dem ersten Leutnant: »Ich glaube, die Unteroffiziere werden verrückt. Wer hörte je von einem Bootsmann eine solche Sprache — prekär und durchaus nicht dauernd? Sein Aufenthalt im Schiffe wird so werden, wenn er nicht dessen eingedenk ist, was er zu thun hat.«

»Es ist ein höchst sonderbarer Charakter, Sir,« erwiderte der erste Leutnant, »aber ich, ich trage keine Bedenken zu behaupten, daß es der beste Bootsmann in Seiner Majestät Diensten ist.«

»Ich glaube es auch«, erwiderte der Kapitän, »aber nun — ein jeder hat seine Fehler. — Herr Simpel, was machen Sie da?«

»Ich hörte zu, was Sie sagten«, antwortete ich, und langte an meinen Hut.

»Ich bewundere Ihre Offenheit, Sir,« entgegnete er, »aber ich rate Ihnen, diese Gewohnheit nicht fortzusetzen. Gehen Sie auf die Leeseite, Sir, und passen Sie auf Ihren Dienst auf.«

Als ich mich auf der andern Seite des Verdeckes befand, schämte ich mich und sah den Kapitän und den ersten Leutnant lachen.

Achtzehntes Kapitel

Ich mache ein Gefecht mit, werde verwundet und mit O'Brien gefangen. – Bei den O'Briens trifft ein grober Klotz auf einen groben Keil. – Ich bekomme ein behagliches Quartier. – Mein erstes Zusammentreffen mit Celeste.

Ich habe nun ein Ereignis zu berichten, welches, so jung ich damals war, mich in meinem späteren Leben ernsthaft berührte. Wie wenig wissen wir, was der nächste Morgen bringt! Wir hatten unsere Station erreicht und einige Tage an der Küste verweilt, als wir uns eines Morgens bei Tagesanbruch ungefähr vier Meilen von der Stadt Cette befanden und eine große Flotte von Schiffen um eine Landspitze herumkommen sahen. Wir machten mit allen Segeln darauf Jagd; sie ankerten nahe der Küste unter einer Batterie, welche wir nicht eher bemerkten, als bis sie das Feuer gegen uns eröffnete. Der Schuß traf die Fregatte dreimal, denn das Wasser war ruhig und die Batterie lag fast in gleicher Höhe mit ihr. Der Kapitän wendete und entfernte sich wieder, bis die Boote ausgesetzt und alles bereit war, an die Küste zu steuern und die Batterie zu stürmen. O'Brien, welcher den ersten Kutter im Dienste kommandierte, war in seinem Boote, und ich erhielt wieder die Erlaubnis von ihm, mich in dasselbe einzuschmuggeln.

»Nun, Peter, wir wollen sehen, was für eine Sorte Fisch Du diesmal an Bord bringen wirst«, sagte er, nachdem wir abgestoßen waren; »vielleicht wird der Fisch Dich nicht so leicht loslassen.«

Hierüber lachten alle Leute im Boote und ich erwiderte: »Da müßte ich ernstlicher verwundet sein, als das letzte Mal, um mich zum Gefangenen machen zu lassen.«

Wir liefen die Küste mitten unter dem Feuer der Kanonenboote, welche den Convoy deckten, an, bei welcher Gelegenheit wir drei Mann verloren; sodann rückten wir gegen die Batterie vor, welche wir ohne Widerstand nahmen, indem die französischen Artilleristen, sowie wir eindrangen, davonliefen. Die Befehle des Kapitäns waren ganz bestimmt gegeben: wir sollten keine Minute in der Batterie verweilen, nachdem sie genommen wäre, sondern die Kanonenboote entern und nur eines von den kleineren Booten mit dem Rüstmeister zurücklassen, um die Kanonen zu vernageln, denn der Kapitän wußte wohl, daß längs der Küste Truppen aufgestellt waren, welche gegen uns marschieren und uns schlagen könnten. Der erste Leutnant, welcher kommandierte, befahl O'Brien, mit dem ersten Kutter dazubleiben, und nachdem der Rüstmeister die Kanonen vernagelt, sollte er, als Offizier des Bootes, sogleich vom Lande abstoßen. O'Brien und ich blieben mit dem Rüstmeister in der Batterie; die Bootsmannschaft hatte Befehl, in das Boot zu steigen, es flott zu halten, und jeden Augenblick bereit zu sein abzustoßen. Wir hatten alle Kanonen bis auf eine vernagelt, als eine plötzliche Musketensalve auf uns abgefeuert wurde, welche den Rüstmeister tötete und mich oberhalb des Knies im Bein verwundete. Ich fiel neben O'Brien nieder, welcher ausrief:

»Bei allen Mächten des Himmels, sie sind da und eine Kanone noch nicht vernagelt.«

Er sprang herunter, riß dem Rüstmeister den Hammer aus der Hand, nahm einen Nagel aus der Tasche, und in ein paar Minuten war die Kanone vernagelt. Eben hörte ich das Traben der anrückenden französischen Soldaten, als O'Brien den Hammer wegwarf, mich auf seine Schultern lüpfte und ausrief:

»Komm, Peter, mein Junge!«

Er eilte, so schnell er konnte, nach dem Boote, aber es war zu spät; er hatte den Weg dahin noch nicht halb zurückgelegt, als er von zwei französischen Soldaten am Kragen gefaßt, und in die Batterie zurückgeschleppt wurde. Die französischen Truppen rückten nun heran, und unterhielten ein starkes Feuer; unser Kutter entwischte und erreichte die übrigen Boote, welche die Kanonenboote und den Convoy mit geringem Widerstande genommen hatten. Unsere großen Boote führten Karronaden im Bug. Bald wurde das Feuer mit Kartätschen erwidert, welche die französischen Truppen in die Batterien zurücktrieben, wo sie blieben und unsere Leute hinter einer Brustwehr aufs Korn nahmen, bis die meisten ihrer Schiffe genommen waren; diejenigen, welche man nicht bemannen konnte, wurden verbrannt. Mittlerweile war O'Brien, mit mir auf seinem Rücken, in die Batterie gebracht worden; daselbst legte er mich sanft nieder, mit den Worten:

»Peter, mein Junge, solange Du unter meinem Schutze standest, hätte ich Dich durch dick und dünn getragen, aber da Du nun unter der Aufsicht dieser französischen Bettler stehst, so sollen sie Dich auch fortschaffen. Ein jeder sein eigen Bündel, Peter, das ist nicht mehr als billig; wenn sie Dich des Wegtragens für wert halten, so sollen sie auch Dein Gewicht fühlen.«

»Und gesetzt, sie thun es nicht, O'Brien, willst Du mich hier lassen?«

»Dich hier lassen, Peter? Wenn es möglich ist, nicht, mein Junge, aber sie werden Dich nicht liegen lassen, sei ohne Sorgen, Gefangene sind so rar bei ihnen, daß sie des Kapitäns Affen nicht zurückließen, wenn er gefangen wäre.«

Sobald unsere Boote außer ihrer Schußweite waren, untersuchte der Offizier, welcher die französischen Truppen kommandierte, die Kanonen in der Batterie, in der Hoffnung, sie noch brauchbar zu finden, und wurde sehr verdrießlich, als er sie alle vernagelt sah.

»Er müßte schärfer sehen als eine Elster, bevor er ein offenes Zündloch findet, denke ich;« sagte O'Brien, als er den Offizier betrachtete.

Hier muß ich bemerken, daß O'Brien beim Vernageln der letzten Kanone große Geistesgegenwart zeigte, denn hätten die Franzosen auch nur eine Kanone gehabt, um auf unsere Boote zu feuern, während diese die Prisen bugsierten, so würden sie ihnen großen Schaden gethan haben, und die Unsrigen hätten viele Leute verloren; aber dadurch, und bei dem Versuche, mich zu retten, opferte er sich selbst und wurde gefangen. Als die Truppen zu feuern aufhörten, kam der kommandierende Offizier auf O'Brien zu, blickte ihn an und sagte: »Offizier?« worauf O'Brien mit seinem Kopfe nickte. Er wies dann auf mich – »Offizier?« O'Brien nickte wieder, worüber die französischen Truppen lachten, weil, wie mir O'Brien später sagte, ich nach ihrer Sprache nur ein Enfant war. Ich fühlte mich ganz steif und schwach und konnte nicht gehen. Der kommandierende Offizier ließ eine Abteilung in der Batterie zurück und schickte sich an, nach Cette zurückzugehen, woher sie kamen. O'Brien ging; ich wurde von sechs französischen Soldaten auf drei Musketen getragen, ein Transport, der zu keiner Zeit sehr angenehm, in meinem jetzigen Zustande aber außerordentlich schmerzlich war. Doch muß ich sagen, sie behandelten mich sehr freundlich und legten einen Mantel oder so etwas unter mein verwundetes Bein, denn ich litt die heftigsten Schmerzen und wurde mehrmals ohnmächtig. Zuletzt brachten sie mir Wasser zu trinken. Ach wie köstlich war es! Ich habe seitdem oft gedacht, wenn ich in Gesellschaft war, wo Feinschmecker ihre Lippen mit Claret netzten, wenn sie nur einmal verwundet würden und ein Glas Wasser bekämen, dann würden sie fühlen, was für ein lieblicher Trank es ist. In ungefähr anderthalb Stunden, welche mir wenigstens fünf Tage schienen, langten wir in der Stadt Cette an. Ich wurde nach dem Hause des kommandierenden Offiziers gebracht, welcher mich, als ich aus der Batterie getragen wurde, oft angeblickt hatte, mit den Worten: pauvre enfant. Man legte mich auf ein Bett, wo ich abermals in Ohnmacht fiel. Als ich wieder zu mir kam, fand ich mein Bein von einem Chirurgen verbunden und mich ausgekleidet. O'Brien stand bei mir, und ich vermute, daß er geweint hatte, denn er hielt mich für tot. Als ich ihm ins Gesicht schaute, sagte er:

»Peter, Du Bestie, wie hast Du mich erschreckt! Gott straf' mich, wenn ich je wieder einen Jungen unter Aufsicht nehme. Warum hast Du Dich denn tot gestellt?«

»Ich fühle mich nun besser, O'Brien,« versetzte ich; »wie sehr bin ich Dir verpflichtet! Beim Versuche, mich zu retten, bist Du gefangen worden.«

»Ich bin gefangen worden in Erfüllung meines Dienstes, auf jeden Fall. Hätte der Narr von Rüstmeister seinen Hammer nicht so fest gehalten, nachdem er tot war und es ihm nichts mehr nützen konnte, so wäre ich noch gut davon gekommen und Du mit; allein dies hat alles nichts zu sagen, Peter. Soweit ich sehen kann, besteht das Leben eines Menschen darin, daß man in Verlegenheiten kommt und sich wieder herauswindet; das erste ist uns mit Hilfe gelungen, und das zweite werden wir auch mit Gottes Hilfe ausführen; sei munter, mein Junge, und werde bald wieder gesund; denn obgleich ein Mann auf zwei Füßen davonlaufen kann, so habe ich doch nie von einem Knaben gehört, welcher hoffen konnte, auf einem Bein aus einem französischen Gefängnisse zu entwischen.«

Ich drückte die dargebotene Hand O'Briens und blickte um mich; der Chirurg stand auf der einen Seite des Bettes und der kommandierende Offizier auf der anderen, zu Häupten desselben aber befand sich ein kleines Mädchen von ungefähr zwölf Jahren, welches eine Tasse in der Hand hielt, aus der sie etwas in meinen Mund träufelte. Ich blickte sie an und sah in ihrem ausnehmend schönen Gesicht ein solches

Mitleid ausgedrückt, daß sie mir wie ein Engel vorkam. Ich drehte mich, so gut ich konnte, um, um sie allein anzusehen. Sie bot mir die Tasse dar, welche ich von jedem anderen zurückgewiesen hätte, und ich trank ein wenig. Da trat eine andere Person in das Zimmer, und es fand eine Unterredung in französischer Sprache statt.

»Ich bin begierig, was sie mit uns anfangen werden,« sagte ich zu O'Brien.

»Pst, schweig still,« versetzte jener, lehnte sich über mich hin, und flüsterte mir ins Ohr: »ich verstehe alles, was sie sagen; erinnerst Du Dich nicht mehr, wie ich Dir erzählte, daß ich die Sprache lernte, nachdem ich in Südamerika getötet und im Sande begraben war?«

Nach einem kurzen Gespräche zog sich der Offizier mit den übrigen zurück, so daß niemand als das kleine Mädchen und O'Brien im Zimmer blieben.

»Es ist eine Botschaft von dem Gouverneur,« sagte O'Brien, sobald sie sich entfernten; »welcher wünscht, daß man die Gefangenen in das Gefängnis der Zitadelle schicke, um verhört zu werden. Der Offizier sagt (und er ist ein echter Gentleman, soweit ich urteilen kann), Du seiest nur ein Knabe und noch obendrein schwer verwundet, und es wäre schimpflich, Dich nicht im Frieden sterben zu lassen; daraus schließe ich, daß wir uns bald trennen müssen.«

»Ich hoffe nicht, O'Brien; wenn Du ins Gefängnis gehst, so will ich auch mit, denn ich werde denjenigen, welcher mein bester Freund ist, nicht allein unter den Fremden lassen. Ich wäre nicht halb so glücklich, obschon ich vielleicht in meiner gegenwärtigen Lage mehr Bequemlichkeit habe.«

»Peter, mein Junge, es freut mich zu sehen, daß Du das Herz auf dem rechten Flecke hast, wie ich immer glaubte, sonst hätte ich Dich nicht unter meinen Schutz genommen. Wir wollen miteinander ins Gefängnis gehen, mein Peter, und ich will mit meinem Beutel und einer langen Schnur durch die Gitter zur Kurzweil nach etwas Münze fischen, um Dir allerhand hübsche Sachen zu kaufen, und wenn Du gesund wirst, sollst Du es selbst thun, vielleicht hast Du mehr Glück, als Dein Namensvetter Peter, der vor Dir ein Fischer war. In einer Gefängniszelle ist zweimal mehr Raum als in einer Seekadettenkajüte, mein Junge; und die Höfe, wo Du spazieren gehen darfst, sind zwölfmal so groß als das Hinterdeck, auch brauchst Du nicht aus Respekt an Deinen Hut zu langen, wenn Du auf- und abgehst. Wenn ein Mann an Bord eines Kriegsschiffes eingezwängt ist, wo die Seekadetten gleich Heringen in einer Tonne aufgeschichtet liegen, fühlt er sich in einem Gefängnisse ganz frei, Peter; aber ich denke, wir werden nicht geschieden, denn ich hörte den Offizier (der ein echter Gentleman scheint und verdient, als Irländer geboren zu sein) zu den anderen sagen, er habe den Gouverneur meinetwegen gebeten, auf Ehrenwort bei Dir bleiben zu dürfen, bis Du wieder hergestellt bist.«

Das kleine Mädchen reichte mir Limonade, wovon ich ein wenig trank; dann fiel ich wieder in Ohnmacht. Ich legte meinen Kopf auf das Kissen, und als O'Brien aufhörte zu sprechen, fiel ich in einen erquickenden Schlaf. In einer Stunde wurde ich durch die Rückkehr des Offiziers aufgeweckt, welcher den Chirurgen begleitete. Der Offizier redete O'Brien französisch an; dieser schüttelte seinen Kopf wie zuvor.

»Warum antwortest Du nicht, O'Brien,« sagte ich, »da Du dies doch verstehst?«

»Peter, erinnere Dich, daß ich kein Wort in ihrer Sprache reden kann, denn ich will erfahren, was sie von uns sprechen; sie werden sich nicht in acht nehmen, was sie reden, in der Meinung, ich verstehe sie nicht.«

»Aber ist dies ehrlich, O'Brien?«

»Ob es ehrlich ist, meinst Du? Wenn ich eine Fünfpfundnote in der Tasche hätte und wollte sie nicht jedermann, dem ich begegne, sehen lassen, wäre dies unehrlich?«

»Gewiß nicht.«

»Ist dies nun nicht, was die Rechtsgelehrten einen ›gleichen Fall‹ nennen?«

»Allerdings,« versetzte ich; »wenn Du es wünschest, so werde ich natürlich nichts sagen, aber ich glaube, ich sollte es thun, besonders da sie so freundlich gegen uns sind.«

Während dieser Unterhaltung sprach der Offizier gelegenheitlich mit dem Chirurgen, sah uns aber, wie mich dünkte, zugleich scharf an. Sodann traten zwei andere Personen in das Zimmer; eine derselben redete O'Brien in sehr schlechtem Englisch an, sie sei der Dolmetsch und bitte ihn, einige Fragen zu beantworten. Sie fragte ihn nach dem Namen unseres Schiffes, der Zahl der Kanonen, und wie lange wir gekreuzt hätten; hierauf nach der Stärke der englischen Flotte. Es wurde noch eine Menge anderer Fragen gestellt, welche darauf Bezug hatten, und von der Person, die mit hereinkam, nebst den Antworten französisch in ein Buch niedergeschrieben. Einige Fragen beantwortete O'Brien richtig, bei anderen schützte er Unwissenheit vor, und wieder andere bediente er geradezu mit falschen Angaben. Allein ich tadelte ihn deshalb nicht, da es seine Pflicht war, dem Feinde keinen Aufschluß zu geben. Endlich fragte man nach meinem Namen und Rang, welchen O'Brien ihnen sagte.

»Ob ich von Adel sei?«

»Ja,« erwiderte O'Brien.

»Sage dies nicht, O'Brien,« unterbrach ich ihn.

»Peter, Du verstehst nichts davon; Du bist der Enkel eines Lords.«

»Ich weiß dies, aber ich selbst bin noch nicht von Adel, obschon ich von ihm abstamme, deshalb bitte ich Dich, nicht so zu sagen.«

»Potz Wetter, Peter, ich habe es gesagt, und werde es nicht widerrufen; zudem, Peter, vergiß nicht, daß es eine französische Frage ist, und daß man Dich in Frankreich für adelig ansehen würde. Auf keinen Fall kann es schaden.«

»Ich fühle mich zu übel, um zu sprechen, O'Brien, aber ich wünschte, Du hättest es nicht gesagt.«

Sie fragten dann nach O'Briens Namen, welchen er ihnen nannte, nach seinem Range im Dienste, und ob er auch von Adel wäre.

»Ich bin ein O'Brien,« erwiderte er; »was soll das O vor meinem Namen bedeuten, wenn ich nicht von Adel bin? Doch, Herr Dolmetsch, Sie können beisetzen, daß wir unsere Titel abgelegt haben, weil's uns so bequem war.«

Der französische Offizier brach in ein helles Gelächter aus, was uns sehr überraschte. Der Dolmetsch war in großer Verlegenheit zu erklären, was O'Brien sagte; allein wie mir O'Brien nachher sagte, die Antwort wurde als »zweifelhaft« niedergeschrieben.

Sie verließen alle das Zimmer, den Offizier ausgenommen, welcher uns sodann zu unserem Erstaunen in gutem Englisch anredete:

»Gentlemen, ich habe für Sie bei dem Gouverneur die Erlaubnis erhalten, in meinem Hause bleiben zu dürfen, bis Herr Simpel hergestellt ist. Herr O'Brien, Sie müssen mir Ihr Ehrenwort geben, daß Sie keinen Versuch zur Flucht machen wollen. Wollen Sie es geben?«

Ganz erstaunt rief O'Brien aus: »Potz Element, Sie sprechen also Englisch, Oberst? Es war nicht sehr schön von Ihnen, es nicht zu sagen, zumal da wir unsere kleinen Geheimnisse einander mitteilten.«

»Gewiß Herr O'Brien,« versetzte der Oberst lächelnd, »war es ebenso unnötig, als für Sie, mir zu sagen, daß Sie Französisch verstehen.«

»Ei der Tausend,« rief O'Brien aus, »wie hübsch bin ich in meiner eigenen Falle gefangen! Sie sind gewiß ein Irländer?«

»Ich bin von irischer Abkunft«, entgegnete der Offizier, »und mein Name ist, wie der Ihrige, O'Brien. Ich wurde in diesem Lande erzogen, da es mir nicht erlaubt war, meinem eigenen zu dienen und die Religion meiner Vorfahren beizubehalten. Ich kann nun als Franzose angesehen werden, da ich von meinem Heimatlande nichts beibehalten habe, als die Sprache, welche meine Mutter mich lehrte, und ein warmes Gefühl für die Engländer, wo ich sie immer antreffen mag. Doch zur Frage, Herr O'Brien, wollen Sie Ihr Wort geben?«

»Das Wort eines Irländers und die Hand dazu,« erwiderte O'Brien, indem er dem Oberst die Hand schüttelte, »und Sie dürfen doppelt darauf bauen, denn ich werde nie weggehen und den kleinen Peter hier lassen; und ihn auf meinem Rücken zu tragen, daran habe ich bereits genug.«

»Es ist hinreichend,« versetzte der Oberst; »Herr O'Brien, ich will es Ihnen so bequem als möglich machen, und wenn Sie müde sind, Ihren Freund zu warten, so wird mein Töchterlein Ihre Stelle einnehmen. Sie werden eine freundliche kleine Wärterin an ihr finden, Herr Simpel.«

Ich konnte bei der Güte des Obersten die Thränen nicht zurückhalten; er schüttelte mir die Hand, und indem er O'Brien sagte, das Essen sei bereit, rief er seine Tochter, das kleine Mädchen, welches mich vorher gewartet hatte, herauf und hieß sie im Zimmer bleiben.

»Celeste,« sagte er, »Du verstehst ein wenig Englisch; genug, um herauszufinden, was er verlangt. Geh und hole Deine Arbeit, Dich damit zu unterhalten, wenn er schläft.«

Celeste ging hinaus, kehrte mit ihrer Stickerei wieder zurück und setzte sich an das Kopfende des Bettes nieder, worauf der Oberst und O'Brien das Gemach verließen. Celeste begann nun ihre Stickerei, und da ihre Augen auf ihre Arbeit gerichtet waren, so konnte ich sie ansehen, ohne daß sie es bemerkte. Wie ich schon früher sagte, war sie ein wahrhaft schönes Kind; ihr Haar war hellbraun, die Augen sehr groß und die Augenbrauen wie mit einem Zirkel beschrieben; auch Nase und Mund konnten hübsch genannt werden; doch lag es nicht sowohl in ihren Zügen als vielmehr in dem Ausdruck derselben, daß sie so schön, so bescheiden, so lieblich und so geistvoll erschien. Wenn sie lächelte, was sie beinahe stets that, wenn sie sprach, glichen ihre Zähne zwei Reihen kleiner Perlen.

Ich hatte noch nicht lange nach ihr hingeschaut, als sie die Augen von ihrer Arbeit aufschlug, und wie sie bemerkte, daß ich sie ansah, sagte sie:

»Sie wünschen – etwas – wünschen zu trinken – ich spreche ganz wenig Englisch.«

»Nicht doch, ich danke Ihnen,« erwiderte ich; »ich möchte bloß einschlafen.«

»So – schließen Sie – Ihre Augen,« sagte sie lächelnd, ging an das Fenster und zog die Jalousieläden herab, um das Zimmer dunkel zu machen. Aber ich konnte nicht schlafen; die Erinnerung an das, was mir zugestoßen – im Verlaufe weniger Stunden verwundet und ein Gefangener – der Gedanke an die Angst meines Vaters und meiner Mutter – die Aussicht, ins Gefängnis und in enge Haft zu kommen, sobald ich genesen wäre – alles dies ging mir nacheinander im Kopf herum und hinderte mich, nebst den Schmerzen meiner Wunde, auch nur ein wenig in Schlaf zu kommen. Das junge Mädchen öffnete mehrmals die Gardine, um nachzusehen, ob ich schlafe oder irgend etwas wünsche, worauf sie sich wieder ganz leise zurückzog. Abends kam der Wundarzt wieder; er fühlte meinen Puls und verordnete kalte Umschläge auf mein Bein, das bedeutend geschwollen und höchst schmerzhaft geworden war; dem Oberst O'Brien sagte er, ich befinde mich, obgleich im heftigen Fieber liegend, so gut, als es nach Umständen erwartet werden könne. Doch, ich will mich dabei nicht aufhalten, was für heftige Schmerzen ich in vierzehn Tagen, nach welcher Zeit erst die Kugel ausgezogen wurde, litt, und wie sorgfältig ich von O'Brien, dem Oberst, und der kleinen Celeste während meines infolge von Schmerzen und Fieber so empfindlichen und reizbaren Zustandes gepflegt wurde. Ich fühlte mich ihnen zu Dank verpflichtet, besonders aber Celesten, die mich selten länger als für eine halbe Stunde verließ und alles aufbot, mich während meiner allmählich fortschreitenden Genesung zu erheitern.

Neunzehntes Kapitel

Wir kommen in sehr unangenehmes Quartier. – Vögel von gleichen Federn vertragen sich nicht immer miteinander. – O'Brien trifft einen Kutterkadetten und kriegt französisches Eisen zu kosten. – Ein Gang ins Innere.

Sobald ich mich wohl genug befand, um mich meiner kleinen Wärterin aufmerksam erzeigen zu können, wurden wir, wie zu erwarten, ganz vertraut miteinander. Unsere Hauptbeschäftigung war, uns gegenseitig Französisch und Englisch zu lehren. Da sie den Vorteil vor mir hatte, daß sie schon, bevor wir zusammenkamen, einige Kenntnisse besaß, so fing sie lange vorher an, geläufig englisch zu sprechen, ehe ich mich noch ein wenig im Französischen ausdrücken konnte. Da es übrigens unser Hauptgeschäft und uns beiden sehr darum zu thun war, uns miteinander zu unterhalten, so lernte auch ich schnell. In fünf Wochen war ich wieder aus dem Bette und konnte im Zimmer herumhinken; und ehe zwei Monate entschwunden, war ich wieder ganz hergestellt. Der Oberst wollte jedoch noch nicht über mich berichten; den Tag über blieb ich auf dem Sofa, wenn es aber dunkelte, stahl ich mich aus dem Hause und ging mit Celeste spazieren. Ich hatte nie eine so glückliche Zeit verlebt, als die letzten vierzehn Tage; den einzigen Abbruch that der Gedanke, daß ich dieses Verhältnis bald gegen ein Gefängnis vertauschen müsse. Wegen meiner Eltern war ich beruhigter, da O'Brien ihnen geschrieben und versichert hatte, daß ich mich wohl befinde. Überdies war auch einige Tage nach unserer Gefangennehmung die Fregatte herbei gekommen und hatte ein Boot mit der Parlamentärsflagge ans Land geschickt, um nachzufragen, ob wir noch am Leben und zu Gefangenen gemacht seien; zu gleicher Zeit sandte Kapitän Savage alle unsere Kleider ans Ufer und zweihundert Dollars in Barschaft für unsern Gebrauch. Ich wußte nun, daß, selbst wenn O'Briens Brief bei meinen Eltern nicht eintraf, sie doch gewiß von Kapitän Savage erfahren würden, daß ich mich wohl befinde. Aber der Gedanke, von Celesten zu scheiden, gegen die ich so viel Dankbarkeit und Zuneigung fühlte, war sehr schmerzlich, und wenn ich mit ihr davon sprach, weinte die arme Celeste so heftig, daß ich mich selbst der Thränen nicht erwehren konnte, obgleich ich die ihrigen hinwegküßte. Am Ende der zwölften Woche konnte der Wundarzt seinen Bericht nicht länger zurückhalten, und wir wurden beordert, uns bereit zu halten, in zwei Tagen nach Toulon zu marschieren, wo wir zu einer andern Abteilung von Gefangenen stoßen sollten, um mit diesen in das Innere des Landes gebracht zu werden.

Ich muß über unsern Abschied hinweggehen, denn der Leser kann sich vorstellen, daß er höchst schmerzvoll war. Ich versprach Celesten, ihr zu schreiben, und sie gab mir dagegen die Zusage, daß sie meine Briefe beantworten wolle, wenn es ihr gestattet würde. Wir drückten dem Oberst die Hand und dankten ihm für seine Güte; er bedauerte es sehr, als wir von zwei französischen Kürassieren, die an der Thür warteten, in Empfang genommen wurden. Da wir vorgezogen hatten, bis zu unserer Ankunft in Toulon Gefangene auf Ehrenwort zu bleiben, bewachten uns die Soldaten nicht besonders; wir saßen zu Pferde, O'Brien und ich ritten voraus und die französischen Kürassiere folgten uns hinten nach.

Auf der Reise ritten wir ganz behaglich im Trab oder im Schritt. Das Wetter war köstlich; wir waren munteren Sinnes und vergaßen beinahe, daß wir uns in Gefangenschaft befanden. Die Kürassiere folgten uns in einer Entfernung von zwanzig Ellen, und O'Brien bemerkte, es sei erstaunlich artig von dem französischen Gouverneur gewesen, uns mit zwei Dienern in so hübschen Livreen zu versehen. Am Abend des zweiten Tages trafen wir in Toulon ein, und sobald wir zu den Thoren hineinkamen, wurden wir an einen Offizier mit einem ganz schlimmen Gesichte abgeliefert, der uns nach kurzer Unterredung mit den Kürassieren einem Korporal übergab, mit dem Auftrag, uns in das Gefängnis beim Arsenal zu bringen. Wir beschenkten jeden der Kürassiere mit vier Dollars für ihr höfliches Benehmen und wurden dann nach unserem Gefängnisorte abgeführt. Gegen O'Brien sprach ich die Befürchtung aus, daß wir nun allem, was einem Vergnügen gleich sehe, Lebewohl sagen müßten.

»Bist ganz recht dran, Peter«, erwiderte er, »aber 's gibt 'n gewisses Juwel, Hoffnung genannt, das einer auf dem Boden seiner Kiste fand, als sie ganz leer war. Dieses müssen wir nicht außer Augen lassen, sondern zu entfliehen versuchen, sobald wir können; doch — je weniger wir darüber reden, desto besser ist es.«

Nach einigen Minuten kamen wir an unserem Bestimmungsorte an. Das Thor ward geöffnet und wir und unsere

Bündel (wir hatten nur einige Gegenstände für die Reise ausgewählt, weil uns der Oberst das Zurückgelassene nachzuschicken versprach, sobald wir ihm geschrieben und ihn benachrichtigt haben würden, für welches Depot wir bestimmt seien) wurden auf eine rauhe Weise hineingestoßen. Als die Thür wieder zugemacht und die schweren Riegel vorgeschoben waren, fühlte ich ein schleichendes Gefühl des Schauers durch meinen ganzen Körper.

Sobald wir zu sehen vermochten (denn obgleich das Gefängnis nicht sehr dunkel war, so konnten wir doch — jetzt so plötzlich nach dem Glanz eines sonnenhellen Tages hier hereingeworfen — zuerst nichts unterscheiden), fanden wir uns in Gesellschaft von etwa dreißig englischen Matrosen. Die meisten derselben saßen auf dem steinernen Fußboden, auf Kisten oder auf den Bündeln, in denen sie ihre Kleider verwahrten; sie sprachen miteinander oder spielten Karten und Dame. Unser Eintritt schien wenig Aufsehen zu erregen; nachdem sie die Augen aufgeschlagen, um ihre Neugierde zu befriedigen, setzten sie ihre bisherige Unterhaltung fort. Ich habe oft darüber nachgedacht, welch ein Gefühl von Selbstsucht sie alle zu durchdringen schien. Damals war ich ärgerlich, weil ich augenblickliche Teilnahme und Mitleid erwartete; später aber wunderte ich mich nicht mehr. Manche dieser armen Gesellen waren Monate lang im Gefängnisse, und schon eine kurze Haft bringt jene Gleichgültigkeit gegen das Mißgeschick anderer, welche ich hier bemerkte, hervor. Einer indessen, der Karten spielte, sah bei unserem Hereinkommen einen Augenblick auf und rief dann: »Hurrah, Jungens! Je mehr, desto lustiger!« als wäre er wirklich vergnügt darüber gewesen zu finden, daß es noch andere gab, die ebenso unglücklich waren wie er selbst. Wir hatten etwa zehn Minuten in Betrachtung der Gruppen dagestanden, als O'Brien sagte: »Wir sollten doch wohl vor Anker gehen; schlechter Grund ist besser als kein Grund;« wir setzten uns demgemäß in einer Ecke auf unsere Bündel nieder, wo wir länger als eine Stunde verblieben und die Szene übersahen, ohne ein Wort miteinander zu reden. Ich konnte nicht sprechen — so elend fühlte ich mich. Ich dachte an meine Eltern in England, an meinen Kapitän und meine Kameraden, die jetzt so glücklich auf der Fregatte segelten, an den guten Oberst O'Brien und die liebe kleine Celeste, und Thränen rannen meine

Wangen herab, als diese Szenen früheren Glückes mir in rascher Aufeinanderfolge im Geiste vorschwebte. O'Brien sprach bloß einmal, und da sagte er mir: »Das ist 'ne langweilige Arbeit, Peter!«

Wir waren ungefähr zwei Stunden im Gefängnis, als ein junger Mann in zerlumpter und höchst schmutziger Jacke, mit bleichem, abgemagertem Gesichte, auf uns zukam und uns folgendermaßen anredete:

»Ich ersehe aus Ihren Uniformen, daß Sie beide Offiziere sind, wie ich auch.«

O'Brien starrte ihn eine kleine Weile an und antwortete dann: »Auf meine Seel' und Ehre, dann haben Sie einen Vorteil vor uns, denn das ist mehr, als ich Ihnen ansehen kann; doch ich will Ihr Wort dafür annehmen. Bitte, welches Schiff hat wohl das Unglück gehabt, solch einen gewichtigen Mann im Dienste zu verlieren.«

»Ich gehörte zum Kutter ›Snapper‹«, erwiderte der junge Mann; »ich wurde auf einer Prise gefangengenommen, die mir der kommandierende Offizier übergeben hatte, um sie nach Gibraltar zu bringen; aber hier wollten sie nicht glauben, daß ich ein Offizier bin. Ich habe um die Behandlung als ein solcher sowie um die Offiziers-Rationen nachgesucht, und sie wollen mir's nicht zugestehen.«

»Nun ja, aber daß *wir* Offiziere sind, wissen sie doch«, sagte O'Brien; »warum wirft man uns hier herein zu gemeinen Matrosen?«

»Ich vermute, Sie sind bloß für den Augenblick hierhergebracht worden«, meinte der Seekadett vom Kutter; »weshalb aber kann ich nicht sagen.«

Wir konnten es ebensowenig, bis später, als wir, wie unsere Geschichte zeigen wird, herausfanden, daß der Offizier, der uns von den Kürassieren in Empfang nahm, einmal mit dem Oberst O'Brien Streit gehabt hatte, der ihn zuerst an der Nase zupfte und ihm dann den Degen in den Leib rannte. Da er von den Kürassieren erfuhr, daß wir von Oberst O'Brien sehr geschätzt wurden, beschloß er, uns so viel als ihm möglich zu placken; demgemäß ließ er in dem Rapport, der unsere Ankunft meldete, das Wort »Offiziere« aus, und brachte uns so in gemeinsame Haft mit den Matrosen.

»Es ist wirklich hart für mich, meine regelmäßige Offiziersverpflegung nicht zu bekommen«, fuhr der Seekadett fort. »Sie geben mir nur ein schwarzes Brot und drei Sous täglich. Wenn ich meine beste Uniform angehabt hätte, so würden sie mir meinen Rang als Offizier durchaus nicht streitig gemacht haben, aber die Schurken, welche die Prise wieder wegnahmen, stahlen alle meine Kleider, und ich habe gar nichts als diese alte Jacke.«

»Na«, erwiderte O'Brien, »so werden Sie wohl für die Zukunft den Wert der Kleidung würdigen. Ihr Seekadetten von Kuttern und Kanonenbooten, ihr geht in so unsauberer Kleidung umher, daß ihr von uns, die wir zu Fregatten gehören, kaum als Offiziere, viel weniger aber als Gentlemen erkannt werdet. Ihr seht so unreinlich und so schmutzig aus, daß wir euch bei einer Begegnung auf dem Seemagazin weit ausweichen; wie könnt ihr daran denken, Fremde sollen euch glauben, ihr seiet Offiziere oder Gentlemen? Auf mein Gewissen, ich spreche die Franzosen von jedem Vorurteile frei, denn dafür, daß Sie Offizier sind, haben wir Engländer nichts als Ihr bloßes Wort.«

»Nun, das ist denn doch hart«, sagte der junge Mann, »von einem Waffenbruder auf eine solche Weise angelassen zu werden. Ihr Kleid wird, noch ehe sie lange hier sind, ebenso schäbig sein als das meinige.«

»Ganz richtig, mein Lieber«, erwiderte O'Brien, »aber ich habe wenigstens das Bewußtsein, daß ich als ein Gentleman hereinkam, wenn ich auch beim Hinweggehen nicht gerade wie ein solcher aussehen werde. Gute Nacht und lassen Sie sich etwas Gutes träumen.«

Ich dachte, O'Brien sei hierbei fast etwas zu weit gegangen, aber er war selbst immer ebenso hübsch und sorgfältig gekleidet, als er von Person schön und gut gebaut war.

Glücklicherweise waren wir nicht dazu bestimmt, lange in dieser abscheulichen Höhle zu bleiben. Nach einer elenden Nacht, während der wir auf unseren Bündeln sitzen blieben und, wie wir eben konnten, mit dem Rücken an die feuchte Wand gelehnt schliefen, wurden wir bei Tagesanbruch durch das Öffnen der Thore geweckt, worauf wir den Befehl erhielten, in den Hof hinaus zu kommen. Gleich einer Herde Schafe wurden wir an einer Abteilung von Soldaten mit geladenen Gewehren vorübergetrieben, und als wir im Hofe anlangten, zu zwei und zwei aufgestellt. Derselbe Offizier, der uns ins Gefängnis beordert hatte, befehligte das Detachement, das uns eskortieren sollte. O'Brien trat aus den Reihen heraus, redete ihn an und sagte, wir wären Offiziere, und es sei nicht recht, daß wir wie gemeine Matrosen behandelt würden. Der französische Offizier erwiderte: Er sei besser unterrichtet, und wir trügen Kleider, die nicht uns gehörten; hierauf geriet O'Brien in große Wut, nannte den Offizier einen Lügner und forderte Genugthuung für diese Beleidigung; dann wandte er sich zu den französischen Soldaten und erzählte ihnen, daß der Oberst O'Brien in Cette sein Landsmann sei und daß dieser ihn zwei Monate als Gefangener auf Ehrenwort in sein Haus aufgenommen habe, was doch gewiß genüge darzuthun, daß er Offizier sei. Die französischen Soldaten zeigten sich zu Gunsten O'Briens gestimmt, nachdem sie seine Erklärung gehört hatten, indem sie sagten, ein gemeiner englischer Matrose könne nicht so gut französisch sprechen, und sie seien Zeugen, daß man uns auf Ehrenwort hierher geschickt habe; sie fragten nun den Offizier, ob er Satisfaktion zu geben beabsichtige. Da wurde dieser ganz wütend, zog seinen Degen aus der Scheide und schlug O'Brien mit der flachen Klinge, indem er ihn verächtlich ansah und wieder in die Reihen treten ließ. Ich konnte nicht umhin zu bemerken, daß während dieser Szene die unter den Gefangenen befindlichen Matrosen von Kriegsschiffen höchst entrüstet waren, die auf Handelsschiffen Gefangenen aber an dieser Insultation O'Briens ein Vergnügen zu finden schienen.

Einer der französischen Soldaten machte die sarkastische Bemerkung, der Offizier müsse den Namen O'Brien nicht gut leiden können. Das brachte den Offizier so außer sich, daß er auf O'Brien zustürzte, ihn in die Reihen zurückstieß und eine Pistole herauszog mit der Drohung, ihn durch den Kopf zu schießen. Den französischen Soldaten muß ich die Gerechtigkeit widerfahren lassen, daß sie alle ausriefen: »O Schande!« Sie schienen nicht die gleiche Mannszucht oder nicht den gleichen Respekt vor einem Offizier zu haben, wie die Soldaten in unserem Dienste, sonst würden sie sich nicht so frei ausgesprochen haben: übrigens befolgten sie gleichwohl alle seine Befehle im Dienste stillschweigend.

Als O'Brien in die Reihen zurücktrat, blickte er den Offizier verächtlich an mit den Worten, er wolle die Beschimpfungen sorgfältig in die Tasche stecken, indem er gedenke, sie bei einer späteren und günstigeren Gelegenheit wieder herauszunehmen.

Wir marschierten jetzt in Reih und Glied, je zwei und

zwei; auf der Straße kamen zwei Trommelschläger sowie eine Menge Volkes hinzu, die sich versammelt hatte, um Zeuge unseres Abganges zu sein. Die Trommel schlug und wir zogen ab. Der Offizier, dem wir übergeben waren, bestieg ein kleines Pferd und ritt lärmend und fluchend mit gezogenem Schwerte in den Reihen auf und ab, wobei er, wenn gerade einer der Gefangenen nicht an seinem bestimmten Platze war, mit der flachen Klinge zuschlug. Nahe am Thor stieß eine andere Abteilung Gefangener zu uns; wir wurden beordert, Halt zu machen, und dann bedeutet, daß, wenn irgendeiner zu entweichen versuchte, ein solcher sofort erschossen würde, worauf wir unsern Marsch fortsetzten.

Am ersten Marschtage fiel nichts Bemerkenswertes vor, ausgenommen etwa ein eigentümliches Gespräch zwischen O'Brien und einem französischen Soldaten, welche über die Tapferkeit ihrer Nation im Vergleiche gegen die andere lebhaft miteinander stritten. O'Brien führte in seinen Beweisgründen gegen den Franzosen an, daß seine Landsleute gegen einen Angriff englischer Bajonette nicht standhalten könnten. Der Franzmann sagte hierauf, die Franzosen seien ohne Zweifel ebenso tapfer als die Engländer, ja noch tapferer; und was das Nichtstandhalten gegen den Bajonett-Angriff anbelange, so liege der Grund nicht in einem Mangel an Tapferkeit, sondern darin, daß sie so kitzlich seien. Beim Haltmachen wurde Schwarzbrot und saurer Wein ausgeteilt, uns zu erfrischen. O'Brien beredete einen Soldaten, uns etwas Schmackhafteres zu verschaffen, aber der französische Offizier hörte es, war sehr ungehalten darüber und beorderte den Soldaten zum Nachtrab.

Zwanzigstes Kapitel

O'Brien duelliert sich mit einem französischen Offizier und beweist, daß die Kunst des Fechtens darin liegt, daß man nichts davon versteht. Wir langen in unserem Quartier an, das wir sehr sicher finden.

Nachts kamen wir in einer kleinen Stadt, deren Namen ich vergessen habe, an. Wir wurden alle nach einer alten Kirche geführt, wo wir eine recht schlechte Nacht verbrachten. Man gab uns nicht einmal ein wenig Stroh, um uns darauf zu legen; das Dach der Kirche war teilweise eingefallen, und der Mond schien ganz hell durch. Dies war nun einiger Trost; denn so fünfundfünfzig Mann an der Zahl im Finstern zusammengesperrt zu sein, das wäre denn doch zu elend gewesen. Wir scheuten uns, uns niederzulegen, weil der Boden, wie in allen Gebäuden Frankreichs, mit Unrat bedeckt und der Geruch ein ganz übler war.

O'Brien war äußerst nachdenklich und gab keine Antwort auf alle Fragen, die ich an ihn stellte; es war augenscheinlich, daß er über die Beschimpfung, die er von dem französischen Offizier erlitten hatte, nachbrütete. Mit Tagesanbruch wurde das Thor der Kirche von den französischen Soldaten geöffnet, und wir wurden nach dem Marktplatze der Stadt gebracht, wo wir die Truppen aufgestellt fanden, die mit ihren Offizieren aufgezogen waren, um uns von dem Detachement, das uns von Toulon aus eskortiert hatte, in Empfang zu nehmen. Wir waren sehr erfreut darüber, als wir hörten, daß wir einem andern Detachement übergeben werden und so von dem ungeschliffenen Offizier befreit werden sollten, der bisher die Beaufsichtigung der Gefangenen hatte.

Aber wir wurden seiner noch auf eine andere Weise los. Als die französischen Offiziere unsere Reihen entlang gingen, um nach uns zu sehen, bemerkte ich unter ihnen einen Kapitän, den wir während unseres Aufenthaltes zu Cette bei Oberst O'Brien recht vertraulich kennengelernt hatten. Ich rief ihn sogleich bei Namen; er drehte sich um und kam, als er O'Brien und mich sah, auf uns zu, drückte uns die Hand und sprach sein Erstaunen darüber aus, uns in solcher Lage zu finden. O'Brien erzählte ihm nun ausführlich, wie wir behandelt worden, worüber er sowohl, als die andern Offiziere, die sich um uns gesammelt hatten, ihre Entrüstung ausdrückten. Der Oberst, der die Truppen in der Stadt befehligte, wandte sich an den französischen Offizier (er war bloß ein Leutnant), der uns von Toulon hergebracht hatte, und fragte ihn, warum er uns auf eine so unwürdige Weise behandelt habe. Er leugnete, uns schlecht behandelt zu haben, und sagte, man habe ihm gesagt, wir hätten die Offizierskleider, die uns nicht gehörten, gestohlen. Auf dies hin erklärte O'Brien, daß er ein Lügner und ein feiger Schuft sei, da er ihn mit der flachen Klinge geschlagen habe, was er sich gewiß nicht unterstanden haben würde, wenn er (O'Brien) nicht ein Gefangener gewesen wäre; er setzte ferner hinzu, daß er jedenfalls Satisfaktion für den Schimpf, der ihm angethan worden, verlange, wobei er es den Offizieren anheimstellte, ob nicht dem Leutnant, wenn er diese zu geben sich weigere, die Epauletten von den Schultern gerissen werden müßten. Der kommandierende Major und die Offiziere zogen sich zu einer Beratung zurück, und nach wenigen Minuten kamen sie dahin überein, daß der Leutnant verbunden sei, die verlangte Satisfaktion zu geben. Dieser sagte, er sei bereit; doch schien er keine besondere Lust dazu zu haben.

Die Gefangenen wurden nun den Soldaten, unter der Aufsicht eines jüngeren Offiziers, übergeben, während die andern, gefolgt von O'Brien, mir und dem Leutnant, ein wenig vor die Stadt hinaus gingen. Auf dem Wege dahin fragte ich O'Brien, mit was für Waffen er kämpfen wolle.

»Ich nehme an«, erwiderte er, »daß wir uns auf Degen schlagen.«

»Aber«, sagte ich, »verstehst Du denn auch etwas vom Fechten?«

»Teufelswenig, Peter! Aber das kommt mir gerade zugut.«

»Wie kann das sein?« fragte ich.

»Ich will Dir's sagen, Peter. Wenn der eine Mann gut ficht und der andere den Degen nur mittelmäßig handhabt, so ist es klar, daß der erstere dem letzteren den Leib durchrennen wird. Wenn aber der andere gar nichts davon versteht, dann freilich, Peter! ist die Sache nicht so ganz ausgemacht; denn der gute Fechter wird durch Deine Unkenntnis fast ebenso verwirrt als Du durch seine Geschicklichkeit, und so kommt man in ein gleicheres Verhältnis. Jetzt, Peter! habe ich mir einmal in den Kopf gesetzt, den Burschen zu durchbohren, und ich will es auch, so wahr ich ein O'Brien bin.«

»Gut, ich hoffe, Du wirst es thun; aber ich bitte Dich, der Sache nicht gar zu gewiß zu sein.«

»Es ist das Gefühl der Gewißheit, das mich instandsetzen wird, dies zu vollbringen, Peter. Bei dem Blute der O'Briens! Hat er mich nicht mit seinem Degen geschlagen, als ob ich ein Hanswurst in der Pantomime wäre – Peter, ich will den Schurken Harlekin töten, und mein Wort ist so gut als meine Handschrift.«

Mittlerweile waren wir auf dem Platze angelangt. Der französische Leutnant entkleidete sich bis auf Hemd und Beinkleider; O'Brien that das Gleiche, zog auch die Stiefel aus und stand mit den Socken in dem feuchten Gras. Die Degen wurden gemessen und ihnen eingehändigt; sie stellten sich auf und der Kampf begann. Ich muß sagen, vor Bangigkeit konnte ich nicht atmen; der Gedanke, O'Brien zu verlieren, ergriff mich mit Angst und Schrecken. Da fühlte ich den wahren Wert seiner Güte für mich, und ich hätte lieber seine Stelle einnehmen, lieber mich selbst durchbohren lassen mögen, als daß er verwundet werden sollte. Zuerst stellte sich O'Brien in den richtigen Verteidigungszustand, indem er den Leutnant nachahmte, aber das dauerte nur ein paar Sekunden; plötzlich machte er einen Sprung, stürzte auf seinen Gegner los und stieß nach ihm mit einer ganz erstaunenswerten Schnelligkeit; der Leutnant konnte nur zu seiner Verteidigung fechten, bis er zuletzt Gelegenheit fand, gegen O'Brien auszufallen. O'Brien, der seinen linken Arm nicht länger zum Gleichgewicht aufgehoben hielt, faßte den Degen des Leutnants sechs Zoll von der Spitze an, leitete ihn unter seinen linken Arm und stieß seinen eignen Degen dem Leutnant in den Leib. In weniger als einer Minute war alles vorbei — eine halbe Stunde später lebte der Leutnant nicht mehr. Die französischen Offiziere waren sehr erstaunt über diesen Ausgang, zumal sie auf den ersten Blick gesehen hatten, daß O'Brien nicht fechten konnte. Dieser nahm ein Büschel Gras, wischte den Degen ab, überreichte ihn dann dem Offizier, dem er gehörte, dankte dem Major sowie allen für ihr unparteiisches und edelmütiges Verhalten; hierauf ging er nach dem Marktplatze, wo er seinen Standort in der Reihe der Gefangenen wieder einnahm.

Kurz nachher kam der kommandierende Major auf uns zu und fragte, ob wir Gefangenschaft auf Ehrenwort eingehen wollten, in welchem Falle wir nach Belieben reisen könnten. Wir sprachen mit vielem Danke für seine Güte und Artigkeit unsere Zustimmung aus; der Gedanke jedoch drängte sich mir auf, daß sich die französischen Offiziere durch den Erfolg O'Briens etwas gedemütigt fühlten, obgleich sie zu ehrenhaft wären, dies auszusprechen. O'Brien sagte mir, nachdem wir die Stadt verlassen hatten, daß er — wäre es nicht um des artigen Benehmens der Offiziere willen geschehen — kein Ehrenwort gegeben haben würde, weil er sich überzeugt fühle, daß wir leicht hätten entweichen können. Wir sprachen lange über den Gegenstand und kamen zuletzt dahin überein, daß sich uns, wenn wir uns in strengerer Bewachung befänden, eine für den Erfolg günstigere Gelegenheit darbieten dürfte, als die gegenwärtige in Anbetracht aller Umstände sei, zumal da auch vorher die Maßregeln besprochen sein müßten, außer Landes zu kommen.

Fast hätte ich vergessen zu sagen, daß bei unserer Rückkehr von dem Duell der Seekadett vom Kutter O'Brien anredete und ihn bat, dem Kommandanten zu sagen, daß auch er ein Offizier sei; aber O'Brien antwortete ihm, daß er hierfür keinen andern Beweis habe als sein bloßes Wort. Wenn er ein Offizier sei, so solle er es selbst beweisen, denn sein ganzes Äußere widerspreche seiner Behauptung.

»Es ist sehr schmerzlich«, erwiderte der Seekadett, »daß ich, weil meine Jacke ein bißchen teericht oder so etwas ist, meinen Rang verlieren soll.«

»Mein teurer Junge«, sagte hierauf O'Brien, »es geschieht nicht darum, weil Ihre Jacke ein bißchen mit Teer beschmiert ist, sondern weil Ihr tout ensemble, wie die Franzosen es nennen, für einen Offizier durchaus unanständig ist. Besehen Sie Ihr Gesicht in der ersten besten Pfütze, und Sie werden finden, daß das Wasser von Ihrem Hineinschauen schmutzig wird. Sehen Sie über Ihren Ohren nach Ihren Schultern und nach Ihrem Rücken, der gebogen ist wie eine Klinke am Schiffstau. Durch Ihre Beinkleider, Sir, haben Sie Ihre Füße zu weit durchgesteckt und lassen da anderthalb Fuß wollene Strümpfe sehen. Kurz, betrachten Sie nur Ihr ganzes Ich und sagen Sie mir, vorausgesetzt, daß Sie Offizier sind, ob nicht Achtung vor dem Dienste mir die Pflicht auferlegt, dem zu widersprechen. Es geht gegen mein Gewissen, mein lieber Kamerad, aber bedenken Sie, daß, wenn wir im Depot ankommen, Sie imstande sein werden, Ihre Angabe zu beweisen, und somit haben Sie ja nur noch eine kleine Weile zu warten, bis die Kapitäne für Sie gut sprechen, was mehr ist, als ich thun will.«

»Aber das ist doch höchst traurig«, entgegnete der Seekadett, »daß ich dies schwarze Roggenbrot essen soll, und von Ihnen recht unfreundlich.«

»'s ist ganz freundlich von mir, Sie Schlucker vom ›Schnapper‹. Das Gefängnis wird ein Paradies für Sie sein, wenn Sie auf gute Weiden kommen. Wie wird Ihnen Ihr Futter hernach schmecken! Jetzt aber, schließen Sie Ihre Pfanne, oder bei dem Schwanz von Jonas Walfisch! ich schwöre, daß Sie ein Spanier sind!«

Ich konnte nicht umhin zu denken, daß O'Brien zu streng gegen den armen Jungen war, und stellte ihn nachher darüber zu Rede. Er antwortete:

»Peter, wenn er als Seekadett vom Kutter auch ein Stück von einem Offizier ist, so ist er, beim Teufel, kein Stück von einem Gentleman, weder geboren noch erzogen, und ich bin nicht verpflichtet, für jeden Lumpenhund, den ich treffe, gut zu sprechen. Bei St. Peters Haupte, ich würde erröten, mich in seiner Gesellschaft zu befinden, und wenn es auch im wildesten Moorgrunde von Irland wäre, wo uns niemand sähe als eine alte Krähe.«

Wir waren jetzt wieder frei gegen Ehrenwort, und empfingen Beweise großer Aufmerksamkeit und Güte von den verschiedenen Offizieren, die die Detachements, welche einander die Gefangenen übergaben, befehligten. Nach einigen Tagen kamen wir in Montpellier an, wo wir so lange bleiben sollten, bis Bestimmungen vom Gouvernement eingelaufen wären, nach welchem Gefangenen-Depot wir zu bringen seien.

In dieser angenehmen Stadt hatten wir unbeschränkte Freiheit, da uns nicht einmal ein Gendarm begleitete. Wir speisten an der Table d'hote, durften gehen, wohin wir wollten, und unterhielten uns jeden Abend mit dem Besuch des Theaters. Während unseres Aufenthaltes schrieben wir dem Oberst O'Brien in Cette, dankten ihm für seine Güte und berichteten ihm, was seit unserer Abreise vorgefallen war. Ich schrieb auch an Celesten und schloß meinen Brief dem an den Oberst unversiegelt bei. Ich erzählte ihr die Geschichte von O'Briens Duell und alles, was ich nur dachte, das sie ansprechen würde; wie betrübt ich über die Abreise von ihr sei, daß ich sie nie vergessen wolle, und daß ich hoffe, da sie doch nur eine halbe Französin sei, sie einmal wiederzusehen. Ehe wir aus Montpellier abgingen, hatten wir das Vergnügen, Antwort auf unsere Schreiben zu erhalten; die Briefe des Oberst waren äußerst freundschaftlich, besonders der an mich, worin er mich »seinen lieben Jungen« nannte und die Hoffnung aussprach, daß ich bald wieder zu meinen Verwandten kommen und mich als eine Zierde meines Landes erweisen möge. In dem Schreiben an O'Brien forderte er diesen auf, mich nicht in unnütze Gefahr zu bringen – zu bedenken, daß ich nicht so gut imstande sei, außerordentliche Anstrengungen und Beschwerden auszuhalten. Ich zweifle nicht, daß sich diese Warnung auf den Plan O'Briens, aus dem Gefängnisse zu entweichen, den er dem Oberst nicht verhehlt hatte, sowie auf die Wahrscheinlichkeit bezog, daß ich bei diesem Versuche Mitteilnehmer sein würde. Die Antwort von Celesten war in englischer Sprache geschrieben; aber sie muß den Beistand ihres Vaters gehabt haben, denn sonst hätte es ihr nicht so gut geraten können. Der Brief war, wie sie selbst, ganz zärtlich und liebevoll, und schloß auch mit dem Wunsche, daß ich bald zu den Meinigen zurückkehren möchte, die, wie sie sagte, mich so lieb haben mußten, daß sie daran zweifle, mich je wieder zu sehen; sie wolle sich übrigens, so gut sie könne, mit der Zuversicht trösten, daß ich glücklich sein werde. Ich vergaß zu sagen, daß Oberst O'Brien in dem Brief an mich bemerkte, er erwarte unverzüglich den Befehl, Cette zu verlassen und einen militärischen Posten im Innern oder bei der Armee zu übernehmen, aber was für einen, könne er nicht sagen: es sei bei ihm alles eingepackt und er besorge, daß unser Briefwechsel aufhören müsse, weil er nicht den Ort angeben könne, wohin wir unsere Briefe richten sollten. Dabei mußte ich denken, er wolle uns auf eine zarte Weise andeuten, daß es nicht recht sei, wenn er mit uns in unsern gegenwärtigen Verhältnissen einen Briefwechsel unterhalte; aber dennoch war ich überzeugt, daß er im Begriffe stand, Cette zu verlassen, denn von einem bloßen Vorwand würde er nie Gebrauch gemacht haben.

Ich muß hier den Leser mit einem Umstande bekannt machen, dessen ich zu erwähnen vergaß, daß ich nämlich, als Kapitän Savage die Parlamentärs-Flagge mit Geld und Kleidungsstücken für uns ans Land schickte, es nur für gerecht gegen O'Brien hielt, daß an Bord der Fregatte sein tapferes Benehmen bekannt wurde. Ich wußte, daß er es nie selbst sagen werde, und darum ließ ich, krank, wie ich damals war, den Oberst O'Brien zu mir bitten und ersuchte ihn, meine Erzählung über den Hergang niederzuschreiben, worin ich anführte, daß O'Brien die letzte Kanone vernagelt habe und hierbei, sowie bei seinem Versuche, mich zu retten, in Gefangenschaft geraten sei. Nachdem der Oberst das alles so geschrieben hatte, bat ich, den Major kommen zu lassen, der zuerst mit den Truppen in die Schanze gedrungen war und ihm den Bericht ins Französische zu übersetzen. Dies that er in meinem Beisein, und der Major erklärte, jedes Wort sei wahr.

»Wollen Sie das bezeugen, Major, da es für O'Brien ein wesentlicher Dienst sein dürfte?«

Der Major war augenblicklich hierzu bereit. Oberst O'Brien schloß meinem Briefe an Kapitän Savage ein paar Zeilen von sich selbst bei, worin er ihm eine Höflichkeitsbezeugung machte und ihn versicherte, daß seine wackern jungen Offiziere mit all der Aufmerksamkeit und Güte behandelt werden sollen, welche das Kriegsrecht zulasse. O'Brien erfuhr nichts davon, daß ich diesen Brief abgeschickt hatte, weil es der Oberst auf meine Bitte als ein Geheimnis bewahrte.

Am zehnten Tage erhielten wir Befehl, am folgenden Morgen abzumarschieren. Die Matrosen, unter denen sich unser armer Freund, der Seekadett vom Kutter befand, wurden nach Verdun beordert; O'Brien und ich, nebst acht Steuerleuten von Handelsschiffen, die in Montpellier zu uns gestoßen waren, sollten auf Befehl des Gouvernements nach Givet, einer befestigten Stadt im Departement der Ardennen, gebracht werden. Es kamen aber auch gleichzeitig Befehle von der Regierung, die Gefangenen mit größter Strenge zu behandeln und durchaus keine Freiheit mehr gegen Ehrenwort zu bewilligen; der Grund hiervon war, wie man uns bedeutete, der, daß der Regierung über den Tod des französischen Offiziers im Duell mit O'Brien berichtet wurde und daß diese ihre Unzufriedenheit darüber ausgesprochen, wie man solches habe gestatten mögen. Indessen muß ich auch in der That sehr bezweifeln, ob ein derartiger Schritt in unserem Lande genehmigt worden wäre, aber die französischen Offiziere sind fast romantisch-ritterlich in ihren Begriffen von Ehre; fürwahr, als Feinde habe ich sie immer als würdige Gegner der Engländer betrachtet, und sie schienen mir gerade in dieser Stellung achtungswerter und eher unsere gute Meinung zu verdienen, als dann, wenn wir als Freunde mit ihnen zusammentrafen, wo wir mit andern Seiten ihres Charakters bekannt wurden, die sie in unserer Achtung herabsetzten.

Ich will mich nicht bei Beschreibung unseres dreiwöchentlichen Marsches aufhalten, während dessen wir abwechslungsweise freundliche oder unfreundliche Behandlung, je nach der Neigung derjenigen, die uns in der Obhut hatten, erfuhren, aber ich muß bemerken, wie es sich beständig traf, daß die, welche Gentlemen von Geburt waren, uns mit Achtung behandelten, während hingegen solche, die zur Zeit der Revolution aus dem Nichts in die Höhe gestiegen waren, barsch und bisweilen sogar roh sich zeigten. Es waren nun gerade vier Monate seit der Zeit unserer Gefangennahme, als wir in dem für uns bestimmten Gefängnisse in Givet anlangten.

»Peter,« sagte O'Brien, nachdem er flüchtig die Festungswerke und den Fluß, der die zwei Städte teilt, betrachtet hatte, »ich sehe keinen Grund, weder 'n englischen noch 'n französischen, daß wir nicht unser Christtagsmahl in England einnehmen sollten. Ich habe eine Vogelperspektive von der Außenseite aufgenommen, und jetzt brauchen wir bloß noch herauszufinden, woran wir im Innern sind.«

Ich muß gestehen, daß ich, wenn ich die Gräben und die hohen Wälle ansah, anderer Meinung war; so auch wohl der Gendarm, der uns zur Seite ging, O'Briens Forscherblicke bemerkt hatte und ihn gleichgiltig fragte: »Vous le croyez possible?«

»Dem Tapferen ist alles möglich – die französischen Heere haben dies bewiesen;« antwortete O'Brien.

»Sie haben recht,« erwiderte der Gendarm, erfreut über dieses Kompliment gegen seine Nation, »ich wünsche Ihnen Glück, Sie verdienen es; aber –« und dabei schüttelte er den Kopf.

»Wenn ich nur einen Plan der Festungswerke bekommen könnte,« sagte O'Brien, »ich wollte fünf Napoleonsdor für einen geben,« und sah dabei den Gendarmen an.

»Ich kann nicht einsehen, was dagegen einzuwenden sein sollte, wenn ein Offizier, selbst auch als ein Gefangener, die Fortifikationskunst studiert,« erwiderte hierauf der Gendarm. »In zwei Stunden werden Sie innerhalb der Mauern sein; und ich entsinne mich eben – in dem Plan der beiden Städte ist die Festung genau genug aufgezeichnet, um Ihnen einen Begriff davon zu geben. Doch wir haben zu lange miteinander gesprochen« – und mit diesen Worten trat der Gendarm zurück.

In einer Viertelstunde kamen wir auf dem Waffenplatze an, wo wir wie gewöhnlich ein anderes Truppendetachement mit Trommlern fanden, die durch die Stadt mit uns Parade machten, bevor wir vor dem Hause des Gouverneurs aufgestellt wurden. Dies geschah, wie ich hätte bemerken sollen, auf Befehl der Regierung in jeder Stadt, durch die wir kamen; es war lächerlich, aber Gefangene waren so rar, daß sie uns, soviel sie nur konnten, zur Schau stellten. Als wir bei dem Hause des Gouverneurs hielten, gab der Gendarm, der uns auf dem Waffenplatze verlassen hatte, O'Brien ein Zeichen, wie um ihm zu sagen, ich hab's. O'Brien nahm fünf Napoleons heraus, wickelte sie in ein Papier und hielt dies in der Hand. In einer oder zwei Minuten kam der Gendarm auf uns zu und überreichte O'Brien ein altes seidenes Taschentuch mit den Worten:

»Votre mouchoir, Monsieur!«

»Merci,« antwortete O'Brien, indem er das Tuch, worin sich der Plan befand, in seine Tasche steckte, »voici à boire, mon ami!« und ließ das Papier mit den fünf Napoleons in die Hand des Gendarmen, der sich hierauf augenblicklich zurückzog, gleiten.

Dies war ein rechtes Glück für uns; denn wie wir später erfuhren, war bei O'Briens und meinem Namen ein Zeichen gemacht worden, daß man uns weder Freiheit gegen Ehrenwort geben noch unter Bedeckung gestatten solle, die Festung zu verlassen. Übrigens, wenn das auch nicht gewesen wäre, würden wir den Plan doch nie erhalten haben, weil der von O'Brien getötete Leutnant ein naher Verwandter vom Kommandanten der Festung und dieser eben so sehr ein mauvais sujet war als sein Vetter. Nachdem wir die gewöhnliche Zeit vor des Gouverneurs Hause gestanden hatten, um auf die Verlesung zu antworten und angegafft zu werden, wurden wir entlassen, und in wenigen Minuten fanden wir uns in einer der stärksten Festungen Frankreichs eingeschlossen.

Zweites Buch

Erstes Kapitel

O'Brien erhält seine Bestallung als Leutnant, und wir nehmen französischen Urlaub von Givet.

Zweifelte ich schon an der Ausführbarkeit der Entweichung, als ich die Außenwerke der Festung besichtigte, so hielt ich solche, nachdem ich in das Innere derselben geführt wurde, für unmöglich und teilte O'Brien meine Ansicht mit. Wir wurden in einen mit einer hohen Mauer umgebenen Hof geführt; die für die Gefangenen bestimmten Gebäude waren mit Dächern, die sich auf einer Seite gegen die Mauern anlehnten, versehen, und von jeder Seite des Vierecks schaute eine Schildwache auf uns herab. Der Hof glich sehr den Gräben, die man für die Bären anlegt, nur daß er bedeutend größer war.

O'Brien antwortete mir mit einem: »Pst, Peter! 's ist grad die große Sicherheit des Platzes, die uns instand setzen wird, hinauszukommen. Aber sprich nichts, denn es gibt überall Spione um einen herum, die Englisch verstehen.«

Wir wurden in ein Gemach geführt, das man für sechs von uns angewiesen hatte; unser Gepäck ward untersucht und uns dann zurückgegeben.

»Kommt immer besser, Peter!« sagte O'Brien, »sie haben's nicht gefunden.«

»Was?« fragte ich.

»Ach, nur eine kleine Sammlung von Gegenständen, die uns später nützlich sein dürften.«

Dann zeigte er mir, wovon ich bisher nichts gewußt, daß sein Koffer einen falschen Boden hatte; aber dieser war, wie der übrige Teil des Koffers, mit Papier überzogen und ganz sinnreich verborgen.

»Und was ist da, O'Brien?« fragte ich ihn.

»Laß Dir's aus dem Kopf; ich hab's in Montpellier gemacht und Du wirst's schon später sehen.«

Jetzt kamen die übrigen, die im gleichen Gemache einquartiert waren, herein, gingen aber nach einem viertelstündigen Aufenthalte wieder fort, als die Glocke zum Mittagessen rief.

»Jetzt, Peter«, sagte O'Brien, »muß ich mich meiner Last entledigen. Dreh den Schlüssel um.«

O'Brien entkleidete sich nun, und als er das Hemd und die Unterhosen auszog, gewahrte ich eine seidene Schnur, an der sich alle zwei Fuß ein etwa einen halben Zoll dicker Knoten befand und die ganz um seinen Körper herumgewunden war. Ihre Länge betrug volle sechzehn Fuß. Als ich sie abwickelte, sagte er, indem er sich ringsherum drehte:

»Peter, ich habe diese Schnur, seit ich Montpellier verließ, stets getragen, und Du kannst Dir keine Vorstellung von den Schmerzen machen, die ich erlitten; aber wir müssen nach England gehen, das ist fest beschlossen.«

Als ich O'Brien ansah, nachdem die Schnur abgebunden war, konnte ich mir leicht denken, daß er in der That große Schmerzen zu erleiden hatte, denn an einigen Stellen war sein Fleisch durch die fortwährende Reibung ganz wund; und als er nach dem Abwickeln seine Kleider wieder anzog, fiel er in Ohnmacht nieder. Ich war sehr bestürzt hierüber, doch faßte ich mich so weit wieder, die Schnur vorher in den Koffer zu legen, und den Schlüssel abzuziehen, ehe ich um Hilfe rief. Er kam bald wieder zu sich, und als ich ihn fragte, was es denn eigentlich gewesen, sagte er mir, daß er seit seiner Kindheit solchen Anfällen unterworfen sei. Er sah mich ernsthaft an, ich zeigte ihm aber den Schlüssel und dies war genug.

O'Brien, der nun in der That ganz unwohl war, hütete einige Tage das Zimmer. Während dieser Zeit untersuchte er oft den Plan, den ihm der Gendarm gegeben hatte. Eines Tages sagte er zu mir:

»Peter, kannst du schwimmen?«

»Nein,« antwortete ich, »aber laß Dich das ja nicht bekümmern.«

»Aber ich muß mich darum bekümmern, Peter; denn bedenk, daß wir über die Maas zu setzen haben, und daß nicht überall Boote bei der Hand sind. Du bemerkst, daß die Festung auf einer Seite vom Flusse bespült wird, und da diese, als die stärkste, am wenigsten bewacht wird, so müssen wir auf ihr entfliehen. Meinen Weg kann ich ganz deutlich sehen, bis wir zum zweiten Wall am Flusse kommen; aber wenn wir uns in diesen hineinlassen, so muß ich darüber nachsinnen,

Dich auf irgendeine Weise flott zu halten.«

»Bist Du fest entschlossen zu entweichen, O'Brien? Ich kann nicht begreifen, wie wir über diese Mauer hinauskommen sollen, deren vier Schildwachen uns ins Auge sehen.«

»Kümmere Dich nicht um das, Peter; sorg' für Deine eigenen Angelegenheiten und sag' mir zuerst, ob Du Dein Glück mit mir versuchen willst?«

»Ja,« erwiderte ich, »gewiß, wenn Du Vertrauen genug zu mir hast, mich als Deinen Genossen anzunehmen.«

»Dir die Wahrheit zu sagen, Peter! – ich wollte keinen Heller für ein Entkommen ohne Dich geben. Wir wurden miteinander gefangen genommen, und, so Gott will! machen wir uns auch miteinander davon; aber das muß nicht gerade in diesem Monat geschehen; unsere größte Hilfe werden dunkle Nächte und schlechtes Wetter sein.«

Unsere Haft war in jeder Beziehung von der in Verdun und anderwärts ganz verschieden. Es wurde uns keine Freiheit auf Ehrenwort und nur wenig Verkehr mit den Einwohnern der Stadt bewilligt. Einige derselben durften hereinkommen und uns verschiedene Gegenstände liefern; aber ihre Körbe wurden streng untersucht, daß sie nichts enthielten, was zu einer Flucht von seiten der Gefangenen führen könnte. Ohne die Vorsichtsmaßregeln, welche O'Brien getroffen hatte, wäre jeder Versuch unnütz gewesen. Übrigens, sobald O'Brien wieder das Zimmer verließ, verschaffte er sich mancherlei kleine Gegenstände, hauptsächlich Knäuel Bindfaden, denn eine der Unterhaltungen der Gefangenen waren fliegende Drachen. Dem jedoch wurde ein Ende gesetzt, weil eine der Schnüre, ob absichtlich oder nicht, kann ich nicht sagen, das Schloß an der Muskete einer der Schildwachen, die auf uns herabsahen, faßte und sie ihm aus der Hand herausschnellte; hierauf wurde vom Kommandanten Befehl erlassen, daß keine Drachen mehr gestattet seien. Dies war ein Glück für uns, denn O'Brien brachte nach und nach alle die Bindfaden an sich, welche andern Gefangenen gehörten; und da wir mehr als dreihundert an der Zahl waren, so belief sich das Quantum schon auf eine solche Höhe, daß es ihm möglich war, heimlich einen starken Strick, oder vielmehr eine Art viereckiges Geflecht, das nur die Matrosen kennen, daraus zu fertigen.

»Jetzt, Peter,« sagte er eines Tages, »brauche ich nichts mehr als einen Regenschirm für Dich.«

»Wozu einen Regenschirm für mich?«

»Um zu verhüten, daß Du nicht an zuviel Wasser ertrinkst; das ist's, Junge.«

»Regen wird mich nicht ersäufen.«

»Nein, nein, Peter, aber kauf' nur einen neuen Schirm, sobald Du kannst.«

Ich that's. O'Brien sott ein Quantum Öl und Wachs und bestrich den Schirm mehrmals mit diesem Präparate; hierauf verbarg er ihn sorgfältig in seinem Bettüberzug. Ich fragte ihn, ob er seinen Plan einem der anderen Gefangenen mitteilen wolle; er gab mir aber eine verneinende Antwort, indem er sagte, es seien so viele unter ihnen, denen man nicht trauen könne, daß er gar keinem trauen wolle.

Wir waren ungefähr zwei Monate in Givet, als eine Beförderungsliste an einen daselbst in Haft befindlichen Leutnant geschickt wurde. Dieser kam auf O'Brien zu und befragte ihn um seinen Taufnamen.

»Terenz,« antwortete O'Brien.

»Dann,« sagte der Leutnant, »darf ich Ihnen zu Ihrer Beförderung gratulieren, denn Sie stehen hier auf der Liste vom August.«

»Das muß gewiß ein kleiner Irrtum sein; lassen Sie mich einmal sehen ... Terenz O'Brien – ganz richtig; aber nun ist die Frage, hat nicht irgendein anderer Kerl mir meinen Namen und meine Beförderung zugleich gestohlen? Pah, was kann damit gemeint sein? Ich glaub's nicht – kein Titelchen davon – geht mich so wenig an, als den Hund das Fleisch, das er zu Markte führt.«

»In der That, O'Brien,« bemerkte ich nun, »ich kann nicht einsehen, weshalb Du nicht befördert sein solltest; ich bin dessen ganz gewiß, daß Du diese Beförderung verdienst durch Dein Benehmen bei dem Vorfalle, bei welchem Du gefangen wurdest.«

»Aber was that ich denn da anderes, Du einfältiger Peter, als daß ich Dich auf meinen Rücken lud, wie die Schiffsmannschaft ihre Hängematten, wenn hinunter gepfiffen wird; und überdies – allen Anspruch beiseite gesetzt, wie konnte außer Dir und mir und dem Rüstmeister, der tot dalag, irgend jemand wissen, was in der Schanze vorfiel? Erklär' mir das doch, Peter, wenn Du kannst!«

»Ich denk', ich kann's«, antwortete ich, nachdem der Leutnant weggegangen war; und nun erzählte ich O'Brien, wie ich an Kapitän Savage hatte schreiben und den Thatbestand durch den Major, der uns zu Gefangenen gemacht, bezeugen lassen.

»Gut, Peter«, sagte O'Brien nach einer Pause, »'s giebt 'ne Fabel vom Löwen und von der Maus. Wenn ich meine Beförderung durch Deine Beihilfe erlangt habe, nun, so ist die Maus ein kostbarer Tier denn der Löwe; — aber anstatt vergnügt zu sein, werde ich mich nun elend fühlen, bis die Wahrheit auf die eine oder andere Weise bekannt ist, und dies ist ein Grund weiter, warum ich so bald als möglich nach England muß.«

Mehrere Tage von jetzt an war O'Brien ganz unruhig, doch trafen glücklicherweise um diese Zeit Briefe an uns ein, einer an mich von meinem Vater, der mich aufforderte, soviel Geld auf ihn zu ziehen, als ich nur bedürfe, indem er sagte, daß sich die ganze Familie auf jede Weise einschränken wolle, um mir all die Behaglichkeit zu verschaffen, die in meiner unglücklichen Lage erlangt werden könne. Ich weinte ob seiner Güte, und mehr denn je sehnte ich mich, in seine Arme zu fliegen und ihm zu danken. Er schrieb mir ferner, daß mein Onkel William gestorben sei und daß nur noch einer zwischen mir und dem Titel stehe; daß übrigens mein Großvater sich wohl befinde und in neuester Zeit sehr freundlich gegen ihn gewesen sei. Meine Mutter war sehr betrübt darüber, daß ich zum Gefangenen gemacht worden war, und bat mich zu schreiben, so oft ich nur könne.

O'Briens Brief war von Kapitän Savage; die Fregatte war mit Depeschen nach Haus geschickt und dann O'Briens Benehmen der Admiralität geschildert worden, die ihn infolgedessen zum Rang eines Leutnants beförderte. O'Brien kam mit dem Briefe auf mich zu und sein Angesicht strahlte vor Freude, als er ihn mir übergab; ich hingegen gab ihm meinen Brief, den er durchlas.

»Peter, mein Junge, ich habe große Verbindlichkeiten gegen Dich. Als Du verwundet warst und im Fieber lagst, dachtest Du an mich — zu einer Zeit, da Du völlig genug an Dich selbst zu denken hattest; doch ich danke keineswegs mit Worten. Wie ich sehe, ist Dein Onkel William gestorben; wie viele Oheime hast Du noch?«

»Meinen Onkel John, der verheiratet ist und bereits zwei Töchter besitzt.«

»Segen über ihn, möge er bei der weiblichen Linie des Geschäfts verbleiben! Peter, mein Junge, Du sollst ein Lord werden, bevor Du stirbst.«

»Unsinn, O'Brien; ich habe keine Aussicht. Setz' mir doch keine thörichten Gedanken in den Kopf.«

»Welche Aussichten hatte ich, ein Leutnant zu werden, und bin ich nicht einer! Wohlan, Peter, Du hast geholfen, einen Leutnant aus mir zu stutzen, aber ich will einen *Mann* aus Dir machen, und das ist noch mehr. Peter, ich sehe wohl, daß Du mit all Deiner Einfachheit gar nicht einfältig bist, und daß Du bei all Deinen Fragen um Rat im Notfall für Dich selbst denken und handeln kannst. Nun, Peter, das sind Fähigkeiten, die in diesem verfluchten Loch nicht weggeworfen werden dürfen, und deshalb, mein Junge, bereite Dich vor, diesen Ort in einer Woche zu verlassen, sofern uns Wind und Wetter begünstigen — das heißt, nicht guter Wind und schönes Wetter, sondern je schlechter desto besser. Willst Du zu was immer für einer Stunde der Nacht meines Aufrufs gewärtig sein?«

»Ja. O'Brien, und will noch obendrein mein bestes thun.«

»Viel mehr kann niemand thun, wie ich immer gehört habe. Aber, Peter, erweis' mir einen Gefallen; da ich wirklich Leutnant bin, so lang' mal nach der Ordnung an Deinen Hut, nur einmal, das ist alles; aber ich wünsche die Begrüßung, damit ich sehe, wie sich's ausnimmt.«

»Leutnant O'Brien«, sagte ich, die Hand an den Hut legend, »haben Sie noch weitere Befehle?«

»Ja, Sir«, erwiderte er, »daß Sie sich niemals wieder unterstehen, vor mir die Hand an den Hut zu legen, außer wenn wir miteinander segeln; denn dann ist's ein ander Ding.«

Ungefähr eine Woche später kam O'Brien zu mir mit den Worten:

»Der Neumond ist mit stürmischem Wetter in sein Viertel getreten; wenn es anhält, bereite Dich zum Ausflug vor. Was wir bedürfen, habe ich in Deinen kleinen Tornister gelegt; es könnte vielleicht heute Nacht geschehen. Geh nur zu Bette und schlaf, wenn Du kannst, für eine Woche, denn in der nächsten wirst Du nur wenig zum Schlafen kommen, wenn wir in der Ausführung glücklich sind.«

Dies war etwa um acht Uhr. Ich ging zu Bette und gegen Mitternacht wurde ich von O'Brien geweckt, der mir sagte, ich solle mich behutsam anziehen und zu ihm in den Hof hinabkommen. Ich that dies, ohne irgendjemand zu stören;

es war, wie ich nun fand, stockfinstere Nacht (im Monat November) und der Regen goß in Strömen herab. Der Wind blies heftig, heulte durch den Hof und schleuderte den Regen nach allen Richtungen im Wirbel herum. Es dauerte einige Zeit, bevor ich O'Brien finden konnte, der fest an der Arbeit war. Da er mich bereits mit all seinen Plänen bekannt gemacht hatte, will ich solche hier auseinandersetzen. In Montpellier hatte er sich sechs breite Stücke Eisen verschafft, jedes ungefähr achtzehn Zoll lang, an einem Ende mit einer Schraube und am andern mit einem viereckigen Knopf versehen, der in eine Handhabe paßte, welche losgemacht werden konnte. Zur Vorsicht hatte er eine weitere Handhabe, und jede von beiden paßte auf alle Eisen. Eines derselben hatte er nun zwischen die Spalten der Steine, aus denen die Mauer erbaut war, hineingeschraubt; auf dieses setzte er sich (reitend) und befestigte ein anderes etwa drei Fuß höher. Nachdem dies geschehen, stellte er sich aufrecht auf das untere Eisen und schraubte, indem er sich auf das zweite, das etwa bis an seine Hüfte ging, stützte, ein drittes ein, wobei er sie immer in der Entfernung von sechs Zoll seitwärts, und nicht eines gerade über dem andern anbrachte. Als er seine sechs Eisenstücke eingeschraubt hatte, war er auf der Hälfte der Mauerhöhe; er befestigte nun seinen Strick, den er um den Hals herumgetragen, an dem obersten, ließ sich daran herab, schraubte die vier untern Stück los, klomm damit am Seile hinauf, stellte sich auf das fünfte Eisen und begann, indem er sich auf das oberste stützte, von neuem seine Arbeit. Auf diese Weise gelangte er im Laufe von einer und einer halben Stunde an die Zinne der Mauer, wo er sein letztes Eisen einschraubte; hier befestigte er seinen Strick und ließ sich wieder herab.

»Nun, Peter«, sagte er, »ist nicht mehr zu befürchten, daß uns die Schildwachen sehen; selbst wenn sie Katzenaugen hätten, so könnten sie dies nicht, ehe wir auf der Mauerzinne sind, und dann müssen wir auf dem Bauch bis zu den Wällen hinkriechen. Ich will mit allen Werkzeugen hinaufgehen. Gib mir Deinen Tornister – Du wirst so leichter fortkommen; und sei darauf bedacht, falls mir ein Unglück begegnen sollte, wieder in Dein Bett zu eilen. Wenn ich dagegen den Strick drei- oder viermal herauf- und hinunterlasse, so mußt Du, so schnell Du nur kannst, Dich heraufbegeben.«

O'Brien belud sich nun mit dem andern Stricke, den zwei

Taschen, mit eisernen Brechstangen und den andern Werkzeugen, die er sich verschafft hatte, und zuletzt noch mit dem Regenschirme.

»Peter, wenn der Strick mich mit all diesen Sachen trägt, so ist's klar, daß er so 'n Geschöpf, wie Du bist, tragen wird; deshalb sei unbesorgt.«

Während er mir dies zuflüsterte, begann er hinaufzusteigen; in etwa drei Minuten war er oben und zog den Strick. Unverzüglich folgte ich ihm, wobei ich fand, daß es ganz leicht war hinaufzuklimmen; denn die Knoten, die je zwei Fuß weit angebracht waren, gaben mir einen Anhaltspunkt für meine Füße, und so war ich in ebenso kurzer Zeit oben als er. Er faßte mich am Kragen, legte seine nasse Hand auf meinen Mund, und ich streckte mich neben ihm hin, während er den Strick heraufzog. Wir krochen nun auf dem Bauch über das Glacis, bis wir an die Wälle kamen. Der Wind stürmte fürchterlich und der Regen fiel so dicht herab, daß die Schildwachen uns nicht gewahrten; übrigens lag die Schuld nicht an ihnen, denn es war ganz unmöglich, uns zu sehen. Es verging einige Zeit, ehe O'Brien den rechten Punkt über die Zugbrücke des Hauptgrabens auffand; endlich traf er ihn, befestigte seine Brechstange und ließ den Strick hinab.

»Jetzt, Peter, halt' ich fürs beste, daß ich wieder zuerst gehe; wenn ich unten am Strick ziehe, ist alles richtig.«

O'Brien stieg hinab und rüttelte nach einigen Minuten wieder am Strick; ich folgte ihm nach und sah mich auf dem Einfügungsbalken der Zugbrücke in seinen Armen; aber die Zugbrücke selbst war hinaufgezogen. O'Brien ging längs der Ketten voraus und ich folgte ihm. Als wir über dem Graben waren, fanden wir ein Thor in der Mauer geschlossen; dies setzte uns in Verlegenheit. O'Brien zog seine Dietriche heraus, um es aufzubrechen, aber ohne Erfolg; da saßen wir fest.

»Wir müssen das Thor unterminieren, O'Brien, wir müssen das Pflaster aufbrechen, bis wir unten hindurchkriechen können.«

»Peter, Du bist ein kostbarer Junge; an das dachte ich nicht.«

Wir arbeiteten nun tüchtig darauf los, bis die Höhlung groß genug war, indem wir uns der Brechstange, die noch übrig war, sowie des kleinen Schraubendrehers, den O'Brien bei sich hatte, bedienten. Auf diese Weise kamen wir im Laufe von einer Stunde oder etwas mehr unter dem Thore hindurch. Dies Thor führte zu dem untern Walle, aber wir mußten durch einen bedeckten Weg, ehe wir dort hinkamen. Wir schritten ganz sorgfältig vorwärts, als wir ein Geräusch hörten; wir hielten an und fanden, daß es eine Schildwache war, die in tiefem Schlafe lag und schnarchte. Da wir hier kaum jemand anzutreffen erwarteten, waren wir darüber verlegen; an ihm vorbeiziehen konnten wir nicht wohl, weil er sich gerade an dem Fleck befand, wo wir unsere Brechstange befestigen wollten, um den unteren Wall hinab in den Fluß zu kommen. O'Brien dachte einen Augenblick nach.

»Peter«, sagte er, »jetzt ist die Zeit da, wo Du Dich als Mann bewähren kannst. Er liegt zwar in tiefem Schlaf, aber er muß verhindert werden, Lärm zu machen. Ich will seinen Mund stopfen, aber in demselben Augenblicke, da ich es thue, mußt Du die Pfanne seiner Muskete aufreißen, dann kann er sie nicht abfeuern.«

»Ich will, O'Brien; sei unbesorgt um mich.«

Wir krochen ganz vorsichtig zu ihm hin, und da O'Brien mir bedeutete, meinen Daumen auf die Pfanne zu setzen, so that ich es, und in demselben Moment, als O'Brien seine Hand auf den Mund des Soldaten drückte, riß ich die Pfanne auf.

Der Bursche bemühte sich nun, abzudrücken und ein Signal zu geben, aber natürlich ohne seine Muskete abfeuern zu können, und in einer Minute war er von O'Brien unter meinem Beistand nicht nur geknebelt, sondern auch gebunden. Dann verließen wir ihn und gingen nach dem Wall; wir befestigten hier wieder das Brecheisen und O'Brien stieg hinab; ich folgte ihm und traf ihn schon im Fluß am Stricke hängend; der Regenschirm wurde nun aufgemacht und verkehrt hingelegt; durch den erwähnten Überzug war derselbe wasserdicht gemacht worden, und wie mir O'Brien auseinandergesetzt hatte, durfte ich mich nur auf Armeslänge an den zwei Schnüren halten, die er an der unter Wasser befindlichen Spitze des Schirmes befestigt hatte. An derselben Stelle war für O'Brien ein Zugseil angebracht, das er zwischen die Zähne nahm und mich so stromabwärts ungefähr hundert Yards weit außerhalb der Festung fortzog, wo wir landeten. O'Brien war so erschöpft, daß er einige Minuten ganz bewegungslos verblieb, und auch ich war von Kälte erstarrt.

»Peter«, sagte er, »Gott sei Dank, so weit sind wir glücklich; aber jetzt müssen wir, so schnell wir können, davoneilen, denn in zwei Stunden bricht der Tag an.«

O'Brien nahm seine Branntweinflasche heraus und wir tranken beide wenigstens ein halbes Glas, aber in unserem damaligen Zustande hätte uns selbst eine Flasche nicht angegriffen. Wir gingen nun an der Seite des Ufers hinab, bis wir auf ein kleines Fahrzeug stießen, an dessen Stern ein Boot gebunden war. O'Brien schwamm zu demselben hin, schnitt das Tau ab und zog das Boot ans Ufer. Die Ruder befanden sich glücklicherweise darin. Ich stieg hinein, wir stießen ab und ruderten den Fluß hinunter, bis der Tag graute.

»'s ist alles recht, Peter, jetzt wollen wir landen; das ist der Ardennenwald.«

Wir landeten, legten die Ruder wieder in das Boot und stießen dasselbe in den Strom hinein, um die Leute glauben zu machen, es habe sich zufällig losgerissen; dann eilten wir in das Dickicht des Waldes. Es regnete fortwährend heftig; mich schauderte und die Zähne klapperten mir vor Kälte, aber es war nichts dagegen zu machen. Wir nahmen wieder einen Schluck Branntwein und fielen bald, von Anstrengung und Aufregung erschöpft, auf einem Lager von Laub, das wir miteinander zusammengetragen hatten, in tiefen Schlaf.

Zweites Kapitel

Ernste Folgen der Schwerkraft. — O'Brien wandelt sich in einen Gendarmen um und transportiert mich. — Wir werden entdeckt und müssen Reißaus nehmen. — Die Annehmlichkeiten eines Winterbiwaks.

Bei meinem Erwachen, das erst Mittag erfolgte, fand ich, daß O'Brien mich mehr als einen Fuß hoch mit Laub bedeckt hatte, um mich gegen das Wetter zu schützen. Ich fühlte mich ganz warm und behaglich; meine Kleider waren mir am Leibe getrocknet, jedoch ohne mich zu durchkälten.

»Wie gut ist es doch von Dir, O'Brien!« sagte ich.

»Gar nicht, Peter. Du hast jetzt noch eine schwere Arbeit durchzumachen und ich muß für Dich besorgt sein. Du bist erst 'ne Knospe, aber ich bin eine vollblühende Rose.«

Mit diesen Worten nahm er die Branntweinflasche an seinen Mund und gab sie dann mir.

»Jetzt, Peter, müssen wir uns davonmachen, denn verlaß Dich darauf, sie werden die Gegend nach uns durchstreifen; aber das ist 'n großer Wald, und wenn wir einmal im Herzen desselben sind, mögen sie ebenso gut versuchen, eine Nadel in einem Bund Heu zu finden.«

»Ich glaub'«, sagte ich, »dieser Wald wird von Shakespeare in einem seiner Schauspiele angeführt.«

»Sehr möglich, Peter«, antwortete O'Brien; »aber jetzt sind wir bei keiner Komödie; und was sich recht hübsch liest, ist in der Wirklichkeit kein Spaß. Ich hab' oft bemerkt, daß die Schriftsteller das Wetter nicht in Betracht ziehen.«

»Ich bitt' um Verzeihung, O'Brien; im König Lear ist das Wetter fürchterlich.«

»Wohl möglich; aber was für ein König war das, daß er bei solchem Wetter hinausging?«

»König Lear that's, als er wahnsinnig war.«

»Und das war er, das ist gewiß, Peter; aber entsprungene Gefangene haben einige Entschuldigung; darum jetzt vorwärts.«

Nun ging's fort, und wir drangen ungefähr drei Stunden lang mit Gewalt durch das Dickicht, wobei O'Brien gelegentlich auf seinen Taschenkompaß sah; es war beinahe dunkel geworden, als er vorschlug, Halt zu machen. Aus Laub bereiteten wir uns ein Nachtlager und schliefen viel behaglicher als die vergangene Nacht. All unser Brot war naß; da wir aber kein Wasser hatten, kam uns dies eigentlich eher zugute. Unser Fleischvorrat war hinreichend für eine Woche. Wir legten uns noch einmal nieder und sanken in tiefen Schlaf; um etwa fünf Uhr morgens ward ich von O'Brien aufgeweckt, wobei er seine Hand sanft vor meinen Mund hielt. Ich richtete mich auf und gewahrte nicht fern von uns ein großes Feuer.

»Die Philister sind über uns, Peter,« sagte er; »ich hab's ausgespäht, es sind Gendarmen. Ich fürchte mich weiterzugehen, da wir noch auf mehrere derselben stoßen könnten. Ich habe deshalb, ehe ich Dich weckte, darüber nachgedacht, was das Beste sei, und das Rätlichste ist, dünkt mich, wenn wir auf diesen Baum steigen und uns darauf hinlegen.«

Wir hatten uns unter Gesträuch und Buschwerk versteckt, in dessen Mitte eine große mit Efeu umrankte Eiche stand.

»Ich glaube auch, wir sollten das thun, O'Brien; sollen wir jetzt hinaufgehen oder noch ein wenig warten?«

»Sogleich, denn sie verzehren jetzt ihr Frühstück. Steig hinauf, Peter, ich will Dir helfen.«

O'Brien schob mich auf den Baum hinauf, blieb noch eine kleine Weile unten, um unsere Tragtaschen unter dem Laub zu verscharren, und dann folgte er mir. Mich hieß er in einer ganz bequemen Stellung auf dem untersten Ast des Baumes verbleiben, während er sich, ganz unter dem Efeugebüsch, einen anderen großen Zweig auswählte. Wir waren ungefähr eine Stunde dagewesen, als es Tag wurde. Wir sahen, wie die Gendarmen bei Tagesanbruch von dem Korporal gemustert wurden und wie sie sich dann nach verschiedenen Richtungen hin zerstreuten, um den Wald zu durchsuchen. Wir waren sehr erfreut, als wir dies sahen, weil wir hofften, bald weitergehen zu können, aber einer der Gendarmen blieb da. Er ging auf und ab, und blickte nach allen Seiten hin, bis er gerade unter den Baum kam, auf dem wir uns verborgen hatten. Er durchsuchte alles ringsherum, bis er zuletzt an das Laubbett kam, auf dem wir geschlafen hatten; darin störte er mit seinem Bajonette herum und wühlte so endlich unsere Tragtaschen heraus.

»*Pardi!*« rief er aus, »wo das Nest und die Eier sind, befinden sich auch die Vögel in der Nähe.«

Dann ging er rings um den Baum herum und sah nach jeder Seite hinauf; aber wir waren gut verborgen und er konnte uns einige Zeit lang nicht ausfinden. Am Ende sah er mich und befahl mir, herunterzukommen; ich schenkte ihm aber kein Gehör, weil ich kein Zeichen von O'Brien hatte. Nun ging er ein wenig weiter herum, bis er gerade unter den Ast zu stehen kam, auf dem O'Brien lag. Dort konnte er besser auf mich zielen, und so schlug er nun sein Gewehr an mit den Worten: »*Descendez, ou je tire!*«

Ich blieb jedoch fortwährend unbeweglich sitzen, weil ich nicht wußte, was zu thun sei; meine Augen aber schloß ich zu; kurz darauf wurde die Muskete abgedrückt, und plötzlich verließ ich, ob aus Furcht oder nicht, kann ich nicht bestimmt sagen, meinen Anhaltspunkt und fiel herunter. Vom Fall wurde ich ganz betäubt und glaubte verwundet zu sein; sehr erstaunt aber war ich, als statt des Gendarmen O'Brien auf mich zukam und fragte, ob ich beschädigt sei. Ich antwortete, daß ich es nicht glaube, und stand auf; da sah ich den Gendarmen, der schwer atmend, aber besinnungslos auf dem Boden lag. Als O'Brien gewahrte, daß der Gendarm sein Gewehr auf mich anschlug, stürzte er sich plötzlich von dem Aste und gerade auf dessen Haupt herab; so kam es, daß der Schuß losging, ohne mich zu treffen, während zugleich das Gewicht von O'Briens Körper, von einer solchen Höhe herunter, den Gendarmen tötete; denn er starb, noch ehe wir von ihm weggingen.

»Nun, Peter,« sagte O'Brien, »das ist der glücklichste Umstand von der Welt, und wird uns durch's halbe Land forthelfen; aber wir haben keine Zeit zu verlieren.«

Dann entkleidete er den Gendarmen, der noch fortwährend schwer stöhnte, schleppte ihn zu unserem Laubbette hin und überdeckte ihn mit demselben; seine eigenen Kleider zog er aus und band sie in ein Bündel zusammen, das er mir zu tragen gab, während er die des Gendarmen anzog. Ich mußte unwiderstehlich lachen bei dieser Verwandlung und fragte O'Brien, was er beabsichtige.

»Nun ja, ich bin ein Gendarm, der einen entwichenen Gefangenen bei sich führt.«

Hierauf band er meine Hände mit einem Strick zusammen, nahm das Gewehr auf die Schulter und wir zogen fort. Jetzt verließen wir den Wald, sobald wir konnten; denn für die nächsten zehn Tage, sagte O'Brien, hätten wir nichts zu befürchten; und so stellte es sich auch heraus. Nur eine Schwierigkeit hatten wir, nämlich die, daß wir den unrechten Weg machten; diese beseitigten wir aber dadurch, daß wir meistens bei Nacht reisten, wo keine Fragen an uns gerichtet wurden, außer in den Wirtshäusern, wo wir logierten; da wußte man aber nicht, wo wir herkamen. Wenn wir über Nacht blieben, erweckte meine Jugend, besonders bei dem weiblichen Geschlechte, großen Anteil, und einmal ward mir Beihilfe zur Flucht angeboten. Ich willigte ein, benachrichtigte aber zugleich O'Brien von dem vorgeschlagenen Plane. Er stellte sich auf die Wache – ich zog mich an und begab mich an das offene Fenster, als er hereinstürzte, mich festnahm und erklärte, er wolle das Gouvernement von dem Benehmen der Leute in Kenntnis setzen. Ihre Angst war sehr groß; sie boten O'Brien zwanzig, dreißig, vierzig Napoleon an, wenn er darüber schweigen wolle, denn sie wußten, daß sie mit Geld- und Freiheitsstrafe gebüßt werden würden. O'Brien erwiderte, daß er kein Geld annehmen wolle, um sich seiner

Pflicht abtrünnig machen zu lassen; wenn er mich dem Gendarmen auf der nächsten Station übergeben habe, so sei sein Geschäft zu Ende und dann müsse er nach Vlissingen zurückkehren, wo er stationiert sei.

»Ich habe eine Schwester da,« antwortete die Frau vom Hause, »die eine Wirtschaft treibt. Sie werden guten Quartiers und eines freundlichen Trunkes bedürfen; zeigen Sie uns nicht an, und ich will Ihnen einen Brief an sie mitgeben; wenn er seine Dienste nicht thut, so können Sie ja zurückkehren und uns immer noch angeben.«

O'Brien willigte ein; der Brief ward ihm übergeben und vorgelesen. Die Schwester wurde in demselben bei aller Liebe, die sie für die Schreiberin hege, gebeten, für den Überbringer alles zu thun, was sie nur könne; denn derselbe habe die Macht, die ganze Familie ins Elend zu stürzen, obschon er keinen Gebrauch von derselben machen wolle.

O'Brien steckte den Brief ein, füllte seine Branntweinflasche, grüßte alle Frauenzimmer und verließ das Wirtshaus, indem er mich an einem Stricke mit sich fortführte. Der einzige Unterschied, wie er mir später sagte, als wir herauskamen, lag darin, daß er alle Frauenzimmer küßte, während letztere alle mich küßten.

Auf diese Weise waren wir über Charleroi und Löwen gekommen und nur noch einige Meilen von Mecheln entfernt, als ein Umstand vorfiel, der uns nicht wenig in Verlegenheit brachte.

Wir setzten unseren Weg fort, um Mecheln zu vermeiden, das eine befestigte Stadt war, und befanden uns gerade auf einem schmalen Feldwege, auf dessen beiden Seiten breite mit Wasser angefüllte Gräben waren.

Als wir um eine Straßenecke bogen, stießen wir auf den Gendarmen, der O'Brien den Plan der Stadt Givet geliefert hatte.

»Guten Morgen, Kamerad,« sagte er zu O'Brien, indem er ihn scharf ansah, »wen habt Ihr da?«

»Einen jungen Engländer, der aus dem Gefängnis entsprungen ist und den ich in der Nähe erwischt habe.«

»Aus welchem?«

»Er will es nicht sagen: aber ich vermute aus Givet.«

»Von dort sind ihrer zwei entwichen«, antwortete er; »aber wie sie davongekommen sind, kann sich niemand vorstellen. Doch,« fuhr er fort, O'Brien aufs neue ansehend,

»den Beherzten ist nichts unmöglich.«

»Das ist wahr,« entgegnete O'Brien, »ich habe den einen aufgegriffen, und da kann der andere auch nicht ferne sein. Ihr werdet daher gut thun, ihm aufzulauern.«

»Ich muß sehen, wie ich ihn ausfindig mache,« sagte der Gendarm, »denn Ihr wißt, daß das Wiedereinbringen eines Gefangenen eine gewisse Beförderung zur Folge hat. Ihr werdet Korporal.«

»Um so besser,« sagte O'Brien; *»adieu, mon ami.«*

»Nicht doch, ich bin bloß auf einem Ausflug begriffen und begleite Euch nach Mecheln zurück, wo Ihr ja hingehen müßt.«

»Heute nacht werden wir nicht mehr dahinkommen,« sagte O'Brien, »mein Gefangener ist zu sehr ermüdet.«

»Gut, dann gehen wir, soweit wir können, und ich will Euch beistehen. Vielleicht finden wir den andern, der, wie ich höre, auf irgendeine Weise sich einen Plan der Festung zu verschaffen wußte.«

Da sahen wir denn ein, daß wir entdeckt waren. Er erzählte uns sodann, daß man den Leichnam eines Gendarmen im Walde gefunden habe; derselbe sei ohne Zweifel von den Gefangenen getötet und ganz nackt ausgezogen worden.

»Es sollte mich wundern,« fuhr er fort, »wenn nicht einer der Gefangenen seine Kleider angezogen hat und sich für einen Gendarmen ausgibt.«

»Peter,« sagte O'Brien, »müssen wir diesen Mann töten oder nicht?«

»Ich muß ›nein‹ sagen; stelle Dich, als ob Du ihm vertrautest und dann können wir ihm vielleicht entwischen.«

Diese Worte wurden gewechselt, während der Gendarm einen Augenblick hinter uns stehen blieb.

»Gut, wir wollen's versuchen; zuerst aber will ich ihn sorglos machen.«

Als der Gendarm wieder zu uns kam, sagte ihm O'Brien, die englischen Gefangenen seien äußerst freigebig; er wisse, daß oft hundert Napoleon für die Beihilfe zur Flucht bezahlt worden seien, und ihn dünke, der Korporalsrang sei nicht soviel wert als eine Summe, die in Frankreich einen Mann glücklich und sein Leben lang unabhängig machen könne.

»Ganz richtig,« erwiderte der Gendarm; »laßt mich einmal diese Summe sehen, und ich stehe für gesichertes und ungehindertes Entkommen aus Frankreich.«

»So verstehen wir einander,« sagte O'Brien; »dieser Bursche will zweihundert geben – die Hälfte davon soll Euch sein, wenn Ihr Beistand leisten wollt.«

»Ich will es noch bedenken«, entgegnete der Gendarm, der nun über gleichgültige Gegenstände sprach, bis wir in einer kleinen Stadt, Acarchot genannt, ankamen, wo wir uns in ein Wirtshaus begaben.

Nachdem die gewöhnliche neugierige Befragung vorüber war und wir uns allein befanden, sagte O'Brien dem Gendarmen, daß er seine Antwort bis diesen Abend oder morgen früh erwarte. Der Gendarm erwiderte, daß er sich morgen früh erklären wolle.

O'Brien bat ihn, auf mich acht zu geben, und forderte dann die Wirtin auf, ihm ein Zimmer anzuweisen. Sie zeigte ihm eines oder zwei, die er aber verwarf, als nicht sicher genug für den Gefangenen. Die Frau lachte über einen solchen Gedanken, mit den Worten, was er denn von einem *pauvre enfant*, wie ich sei, zu befürchten habe?

»Nun ja, dieses *pauvre enfant* ist aus Givet entwichen,« versetzte O'Brien. »Diese Engländer sind doch von Geburt an wahre Teufelskerle.«

Das letzte Zimmer, das O'Brien gezeigt wurde, entsprach ihm und er wählte dasselbe; die Frau wagte nicht, einem Gendarmen zu widersprechen. Sobald sie wieder miteinander heruntergekommen waren, befahl mir O'Brien, zu Bette zu gehen, und begab sich mit mir die Treppe hinauf. Er verriegelte die Thür und zog mich zu dem großen Kamin; da steckten wir unsere Köpfe hinein und flüsterten einander zu, damit unser Gespräch nicht gehört werde.

»Diesem Mann kann man nicht trauen,« sagte O'Brien, »und wir müssen ihm entwischen. Ich kenne den Weg zur Stadt hinaus; wir müssen die Straße, auf der wir herkamen, wieder zurückgehen und dann eine andere Richtung einschlagen.«

»Aber wird er's uns gestatten?«

»Nein, wenn er etwas dabei thun kann; aber ich werde seinen Plan bald ausfindig machen.«

O'Brien verstopfte nun das Schlüsselloch, indem er sein Schnupftuch darüber hing; dann zog er die Gendarmenuniform aus und seine eigenen Kleider an; hierauf stopfte er mit Decken und Kissen die Kleider des Gendarmen aus und legte diese außen auf das Bett hin, gerade als ob es ein Mann wäre, der in seinen Kleidern schläft — die Täuschung war in der That bewundernswert. Er stellte sein Gewehr der Puppe zur Seite, nahm das Gleiche an meinem Bette vor und machte, daß es aussah, als ob eine Person von meiner Größe da schliefe; dem Kopfkissen setzte er meine Kappe auf.

»Jetzt, Peter, wollen wir sehen, ob er uns bewacht. Er wird so lange warten, bis er glaubt, daß wir schlafen.«

Das Licht brannte im Zimmer fort, und ungefähr nach einer Stunde hörten wir ein Geräusch von Fußtritten auf der Treppe, worauf wir verabredetermaßen unter das Bett krochen. Die Schnalle unserer Thüre war probiert, und da der Gendarm sie offen fand, was er nicht erwartet hatte, trat er herein, ging aber, nachdem er die Betten angesehen, wieder fort.

»Nun,« sagte ich, als er wieder die Treppen hinunter war, »sollten wir jetzt nicht entfliehen?«

»Ich habe schon darüber nachgedacht, Peter, und bin zu einem Entschluß gekommen, daß wir es noch besser einrichten können. In einer oder zwei Stunden wird er gewiß wiederkehren; es ist erst elf Uhr, dann will ich ihm einen Possen spielen.«

O'Brien nahm eine der Decken, befestigte sie an dem Fenster, das er weit offen ließ, und verwirrte die Figuren, um dem Gendarmen bemerklich zu machen, daß es nur Täuschung war. Dann krochen wir wieder unter das Bett, und in einer guten Stunde kam, wie O'Brien vorhergesagt hatte, der Gendarm wieder; unsere Lampe brannte noch immer, aber er hatte selbst ein Licht.

Er sah nach den Betten und gewahrte, daß er hintergangen worden war; dann kam er ans offene Fenster und rief aus:

»*Sacre Dieu!* sie sind mir durchgegangen und ich werde nicht Korporal. *Foutre à la chasse!*«

Er stürzte hinaus, und wenige Minuten nachher hörten wir, daß er die Hausthür öffnete und fortging.

»So ist's recht, Peter,« sprach O'Brien lachend; »jetzt wollen wir auch fortgehen, obgleich es keine große Eile hat.«

O'Brien legte seine Gendarmenkleider wieder an und nach einer Stunde etwa kamen wir herunter. Wir wünschten der Wirtin alles Gute und verließen das Haus, um den gleichen Weg zurückzumachen, auf dem wir hergekommen waren.

»Jetzt, Peter«, sagte O'Brien, »sind wir in einiger Verlegenheit. Mit diesem Anzug hier geht's nicht mehr länger, und doch steckt so 'n Ansehen darin, das mir nicht gestatten will, ihn abzulegen bis auf den letzten Augenblick.«

Wir marschierten bis zum Tagesanbruch, wo wir uns unter Bäumen versteckten. Nachts eilten wir wieder dem Ardennenwalde zu, denn O'Brien sagte, es sei das beste, dorthin für so lange zurückzukehren, bis unsere Verfolger glauben würden, wir hätten unsere Flucht glücklich bewerkstelligt; aber wir erreichten den Wald nicht, denn am nächsten Tage trat ein heftiges Schneegestöber ein, das ohne Unterbrechung vier Tage fortdauerte, während deren wir außerordentlich viel auszustehen hatten. Unser Geld war nicht erschöpft, denn ich hatte sechzig Pfund auf meinen Vater gezogen, was mir bei dem ungünstigen Wechselkurs fünfzig Napoleon einbrachte. Bisweilen schlich sich O'Brien in ein Wirtshaus hinein, um Lebensmittel anzuschaffen; aber da wir nicht mehr wie früher wagen durften, uns miteinander sehen zu lassen, mußten wir unter freiem Himmel schlafen, während der Boden mehr als drei Fuß tief mit Schnee bedeckt war. Am fünfte Tage, dem sechsten, nachdem wir den Ardennenwald verlassen, verbargen wir uns in einem ungefähr eine Viertelmeile von der Straße entlegenen Wäldchen. Ich blieb da und O'Brien ging als Gendarm fort, Lebensmittel zu holen. Wie gewöhnlich sah ich mich während seiner Abwesenheit nach dem besten Obdache um; wie groß aber war mein Schrecken, als ich auf einen Mann und eine Frau stieß, die tot im Schnee lagen und augenscheinlich infolge der rauhen Witterung umgekommen waren. Gerade, als ich diese entdeckte, kehrte O'Brien zurück und ich erzählte es ihm; er ging mit mir, um die Leichname zu sehen. Sie waren in eine fremde Tracht gekleidet und Bänder auf ihrem Anzuge befestigt; ihnen zur Seite lagen zwei paar hohe Stelzen.

O'Brien betrachtete sie und sagte dann:

»Peter, das ist der allerglücklichste Umstand, der uns hätte begegnen können. Jetzt wollen wir durch Frankreich ziehen, ohne unsere Füße in dem verfluchten Lande zu beschmutzen.«

»Wie meinst Du das?«

»Ich meine«, sagte er, »daß das die Leute waren, die wir bei Montpellier trafen; sie gingen auf ihren Stelzen herum, um andere zu belustigen und für sich Geld zu erwerben. In ihrem Heimatlande sind sie genötigt, so einherzulaufen. Nun, Peter, scheint mir's, daß die Kleider des Mannes mir passen und die des Mädchens (armes Geschöpf, wie hübsch sie aussieht, kalt und tot) werden Dir recht sein. Alles, was wir brauchen, ist ein bißchen Übung und dann vorwärts.«

Hierauf zog O'Brien, nicht ohne einige Mühe, dem Manne Jacke und Hosen aus und verscharrte ihn, nachdem dies geschehen, in den Schnee. Dem armen Mädchen wurde ihr Kleid und der äußere Unterrock in aller Sittsamkeit abgezogen, und auch sie hierauf verscharrt. Wir packten die Kleider und die Stelzen zusammen und begaben uns nach einem andern Teile des Waldes, wo wir eine gut bedeckte Stelle fanden, auf der wir unser Mahl einnahmen. Da wir diese Nacht nicht wie sonst fortmarschierten, mußten wir unser Lager bereiten. Wir scharrten den Schnee weg und machten's uns so behaglich, als wir ohne Feuer konnten, aber das Wetter war schrecklich.

»Peter«, sagte O'Brien, »ich bin ganz trübsinnig. Da, thu einen guten Zug.«

Damit reichte er mir die Branntweinflasche, die wir nie leer werden ließen.

»Trink mehr, Peter.«

»Ich kann nicht, O'Brien, ohne berauscht zu werden.«

»Bekümmere Dich nicht darum, trink mehr; denk an jene zwei armen Teufel: sie mußten ihr Leben lassen, weil sie im Schnee einschliefen. Peter«, sagte O'Brien, indem er aufsprang, »Du darfst hier nicht schlafen — folge mir.«

Ich machte vergebens Einreden. Es war fast schon dunkel, und er führte mich zu einem Dorfe, in dessen Nähe er mich nach einem Schuppen wies.

»Peter, da ist Obdach; leg' Dich hin und schlaf, und ich will Wache halten. Nicht ein Wort, ich will es haben — also thu's.«

Ich folgte ihm, und schon in ein paar Minuten lag ich in tiefem Schlaf, denn von Kälte und Anstrengung war ich ganz erschöpft. Seit mehreren Tagen waren wir jede Nacht fortmarschiert, und der Schlaf, den wir bei Tag genossen, war unbedeutend. Oh, wie sehnte ich mich nach einem warmen Bette mit vier oder fünf Decken! Gerade als der Tag anbrach, weckte mich O'Brien auf: er hatte die ganze Nacht Schildwache gestanden und sah sehr verstört aus.

»O'Brien, Du bist krank,« sagte ich.

»Nicht im geringsten; aber ich habe die Branntweinflasche geleert und das ist ein schlimmer Streich. Übrigens, da kann geholfen werden.«

Hierauf kehrten wir unter Staubregen und Nebel nach dem Wald zurück; das Wetter hatte sich nämlich geändert und die starke Kälte aufgehört. Übrigens war das Tauwetter ebenso schlimm als der Frost, und die Kälte fühlten wir jetzt nur noch mehr.

O'Brien bestand wieder darauf, ich solle im Schuppen schlafen; aber nun weigerte ich mich entschieden, wenn er nicht auch da schlafen wolle, indem ich ihm auseinandersetzte, daß wir auf diese Weise nicht mehr Gefahr liefen, und vielleicht nicht einmal so viel, als wenn er außen stehen bliebe. Da er mich fest entschlossen sah, willigte er zuletzt ein, und wir erreichten beide die Hütte unbemerkt. Wir legten uns nieder, aber ich konnte einige Zeit lang nicht einschlafen, denn ich war sehr besorgt darum, O'Brien auch wirklich schlafen zu sehen. Er ging mehrere Male aus und ein, wobei ich mich stellte, als ob ich in tiefem Schlummer läge. Endlich fiel der Regen in Strömen herab; dann legte er sich wieder hin und fiel auch in wenigen Minuten, überwältigt von der Natur, in tiefen Schlaf, wobei er so laut schnarchte, daß ich fürchtete, es möchte uns jemand hören. Nun stand ich auf und hielt Wache; bisweilen legte ich mich hin und schlummerte ein wenig, ging dann aber immer wieder zur Thür.

Drittes Kapitel

Durch unsern guten Fortgang erhoben, marschieren wir durch Frankreich, ohne den Boden zu berühren. – Ich werde ein Frauenzimmer. – Wir sind freiwillig Konskribierte.

Bei Tagesanbruch weckte ich O'Brien, der in großer Eile aufsprang.

»Bestimmt hab' ich geschlafen, Peter.«

»Ja, Du hast«, antwortete ich, »und ich danke dem Himmel dafür; denn es könnte niemand solche Strapazen, wie Du schon durchgemacht hast, länger aushalten, und wenn Du krank wirst, was soll aus mir werden?«

Dies traf den rechten Fleck bei ihm.

»Gut, Peter, weil nichts Übles daraus entstanden, so ist's auch kein Schade. Ich habe nun genug geschlafen für die ganze nächste Woche, das ist gewiß.«

Wir kehrten nach dem Walde zurück; der Schnee war verschwunden und der Regen hatte aufgehört; die Sonne schien zwischen den Wolken hindurch und wir fühlten uns ganz warm.

»Geh nicht zu nah nach dieser Seite«, sagte O'Brien, »wir würden sonst, da nun der Schnee fort ist, die armen Geschöpfe sehen. Peter, diese Nacht müssen wir unser Quartier wechseln, denn ich bin schon in jedem Wirtshause des Dorfes gewesen und kann somit, obgleich ich ein Gendarm bin, nicht mehr hineingehen, ohne Verdacht zu erregen.«

Wir blieben da bis zum Abend und brachen dann auf, immer in der Richtung gegen Givet zurück. Etwa eine Stunde vor Tagesanbruch kamen wir zu einem kleinen Wäldchen, das nahe an der Landstraße gelegen, mit einem Graben umgeben und nur eine Viertelstunde von einem Dorfe entfernt war.

»Mich dünkt«, sagte O'Brien, »hier ist's ganz geeignet, ich will Dich hier lassen und herzhaft in das Dorf gehen, um zu sehen, was ich bekommen kann, denn wir müssen wenigstens eine Woche da bleiben.«

Nun ging's dem Wäldchen zu, und da der Graben für mich zu breit war, um hinüberzuspringen, legte O'Brien die vier Stelzen zusammen und bildete so eine Brücke, auf der ich hinüberschritt. Nachdem er mir die Bündel alle zugeworfen und gesagt hatte, daß ich die Stelzen als eine Brücke für ihn bei seiner Rückkehr liegenlassen solle, ging er mit dem Gewehr auf der Schulter nach dem Dorfe. Nach etwa zwei Stunden kehrte er wieder zurück und brachte einen großen Vorrat von Lebensmitteln, die besten, die wir je gehabt hatten: französische Würste, die mit Knoblauch gewürzt waren, was ich äußerst schmackhaft fand; vier Flaschen Branntwein, außer seiner Reiseflasche, ein Stück geräuchert Rindfleisch, sechs Laibe Brot und überdies noch eine halbe gebratene Gans und ein großes Stück von einer Pastete.

»Daran«, sagte er, »haben wir für eine ganze Woche hinlänglich genug; und sieh her, Peter, das ist besser als alles«, und mit diesen Worten zeigte er mir zwei große Pferdedecken.

»Ausgezeichnet«, entgegnete ich, »jetzt werden wir uns ganz behaglich fühlen.«

»Ich habe alles ehrlich bezahlt, außer die Decken«, sagte

O'Brien, »ich fürchtete mich, sie zu kaufen und darum hab' ich sie gestohlen. Übrigens, wir lassen sie ja für den, dem sie gehören, hier zurück — und so ist's zuletzt nur geborgt.«

Nun bereiteten wir uns ein ganz behagliches Obdach aus Zweigen, die wir zusammenflochten, und da wir das Laub zum Trocknen in die Sonne legten, hatten wir bald ein weiches Lager, auf dem wir die eine der Pferdedecken ausbreiteten, mit der andern aber deckten wir uns zu. Unsere Stelzenbrücke hatten wir weggenommen und fühlten uns so ganz gesichert gegen Überrumpelung. Diesen Abend thaten wir nichts als schwelgen — der Gans, der Pastete und den Würsten, die so dick waren wie ein Arm, wurde abwechslungsweise zugesprochen; dann gingen wir an den Graben, um Wasser zu trinken, und aßen hierauf wieder von neuem. Dies war nach dem, was wir ausgestanden hatten, und besonders bei der Aussicht auf ein gutes Lager eigentliche Glückseligkeit. Als es dunkel ward, gingen wir zu Bett und schliefen fest; nie auf unserer Wanderung fühlte ich mich mehr erfrischt. Bei Tagesanbruch stand O'Brien auf.

»Jetzt, Peter, 'n bißchen Übung vor dem Frühstück.«

»Was für eine Übung meinst Du?«

»Auf den Stelzen. Ich erwarte, daß Du in einer Woche wenigstens die Gavotte darauf tanzen kannst; denn versteh' mich wohl, Peter, Du sollst auf diesen Stelzen aus Frankreich hinausgehen, verlaß Dich darauf.«

O'Brien nahm die Stelzen, die dem Manne gehört hatten, und gab mir die des Mädchens. Wir schnürten sie mit den Riemen an unsere Beine fest, und da wir uns mit dem Rücken an einen Baum lehnten, brachten wir's auch dahin, auf denselben in die Höhe zu kommen; aber beim ersten Versuch zu laufen fiel O'Brien rechts und ich links. Er war gegen einen Baum, ich aber auf meine Nase gefallen, die sehr stark blutete; doch wir lachten darüber, gingen wieder ans Werk, und obgleich wir noch mehrere Male stürzten, bedienten wir uns doch zuletzt der Stelzen besser. Beim Herabsteigen fanden wir noch einige Schwierigkeit, aber wir halfen uns dadurch, daß wir uns wiederum an einen Baum stellten. Nach dem Frühstück schnallten wir sie aufs neue an und setzten diese Übung den ganzen Tag fort, bis wir uns wieder über unsern Mundvorrat machten und dann unter unserer Pferdedecke einschliefen. Dies dauerte fünf Tage lang, während deren wir, da wir beständig auf den Stelzen waren, ganz gewandt darin wurden; und obschon ich keine Gavotte tanzen konnte — denn ich wußte gar nicht, was das sei — hüpfte ich doch mit der größten Leichtigkeit darauf herum.

»Noch einen Tag Übung«, sagte O'Brien, »denn unsere Lebensmittel dauern nur noch für solange, und dann brechen wir auf; aber diesmal müssen wir in vollem Kostüm Probe halten. Peter, Du gibst eine ganz hübsche Dirne ab.«

»Aber«, entgegnete ich ihm, »da diese Röcke nicht sehr warm sind, gedenke ich meine Hosen am Knie abzuschneiden und sie darunter zu tragen.«

»Ist ganz recht«, sagte hierauf O'Brien.

Am andern Morgen bedienten wir uns unserer Stelzen, um über den Graben zu schreiten, dann nahmen wir dieselben in die Hand und gingen herzhaft die große Straße auf Mecheln zu. Wir begegneten vielen Leuten, Gendarmen und andern, aber mit Ausnahme einiger Bemerkungen über mein hübsches Aussehen gingen wir unbeachtet vorüber. Gegen Abend langten wir bei dem Dorfe an, wo wir in dem Schuppen geschlafen hatten; sobald wir hineinkamen, schnallten wir die Stelzen an und begannen einen Marsch. Als sich das Volk um uns gesammelt hatte, streckten wir unsere Mützen aus und empfingen etwa neun oder zehn Sous, worauf wir in das Wirtshaus hineingingen. Mancherlei Fragen wurden an uns gerichtet, auch woher wir kämen, und O'Brien brachte unzählige Lügen vor. Ich spielte das sittsame Mädchen und O'Brien, der mich für seine Schwester ausgab, zeigte sich sehr wachsam und argwöhnisch gegen jede Aufmerksamkeit, die mir erwiesen wurde. Wir schliefen gut und setzten am andern Morgen unsern Weg nach Mecheln fort. Unterwegs schnallten wir oft die Stelzen an, um uns zu üben; dies hielt uns aber sehr auf und so kamen wir erst am achten Tage, ohne irgend eine Abwechslung oder Störung, in Mecheln an.

An den Barrieren bestiegen wir unsere Stelzen und liefen herzhaft hinein. Die Wache am Thore hielt uns an, nicht aus Mißtrauen, sondern zu ihrem Scherz, und ich mußte mir mehrere Küsse von ihren Knoblauchlippen gefallen lassen, ehe wir in die Stadt hineingehen durften. Wir stiegen wieder auf unsere Stelzen, denn die Wachmannschaft hatte mich heruntergenötigt, weil sie mich sonst nicht hätte küssen können; dann führten wir von Zeit zu Zeit einen Tanz auf, bis wir auf dem großen Platze der Stadt ankamen; hier machten wir einem Gasthof gegenüber Halt und begannen eine Art

Walzer, den wir eingeübt hatten.

Die Leute im Gasthof sahen zum Fenster heraus unserer Vorstellung zu, und als wir damit fertig waren, ging ich mit O'Briens Mütze ans Fenster, um Geld einzusammeln. Wie groß aber war mein Erstaunen, als ich Oberst O'Brien gewahrte, der mir gerade ins Gesicht sah und mich starr anblickte; und wieviel größer noch, als ich Celesten erblickte, die mich augenblicklich erkannte, ins Zimmer zurück nach dem Sofa sprang, die Hände vor die Augen hielt und ausrief: *»c'est lui, c'est lui!«* Glücklicherweise war O'Brien in der Nähe; denn ich wäre umgestürzt, wenn er mich nicht gehalten hätte.

»Peter, sammle Geld ein beim Volk, oder Du bist verloren.«

Ich that dies, und nachdem ich einige Kupfermünzen zusammengebracht hatte, fragte ich O'Brien, was ich thun solle.

»Geh wieder ans Fenster — Du magst dann sehen, was geschehen wird.«

Ich kehrte zum Fenster zurück; Oberst O'Brien war weggegangen, aber Celeste stand da, als ob sie auf mich wartete. Ich hielt ihr die Mütze hin und sie streckte ihre Hand hinein. Die Kappe sank vom Gewichte nieder. Ich nahm eine Börse heraus, die ich mit verschlossener Hand in meinen Busen steckte. Celeste zog sich hierauf vom Fenster zurück, warf mir, als sie hinten im Zimmer angekommen war, ein Kußhändchen zu und ging dann zur Thür hinaus. Für einen Augenblick war ich ganz betäubt, aber O'Brien machte mich wieder wach, und wir verließen den Platz, um unser Quartier in einem kleinen Wirtshause zu nehmen. Als wir die Börse nachzählten, fand ich fünfzig Napoleon darin; Celeste mußte sie von ihrem Vater erhalten haben. Ich weinte vor Freude. Auch O'Brien war sehr gerührt von der Güte des Obersten.

»'s ist ein echter O'Brien, jeder Zoll an ihm«, sagte er, »selbst dies verfluchte Land kann den Schlag nicht verderben.«

In dem Wirtshaus, wo wir Halt machten, sagte man uns, daß der Offizier, der im Gasthof gewesen, zum Kommandanten der Festung Bergen-op-Zoom ernannt sei und dahin abgehe.

»Wir dürfen ihm nicht wieder begegnen«, sagte O'Brien, »das hieße seinen Pflichten zu nahe auf die Fersen treten.

Ebensowenig dürfen wir uns zwischen den Deichen auf Stelzen sehen lassen; so wollen wir jetzt gerade noch zur Stadt hinaustappen und uns auf unsern Verstand verlassen.«

Wir gingen frühmorgens aus der Stadt fort, nachdem O'Brien zuvor einige Kleidungsstücke gekauft hatte, wie sie das Bauernvolk gewöhnlich trägt. Einige Meilen von St. Nicolas warfen wir unsere Stelzen und die Kleider, die wir bis daher angehabt hatten, weg und zogen die von O'Brien gekauften an. Er hatte auch nicht vergessen, uns mit zwei großen braunen Decken zu versehen, die wir, wie die Soldaten ihre Mäntel, auf unsern Schultern festschnürten.

»Aber für was wollen wir uns nun ausgeben?«

»Peter, ich will diesen Punkt noch vor Nacht ins Reine bringen. Mein Geist ist gegenwärtig damit beschäftigt; aber ich vertraue gerne dem Schicksale, daß es mir 'nen extravaganten Einfall eingibt; doch wir müssen schnell gehen, sonst ersticken wir im Schnee.«

Es war bitter kalt und den ganzen Tag hindurch hatte es heftig geschneit; aber obgleich es beinahe schon dämmerte, schien uns doch der Mond recht hell auf den Weg. Wir gingen rasch zu und gewahrten bald einige Personen vor uns.

»Laß uns die einholen, vielleicht erfahren wir etwas.«

Als wir zu ihnen kamen, sagte einer derselben (es waren nämlich zwei junge Burschen von sechzehn bis siebzehn Jahren) zu O'Brien:

»Ich dachte, wir seien die letzten, aber ich täuschte mich. Wie weit ist es noch bis St. Nicolas?«

»Wie sollt' ich's wissen«, entgegnete O'Brien; »ich bin in dieser Gegend so fremd wie Ihr.«

»Aus welchem Teile von Frankreich kommt Ihr?« fragte der andere, dem vor Kälte die Zähne klapperten, denn seine schlechte Kleidung schützte ihn nur wenig gegen das rauhe Wetter.

»Aus Montpellier«, antwortete O'Brien.

»Und ich aus Toulouse. Ein schlechter Tausch, Kamerad, von Oliven und Weinreben weg in ein Klima wie dieses. Verflucht sei die Konskription. Ich dachte mir im nächsten Jahre ein Weibchen zu nehmen.«

O'Brien gab mir einen Stoß, als wenn er sagen wollte: »Hier ist etwas für uns«, und fuhr dann fort:

»Und verflucht sei die Konskription, das sage ich auch, denn ich hatte eben geheiratet, und habe nun meine Braut verlassen müssen, damit ihr der Generalpächter seine widerliche Aufmerksamkeit schenken kann. Aber ich kann nichts machen. *C'est pour la France et pour la gloire.*«

»Wir werden zu spät daran sein, um noch ein Quartierbillet zu erhalten«, entgegnete der andere, »und ich habe keinen Sous in meiner Tasche. Ich zweifle daran, noch zum Hauptzug zu stoßen, ehe er in Vlissingen eintrifft. Nach unserem Marschzettel ist er heute schon in Axel.«

»Wenn wir in St. Nicolas ankommen, wollen wir's schon machen«, antwortete O'Brien, »ich habe noch ein wenig Geld übrig und kann nicht sehen, daß ein Kamerad, der in den Dienst des Vaterlandes zieht, an Abendessen oder Nachtlager Mangel leidet. Ihr könnt mir's ja zurückgeben, wenn wir uns in Vlissingen treffen.«

»Das werde ich mit vielem Dank«, erwiderte der Franzose, »und auch Jacques wird es thun, wenn Ihr ihm trauen wollt.«

»Mit Vergnügen«, sagte O'Brien, der sich nun in ein langes Gespräch mit ihnen einließ und soviel aus den beiden Franzosen herausbrachte, daß eine Abteilung der Konskribierten nach Vlissingen beordert sei, und daß sie hinter dem Hauptzuge zurückgeblieben waren. O'Brien gab sich für einen zu diesem Zuge gehörigen Konskribierten und mich für seinen Bruder aus, der sich entschlossen habe, als Tambour zur Armee zu gehen, nur um sich nicht von ihm trennen zu müssen.

Nach einer Stunde ungefähr kamen wir in St. Nicolas an und erlangten nicht ohne einige Schwierigkeit Einlaß in einem Wirtshause.

»*Vive la France*«, sagte O'Brien, ging zum Feuer hin und schwenkte den Schnee von seinem Hute. In kurzer Zeit saßen wir bei einem guten Nachtessen und einem erträglichen Glas Wein; die Wirtin nahm bei uns Platz und hörte den wahren Erzählungen der wirklich Konskribierten und den erdichteten O'Briens zu.

Nach dem Abendessen zog der Konskribierte, der uns zuerst angeredet hatte, sein gedrucktes Papier heraus, auf welchem die Marschroute angegeben war, und bemerkte, daß wir zwei Tagmärsche hinter den andern zurück wären. O'Brien überlas es und legte es dann auf den Tisch; zugleich forderte er noch mehr Wein, obgleich solcher bereits ziemlich lebhaft die Runde gemacht hatte. Wir selbst tranken keinen mehr, setzten aber den andern tüchtig zu, so daß zuletzt der eine Konskribierte die ganze Litanei von seiner beabsichtigten Heirat und der eingetretenen widrigen Störung wieder anhub, sich die Haare ausriß und dazwischen weinte.

»Grämt Euch nicht darüber«, unterbrach ihn O'Brien alle zwei oder drei Minuten: *»buvons un autre coup pour la gloire!«* und so brachte er sie fortwährend beide zum Trinken, bis sie dem Bett zutaumelten und ihren gedruckten Zettel vergaßen, den O'Brien schon vorher heimlich vom Tisch weggenommen hatte.

Hierauf zogen wir uns in unser Zimmer zurück, und da sagte O'Brien zu mir:

»Peter, dieses Signalement ist mir so ähnlich, als ich dem Teufel; aber das hat nichts auf sich; denn niemand geht freiwillig als Konskribierter, und deshalb werden sie wohl nicht zweifeln, daß alles in Richtigkeit sei. Wir müssen morgen in aller Frühe, noch während diese guten Leute im Bette sind, fortgehen, um einen tüchtigen Vorsprung vor ihnen zu bekommen. Ich glaube, daß wir jetzt bis Vlissingen sicher sind.«

Viertes Kapitel

Was sich in Vlissingen und bei unserem Auszuge von dort zutrug.

Eine Stunde vor Tagesanbruch gingen wir fort. Der Schnee lag tief auf dem Erdreich, aber der Himmel war hell. Ohne irgendeine Schwierigkeit und ohne Aufenthalt kamen wir durch die Städte Axel und Halst, langten am vierten Tage zu Terneuse an und setzten in Begleitung von etwa einem Dutzend Nachzügler nach Vlissingen über. Beim Landen fragte die Schildwache, ob wir Konskribierte seien, O'Brien bejahte dies und zeigte sein Papier vor. Sein Name oder vielmehr der Name derjenigen Person, der das Papier gehörte, ward in ein Buch eingetragen und hierauf O'Brien bedeutet, daß er vor drei Uhr bei dem Stabe zu erscheinen habe. Wir entfernen uns, erfreut über den glücklichen Erfolg; dann zog er den Brief heraus, den er von der Frau im Wirtshause erhalten hatte, die mir damals, als O'Brien den Gendarmen spielte, zur Flucht behilflich sein wollte, las die Adresse und fragte, welchen Weg er nach der Straße zu machen habe. Wir fanden das Haus bald und gingen hinein.

»Konskribierte?« sprach die Wirtin, als sie O'Brien sah, »ich habe schon die volle Zahl Leute im Quartier. Es muß ein Irrtum sein. Wo ist Ihr Zettel?«

»Lesen Sie hier«, sagte O'Brien, indem er ihr den Brief zustellte.

Sie las denselben durch, steckte ihn dann in ihr Busentuch und lud O'Brien ein, ihr zu folgen. O'Brien winkte mir zu kommen, und so gingen wir in ein kleines Zimmer. »Was kann ich für Sie thun?« sagte die Wirtin, »es soll alles, was in meinen Kräften steht, geschehen; aber ach, in zwei oder drei Tagen werden Sie schon wieder von hier fortmarschieren.«

»Nicht daran zu denken«, erwiderte O'Brien; »wir wollen später über den Gegenstand sprechen. Für jetzt verpflichten Sie uns, wenn Sie uns gestatten, in diesem kleinen Zimmer zu verbleiben; wir wünschen, nicht gesehen zu werden.«

»*Comment donc!* – Sie ein Konskribierter und wollen nicht gesehen werden? Gedenken Sie denn zu desertieren?«

»Beantworten Sie mir eine Frage; Sie haben den Brief gelesen; wollen Sie dessen Inhalt befolgen, wie Ihre Schwester es wünscht?«

»Ich will, so gewiß ich auf Verzeihung meiner Sünden hoffe, und sollte ich auch alles erdulden müssen. Sie ist mir eine liebe Schwester und würde nicht so dringend geschrieben haben, wenn sie nicht gute Gründe gehabt hätte. Mein Haus und alles darin steht Ihnen zu Diensten – kann ich mehr sagen?«

»Doch«, fuhr O'Brien fort, »angenommen, ich wollte entfliehen, würden Sie mir da Beistand leisten?«

»Selbst auf eigene Gefahr hin«, erwiderte die Frau; »haben Sie nicht meiner Familie Hilfe geleistet, als sie in Not war?«

»Gut; ich will Sie jetzt nicht länger von Ihren Geschäften abhalten; ich habe schon mehrere Male nach Ihnen rufen gehört. Sorgen Sie für ein Essen, wir wollen hier bleiben.«

»Wenn ich nur einige Menschenkenntnis besitze«, sagte O'Brien, nachdem sie fortgegangen war, »so ist diese Frau ehrlich und ich muß mich ihr anvertrauen. Aber jetzt nicht; wir müssen warten, bis die Konskribierten fort sind.«

Ich stimmte O'Brien bei und wir sprachen eine Stunde

lang miteinander, bis die Frau uns das Essen brachte.

»Wie ist Ihr Name?« fragte O'Brien.

»Louise Eustache; Sie hätten's können auf dem Briefe lesen.«

»Sind Sie verheiratet?«

»Jawohl, seit sechs Jahren. Mein Mann ist selten zu Hause; er ist einer von den Vlissinger Piloten. Ein hartes Leben, noch härter als das eines Soldaten. Wer ist dieser junge Mensch?«

»Er ist mein Bruder, der, wenn ich Soldat würde, freiwillig als Tambour unter's Gewehr ginge.«

»Pauvre enfant, c'est dommage.«

Das Wirtshaus war ganz voll von Konskribierten und anderen Leuten, so daß die Wirtin genug zu thun hatte. Nachts wurden wir von ihr in ein kleines Schlafgemach geführt, das an das Zimmer stieß, das wir bisher inne gehabt hatten.

»Hier sind Sie ganz allein; die Konskribierten sollen, wie ich höre, morgen um zwei Uhr auf dem Waffenplatze gemustert werden; gedenken Sie hinzugehen?«

»Nein«, antwortete O'Brien, »sie werden glauben, ich sei zurückgeblieben. Es hat nichts auf sich.«

»Gut«, entgegnete die Frau, »handeln Sie ganz nach Ihrem Belieben, Sie dürfen mir vertrauen. Aber ich bin so durch meine Geschäfte in Anspruch genommen – da ich niemand habe, der mir hilft – daß ich kaum werde Zeit finden können, mit Ihnen zu sprechen, ehe die Soldaten zur Stadt hinausziehen.«

»Das wird noch bald genug sein, gute Frau«, antwortete O'Brien; *»au revoir.«*

Den nächsten Abend trat die Frau ziemlich aufgeregt zu uns herein und erzählte, es sei ein Konskribierter angekommen, dessen Name schon früher angegeben worden sei; derjenige aber, der ihn angegeben habe, sei bei der Musterung nicht erschienen. Der Konskribierte habe ferner gesagt, sein Paß sei ihm von einer Person, mit der er in St. Nicolas Halt gemacht habe, gestohlen worden; infolgedessen seien nun Befehle zur strengsten Nachsuchung in der ganzen Stadt erlassen worden, zumal da man erfahren habe, daß einige englische Offiziere aus der Gefangenschaft entwichen seien, und man vermute, daß einer derselben diesen Paß besitze.«

»Sie sind doch sicherlich kein Engländer?« fragte die Frau, O'Brien ernstlich dabei ansehend.

»Doch, ich bin einer, meine Liebe«, antwortete O'Brien, »wie auch mein junger Gefährte; und die Gefälligkeit, die Ihre Schwester von Ihnen verlangt, besteht darin, daß Sie uns übers Wasser helfen; hundert Louisd'or liegen für diesen Dienst parat und sollen sofort ausgezahlt werden, sobald wir hinübergebracht sind.«

»*Oh, mon Dieu, mais c'est impossible.*«

»Unmöglich?« entgegnete O'Brien, »war das die Antwort, die ich Ihrer Schwester in ihrer Not gab?«

»*Au moins c'est difficile.*«

»Das ist wieder eine ganz andere Sache; aber da Ihr Mann ja Pilot ist, so sollte, denke ich, die Schwierigkeit um einen großen Teil verringert sein.«

»Mein Mann! Ich vermag nichts über ihn«, sagte die Frau und hielt die Schürze vor ihre Augen.

»Aber hundert Louisd'or vermöchten vielleicht etwas?« erwiderte O'Brien.

»Darin liegt etwas wahres«, sagte die Frau nach einer Pause; »aber was soll ich thun, wenn sie kommen, um mein Haus zu durchsuchen?«

»Uns verbergen, bis Sie eine Gelegenheit finden können, uns nach England zu bringen. Ihrem Gutdünken überlasse ich alles – Ihre Schwester erwartet es von Ihnen.«

»Und sie soll sich nicht getäuscht haben, so Gott hilft«, sagte die Wirtin nach kurzem Bedenken; »aber ich fürchte, Sie müssen diese Nacht noch dies Haus und auch die Stadt verlassen.«

»Aber wie kommen wir zur Stadt hinaus?«

»Ich will das schon machen. Halten Sie sich um vier Uhr bereit, da die Thore geschlossen werden, sobald es dunkel wird. Ich muß nun von Ihnen fortgehen, denn es ist keine Zeit zu verlieren.«

»Jetzt sind wir in einer saubern Brühe, O'Brien«, sagte ich, als die Wirtin zum Zimmer hinaus war.

»Den Teufel auch, Peter; ich bin nicht im geringsten besorgt; nur bedaure ich, solch gutes Quartier verlassen zu müssen.« Wir packten hierauf unsere sämtlichen Effekten zusammen, wobei wir namentlich die zwei Decken nicht vergaßen, und sahen der Rückkehr der Wirtin entgegen. Nach einer Stunde etwa trat sie ins Zimmer.

»Ich habe mit meines Mannes Schwester gesprochen, die zwei Meilen von hier an der Straße nach Middelburg wohnt. Sie befindet sich gerade in der Stadt, da Markttag ist; Sie werden, wo sie Sie verbirgt, völlig sicher sein. Ich sagte ihr, es sei der Wunsch meines Mannes, sonst würde sie nicht eingewilligt haben. Hier, junger Mensch, ziehen Sie diese Kleider an, ich will Ihnen dabei helfen.«

Noch einmal wurde ich als Mädchen verkleidet, und als ich angezogen war, brach O'Brien in ein lautes Gelächter aus über meine blauen Strümpfe und kurzen Röcke.

»*Il n'est pas mal*«, sagte die Wirtin, als sie mir eine kleine Haube aufsetzte und ein Tuch unter das Kinn band, das mein Gesicht teilweise verdeckte.

O'Brien zog einen großen Überrock an, den ihm die Frau gab, und setzte einen Hut mit breiter Krempe auf.

»Jetzt folgen Sie mir.« Mit diesen Worten führte sie uns auf die Straße, die gedrängt voll von Menschen war, und als wir nach dem Marktplatze gelangt waren, trafen wir eine andere Frau, die sich uns anschloß. Am Ende des Platzes stand ein Karren mit einem kleinen Pferde; die fremde Frau und ich stiegen hinein, während O'Brien nach den Anordnungen der Wirtin das Pferd durch den Volkshaufen hindurchleitete, bis wir am Thore ankamen, wo diese mit lauter Stimme im Beisein der Wache uns einen guten Tag wünschte. Letztere nahm keine Notiz von uns; wir kamen glücklich durch und befanden uns auf einer gut gepflasterten, schnurgeraden Straße, die auf beiden Seiten mit hohe[illegible] mit vielen Gräben versehen war.

In einer Stunde etwa hielten wir in der Nähe [illegible] hauses der Frau, deren Obhut wir anvertraut waren.

»Sehen Sie diesen Wald?« sagte sie zu O'Brien, indem sie nach einem ungefähr eine halbe Meile von der Straße entlegenen Gehölze deutete. »Ich darf nicht wagen, Sie ins Haus zu nehmen; mein Mann ist so erbittert gegen die Engländer, die ihm sein Boot gekapert und ihn zum armen Manne gemacht haben, daß er Sie im Augenblicke anzeigen würde; drum gehen Sie dorthin, machen Sie sich's da für heute Nacht so bequem als möglich, und morgen will ich Ihnen schicken, was Sie bedürfen. *Adieu! Je vous plains, pauvre enfant*«, sagte sie, indem sie mich noch einmal ansah, während sie in dem Karren nach ihrem Hause fuhr.

»Peter«, sagte O'Brien, »mir däucht, der Umstand, daß sie uns aussperrt, ist ein Beweis ihrer Aufrichtigkeit, und ich will deshalb nicht mehr darüber sprechen; auch haben wir ja unsere Branntweinflasche, um uns munter zu erhalten. Also, jetzt vorwärts nach dem Walde; übrigens, bei den himmlischen Mächten! – für die nächsten zwölf Jahre werde ich keinen Geschmack mehr an Picknickpartien, wie ihr sie nennt, finden.«

»Aber O'Brien, wie kann ich in den Weiberröcken über diesen Graben kommen? Ich könnte kaum in meinen eigenen Kleidern hinüberhüpfen.«

»Du mußt Deine Röcke über der Taille zusammenknüpfen und einen tüchtigen Anlauf nehmen; spring, soweit Du kannst, dann will ich Dich schon vollends hinübertragen.«

»Du vergißt aber, daß wir im Walde schlafen werden; und da ist's kein Spaß, durch und durch naß zu werden, zumal, wenn es so grimmig kalt ist wie gegenwärtig.«

»Ganz richtig, Peter, und da der Schnee so tief auf dem Graben liegt, möchte vielleicht das Eis schon tragen. Ich will's versuchen, und wenn es mich trägt, wird es unter Deinem Knirpsgestelle nicht brechen.«

O'Brien untersuchte das Eis, und da es fest war, gingen wir beide hinüber; wir beeilten uns, soviel wir konnten, und kamen sobald zu dem Walde, wie ihn die Frau genannt hatte, der aber nichts anderes als ein Häuflein Bäume auf ungefähr einem halben Morgen Feld war. An einer etwas vertieften [illegible]ten wir den Schnee etwa sechs Fuß weit hinweg; [illegible] die wir in die Erde steckten und über [illegible]er Decken ausspannten. Da der Schnee [illegible] Fuß tief lag, so hatten wir Raum genug, unter [illegible]e Decke zu kriechen. Dann sammelten wir Laubwerk, soviel wir konnten, schüttelten den Schnee davon ab und legten es auf den Boden unserer Höhle. Über das Laub breiteten wir die andere Decke aus und verstopften, nachdem wir unsere Bündel hereingenommen hatten, die obere Decke auf allen Seiten mit Schnee, die Öffnung zum Ein- und Ausgehen ausgenommen. Es war ganz erstaunlich, wie warm dieser Platz wurde, nachdem wir uns erst einmal einige Zeit da befanden. Es war fast zu warm, obgleich draußen eine durchdringende Kälte herrschte. Nach einem guten Abendessen und einem Schluck Branntwein schliefen wir beide ein; vorher aber zog ich die Weibskleider aus und meine eigenen wieder an. Niemals schliefen wir wärmer und besser als in dieser Höhle, die wir auf einem mit Schnee und Eis bedeckten Boden uns zurecht gemacht hatten.

Fünftes Kapitel

O'Brien trennt sich von mir, um auf Lebensmittel Jagd zu machen, und ich kriege infolge einer anderen Jagd Gesellschaft. — O'Brien beweist pathetisch meinen Tod und findet mich lebendig. — Entkommen.

Am anderen Morgen sahen wir besorgt der versprochenen Hilfe entgegen; denn wir hatten nur einen kleinen Vorrat von Lebensmitteln, wiewohl das, was wir besaßen, sehr gut war. Erst gegen drei Uhr nachmittags sahen wir ein kleines Mädchen, von einem großen Kettenhund gefolgt, auf uns zukommen. Als sie bei der Baumgruppe anlangte, in der wir verborgen lagen, rief sie dem Hunde in holländischer Sprache etwas zu, worauf dieser sogleich den Wald durchstöberte, bis er an unser Versteck kam; da legte er sich am Eingange nieder und jagte uns durch sein wildes Bellen nicht geringen Schrecken ein. Aber das kleine Mädchen rief ihm wieder zu, und so verblieb er in der gleichen Stellung, sah uns an, wedelte mit dem Schwanze, mit dem Unterkiefer im Schnee liegend. Bald kam auch das Mädchen zu uns, sah unter die Decke und stellte, indem sie mit dem Kopfe nickte, einen Korb herein. Wir öffneten denselben. O'Brien zog einen Napoleon heraus und wollte ihn ihr zum Geschen[illegible] sie weigerte sich ihn anzunehmen, aber O'Brien d[illegible] mit Gewalt in die Hand; nun redete sie wieder[illegible] der hierauf so heftig gegen uns zu bellen anfi[illegible] den Augenblick befürchteten, er werde auf [illegible] Jetzt zeigte uns das Mädchen den Napoleon und deutete auf den Hund; ich bog mich deshalb vorwärts und nahm ihr das Goldstück wieder ab, worauf sie sofort das ungestüme Tier zum Schweigen brachte und uns auslachend davoneilte.

»Beim Allmächtigen, das ist 'n Mädchen,« sagte O'Brien; »auf sie und ihren Hund will ich gegen jeden wetten. Fürwahr, noch nie wurde ein Hund gegen mich gehetzt, weil ich Geld gab, aber wir leben, um zu lernen. Jetzt laß uns sehen, Peter, was sie in dem Korb gebracht hat.«

Es fanden sich in demselben hart gesottene Eier, Brot, eine geräucherte Hammelkeule und eine große Flasche Wein.

»Welch köstlich Mädchen! Ich hoffe, sie wird uns oft die Gunst ihres Besuches schenken. Ich denke, Peter, wir befinden uns hier ganz so wohl wie in der Schlafstätte eines Seekadetten.«

»Du vergißt, daß Du Leutnant bist.«

»Ganz richtig, Peter, ich dachte nicht daran, aber das thut eben die Macht der Gewohnheit. Jetzt wollen wir uns zum Essen hinlegen. Es ist zwar eine neue Methode, auf dem Boden liegend sein Essen zu halten; übrigens ist es sehr ökonomisch, denn man braucht längere Zeit, um die Lebensmittel zu verschlucken.«

»Die Römer hatten auch, wie ich gelesen habe, die Gewohnheit, ihre Mahlzeit liegend einzunehmen.«

»Ich könnte nicht sagen, daß ich dies je hätte in Irland erzählen hören; aber das ist kein Beweis, daß es nicht so gehalten wurde, und ich will Dein Wort dafür annehmen. Mord und Todschlag! Wie stark es wieder schneit. — Ich möchte nur wissen, was mein Vater im jetzigen Augenblicke denkt.«

Diese Bemerkung O'Briens führte uns auf ein Gespräch über unsere Freunde und Verwandten in England, und erst nach einer längeren Unterredung schliefen wir ein. Am nächsten Morgen sahen wir, daß in der Nacht ein etwa acht Fuß hoher Schnee gefallen war, der unsere obere Decke so sehr herabdrückte, daß wir hinausgehen und Stecken schneiden mußten, um sie von innen zu stützen. Während wir uns damit beschäftigten, gewahrten wir einige Männer, die, wie wir deutlich sehen konnten, bewaffnet und von Hunden gefolgt waren und stracks dem Teile des Gehölzes zuliefen, in dem wir uns gelagert hatten. Wir gerieten hierüber in nicht geringen Schrecken und glaubten schon, man suche uns auf; plötzlich aber schlugen sie eine andere Richtung, und zwar mit derselben Eile wie bisher, ein.

»Was mag es wohl gewesen sein?« sagte ich zu O'Brien.

»Ich kann's nicht genau sagen, Peter; aber ich glaube, daß sie irgendeine Jagd hielten. Das einzige Wild übrigens, das es nach meiner Ansicht in einer Gegend wie diese geben dürfte, sind Fischottern.«

Ich war derselben Ansicht. Wir erwarteten nun das junge Mädchen; dieses kam aber nicht, und nachdem wir bis zum Eintritt der Dunkelheit nach demselben ausgespäht hatten, krochen wir in unsere Höhle hinein und hielten das Abendessen mit den Überbleibseln unseres Mundvorrates.

Am folgenden Tag waren wir, wie man sich leicht denken kann, sehr besorgt um ihre Ankunft; aber sie erschien zur erwarteten Zeit nicht. Die Nacht stellte sich wiederum ein und wir mußten zu Bett gehen, ohne irgendetwas gegessen zu haben, als ein übriggebliebenes Stück Brot und ein wenig Genever, der noch in der Flasche war.

»Peter,« sagte O'Brien, »wenn sie morgen wieder nicht kommt, will ich zusehen, was ich ausrichten kann; denn ich hab' durchaus nicht im Sinn, hier selbander, wie die zwei Kinder im Walde, vor Hunger zu sterben, um dann unter dem Laube aufgefunden zu werden. Wenn sie bis drei Uhr nicht erscheint, gehe ich nach Lebensmitteln aus; und viel Gefahr kann ich dabei nicht finden, denn in diesem Kleide seh' ich, so gut als irgendein Mann in Holland, wie ein Bauernkerl aus.«

Wir verbrachten eine unruhige Nacht, weil wir uns überzeugt hielten, daß entweder die Gefahr so groß sei, daß sie es nicht wagen durften, uns Hilfe zu leisten, oder daß sie verleitet worden seien, uns zu verraten, und nun uns selbst überließen, uns fortzubringen wie wir könnten. Am anderen Morgen kletterte ich auf den einzigen hohen Baum in dem Gehölze und spähte herum, besonders nach dem Meierhause hin, das der Frau gehörte, welche uns dieses Versteck angewiesen hatte; aber es war nichts zu sehen als ein großer Strich flachen, mit Schnee bedeckten Landes und hier und da in einiger Entfernung ein Gefährt auf der Middelburger Straße. Als ich herabkam, fand ich O'Brien schon bereit fortzugehen. Er war sehr trüb gestimmt und sagte zu mir:

»Peter, wenn ich ergriffen werde, mußt Du auf alle Gefahr hin Deine Weiberkleidung anlegen und Dich nach Vlissingen in das Wirtshaus begeben. Die Frau dort wird Dich, wie ich bestimmt glaube, beschützen und nach England zurückschicken. Ich brauche nur zwei Napoleons; behalte alles Übrige, Du wirst dessen bedürfen. Wenn ich bis heute Nacht nicht zurück bin, mach' Dich morgen früh nach Vlissingen auf den Weg.«

O'Brien blieb noch einige Zeit, im Gespräche mit mir, da; als es aber vier Uhr vorbei war, drückte er mir die Hand und ging, ohne ein Wort zu sprechen, zum Walde hinaus.

Seit der ganzen Zeit unserer Gefangenschaft hatte ich mich noch nie so elend gefühlt als in diesem Augenblicke, und als O'Brien etwa hundert Ellen von mir weg war, kniete ich nieder und betete.

Als er etwa zwei Stunden fort und es schon ganz dunkel

geworden war, hörte ich in einiger Entfernung ein Geräusch, das jeden Augenblick näher und näher kam. Auf einmal vernahm ich ein Rauschen im Gebüsch und flüchtete mich nun eilends unter meine mit Schnee überladene Decke, in der Hoffnung, daß der Eingang nicht bemerkt werden würde; aber ich war kaum hinunter, als ein ungewöhnlich großer Wolf nach mir hereinstürzte. Ich schrie auf, denn ich glaubte, jeden Augenblick in Stücke zerrissen zu werden; aber das Tier lag auf seinem Bauch mit weit aufgesperrtem Rachen und funkelnden Augen, die Zunge hing ihm lang aus dem Hals hervor; aber obgleich er mich berührte, war er doch zu erschöpft, um mich anzugreifen. Der Lärm nahm zu und ich merkte nun alsbald, daß er von den Jägern, die auf der Verfolgung des Wolfes begriffen waren, herrührte.

Ich war mit den Füßen zuerst hineingekrochen, der Wolf aber rannte mit dem Kopfe voran herein, so daß wir, Kopf und Schweif aneinander, dalagen. Jetzt kroch ich, so schnell ich konnte, heraus und sah Leute und Hunde, keine zweihundert Ellen mehr entfernt, in voller Jagd heransprengen. Ich eilte dem großen Baume zu und war kaum sechs Fuß hinaufgeklettert, als sie auf den Platz kamen; die Hunde stürzten in die Höhle hinein, und in ganz kurzer Zeit war der Wolf getötet. Die Jäger waren zu beschäftigt, um mich zu sehen; ich kletterte indessen auf den Stamm des Baumes hinauf und verbarg mich da, so gut ich konnte. Weil ich nur fünfzehn Ellen von ihnen entfernt war, vernahm ich recht gut den Ausdruck ihres Erstaunens, als sie die Decke aufhoben und den getöteten Wolf hervorzogen; da aber das Gespräch in holländischer Sprache geführt wurde, konnte ich es nicht verstehen, bin jedoch gewiß, daß sie das Wort »Engländer« gebrauchten.

Jäger und Hunde verließen das Gehölz, und ich war eben daran, herabzusteigen, als einer der ersteren zurückkehrte, die Decken wegnahm, sie zusammenrollte und dann damit fortging. Glücklicherweise hatte er bei dem schwachen Lichte des Mondes unsere Bündel nicht gesehen.

Jetzt wartete ich noch einige Zeit und stieg dann herunter; aber was ich nun thun sollte, wußte ich nicht. Wenn ich nicht da blieb und O'Brien zurückkehrte, was mußte er denken? Wenn ich aber blieb, so mußte ich, noch eh' der Morgen herankam, vor Kälte sterben. Ich sah mich nach unseren Bündeln um und fand, daß sie bei dem Kampf zwischen den

Hunden und dem Wolf unter das Laubwerk verscharrt worden waren. Nun dachte ich an O'Briens Rat und zog die Mädchenkleidung an; aber es wollte mir gar nicht in den Kopf, daß ich nach Vlissingen gehen sollte. Ich beschloß deshalb, mich nach dem Pachthause zu begeben, und da dies nahe an der Straße lag, hatte ich auch Aussicht, O'Brien zu begegnen. Ich kam bald dort an und streifte einige Zeit rings umher; aber die Thüren und Fenster waren dicht geschlossen, und anzuklopfen durfte ich nach dem, was mir die Frau über den eingewurzelten Haß ihres Mannes gegen die Engländer gesagt hatte, nicht wagen. Als ich zuletzt ganz verlegen umherspähte, schien mir, als ob ich in einiger Entfernung eine Person dem Gehölz zulaufen sähe; ich eilte ihr schnell nach und fand, daß sie in dasselbe hineinging. Jetzt schritt ich sehr behutsam vorwärts, denn obgleich ich dachte, daß es O'Brien sei, konnte es auch einer der Wolfsjäger sein, der noch mehr Beute suchte; aber ich hörte bald O'Briens Stimme und ging ihm rasch nach. Ich war schon ganz nahe bei ihm, ohne daß er mich gewahrte; er saß da und hatte sein Gesicht mit beiden Händen bedeckt. Endlich rief er aus:

»O Peter! mein armer Peter! bist du denn gefangen genommen worden? Konnt' ich Dich nicht eine Stunde in Sicherheit verlassen? O weh, o weh! warum ging ich denn von Dir fort? Mein armer, armer Peter! simpel bist Du, ganz gewiß, und das ist's auch, warum ich Dich liebte; aber, Peter, ich würde einen Mann aus Dir gemacht haben – denn Du besitzest alle Eigenschaften dazu, das ist die Wahrheit – und zwar einen trefflichen Mann. Wo soll ich nach Dir sehen, Peter? Wo werde ich Dich finden, Peter? Du bist jetzt eingesperrt und all mein Sorgen ist umsonst. Aber ich will gleichfalls eingesperrt sein. Wo Du bist, will auch ich sein, und wenn wir nicht miteinander nach England gehen können, so gehen wir miteinander in das Hundeloch nach Givet zurück. O weh, o weh!«

O'Brien sprach nichts weiter, brach aber in Thränen aus. Ich war sehr gerührt von diesem Beweis seiner aufrichtigen Zuneigung, trat zu ihm hin und schloß ihn in meine Arme. Er sah mich starr an und sagte:

»Wer seid Ihr, Ihr häßliches holländisches Weibsbild?«

Denn er hatte in diesem Augenblick den Weiberanzug, den wir besaßen, ganz vergessen; bald aber entsann er sich dessen wieder und drückte mich in seine Arme.

»Peter, Du erscheinst hier in einer Engelsgestalt, denn Du kommst als ein Frauenzimmer, um mich zu trösten; aber, die Wahrheit zu sagen, ich war sehr betrübt, Dich nicht mehr hier anzutreffen, und auch die beiden Decken sind fort. Was ist denn vorgefallen?«

Ich setzte ihm das Geschehene, so gut ich konnte, mit einigen Worten auseinander.

»Gut, Peter; ich bin vergnügt, Dich wieder ganz wohl zu treffen, noch mehr aber freue ich mich zu finden, daß ich Dir vertrauen darf, wenn ich Dich verlasse, denn Du hättest nicht klüger handeln können. Jetzt will ich Dir aber auch erzählen, was ich machte, wiewohl es nicht viel ist, was mir begegnete. Ich wußte, daß sich zwischen hier und Vlissingen kein Wirtshaus befindet, denn ich gab auf dem Wege hierher genau acht; deshalb schlug ich die Straße nach Middelburg ein, wo ich aber nur eines traf, das voll von Soldaten war. Ich ging an demselben vorüber, fand aber kein zweites. Als ich auf dem Rückweg an demselben Wirtshaus vorbeiging, kam einer der Soldaten zu mir heraus, aber ich setzte meinen Weg fort. Er verdoppelte seine Schritte und ich that das Gleiche; denn ich erwartete nichts Gutes. Endlich kam er zu mir und redete mich holländisch an, worauf ich ihm jedoch keine Antwort gab. Nun faßte er mich am Kragen, und da hielt ich es für zweckmäßig, mich für taubstumm auszugeben. Ich zeigte auf meinen Mund mit einem Au — au, dann an meine Ohren und schüttelte den Kopf; aber er wollte sich dadurch nicht überzeugen lassen und ich hörte, daß er etwas von »Engländer« sprach. Nun sah ich ein, daß keine Zeit mehr zu verlieren war; ich brach zuerst in ein lautes Gelächter aus und blieb stehen. Aber wie er sich meiner zu bemächtigen suchte, gab ich ihm mit dem Fuß einen Tritt, und er fiel mit so heftigem Sturz auf das Eis, daß ich zweifle, ob er sich bis jetzt wieder erholt hat. Dann ging ich von ihm fort und lief, so schnell ich konnte, wieder zurück, ohne irgend etwas für meinen Peter mitzubringen, womit er seinen hungrigen Magen sättigen könnte. Nun, Peter! was meinst Du? denn aus dem Munde der Kinder, sagt man, komme Weisheit; und obgleich ich nie etwas anderes als saure Milch daraus kommen sah, so dürfte ich doch vielleicht diesmal glücklicher sein; nun wohlan, Peter, Du bist jetzt ein Kind!«

»Und zwar kein kleines, O'Brien, wenn auch nicht ganz so groß wie Fingals Kind, von dem Du mir erzähltest. Mein

Vorschlag ist der: laß uns auf alle Fälle nach dem Meierhause hingehen. Sie haben uns Beistand geleistet und werden geneigt sein, es wieder zu thun; sollten sie sich aber dessen weigern, so müssen wir uns nach Vlissingen aufmachen und dort unser Glück versuchen.«

»Gut«, sagte O'Brien nach kurzem Bedenken, »ich glaube, daß wir nichts Besseres thun können, und so wollen wir uns denn auf den Weg machen.«

Wir gingen nach dem Meierhause und stießen, als wir uns der Thür näherten, auf den großen Kettenhund. Ich sprang zurück, O'Brien aber schritt herzhaft vorwärts.

»'s ist ein pfiffiger Hund, der uns vielleicht wieder erkennt. Ich will auf ihn zugehen«, sagte O'Brien, ohne während seiner Rede stehenzubleiben, »und ihn auf den Kopf klopfen. Wenn er auf mich losspringt, werde ich nicht schlimmer daran sein, als ich es schon bin; denn verlaß Dich darauf, wieder fortgehen wird er uns doch nicht lassen.«

O'Brien war unterdessen zu dem Hunde, der ihn ganz ernsthaft und bös ansah, hingekommen. Er pätschelte ihn auf den Kopf; der Hund knurrte, aber O'Brien schlang den Arm um dessen Hals, pätschelte ihn wieder, pfiff ihm und kam so an die Thür des Meierhauses. Der Hund folgte ihm stillschweigend, aber dicht auf den Fersen. O'Brien klopfte an der Thür, und das kleine Mädchen öffnete dieselbe. Der Hund sprang zu dem Mädchen hin, drehte sich herum und sah O'Brien an, als wollte er fragen: »Darf er hereinkommen?« Diese sprach den Hund an und ging zur Thür wieder hinein; während ihrer Abwesenheit legte sich der Hund auf der Schwelle nieder. Nach wenigen Sekunden kam die Frau, die uns von Vlissingen hergebracht hatte, heraus und hieß uns hereinkommen. Sie sprach sehr gut Französisch und sagte uns, ihr Mann sei glücklicherweise abwesend; der Grund, warum wir keine Lebensmittel erhalten hätten, sei folgender: ein Wolf sei ihrem jungen Mädchen auf dem Rückwege begegnet, er sei zwar von dem großen Hunde verjagt worden, aber sie selbst habe sich gefürchtet, das Kind wieder hingehen zu lassen; sie habe nun gehört, daß der Wolf diesen Abend getötet worden sei, und deshalb beabsichtigt, ihr Mädchen morgen in aller Frühe hinauszuschicken. Wölfe, sagte sie ferner, seien in dieser Gegend kaum bekannt, aber durch den strengen Winter seien sie ins tiefer liegende Land gekommen: ein ganz seltener Fall, der vielleicht in zwanzig

Jahren nicht einmal eintrete.

»Aber wie kamen Sie denn an dem Hunde vorbei?« fragte sie; »darüber haben wir, meine Tochter und ich, uns gewundert.«

O'Brien erzählte ihr nun, wie es zugegangen, worauf sie sagte:

»Die Engländer sind in der That herzhaft. Das hat noch kein anderer gethan.«

So dachte ich auch, denn nichts hätte mich bewegen können, das zu thun. O'Brien erzählte ihr nun die Geschichte von der Tötung des Wolfes mit allen Einzelheiten und teilte ihr sodann unsern Entschluß mit, wieder nach Vlissingen zurückzukehren, wenn wir nichts Besseres thun könnten.

»Wie ich höre, ist Peter Eustache gestern nach Hause gekommen«, antwortete die Frau, »und ich glaube, daß Sie dort sicherer sein werden, als hier; denn niemand wird daran denken, Sie zwischen den Kasernen, an die das Wirtshaus stößt, zu suchen.«

»Wollen Sie uns helfen, daß wir hineinkommen?«

»Ich will sehen, was ich thun kann. Aber sind Sie nicht hungrig?«

»Etwa so hungrig wie Leute, die seit zwei Tagen nichts gegessen haben.«

»Mon Dieu! c'est vrai. Ich dachte nicht, daß es schon so lang ist, aber die Leute mit dem vollen Magen vergessen die mit dem leeren. Möge uns Gott besser und mildthätiger machen!«

Sie sprach zu dem kleinen Mädchen einige Worte auf Holländisch, worauf diese eiligst den Tisch mit Speisen belud, den wir dann unsererseits zu leeren uns beeilten. Das kleine Mädchen sah erstaunt unserem gierigen Verschlingen zu; am Ende brach sie in ein Gelächter aus, klatschte bei jeder frischen Mundladung, die wir nahmen, in die Hände und drang in uns, noch mehr zu essen. Sie ließ sich von mir küssen, bis ihr die Mutter sagte, daß ich kein Frauenzimmer sei; nun schmollte sie mit mir und wehrte mich ab.

Vor Mitternacht schliefen wir auf den Bänken bei dem Küchenfeuer fest ein und wurden bei Tagesanbruch von der Frau aufgeweckt, die uns etwas Brot und Branntwein anbot; dann gingen wir zum Hause hinaus, wo die Karre, mit Gemüsen für den Markt beladen, schon zur Abfahrt bereit stand. Die Frau, das kleine Mädchen und ich stiegen hinein;

O'Brien leitete wie früher das Fuhrwerk und der Hund folgte nach. Wir hatten nun auch seinen Namen erfahren; er hieß Achille und schien uns sehr zugethan zu sein. Durch das gefürchtete Thor kamen wir auch diesmal ohne Störung und traten nach zehn Minuten in Eustaches Wirtshaus; wir gingen sogleich mitten durch einen Haufen Soldaten, von denen mich ein paar unter dem Kinn anfaßten, nach dem kleinen Zimmer und trafen auch da den Lotsen Eustache im Gespräch mit seiner Frau. Wie es schien, sprachen sie gerade von uns; sie mußte ihm dringend zugeredet, er aber erklärt haben, daß er mit der Sache sich durchaus nicht befassen wolle.

»Nun ja, da sind sie jetzt selbst, Eustache; die Soldaten, die sie hereingehen sahen, werden nicht glauben, daß sie zum erstenmal da seien, auch wenn Du sie angibst. Ich geh' nun fort und sie mögen den Handel mit Dir selbst abschließen. Versteh' mich wohl, Eustache, ich habe mich Tag und Nacht in diesem Wirtshause für Deinen Vorteil abgemüht; wenn Du aber mir und meiner Familie keine Gefälligkeit erweisen magst, so will ich auch nicht länger eine Wirtschaft für Dich halten.«

Mit diesen Worten ging Madame Eustache mit ihrer Schwägerin und dem kleinen Mädchen zum Zimmer hinaus; O'Brien redete ihn an und sagte zu ihm:

»Ich verspreche Ihnen hundert Louisd'ors, wenn Sie uns an irgendeinem Teile von England ans Ufer setzen oder uns an Bord eines englischen Kriegsschiffes bringen; und wenn dies binnen einer Woche geschieht, so will ich diese Summe um zwanzig Louisd'ors erhöhen.«

Hierauf zog er die fünfzig Napoleons, wie sie uns Celeste gegeben hatte (denn unser eigenes Geld war sogar noch nicht alles ausgegeben), heraus und legte sie auf den Tisch.

»Da haben Sie dies zum voraus, als Beweis meiner Ehrlichkeit; sagen Sie, ist der Handel geschlossen oder nicht?«

»Ich habe noch nie gehört, daß ein armer Mann den Beweisgründen seiner Frau widerstehen konnte, wenn sie mit hundertundzwanzig Louisd'ors unterstützt wurden«, sagte Eustache schmunzelnd und strich das Geld vom Tische ein.

»Sie haben vermutlich nichts dagegen, heute Nacht noch abzugehen? Das wird Ihnen zehn Louisd'or weiter eintragen«, sagte O'Brien.

»Die will ich verdienen«, erwiderte Eustache; »je früher ich mich aufmache, desto besser ist's, denn lange würde ich

Sie hier nicht verbergen können. Das junge Frauenzimmer bei Ihnen ist wohl Ihr Gefährte, von dem mir meine Frau erzählte? Er hat früh angefangen, schwere Strapazen auszustehen. – Jetzt setzen Sie sich und wir wollen uns miteinander unterhalten; denn geschehen kann in der Sache doch nichts, bevor es dunkel ist.«

O'Brien erzählte ihm nun die Geschichte unserer Flucht, worüber Eustache herzlich lachte, besonders aber über das Mißverständnis, in welchem sich seine Frau, hinsichtlich der Verbindlichkeiten gegen uns, befand.

»Hätte ich auch vorher keine Neigung verspürt, Ihnen beizustehen, so wär' ich doch jetzt dazu bereit, hauptsächlich, um meine Frau recht auszulachen, wenn ich zurückkomme; und wenn sie jetzt wieder einmal meine Hilfe um ihrer Verwandten willen in Anspruch nimmt, so will ich sie an diese Geschichte erinnern; sie ist 'ne gute Hausfrau und 'n braves Eheweib zugleich, nur etwas zu anhänglich an ihre Schwestern.«

Als es dunkel war, zog er uns beiden Matrosenkleidung an und forderte uns auf, ihm nun dreist zu folgen. Er kam an der Wache vorbei, die ihn gut kannte.

»Was, schon wieder zur See?« sagte einer. »Ihr habt mit Eurem Weibe Streit gehabt.«

Die ganze Mannschaft brach hierüber in ein lautes Gelächter aus, dem auch wir uns anschlossen.

Wir erreichten glücklich den Strand, sprangen in das kleine Boot unseres Wirtes, ruderten auf dessen Pilotenschiff zu und in wenigen Minuten waren die Anker gelichtet. Bei starker Strömung und günstigem Winde kamen wir bald über die Schelde hinab und erblickten schon am nächsten Morgen einen englischen Kutter. Wir steuerten auf ihn zu, liefen unter sein Lee, O'Brien rief nach einem Boote, und Eustache, der nun meine Anweisung für den Rest seines Geldes empfing, wünschte uns viel Glück. Wir drückten ihm die Hand und nach einigen Minuten schon befanden wir uns wieder unter britischer Flagge.

Sechstes Kapitel

Abenteuer im Vaterlande. — Ich werde meinem Großvater vorgestellt. — Er verschafft O'Brien und mir ein Unterkommen auf einer Fregatte.

Sobald wir auf dem Verdeck des Kutters angekommen waren, befragte uns der kommandierende Leutnant in gespreiztem Tone und Wesen, wer wir seien. O'Brien erwiderte, wir seien Engländer und der französischen Gefangenschaft entwichen.

»Ah, Seekadetten, denke ich?« sagte der Leutnant, »ich hörte, daß Einige Mittel und Wege gefunden haben, zu entfliehen.«

»Mein Name, Sir«, entgegnete O'Brien, »ist Leutnant O'Brien; und wenn Sie eine Seeliste herholen lassen, werde ich die Ehre haben, Ihnen denselben darauf zu zeigen. Dieser junge Gentleman hier ist Herr Peter Simpel, Seekadett und Enkel des sehr ehrenwerten Lord Viscount Privilege.«

Nun ärgerte den Leutnant, der ein kleiner, stumpfnasiger Mann mit einem pickligen Gesichte war, sein Benehmen und er lud uns ein, in die Kajüte hinunterzukommen; da setzte er uns — und dies war uns vielleicht der größte Leckerbissen — englischen Käse und ein paar Flaschen Porter vor.

»Bitte«, sagte er, »sahen Sie nichts von einem meiner Offiziere, der gefangengenommen wurde, als ich ihn mit Depeschen an die Flotte im Mittelmeer absandte?«

»Dürfte ich zunächst nach dem Namen Ihres stattlichen kleinen Fahrzeuges fragen?«

»Snapper«, sagte der Leutnant.

»Potztausend, Mord und Todschlag! freilich trafen wir den. Er wurde nach Verdun abgeliefert, aber wir hatten auf dem Marsch das Vergnügen seiner Gesellschaft bis nach Montpellier. Ein ausgezeichnet anständiger, gut gekleideter junger Mann, nicht wahr?«

»Na, von seinem Anstande weiß ich gerade nicht viel zu sagen; übrigens bin ich auch kein besonderer Kenner davon. Was seine Kleidung betrifft, hätte er sich freilich besser anziehen sollen. Sein Vater ist mein Schneider, und ich nahm den jungen Mann als Seekadetten nur, um meine Rechnung auszugleichen.«

»So habe ich mir's gerade gedacht«, bemerkte hier

O'Brien, erzählte aber nichts weiter, worüber ich sehr froh war; denn dem Leutnant möchte vielleicht das Vorgefallene nicht besonders behagt haben.

»Wann gedenken Sie einzulaufen?« fragte O'Brien; denn es war uns sehr darum zu thun, unsere Füße wieder in Alt-England an Land zu setzen.

Der Leutnant sagte, sein Kreuzen sei demnächst zu Ende; er betrachte aber unsere Ankunft als völlig hinreichenden Grund, sofort dem Land zuzusteuern, und wolle deshalb, sobald das Schiffsvolk seine Mahlzeiten gehalten habe, den Kurs ändern. Wir waren sehr erfreut, dies zu hören, und noch mehr, als wir sahen, daß der ausgesprochene Entschluß eine halbe Stunde später zur Ausführung gebracht wurde.

Nach drei Tagen warfen wir in Spithead Anker und gingen mit dem Leutnant ans Land, uns bei dem Admiral zu melden. Ach, mit welcher Freude setzte ich meinen Fuß an das Kiesufer von Sallyport, und wie eilte ich dann nach dem Postamte, dort einen großen Brief abzugeben, den ich an meine Mutter geschrieben hatte. Wir gingen nicht zum Admiral selbst, sondern meldeten uns nur auf dem Büro, denn wir hatten keine Kleider, um uns vor dem ersteren zeigen zu können. Wir ließen aber den Schneider kommen, und der versprach uns, daß wir bis zum nächsten Morgen völlig neu equipiert sein sollten; dann schafften wir uns neue Hüte und alles, was wir sonst noch brauchten, an und begaben uns in den Gasthof »Zur Fontäne«, da O'Brien sich weigerte, nach den »Blauen Pfosten« zu gehen, die, wie er sagte, nur für Seekadetten paßten. Um elf Uhr des andern Morgens konnten wir vor dem Admiral, der uns sehr gütig empfing und zum Mittagessen einlud, erscheinen. Da ich nicht nach meiner Heimat abgehen wollte, ohne vorher einen Brief von meiner Mutter erhalten zu haben, nahmen wir diese Einladung an.

Da trafen wir eine große Gesellschaft von Schiffsoffizieren und Damen, und O'Brien unterhielt sie während der Tafel recht gut. Als die Damen das Zimmer verließen, forderte mich die Frau des Admirals auf, mit ihnen zu gehen, und als wir im Gesellschaftszimmer angekommen waren, sammelten sich die Damen alle um mich herum. Ich mußte ihnen nun alle meine Abenteuer erzählen, wobei sie mir mit lebhafter Teilnahme zuhörten.

Am andern Morgen erhielt ich einen Brief von meiner

Mutter, und welch' einen zärtlichen Brief! Sie lud mich ein, so schnell als möglich nach Hause zu kommen und meinen *Schutzengel* O'Brien mitzubringen. Ich ließ ihn diesen Brief lesen und fragte ihn, ob er mich begleiten wolle.

»Sieh, Peter, mein Junge, ich habe hier ein Geschäft von einiger Bedeutung abzumachen, nämlich meinen rückständigen Sold und etwas Prisengeld, das mir zukommt, zu erheben. Hab' ich diesen Punkt ins Reine gebracht, so will ich dem ersten Lord der Admiralität meine Aufwartung machen und dann gedenke ich Deine Eltern zu besuchen; aber ehe ich weiß, wie die Sachen stehen und ob ich einen Sparpfennig in der Tasche mit fortnehmen kann, will ich selbst meine eigenen Angehörigen nicht sehen; schreib mir also Deine Adresse auf und sei versichert, daß ich komme, wäre es auch nur, um meine Rechnung mit Dir auszugleichen – denn ich bin nicht wenig in Deiner Schuld.«

Ich machte eine mir von meinem Vater gesandte Anweisung zu Gelde und reiste noch in derselben Nacht auf der Post nach der Heimat ab, wo ich den folgenden Abend wohlbehalten eintraf; dem Leser aber muß ich überlassen, sich die Szene des Wiedersehens vorzustellen. Meiner Mutter war ich immer lieb und teuer gewesen und auch für meinen Vater hatte ich durch die eingetretenen Umstände Bedeutung gewonnen; denn jetzt war ich sein einziger Sohn, und er hatte nun ganz andere Aussichten wie damals, als ich von Hause fortging.

Nach einer Woche etwa kam O'Brien, der nun seine Geschäfte bereinigt hatte, zu uns. Sein erstes war, daß er mit meinem Vater über seinen Anteil an unsern Ausgaben abrechnete; er bestand sogar darauf, die Hälfte an den fünfzig Napoleons zu bezahlen, die mir Celeste gegeben und die wir noch vor O'Briens Ankunft an einen Bankier nach Paris überwiesen hatten, nebst einem vorsichtigen Danksagungsschreiben von meinem Vater an Oberst O'Brien und einem Briefe von mir an die liebe kleine Celeste. Nachdem O'Brien ungefähr eine Woche bei uns verweilt hatte, sagte er mir, er besitze hundertundsechzig Pfund in Barschaft und wolle sich zu einem Besuche bei seinen Verwandten aufmachen, da er nun gewiß, und selbst bei Pater M'Grath, willkommen sein werde.

»Nach einem vierzehntägigen Aufenthalte daselbst gedenke ich wieder zurückzukehren und um eine Anstellung einzukommen. Sag' mal, Peter, möchtest Du Dich wohl wieder unter meinen Schutz begeben?«

»Ich will weder Dich, O'Brien, noch Dein Schiff je verlassen, wenn ich's machen kann.«

»Gesprochen wie ein gescheiter Peter. Nun gut, man hat mir sofortige Anstellung zugesagt, und sobald dies geschieht, will ich dich davon benachrichtigen.«

O'Brien verabschiedete sich von meiner Familie, die schon sehr für ihn eingenommen war, und ging abends nach Holyhead ab.

Mein Vater behandelte mich jetzt nicht mehr als ein Kind; übrigens wäre es auch eine Ungerechtigkeit gewesen, wenn er es gethan hätte. Ich bin zwar weit entfernt zu sagen, daß ich schon ein ganz perfekter Mann gewesen wäre; aber ich hatte doch in kurzer Zeit viel von der Welt gesehen und konnte für mich selbst denken und handeln. Er sprach oft mit mir über seine Aussichten, die, wie gesagt, jetzt ganz anders waren als damals, da ich von ihm fortging. Zwei meiner Oheime, die älteren Brüder meines Vaters, waren gestorben; der dritte war verheiratet, hatte aber nur zwei Töchter. Wenn er keinen Sohn bekam, ging der Titel auf meinen Vater über, zu dessen Erben mich der Tod meines älteren Bruders Tom gemacht hatte. Mein Großvater, Lord Privilege, der früher keine Notiz von meinem Vater nahm, außer daß er ihm zuweilen ein Stück Wildbret sandte, hatte ihn in neuester Zeit öfters zu sich eingeladen und sogar den Wunsch ausgesprochen, gelegentlich dessen Frau und Kinder bei sich zu sehen. Er hatte auch das Einkommen meines Vaters beträchtlich erhöht, wozu ihn der Tod meiner zwei Oheime instand setzte. Dagegen sagte man, die Frau meines dritten Oheims sei wieder in guter Hoffnung. Ich könnte nun nicht sagen, daß ich ein besonderes Wohlgefallen daran fand, wenn mein Vater bei allen Gelegenheiten diese Verhältnisse mit ihren möglichen Folgen besprach. Nicht nur als Mensch, sondern hauptsächlich in seiner Stellung als Geistlicher schien er mir darob tadelnswert; doch ich kannte damals die Welt noch nicht genauer.

Schon zwei Monate lang hatten wir von O'Brien nichts gehört, als ein Brief von ihm ankam, worin er uns schrieb, er habe nun seine Familie gesehen, ihr einige Morgen Land gekauft und sie damit ganz glücklich gemacht; auch habe ihm Pater M'Grath beim Abschied doppelten Segen und vollkommenen Ablaß erteilt. Seit einem Monate schon sei er in der Stadt, um eine Anstellung zu bekommen; bis jetzt aber sei ihm das nicht gelungen, obgleich sich Versprechungen auf Versprechungen häuften.

Einige Tage später erhielt mein Vater ein Schreiben von Lord Privilege mit der Einladung, ein paar Tage bei ihm zuzubringen und seinen Sohn Peter, der aus der französischen Gefangenschaft entwichen sei, mitzunehmen. Da eine solche Einladung nicht vernachlässigt werden durfte, so machten wir von derselben sofort Gebrauch. Ich muß gestehen, daß ich eigentlich eine gewisse Scheu vor meinem Großvater fühlte; er hatte seine Familie immer in einer solchen Entfernung gehalten, daß ich seinen Namen stets eher mit Ehrfurcht als mit einem Gefühle herzlicher Anhänglichkeit nennen hörte; doch war ich jetzt schon etwas klüger. Wir kamen in Adlerpark, einem herrlichen Besitztum, auf dem sich mein Großvater aufhielt, an, wurden von einer Schar Bedienten, mit und ohne Livree, empfangen und dem Lord vorgestellt.

In seiner Bibliothek, einem großen Gemache, in welchem sich ringsherum Büchergestelle befanden, saß er auf einem Armstuhle. Nie sah ich einen ehrwürdigeren und sanfteren alten Mann; seine greisen Haare hingen an beiden Schläfen herab und waren hinten in einen kleinen Zopf zusammengebunden. Er stand auf und verbeugte sich, als wir angemeldet wurden; meinem Vater hielt er *zwei* Finger zur Begrüßung hin und mir *einen*; aber in der Art und Weise, wie dies geschah, lag eine Eleganz, die sich nicht beschreiben läßt. Er deutete mit der Hand auf die Stühle, die ein Bedienter ohne Livree herbeigebracht hatte, und lud uns ein, Platz zu nehmen. Da mußte ich mich unwillkürlich an Mr. Chucks, den Bootsmann und dessen Bemerkungen über vornehme Lebensweise, die so richtig waren, erinnern, auch konnte ich mich eines innern Lachens nicht erwehren, als ich daran dachte, daß Mr. Chucks selbst einmal bei dem Lord gespeist hatte. Sobald die Bedienten zum Zimmer hinaus waren, schien die bisherige Zurückhaltung von seiten meines Großvaters abgelegt zu sein. Er fragte mich über verschiedene Punkte, und schien sehr erfreut über meine Antworten; übrigens nannte er mich immer »Kind«. Nach einer halbstündigen Unterrerung stand mein Vater auf und sagte, Seine Herrlichkeit werde nun anderweitig beschäftigt sein und wir wollten bis zur Essenszeit ein wenig auf der Besitzung umhergehen.

Mein Großvater erhob sich und wir nahmen eine Art förmlichen Abschied; doch lag darin nicht sowohl eine Förmlichkeit, als vielmehr jene Feinheit der höheren Gesellschaft, die sich und andere zugleich ehrt. Ich meinesteils war sehr erfreut über dieses erste Zusammentreffen, und in diesem Sinne äußerte ich mich auch gegen meinen Vater, als wir zum Zimmer hinaus waren.

»Mein lieber Peter«, entgegnete er mir, »Dein Großvater hat nur *einen* Gedanken, der fast jeden andern verschlingt – Pairschaft, Landsitz und Nachkommenschaft in direkter Linie. So lange Deine Oheime lebten, dachte man nicht an uns, da wir nicht in direkter Linie stehen, und auch jetzt noch würde man uns nicht beachten, wenn nicht Dein Onkel William nur Töchter hätte; denn noch immer werden wir nicht als wirkliche, sondern nur als mutmaßliche Erben des Titels betrachtet. Wenn Dein Onkel John morgen stürbe, würde sich sofort ein wesentlicher Unterschied in dem Benehmen Deines Großvaters zeigen.«

»Das heißt, anstatt zwei Finger würden Sie die ganze Hand erhalten, und ich anstatt eines zum Empfang von zwei Fingern befördert werden.«

Hierüber brach mein Vater in ein herzliches Gelächter aus und sagte:

»Peter, Du hast den Nagel richtig auf den Kopf getroffen. Ich kann mir gar nicht erklären, wie wir so thöricht sein konnten, Dich den Familiengimpel zu heißen.«

Hierauf erwiderte ich nichts – denn es war schwer, etwas zu antworten, ohne entweder mich oder andere herabzusetzen – sondern ging zu einem andern Gegenstand über und sprach von den Schönheiten des Parks und dem herrlichen Bauwerke, das ihn ziere.

»Ja, Peter«, entgegnete mein Vater, »fünfunddreißigtausend Pfund jährlich aus dem Grundbesitz, Gelder in den öffentlichen Fonds und Waldungen, wenigstens vierzigtausend Pfund wert, sind nicht zu verachten; doch Gottes Wille lenkt alles.«

Nach dieser Bemerkung schien mein Vater in tiefes Nachdenken zu versinken, worin ich ihn nicht stören mochte.

Wir verblieben einige Tage bei meinem Großvater, während deren er mich oft mehrere Stunden nach dem Frühstück bei sich behielt und der Erzählung meiner Abenteuer zuhörte; und ich möchte in der That glauben, daß er mir besonders gewogen war. Den Tag vor meiner Abreise sagte er:

»Kind, morgen gehst Du fort; sage mir nun auch, was Du wünschest, denn ich möchte Dir gerne ein Zeichen meiner Achtung geben. Sei nicht schüchtern; was soll es sein — eine Uhr mit Petschaft, oder sagt Dir etwas anderes zu?«

»Mein Lord,« antwortete ich, »wenn Sie mir eine Gunst zu erzeigen wünschen, so bitte ich, daß Sie den ersten Lord der Admiralität ersuchen, den Leutnant O'Brien auf einer schönen Fregatte anzustellen, und zugleich für mich um eine erledigte Seekadettenstelle anhalten.«

»O'Brien?« sagte Seine Herrlichkeit, »das ist der junge Mann, wie ich mich nun entsinne, mit dem Du aus Frankreich entflohen bist, und der nach Deiner Erzählung sich als ein treuer Freund bewährt zu haben scheint. Ich bin sehr erfreut über Deine Bitte, und sie soll erfüllt werden.«

Dann hieß er mich Papier und Tinte bringen, schrieb den Brief nach meiner Angabe, versiegelte denselben und versprach mir, die Antwort seinerzeit zu schicken.

Am darauf folgenden Tag verließen wir Adlerpark; Seine Herrlichkeit hielt, wie früher bei unserem Kommen, beim Abschied meinem Vater *zwei* und mir *einen* Finger hin; aber er sagte:

»Ich habe ein Wohlgefallen an Dir, mein Kind; Du magst mir bisweilen schreiben.«

Auf dem Heimwege bemerkte mein Vater:

»Du hast größere Fortschritte in der Gunst Deines Großvaters gemacht, als ich mich dessen je von einem andern entsinnen kann. Daß er Dir erlaubte, ihm zu schreiben, trägt Dir wenigstens zehntausend Pfund in seinem Testamente ein; denn er täuscht weder jemand, noch ändert er seine Gesinnung.«

Ich antwortete ihm, es würde mich sehr freuen, die zehntausend Pfund zu sehen, doch hege ich keine solche Hoffnung.

Wenige Tage nach unserer Ankunft zu Hause erhielt ich einen Brief von Lord Privilege, folgenden Inhaltes:

»Mein liebes Kind — ich sende Dir Lord —'s Antwort, die, wie ich denke, Deinen Wünschen entsprechen wird. Meine Empfehlungen an Deine Familie.

Dein u. s. w.
Privilege.«

Eingeschlossen war ein sehr höflicher Brief des ersten

Lord, worin dieser schrieb, daß er O'Brien auf die Fregatte »Sanglier« ernannt und Befehl gegeben habe, mich an Bord derselben als Seekadetten aufzunehmen. Es war mir ein großes Vergnügen, diesen Brief O'Brien zuzuschicken, der mir in einigen Tagen dankend antwortete und schrieb, daß er seine Anstellung erhalten habe; ich hätte übrigens nicht nötig, vor einem Monat einzutreffen, es sei bis dahin noch Zeit genug, denn das Schiff werde erst ausgebessert; wenn aber die Verwandten meiner überdrüssig wären, was ja in den geordnetsten Familien bisweilen der Fall sei, solle ich mich nach Portsmouth begeben und dort noch 'n bißchen Dienst lernen. Er schloß mit höflichen Empfehlungen an meine ganze Familie und freundlichen Grüßen an meinen Großvater, welch' letztere ich in meinem Danksagungsschreiben natürlich nicht erwähnte.

Einen Monat später etwa erhielt ich wieder einen Brief von O'Brien: das Schiff sei nun bereit auszulaufen und werde in einigen Tagen bei Spithead Anker lichten.

Siebentes Kapitel

Kapitän und Mrs. To. – Schweinefleisch. – Wir gehen nach Plymouth und treffen mit unserem alten Kapitän zusammen.

Unverzüglich nahm ich Abschied von meinen Angehörigen, machte mich nach Portsmouth auf und traf in zwei Tagen in der »Fontäne« ein, wo O'Brien schon meiner wartete.

»Peter, mein Junge, ich fühle mich Dir so verpflichtet, daß ich, wenn Dein Onkel nicht gutwillig aus der Welt geht, Streit mit ihm anfange und ihn niederschießen will, damit Du Lord wirst; denn ich bin fest entschlossen, daß Du es werden sollst. Jetzt komm' in mein Zimmer, wo wir ganz allein sind; ich will Dir ausführlich über unser Schiff und den neuen Kapitän berichten. Zuerst will ich beim Schiff beginnen, denn es ist die wichtigste von den beiden Personen: es ist eine Schönheit. Ich weiß nicht mehr, wie es hieß, ehe es genommen wurde; aber die Franzosen verstehen besser Schiffe zu bauen als sie zu behalten. Jetzt führt es den Namen ›Sanglier‹, was soviel heißt als ›wildes Schwein‹, und bei Gott! ein Schweineschiff ist es, wie Du sogleich hören wirst. Des Kapitäns Name ist ganz kurz und würde Herrn Chucks gar nicht gefallen, denn er besteht bloß aus zwei Buchstaben, T und O, To; sein vollständiger Titel ist Kapitän John To. Es sollte fast scheinen, als ob ihm jemand die bessere Hälfte seines Namens abgebrochen und ihm nur den Anfang davon gelassen hätte; übrigens ist er recht bequem zu unterzeichnen. Und jetzt will ich Dir auch sagen, was für eine Art von Fahrzeug er gleichsieht. Er ist gebaut wie 'ne holländische Schuyte, ziemlich breit im Gebälk und sehr platt im Spiegel. Auf den letzten zwei Schiffen, die er befehligte, verlangte er, daß die Seitengalerien breiter gemacht werden sollten. Sein Gewicht beträgt etwa drei Zentner, eher mehr als weniger. Er ist so 'ne Art gutmütiger Kamerad, erstaunlich unhöflich, weder als Offizier noch als Seemann besonders geschickt, aber ein teufelmäßig guter Vorschneider. Doch er ist nur ein Teil des Ganzen, denn auch seine Frau befindet sich an Bord, eine Dame, die gewissermaßen einem geräucherten Hering gleicht und überdies höchst lästige Umstände macht. Noch widerwärtiger aber wird sie dadurch, daß sie ein verstimmtes Piano, das sie ohne allen Takt spielt, an Bord hat. Das Abscheuern des Verdeckes ist wahre Musik gegen ihr Spiel; selbst des Kapitäns Wachtelhund heult, wenn sie in die hohen Noten hineinkommt; übrigens spielt sie die feine Dame und traktiert die Offiziere, wenn sie in des Kapitäns Kajüte speisen, immer mit Musik, so daß diese allemal gern wieder gehen.«

»Aber, O'Brien, ich dachte, es sei nicht gestattet, Frauen an Bord zu haben?«

»Ganz richtig, aber das ist eben der schlimmste Teil in des Mannes Charakter; er weiß, daß es nicht erlaubt ist, sein Weib auf See mitzunehmen, und deshalb sagte er nie, daß sie seine Frau ist und stellt sie niemand am Land vor. Wenn einer der anderen Kapitäne fragt: ›Wie befindet sich Madame To heute?‹, so antwortet er: ›Ah, sehr gut, ich danke Ihnen‹, aber er schmunzelt zugleich auf eine Art, als ob er sagen wollte: ›Sie ist nicht meine Frau‹; und obgleich jedermann weiß, daß sie es ist, will er doch lieber, daß man das Gegenteil glaubt, als daß er die Kosten für eine Wohnung am Lande bestreitet, denn Du weißt, Peter, daß, obgleich Bestimmungen hinsichtlich der Aufnahme der Ehefrauen vorhanden sind, doch keine in betreff anderer Frauenzimmer existieren.«

»Aber weiß seine Frau dies?« fragte ich.

»Ich glaube, aufrichtig gesprochen, daß sie in die ganze Geschichte miteingeweiht ist, denn man sagt sogar, sie würde einen Kieselstein abschälen, wenn sie könnte. Sie sucht immer Geschenke von den Offizieren zu bekommen und führt in der That den Oberbefehl auf dem Schiffe.«

»Fürwahr, O'Brien, das ist keine sehr erfreuliche Aussicht.«

»Still, wart' noch 'n bißchen; jetzt komm' ich erst zur Hauptsache. Dieser Kapitän To ist ganz besonders auf Schweinepassagiere versessen, und wir haben deshalb so viele lebende Schweine an Bord, als wir Zentner Ballast führen; der erste Leutnant ist ganz rasend darüber. Zugleich duldet der Kapitän, damit keine Verwechslung vorgehen kann, keine anderen Schweine an Bord als seine eigenen. Das Proviantmagazin ist voll von Schweinen; zwischen den Kanonen auf dem Hauptverdeck sind zwei Kuhställe angebracht, die wir aus dem Seemagazin mitgenommen haben und die nun in Schweineställe umgewandelt wurden. Die beiden Schafställe in der Mitte des Schiffes sind mit Schweinen vollgepropft, und selbst die Räume für das Federvieh sind in vier Gemächer abgeteilt für vier Sauen, die demnächst Junge werfen sollen. Nun kostet es wenig oder gar nichts, an Bord einer großen Fregatte Schweine zu halten, wo es so viele Erbssuppen und ganze Erbsen für sie zu fressen gibt, und dies ist auch der Grund, warum er sie hält; denn er duldet sonst kein Stückchen Vieh an Bord. Wie ich vermute, hat er die Absicht, eine der alten Sauen zum Frühstück zu melken, wenn das Schiff unter Segel geht. Sein erstes Geschäft des Morgens ist, daß er mit dem Metzger bei allen Schweinen herumläuft, sie antastet, sie hinter den schmutzigen Ohren kratzt und dann klassifiziert — in seine Speck-, Fleisch- und Zuchtschweine und so fort. Der alte Eber befindet sich noch hier in dem Stalle des Gasthofes, aber wie ich höre, wird er an Bord gebracht werden, sobald der Befehl zum Absegeln eintrifft; er ist ganz wild und wird deshalb bis zum letzten Augenblick am Land gelassen. Also schau, Peter, das Grunzen der Schweine und seiner Frau Piano macht uns fast toll, und ich weiß nicht, welches von beiden schlimmer ist; gehst Du nach hinten, hörst Du das Eine, kommst Du vor, so hörst Du das Andere, zur Abwechslung, die, wie man sagt, Pläsir machen soll. Aber ist es nicht ärgerlich, wenn eine so schöne

Fregatte in einen Schweinestall umgewandelt wird und ihr Hauptverdeck noch mehr stinken soll als ein Misthaufen?«

»Aber wie gefällt seiner Frau der Gedanke, nur von Schweinefleisch zu leben?«

»Ihr? – Gott segne Dich, Peter! sie sieht so mager aus wie 'n Haifisch und hat auch gerade den gleichen Appetit; 'n Stück Schweinefleisch von vier Pfund verschlingt sie, ehe es noch recht auf die Platte gelegt ist.«

»Hast Du noch mehr solche erfreuliche Nachrichten mitzuteilen, O'Brien?«

»Nein, Peter, das Schlimmste weißt Du jetzt. Die Leutnants sind gute Offiziere und angenehm im Umgang; der Doktor ist 'n bißchen 'n Sonderling, der Zahlmeister hält sich für einen Spaßvogel und der Schiffsmeister ist 'n alter Nord-Engländer, der seinen Dienst kennt und sein Glas Grog nimmt; die Seekadetten sind ganz anständige junge Leute, voll Scherz und Heiterkeit. Ich möchte darauf wetten, daß sie baldigst irgendeinen lustigen Streich gegen die Schweineställe ausführen werden, denn sie sind reif zur Schelmerei. Nun, Peter, ich habe wohl kaum nötig zu sagen, daß meine Kajüte und alles, was ich besitze, zu Deinen Diensten steht; und ich denke, wenn wir nur einen teufelsmäßigen Sturm bekämen oder ein hartnäckiges Gefecht hätten, um die Schweine über Bord zu schmeißen und das Piano zu zertrümmern, so würden wir uns recht wohl befinden.«

Des anderen Tages begab ich mich an Bord und wurde in die Kajüte hinabgeführt, um mich zu melden. Madame To, eine lange, hagere Frau, saß an ihrem Piano; sie erhob sich, als ich eintrat, und richtete mehrere Fragen an mich: wer meine Verwandten seien, wie viel sie mir jährlich Zuschuß geben, und noch einiges andere, was ich für unverschämt hielt – übrigens der Frau eines Kapitäns ist gestattet, sich Freiheiten herauszunehmen. Sie fragte mich auch, ob ich ein Freund von Musik sei? Dies war nun eine schwer zu beantwortende Frage – denn sagte ich Ja, so mußte ich aller Wahrscheinlichkeit nach ihrem Spiel zuhören, sagte ich aber Nein, so konnte ich sie mir leicht abgeneigt machen. Deshalb erwiderte ich ihr, ich sei ein großer Freund der Musik am Lande, wenn man durch kein anderes Geräusch gestört sei.

»Ah, daran erkenne ich, daß Sie ein wirklicher Liebhaber sind«, entgegnete die Lady.

Jetzt kam Kapitän To, halb angekleidet, aus der hinteren

Kajüte heraus.

»Nun, junger Mann, sind Sie endlich eingetroffen? Speisen Sie heute mit uns, und da Sie jetzt doch in Ihre Schlafstätte hinabgehen, sagen Sie der Schildwache, sie solle mir den Schlächter herschicken, denn ich will ihn sprechen.«

Ich verbeugte mich und ging fort. Von den Offizieren sowie von meinen Kameraden, den Seekadetten, wurde ich aufs freundlichste empfangen; sie alle waren schon vor meiner Ankunft durch O'Brien günstig für mich gestimmt. In unserem Dienste trifft man immer die jungen Leute aus den besten Familien an Bord großer Fregatten, da diese für die zweckmäßigste Art von Fahrzeugen gehalten werden. Meine Tischgenossen waren, mit einer oder zwei Ausnahmen, anständige Burschen, aber nie sah ich so viele wilde junge Leute beisammen. Ich setzte mich nieder und aß etwas mit ihnen, obgleich ich in der Kajüte speisen sollte; denn die Seeluft hatte mich hungrig gemacht.

»Speisen Sie nicht in der Kajüte, Simpel?« fragte der Proviantmeister.

»Doch«, antwortete ich.

»Dann essen Sie hier kein Schweinefleisch, mein lieber junger Mann, denn Sie werden solches dort in Hülle und Fülle bekommen. Kommt, Gentlemen, füllet Eure Gläser! Wir wollen auf die Gesundheit unseres neuen Tischgenossen trinken, und indem wir auf sein Wohl Bescheid thun, verbürgen wir uns, zu seiner Beförderung alles beizutragen.«

»Diesem Trinkspruch will ich mich anschließen«, sagte O'Brien, in die Kajüte der Seekadetten hereintretend. »Was trinkt Ihr da?«

»Ein wenig von Collier's Portwein, Sir; Bursche, bring 'n Glas für Herrn O'Brien.«

»Dies auf Dein Wohl, Peter, mit dem Wunsche, daß Du auf dieser Fahrt nicht wieder in französische Gefangenschaft gerätst. Herr Montague, Sie als Proviantmeister bitte ich, ein anderes Licht herbeizuschaffen, damit ich auch sehen kann, was aufgetragen ist, und ob ich vielleicht nicht etwas finde, davon ich ein Stück nehmen möchte.«

»Hier ist der Rest von 'ner Hammelkeule, Herr O'Brien, und da ein Stück gesotten Schweinefleisch.«

»Dann möchte ich Sie doch um ein Stück Hammel bitten. Peter, Du speist in der Kajüte wie ich auch – der Doktor aber lehnte es ab.«

»Haben Sie nicht gehört, wann wir absegeln, Herr O'Brien?« fragte einer meiner Kameraden.

»Auf dem Admiralitätsamt ließ ich mir sagen, man glaube, wir werden Befehl bekommen, nach Plymouth zu segeln, um dort weitere Ordre, vermutlich zur Fahrt nach Ost- oder Westindien, zu erhalten, und in der That lassen die Vorräte, die wir eingenommen haben, darauf schließen, daß wir nach einem fremden Weltteile bestimmt sind; übrigens wird gerade des Kapitäns Signal gegeben – vermutlich hat der Admiral Nachrichten mitzuteilen.«

Etwa eine Stunde später kehrte der Kapitän, ziemlich rot und erhitzt aussehend, zurück. Er rief den ersten Leutnant von den übrigen Offizieren, die sich auf dem Verdeck zu des Kapitäns Empfang befanden, weg, nahm ihn beiseite und sagte ihm, daß wir am nächsten Morgen nach Plymouth segeln würden, und daß ihm der Admiral ferner im Vertrauen mitgeteilt habe, wir müßten mit einem Convoy, der sich dort versammle, nach Westindien fahren. Er schien sehr beunruhigt durch den Gedanken, Futter für die Landkrebse abgeben zu sollen, denn seine starke Leibesbeschaffenheit machte ihn ganz unfähig für das dortige Klima.

Diese Neuigkeit verbreitete sich bald auch auf dem ganzen Schiffe und veranlaßte ein nicht geringes Getreibe und Gewühl mit den Vorbereitungen zur Abfahrt. Der Doktor, der es unter dem Vorwand des Unwohlseins abgelehnt hatte, in des Kapitäns Kajüte zu speisen, ließ sagen, er befinde sich nun so bedeutend besser, daß er mit großem Vergnügen der Einladung nachkommen werde; und als O'Brien und ich zur Tafel gingen, schloß er sich uns an.

Wir setzten uns zu Tische, die Schüsseldeckel wurden abgenommen und, wie die Seekadetten vorausgesagt hatten – Schweinefleisch war in Hülle und Fülle da; nach Art der Schildkrötensuppe aus Schweinskopf bereitete Suppe – eine gesottene Schweinskeule und Erbsenpudding – ein gebratenes Rippenstück mit der knackenden Haut daran – Würste und Kartoffeln nebst Schweinsfüßen. Ich kann nicht sagen, daß mir das Essen nicht behagt hätte, ich ließ es mir vielmehr tüchtig schmecken; daß übrigens als zweiter Gang noch ein gebratenes Spanferkel auf den Tisch kam, darüber wunderte ich mich sehr, noch mehr aber über das Quantum von Speisen, welches Madame To verschlang. Vom gesottenen Schweinefleisch ging sie zum gebratenen über, dann ließ sie sich etwas

Schweinsfüße geben, versuchte hierauf die Würste und schloß erst mit einem ganzen Teller voll Spanferkel nebst Füllung. Zuletzt erschien noch eine Apfeltorte; weil wir aber schon Apfelsauce zu dem Schweinebraten gespeist hatten, mochten wir nichts davon. Der Doktor, der sonst Schweinefleisch nicht ausstehen konnte, aß tüchtig darauf los und zeigte sich äußerst aufmerksam gegen Madame To.

»Mögen Sie nicht 'n Stück gebratenes Schweinefleisch nehmen?« fragte der Kapitän.

»Gewiß, Kapitän To; da wir ja, nach allem zu schließen, auf eine Station bestimmt sind, wo man sich nicht ans Schweinefleisch wagen darf, hab' ich nicht im Sinn, ein Stück abzuschlagen, denn ich bin ein großer Liebhaber davon.«

»Wie meinen Sie das?« fragten der Kapitän und seine Dame, beide in einem Atem.

»Vielleicht bin ich falsch unterrichtet«, antwortete der Doktor; »aber ich habe gehört, wir würden nach Westindien beordert. Nun, wenn das richtig ist, so weiß jeder, daß, obgleich nichts gefährliches darin liegt, dort bisweilen gesalzenes Schweinefleisch zu essen, dagegen ein zwei- bis dreitägiger Genuß dieser Speisen in allen tropischen Klimaten, und namentlich in Westindien, sofort die Ruhr herbeiführt, die unter einem solchen Himmelsstriche leicht tödlich wird.«

»Ist's möglich?« rief der Kapitän aus.

»Sagen Sie das im Ernste?« fügte die Lady bei.

»Allerdings; ich habe auch gerade aus diesem Grunde stets Westindien gemieden — denn ich bin ein Liebhaber von Schweinefleisch.«

Der Doktor erzählte nun eine Menge von Fällen, wie Kameraden von ihm und Schiffsleute von der Ruhr befallen worden seien, nur weil sie frisches Schweinefleisch in Westindien gegessen hätten; und O'Brien, der des Doktors Spiel durchschaute, schloß sich ihm an und erzählte gleichfalls einige sehr auffallende Beispiele von den fürchterlichen Wirkungen des Schweinefleisches in heißen Ländern. Ich glaube, er sagte, als die Franzosen vor der Übergabe von Martinique blockiert worden seien und nichts anderes als Schweinefleisch zu essen gehabt hätten, seien von siebzehnhundert Soldaten und Offizieren im Verlauf von drei Wochen dreizehnhundert gestorben und die übrigen so krank geworden, daß sie dies zur Kapitulation genötigt habe. Dann ging der Doktor zu einem anderen Gegenstand über und sprach vom gelben Fieber und andern Krankheiten jenes Klimas, so daß nach seiner Angabe Westindien nichts anderes war als ein Hospital, um darin zu sterben. Starke und kräftige Leute, sagte er, würden am ehesten krank, während für magere das Verhältnis günstiger sei.

Dieses Gespräch wurde fortgeführt, bis es Zeit war, vom Tische aufzustehen; — Madame To ward zuletzt ganz stille und der Kapitän schluckte seinen Wein mit einem Seufzer hinunter. Als wir aufstanden, lud uns Madame To nicht, wie gewöhnlich, ein, dazubleiben und ein wenig Musik anzuhören; sie war, wie ihr Piano, ganz verstimmt.

»Bei dem Allmächtigen, Doktor, das haben Sie gut gemacht«, sagte O'Brien, als wir aus der Kajüte fort waren.

»O'Brien«, erwiderte der Doktor, »thun Sie mir den Gefallen, und auch Sie, Herr Simpel, und erzählen Sie auf dem Schiff kein Wort von dem, was ich gesagt habe; denn wenn das mindeste davon bekannt würde, so hätte ich nichts Gutes gemacht; wenn Sie aber eine kurze Zeit schweigen, so glaube ich Ihnen versprechen zu dürfen, daß wir Kapitän To, sein Weib und seine Schweine vom Halse bekommen.«

Wir sahen das Richtige seiner Bemerkung ein und versprachen ihm Stillschweigen.

Am andern Morgen ging das Schiff nach Plymouth unter Segel, und Madame To schickte nach dem Doktor, da sie sich nicht ganz wohl befand. Dieser verschrieb ihr etwas, machte sie aber, wie ich auf mein Gewissen glaube, absichtlich kränker. Das Unwohlsein seiner Frau und seine eigene Furcht brachten Kapitän To mehr als gewöhnlich in Berührung mit dem Doktor, den er häufig um seine aufrichtige Meinung darüber befragte, welche Aussichten wohl ein heißes Klima für seinen Gesundheitszustand darbiete.

»Kapitän To«, sagte der Doktor, »nie würde ich Ihnen meine Ansicht preisgegeben haben, wenn Sie nicht danach gefragt hätten; denn ich weiß wohl, daß Sie als Offizier sich nie von Ihrer Pflicht zurückziehen mögen, nach welchem Teile des Erdballs Sie auch beordert würden. Da Sie nun aber einmal die Frage an mich gerichtet haben, so muß ich sagen, daß Sie nach meinem Dafürhalten bei Ihrer starken Leibesbeschaffenheit keine Aussicht haben, länger als zwei Monate dort zu leben. Übrigens mag ich mich irren, Sir; aber in jedem Fall muß ich Sie darauf aufmerksam machen, daß Madame To sehr galliger Konstitution ist, und ich glaube demgemäß, daß Sie gegen solch' eine liebenswürdige Frau nicht so unbillig sein werden, sich von ihr begleiten zu lassen.«

»Schönen Dank, Doktor, ich bin Ihnen sehr verbunden«, antwortete der Kapitän, drehte sich um und ging die Treppe hinab in seine Kajüte.

Wir steuerten nun den Kanal hinab; aber, obgleich wir mit günstigem Winde durch die Nadeln gekommen waren, trat jetzt doch Windstille ein, und als wir uns Portland gegenüber befanden, schlug der Wind nach Westen um.

Den nächsten Tag gab der Kapitän Befehl, ein sehr schönes Schwein zu schlachten, denn seine Lebensmittel gingen zu Ende; da aber Madame To noch immer das Bette hütete und er somit keine Gesellschaft haben konnte, bestimmte er, daß ein Teil des Schweines eingesalzen werden solle. Ich war gerade in der Kajüte der Seekadetten, als einige der jungen Leute den Vorschlag machten, wir wollten dieses Schwein in unsern Besitz zu bekommen suchen; der Plan, der sodann auch angenommen wurde, war folgender: nachts nach dem Stalle zu gehen, mit einer in ein Stück Holz befestigten Nadel dem Schweine am ganzen Körper Stiche beizubringen, in die wunden Stellen aber Schießpulver einzureiben. Dies geschah, und obgleich der Schlächter ein Dutzend Mal während der Nacht auf war, um nachzusehen, was denn das Tier so unruhig mache, so überlieferten doch die Seekadetten einander von Ablösung zu Ablösung die Nadel, bis es über und über tätowiert war. Während der Morgenwache wurde es getötet, und als es im Zuber abgebrüht und abgeborstet wurde, zeigte sich, daß es ganz mit blauen Flecken überdeckt war. Der Seekadett von der Morgenwache, der sich auf dem Hauptverdeck befand, war dafür besorgt, dem Schlächter bemerklich zu machen, das Schwein sei finnig; dies mußte dieser auch, wider seinen Willen, zugeben, er bemerkte aber zugleich, er könne nicht begreifen, wie dies möglich sei, denn noch nie habe er ein Messer in ein schöneres Tier gestochen. Der Vorfall wurde dem Kapitän berichtet, der hierüber sehr erstaunt war, und da der Doktor gerade hereinkam, um nach Madame To zu sehen, so forderte er diesen auf, das Schwein zu untersuchen und sein Gutachten abzugeben. Obgleich dies nun nicht des Doktors Sache war, so willigte er doch, da er jetzt gerade besondere Gründe hatte, mit dem Kapitän in gutem Verhältnisse zu bleiben, ohne Bedenken ein. Auf dem Weg zur Inspizierung traf er mich; ich erzählte ihm unser

Geheimnis.

»Das wird gute Dienste thun«, antwortete er; »alles das trägt zu unsern Wünschen bei.«

Als er zum Kapitän zurückkehrte, sagte er diesem, das Schwein sei ohne allen Zweifel finnig; dies sei eine Krankheit, die sehr häufig am Bord der Schiffe vorkomme, besonders in heißen Klimaten, wo alle Schweine finnig würden – ein Hauptgrund, warum sie dort der Gesundheit so schädlich seien. Der Kapitän schickte hierauf nach dem ersten Leutnant und erteilte ihm die Weisung, das Schwein über Bord werfen zu lassen; aber dieser wußte schon von O'Brien, was geschehen war, und befahl demgemäß dem Schiffsmeistergehilfen, dasselbe ins Wasser zu werfen. Dieser nun lüftete seinen Hut mit den Worten: »Ganz gut, Sir«, und brachte es in die Seekadettenkajüte herab, wo es aufgeschnitten und zur Hälfte eingesalzen wurde; mit der andern Hälfte waren wir noch vor unserer Ankunft in Plymouth, die sechs Tage nach unserem Abgange von Portsmouth erfolgte, fertig. Wir trafen schon einen Teil des Convoy daselbst vor Anker liegend, aber noch keine Befehle für uns. Zu meiner großen Freude lief am folgenden Tage die »Diomede« von einer Kreuzfahrt nach den westlichen Inseln im Hafen ein; ich erhielt die Erlaubnis, mit O'Brien an Bord zu gehen, und so sahen wir unsere Kameraden wieder. Herr Falkon, der erste Leutnant, meldete Kapitän Savage, daß wir an Bord seien, worauf uns dieser einlud, in seine Kajüte hinab zu kommen. Er begrüßte uns herzlich und erteilte uns große Lobsprüche über die Art und Weise, wie wir unsere Flucht aus Frankreich bewerkstelligt hatten. Beim Fortgehen aus der Kajüte traf ich Herrn Chucks, den Bootsmann, der außen auf uns wartete.

»Mein lieber Herr Simpel, geben Sie Ihre Pfote her, denn ich bin sehr erfreut, Sie zu sehen, und wünschte nur, recht lange mit Ihnen plaudern zu können.«

»Auch ich wünschte das, Herr Chucks, aber ich fürchte, wir haben keine Zeit dazu; ich speise heute bei Kapitän Savage und bis dahin ist es nur noch eine Stunde.«

»Wohlan, Herr Simpel, ich habe da Ihre Fregatte betrachtet, sie ist 'ne Schönheit; viel größer als die ›Diomede‹.«

»Und sie bewährt sich auch auf der Fahrt sehr gut«, antwortete ich. »Sie ist, glaub' ich, zweihundert Tonnen größer. Sie haben keine Vorstellungen von ihrem Umfange, bis Sie einmal auf die Verdecke kommen.«

»Ich möchte wohl Bootsmann auf ihr sein, Herr Simpel, das heißt, mit Kapitän Savage; denn den will ich nicht verlassen.«

Ich sprach noch einiges Weitere mit Herrn Chucks, aber nun mußte ich auch den andern, die uns unterbrachen, Gehör schenken. Nachdem wir recht vergnügt mit unserem früheren Kapitän, dem wir die Geschichte unserer Abenteuer erzählten, zu Mittag gespeist hatten, kehrten wir wieder an Bord unseres Schiffes zurück.

Achtes Kapitel

Wir werden der Schweine und des Pianos ledig. — Das letzte Boot am Ufer vor unserer Abfahrt. — Voreiligkeit des ersten Leutnants und die Folgen derselben für mich.

Nachdem wir drei Tage hier zugebracht, hörten wir, Kapitän To sei im Begriffe, mit Kapitän Savage zu tauschen. Einer so guten Nachricht durfte man nicht wohl so leicht Glauben schenken; auch konnten wir uns keine Gewißheit über die Richtigkeit dieser Angabe verschaffen, da sich der Kapitän mit Madame To ans Ufer begeben hatte. Letztere war, seitdem sie sich nicht mehr unter den Händen unseres Doktors befand, ganz schnell wieder gesund geworden, so daß in der That nach einer Woche schon der Steward, als er vom Strande an Bord zurückkehrte, auf Befragen nach dem Befinden der Madame To antwortete: »Oh, sie ist wieder ausgezeichnet wohl, Sir; seit sie vom Schiffe fort ist, hat sie schon ein ganzes Schwein gegessen.« Mit dem Wechsel der beiden Kapitäne hatte es seine Richtigkeit; Kapitän To, der sich fürchtete, nach Westindien zu gehen, hatte mit Kapitän Savage getauscht. Letzterem war es, nach dem Gebrauche in unserem Dienste, gestattet, seinen ersten Leutnant, seinen Bootsmann und die Matrosen seines eigenen Beischiffs mitzubringen. Er traf zwei Tage vor der Abfahrt auf unserer Fregatte ein, und nun herrschte nie gekannte Freude an Bord; nur der erste Leutnant, sowie überhaupt diejenigen Leute vom »Sanglier«, die dem Kapitän To folgen mußten, waren traurig. Dieser verließ uns an einem Vormittag mit seinem Weibe, ihrem Piano und seinen Schweinen.

Den Zahltag an Bord eines Kriegsschiffes habe ich schon beschrieben; doch sind nach meinem Dafürhalten die letzten paar Tage vor der Abfahrt noch unangenehmer, obgleich wir, im allgemeinen gesprochen, durchaus nicht traurig sind, wenn wir, nachdem all unser Geld verjubelt ist, glücklich zum Hafen hinauskommen und uns wieder einmal auf dem blauen Gewässer befinden. An diesen Tagen thun die Leute ihren Dienst gar nicht gut; sie denken an ihre Frauen und an ihre Liebchen, an das Vergnügen, das ihnen die Freiheit am Lande gewährte, wo sie sich betrinken konnten, ohne gestraft zu werden; und manche von ihnen sind um diese Zeit entweder halb betrunken, oder leiden noch an den Nachwehen früherer Gelage. Das Schiff ist in Unordnung und angefüllt mit Lebensmitteln, Gerätschaften und Materialien, die man jetzt schnell an Bord nehmen muß und nicht gleich am rechten Platze unterbringt. Der erste Leutnant ist ärgerlich, die Offiziere sind kurz angebunden, und die armen Seekadetten, die doch für all ihre eigenen kleinen Bequemlichkeiten zu sorgen haben, werden geschunden und herumgejagt wie Postgäule.

»Herr Simpel«, fragte der erste Leutnant, »woher kommen Sie?«

»Von der Geschützwerft, Sir, mit des Geschützmeisters überzähligen Blöcken und dessen Anhalt-Tauen.«

»Ganz gut — schicken Sie die Seesoldaten fort, das Boot zu räumen, und pfeifen Sie dem ersten Kutter ab. Herr Simpel, springen Sie in den ersten Kutter und fahren Sie nach Mount-Wise, die Offiziere zu holen. Sorgen Sie aber dafür, daß keiner der Leute das Boot verläßt. Tummeln Sie sich.«

Nun war ich den ganzen Morgen fortgewesen. Schon war es halb zwei Uhr und ich hatte noch nicht zu Mittag gegessen; aber ich begab mich, ohne ein Wort zu sagen, in das Boot. Sobald ich fort war, sagte O'Brien, der neben Herrn Falkon stand:

»Peter, der arme Schelm, dachte an sein Mittagessen.«

»Das hab' ich in der That ganz vergessen«, erwiderte der erste Leutnant; »es gibt eben so viel zu thun. Er ist 'n williger Junge und soll in der Offizierskajüte speisen, wenn er zurückkommt.«

Dies geschah auch, und so verlor ich nichts dadurch, daß ich nicht widersprach, sondern erwarb mir noch in höherem Grade die Gunst des Leutnants, der nie vergaß, wenn er bei den Leuten das traf, was er Eifer nannte.

Die schwerste Aufgabe jedoch unter allen wird dem Seekadetten zuteil, der mit dem Boot ans Land geschickt wird, um den für Kajüte und Magazin bestimmten Proviant den Tag vor der Abfahrt des Schiffes herzuholen. Mein Unstern wollte, daß gerade ich zu diesem Dienste beordert wurde, und zwar ganz unerwartet. Ich war dazu kommandiert, mich anzukleiden und im Gig-Boot mich ans Ufer zu begeben, um die Befehle des Kapitäns einzuholen. Ich lief gerade in meiner besten Uniform mit Seitengewehr auf dem Verdeck umher, als der Marineoffizier, der Proviantmeister für die Konstabelkammer war, sich an den ersten Leutnant wandte und ihn um ein Boot anging. Ein solches wurde nun für ihn bemannt und ein Seekadett zu dessen Beaufsichtigung beordert; aber als dieser antrat, erinnerte sich der erste Leutnant, daß derselbe zwei Tage zuvor nur die Hälfte seiner Leute wieder zurückgebracht hatte. Er mochte ihm deshalb nicht wieder Vertrauen schenken, sondern rief mich mit den Worten zu sich:

»Nun, Herr Simpel, ich muß Sie mit diesem Boot abschicken; haben Sie ja stets darauf acht, daß keiner der Leute dasselbe verläßt, und bringen Sie auch den Marinesergeanten mit, der an Land gegangen ist, um die Leute aufzusuchen, die über Urlaub aus sind.«

Konnte ich mich auch allerdings durch ein solches Zutrauen nur geschmeichelt fühlen, so mochte ich doch nicht gerne in meiner besten Uniform gehen, und wollte deshalb in meine Kajüte hinab, um mich umzukleiden; aber der Marineoffizier und die Leute alle waren schon im Boot, und da ich somit nicht wohl Verzug veranlassen konnte, bestieg ich das Boot, und wir fuhren ab. Wir hatten, außer der Mannschaft, den Marineoffizier, den Zahlmeister und die drei Stewards der Konstabelkammer, des Kapitäns und des Zahlmeisters bei uns, somit volle Ladung. Der Wind wehte stark von Südost und die See ging hoch; da übrigens die Strömung in den Hafen hineinging, so waren die Wellen nicht gerade sehr gegen uns. Wir hißten das Focksegel, flogen vor dem Wind und der Strömung her und waren in einer Viertelstunde in Mutton-Cove, wo der Marineoffizier zu landen wünschte. Der Landungsplatz war voll von Fahrzeugen, und unsere Leute mußten mit Schifferhaken die Küstenboote beiseitestoßen, um uns den Eingang in die Bucht zu erzwingen, wobei es natürlich nicht ohne einiges Geschimpfe und Fluchen abging. Hier verließen der Marineoffizier und die Stewards das Boot, und ich hatte nun die Leute zu beaufsichtigen. Ich war kaum drei Minuten da, als einer der Matrosen sagte, seine Frau sei auf der Werft mit frischer Wäsche für ihn; er bitte daher um die Erlaubnis fortgehen zu dürfen, um sie zu holen. Dies schlug ich ab mit den Worten, seine Frau könne sie ja hierherbringen.

»Ei der Tausend, Herr Simpel«, rief diese, »sind Sie nicht 'n recht galantes Herrchen, daß Sie mir zumuten, mit meinen neuen Schuhen und frischgewaschenen Strümpfen mitten durch diese krepierten Hunde, durch diese Weißkohlstengel und stinkenden Rotaugenköpfe hindurchzutappen?«

Ich sah nach ihr hin und sie war in der That, wie man in Frankreich sagt, bien chaussée.

»Nun, Herr Simpel, lassen Sie ihn herauskommen, um seine Sachen zu holen, und Sie werden sehen — er ist gleich wieder zurück.«

Ich mochte es ihr nicht abschlagen, denn es war wirklich ganz schmutzig und naß am Ufer, und die Kiesküste mit all den Gegenständen überladen, von denen sie gesprochen hatte.

Der Matrose sprang nun mittelst seines Boothakens ans Ufer, warf diesen wieder zurück, ging zu seiner Frau hin und begann sich mit ihr zu unterhalten, wobei ich ihn übrigens immer bewachte.

»Wenn's Ihnen gefällig ist, Sir! dort kommt meine junge Frau herunter, dürfte ich sie nicht sprechen?« fing jetzt ein anderer an. Ich drehte mich um und schlug es ihm ab. Er machte Vorstellungen dagegen und drang lebhaft in mich, aber ich blieb fest entschlossen; als ich jedoch wieder nach dem ersten sehen wollte, war er mit seiner Frau fortgegangen.

»Da haben wir's«, sagte ich zu dem Beischifführer; »ich dachte mir wohl, daß es so kommen werde; wie Sie sehen, ist Hickmann fort.«

»Nur gegangen, um 'n Abschiedsglas zu trinken, Sir«, antwortete der Beischifführer, »er wird gleich wieder da sein.«

»Ich will's zwar hoffen, doch fürchte ich, daß er nicht sobald zurückkommt.«

Von nun an schlug ich alle Gesuche, an Land gehen zu dürfen, ab, gestattete aber den Leuten, sich Bier ins Boot bringen zu lassen. Der Steward der Konstablerkammer kehrte jetzt auch zurück mit einem Korbe voll weicher Brotlaibe und sagte mir, der Marineoffizier wünsche, ich möchte ihm zwei von den Leuten in Glencros Laden mitgeben, um etwas von dem Eingekauften nach dem Boote zu bringen. Demgemäß gab ich ihm also zwei Leute und sagte dem Steward, wenn er Hickmann sehe, so solle er ihn doch mitbringen.

Unterdessen hatten sich mehrere von den Frauen der Matrosen zusammengeschart und führten nun ein ziemlich lärmendes Gespräch mit den Schiffsleuten. Die eine brachte noch irgendetwas für Jim, eine andere ein paar Kleidungsstücke für Bill; einige kletterten ins Boot herein und setzten sich zu ihren Männern hin, und andere endlich holten auf den Wunsch ihrer Eheherrn Bier und Tabak herbei. Das Gedränge, das Geschrei und die Verwirrung waren so groß, daß ich nur mit äußerster Mühe alle Leute im Auge behalten konnte, von denen überdies einer nach dem andern sich aus dem Boot fortzuschleichen versuchte. Gerade jetzt brachte der Marinesergeant drei unserer Leute himmelschreiend betrunken herab, die er am Lande aufgegriffen hatte. Sie wurden in das Boot hereingeworfen und vermehrten die Schwierigkeit meiner Aufgabe nicht wenig; denn während ich nach denen sah, die in der Trunkenheit revoltierten und das Boot mit Gewalt verlassen wollten, konnte ich die Nüchternen nicht mehr so gut im Auge behalten. Der Sergeant ging wieder fort, nach einem andern Mann zu sehen, und ich gab ihm die betreffende Weisung wegen Hickmann.

Nach einer halben Stunde etwa kehrte der Steward mit den zwei Leuten zurück, die Gemüse, Körbe voll Eier, ganze Schnüre Zwiebeln, Töpfergeschirr aller Art, große Tüten mit Spezereiwaren, Hammelkeulen und Schulterstücke brachten; alles dies wurde hineingezwängt, bis das Fahrzeug vorne und hinten und auf allen Seiten vollgepfropft war. Sie sagten mir, sie hätten noch einiges zu bringen und der Marineoffizier sei nach Stonehouse gegangen, um seine Frau zu besuchen, so daß sie wohl vor ihm wieder zurück sein würden. In einer halben Stunde, während deren ich nur mit größter Mühe die Mannschaft des Bootes im Zaume halten konnte, kamen sie wieder mit einem Dutzend Gänsen und zwei Enten, deren Füße zusammengebunden waren, aber ohne die zwei Matrosen, die ihnen davongelaufen waren, so daß mir im ganzen drei Mann fehlten; ich konnte mir wohl denken, daß Herr Falkon hierüber sehr ärgerlich werden würde, denn es waren drei von den besten Matrosen des Schiffes.

Übrigens war ich fest entschlossen, mich nicht der Gefahr auszusetzen, noch mehr Leute zu verlieren, und ließ deshalb abstoßen, um an einer Stelle der Werft vor Anker zu gehen, wo die Leute nicht hinaufklimmen konnten. Diese waren ganz aufrührerisch, murrten gewaltig und wollten mir nicht gehorchen, was daher kam, daß sie eine hübsche Portion getrunken hatten, und einige waren sogar mehr als halb berauscht. Gleichwohl erzwang ich mir Gehorsam, wobei ich aber eine Flut von Schimpfreden von den Weibern und eine Menge Flüche der Leute auf den Hals bekam, denen die Küstenboote und sonstigen kleinen Nachen gehörten, die durch die Flut an unsere Seite getrieben wurden. Das Wetter wurde immer schlimmer und sah sehr drohend aus. Nachdem ich noch eine Stunde gewartet hatte, traf der Marinesergeant wieder ein und brachte zwei weitere Leute mit, von denen der eine zu meiner großen Freude der vermißte Hickmann war.

Jetzt fühlte ich mich wieder leichter und beruhigter, denn für die beiden andern war ich nicht verantwortlich; aber das Revoltieren und unverschämte Benehmen der Bootsmannschaft sowie der vom Marinesergeant hereingebrachten Matrosen machte mir viel zu schaffen. Einer von ihnen fiel in einen Korb voll Eier, die natürlich in tausend Stücke zerbrachen; auch wurde es schon spät und der Marineoffizier kam immer noch nicht. Die Zeit der Ebbe trat ein, und weil diese gegen den Wind hinströmte, ging die See ziemlich hoch; und da sollte ich jetzt mit einem schwer beladenen Boote, dessen Mannschaft sich zum größeren Teile im Zustande der Betrunkenheit befand, nach dem Schiffe fahren. Der Beischiffführer, der noch allein nüchtern war, riet mir abzustoßen, weil es bald dunkel werden würde und uns leicht ein Unfall zustoßen könnte. Nachdem ich einen Augenblick nachgedacht, stimmte ich ihm bei, ließ die Ruder ansetzen und wir fuhren ab; der Marinesergeant und der Steward der Konstabelkammer hatten im Bug Sitz genommen — betrunkene Mannschaft, Gänse und Enten, alles lag auf dem Boden untereinander. Der hintere Teil des Schiffes war bis zum Schanddeck beladen, und die andern Passagiere und ich, wir setzten uns zwischen das Geschirr und die Menge anderer

Sachen, womit das Boot angefüllt war, so gut es eben gehen wollte. Es war eine Szene der höchsten Unordnung; die halb betrunkenen Bootsleute ›krebsten‹ und fielen auf die andern, die ganz betrunkenen aber schwuren, daß sie rudern wollten.

»Leg' nur Dein Ruder hin, Sullivan. Du schadest mehr, als Du nützest. Betrunkener Schlingel, ich will Dich melden, sobald wir an Bord sind.«

»Wie der Teufel kann ich auch rudern, Ihr Ehren, wenn der Kerl, der Jones, mir mit dem Ruder den Rücken entzwei schlägt und das Wasser die ganze Zeit nicht berührt?«

»Du lügst«, schrie Jones, »ich rudere das Schiff allein an der Backbordseite.«

»Er führt 'n trockenes Ruder, Eu'r Ehren, 's wird kaum abgewaschen.«

»Nennst Du das ein trockenes Ruder?« schrie ein anderer, als eine Welle über das Boot hereinschlug und uns alle, vorne und hinten, bis auf die Haut durchnäßte.

»Nun, Ihr Ehren, jetzt sehen Sie her, ob ich mir nicht die Arme ganz herausrudere?«

»Haben wir Wasser genug, um an der Brücke vorbeizukommen, Swinburne?« fragte ich den Beischifführer.

»Hinlänglich, Herr Simpel, 's ist jetzt erst Viertelsebbe, und je früher wir an Bord kommen, desto besser.«

Wir waren jetzt an der Teufelsspitze und die See ging äußerst stürmisch; das Boot wurde in die Hohlwogen hinabgerissen, daß ich fürchtete, sein Hinterteil werde zerbersten. Es war schon halb voll Wasser, und die zwei hintern Ruder mußten eingezogen werden, um die Leute ausschöpfen zu lassen.

»Würde ich nicht besser daran thun, wenn ich den Gänsen und Enten da die Stricke um ihre Beine wieder aufschnitte und sie zu ihrer Rettung fortschwimmen ließe?« schrie Sullivan, auf sein Ruder gestützt, »die armen Vögel werden sonst in ihrem eigenen Element ersaufen.«

»Nein, nein – rudere nur tüchtig zu, so gut Du kannst.«

Jetzt fingen auch die betrunkenen, auf dem Boote herumliegenden Leute an, infolge der Menge Wassers, das sie bespülte, unruhig zu werden, und machten, immer hin- und herschwankend, einige Versuche, auf die Beine zu kommen. Sie fielen dabei wieder auf die Gänse und Enten, deren größerer Teil durch Ersticken vor dem Ersaufen geschützt wurde. An der Brücke ging das Meer sehr hoch, und obgleich uns die Ebbe darüber hinaustrieb, wären wir doch beinahe versunken. Das Brot schwamm auf dem Boden herum, die Zucker-, Pfeffer- und Salzpakete waren vom Meereswasser durchnäßt, und um die Zerstörung noch größer zu machen, warf ein plötzlicher Wellenstoß des Kapitäns Steward, der dicht am hintern Ruder auf dem Rande saß, gerade auf die Töpferwaren und Eierkörbe. Noch ein paar Wellenladungen, die sich in das Fahrzeug entleerten, richteten vollends alles zu Schanden, und der Steward der Konstabelkammer geriet in Verzweiflung.

»Das ist 'n Liebchen!« schrie Sullivan, »das höflichste Boot in der ganzen Flotte. Es macht mehr Verbeugungen und Komplimente als das artigste Brautpaar an Land. Vorwärts, ihr Burschen, schafft drauf los, daß euch die Arme brennen, und der erste Leutnant wird uns alle so nüchtern und so durchnäßt vom Geschäfte sehen, daß er glaubt, wir seien innen ganz trocken, und uns vielleicht noch 'nen Steifen einschenken läßt, wenn wir an Bord kommen.«

Nach einer Viertelstunde befanden wir uns der Fregatte beinahe zur Seite, aber die Leute ruderten so schlecht und die See ging so hoch, daß wir daran vorbei und nach dem Hinterteile kamen. Man warf uns eine Boje mit der Leine zu; wir hielten sie fest und wurden von den Seesoldaten und der Hinterwache herangezogen, wobei das Boot unter Wasser ging und wir tüchtig durchnäßt wurden. Endlich kamen wir unter das Heck und ich kletterte die Sternleiter hinauf. Herr Falkon war auf dem Verdeck und sehr ärgerlich, daß das Boot nicht richtig an die Seite kam.

»Ich dachte, Herr Simpel, daß Sie jetzt doch einmal wüßten, Ihr Boot ans Schiff zu bringen.«

»Ich weiß es, wie ich hoffe, Sir«, erwiderte ich, »aber das Boot war so voll von Wasser und die Leute wollten ihre Sache nicht recht machen.«

»Wie viel Mann hat der Sergeant an Bord gebracht?«

»Drei, Sir«, antwortete ich, vor Kälte zitternd und nicht sehr vergnügt darüber, daß meine beste Uniform verdorben war.

»Ist die ganze Mannschaft des Bootes wieder mit Ihnen zurück?«

»Nein, Sir, zwei sind noch am Ufer; sie –

»Kein Wort mehr, Sir. Auf die Mastspitze hinauf, und da

bleiben Sie, bis ich Sie herunterrufe. Wenn es nicht schon so spät wäre, so würde ich Sie wieder an Land schicken und nicht wieder an Bord nehmen, außer Sie brächten die Leute. Hinauf jetzt, Sir, unverzüglich.«

Ich durfte nicht wagen, mich in eine Erörterung einzulassen, sondern stieg hinauf. Es war sehr kalt, der Wind ging stark von Südost in heftigen Stößen; ich war so naß, daß der Wind gerade durch mich durchzublasen schien, und es war nun auch finster geworden. Ich kam hinauf zu den Kreuzhölzern, und als ich mich da niederließ, fühlte ich in meinem Innern, daß ich meine Pflicht gethan hatte und unbillig behandelt wurde.

Unterdessen hatte man auch das Boot heraufgezogen, um es auszuleeren, und ich muß sagen, eine saubere Ausleerung gab das ab. Die Enten und Gänse waren alle tot, die Eier und das Töpfergeschirr ganz zerbrochen, auch die Spezereiwaren zum größeren Teile vom Wasser fortgeschwemmt, so daß O'Brien bemerkte, das sei ein schönes allgemeines Durcheinander. Herr Falkon war noch fortwährend sehr ärgerlich.

»Was für Leute fehlen?« fragte er den Beischiffführer Swinburne, als dieser an Bord kam.

»Williams und Sweetman, Sir.«

»Zwei der besten Topmatrosen, wie man mir sagt. Es ist doch in der That gar zu ärgerlich. Auch nicht einen Seekadetten habe ich an Bord, auf den ich mich verlassen könnte. Ich muß mich fortwährend abmühen und abplacken und bekomme nirgends Hilfe. Der Dienst geht jetzt fürwahr ganz zum Teufel, seit man junge Leute an Bord schickt, um zu Offizieren herangebildet zu werden, die zu hochmütig sind, ihre Schuldigkeit zu thun. Weshalb hielten Sie sich denn so lange an der Küste auf, Swinburne?«

»Wir warteten auf den Marineoffizier, der nach Stonehouse gegangen war, um seine Frau zu besuchen; Herr Simpel wollte aber nicht noch länger warten, da es schon dunkel ward und wir so viel betrunkene Leute im Boot hatten.«

»Herr Simpel hatte recht. Ich wünschte, Herr Harrison bliebe mit seiner Familie am Ufer; 's ist doch gar kein Ernst mit dem Dienst. Aber bitte, Herr Swinburne, hatten Sie denn keine Augen im Kopfe, wenn Herr Simpel so nachlässig war? Wie kamen Sie dazu, diese Leute zum Boot hinausgehen zu lassen?«

»Sie waren vom Marineoffizier requiriert, um ihre Vorräte

ins Boot zu bringen, Sir, und da gingen sie dem Steward durch. Es ist somit weder Herrn Simpels noch meine Schuld. Zwei Stunden, ehe wir fortfuhren, lagen wir auf der Werft, denn sonst hätten wir noch mehr Leute verloren; und was kann so ein armer junger Mensch machen, wenn er betrunkene Leute zu beaufsichtigen hat, die nicht gehorchen wollen?«; dabei sah er nach der Mastspitze herauf, als wollte er sagen: »Weshalb wurde der da hinaufgeschickt?« und fuhr dann weiter fort: »Schwören darauf will ich, Sir, daß Herr Simpel keinen Fuß aus dem Boot setzte, von dem Augenblicke der Abfahrt an bis zum Moment der Rückkehr an Bord, und daß kein junger Gentleman den Dienst hätte pünktlicher versehen können.«

Herr Falkon sah zuerst ganz verdrießlich aus, als der Beischifführer so frei sprach, doch erwiderte er nichts. Er ging einige Male auf dem Verdeck hin und her und rief mir dann durch das Sprachrohr zu, ich solle herunterkommen. Aber ich konnte nicht; meine Glieder waren durch den Wind, der mir durch die nassen Kleider blies, so verkrampft, daß ich mich nicht rühren konnte. Er rief noch einmal; ich hörte es wohl, war aber nicht imstande zu antworten. Jetzt kam einer der Topmatrosen herauf, und als er meinen Zustand sah, rief er auf das Verdeck hinunter, er glaube, ich liege in den letzten Zügen, und er dürfe nicht wagen, von mir wegzugehen, aus Furcht, ich möchte herabfallen. Auf dieses hin kletterte O'Brien, der die ganze Zeit auf dem Verdeck gewesen war, die Takelung herauf und war rasch bei mir. Den Topgasten schickte er hinab, um einen Schwanzblock und Leesegelfallen zu bringen; daraus machte er eine Schleife und ließ mich auf das Verdeck hinab. Ich wurde schnell in eine Hängematte gebracht, worauf der Arzt verordnete, mir etwas Branntwein mit warmem Wasser zu geben und mich recht gut zuzudecken; nach einigen Stunden schon war ich wieder wohl.

O'Brien, der an meinem Bette saß, sagte: »Denk nicht mehr daran, Peter, und sei nicht böse auf Herrn Falkon, denn es thut ihm sehr leid.«

»Ich bin ihm nicht böse, O'Brien; Herr Falkon ist immer zu gütig gegen mich gewesen, als daß ich es nicht vergessen sollte, wenn er einmal vorschnell war.«

Der Arzt kam wieder zu mir her, gab mir noch etwas Erwärmendes zu trinken und hieß mich jetzt schlafen; am anderen Morgen erwachte ich ganz munter.

Als ich in die Seekadettenkajüte trat, fragten mich meine Kameraden, wie ich mich befinde, und einige tadelten die Tyrannei des Herrn Falkon; ich ergriff jedoch dessen Partei und sagte, wenn er auch vielleicht im gegenwärtigen Falle etwas voreilig gehandelt habe, so sei er doch im allgemeinen ein im Dienste ausgezeichneter und gerechter Offizier. Einige stimmten mir bei, andere jedoch bestritten dies. Einer der letzteren, der immer übel angeschrieben war, verhöhnte mich und sagte: »Peter liest die Bibel und hat daraus gelernt, daß, wenn man ihn auf die eine Backe schlägt, er die andere darbieten muß. Ich stehe dafür, wenn ich ihn jetzt am rechten Ohr zupfe, so wird er mir sein linkes hinhalten.« Mit diesen Worten faßte er mich am Ohr, ich aber schlug ihn für seine Bemühung zu Boden. Jetzt wurde Platz gemacht für uns zum Boxen, und in einer Viertelstunde gab sich mein Gegner für überwunden; aber auch ich bekam meinen Teil Püffe und trug namentlich ein ganz geschwollenes Auge davon. Ich hatte kaum Zeit, mich zu waschen und mein Hemd zu wechseln, das ganz blutig geworden war, als ich auf das Hinterdeck beschieden wurde. Dort traf ich Herrn Falkon, der auf- und abging. Er sah mich ziemlich scharf an, richtete aber keinerlei Fragen an mich über die Ursache meines ungewöhnlichen Aussehens.

»Herr Simpel«, sagte er, »ich habe Sie rufen lassen, um Sie um Verzeihung zu bitten wegen meines Benehmens von gestern Abend, das nicht nur sehr übereilt, sondern auch sehr ungerecht war.«

Es that mir für ihn selbst weh, als ich ihn so artig sprechen hörte, und um es ihm leichter zu machen, erwiderte ich, obgleich mich allerdings wegen des Verlustes jener zwei Leute kein Vorwurf treffe, so habe ich doch dadurch gefehlt, daß ich dem Hickmann erlaubt habe, das Boot zu verlassen; denn wenn diesen der Sergeant nicht aufgegriffen hätte, so wäre ich ohne ihn zurückgekommen, und somit habe ich also wirklich die erlittene Strafe verdient.

»Herr Simpel«, entgegnete mir Herr Falkon, »ich achte Sie und bewundere Ihr Zartgefühl; aber ich war zu tadeln und es ist also meine Pflicht gewesen, mich zu entschuldigen. Gehen Sie jetzt wieder hinab. Ich würde Sie gebeten haben, mir das Vergnügen Ihrer Gesellschaft über Tisch zu schenken, aber ich sehe, daß sonst etwas vorgekommen ist, das ich unter anderen Umständen untersuchen würde, für jetzt aber unbeachtet lasse.«

Ich lüftete meinen Hut und ging wieder hinunter. Unterdessen hatte O'Brien die näheren Umstände und die Veranlassung meines kleinen Zweikampfes erfahren, und verfehlte nicht, solche Herrn Falkon mitzuteilen, der nun, wie mir O'Brien sagte, auch nicht im allermindesten wegen des Geschehenen mit mir unzufrieden war. Er behandelte mich auch von jetzt an in der That mit der größten Güte und Freundlichkeit, und übertrug mir jeden Dienst, den er für bedeutend erachtete. Er war ein wirklicher Freund; denn obwohl er mir stets Achtung und Vertrauen erwies, so gestattete er mir nicht, meinen Dienst zu vernachlässigen.

Der erwähnte Marineoffizier traf nun endlich auch wieder an Bord ein; er war sehr ärgerlich, daß man ihn am Ufer zurückgelassen hatte, und sprach schon davon, mich vor ein Kriegsgericht zu stellen, indem ich ihm die schuldige Achtung nicht erzeigt und meiner Beaufsichtigung anvertraute Gegenstände vernachlässigt hätte; aber O'Brien hieß mich ja nicht auf seine Worte achten und bemerkte noch:

»Ich bin der Ansicht, Peter, daß dieser Gentleman während der Zeit seines Urlaubes ein nicht geringes Quantum Poppelmus verzehrt hat.«

»Was ist das, O'Brien?« fragte ich, »dieses Wort habe ich noch nie gehört.«

»Das, Peter«, antwortete er, »ist der Brei, womit man Gimpel füttert.«

Neuntes Kapitel

Eine lange Unterhaltung mit Herrn Chucks. — Der Vorteil, ein Gebetbuch in der Tasche zu haben. — Wir fahren unter Passatwind. — Swinburne, der Quartiermeister, und seine Garne. — Der Kapitän erkrankt.

Am nächsten Tage kam der Kapitän mit versiegelten Ordres über unsere Bestimmung an Bord, die jedoch erst auf der Höhe von Ushant geöffnet werden sollten. Am Abend lichteten wir die Anker und fuhren ab. Es ging ein frischer Nordwind und die Bucht von Biscaya war ruhig. Wir fuhren durch, setzten alle Leesegel bei und legten in der Stunde elf Meilen zurück.

Da ich nicht auf dem Hinterdeck erscheinen konnte, ward ich auf die Krankenliste gesetzt. Kapitän Savage, der sich nach allem genau erkundigte, fragte, was mir denn fehle, und der Doktor sagte ihm, eine Augenentzündung. Er forschte nun nicht weiter nach, und ich hütete mich wohl, ihm unter das Gesicht zu kommen. Des Abends ging ich auf dem Vorderkastell herum, wo ich auch meine alte, trauliche Bekanntschaft mit dem Bootsmann, Herrn Chucks, erneuerte, und ihm einen genauen Bericht über alle meine Abenteuer in Frankreich gab.

»Ich habe darüber nachgedacht, Herr Simpel«, sagte er, »wie so 'n Backfisch wie Sie so viele Beschwerden ertragen konnte, und jetzt weiß ich, woher das kommt. Das ist Blut, Herr Simpel — lauter Blut — Sie stammen von gutem Blut, und zwischen dem Adel und den unteren Klassen herrscht 'n eben so großer Unterschied, als zwischen einem Rennpferde und einem Karrengaul.«

»Da kann ich Ihnen nicht beistimmen, Herr Chucks, gemeine Leute sind ebenso tapfer als vornehm geborene. Es fällt Ihnen doch gewiß nicht ein zu sagen, daß Sie selbst nicht tapfer seien, ebensowenig, als Sie dies von den Leuten an Bord dieses Schiffes werden behaupten wollen?«

»Nein, nein, Herr Simpel; aber was mich selbst betrifft, so war meine Mutter eine Frau, der man nicht trauen durfte, und man kann also nicht sagen, wer mein Vater gewesen; denn sie war zugleich eine schöne Frau, und dies hebt ja in dieser Beziehung jeden Unterschied auf. Die Matrosen anlangend, so würde ich, weiß Gott, eine Ungerechtigkeit begehen, wenn ich nicht anerkennen wollte, daß sie so tapfer sind wie die Löwen. Aber, es gibt zwei Arten von Tapferkeit, Herr Simpel — die Tapferkeit, für den Augenblick und der Mut, eine lange Zeit auszudauern. Verstehen Sie mich?«

»Ich glaube wohl, doch kann ich Ihre Ansichten nicht teilen. Wer erträgt mehr Strapazen als unsere Matrosen?«

»Wohl wahr, Herr Simpel, doch das kommt daher, daß sie schon durch ihre ganze Lebensweise dazu abgehärtet sind; aber wenn die gemeinen Matrosen so sorgsam erzogen worden wären wie Sie, würden sie das nicht durchmachen, was Sie schon durchgemacht haben. 's ist meine feste Meinung, Herr Simpel — es geht nichts über Blut.«

»Mir scheint, Herr Chucks, Sie gehen in Ihren Ansichten über diesen Gegenstand zu weit.«

»Nicht doch, Herr Simpel, und ich glaube ferner, daß wer am meisten zu verlieren hat, sich auch am meisten wehrt. Nun ficht ein gemeiner Mann nur für seinen eigenen Ruf; wenn aber einer viele in der Geschichte berühmte Ahnen hat, wenn er ein Wappen führt mit Kreuz und Girlanden, die über und über mit Löwen und Einhörnern besetzt sind, um die Reinheit des Wappenmantels zu hüten – hat der nicht auch zugleich für den Ruhm aller seiner Vorfahren zu fechten, deren Name beschimpft würde, wenn er sich nicht tapfer benähme?«

»In letzterer Beziehung gebe ich Ihnen recht, Herr Chucks, bis auf einen gewissen Grad.«

»Ach was, Herr Simpel, wir wissen den Wert der guten Abkunft nicht zu schätzen, wenn wir sie besitzen; nur diejenigen, die sie nicht erlangen können, wissen sie zu würdigen. Ich wünschte in vornehmer Familie geboren zu sein – bei Gott, ich wünschte es«, und dabei schlug er mit der Faust so heftig gegen den Rauchfang, daß es widerhallte. »Übrigens, Herr Simpel«, fuhr er nach einer Pause fort, »ist mir jetzt ganz wohl, daß ich von Herrn Muddle, dem Narren mit seinen sechsundzwanzigtausend und soundsoviel Jahren, und dem alten Weibe, dem Feuerwerker Dispart, fort bin. Sie wissen gar nicht, wie ich mich über diese Leute ärgerte; es war 'ne Narrheit von mir, aber ich konnte nicht anders. Nun scheinen mir die Subalternoffiziere auf diesem Schiff sehr achtbare, gesetzte Leute zu sein, die den Dienst kennen, ihn pünktlich verrichten und nicht zu familiär sind, was ich hasse und verabscheue. Sie besuchten doch auch Ihre Verwandten, als Sie nach England kamen?«

»Ja, Herr Chuks, und ich verbrachte auch ein paar Tage bei meinem Großvater, dem Lord Privilege, mit dem Sie einmal zu Mittag speisten.«

»Schön; was macht denn der alte, edle Herr?« fragte der Bootsmann mit einem Seufzer.

»Er ist ganz wohl für sein hohes Alter.«

»Bitte, Herr Simpel, erzählen Sie mir alles von Ihrem Besuche ganz genau, von da an, als Sie an der Haustür von der Dienerschaft empfangen wurden, bis zu dem Augenblicke, da Sie wieder fortgingen. Geben Sie mir auch eine Beschreibung von dem Hause und seinen Zimmern, denn ich höre solche Sachen gerne, obgleich ich sie nicht wieder sehen werde.«

Herrn Chucks zu Gefallen ging ich nun auf eine genaue Beschreibung, auch der kleinsten Umstände ein, wobei er mir mit größter Aufmerksamkeit zuhörte, bis es ganz spät geworden war, und selbst dann ließ er mich nur sehr ungern in meine Hängematte hinabgehen.

Den nächsten Tag trug sich ein sonderbarer Fall zu. Der zweite Leutnant schickte einen Seekadetten, der vom Verdeck fortgegangen war, ohne seine Ablösung abzuwarten, zur Strafe auf die Mastspitze. Als er diesen jungen Mann rufen ließ, befand derselbe sich unten in unsern Kajüten, und da er nach den Mitteilungen des Quartiermeisters nun eine Strafe diktiert zu erhalten erwartete, steckte er das erste Buch, das ihm in die Hände kam, in seine Rocktasche, um sich damit da droben die Zeit zu vertreiben. Dann kam er herauf auf das Verdeck und wurde auch, wie er vermutet, richtig auf die Mastspitze hinaufbeordert. Er war noch keine fünf Minuten oben, als ein plötzlicher Windstoß die Haupt-Topgallantstenge wegriß und er leewärts herunterflog, denn der Wind hatte sich gedreht und die Raen waren aufgebraßt. Wäre er über Bord gefallen, so würde er, da er nicht schwimmen konnte, aller Wahrscheinlichkeit nach ertrunken sein; aber mit dem Buch in seiner Tasche blieb er in den Schlingen des Fockbrassenblocks hängen, bis ihn die Topmatrosen dort wieder losmachten. Nun traf es sich gerade, daß er in seiner Eile ein Gebetbuch in die Hand bekommen hatte, und so behaupteten die Abergläubigen, seine Rettung sei bloß dem Umstande zuzuschreiben, daß er ein religiöses Buch bei sich gehabt habe. Ich bin aber anderer Ansicht und glaube, daß ein jedes andere Buch den Dienst ebensogut gethan hätte; der Seekadett hingegen glaubte selbst daran, was übrigens nur gute Folgen hatte, denn er war bisher ein ungezogener Bursche gewesen und wurde von nun an viel besser.

Doch hätte ich fast vergessen, eines Umstandes zu gedenken, der am Tage unserer Abfahrt statthatte und, wie die Erzählung zeigen wird, einen großen Einfluß auf mein späteres Leben ausübte. Ich erhielt nämlich einen Brief von meinem Vater, der in sichtlich großer Aufregung und Mißlaune geschrieben war, worin er mir meldete, mein Onkel, dessen Frau, wie bereits erwähnt, zwei Töchter geboren hatte und aufs neue der Niederkunft entgegensah, habe plötzlich seine Haushaltung aufgehoben, seine ganze Dienerschaft entlassen und sich unter einem andern Namen nach Irland begeben. Für diese unerklärliche Abreise habe derselbe keinen Grund angegeben, und weder meinen Großvater noch irgendein Mitglied der Familie von seinem Vorhaben in Kenntnis gesetzt. Seine Abreise sei nur durch einen Zufall und erst elf Tage nachher bekannt geworden. Mein Vater hatte sich große Mühe gegeben, den Aufenthaltsort meines Onkels ausfindig zu machen; aber obgleich man wußte, daß er die Richtung nach Cork eingeschlagen, so ging doch von jener Stadt an jede Spur verloren; nach den eingezogenen Erkundigungen übrigens glaubte mein Vater, daß er nicht ferne von dort sei. »Nun«, bemerkte er weiter in seinem Briefe, »kann ich nicht anders glauben, als daß mein Bruder in seiner ängstlichen und gierigen Bemühung, die Vorteile des Titels seiner eigenen Familie zu erhalten, den Entschluß gefaßt hat, durch irgendeinen Kniff ein untergeschobenes Kind für das seinige auszugeben. Seine Frau nämlich erfreut sich durchaus keiner guten Gesundheit und hat wenig Hoffnung, große Nachkommenschaft zu bekommen; sollte sie also auch diesmal wieder eine Tochter gebären, so ist wenig Aussicht, daß sie je wieder in diese Umstände gerät, und ich nehme deshalb keinen Anstand, die Überzeugung auszusprechen, daß die ganze Maßregel mit dem Vorsatze unternommen wurde, Dich um die Aussicht zu betrügen, je in das Haus der Lords berufen zu werden.«

Ich gab den Brief O'Brien, der ihn ein paarmal durchlas und dann seine Ansicht dahin aussprach, er glaube, mein Vater habe recht in seiner Vermutung.

»Verlaß Dich darauf, Peter, da ist Betrug beabsichtigt – das heißt, wenn Betrug nötig wird.«

»Aber, O'Brien, ich kann mir nicht denken, warum mein Onkel, wenn er keinen eigenen Sohn bekommt, lieber den Sohn einer fremden Person, anstatt seines leiblichen Neffen anerkennt.«

»Aber ich, Peter; Dein Onkel sieht nicht aus, als ob er noch lange leben sollte, wie Du wohl weißt. Der Doktor sagt, daß er ihm bei seinem kurzen Halse keine zwei Jahre mehr versprechen könne. Bedenke also, daß, wenn er einen Sohn hätte, auch seine Töchter besser daran wären und eher hoffen dürften, gut verheiratet zu werden; außerdem gibt es noch manche andere Gründe für ihn, von denen ich jedoch jetzt nicht sprechen will, denn es würde sich nicht schicken, Dir den Glauben beizubringen, Dein Onkel sei ein Schurke. Laß Dir aber sagen, was ich zu thun gedenke. Ich will jetzt stracks in meine Kajüte hinuntergehen und an Pater M'Grath schreiben, ihm die ganze Geschichte erzählen und ihn bitten, Deinen Onkel ausfindig zu machen und ihn genau zu bewachen; und ein Dutzend Flaschen Wein wette ich, eh' eine Woche vergeht, hat der ihn ausgespürt und hütet ihn auch bis zum letzten Augenblicke. Er wird wohl irische Dienerschaft annehmen, und Du weißt nicht, welche Gewalt in meiner Heimat ein Priester hat. Jetzt gib mir nur, so gut Du kannst, eine Beschreibung über die Persönlichkeit Deines Onkels und seiner Frau; sag' mir auch, wie stark ihre Familie ist und wie alt sie sind. Pater M'Grath muß eine genaue Kenntnis selbst von den kleinsten Umständen haben, dann wird er schon selbst machen, was not thut.«

Ich kam O'Briens Wünschen nach, so gut ich konnte, und er schrieb einen langen Brief an Pater M'Grath, der durch eine sichere Hand ans Ufer befördert wurde. Ich antwortete auf das Schreiben meines Vaters, dachte übrigens an die ganze Geschichte nicht mehr.

Jetzt wurden auch unsere versiegelten Ordres eröffnet und es fand sich, daß wir nach Westindien bestimmt waren, wie man zum voraus vermutet hatte. Bei Madeira legten wir an, um etwas Wein für die Schiffsmannschaft einzunehmen; da wir jedoch nur einen Tag vor Anker blieben, durfte niemand von den Leuten ans Ufer. Ein Glück aber wäre es gewesen, wenn wir gar nicht dorthin gekommen wären, denn einen Tag nachher wurde unser Kapitän, der mit dem Konsul daselbst gespeist hatte, sehr heftig krank. Nach den Symptomen sprach der Arzt die Befürchtung aus, er möchte vergiftet worden sein durch eine Speise, die höchst wahrscheinlich in einem kupfernen und nicht gehörig verzinnten Kessel gekocht worden wäre. Wir alle waren ängstlich um seine Wiedergenesung besorgt, aber er schien im Gegenteil mit jedem Tage schlimmer zu werden, und, wie man zu sagen pflegt, zollweise abzusterben. Man mußte ihn endlich auf sein Lager bringen, das er auch nicht wieder verließ. Dieser Vorfall brachte in Verbindung mit dem Bewußtsein, daß wir jetzt in ein sehr ungesundes Klima kamen, eine düstere Stimmung auf dem ganzen Schiffe hervor, und obgleich uns der Passatwind spielend durch die durchsichtige blaue See dahintrieb — obgleich es warm und doch nicht zu warm war — obgleich die Sonne im höchsten Glanze aufging, und alles so schön und herrlich war — so drückte doch des Kapitäns Erkrankung jede frohe Stimmung nieder. Jedermann trat sachte auf dem Verdeck auf und sprach leise, um ihn nicht zu stören; des Morgens sahen alle dem Rapport des Arztes mit kummervoller Teilnahme entgegen, und unser Gespräch drehte sich im allgemeinen ausschließlich um das ungesunde Klima, das gelbe Fieber, den Tod und um die Pfahlgruben, die dort unserer harrten. Swinburne, der Quartiermeister, war in meiner Wache, und da er längere Zeit in Westindien verlebt hatte, so suchte ich so viel als möglich Erkundigungen von ihm einzuziehen.

Der alte Schelm fand ein geheimes Vergnügen daran, mich, soviel er konnte, in Schrecken zu versetzen.

»In der That, Herr Simpel, Sie fragen gar viel«, pflegte er zu sagen, wenn ich ihn anredete, während er auf seinem Posten an der Kanone stand; »ich wünschte, Sie machten sich selbst nicht so viel Sorgen (fest so – fest ist's, rief er dazwischen hinein dem Matrosen zu); ja freilich, was den gelben Jakob betrifft, wie wir das gelbe Fieber heißen, so ist das 'n eingefleischter Teufel, das ist ganz gewiß. Sie essen morgens Ihre Portion und sind noch ganz wohl, und noch eh's Abend wird, tot wie 'n Hering. Zuerst kommt 'n bißchen Kopfweh – Sie gehen zum Doktor, der Ihnen Blut abzapft wie 'nem Schwein – dann verlieren Sie Ihre fünf Sinne – dann kommt das schwarze Brechen und dann ist's aus mit Ihnen und Sie geben 'n Fressen für die Landkrebse, die Ihre Knochen sauber abnagen, daß sie so weiß werden wie 'n Elefantenzahn im Meere. Aber *ein* Gutes muß man bei alldem dem gelben Jakob nachsagen. Sie sterben *gestreckt* wie 'n Gentleman – nicht zusammengekrümmt wie 'n Schneefisch, der aus dem St. Lorenzflusse herausgezogen wird, die Knie bis an die Nase herauf und die Zehen unter die Achselgrube geschoben, wie das bei einigen von den fremden Krankheiten der Fall ist; nein, gestreckt, ganz gestreckt und gerade wie 'n Gentleman. Aber er ist doch bösartig, der Jakob, das ist wahr. Auf der ›Euridice‹ hatten wir 'ne Mannschaft, so stattlich, als je eine auf das Verdeck gepfiffen wurde (fest Steuerbord, mein Mann, Ihr seid um eine halbe Pinte von Eurem Kurs ab), und als wir vor Port-Royal Anker warfen, dachten wir gleich, es sei nichts Gutes im Werke, denn achtunddreißig Haifische folgten uns in den Hafen hinein und spielten Tag und Nacht um uns herum. Ich beobachtete sie während der Nachtwache genau, wie sie die Flossen schnellten, das Wasser schäumten und 'nen Lichtstreif hinter sich zurückließen. In der nächsten Nacht sagte ich zur Schildwache, als ich sah, wie sie unter dem hintern Teil des Schiffes herumschnüffelten: ›Soldat‹, sagte ich, ›die Haifische halten Musterung auf Befehl des gelben Jakob‹, und kaum war mir der ›gelbe Jakob‹ zum Munde heraus, so tauchten die Haifische ganz lustig auf, jeder von ihnen, als wollte er sagen: ›ja, das thun wir — verdammt Eure Augen.‹ Der Soldat aber erschrak so heftig, daß er über Bord gefallen wäre, wenn ich ihn nicht an der Halsbinde gefaßt hätte, denn er stand am Top vom Hackbord. So fiel nur seine Muskete über den Stern hinunter; die Haifische hüpften von allen Seiten um dieselbe herum, daß die See ganz feurig aussah — und es wurden ihm, glaub' ich, ein Pfund und sechzehn Schilling zur Last geschrieben. Übrigens gab ihm der Vorfall eine Lehre darüber, wie es ihm ergangen wäre, wenn er statt der Muskete hineingefallen wäre — und er stand nie wieder auf dem Hackbord (fest Backbord — gebt aufs Steuern acht, Smith — könnt deshalb doch meinem Garnspinnen zuhören). Also richtig, Herr Simpel, der gelbe Jakob kam unfehlbar. Zuerst wurde der Zahlmeister abberufen, um sich für seine Spitzbübereien zu verantworten. Wir kümmerten uns nicht viel darum, als den die Landkrebse fraßen, denn er hatte so manchen armen Teufel noch nach dem Tode Tabak kauen lassen und so die Frauen und Verwandten der Matrosen oder das Greenwich-Hospital, wie sich's eben gerade traf, schwer betrogen. Dann kam's an zwei Seekadetten, gerade von Ihrem Alter, Herr Simpel: die armen Kerls fuhren ganz schnell ab; dann an den Schiffsmeister und so fort, bis wir zuletzt nur noch sechzig Mann an Bord hatten. Zuletzt starb auch der Kapitän, und nun hatte der gelbe Jakob seinen Magen gefüllt und ließ uns von jetzt an in Ruhe. Sobald der Kapitän gestorben war, verließen die Haifische das Schiff und wir sahen keinen derselben wieder.«

Solche Geschichten erzählte er mir und den anderen Seekadetten während der Nachtwache, und ich darf dem Leser wohl versichern, daß sie uns nicht wenig Angst einjagten.

Je mehr wir uns mit jedem Tage den Inseln näherten, um so näher glaubten wir auch unserem Grabe zu sein. Als ich einmal mit O'Brien darüber sprach, lachte er mich aus. »Peter«, sagte er, »die Furcht bringt mehr Leute um als das gelbe Fieber, oder irgend eine andere Krankheit Westindiens.

Der Swinburne ist 'n alter Spitzbube, der sich nur lustig über euch macht. Der Teufel ist nicht halb so schwarz als man ihn malt, — und so glaube ich auch, das gelbe Fieber wird nicht halb so gelb sein.«

Wir waren jetzt den Barbados-Inseln ganz nahe gekommen. Das Wetter war herrlich und der Wind immer günstig; die fliegenden Fische kamen in ganzen Partien heran, aufgeschreckt durch die schäumenden Wellen, wie sie dahinrollten und vom Bug abprallten, wenn unsere schnellsegelnde Fregatte die Wogen durchschnitt; die Meerschweine spielten zu Tausenden um uns herum und schienen Vergnügen daran zu finden, das Schiff auf seinem raschen Fluge zu begleiten. Alles war herrlich schön und wir wären ganz vergnügt gewesen, wenn sich nicht erstens der Zustand des Kapitäns Savage von Tag zu Tag verschlimmert hätte, und wenn wir uns zweitens selbst nicht so gefürchtet hätten vor der Hölle, in die wir durch dieses Wasserparadies zu gelangen im Begriffe waren. Herr Falkon, der nun den Befehl führte, war ganz ernst und nachdenklich und schien sich wirklich unglücklich zu fühlen bei der Aussicht, die sich für seine Beförderung darbot. Mit der größten Aufmerksamkeit und unablässig war er bemüht, dem Kapitän, soviel er nur konnte, Ruhe und Linderung zu verschaffen; der Versuch, Geräusch und Lärm zu machen, galt ihm jetzt für ein größeres Verbrechen als Trunkenheit, ja selbst als Meuterei.

Als wir noch ungefähr drei Tagfahrten von Barbados entfernt waren, trat Windstille ein und der Kapitän wurde viel kränker; jetzt sahen wir auch zum erstenmal den großen weißen atlantischen Haifisch. Es gibt verschiedene Abarten desselben, aber die gefährlichsten sind die großen weißen und die Grundhaifische. Die ersteren erreichen eine ungeheure Länge — die letzteren hingegen werden selten lang, nie über zwölf Fuß, dehnen sich aber sehr in die Breite. Wir konnten keinen der Haifische, die um uns herum spielten, fangen, denn Herr Falkon gestattete es nicht, um den Kapitän nicht durch den Lärm beim Heraufziehen des Fisches zu stören. Endlich erhob sich wieder ein Seewind; in zwei Tagen näherten wir uns der Insel und stellten Wachen aus, um nach dem Lande zu spähen.

Zehntes Kapitel

Tod des Kapitän Savage. — Seine Bestattung. — Pröbchen eines echten geborenen Barbader. — Das Säugen der Affen. — Wirkungen eines Sturmes.

Am andern Morgen, nachdem wir einen Teil der Nacht hindurch beigedreht hatten, wurde Land gesehen, und in demselben Augenblick, als der Matrose von der Mastspitze dies meldete, kam der Arzt auf das Verdeck, um den Tod unseres edlen Kapitäns anzuzeigen. Obgleich man nun diesem Ereignisse allerdings seit den letzten zwei oder drei Tagen entgegengesehen hatte, so verbreitete doch die Trauerkunde eine tiefe Düsterheit auf dem ganzen Schiffe; die Leute arbeiteten in aller Stille und sprachen nur ganz leise miteinander; Herr Falkon war, wie wir alle, schmerzlich ergriffen.

Im Laufe des Vormittags liefen wir auf der Insel ein, und so trüb gestimmt ich auch damals war — das Gefühl der Bewunderung kann ich nie vergessen, das mich erfüllte, als wir an der Needham-Spitze vorbei in die Carlisle-Bucht fuhren. Vor uns lag die Bucht so rein und blendend weiß, mit den hohen, grünen Kokosnußbäumen im Hintergrunde, deren breite Kronen vom frischen Winde hin- und herbewegt wurden, das tiefe Blau des Himmels und das noch tiefere der durchsichtigen See, das bisweilen ins Grüne überging, wenn wir an den Korallenfelsen vorbeifuhren, die ihre Zweige aus der Tiefe heraufstreckten; auch die Aussicht auf die Stadt öffnete sich unseren Blicken allmählich, die Häuser traten nacheinander in ihrer niedlichen Bauart mit den grünen Jalousieläden hervor — fürwahr eine bezaubernd schöne Landschaft, oben mit den flatternden Fahnen das Fort — Gruppen von Offizieren nach der Stadt herunterreitend, und endlich eine geschäftige Bevölkerung in allen Farben, gehoben durch das schöne Weiß der Kleidung. Hier sah ich also meine ersten Ideen vom Feenlande völlig verwirklicht, und nie glaubte ich so etwas Schönes erblickt zu haben. »Und ist's möglich«, dachte ich, »daß dieser Ort so schrecklich ist als man sagt?«.

Die Segel wurden zusammengezogen, die Anker geworfen, und ein Salutschuß unseres Schiffes, vom Fort aus erwidert, erhöhte noch den Eindruck des ganzen Anblicks. Nun rollte man die Segel zusammen, ließ die Boote herunter, und der

Bootsmann braßte die Raen der vordersten Jolle. Herr Falkon kleidete sich an und fuhr, als sein Boot bemannt war, mit Depeschen an Land.

Nachdem man sämtliche Arbeiten auf dem Schiffe verrichtet hatte, bot sich den Seekadetten, die so lange von Seiner Majestät Rationen gelebt, eine neue Aussicht auf Hochgenuß dar. Rings um das Schiff herum lagerten sich Boote mit Körben voll Paradiesfeigen, Pampelmusen, Breiäpfeln und allen Arten tropischer Früchte; mit gebackenen fliegenden Fischen, Eiern, Hühnern, Milch und allem möglichen, was nur irgend Reiz haben kann für einen armen Burschen, der so lange zur See gewesen war. Sobald man die Wache aufgerufen hatte, sprangen wir alle eilends in die Boote hinab und kehrten mit Schätzen beladen zurück, die wir schnell wieder verschwinden zu machen wußten. Nachdem ich soviel Früchte zu mir genommen, als in England zum Dessert bei einem Diner von zwanzig Personen hingereicht hätte, begab ich mich wieder auf unser Verdeck.

Es lag kein anderes Kriegsschiff in der Bucht, meine Aufmerksamkeit richtete sich dagegen auf ein schönes, kleines Fahrzeug, einen Schoner, dessen zauberhaft niedlicher Bau bedeutend abstach gegen ein daneben befindliches westindisches Handelsschiff. Während ich gerade die schöne Außenseite desselben ansah, erhob sich plötzlich ein Geschrei darauf, das mich recht erschreckte, und gleich nachher füllte sich das Verdeck mit etwa zweihundert nackten, wollhaarigen Gestalten, die einander anschnatterten und angrinsten. Es war nämlich ein erbeutetes spanisches Sklavenschiff, das man den Abend zuvor hierher gebracht hatte; die Sklaven befanden sich noch immer an Bord, in Erwartung der Befehle des Gouverneurs. Sie waren noch keine zehn Minuten auf dem Verdeck, als drei oder vier Männer mit Panamastrohhüten auf den Köpfen und langen Palmstöcken in den Händen heraufkamen und sie samt und sonders schnell wieder hinunterjagten.

Als ich mich umdrehte, gewahrte ich eine schwarze Frau, die soeben an der Seite auf unsere Fregatte heraufgestiegen war. O'Brien stand gerade auf dem Verdeck und sie ging in der ernsthaftesten Weise von der Welt mit den Worten auf ihn los:

»Was machen Sie, Sär? Ganz glücklich Sie wiederkommen!«

»Ich dank' Ihnen, Madame, ich bin ganz wohl«, erwiderte dieser, »und gedenke auch so wieder von hier fortzugehen; da ich jedoch dieses Land noch nie betreten habe, so haben Sie allerdings etwas voraus vor mir.«

»Noch nie hier gewesen, so helf' mir Gott! Ich denke Sie kennen – ich glaube, Ihr hübsches Gesicht mir bekannt sein. – Ich, Lady Rodney, Sär. Ah, Piccaninny Buccra! wie geht's?« sagte sie, zu mir gewandt, und dann wieder, sich gegen O'Brien verbeugend: »Ich hoffe die Ehre haben, für Sie waschen, Sär.«

»Was berechnen Sie hier dafür?«

»Alles zum gleichen Preis, jedes Stück ein Bit.«

»Was verstehen Sie unter Bit?« fragte ich.

»Ein Bit, klein Massa? was ein *Bit* sei? Davon vier Stück zu ein Pictareen.«

Auf unserem Verdeck war es nun recht lebhaft; verschiedene Offiziere und sonstige Bewohner der Stadt kamen herbei, um Neuigkeiten zu erfahren, Einladungen zu dem Offizierstisch und in die Privathäuser wurden erlassen, und als unsere Gäste wieder fortgingen, kehrte Herr Falkon an Bord zurück. O'Brien und den andern Offizieren sagte er, der Admiral und das Geschwader würden in einigen Tagen zurückerwartet, bis dahin müßten wir in der Carlisle-Bucht verweilen und unverzüglich die nötigen Ausbesserungen vornehmen.

Hatte nun auch die Furcht vor dem gelben Fieber in unserer Brust bedeutend nachgelassen, so drängte sich uns doch der Gedanke, daß unser armer Kapitän tot in der Kajüte liege, beständig auf – die ganze Nacht hindurch waren die Zimmerleute damit beschäftigt, seinen Sarg zu machen, da er den nächsten Tag schon bestattet werden sollte. In den tropischen Klimaten darf man nämlich den Leichnam nicht lange liegen lassen, weil die Verwesung so schnell eintritt.

Am folgenden Morgen war die Mannschaft schon mit Tagesanbruch auf den Beinen, die Verdecke zu waschen und das Schiff in Ordnung zu bringen; die Leute arbeiteten willig, aber mit einem stillschweigenden Anstand, der ihre Gefühle bekundete. Nie wurden die Verdecke sauberer gereinigt, nie die Taue sorgfältiger aufgerollt; die Hängematten wurden in ihre weißen Tücher verpackt, die Raen sorgfältig gerichtet und das Tauwerk gestrafft. Um acht Uhr wurden die Fahnen und Wimpel auf halbe Masthöhe gehißt, dann schickte man die Leute hinunter, um zu frühstücken und sich sauber anzukleiden. Während dieser Zeit gingen alle Offiziere in die Kajüte, um unsern herrlichen Kapitän noch einmal zu sehen und ihm das letzte Lebewohl zu sagen. Er schien ohne Schmerzen gestorben zu sein, und eine himmlische Ruhe lag auf seinem Gesichte, aber schon war eine Veränderung an seinem Körper eingetreten, die uns die Notwendigkeit zeitiger Beerdigung erkennen ließ. Wir sahen noch, wie er in den Sarg gelegt wurde, und verließen die Kajüte, ohne ein Wort miteinander zu sprechen. Nachdem der Sarg zugenagelt war, wurde er von der Mannschaft des Offizierbootes auf das Hinterdeck gebracht, auf der Mitte desselben aufgestellt und mit der Unionsflagge bedeckt. Die Leute kamen herauf, ohne auf das Zeichen mit der Pfeife zu warten, und ein feierlicher Ernst zeigte sich in jeder Bewegung. Allgemeine Ruhe und Ordnung herrschte, aus Hochachtung für den Hingeschiedenen. Als der Befehl erteilt wurde, die Boote zu bemannen, schienen sich die Leute eigentlich nur hineinzustehlen. Der Sarg wurde in die Barke gebracht und im Stern derselben aufgestellt; dann kamen auch die andern Boote herbei und nahmen die Offiziere und Matrosen, welche dem Leichenbegängnisse folgen sollten, an Bord. Als alles fertig war, wurde die Barke von den Schiffsleuten abgeschoben. Die Mannschaft des kleineren Bootes tauchte ihre Ruder ohne Geplätscher in die See, die andern Boote folgten nach, und sobald sie vom Schiffe weg waren, rollten von der entgegengesetzten Seite der Fregatte die Minutenschüsse über den glatten Spiegel der Bucht hin, während die Raen gegen Steuerbord und den Hafen getopt waren und die Taue schlaff und unordentlich herunterhingen, um den Kummer und die Vernachlässigung darzustellen. Jetzt ließen sich auch ein Dutzend Matrosen, die schon bereit gestanden hatten, an verschiedenen Stellen auf der Seite des Schiffes, mit Farbe und Pinseln in der Hand, herab und verwischten in wenigen Minuten die breite, weiße Borte, die den schönen Lauf der Fregatte bezeichnete, und übermalten sie zum Zeichen tiefer Trauer ganz schwarz. Die Kanonen von den Forts erwiderten nun unsere Schüsse. Die Kauffahrer senkten ihre Flaggen und die Mannschaft stand überall in achtungsvoller Stellung mit abgezogenen Hüten da, während der Zug sich allmählich nach dem Landungsplatze bewegte. Der Sarg wurde von der Barkenmannschaft nach dem Kirchhof getragen, gefolgt von allen Offizieren des Schiffes, die an Bord entbehrlich waren, von hundert Matrosen, die zu zwei und zwei gingen, und den Marinesoldaten mit ihren Waffen. Dem Zuge schlossen sich die Offiziere des Landheeres an, während die Truppen Spalier durch die Straßen bildeten und die Musikbanden den Totenmarsch spielten. Nachdem die Leichenrede über dem Grabe gehalten und die vorgeschriebene Zahl von Musketensalven abgefeuert worden war, kehrten wir in gedrückter Stimmung nach den Booten und an Bord unserer Fregatte zurück.

Da schien es mir, und bis auf einen gewissen Grad hatte ich auch recht, daß wir unsern Kummer vergaßen, sobald wir der Leiche unsere letzte Achtung erzeigt hatten. Die Raen wurden wieder gerichtet, die Taue gestrafft, die Arbeitskleider angezogen, und alles war voll Thätigkeit und Leben; das kommt aber daher, daß Matrosen und Soldaten keine Zeit zum Jammern haben, und wie sie von einem Himmelsstrich nach dem andern eilen, so folgen bei ihnen auch die Szenen in derselben Verschiedenheit mit schneller Abwechslung aufeinander. In einem oder zwei Tagen schien der Kapitän vergessen zu sein, obgleich dies durchaus nicht der Fall war.

Unser erstes Geschäft bestand darin, unser Schiff mit Wasser zu versehen, zu welchem Geschäfte wir alle Gefäße in Anspruch nahmen und dann ans Land führten. Ich hatte wieder das Boot zu beaufsichtigen und Herrn Swinburne zum Beischifführer. Während wir an Land fuhren, badeten viele Neger in der Brandung und tauchten ihre wolligen Köpfe unter die Wogen, wenn sie in die Bucht hineinrollten.

»Nun, Herr Simpel«, sagte Swinburne, »sehen Sie 'mal, wie ich die Neger zum Ausreißen bringen will.« Dabei stand er auf, trat auf den Stern vor, streckte seine Hand hinaus und rief: »Ein Haifisch, ein Haifisch!« Plötzlich eilten alle Badenden, dem gefürchteten Feinde zu entgehen, stoßend und drängend dem Lande zu, aber keiner von ihnen sah sich eher um, als bis sie oben auf dem Ufer in völliger Sicherheit standen. Als wir jetzt in ein lautes Gelächter ausbrachen, nannten sie uns alle »Henkerdiebe«, und erteilten uns alle möglichen Schimpfnamen, die sie nur in ihrem Wörtervorrat finden konnten. Diese Szene belustigte mich sehr, sowie auch später die Neger, die sich beim Landen um uns herum versammelten. Sie zeigten sich als ganz fidele Kerle, immer lachend, plaudernd, singend und ihre weißen Zähne gegeneinander fletschend. Einer von ihnen tanzte um uns herum, wobei er mit den Fingern schnappte und Lieder ohne Anfang und Ende sang: »Eh, Massa, was Sie sagen nun? Ich nicht Sklav' – echt geborener Barbader, Sär! Eh!

Nimmer den Tag man sieht,
Wo Rodney davon flieht;
Nimmer die Nacht anbricht,
Wo Rodney nicht kühn ficht.

Massa, ich frei Mann, Sär. Hoff', Sie geben mir Piktareen, trinken Massa Wohl.

Nimmer den Tag siehst, Bursch,
Da Pompejus dreschen den Cäsar.«

»Aus dem Weg, ihr Neger!« schrie einer der Matrosen, der eine Tonne herunterrollte.

»Eh, wie könnt Ihr Neger sagen? Ich frei' Mann und geborener Barbader. Geht Eures Weges, Ihr Kriegsschiffmann.

Kriegsschiffmann, Buccra,*
Kriegsschiffmann, Buccra,
Der ist mein Mann;
Soldat Buccra,
Soldat Buccra
Ist es nie,
Ist es nie,
Ist nie mein Mann,
Soldat gibt mir ein Schilling,
Matrose zwei.

Massa, nun glaube, Sie geben mir doch ein Piktareen, Sie wirklich schöner junger Gentleman.«

»Jetzt schert Euch aber zum Teufel«, sagte Swinburne, und hob einen Stock in die Höhe, den er an der Bucht fand.

»Eh, fortgehen!

Nimmer den Tag siehst, Bursch,
Barbader fortspring', Bursch.

* Buccra = Weißer.

Gehen Sie an Ihre Arbeit, Sär. Weshalb Sie sprechen mit mir? An Ihre Arbeit gehen, Sär, ich frei Mann und echt geborener Barbader.

Neger an dem Strand
Sieht das Schiff und lauf' in,
Buccra kommt ans Land
Mit der Hand am Kinn.
Kriegsschiffmann Buccra,
Kriegsschiffmann Buccra,
Der ist mein Mann,
Kriegsschiffmann Buccra,
Kriegsschiffmann Buccra
Gibt mir Pikt'rin.«

In diesem Augenblick richtete sich meine Aufmerksamkeit auf einen anderen Neger, der rollend und mit schäumendem Munde an der Bucht lag und einen Anfall zu haben schien.

»Was ist's mit dem Burschen da?« fragte ich den ersten Neger, der trotz Swinburnes aufgehobenem Stocke noch immer dicht bei mir stand.

»Eh, nennen ihn Sam Slack, Massa. Er haben einen Tiktikanfall;« und so war es auch allem Anschein nach. »Halt, ich ihm helfen«, und dabei riß er Swinburne den Stock aus der Hand, stürzte auf den Mann, der noch immer an der Küste hinrollte, los und prügelte ihn ohne Barmherzigkeit durch.

»Eh, Sambo«, schrie er zuletzt ganz außer Atem. »Du nicht besser jetzt – wieder versuchen.« Dann fing er noch einmal an, auf ihn loszuschlagen, bis der Mensch endlich aufstand und davonsprang, so schnell als er nur konnte. Nun weiß ich nicht, ob es bei dem Manne Verstellung oder ein wirklicher Tiktik- oder Epilepsieanfall war; aber noch nie hatte ich von einer solchen Kur gehört. Ich warf dem Kerl einen halben Piktareen zu, teils für den Spaß, den er mir gemacht hatte, teils, um ihn loszuwerden.

»Danke, Massa; nun, mein Kriegsschiffmann, da Ihr Stock wieder, um all' die verdammten Neger abzuhalten.« Mit diesen Worten reichte er Swinburne den Stock, machte eine höfliche Verbeugung und ging fort.

Wir waren jedoch bald wieder von anderen, besonders von einigen farbigen Frauen mit Fruchtkörben umringt, die, wie sie sagten, »verkaufen all' Ding«. Ich sah, daß meine Matrosen besondere Liebhaber von Kokosmilch waren, und da dies ein unschuldiges Getränk ist, so hatte ich nichts dagegen, und ließ sie bei den Frauen einkaufen, die vorzügliche Kokosnüsse in den Körben hatten. Da ich dies Getränk noch nie versucht hatte, wünschte ich zu wissen, was es denn eigentlich sei, und wollte mir auch eine Kokosnuß kaufen, wobei ich eine der größten auswählte.

»Nein, Massa, das nicht für Sie. Bessere für Buccraoffizier.«

Ich wählte eine andere, und dieselbe Einwendung wurde gemacht.

»Nein, Massa — aber dies ganz gute Milch — ganz gut für den Magen.«

Ich trank nun die Milch aus den Öffnungen an dem oberen Ende der Kokosnuß, und fand, daß es ein sehr erfrischendes Getränk sei; meine Matrosen anlangend, so schienen diese ganz besondere Liebhaber davon zu sein. Bald genug jedoch fand ich, daß, wenn das Getränk auch ganz gut für den Magen war, es doch für den Kopf nicht gut sei; denn anstatt die Gefäße herunterzurollen, fingen meine Leute selbst an, nach allen Seiten hinzurollen, und als die Zeit zum Mittagessen herbeikam, lagen die meisten derselben, bis auf den Tod betrunken, im Boot herum. Sie behaupteten steif und fest, es sei nur die Sonne, die ihnen so zugesetzt habe, und da es allerdings sehr heiß war, so glaubte ich es ihnen auch anfangs, so lange sie nur schwankten; als ich jedoch sah, daß sie ganz besinnungslos waren, wurde ich vom Gegenteil überzeugt; wie sie sich jedoch das geistige Getränk verschafft hatten, konnte ich nicht enträtseln.

Als ich an Bord der Fregatte kam, fragte mich Herr Falkon, der, obgleich nun amtierender Kapitän, seinen Dienst als erster Leutnant fortwährend so pünktlich versah wie früher, warum ich denn den Leuten erlaubt hätte, sich so zu betrinken. Ich versicherte ihm, daß ich nicht sagen könne, wie das zugegangen sei, denn ich hätte keinem gestattet, von der Stelle, wo wir Wasser geschöpft, wegzugehen oder irgend ein geistiges Getränk zu kaufen; das einzige, was sie getrunken hätten, sei ein bißchen Kokosmilch, und dagegen hätte ich, da es so außerordentlich heiß gewesen sei, nicht wohl etwas einwenden können. Herr Falkon erwiderte mir lächelnd:

»Herr Simpel, ich bin ein alter Praktikus in Westindien,

und will Sie da jetzt in ein Geheimnis einweihen. Wissen Sie, was man unter'm Säugen der Affen versteht?«

»Nein, Sir.«

»Gut, so will ich es Ihnen sagen; dieses Ausdruckes bedienen sich die Seeleute, wenn sie *Rum* aus *Kokosnüssen* trinken, aus denen die Milch herausgeschüttet und durch geistiges Getränk ersetzt worden ist. Kapieren Sie jetzt, warum Ihre Leute so betrunken sind?«

Ich blickte ihn ganz verwundert an, denn es wollte mir gar nicht in den Kopf; ich sah nun aber auch ein, warum mir die schwarze Frau die Kokosnüsse nicht geben wollte, die ich zuerst ausgewählt hatte; ich erzählte Herrn Falkon diesen Umstand, worauf er mir erwiderte:

»Gut, es war nicht Ihre Schuld, nur dürfen Sie es ein andermal nicht vergessen.«

Ich hatte die erste Wache dieser Nacht, und Swinburne war als Quartiermeister auf dem Verdeck.

»Swinburne«, sagte ich, »Sie sind doch früher schon so oft in Westindien gewesen, warum sagten Sie mir denn nicht, daß die Leute ›Affen säugten‹, während ich glaubte, sie trinken nur Kokosnußmilch?«

Kichernd antwortete er mir:

»Ja sehen Sie, Herr Simpel, als Kamerad durfte ich doch nicht wohl den Angeber machen. 's kommt ohnehin so selten vor, daß ein armer Teufel Gelegenheit hat, sich ein bißchen ›glückselig‹ zu machen, und da wäre es doch nicht schön gewesen, ihnen so einen günstigen Zufall zu rauben; ich denke wohl, Sie werden sie nicht wieder Kokosnußmilch trinken lassen?«

»Nein, das will ich nicht; aber ich kann mir gar nicht denken, welches Vergnügen die Leute dabei finden können, sich so zu betrinken.«

»Das kommt nur daher, weil's ihnen nicht erlaubt ist, Sir. Da haben Sie die ganze Geschichte in wenigen Worten.«

»Nun, davon glaubte ich, sie heilen zu können, wenn mir ein Versuch gestattet würde.«

»Ich möchte gerne hören, wie Sie das machen wollten, Herr Simpel.«

»Nun, ich würde einen Mann zwingen, eine halbe Pinte geistigen Getränks zu sich zu nehmen, und ihn dann ganz allein einsperren; ich würde keine Kameraden zu ihm lassen, mit denen er sich belustigen und so ein Vergnügen aus dem berauschten Zustande machen könnte. Dann würde ich bis zum nächsten Morgen warten, bis er ganz nüchtern wäre, und ihn mit dem folternden Kopfweh bis zum Abend allein lassen, wo ich ihm eine neue Dosis geben und so lange damit fortfahren würde, ihn zum Rausch zu nötigen, bis ihm der Geruch geistiger Getränke verhaßt wäre.«

»Ja, Herr Simpel, das möchte wohl bei einigen anschlagen, aber manche von unseren Burschen würden verlangen, daß die Dosis gar oft wiederholt werde, bevor sie eine Heilung bewirkte; und noch mehr, sie wären gerne Patienten und würden keine krummen Mäuler machen bei dieser Arznei.«

»Das möchte allerdings der Fall sein, aber ich wollte sie doch am Ende heilen. – Doch sagen Sie mir, Swinburne, waren Sie je in einem Orkan?«

»Ich bin, glaub' ich, überall gewesen, Herr Simpel, nur in keiner Schule, denn da hatte ich keine Zeit hinzugehen. Sehen Sie die Batterie auf Needham-Spitze? Bei dem Orkan von Zweiundachtzig wurden gerade diese Kanonen durch den Wind fortgewirbelt und von da auf die andere Seite hinübergeschleudert, und die Schildwachen in ihren Schilderhäusern hinterdrein. Einigen von den Soldaten, die mit dem Gesicht gegen den Wind standen, wurden die Zähne losgerissen und in den Schlund hinunter geweht, wie zerbrochene Tabakspfeifen; anderen wurden die Köpfe herumgedreht wie Wetterfahnen, weil sie auf das Kommando ›rechts um‹ warteten, und die ganze Luft war voll von jungen Negern, die heruntergeweht wurden wie Kraut und Rüben.«

»Sie denken nicht, daß ich das alles glaube, Swinburne?«

»Das mag sein, Herr Simpel, aber ich habe die Geschichte so oft erzählt, daß ich sie jetzt selbst glaube.«

»Auf welchem Schiffe waren Sie damals?«

»Auf der ›Blanche‹, Kapitän Faulkner, der ein ebenso herrlicher Mann war wie unser armer Kapitän Savage, den wir gestern bestattet; es kann keinen besseren geben als die beiden. Bei der Wegnahme der Festung trug ich ihn herunter, nachdem er seine Todeswunde empfangen hatte. Wir führten da einen köstlichen Streich aus, als wir Fort Royal nahmen; wir landeten von der Hauptraa der Fregatte und sprangen in das Fort hinein. Aber was ist da unter dem Monde? – da ist 'n Segel in der Dünung.«

Swinburne holte sein Glas und richtete es nach dem Punkte hin.

»Eins, zwei, drei, vier. 's ist der Admiral, Sir, und das Geschwader dreht für die Nacht bei; eines davon ist ein Linienschiff, ich möchte darauf schwören.«

Ich besichtigte nun selbst die Fahrzeuge genau, und da ich Swinburne's Ansicht teilte, so machte ich Herrn Falkon Meldung. Meine Wache war jetzt zu Ende, und sobald ich abgelöst wurde, begab ich mich in meine Hängematte.

Elftes Kapitel

Kapitän Kearney. – Der Honoratiorenball.

Am nächsten Morgen tauschten wir mit Tagesanbruch die Signale aus, begrüßten die Flagge und um acht Uhr lagen schon alle Schiffe vor Anker. Herr Falkon begab sich an Bord des Admiralschiffes, um Depeschen und die Meldung vom Tode des Kapitäns Savage zu überbringen. Nach etwa einer halben Stunde kehrte er wieder zurück, und wir waren erfreut, aus dem Lächeln auf seinem Gesichte den Schluß ziehen zu dürfen, daß er seine wirkliche Ernennung als Kommandant erhalten haben mußte, was immer noch etwas zweifelhaft war, da der Admiral die Macht hatte, die erledigte Stelle wem er wollte zu übertragen, obgleich es allerdings nicht recht gewesen wäre, wenn er sie nicht Herrn Falkon gegeben hätte; zwar konnte diesem seine Ernennung zum Kapitän nicht wohl entgehen, denn Kapitän Savage starb, während das Schiff nicht unter dem Oberbefehl eines Admirals stand, und Herr Falkon hatte sich selbst zum Kapitän gemacht; doch hätte der Admiral ihm kein Schiff geben und ihn nach Hause schicken können. Er übertrug ihm aber ein solches und ernannte den Kapitän der »Minerva« auf den »Sanglier«, den Kapitän des »Opossum« auf die »Minerva«, und Kapitän Falkon erhielt den Befehl auf dem »Opossum«. Er empfing seine Ernennung des Abends, und am nächsten Tag schon ging der Tausch vor sich. Kapitän Falkon wollte mich mit sich nehmen, und machte mir das Anerbieten, aber ich konnte mich nicht von O'Brien trennen, und so zog ich es vor, auf dem »Sanglier« zu bleiben.

Wir waren alle sehr besorgt zu erfahren, was für ein Mann unser neuer Kapitän sei, dessen Name Kearney lautete; aber wir hatten keine Zeit, die Seekadetten zu fragen, außer wenn sie mit den Booten kamen, worin sie sein Gepäck brachten; sie erwiderten im allgemeinen, er sei ein ganz gutartiger Patron und nichts Böses an ihm. Während ich jedoch in der Nacht die Wache mit Swinburne hatte, kam dieser mit den Worten auf mich zu:

»Nun, Herr Simpel, jetzt haben wir ja einen neuen Kapitän; ich segelte vor zwei Jahren mit ihm auf einer Brigg.«

»Und bitte, Swinburne, was für ein Mann ist er?«

»Nun, ich will's Ihnen sagen, Herr Simpel, er ist ein gutmütiger und ganz freundlicher Mann, aber —«

»Aber was?«

»Solch 'n Protzer!!«

»Was meinen Sie damit?«

»Gott segne Sie, Herr Simpel! Sie verstehen doch auch gar nicht unsere gute Muttersprache. Ich meine, daß er der größte Lügner ist, der je auf einem Verdeck herumlief. Sie wissen doch, Herr Simpel, ich kann auch bisweilen mein Garn spinnen.«

»Ja, daß Sie's können, beweist der Sturm von der vorigen Nacht.«

»Also gut, Herr Simpel, ich kann ihm nicht das Wasser reichen. Nicht, als ob ich nicht gern bisweilen, soweit ich kann, zum Spaß hinausstreife, aber verdamm' mich, er ist *immer* weit draußen. In der That, Herr Simpel, er sagt nie die Wahrheit, außer aus Versehen. Er ist so arm wie eine Kirchenmaus, aber seinem Gerede nach hätte er wenigstens soviel Vermögen als das Greenwichhospital. Doch Sie werden ihn bald genau kennen lernen und tüchtig über ihn zu lachen kriegen, hinter seinem Rücken nämlich, denn ins Gesicht, Herr Simpel, wissen Sie, geht das nicht.«

Am nächsten Tage traf Kapitän Kearney an Bord ein; die Mannschaft war zu seinem Empfang aufgestellt und alle Offiziere befanden sich auf dem Hinterdeck.

»Sie haben eine hübsche Abteilung Seesoldaten, Kapitän Falkon«, sagte er; »die, welche ich an Bord der ›Minerva‹ gelassen habe, waren nichts wert als das Aufhängen — und auch eine gute Schar Reffer haben Sie — die, welche ich an Bord der ›Minerva‹ gelassen habe, waren das Aufhängen nicht wert. Wenn es Ihnen gefällig ist, will ich meine Ernennung vorlesen, wenn Sie die Leute nach hinten beordern mögen.« Dies geschah, und während er seine Ernennung ablas, standen alle mit gezogenen Hüten da, aus Ehrfurcht vor der Gewalt, von der dieser Akt ausging.

Dann sprach er zur Schiffsmannschaft: »Nun, Ihr Burschen, Euch habe ich nur 'n paar Worte zu sagen. Ich bin zum Befehlshaber dieses Schiffes ernannt, und Ihr habt scheint's ein gutes Zeugnis von Eurem bisherigen ersten Leutnant. Alles, was ich von Euch verlange, ist dies: seid rasch und rührig im Dienste, haltet Euch nüchtern und sprecht *immer* die Wahrheit – damit genug. Pfeifen Sie die Leute hinab. Gentlemen«, fuhr er fort, zu den Offizieren gewandt, »ich hoffe, daß wir gute Freunde werden, denn ich sehe nicht ein, warum es anders sein sollte.«

Dann drehte er sich um und rief seinem Beischiffführer zu: »William, Ihr müßt an Bord und meinem Steward sagen, ich habe dem Gouverneur versprochen, heute bei ihm zu speisen, und er müsse deshalb kommen, mich anzukleiden; und Beischiffführer, vergeßt mir nicht, das Schaffell hinten in meinem Gig auszubreiten, nicht das, dessen ich mich in der Kutsche bediente, sondern das blaue, das für die Kalesche benützt wurde – Ihr wißt ja wohl, welches ich meine.« Hier sah ich zufälligerweise Swinburne ins Gesicht, der gerade auch die Augen auf mich gerichtet hatte, als wollte er sagen: »Jetzt ist er wieder drin.« Die Offiziere der »Minerva«, die wir später trafen, bestätigten alles, was Swinburne gesagt hatte; doch bedurfte es dessen eigentlich nicht, denn des Kapitäns eigene Worte bekundeten jede Minute die Wahrheit jener Schilderung.

Die auf der Insel herrschende Gastfreundschaft ist weltbekannt, und so erhielten auch wir eine Menge Einladungen zu Gesellschaftsessen, diese dehnten sich auf die Seekadetten aus, und es ward mir manches gute Diner, mancher freundliche Empfang während meines dortigen Aufenthaltes zuteil. Das aber, wovon ich schon so viel gehört hatte und dem ich so sehnlich einmal beizuwohnen wünschte, war ein Honoratiorenball; um dem Leser aber verständlich zu werden, muß ich mich hier in eine kleine Erklärung einlassen. Die farbigen Einwohner von Barbados sind aus Gründen, die sie selbst am besten kennen, über alle Maßen stolz und schauen auf alle diejenigen Schwarzen, die auf andern Insel geboren werden, als auf gemeine Neger verächtlich herab; sie haben zugleich eine außerordentliche Idee von ihrer eigenen Tapferkeit, obgleich ich nie hörte, daß solche auf die Probe gestellt worden.

Die meisten unter den freien Barbadern sind sehr reiche Leute; deshalb tragen sie auch ihre Nasen tüchtig hoch und benehmen sich überhaupt höchst lächerlich. Sie äffen die Manieren der Europäer nach, während es doch auf der andern Seite scheint, daß sie dieselben als weit unter ihnen stehend betrachten. Ein Honoratiorenball also ist ein Ball, der von den bedeutendsten unter der farbigen Einwohnerschaft veranstaltet wird; und des Spaßes halber, sowie verschiedener anderer Gründe wegen, besuchen auch in der Regel die Offiziere des Landheeres und der Flotte einen solchen zahlreich. Die Preise der Eintrittskarten waren hoch — ich glaube, ein halber Joe, das heißt acht Dollars, für die Person.

Der Gouverneur ließ Einladungen zu einem großen Balle mit Abendessen für die nächste Woche ergehen, und kaum hatte dies Miß Betsy Austin, eine Quadronin*, erfahren, als auch sie für denselben Abend Karten ausschickte. Dies geschah nicht sowohl aus nebenbuhlerischem Ehrgeiz, als vielmehr aus einem andern Grunde: sie dachte nämlich, die meisten der Offiziere und Seekadetten von den Schiffen würden Erlaubnis bekommen, des Gouverneurs Ball zu besuchen; sie würden sich aber von dort, da sie denn doch wohl dem ihrigen den Vorzug geben dürften, fortschleichen, zu ihr kommen und so dem von ihr veranstalteten Balle zahlreichen Besuch sichern.

Am Tage der Einladung kam unser Kapitän an Bord und sagte dem ersten Leutnant (von dem ich später mehr erzählen werde), der Gouverneur bestehe darauf, daß doch alle seine Offiziere kommen möchten, er nehme keinerlei Entschuldigungsgrund an, und erwarte deshalb, daß sie unfehlbar erscheinen; dies komme nämlich daher, daß der Gouverneur ein Verwandter seiner Frau sei und hinsichtlich seiner Ernennung auf die Gouverneursstelle einige Verbindlichkeiten gegen ihn habe. Er, der Kapitän, hatte natürlich mit dem Premierminister über die Besetzung jenes Postens gesprochen, und da war es in Anbetracht der freundschaftlichen und innigen Beziehung, in welcher er von Kindheit an zu dem Premier stand, nicht unmöglich, daß seine Verwendung einigen Erfolg hatte; jedenfalls war es erfreulich zu finden, daß es noch hier und da einen dankbaren Menschen auf der Welt gab. Demgemäß erschienen auch alle Offiziere mit Aus-

* Quadronin = Tochter eines Weißen und einer Mulattin.

nahme des Schiffsmeisters, der erklärte, er wolle lieber zweimal um seine Klüse herumgehen als den Leuten da zusehen, wenn sie ihre Beine wie Narren herumschleudern, und überdies habe er auf das Schiff achtzugeben.

Der Ball des Gouverneurs war höchst glänzend, doch waren die Damen infolge der Einwirkung des Klimas ziemlich gelb. Es gab übrigens auch Ausnahmen, und im ganzen genommen ging es ganz unterhaltend zu; uns allen aber war es eben sehr darum zu thun, den *Honoratioren*ball der Miß Betsy Austin zu besuchen; ich schlich mich deshalb mit drei andern Seekadetten fort und wir kamen bald am Hause der Miß an. Eine Menge Neger waren außen um dasselbe herum geschart, der Ball jedoch hatte wegen Mangel an Herren noch nicht begonnen; er wurde übrigens streng etikettenmäßig abgehalten, indem niemand unter Mulattenfarbe Zutritt erhielt. Ich habe hier wohl nötig, folgende Bemerkung einzuschalten: die von Weißen mit Negern Erzeugten heißen *Mulatten* oder *halb und halb,* die von Weißen mit Mulatten aber *Quadronen oder Viertelsschwarze,* und diese Rasse bildete den größern Teil der Gesellschaft. Quadronen und Weiße erzeugen, soviel ich mich erinnern kann, *Mustihs* oder *Achtelschwarze,* und Mustihs und Weiße die *Mustafinas* oder *Sechzehntelschwarze;* die nach diesen folgenden endlich *Weißgewaschene,* welche wie Europäer betrachtet werden. Es herrscht in Westindien ein arger Farbenstolz, und es gibt hierfür dort so viele Abstufungen als ein deutscher Fürst in seinem Wappenschilde Felder führt; ein Quadrone sieht stolz auf einen Mulatten herunter, der Mulatte auf einen Sambo, der halb Mulatte, halb Neger ist, während der Sambo seinerseits verächtlich auf den gemeinen Neger herabblickt. Die Quadronen sind unstreitig die schönste Rasse unter allen, und viele unter den Frauenzimmern sogar ausgezeichnet schön; sie haben lange und ganz glatt anliegende Haare, große schwarze Augen und vollendete Formen; auch sieht man auf ihren Wangen den Wechsel der Gesichtsfarbe ebensogut und mit derselben Wirkung wie bei den Europäerinnen.

Die mit Orangenzweigen bekränzte Thür von Miß Austins Hause stand offen, als wir hereintraten; wir wurden von einem Mulattenherrn angeredet, der dem Anscheine nach Zeremonienmeister war. Er trug den Kopf stark gepudert, weiße Hosen, eine nicht sechs Zoll lange Weste und eine halb abgetragene Postmeisters-Uniform als Livree. Sich tief verbeugend, nahm er sich die Freiheit, die Gentlemen um ihre Ballkarten zu bemühen, und als wir diese vorzeigten, wurden wir von ihm in den Ballsaal geführt, an dessen Thür Miß Austin stand, um ihre Gäste zu empfangen. Sie machte uns einen tiefen Knix mit den Worten: »Sir, ganz glücklich, die *Gentlemen* des Schiffes zu sehen, aber hoffen, auch die *Offiziere* auf ihrem Honoratiorenballe zu sehen.«

Diese Bemerkung trat nun unserer Würde zu nahe, und einer meiner Kameraden erwiderte, daß wir Seekadetten uns selbst als Offiziere betrachten, und zwar nicht für geringere als irgendein anderer, und wenn sie auf die Leutnants des Schiffes warte, so müsse sie sich eben solange gedulden, bis es ihnen auf des Gouverneurs Ball verleidet sei, wir hingegen hätten dem ihrigen den Vorzug gegeben.

Diese Bemerkung brachte alles ins richtige Geleise; Sangaree wurde herumgereicht, und ich sah mich nun in der Gesellschaft etwas näher um. Selbst auf die Gefahr hin, die gute Meinung meiner schönen Landsmänninnen zu verlieren, muß ich gestehen, daß ich noch nie so viele schöne Gestalten beieinander gesehen hatte. Da die *Offiziere* noch nicht eingetroffen waren, so erwies man uns alle Aufmerksamkeit, und ich wurde nacheinander der Miß Euridice, der Miß Minerva, Miß Silvia, Miß Aspasia, Miß Euterpe und mancher andern vorgestellt, deren Namen sichtlich von verschiedenen Kriegsschiffen entlehnt waren, die hier eingelaufen sein mochten. Ihre Kleidung darf ich wohl nicht versuchen zu beschreiben: Juwelen von Wert fehlten nicht, aber die Kleider waren dünn. Sie schienen Schnürleibchen weder zu tragen noch zu bedürfen, und ihre Formen waren, wie schon bemerkt, so vollendet, daß sie durch zu viel Kleidung nur beeinträchtigt werden konnten.

Nachdem jetzt noch einige Seekadetten und einige Leutnants, unter diesen auch O'Brien, gekommen waren, ordnete Miß Austin den Beginn des Balles an. Ich bat Miß Euridice um die Ehre ihrer Hand für den Kotillon, womit der Ball eröffnet werden sollte. In diesem Augenblicke trat Massa Johnson, der erste Violinist, Zeremonien- und Balletmeister, der ein sehr dicker Mann war und allen »Badiandamen« Tanzunterricht gab, hervor. Er war ein dunkler Quadrone mit leicht gepuderten Haaren, und trug einen lichtblauen Rock, der ziemlich weit nach hinten geschlagen war, um seine lilienweiße Weste sehen zu lassen, und auch von dieser konnte er sich nur einen Knopf zuzuknöpfen entschließen, um ja vollen Platz zu haben für den Stolz seines Herzens, seine Hemdkrause, die allerdings un jabot superbe war; sie war vier Zoll breit und reichte vom Halse hinab bis zu dem Hosenbande seiner enganliegenden Nankingbeinkleider, die an den Knien mit einer dicken Bandschleife endeten. Seine Beine steckten in seidenen Strümpfen, was übrigens nicht viel guten Geschmack seinerseits bekundete, da er so den augenscheinlichen Vorteil, den ein Europäer in der Bildung der Beine vor einem Farbigen hat, an den Tag legte; denn anstatt gerade zu sein, waren seine Schienbeine krumm gebogen wie ein Käsemesser, und überdies waren die Beine in den Fuß hineingepflanzt, wie der Stiel bei einem Besen oder einer Scheuerbürste; die Füße waren nämlich an der Fersenseite ebensolang wie an den Zehen. So war die äußere Erscheinung des Herrn Apollo Johnson, den die Damen als das non plus ultra des guten Tones und als arbiter elegantiarum betrachteten. Sein Fiedelbogen war der Zauberstab, dessen magisches Streichen über die Geige seinen Befehlen unverzüglichen Gehorsam verschaffte.

»Ladies und Gentlemen, nehmen Sie Ihre Plätze ein.« Alles stand auf. »Miß Euridice, Sie eröffnen den Ball.«

Miß Euridice hatte einen jämmerlichen Tänzer an mir, doch nahm sie sich die Mühe, mich zu belehren. O'Brien war mit Miß Euterpe unser Vis-à-vis. Die andern Herren waren Offiziere der Schiffe, und so standen wir zu zwölf, Weiße und Braune durcheinander gewürfelt, wie auf einem Schachbrett, da. Aller Augen waren auf Herrn Apollo Johnson gerichtet, der zuerst die Paare, dann seine Geige und zuletzt die andern Musikanten anblickte, um nachzusehen, ob alles in Ordnung sei; hierauf begann auf einen Wink von seinem Bogen die Musik.

»Massa Leutnant«, rief er O'Brien zu, »hinüberchassieren zu gegenüberstehender Dam, recht Hand und link, dann Figuren zu Miß Euridice – so ist's recht; jetzt vier Händrunden. Sie kleiner Seekadett, nehmen Ihre Dame, Sir; dann herumdrehen; gut so, jetzt halten. Erste Figur vorbei.«

Jetzt dachte ich wohl auch einige Worte mit meiner Tänzerin reden zu dürfen und erlaubte mir eine Bemerkung gegen sie. Zu meinem Erstaunen antwortete sie ganz bissig: »Ich komme her für Tanzen, Sär, und nicht für Schwatzen; sehen

Massa Johnson, er klopf mit Bogen.«

Die zweite Figur begann, und ich machte manche arge Schnitzer; wie auch in der dritten, vierten und fünften, denn ich hatte nie einen Kotillon getanzt. Als ich meine Dame, die unstreitig das schönste Mädchen im ganzen Saale war, an ihren Platz führte, sah sie mich ganz verächtlich an und sagte zu einer Nachbarin: »Ich wirklich bedaure den Gentleman, daß kommen von England und nicht wissen tanzen noch sonst irgend etwas, außer er haben Unterricht in Barbados.«

Jetzt wurde ein Kontretanz angesagt, und dies kam auch allen Mitgliedern erwünschter, da Herrn Apollo Johnsons Zöglinge in ihrem Kotillon nicht sehr fest waren und von den Offizieren, mit Ausnahme O'Briens, keiner etwas davon verstand. Letzteren machte seine überlegene Erziehung in diesem Punkte, in Verbindung mit seinen Leutnantsepauletten und seiner hübschen Figur, zum Gegenstande allgemeiner Aufmerksamkeit und Artigkeit; aber er schloß sich an Miß Euridicen, nachdem ich von ihr weggegangen war, an und blieb den ganzen Abend in ihrer Nähe, wodurch er die Eifersucht des Herrn Apollo Johnson erregte, der, wie es schien, in dieser Richtung verliebt war. Unsere Gesellschaft wurde immer zahlreicher; alle Offiziere der Garnison erschienen, und endlich auch, sobald sie nur abkommen konnten, die Adjutanten des Gouverneurs, sämtlich in Zivil. Das Tanzen währte bis drei Uhr morgens und ging endlich in eine förmliche Quetscherei über, infolge des fortwährenden Zuströmens neuer Gäste aus allen Häusern der Insel. Ich muß gestehen, ein paar Flaschen Eau de Cologne, im Saale herumgesprengt, würden die Atmosphäre wesentlich gebessert haben; denn die Hitze wurde jetzt fürchterlich, und das Verzerren der Gesichter von seiten der Damen nahm gar kein Ende. Den Besuch eines Honoratiorenballes möchte ich allen den wohlbeleibten Herren vom Stande empfehlen, die um einige Pfund leichter zu werden wünschen.

Es ward jetzt zum Abendessen gerufen, und da ich die letzte Tour mit Miß Minerva getanzt hatte, wurde mir auch das Vergnügen zuteil, sie zur Tafel zu führen. Ich kam gerade einer Truthenne gegenüber zu sitzen, und fragte meine Tänzerin, ob ich ihr ein Stückchen von der Brust vorlegen dürfe. Hierauf sah sie mich ganz verächtlich an mit den Worten:

»Verflucht sei ihre Unverschämtheit, Sär, ich wundere, wo

Sie lernen Manieren. Sär, ich nehme ein wenig Henne*nbusen,* wenn es Ihnen gefällig ist. Von *Brust* zu einer Dame sprechen, Sär! – das ist ja ganz abscheulich!«

Ich ließ mir noch mehrere fürchterliche Verstöße zuschulden kommen, ehe das Essen zu Ende ging; endlich war dieses vorbei, und ich muß gestehen, ich hatte nie an einer besseren Tafel gesessen.

»Stillschweigen, Gentlemen und Ladies«, schrie Herr Apollo Johnson, »mit der Erlaubnis unserer liebenswürdigen Wirtin will ich einen Toast vorschlagen. Gentlemen und Ladies – alle wissen, und wenn Sie es nicht wissen, so ich's jetzt sag', daß es keinen Ort auf der Welt gibt, der Barbados gleichkommt. Die ganze Welt ficht gegen England, aber England nimmer sich fürchten; König Georg nimmer sich fürchten, weil *Barbader* stehen fest. Badian fechten für König Georg bis auf seinen letzten Blutstropfen. Nimmer den Tag man sieht, wo Badian flieht; Ihr alle wissen, die Franzmanns in San Lucy geben auf, als sie hören, Badian Freiwillige gegen sie anrücken. Ich hoffe niemanden beleidigen in dieser Gesellschaft, aber es thut mir leid, sagen zu müssen, Engländer kommen her zu eifersüchtig auf Badians. Gentlemen und Ladies – Barbadian geboren hab' nur einen Fehler – sie *in der That zu tapfer.* Ich schlag' vor, das Wohl der Insel Barbados.«

Auf diese höchst bescheidene Rede folgten Beifallsrufe auf allen Seiten, und der Toast wurde mit Begeisterung getrunken; die Damen waren entzückt über Herrn Apollos Beredsamkeit sowie darüber, daß er sich zum Vorsitzenden aufgeworfen hatte.

Jetzt erhob sich auch O'Brien und redete die Gesellschaft folgendermaßen an:

»Ladies und Gentlemen – Herr Poll hat besser gesprochen, als ich es je von einem Papagei in diesem Lande hörte; aber da er es für gut fand, das Wohl der Insel Barbados zu trinken, so gedenke ich etwas mehr ins einzelne zu gehen. Ich wünsche mit ihm der Insel alles Gute, aber es gibt auf ihr einen Reiz, ohne welchen sie eine Wüste wäre – das ist der Kranz der liebenswürdigen Jungfrauen, die hier um uns herum sind und unsere Herzen im Sturme erobern – (dabei schlang er seinen Arm artig um Miß Euridicens Taille, und Herr Apollo knirschte mit den Zähnen, daß man es am fernsten Ende des Saales hörte). – Deshalb, Gentlemen, will ich mit Ihrer Genehmigung vorschlagen das Wohl der Badian-Damen.«

War der erste Toast schon mit Beifall aufgenommen, so wurde dieser mit Enthusiasmus angehört; doch wurde derselbe gleich gedämpft; denn die Dame vom Hause stand auf und sagte:

»Jetzt, Gentlemen und Ladies, ich halt' für recht zu sagen, daß es Zeit, nach Haus zu gehen; denn ich hab' nicht gern, daß Leute sich in meinem Haus betrinken und Händel anfangen, so ich für besser halten, wir Abschiedsglas trinken; — und ich Ihnen sehr verbunden für Ihre Gesellschaft.«

O'Brien meinte, das sei ziemlich deutlich; wir tranken deshalb unser Abschiedsglas und brachen dem Begehren unserer Wirtin und unseren eigenen Wünschen gemäß auf, unsere Damen auf dem Heimwege zu begleiten. Während ich Miß Minerva bei dem Umlegen ihres roten Kreppschals behilflich war, zog in einer andern Ecke ein Sturm auf, nämlich zwischen Herrn Apollo und O'Brien. Letzterer war unablässig bemüht, sich Euridice aufmerksam zu zeigen, wobei er ihr das, was er »süßlichen Unsinn« nannte, ins Ohr flüsterte, als Herr Apollo, dem die Eifersucht im Hirn sprudelte, herbeikam und Miß Euridice sagte, er wünsche die Ehre zu haben, sie nach Hause zu begleiten.

»Diese Mühe können Sie sich ersparen, Sie häßlicher Fiedelbogenheld«, erwiderte O'Brien; »die Dame steht unter meinem Schutze, und packen Sie sich jetzt mit Ihrem garstigen schwarzen Gesichte, oder ich will Ihnen zeigen, wie ich verfahren gegen einen ›Badian‹, der wirklich zu tapfer ist.«

»So helf mir Gott, Massa Leutnant, wenn Sie heben einen Finger gegen mich, Sie sehen, was Badian kann thun.«

Mit diesen Worten suchte sich Apollo zwischen O'Brien und seine Dame zu drängen, aber O'Brien stieß ihn mit großer Heftigkeit zurück und verfolgte seinen Weg gegen die Thür zu. Sie standen gerade am Durchgange, als ich hinzukam, denn sobald ich O'Briens zornige Stimme vernahm, überließ ich Miß Minerva sich selbst.

Miß Euridice hatte nun O'Briens Arm auf dessen Wunsch losgelassen, und er und Apollo standen miteinander am Durchgange, O'Brien dicht an der geschlossenen Thür und Apollo mit ihm herumpolternd. O'Brien, der die empfindliche Stelle der Schwarzen kannte, begrüßte Herrn Apollo mit einem Tritt gegen das Schienbein, der mir jedenfalls den Fuß entzwei geschlagen hätte. Massa Johnson brüllte vor Schmerz auf, und wich ein paar Schritte zurück. Nun boxen die Schwarzen nicht mit den Fäusten, sondern stoßen wie die Böcke außerordentlich heftig mit den Köpfen. Nachdem sich Herr Apollo zurückgezogen hatte, rieb er sein Schienbein ein paarmal, stieß einen lauten Schrei aus und stürzte auf O'Brien los, seinen Kopf wie einen Mauerbrecher gegen dessen Brust gerichtet. O'Brien, der diese Art zu kämpfen kannte, wich geschickt auf die Seite und ließ Herrn Apollo an sich vorbeischießen, was dieser auch mit einer solchen Gewalt that, daß sein Kopf das Feld der hinter O'Brien befindlichen Thür ganz durchbrach; hier steckte er nun fest wie in einem Halseisen und schrie, schäumend vor Wut gleich einem Schweine, jämmerlich um Hilfe. Er wurde nicht ohne einige Schwierigkeiten befreit und zeigte nun eine jämmerliche Gestalt. Sein Gesicht war ganz zerrissen und sein wunderschöner Jabot hing in Fetzen herab; doch schien er nun genug zu haben und zog sich, gefolgt von einigen seiner Bewunderer, nach dem Speisesaale zurück, ohne O'Brien eines Blickes oder eines Wortes zu würdigen.

Aber wenn auch Herr Apollo genug hatte, so waren doch seine Freunde zu entrüstet, um uns ungestraft fortgehen zu lassen. Eine große Volksmenge hatte sich in der Straße versammelt, Rache gelobend wegen der Art und Weise, wie wir den Glanzpunkt ihrer männlichen Gesellschaft behandelt hatten, und ein förmlicher Auflauf stand zu erwarten. Miß Euridice war entflohen, so daß O'Brien seine Hände frei hatte. »Kommt heraus, Ihr Henkerdiebe, kommt heraus, nur wünschen Felsenblöcke zu haben, Eure Köpfe damit zu zermalmen«, schrie der Negerhaufen. Die Offiziere machten nun in geschlossenem Karree einen Ausfall und wurden alsbald mit allen Arten Geschoß, mit faulen Orangen, Kohlstengeln, Schlamm und Kokusnußschalen empfangen. Wir schlugen uns mannhaft durch, aber als wir uns der Bucht näherten, wuchs der Haufen zu Hunderten, und zuletzt konnten wir keinen Schritt mehr weiter gehen, denn wir waren ganz umzingelt von den Negern, gegen deren Köpfe wir nicht besser eindringen konnten als gegen Marmorblöcke. »Wir müssen unsere Degen ziehen«, meinte einer der Offiziere. »Nicht doch«, erwiderte O'Brien, »das wollen wir nicht thun; denn wenn wir einmal Blut vergießen, so werden sie uns nicht lebend an Bord gelangen lassen. Auch muß die Bootsmannschaft jetzt schon davon in Kenntnis gesetzt sein, daß hier ein Volksauflauf stattfindet.« Dies war allerdings ganz richtig, denn O'Brien hatte kaum ausgesprochen, als wir sahen, daß in der Entfernung durch die Menge hindurch Bahn gebrochen wurde, die in ein paar Minuten auch schon für uns offen stand. Swinburne erschien inmitten dieses Durchganges, gefolgt von der übrigen Mannschaft seines Bootes, die sich mit Enterhaken bewaffnet hatte, und diese nicht gegen die Köpfe der Schwarzen, sondern gleich Sensen gegen deren Schienbeine richteten. Dies setzten unsere Leute rechts und links um uns herum fort, während wir durch den Haufen hindurch zu unsern Booten gelangten. Die Matrosen schlossen den Zug mit ihren Haken, mit denen sie von Zeit zu Zeit den schwarzen Burschen auf den Leib gingen, wenn sie zu nahe kamen. Es war nun heller Tag geworden, und in einigen Minuten befanden wir uns wieder wohlbehalten an Bord der Fregatte. So endete der erste und letzte Honoratiorenball, dem ich beiwohnte.

Zwölftes Kapitel

Kapitän Kearney macht Verwandtschaftsansprüche an mich geltend. – Wettbewerb zwischen dem ersten Leutnant und dem Kapitän. – Der Haifisch, der Mops und das Testament. – Ein Halbdeckgemälde.

Da der Admiral keiner von denen war, welche den Schiffen unter ihrem Kommando gestatten mögen, müßig im Hafen zu liegen, ging schon wenige Tage nach dem soeben beschriebenen Honoratiorenballe das ganze Geschwader nach den verschiedenen Bestimmungsorten ab. Es that mir nicht leid, die Bucht verlassen zu müssen, denn man wird bald des Reichtums überdrüssig und kümmert sich nicht mehr, weder um Orangen, Bananas und Pampelmusen, noch selbst um die guten Diners und die feinen Weine des Offiziertisches und der sonstigen Bewohner der Insel. Die frische Seeluft erschien uns kostbarer als irgend etwas anderes, und wenn wir hätten baden können ohne Furcht vor Haifischen, würden wir diese erfrischendste aller Üppigkeiten unter der glühenden Zone im gleichen Maße hochgeschätzt haben. Mit großem Vergnügen vernahmen wir deshalb auch die Kunde, daß wir am nächsten Tage zum Kreuzen vor der französischen Insel Martinique abgehen sollten. Kapitän Kearney war so lange Zeit an Land gewesen, daß wir nur wenig von ihm sahen, und das Schiff stand ganz unter der Aufsicht des ersten Leutnants, dessen ich bisher noch nicht näher gedachte. Er war ein kleiner, blatternarbiger Mann mit rotem Haar und Backenbart, ein guter Seemann und kein übler Offizier; das heißt, er war ein praktischer Seemann und konnte jedem Matrosen selbst zeigen, was er in seiner Stellung zu thun hatte und wie er es machen mußte – und dies schätzen die Matrosen sehr hoch, da es selten der Fall ist. Übrigens lernte ich nie einen Offizier kennen, der auf seine praktischen Kenntnisse stolz sein durfte und zugleich in wissenschaftlicher Beziehung ein guter Seemann gewesen wäre, und nur zu oft vermindern sie durch ein den Teerjacken nachgeahmtes Benehmen den ihnen schuldigen Respekt und werden in Manieren und Ausdrücken grob und gemein. Dies war der Fall bei Herrn Phillott, unserem ersten Leutnant, der sich auf seine Bekanntschaft mit den Matrosenausdrücken nicht wenig einbildete und einmal ganz bon ami mit ihnen war, mit ihnen plauderte und so vertrauliche Antworten von ihnen hinnahm, als wären sie seinesgleichen, während er ein anderesmal, wenn ihm etwas mißfiel, dieselben Leute mit einer Handspeiche niederschlug. Er war durchaus nicht bösartig, aber außerordentlich vorschnell, und seine Ausdrücke waren den Offizieren gegenüber bisweilen, gegen die Seekadetten aber immer höchst unpassend; übrigens war er im ganzen genommen nicht unbeliebt; obgleich er allerdings nicht so geachtet wurde, wie es bei einem ersten Leutnant der Fall sein sollte. Die Gerechtigkeit erfordert noch zu bemerken, daß er sich gegen seine Vorgesetzten ebenso benahm wie gegen seine Untergebenen, und die Derbheit, mit der er Kapitän Kearney's Erzählungen gern widersprach und seinen Unglauben ausdrückte, führte oft eine merkliche Erkaltung der Beziehungen zwischen ihnen auf mehrere Tage herbei.

Den Tag nach unserer Abfahrt aus der Carlisle-Bucht erhielt ich eine Einladung, in des Kapitäns Kajüte zu speisen. Das Essen wurde in plattierten Schüsseln aufgetragen, die sehr großartig aussahen, aber nicht viel enthielten.

»Diese Schüsseln«, sagte der Kapitän, »wurden mir von einigen Kaufleuten zum Präsent gemacht, wegen meiner Anstrengungen zum Schutze ihres Eigentums gegen die Dänen, zur Zeit, da ich vor Helgoland kreuzte.«

»Wie? Ihr Steward, der Lügner, sagte mir, Sie hätten es in Portsmouth gekauft«, erwiderte der erste Leutnant. »Ich fragte ihn diesen Morgen in der Küche darüber.«

»Wie kommt Ihr dazu, eine solche verfluchte Lüge zu sagen, Sir?« sagte der Kapitän zu dem Manne, der hinter seinem Stuhle stand.

»Ich sagte nur, ich glaube so«, erwiderte der Steward.

»Wie, sagtet Ihr nicht, die Rechnung sei sieben- oder achtmal durch Euch eingeschickt worden?«

»Sagtet Ihr das, Sir?« fragte der Kapitän höchst ärgerlich.

»Herr Phillott verstand mich falsch, Sir«, erwiderte der Steward; »er fluchte so heftig über die Matrosen, daß er mich nicht recht hörte. Ich sagte, die Seekadetten hätten ihre Rechnung für Porzellanwaren nicht bezahlt.«

»Ja so«, erwiderte der Kapitän, »das ist wahrscheinlicher.«

»Nun, Steward«, erwiderte Herr Phillott, »ich will verdammt sein, wenn Ihr nicht ein ebensogroßer Lügner seid, als Euer —« (»Herr« wollte ihm herausschlüpfen, aber glücklicherweise korrigierte er sich selbst und sagte statt dessen) — als Euer Vater vor Euch gewesen ist.«

Der Kapitän ging nun zu einem andern Gegenstande über und fragte mich, ob ich nicht ein Stückchen Schinken nehmen wolle.

»'s ist echt westfälischer, Herr Simpel, Graf Troningsken, ein vertrauter Freund von mir, der seine eigenen Eber im Harz erlegt, schickt mir ihn direkt zu.«

»Wie den Teufel bekommen Sie denn diese Schinken herüber, Kapitän Kearney?«

»Es gibt für alles Mittel und Wege, Herr Phillott, und der erste Konsul* ist gar nicht so schlimm, als man von ihm sagt. Die erste Sendung kam mir mit einem sehr artigen eigenhändigen Schreiben von ihm, das ich Ihnen dieser Tage zeigen will, zu. Ich erwiderte ihm dasselbe und sandte ihm durch einen Schmuggler zwei Chester-Käse, und seit der Zeit treffen die Sendungen regelmäßig ein. Aßen Sie schon einmal westfälischen Schinken, Herr Simpel?«

»Ja, Sir«, antwortete ich; »einmal versuchte ich welchen bei Lord Privilege.«

»Lord Privilege! Das ist ja ein weitläufiger Verwandter

* Napoleon

von mir, eine Art fünfter Vetter«, erwiderte Kapitän Kearney.

»In der That, Sir?« entgegnete ich.

»So erlauben Sie mir, Kapitän Kearney, Ihnen einen Verwandten vorzustellen«, sagte der erste Leutnant; »denn Herr Simpel ist des Lords Enkel.«

»Ist's möglich? Ich kann nur sagen, Herr Simpel, daß ich mich sehr glücklich schätzen werde, Ihnen jede Aufmerksamkeit zu erzeigen, und sehr erfreut bin, Sie als einen meiner Offiziere zu besitzen.«

Obgleich nun dies alles erlogen war, denn Kapitän Kearney stand nicht in der entferntesten Beziehung zu meiner Familie, konnte er doch, nachdem er es einmal gesagt hatte, sein Wort nicht zurückziehen, und so zog ich aus seiner Lüge wesentlichen Vorteil; denn er behandelte mich nun äußerst gütig und nannte mich immer Vetter.

Nachdem der Kapitän diese seine Anrede an mich geendet hatte, winkte mir der erste Leutnant lächelnd zu, als wollte er sagen: »Sie sind nun geborgen«, und die Unterhaltung ging zu etwas anderem über. Kapitän Kearney wußte erstaunlich gut bewunderungswürdige Begebenheiten zu erzählen und trug seine Geschichten mit einem solchen Ernste vor, daß ich wirklich glaubte, er meinte selbst die Wahrheit zu reden. Nie kam mir ein Fall solch' eingewurzelter Gewohnheit vor. Bei der Erzählung über das Herausholen eines feindlichen Schiffes sagte er:

»Der französische Kapitän wäre von meiner Hand gefallen, aber gerade, als ich mein Gewehr auf ihn anlegte, kam eine Kugel und nahm den Hahn vom Schlosse weg, so glatt, als ob er mit einem Messer abgeschnitten worden wäre — — ein höchst bemerkenswerter Vorfall.«

»Nicht so sehr als das, was auf einem Schiffe sich ereignete, worauf ich mich befand«, erwiderte der erste Leutnant; »da wurde der zweite Leutnant von einem Kartätschenschusse abgegrast, der ihm die eine Seite des Backenbartes wegnahm, und als er den Kopf umdrehte, um nachzusehen, was denn los sei, kam eine zweite Kartätsche, und nahm ihm auch die andere Seite des Bartes weg. Nun, das heiß' ich glatt geschoren.«

»Freilich«, antwortete Kapitän Kearney, »ganz glatt, in der That, wenn es wahr ist; aber nehmen Sie mir es nicht übel, Herr Phillott, Sie erzählen bisweilen so seltsame Geschichten. Ich selbst kehre mich nicht daran, aber ein solches Beispiel ist nicht gut für meinen jungen Verwandten da, für Herrn Simpel.«

»Kapitän Kearney«, sagte hierauf der erste Leutnant, ganz unmäßig lachend, »wissen Sie, wie der Topf den Kessel nannte?«

»Nein, Sir, ich weiß es nicht«, entgegnete der Kapitän im Gefühl gekränkter Würde. »Herr Simpel, wollen Sie ein Glas Wein nehmen?«

Ich dachte, daß diese kleine Neckerei dem Kapitän einen Zügel angelegt haben würde; dies war auch der Fall, aber nur für einen Augenblick; denn nach einigen Minuten schon begann er aufs neue. Der erste Leutnant sagte, es werde wohl nötig sein, jeden Morgen Wasser in das Schiff zu lassen und dies wieder auszupumpen, um den Geruch des Bilgewassers zu entfernen.

»Das hat allerdings einen schlechten Geruch, dieses Bilgewasser«, entgegnete der Kapitän. »Was sagen Sie aber dazu, daß beinahe einmal die ganze Mannschaft eines Schiffes durch Rosenessenz vergiftet wurde? Das kam im Mittelmeer vor. Ich lag vor Smyrna, nach einem französischen Schiffe kreuzend, das mit einem Pascha als Gesandten an Bord nach Frankreich segeln sollte. Ich wußte, daß es eine gute Prise abgeben würde, und sah mich deshalb scharf um, als wir dasselbe eines Morgens an der Leeseite entdeckten. Wir setzten alle Segel, aber das Schiff entfernte sich immer mehr von uns und segelte allmählich ganz von uns weg, bis wir beide vor dem Winde waren; des Nachts kam es ganz aus dem Gesichte. Da ich wußte, daß es nach Marseille bestimmt war, setzte ich alle Segel, um dasselbe wieder aufzufinden. Der Wind war schwach und veränderlich; aber fünf Tage später, als ich in meiner Hängematte lag, spürte ich gerade vor Tagesanbruch einen ziemlich starken Geruch, der von der Windseite durch die offenstehende Luftklappe hereindrang, und nachdem ich denselben einigemal stark beschnüffelt hatte, merkte ich, daß es Rosenessenz war. Ich ließ den Offizier der Wache kommen und fragte ihn, ob er nicht irgend etwas sehe. Er verneinte dies, und ich befahl ihm deshalb, am ganzen Horizont mit seinem Fernrohre Ausschau zu halten und namentlich recht scharf windwärts zu sehen. Sobald der Wind auffrischte, wurde der Geruch stärker. Ich befahl ihm, alles zu raschem Segeln bereit zu lassen, denn ich wußte, daß das feindliche Fahrzeug uns nun nahe sein müßte. Bei Tagesanbruch sahen wir es auch gerade drei Meilen vor uns gegen den Wind. Aber obgleich es bei günstigem Winde uns an Schnelligkeit übertraf, so konnte es doch gegen den Wind nicht mit uns standhalten, und vor neun Uhr bemächtigten wir uns des Schiffes und seines ganzen Harems. Bei dieser Veranlassung könnte ich Ihnen eine hübsche Geschichte über die Frauenzimmer erzählen. Das Schiff war eine sehr kostbare Prise, und hatte unter andern Gegenständen ein Faß mit achtzig Gallonen Rosenessenz am Bord —«

»Was?« schrie der erste Leutnant, »ganze achtzig Gallonen!«

»Ja«, erwiderte der Kapitän, »achtzig türkische Gallonen — vielleicht nicht so groß als die an Bord unserer Schiffe, denn sie haben dort anderes Maß und Gewicht. Ich ließ den größeren Teil der kostbaren Schätze auf die Brigg, die ich kommandierte, bringen — ungefähr zwanzigtausend Zechinen — Teppiche nebst anderem, auch das Gefäß mit Rosenessenz, das wir drei Meilen weit gerochen hatten. Wir brachten es glücklich an Bord, als der Schiffsmeistersgehilfe, der die Schlingen recht gut befestigt hatte, es aus dem Kielraum in die Vorratskammer für die geistigen Getränke hinunterfallen ließ, wo es in tausend Stücke zerbarst. Nie sah ich eine ähnliche Szene; mein erster Leutnant und mehrere Matrosen auf dem Verdeck fielen in Ohnmacht; aus dem Schiffsraum herauf wurden ein paar Leute leblos gebracht, und es dauerte einige Zeit, bis sie sich wieder erholten. Wir ließen Wasser in die Brigg und pumpten es wieder heraus, aber es gelang uns durchaus nicht, den Geruch wegzubringen, der so betäubend war, daß ich vierzig Mann auf der Krankenliste hatte, ehe ich nach Malta kam. Nach meiner Ankunft daselbst entließ ich den Schiffsmeistersburschen wegen seiner Nachlässigkeit. Erst nachdem wir die Brigg geräuchert, und da wir fanden, daß dies wenig fruchtete, drei Wochen lang versenkt hatten, wurde der Geruch etwas erträglich; aber er konnte durchaus nicht gänzlich ausgerottet werden, und der Admiral schickte deshalb die Brigg nach Hause, wo sie außer Dienst gesetzt und verkauft wurde. In den Seemagazinen konnten sie nichts mit ihr anfangen. Sie wurde abgewrackt, und dann das Holzwerk an die Bewohner von Brighton und Tunbridge-Wells verkauft, die allerlei Gegenstände daraus verfertigten und damit, weil sie so stark nach Rosenessenz rochen, ein hübsches Geld verdienten. Waren Sie schon einmal in Brighton, Herr Simpel?«

»Noch nie, Sir.«

In diesem Augenblicke kam der Offizier von der Wache herunter, um zu melden, daß sich ein großer Haifisch unter dem Heck zeige, sowie um anzufragen, ob der Kapitän etwas dagegen hätte, wenn die Offiziere denselben zu fangen versuchten.

»Keineswegs«, erwiderte Kapitän Kearney; »ich hasse die Haifische wie den Teufel, denn während ich mich auf dem Mittelmeere befand, verlor ich beinahe vierzehntausend Pfund Sterling durch eine solche Bestie.«

»Dürfte ich fragen, Kapitän Kearney«, sagte der erste Leutnant mit ganz treuherziger Miene, »wie das zuging? Ich möchte es doch gar zu gerne wissen.«

»Nun, die Geschichte ist einfach folgende«, erwiderte der Kapitän. »Ich hatte eine alte Verwandte in Malta, die ich durch Zufall auffand – eine alte Jungfer von sechzig Jahren, die ihr ganzes Leben auf dieser Insel zugebracht hatte. Ich ging in der Strada Reale auf und ab, als ich einen großen Pavian sah, der dort in einem der Häuser gehalten wurde und einen kleinen fetten Mopshund am Schwanze gefaßt hatte, welchen er mit sich fortzog, während eine alte Dame um Hilfe schreiend dastand; denn so oft sie herbeisprang, ihrem Hunde zu helfen, stellte sich der Pavian in Positur, auch sie zu packen, und faßte mit der einen Pfote ihre Röcke, während er mit der anderen den Mopshund festhielt. Ich war dem Vieh ohnehin noch etwas schuldig, denn es hatte mich einmal nachts im Vorbeigehen angepackt; sobald ich also sah, was da vorging, zog ich meinen Degen und versetzte dem Meister Jocko einen solchen Hieb, daß er heulend und blutend wie ein Schwein davonsprang und mir den kleinen Hund überließ, den ich aufhob und seiner Herrin zustellte. Die alte Dame zitterte sehr und bat mich, sie nach Hause zu geleiten. Sie besaß eine schöne Wohnung, und sobald sie sich auf dem Sofa niedergesetzt hatte, dankte sie mir sehr lebhaft für meinen tapferen Beistand, wie sie sich ausdrückte, und sagte mir auch, daß sie Kearney heiße; auf dies hin bewies ich ihr sogleich meine Verwandtschaft mit ihr, worüber sie sehr erfreut war und mich bat, ihr Haus als das meinige zu betrachten. Ich blieb noch zwei Jahre nach diesem Vorfalle auf der dortigen Station und spielte meine Karten außerordentlich gut, so daß mir die alte Dame zu verstehen gab, ich solle ihr Erbe sein, da sie von keinen anderen Verwandten etwas wisse. Endlich wurde ich nach Hause beordert, und da ich mich von ihr nicht zu trennen wünschte, lud ich sie ein, mich zu begleiten, wobei ich ihr meine Kajüte anbot. Vierzehn Tage vor unserer Abfahrt wurde sie ernstlich unwohl und machte ein Testament, worin sie mich zu ihrem Universalerben einsetzte; doch sie genas und wurde wieder so dick als je. – Herr Simpel, der Wein steht bei Ihnen. Ich zweifle, ob Lord Privilege Ihnen besseren vorsetzen konnte; ich schmuggelte ihn vor zehn Jahren selbst ein, als ich die ›Coquette‹ befehligte.«

»Das ist doch ganz sonderbar«, bemerkte der erste Leutnant; »wir kauften welchen in Barbados, von dem Flaschen und Pfropfen die gleichen Zeichen trugen.«

»Das mag wohl sein«, erwiderte der Kapitän; »längst bestehende Handlungshäuser behalten die gleichen Zeichen bei, aber ich zweifle, ob Ihr Wein mit diesem verglichen werden kann. Sie haben vermutlich nie älteren Wein getrunken, Herr Phillott.«

Da Herr Phillott das Ende von der Geschichte des Kapitäns zu hören wünschte, wollte er ihm in betreff des Weines nicht etwa dadurch widersprechen, daß er ihm gesagt hätte, es sei ihm genau bekannt, wie der Kapitän diesen Wein in Barbados an Bord geschickt habe, und der letztere fuhr nun in seiner Erzählung weiter fort.

»Ich räumte also der alten Dame meine Kajüte und ließ meine Hängematte während der Heimfahrt nach der Konstabelkammer bringen. Zwei Tagreisen von Ceuta entfernt wurden wir von einer Windstille betroffen. Die alte Dame war außerordentlich besorgt um ihren Mops, und ich hatte das zweimal in der Woche stattfindende Waschen desselben zu überwachen; doch zuletzt wurde ich der Sache überdrüssig und gab ihn meinem Beischiffsführer zum Baden. Dieser aber, der ein fauler Schlingel war, pflegte das kleine Vieh ohne mein Wissen in eine Tauschlinge zu befestigen und so ein paar Minuten über Bord zu halten. Dies that er auch einmal während der Zeit der Windstille, als plötzlich ein verfluchter Haifisch unter dem Heck heraufkam und den Mops mit einem Bissen verschlang. Der Beischiffführer meldete mir diesen Verlust als eine unbedeutende Sache; ich wußte aber besser, was es zu bedeuten habe, und ließ den Burschen in

Eisen legen. Dann ging ich hinab, um Miß Kearney diesen höchst traurigen Vorfall zu melden, und sagte ihr zugleich, daß ich den Kerl in Fesseln gelegt hätte und ihn tüchtig durchpeitschen lassen wolle. Die alte Dame brach bei dieser Nachricht in die heftigste Aufregung aus und behauptete, das sei meine Schuld, ich sei eifersüchtig auf den Hund gewesen und habe das absichtlich gethan. Je mehr ich mich verteidigte, desto rasender wurde sie, und zuletzt sah ich mich genötigt, auf das Verdeck zu gehen, um ihrem Geschimpfe auszuweichen und meine Ruhe zu bewahren. – Ich war noch keine fünf Minuten auf dem Verdeck, als sie auch heraufkam – oder vielmehr heraufgeschoben wurde, denn sie war zu schwerfällig, um ohne Hilfe heraufgehen zu können. Sie wissen, wie die Elephanten in Indien die Kanonen von hinten mit ihren Köpfen durch den Morast hindurchschieben, und gerade so pflegte auch mein Steward die Dame die Schiffsleiter heraufzuschieben, wobei sein Kopf ganz in ihre Röcke vergraben war. Sobald er sie oben hatte, zog er seinen Kopf heraus, der dann allemal rot und erhitzt, wie ein frisch gesottener Hummer, aussah. Gut also, sie kam herauf, mit ihrem Testament in der Hand und sagte, mich ganz wütend ansehend, da der Haifisch den lieben Hund genommen habe, so solle er auch das Testament haben, warf es über Bord und fiel auf die Karronadenschleife. ›Ganz gut, Madame‹, sagte ich, ›wenn Sie aber allmählich wieder ruhiger geworden sind, so werden Sie ein anderes Testament machen.‹ ›Das werde ich nun und nimmermehr thun, so wahr ich selig zu werden hoffe!‹ erwiderte sie. ›Sie werden es doch thun‹, entgegnete ich. ›Nie, so wahr mir Gott helfe, Kapitän Kearney: Mein Vermögen mag nun an meinen nächsten Erben übergehen, und der sind Sie nicht, wie Sie wohl wissen.‹

Nun kannte ich die alte Dame genau und wußte, daß sie entschieden in ihrem Willen und das Gesagte so gut als schriftlich war; deshalb war ich nur darauf bedacht, das Testament wiederzubekommen, welches, ohne daß sie es jedoch wußte, etwa fünfzig Ellen hinter dem Schiffe noch fortwährend herumschwamm. Ich besann mich einen Augenblick, ließ dann den Unterbootsmann kommen und alle Mann zum Baden pfeifen. ›Entschuldigen Sie, Miß Kearney‹, sagte ich, ›die Leute wollen jetzt baden gehen und ich glaube nicht, daß Sie dieselben werden alle nackt sehen wollen.‹ Jetzt warf sie einen vorwurfsvollen Blick auf mich, erhob sich von der Karronadenschleife und wackelte der Leiter zu, mit den Worten, diese Beleidigung sei ein neuer Beweis, wie wenig ich irgendeine Güte von ihr verdiene. Sobald sie unten war, wurden die Boote herabgelassen, ich bestieg selbst eines derselben und fing das Testament auf, das noch herumschwamm. Da Briggs keine Sternfenster haben, konnte sie auch mein Manöver nicht gewahren, sondern glaubte, ihr Testament sei für immer vernichtet. Das schlechte Wetter, das jetzt eintrat, der Gram über den Verlust ihres Lieblingshundes sowie die fortwährenden Zänkereien mit mir – denn von nun an that ich alles, um sie zu ärgern – machten sie krank, und vierzehn Tage nach unserer Landung in Plymouth wurde sie begraben. Die alte Jungfer hatte ihr Wort gehalten und kein anderes Testament gemacht. Das wieder aufgefischte legte ich bei den Gerichten vor und erhielt ihr ganzes Vermögen.«

Da wir, der erste Leutnant und ich, nicht untersuchen konnten, ob die Geschichte wahr oder erlogen sei, drückten wir ihm unsere Glückwünsche zu dem erfreulichen Ereignisse aus und verließen bald darauf die Kajüte, diesen sonderbaren Vorfall auch unseren Kameraden mitzuteilen. Als ich auf das Verdeck kam, sah ich, daß der Haifisch soeben in den Haken gebissen hatte und an Bord heraufgezogen wurde. Auch Herr Phillott kam auf das Verdeck. Die Offiziere waren alle mit dem Haifische beschäftigt und sahen, einander zurufend und den Leuten Befehle erteilend, über die Seite hinab. Nun war dies allerdings ein Mangel des Anstandes auf dem Hinterdeck, aber der Kapitän hatte einmal seine Erlaubnis gegeben, und die Sache konnte somit entschuldigt werden; Herr Phillott dagegen war anderer Ansicht und fing nun in seiner üblichen Redeweise zuerst mit dem Marineoffizier folgendermaßen an:

»Herr Westley, ich will Sie bitten, nicht auf den Hängematten herumzulaufen. Wenn das einer Ihrer Leute thäte, würde ich ihm seinen Grog für einen Monat entziehen und ich sehe nicht ein, warum Sie ein schlechtes Beispiel geben sollen; Sie sind zu lange in den Kasernen gewesen, viel zu lang, Sir. Wer ist das? Ah, Herr Williams und Herr Moore, auch auf den Hängematten; sogleich beide auf die Spitze der Fockstenge. Herr Thomas, auf den Hauptmast hinauf, und ich sage Ihnen, Sie Jüngelchen, der Sie sich fortstehlen wollen, setzen Sie sich auf den Spankerbaum und lassen Sie's mich wissen, wenn Sie nach London geritten sind. Bei Gott! der Dienst geht zum Teufel. Ich weiß auch gar nicht, was für Leute heutzutage zu Offizieren gemacht werden. Von Euch jungen Gentlemen will ich demnächst ein paar mit des Konstabels Tochter vermählen. Das Hinterdeck ist nicht besser als ein Bärengarten; 's ist aber auch kein Wunder, wenn die Leutnants mit dem Beispiel vorangehen.«

Diese letztere Bemerkung konnte sich nur auf O'Brien beziehen, der im Boote stand und da seine Anordnungen traf, ehe die Tirade des Herrn Phillott das Vergnügen der Gesellschaft störte. O'Brien ging sogleich aus dem Boot heraus und trat auf Herrn Phillott, seinen Hut lüftend, mit den Worten zu: »Herr Phillott, wir hatten des Kapitäns Erlaubnis, den Haifisch zu fangen, und ein Haifisch wird nicht dadurch an Bord gebracht, daß man auf dem Hinterdeck auf- und abspaziert. Was mich selbst betrifft, so halte ich mich, solange der Kapitän an Bord ist, nur diesem allein für mein Benehmen verantwortlich, und wenn Sie glauben, ich habe einen Fehler begangen, so bringen Sie dort Ihre Klage vor; wenn Sie aber gegen mich dieselbe Sprache zu führen im Sinne haben, wie das gegen andere Ihre Gewohnheit ist, so werde ich Sie dafür verantwortlich machen. Ich bin hier, Sir, als Offizier und Gentelman, und will auch demgemäß behandelt werden; und erlauben Sie mir nur, Ihnen bemerklich zu machen, daß ich das Hinterdeck durch eine unedle und unanständige Sprache mehr entwürdigt glaube als dadurch, wenn ein Offizier zufällig auf den Hängematten steht. Da Sie übrigens einmal für gut befunden haben, sich einzumischen, so mögen Sie auch den Haifisch selbst an Bord bringen.«

Herr Phillott kehrte sich ganz rot um, denn er war noch nie mit O'Brien auf solche Weise in Berührung gekommen. Die sämtlichen übrigen Offiziere hatten seine unziemliche Rede mit stillschweigender Ergebenheit hingenommen. »Sehr gut, Herr O'Brien; ich werde Sie für Ihre Worte verantwortlich machen«, erwiderte er, »und Ihr Benehmen unfehlbar dem Kapitän melden.«

»Die Mühe will ich Ihnen ersparen; Kapitän Kearney kommt gegenwärtig herauf, und da will ich mich ihm selbst melden.«

Dies geschah auch von O'Brien, sobald der Kapitän seinen Fuß auf das Hinterdeck setzte.

»Nun ja«, sagte der Kapitän zu Herrn Phillott, »worüber

beklagen Sie sich denn?«

»Über Herrn O'Briens Worte, Sir. Darf ich auf dem Hinterdeck so angeredet werden?«

»Ich muß Ihnen in der That sagen, Herr Phillott«, entgegnete Kapitän Kearney, »daß ich in allem, was Herr O'Brien gesprochen hat, nichts finden kann, was nicht richtig und passend wäre. Ich führe hier den Befehl, und wenn ein Offizier, der Ihnen im Range so sehr nahe steht, sich vergangen hat, so dürfen Sie nicht selbst richten. Die Wahrheit ist, Herr Phillott, Ihre Sprache ist nicht so dienstlich als ich es wünschen dürfte. Ich hörte jedes Wort, das gewechselt wurde, und bin der Ansicht, daß Sie Ihrem vorgesetzten Offizier, d. h. mir, nicht die schuldige Achtung bezeigt haben. Ich gab die Erlaubnis, den Haifisch zu fangen, und gestattete eben damit die kleinen Abweichungen von der Dienstordnung, die unvermeidlich eintreten mußten. Sie aber haben für gut gefunden, sich in meine Erlaubnis, die einem Befehle gleichkommt, einzumengen, haben sich einer barschen Sprache bedient und die jungen Gentlemen bestraft, weil sie meine Anweisungen befolgten. Sie werden mich verbinden, Sir, wenn Sie alle wieder herunterrufen und für die Zukunft Ihrem heftigen Benehmen Schranken setzen. Ich werde immer, wenn Sie im Rechte sind, Ihr Ansehen unterstützen; aber es thut mir leid, daß Sie mich in diesem Falle genötigt haben, dasselbe zu mindern.«

Dies war eine sehr harte Zurechtweisung für Herrn Phillott, der nun die Leute von ihren Strafplätzen wieder herunterrief und dann unverzüglich in die Kajüte hinab ging. Sobald er fort war, standen wir alle wieder auf den Hängematten; der Haifisch wurde herbeigezogen, an Bord gehißt und jede Bratpfanne auf dem Schiffe in Beschlag genommen. Wir waren alle sehr erfreut über Kapitän Kearneys Benehmen bei dieser Veranlassung, und O'Brien sagte zu mir: »Er ist in der That ein guter Mann und tüchtiger Offizier. Wie jammerschade, daß er so 'n verfluchter Lügner ist!«

Herrn Phillott muß ich die Gerechtigkeit widerfahren lassen zu sagen, daß er uns von diesem Vorfalle her keinen Groll nachtrug, sondern uns gerade wie vorher behandelte, was sehr viel heißen will, wenn man bedenkt, welche Macht ein erster Leutnant hat, die Leute zu plagen und zu strafen.

Dreizehntes Kapitel

Abermaliger Wettstreit zwischen dem Kapitän und dem ersten Leutnant. – Ein gefährliches Unternehmen. – Herr Chucks macht ein Versehen – stirbt wie ein Gentleman. – Swinburne beginnt seine Erzählung von der Schlacht bei St. Vincent.

Wir waren kaum eine Woche unterhalb der dänischen Insel St. Thomas gewesen, als wir eine Brigg nahe dem Ufer gewahrten. Wir machten mit vollen Segeln Jagd auf sie und näherten uns bis auf eine und eine halbe Meile der Küste, als die Brigg unter dem Schutz einer Batterie, die ihr Feuer gegen uns eröffnete, vor Anker ging. Das Geschütz war indessen zu hoch gerichtet, und so gingen mehrere Schüsse über uns hinweg.

»Ich erlebte einmal einen höchst bemerkenswerten Vorfall«, sagte Kapitän Kearney: »Auf eine Fregatte, an deren Bord ich mich befand, wurden von einer Batterie aus gleichzeitig drei Kanonenschüsse abgefeuert. Diese drei Schüsse nahmen uns die drei Marssegelbänder weg, und alle unsere Marssegel-Raen fielen zu gleicher Zeit auf das Eselshaupt herab. Damit nun die Franzosen nicht glauben möchten, daß sie so gut gezielt hatten, rührten wir uns alle tüchtig, die Marssegel wieder zu reffen; und während die Matrosen an den Raen beschäftigt waren, wurden die Taue gesplißt und die Marssegel wieder hinaufgezogen.«

Herr Phillott konnte diese grenzenlose Lüge nicht stillschweigend hinnehmen, sondern erwiderte: »Sehr sonderbar in der That, Kapitän Kearney, doch bin ich bei einem noch seltsameren Vorfalle zugegen gewesen. Bei einem Gefecht mit dänischen Kanonenbooten hatten wir auf einer Fregatte, auf der ich stand, das Pulver in die vier Kanonen auf dem Hauptverdeck geschüttet, und als die Leute den Ladstock herauszogen, fuhr eine feindliche Breitseite in die Mündungen hinein, so die Ladung einer jeden Kanone vervollständigend. Wir feuerten ihnen ihre eigenen Kugeln zurück, und dies geschah dreimal hintereinander.«

»Auf mein Wort«, erwiderte Kapitän Kearney, der das Fernglas auf die Batterie gerichtet hielt, »ich denke, diese Geschichte müssen Sie geträumt haben, Herr Phillott.«

»Nicht mehr als Sie die Geschichte mit den Marssegelbändern, Kapitän Kearney.«

Dieser hatte gerade in dem Augenblicke das lange Fernrohr in der Hand und lehnte es über seine Schulter; da schwirrte ihm ein Schuß von der Batterie über den Kopf hin und riß ihm das Glas aus der Hand, daß es in tausend Stücke zerschmettert wurde. »Das ist einmal«, sagte Kapitän Kearney ganz kaltblütig; »aber wollen Sie behaupten, daß das Gleiche dreimal hintereinander geschehen könne? Das nächste Mal nimmt mir die Kugel vielleicht den Kopf oder den Arm – aber nicht ein anderes Glas weg, während hingegen die Marssegelbänder von drei verschiedenen Kugeln weggenommen werden konnten. Aber geben Sie mir nun ein anderes Glas, Herr Simpel; ich bin überzeugt, das Fahrzeug ist ein Kaperschiff. Was glauben Sie, Herr O'Brien?«

»Ich bin vollkommen Ihrer Meinung, Kapitän Kearney«, erwiderte O'Brien, »und ich denke, es wäre 'n hübsches Stück Übung für unsere Leute, den Kaper unter dieser hundsföttischen Batterie herauszuholen.«

»Steuerbord das Ruder, Herr Phillott; richten Sie es vier Strich weiter weg und dann will ich heute Nacht darüber nachdenken.«

Dies geschah und die Fregatte entfernte sich aus der Schußweite der Batterie. Es war jetzt ungefähr eine Stunde vor Sonnenuntergang, und diese geht in Westindien nicht auf die gleiche Art wie in den nördlichen Breiten unter. Es tritt dort keine Dämmerung ein; sie sinkt hinab in ihrem vollen Glanze, umgeben von den gleich Gold und Rubinen schimmernden Wolken, und sowie sie einmal den Horizont hinunter ist, ist alles finster.

Sobald es Nacht war, drehten wir bei und es fand nun eine Beratung zwischen dem Kapitän, Herrn Phillott und O'Brien statt, worin der erstere bestimmte, daß ein Versuch gemacht werden sollte; denn in der That, obgleich das Herausholen eines Schiffes eine höchst ernsthafte Sache ist, weil man da mit allen möglichen ungünstigen Verhältnissen zu kämpfen hat, so war doch der Schaden, den die schnellsegelnden Kaper unserm Handel in Westindien zufügten, so groß, daß fast jedes Opfer um der Interessen des Landes willen sich rechtfertigen ließ. Dennoch war Kapitän Kearney, obgleich ein tapferer Offizier, einer, der die möglichen Fälle berechnete und seine Leute nicht aufs Spiel setzten mochte, außer wenn er glaubte, daß es die Notwendigkeit gebieterisch fordere. Weil er die Bucht kannte, in welcher die Brigg vor Anker lag, und obgleich Herr Phillott und O'Brien der Meinung waren, daß der Angriff bei Nacht geschehen sollte, entschied doch der Kapitän anders. Er war nämlich der Ansicht, wenn auch bei Tag die Gefahr größer sei, so könnten doch die aufgewandten Streitkräfte besser vereinigt werden, und diejenigen, welche sich dem Gefechte in der Nacht entziehen möchten, würden dies bei Tag denn doch nicht wagen. Überdies würde die Mannschaft auf der Batterie am Ufer sowohl als die auf dem Kaper die ganze Nacht auf der Hut sein, dagegen bei Tag, wo sie keine Angriffe erwarteten, ihre Wachen einziehen. Es wurde demnach angeordnet, daß alles während der Nacht vorbereitet werden solle und daß die Boote vor Tagesanbruch abstoßen und zum Lande rudern sollten, wo sie sich hinter einigen Felsstücken unter den Klippen, welche von der einen Seite den Hafen bildeten, verborgen halten müßten; und wenn sie nicht entdeckt würden, sollten sie bis Mittag dort bleiben, um welche Zeit wahrscheinlich die Mannschaft des Kapers am Ufer und es nicht schwer sein würde, das Fahrzeug zu nehmen.

Es geht immer sehr lebhaft zu an Bord eines Kriegsschiffes, wenn die Vorbereitungen zu einer Expedition dieser Art gemacht werden, und da der Leser vielleicht nie dabei zugegen gewesen sein mag, so dürfte eine Beschreibung für ihn nicht ohne Interesse sein. Die Boote der Kriegsschiffe haben in der Regel doppelte Bemannung; die gewöhnliche Bootsmannschaft, bei deren Auswahl darauf Rücksicht genommen wird, die brauchbarsten Leute nicht von dem Schiffe wegzunehmen, und die eigentliche Dienst- oder Kampfmannschaft, die aus den besten Leuten am Bord gezogen wird. Die Beischiffführer der Boote sind die zuverlässigsten Leute des Schiffs und haben bei dieser Gelegenheit darauf zu sehen, daß ihre Fahrzeuge gehörig ausgerüstet sind.

Zwei Jollen, der erste und der zweite Kutter wurden zu der gegenwärtigen Unternehmung bestimmt; sie alle führten Kanonen, die auf Schleifen ruhten, welche zwischen der Mannschaft hindurch liefen. Nachdem die Boote ausgesetzt waren, wurden die Kanonen in dieselben hinabgelassen und am Bug aufgestellt; dann kamen die Geschützkasten mit den Patronen und der Munition hinein, die Kugeln wurden auf dem Boden untergebracht, und soweit war alles fertig. An den Rudern der Boote wurde mittelst angebrachter Öffnungen und eiserner Rudernägel die geeignete Vorrichtung getroffen, daß sie wenig Geräusch verursachten und, wenn die Fahrzeuge längs des Kapers ruderten, nach vorn und hinten geschwungen werden konnten, ohne über Bord zu fallen. Ein oder zwei Tonnen mit Wasser wurden in jedes Boot gebracht, sowie auch die Branntweinrationen für den Fall eingenommen, daß die Leute durch einen unvorhergesehenen Fall länger aufgehalten würden. Die zu den Booten gehörige Mannschaft war vollauf mit der Untersuchung der Waffen beschäftigt; einige versahen ihre Pistolen mit Feuersteinen, andere, und diese bildeten den größeren Teil, wetzten ihre Seitengewehre auf dem Schleifstein oder schärften sie mit einer von dem Rüstmeister entlehnten Feile — alles war geschäftig und munter. Der Gedanke, ins Gefecht zu kommen, ist dem englischen Matrosen eine Quelle der Freude, und in einem solchen Augenblick werden mehr Späße gemacht, herrscht größere Munterkeit als je. Da es sich bisweilen trifft, daß einige Leute von der Bootsmannschaft auf der Krankenliste stehen, so bringen andere die inständigsten Bitten vor, deren Stellen einnehmen zu dürfen, und nur diejenigen, welche auf der Fregatte bleiben müssen und nicht an der Unternehmung teilnehmen dürfen, zeigen sich ernsthaft. Man hat da durchaus keine Veranlassung, den Befehl zur Bemannung der Boote zu geben, denn die Leute sind in der Regel schon lange unten, noch ehe gepfiffen wird. In der That, man sollte glauben, statt Gefahren und dem Tod gehe die Mannschaft einer Vergnügungspartie entgegen.

Kapitän Kearney ernannte die Offiziere, welche die Boote befehligen sollten. Er wollte keinem der Seekadetten einen so gefährlichen Posten übertragen; denn es war ihm, wie er sagte, so mancher Fall bekannt, wo eine solche Unternehmung infolge der Unüberlegtheit und Tollkühnheit dieser jungen Leute scheiterte; demgemäß bestimmte er Herrn Phillott, den ersten Leutnant, auf die erste Jolle, O'Brien auf die zweite Jolle, den Schiffsmeister auf den ersten und Herrn Chucks, den Beischifführer, auf den zweiten Kutter. Herr Chucks war sehr erfreut über den Gedanken, ein Boot unter seinem Befehle zu haben, obgleich er im Sinne hatte, wie sonst mit O'Brien zu gehen.

Ungefähr eine Stunde vor Tagesanbruch näherten wir uns mit der Fregatte dem Lande bis auf anderthalb Meilen; dann stießen die Boote ab, die Fregatte drehte und steuerte in die offene See hinaus, um bei Tagesanbruch in einer Entfernung gesehen zu werden, die keinerlei Verdacht über die Absendung unserer Boote erregen konnte, während wir selbst mit diesen ruhig dem Lande zuruderten. Es stand keine Viertelstunde an, bis wir das Kap erreichten, das die eine Seite der Bucht bildete, und da verbargen wir uns gut zwischen einigen vorspringenden Felsstücken. Unsere Ruder waren hineingelegt, die Bootsleinen befestigt und Befehl zum strengsten Stillschweigen erteilt. Da die Felsen sehr hoch waren, konnten die Boote nicht gesehen werden, außer wenn sich einer auf den Rand des Absturzes begeben hätte, und selbst da würde er dieselben für Felsblöcke gehalten haben. Das Wasser war so glatt wie ein Spiegel, und sobald es völlig Tag war, lehnten sich die Leute nachlässig über die Seiten der Boote hin, um nach den Korallenfelsen hinunterzusehen und die vorübergleitenden Fische zu beobachten.

»Ich könnte nicht sagen, Herr Simpel«, redete mich Herr Chucks mit leiser Stimme an, »daß ich viel Gutes von dieser Unternehmung denke; und ich glaube sogar, daß mehrere von uns die Zahl der Tischgenossen vermindern werden. Auf Windstille folgt Sturm, und wie ruhig ist jetzt alles. Doch ich will meinen Überrock ausziehen, denn die Sonne brennt schon tüchtig. Beischifführer, gib mir meine Jacke.«

Herr Chucks hatte seinen Überrock, aber nicht seine Jacke darunter angezogen, die er über eine der Kanonen auf dem Hauptverdeck hingelegt hatte, bereit sich umzukleiden, sobald der starke Tau fort wäre. Der Beischifführer gab ihm die Jacke, und Herr Chucks zog den Überrock aus, um dieselbe anzulegen; doch als er sie auseinanderschlug, zeigte sich, daß sie aus Versehen mitgenommen worden sein mußte, denn sie war mit zwei kleinen Epauletten versehen und gehörte somit Kapitän Kearney, dessen Steward sie zum Ausbürsten auf dieselbe Kanone hingelegt hatte.

»Bei dem ganzen Adel von England!« schrie Herr Chucks, »ich habe aus Versehen des Kapitäns Jacke mitgenommen. Das ist eine saubere Geschichte! Wenn ich meinen Überrock anbehalte, werde ich zu Tode schwitzen, lege ich keine Jacke an, werde ich braun geröstet werden, und wenn ich des Kapitäns Jacke anziehe, so wird man es mir als einen Mangel an Respekt auslegen.«

Die Leute in den Booten kicherten, und Herr Phillott, der sich in der Jolle zunächst bei uns befand, drehte sich um nachzusehen, was denn los sei. O'Brien saß im Stern der Jolle bei dem ersten Leutnant, und ich lehnte mich hinüber, um das Vorgefallene zu erzählen.

»Beim Allmächtigen, ich kann nicht einsehen, weshalb des Kapitäns Jacke darunter Not leiden sollte, wenn Herr Chucks sie anzieht«, sagte O'Brien, »außer wenn eine Kugel dadurch ginge, und das wäre ja nicht die Schuld des Herrn Chucks.«

»Nun«, bemerkte der erste Leutnant, »in einem solchen Falle würde der Kapitän die Jacke sorgfältig aufheben und schwören, die Kugel sei rings um seinen Leib herumgegangen, ohne ihn zu verwunden. Er würde da ein gutes Garn zu spinnen haben; legen Sie die Jacke nur an, Herr Chucks, Sie werden so eine gute Zielscheibe für den Feind abgeben.«

»Dieser Gefahr will ich mich mit Vergnügen aussetzen«, sagte Herr Chucks zu mir, »nur um für einen Gentleman gehalten zu werden; also her damit.«

Es entstand ein allgemeines Gelächter, als Herr Chucks des Kapitän Jacke anzog und sich mit dem Ausdrucke großen Wohlbehagens am Stern des Kutters niedersetzte. Einer von den Leuten auf unserem Boote fand für gut, sein Gelächter ein bißchen länger fortzusetzen, als Herr Chucks es für nötig erachtete; er lehnte sich deshalb vor und redete ihn folgendermaßen an: »Heh, Herr Webber, ich bitte um die Erlaubnis, Euch die Bemerkung zu machen, und zwar auf die delikateste Weise von der Welt — Euch nur anzudeuten — daß es nicht Sitte ist, über Euern vorgesetzten Offizier zu lachen. Ich denke, Euch beizubringen, daß Ihr ein verfluchter Sohn von einem Seekoch seid, und wenn wir beide leben und gesund sind, will ich Euch beweisen, daß, wenn man auch über mich lachen kann, wenn ich auf einem Boote des Kapitäns Jacke anziehe, ich mich doch am Bord der Fregatte mit meinem Bootsmannsstock in der Hand nicht auslachen lasse, und so magst Du, mein Herzchen, nach Unwetter aussehen, wenn Du auf das Vorderdeck kommst; denn ich will verdammt sein, wenn ich Dich nicht mehr Sterne sehen machen will, als Gott der Allmächtige je geschaffen hat, und Dich mehr Sprünge machen lasse als alle französischen Tanzmeister zusammen. Merkt Euch meine Worte, Ihr Pudding fressender, Erbssuppe verschlingender, Hosen scheuernder Hurensohn.«

Da Herr Chucks gegen das Ende dieser Rede etwas lauter gesprochen hatte, als der Dienst gestattete, wurde er vom ersten Leutnant zur Ordnung verwiesen, worauf er sich wieder mit all dem wichtigthuenden und befehlshaberischen Wesen, das einem Paar Epauletten so recht eigentlich anzugehören scheint, auf die Bank am Stern niederließ.

Wir verblieben hinter den Felsen bis gegen Mittag und waren da so gut verborgen, daß wir vom Feinde nicht entdeckt wurden; hingegen hatten wir einen Offizier abgesandt, der, im sicheren Versteck zwischen den Felsklippen liegend, den Feind beobachtete. Zwischen dem Kaper und dem Lande gingen fortwährend Boote hin und her, die, wie es schien, mit Mannschaft besetzt vom Schiffe abfuhren und nur mit ein paar Leuten wieder zurückkehrten, so daß wir alle Hoffnung hatten, nur geringe Bemannung zur Verteidigung des Fahrzeuges anzutreffen. Herr Phillott sah auf seine Uhr und hielt sie O'Brien hin, um zu zeigen, daß er den Befehlen des Kapitäns genau nachgekommen sei; dann gab er den Befehl zum Abstoßen der Boote. Die Fangleinen wurden von den Bugleuten gelöst, die Kanonen geladen und mit Lunten versehen, die Matrosen griffen zu den Rudern und in ein paar Minuten schon waren wir zwischen den Felsen hervor, wo wir uns, noch eine Viertelmeile von der Einfahrt des Hafens und eine halbe Meile mehr von der Kaperbrigg entfernt, in gerader Linie aufstellten. Dann ruderten wir so rasch als möglich zu, riefen aber kein Hurrah, bis der Feind die erste Kanone auf uns abfeuerte; dies geschah von einer ganz unerwarteten Seite her, während wir zur Mündung des Hafens hineinfuhren, wobei unsere Unionsflagge, da es ganz windstill war, über den Stern ins Wasser herabhing. Es zeigte sich nun, daß die Franzosen auf beiden Seiten der kleinen Bucht eine Wasserbatterie mit je zwei Geschützstücken errichtet hatten, und eine dieser Kanonen also wurde, mit Kartätschen geladen, auf uns abgefeuert; doch war die Richtung zu niedrig, und obgleich durch die Kugeln das Wasser bis auf fünf Ellen von der Jolle gepeitscht wurde, nahmen wir doch keinen Schaden. Beim Abfeuern der anderen Geschütze waren wir ebenso glücklich; an zweien derselben fuhren wir so schnell vorbei, daß sie nicht genug vorwärts gerichtet werden konnten, ihre Kugeln somit hinter uns ins Wasser fielen, und auch die anderen, deren Ladungen uns zwar erreichten, fügten uns keinen weiteren Nachteil zu, als daß sie zwei Ruder des ersten Kutters zersplitterten.

Unterdessen hatte man auch, wie wir sahen, vom Kaper aus, sobald man uns dort gewahrte, Boote an Land geschickt und Mannschaft herbeigeholt; dann stießen die Boote zum zweiten Male ab, waren jedoch noch nicht wieder an Bord zurückgekehrt: sie befanden sich vielmehr jetzt in derselben Entfernung vom Kaper wie unsere Boote, und es war ganz ungewiß, welche von beiden Partien zuerst zu demselben gelangen würde. Sobald dies O'Brien sah, machte er Herr Phillott den Vorschlag, zuerst die Boote anzugreifen und hernach an der Seite zu entern, wohin sie ruderten, da sie höchstwahrscheinlich in den Enternetzen eine Öffnung gelassen haben würden, die, bis zu den Raen sich hinaufziehend, unserem Erfolge ein beträchtliches Hindernis bieten würde. Herr Phillott stimmte O'Brien vollkommen bei, befahl den Bugleuten, ihre Ruder hereinzulegen und die Kanonen zum Abfeuern auf den ersten Wink völlig parat zu halten, die anderen Ruderer aber forderte er auf, ihr Bestes zu thun. Da wurde jeder Nerv, jeder Muskel von unseren unerschrockenen Matrosen, denen es so sehr um den Sieg zu thun war, angestrengt. Als wir noch ungefähr zwanzig Ellen vom Kaper und ebensoweit von den Booten entfernt waren, wurde »Feuer« kommandiert; die auf der Jolle befindlichen Kanonen wurden abgefeuert und trafen so gut, daß das eine der französischen Boote augenblicklich untersank; auch die Kugelladungen aus unseren anderen kleinen Geschossen richteten große Verheerungen unter der feindlichen Mannschaft an. Eine Minute später waren wir, französische und englische Boote durcheinander, unter drei Hurrahs unserer Matrosen, zur Seite des Schiffes, und nun begann, dicht zusammengedrängt, das hartnäckigste Gefecht. Die Franzosen kämpften verzweifelt, und sobald sie überwältigt waren, erhielten sie Verstärkung von der Mannschaft des Kapers, die es nicht mitansehen konnte, wie ihre Kameraden ihrer Hilfe bedurften, ohne ihnen dieselbe zu leisten. Einige sprangen von den Puttingen in die Boote mitten auf unsere Leute herab; andere warfen kalte Kugeln auf uns, um uns zu töten oder unsere Boote sinken zu machen, und so begann eines der verzweifeltsten Handgemenge, dem ich je beiwohnte.

Doch entschied es sich bald zu unserem Vorteil, denn wir waren der Zahl und der Armierung nach dem Feinde überlegen, und sobald der letztere keinen Widerstand mehr leistete, sprangen wir auf den Kaper, wo wir jedoch keinen einzigen Mann mehr, sondern nur einen großen Hund trafen, der auf O'Brien zustürzte, um ihn bei der Kehle zu fassen.

»Tötet ihn nicht«, sagte O'Brien zu den Matrosen, die zu seiner Hilfe herbeieilten, »reißt ihn nur weg.«

Nachdem dies geschehen war, band O'Brien den Hund an einer Kanone fest mit den Worten: »Beim Himmel, Bursche, Du bist mein Gefangener«.

Obgleich wir nun im Besitze des Kapers waren, hatten wir doch damit, wie sich gleich zeigen wird, das Mißliche unserer Lage noch keineswegs völlig überstanden; denn wir waren nunmehr nicht nur dem Feuer der beiden Batterien an der Mündung des Hafens, die wir zu passieren hatten, ausgesetzt, sondern auch dem von der Batterie im Hintergrunde der Bucht, die Tags zuvor auf die Fregatte gefeuert hatte. Inzwischen beeilten wir uns sehr, das Ankertau zu kappen, die Marssegel niederzulassen und die Verwundeten aus den Booten auf die Fregatte zu schaffen; dies alles war das Werk weniger Minuten. Die meisten der Franzosen waren im Gefechte gefallen; wir hingegen hatten nur neun verwundete Matrosen und Herrn Chucks, den Beischiffführer, der von einer Kugel durch den Leib geschossen war und wenig Aussicht zum Davonkommen hatte. Wie Herr Phillott vorausgesagt hatte, war er durch des Kapitäns Epauletten zur Zielscheibe des Feindes geworden und so in erborgtem Gefieder gefallen.

Sobald die Verwundeten alle an Bord gebracht und auf dem Verdecke hingelegt waren – unsere eigenen Leute sowohl als die verwundeten Franzosen, deren Zahl, soviel ich mich erinnern kann, sich auf vierzehn belief – wurden die Schlepptaue vorn herausgehängt, die Boote bemannt, und wir begannen die Brigg aus dem Hafen zu bugsieren. Es herrschte tiefe Windstille, und wir kamen so nur langsam voran. Unsere siegestrunkene Mannschaft aber schrie freudige Hurrahs und ruderte unter munteren Scherzen aus allen Kräften. Als der Feind sah, daß wir den Kaper genommen hatten und daß die französischen Boote ohne Mannschaft im Hafen herumtrieben, eröffnete er, und zwar mit vielem Erfolge, sein Feuer auf uns. Ehe wir uns noch gegenüber von den zwei Wasserbatterien befanden, erhielten wir von der anderen Batterie drei Schüsse zwischen Wind und Wasser, und die Wellen drangen stark in das Fahrzeug ein. Ich hatte mich mit dem armen Chucks beschäftigt, der auf der Steuerbordseite in der Nähe des Ruders lag; das Blut strömte aus seiner Wunde und bezeichnete seinen Lauf mehrere Fuß weit auf den Planken des Verdeckes hin. Er schien sehr schwach und ich band mein Taschentuch um seinen Leib, um den Blutverlust zu hemmen, auch brachte ich ihm Wasser, womit ich sein Gesicht wusch und wovon ich ihm einiges in den Mund goß. Dann schlug er die Augen auf und blickte mich groß an.

»Ah, Herr Simpel«, sagte er mit todesmatter Stimme, »sind Sie's? Mit mir ist's ganz vorüber, aber besser konnte es nicht kommen.«

»Wie meinen Sie das?« fragte ich.

»Nun ja, bin ich nicht gefallen im Anzuge eines Offiziers und Gentlemans?« sagte er, auf des Kapitäns Jacke und Epauletten anspielend. »Ich will lieber jetzt in dieser Kleidung sterben als davonkommen, um die Bootsmannsuniform wieder anzulegen. Ich fühle mich ganz glücklich.« Dabei drückte er mir die Hand, schloß aber vor Schwäche die Augen wieder.

Wir befanden uns jetzt den zwei Batterien an der Hafenspitze gegenüber, deren Kanonen so gerichtet waren, daß sie unsere Boote, welche die Brigg hinausbugsierten, bestrichen. Der erste Schuß durchbohrte den Boden der ersten Jolle; und wenn auch glücklicherweise die ganze Mannschaft gerettet wurde, so stand es doch, da die Jolle dem Kaper zunächst gelegen war, sehr lange an, bis die anderen Boote von ihr loskommen und die Brigg wieder ins Schlepptau nehmen konnten. Nun fiel ein dichter Kugelregen, und das Kartätschenfeuer wurde höchst lästig. Doch unsere Leute ruderten tüchtig darauf los, erwiderten jeden Schuß des Feindes mit lautem Hurrah, und so waren wir schon mit geringem Verluste an den beiden Batterien beinahe vorübergefahren, als wir bemerkten, die Brigg sei so voll Wasser, daß sie nur noch wenige Minuten flott bleiben und also durchaus nicht zur Fregatte hinbugsiert werden könne. Unter diesen Umständen entschied Herr Phillott, daß es nutzlos sein würde, noch mehr Menschenleben aufs Spiel zu setzen, und daß demgemäß die Verwundeten von der Brigg weggebracht werden und die Boote nun allein unserem Schiffe zurudern sollten. Er beauftragte mich, dieselben in den Kutter, den er herbeisandte, aufzunehmen und dann den anderen Booten zu folgen. Dies that ich so schnell als nur möglich, denn ich wünschte nicht zurückzubleiben; und sobald alle unsere Verwundeten in den Booten lagen, ging ich auch zu Herrn Chucks, um ihn hinabzubringen. Er schien wieder einigermaßen zu sich gekommen zu sein, und wollte uns nicht gestatten, ihn fortzunehmen.

»Mein lieber Herr Simpel«, sagte er, »es ist nutzlos; ich kann nicht mehr davonkommen und will lieber sterben. Ich beschwöre Sie, mich nicht fortzubringen. Wenn der Feind die Brigg in Besitz nimmt, ehe sie sinkt, so werde ich mit militärischen Ehren begraben werden, wo nicht, so sterbe ich doch wenigstens in der Kleidung eines Gentleman. Jetzt rasch fort, so schnell Sie nur können, ehe Sie noch mehr Leute verlieren. Ich bleibe hier – das ist ausgemacht.«

Ich machte ihm Vorstellungen dagegen; es zeigten sich aber nun zwei mit voller Mannschaft besetzte Boote, die vom Hafen aus der Brigg zuruderten. Sobald der Feind nämlich sah, daß wir letztere aufgegeben hatten, kam er herbei, um dieselbe in Besitz zu nehmen. Ich hatte somit keine Zeit, lange in Herrn Chucks zu dringen und ihn zu einer Änderung seines Entschlusses zu bewegen, und da ich einem sterbenden Manne keine Gewalt anthun wollte, drückte ich ihm die Hand und verließ ihn. Nur mit Mühe entkam ich den feindlichen Booten, die schon ganz nahe bei der Brigg waren; sie machten einige Zeit Jagd auf mich, da aber die Jolle und der Kutter zu meiner Hilfe umkehrten, so gaben sie ihre Verfolgung auf.

Im ganzen genommen war die Unternehmung ebenso gut eingeleitet als ausgeführt. Der einzige Mann, den wir verloren, war Herr Chucks, denn die Wunden der übrigen waren nicht tödlich. Kapitän Kearney sprach seine volle Zufriedenheit mit unserem Benehmen aus; ebenso auch der Admiral, als man ihm den Hergang berichtete. Der erstere war freilich etwas ärgerlich wegen des Verlustes seiner Jacke, ließ mich rufen und fragte, warum ich sie Herrn Chucks nicht ausgezogen und an Bord gebracht hätte. Da ich ihm die Sache nicht ganz genau erzählen wollte, antwortete ich nur, ich hätte einen sterbenden Mann nicht mehr beunruhigen mögen; auch sei die Jacke so mit Blut befleckt gewesen, daß sie nicht wieder hätte getragen werden können – und so war es ja auch.

»In jedem Fall hätten Sie meine Epauletten mitnehmen sollen«, entgegnete der Kapitän, »aber Ihr jungen Herren denkt an nichts als an Wohlleben«.

Ich hatte diese Nacht die erste Wache, als Swinburne, der Quartiermeister, auf mich zukam, und mich um die einzelnen

Umstände des Gefechtes befragte; denn er war in den Booten nicht mit gewesen. »Gut«, sagte er, »Herr Chucks war allem Anscheine nach in seiner Art ein guter Bootsmann, wenn er nur hätte seinem Rohre etwas mehr Ruhe gönnen mögen. Er war ein tüchtiger Kamerad und kannte seinen Dienst. Einer, der ihm völlig glich, wurde auf unserem Schiffe in der Schlacht von St. Vincent getötet.«

»Was! Waren Sie bei dieser Schlacht?« entgegnete ich.

»Ja, allerdings, und ich diente auf dem ›Kapitän‹, dem Schiffe Lord Nelson's.«

»Nun gut, dann darf ich wohl hoffen, daß Sie mir alles genau erzählen.«

»Ja, sehen Sie, Herr Simpel, ich habe keinen Grund, warum ich Ihnen nicht hier und da ein Garn spinnen sollte«, erwiderte Swinburne, »aber wie Herr Chucks zu sagen pflegte, erlauben Sie mir, Ihnen zu bemerken, und zwar auf die allerdelikateste Weise von der Welt, daß ich wohl sehe, wie der Matrose, der Ihre Hängematte besorgt, und Ihnen bisweilen eine reine aufschlingt gar häufig ein gutes Glas Grog bekommt, und ich kann nicht einsehen, warum mein Garn nicht ebenso viel wert sein sollte.«

»Allerdings, Swinburne, und noch viel mehr, und ich verspreche Ihnen auch einen guten steifen auf morgen abend«.

»Sehr schön, Sir, jetzt will ihnen auch alles erzählen, und zwar mehr als mancher andere kann, denn ich weiß, wie die Schlacht herbeigeführt wurde«.

Ich warf das Log aus, bezeichnete die Geschwindigkeit und setzte mich dann hinten auf den Flaggenkasten zu Swinburne, der seine Erzählung folgendermaßen begann: —

»Sie müssen wissen, Herr Simpel, daß, als die englische Flotte nach der Räumung von Korsika in das Mittelmeer hinabsegelte, dieselbe nicht mehr als siebzehn Linienschiffe zählte, während die spanischen Flotten von Ferrol und Carthagena, die sich in Cadiz vereinigt hatten, nahezu auf dreißig Schiffe sich beliefen. Sir John Jarvis befehligte damals unsere Flotte; weil aber die Dons durchaus keine Lust zu haben schienen, herauszusegeln und fast zwei gegen eines mit uns zusammenzukommen, ließ Sir John den Sir Hyde Parker mit sechs Linienschiffen zur Bewachung der spanischen Bettler zurück, während er selbst mit dem übrigen Teil der Flotte nach Lissabon segelte, um Wasser einzunehmen und die nötigen Ausbesserungen zu treffen. Nun sehen Sie, Herr Simpel, Portugal war damals, wie man so sagt, neutral, das heißt, es mischte sich gar nicht in die Sache, war gut Freund mit beiden Parteien und ebenso geneigt, den Spaniern frisches Fleisch und Wasser zu liefern wie den Engländern, insofern nämlich die Spanier gekommen wären und es verlangt hätten, was sie jedoch nicht wagten. Die Portugiesen und die Engländer sind von jeher die besten Freunde gewesen, und zwar deswegen, weil wir anderswo keinen Portwein und sie anderswo keinen Käufer bekommen können; deshalb überließen die Portugiesen ihr Arsenal in Lissabon den Engländern zur Benutzung, und es wurden da alle unsere Vorräte unter der Aufsicht des alten Teufelskerls, Sir Isaac Coffin, aufbewahrt. Nun traf es sich, daß einer der Schreiber auf des alten Isaaks Kanzleibureau, ein portugiesischer Bursche, einige Zeit zuvor im Dienste des spanischen Botschafters gestanden hatte; 's war ein gewandter Kerl und diente als Dolmetsch, in den der alte Kommissionär großes Vertrauen setzte«.

»Aber wie erfuhren Sie dies alles, Swinburne?«

»Das will ich Ihnen sagen, Herr Simpel: ich steuerte die Jolle als Beiführer, und wenn Admiral und Kapitän im Stern sich mit einander besprechen, so vergessen sie gar oft, daß der Beischifführer dicht hinter ihnen steht. Doch lernte ich nur die eine Hälfte auf diese Weise kennen, die andere aber fügte ich hinzu, wenn ich die Logs mit des Admirals Steward verglich, der natürlich auch einen schönen Teil zu hören bekam. Das erste, was mir davon zu Ohren kam, war, daß der alte Sir John nach der zweiten Flasche dem Sir Isaak zurief: ›He, Sir Isaak, wer tötete den spanischen Kurier?‹ — ›Nicht ich, bei Gott‹, erwiderte Sir Isaak, ›ich ließ ihn nur für tot zurück‹, und dann brachen sie beide in ein Gelächter aus, in das auch Nelson, der bei ihnen saß, einstimmte. Also gut, Herr Simpel, dem Sir Isaak wurde gemeldet, es sei bemerkt worden, wie sein Schreiber schon oft Notizen von den verschiedenen an die Flotte erlassenen Befehlen genommen habe, namentlich von solchen, welche die sparsamste Verwendung von Seiner Majestät Vorräten anordneten. Auf dies hin ging Sir Isaak zum Admiral und verlangte die Entlassung dieses Mannes. Nun war aber der alte Sir John ein alter schlauer Fuchs und antwortete: ›Nicht doch, Kommissionär — vielleicht gelingt es uns, ihn in der eigenen Schlinge zu fangen.‹ Mit diesen Worten setzte sich der Admiral nieder, ließ sich Tinte und Feder geben, und schrieb da einen langen

Brief an den Kommissionär des Inhalts: Die Vorräte für die Flotte wären alle erschöpft, und sei es deshalb unmöglich, ohne vorherige Zufuhr in See zu gehen, und er wünsche nun zu erfahren, bis wann der Kommissionär neue Transporte aus England erwarte. Er sagte ferner in diesem Briefe, wenn die spanische Flotte jetzt von Cadiz herauskäme, so würde es ihm unmöglich sein, den Sir Hyde Parker, der mit sechs Linienschiffen die spanische Flotte bewache, zu unterstützen, indem er in seinem gegenwärtigen Zustande den Hafen nicht wohl verlassen könne. Auf dieses Schreiben antwortete der Kommissionär, daß er, nach den neuesten Berichten zu schließen, in sechs Wochen oder zwei Monaten neue Zufuhren zu erhalten gedenke, daß dies aber früher nicht möglich sein werde. Diese beiden Briefe wurden dem verfluchten portugiesischen Schreiberspion in den Weg gelegt; er nahm auch richtig eine Abschrift derselben, und denselben Abend noch sah man ihn in das Haus des spanischen Gesandten hineingehen. Dann schickte Sir John einen Kurier nach Ferro – das ist eine kleine Stadt im Süden der portugiesischen Küste – mit Depeschen an Sir Hyde Parker, worin er ihn aufforderte, nach dem Kap St. Vincent abzusegeln und die spanische Flotte dahinzulocken, im Fall sie ihm nachfolgen sollte. Also sehen Sie, Herr Simpel, soweit war die Sache gut eingefädelt. Nun mußte zunächst auch das Haus des spanischen Gesandten bewacht und darauf achtgegeben werden, ob er Depeschen fortschicke; und siehe da, zwei Tage, nachdem ihm die Abschriften der Briefe durch den Schurken von Schreiber zugestellt worden war, schickte richtig der spanische Gesandte zwei Kuriere ab, den einen nach Cadiz und den andern nach Madrid, wo der König von Spanien lebt. Den einen nach Cadiz ließ man ruhig seiner Wege ziehen, der andere nach Madrid aber wurde auf Befehl des Admirals aufgefangen, und dieser Auftrag fiel dem Kommissionär Sir Isaak zu, der sich dessen auch auf die eine oder die andere Weise entledigte, und das war der Grund, warum der Admiral ihm zurief: ›He, Sir Isaak, wer tötete den Kurier?‹ Aus den dem letztern abgenommenen Depeschen ersah man, daß dem spanischen Admiral – ich vergaß seinen Namen, er lautete aber wie ›Magazine‹ – Nachricht von dem vermeintlich verkümmerten Zustande unseres Geschwaders gegeben war. Sir John nahm es jetzt für ausgemacht an, daß die Spanier die Gelegenheit zur Wegnahme von sechs Linienschiffen – mehr englische Schiffe, als sie je in ihrem Leben genommen hatten — nicht unbenützt vorbeigehen lassen werden, wartete noch ein paar Tage, um ihnen Zeit zu geben, und segelte dann von Lissabon nach dem Kap St. Vincent ab, wo er sich mit Sir Hyde Parker vereinigte und dann auf die Spanier einfiel; diesen brachten wir eine tüchtige Schlappe bei. Nun sehen Sie, Herr Simpel, das alles kann Ihnen nicht jedermann erzählen.«

»Ganz gut, aber nun auch zur Schlacht, Swinburne.«

»Gott segne Sie, Herr Simpel, es ist jetzt Klock sieben vorbei, und die Schlacht von St. Vincent kann ich nicht in einer halben Stunde durchfechten; und überdies ist es wohl auch noch ein zweites Glas Grog wert, die ganze Beschreibung der Schlacht anzuhören.«

»Das sollen Sie auch haben, Swinburne, vergessen Sie nur nicht, mir diese Geschichte zu erzählen.«

Wir trennten uns jetzt und in weniger als einer Stunde träumte ich von Depeschen — Sir John Jarvis — Sir Isaak Coffin — und spanischen Kurieren.

Vierzehntes Kapitel

O'Briens guter Rat. — Kapitän Kearney geht wieder ins Wunderbare.

Ich entsinne mich keines Umstandes aus der damaligen Zeit meines Lebens, der mein Gemüt so schwer betroffen hätte als der Verlust des armen Bootsmannes Chucks, den ich sicherlich nicht wiederzusehen hoffen durfte. Ich glaube, der Hauptgrund war der, daß, als ich in den Dienst trat und mich jedermann als den Familiengimpel betrachtete, Herr Chucks und O'Brien die einzigen waren, die mich anders beurteilten und behandelten; und gerade ihr Benehmen veranlaßte mich, immer mehr mich anzustrengen, und ermutigte mich in meinen Bemühungen. Ich glaube, daß mancher Knabe, der bei gehöriger Beschützung und Anleitung zum Guten ausschlagen würde, durch die unvernünftige Methode mürrischen Anfahrens und Lächerlichmachens mit Gewalt auf den Weg des Bösen getrieben wird, so daß er dann in seiner Verzweiflung alles Selbstvertrauen verliert und sich vom Strome des Verderbens hinreißen läßt.

O'Brien liebte nicht besonders, selbst etwas zu lesen; er spielte die Flöte ausgezeichnet gut und besaß eine vorzügliche Stimme. Sein Vortrag auf der Flöte war nicht bloß eine Übung, sondern vielmehr der Ausdruck eines künstlerischen Gefühles, was bekanntlich ein großer Unterschied ist; obgleich er übrigens sich selbst nicht mit Lesen beschäftigte, ließ er mich doch jeden Tag ein paar Stunden in seine Kajüte kommen, um ihm dann allemal den Inhalt des von mir Gelesenen vorzutragen. Auf diese Art unterrichtete er nicht nur mich, sondern schöpfte auch für sich selbst manche Belehrung, denn er machte über das, was ich gelesen hatte, so viele Bemerkungen, daß es sich uns beiden fest ins Gedächtnis prägte.

»Gut, Peter«, konnte er wohl sagen, wenn er in die Kajüte kam, »was hast Du mir heute zu sagen? Unstreitig bist Du der Schulmeister, nicht ich – denn ich lerne jeden Tag von Dir.«

»Ich habe heute nicht viel zu sagen, O'Brien, denn ich dachte an den armen Herrn Chucks.«

»Ganz recht von dir, Peter, vergiß Deine Freunde ja nicht so schnell, denn Du wirst bei dem Hintraben auf der großen Heerstraße des Lebens deren nicht zu viele finden.«

»Ich möchte nur wissen, ob er tot ist.«

»Das ist eine Frage, die ich nicht beantworten kann; eine Kugel durch die Brust pflegt die Tage eines Mannes nicht zu verlängern, das ist gewiß; aber das weiß ich auch, daß er, wenn er es machen kann, jetzt nicht stirbt, da er ja des Kapitäns Jacke anhat.«

»Ja freilich, er strebte immer danach, für einen Gentleman zu gelten – was thöricht genug war von einem Bootsmann.«

»Gar nicht thöricht, Peter, aber ganz thöricht von Dir, so unüberlegt herauszusprechen; wann sah je einer von uns Herrn Chucks eine gemeine oder unrechte Handlung begehen? Nimmer – und warum? Weil er für einen Gentleman gelten wollte, und dies Gefühl erhob ihn. Eitelkeit ist ein verfluchter Reitesel, geeignet, den Kopf zwischen die Füße zu stecken und uns herunterzuschmeißen; Stolz dagegen ist ein schönes Pferd, das uns über den Erdboden hinträgt und instand setzt, unsern Reisegefährten vorauszueilen. Wie oft hast Du schon von Leuten gelesen, die aus dem Nichts hervorgingen und große Männer wurden? Allerdings durch ihr Talent; dieses Talent wurde durch Stolz vorwärts getrieben und durch Eitelkeit gehemmt.«

»Du hast ganz recht, O'Brien, ich sprach thöricht.«

»Laß gut sein, Peter, es hörte es ja niemand außer mir, und so hat es nichts zu bedeuten. Speisest Du heute in der Kajüte?«

»Ja.«

»Auch ich; der Kapitän ist diesen Morgen in der wundersamsten Laune. Er hat mir ein paar Garne gesponnen, die meine Artigkeit und meinen Respekt gegen ihn auf dem Hinterdeck ganz wankend machten. Wie schade, daß ein Mann eine so häßliche Gewohnheit annehmen kann!«

»Ich besorge nur, sie ist ganz unheilbar«, antwortete ich; »doch sind seine Aufschneidereien in der That harmlos, und wie man so sagt, weiße Lügen: auch glaube ich nicht, daß er im Ernste eine Lüge sagen würde, das heißt eine Lüge, welche man herabwürdigend für einen Gentleman halten müßte.«

»Peter, alle Lügen, weiße oder schwarze, sind herabwürdigend für einen Gentleman, obgleich ich allerdings einigen Unterschied zugebe. Gelinde gesagt, es ist immer eine schlimme Gewohnheit, denn weiße Lügen sind nur die nobeln Einführer der schwarzen. Ich kenne nur einen Fall, wo eine Lüge zu entschuldigen ist, da nämlich, wenn man den Feind täuschen will. Die Pflichten gegen das Vaterland rechtfertigen Dich in einem solchen Falle, wenn Du lügst, bis Du schwarz im Gesichte wirst, und gerade darum, weil es Deinem innern Gefühle widerstrebt, wird es eine Art von Tugend.«

»Was gab es denn diesen Morgen für einen Streit zwischen dem Marineoffizier und Phillott?«

»An und für sich gar nichts — der Marineoffizier ist ein einfältiger Mensch und glaubt sich beleidigt, wo nicht daran zu denken ist. Herr Phillott hat eine böse Zunge, aber ein gutes Herz.«

»Wie schade!«

»Allerdings, denn er ist ein tüchtiger Offizier; die Sache ist aber die, Peter, daß jüngere Offiziere oft gar zu gern geneigt sind, die Manieren ihrer Vorgesetzten nachzuahmen, und darum ist es höchst wichtig, daß ein junger Gentleman nur mit einem Kapitän segelt, der ein wirklicher Gentleman ist. Nun brachte Herr Phillott seine besten Dienstjahre bei Kapitän Ballover zu, der ob seiner unanständigen und beleidigenden Sprache in der ganzen Flotte bekannt ist. Was war nun die Folge davon? – Phillott hat, wie so manche, die unter ihm dienten, seine üble Gewohnheit angenommen.«

»Ich sollte glauben, O'Brien, daß gerade der Umstand, als jüngerer Offizier durch eine solche Sprache in seinem Innern verletzt worden zu sein, einen doppelt vorsichtig machen müßte, solche Ausdrücke zu gebrauchen, wenn man einmal im Dienste vorrückt.«

»Peter, das ist nur das Gefühl des ersten Augenblicks, das nach einiger Zeit verschwindet, aber zuletzt wird auch Dein eigenes Gefühl des Unwillens abgestumpft und Du wirst gleichgültig dagegen; auf diese Art vergißt Du dann auch, daß Du andere verletzen könntest, und Du behältst so die Gewohnheit bei, zum großen Nachteil und zur Schmach des Dienstes. Doch jetzt ist es Zeit, sich zum Diner anzukleiden, und deshalb wirst Du besser daran thun, jetzt fortzugehen, während ich mich ein bißchen zurechtstutze, nach den Vorschriften und Regeln von Seiner Majestät Dienst für den Fall, daß man beim Schiffsbefehlshaber zum Essen eingeladen ist.«

Wir trafen uns wieder an des Kapitäns Tafel, wo wir wie gewöhnlich eine große prunkende Ausstellung von Platten, aber wenig anderes als die gewöhnliche Schiffskost fanden. Wir hatten allerdings jetzt schon einige Zeit gekreuzt, und dies war eine Entschuldigung, übrigens würden sich wenige Kapitäne so schlecht vorgesehen haben.

»Ich befürchte, Gentlemen, Sie werden kein zu großartiges Diner antreffen«, bemerkte der Kapitän, als der Steward die Deckel von den Schüsseln wegnahm, »aber wenn man im Dienste ist, muß man sich einrichten, so gut man kann. Herr O'Brien, Erbsensuppe? Ich erinnere mich, schon einmal beim Kreuzen schlechter gelebt zu haben. Wir standen dreizehn Wochen bis an die Knie im Wasser und lebten die ganze Zeit nur von rohem Schweinefleisch – denn wir waren bei der ganzen Fahrt nicht imstande, Feuer anzumachen.«

»Bitte, Kapitän Kearney, dürfte ich wohl fragen, wo das geschehen ist?«

»Allerdings, auf der Höhe der Bermudas. Wir kreuzten sieben Wochen lang, ehe wir sie finden konnten, und fingen schon an, zu glauben, die Bermudas seien selbst aufs Kreuzen ausgegangen.«

»Ich denke wohl, Sir, Sie waren sehr erfreut, wieder Feuer

zum Kochen Ihrer Speisen zu bekommen, als Sie ankerten?« sagte O'Brien.

»Ich bitte sehr um Verzeihung«, antwortete Kapitän Kearney, »wir hatten uns so an ungekochte Speisen und nasse Füße gewöhnt, daß wir lange Zeit nachher keine gekochten Mahlzeiten mehr einnehmen konnten und uns nicht anders zu helfen wußten, als daß wir unsere Füße über die Seite hinab ins Wasser steckten. Ich sah, wie einer der Bootswächter einen großen Barrakuda fing und lebendig verschlang — und in der That, wenn ich nicht die strengsten Befehle gegeben und ein halb Dutzend Burschen hätte durchpeitschen lassen, so zweifle ich, ob sie nicht bis auf den heutigen Tag noch ihre Portionen roh verzehren würden. Die Macht der Gewohnheit ist erstaunlich.«

»Das ist sie fürwahr«, entgegnete Herr Phillot spöttisch, und winkte uns zu, auf des Kapitäns unglaubliche Geschichte anspielend.

»Das ist sie fürwahr«, wiederholte O'Brien; »wir sehen den Splitter in unsers Nachbars Auge und können den Balken im eigenen nicht gewahren«, und dabei winkte er mir zu und hatte Phillott's Gewohnheit, unanständige Ausdrücke zu gebrauchen, im Auge.

»Ich kannte einen verheirateten Mann«, bemerkte jetzt der Kapitän, »der fortwährend gewöhnt war, mit der Hand auf dem Kopf seiner Frau einzuschlafen, und ihr darum nicht erlauben wollte, eine Nachthaube zu tragen. Sie erkältete sich nun einmal und starb, und von da an konnte er nicht mehr einschlafen, bis er eine Kleiderbürste mit ins Bett nahm und seine Hand auf diese hinlegte, die ihm also seiner Frau Kopf ersetzen mußte — so stark war die Macht der Gewohnheit.«

»Ich sah einmal, wie ein toter Körper galvanisiert wurde«, fing nun Herr Phillott an; »es war der Leichnam eines Mannes, der sein Leben hindurch eine schöne Portion geschnupft hatte, und sobald die galvanische Ladung sich nach dem Rückgrat hin entladen hatte, hob der Leichnam ganz artig seine Arme auf und hielt die Finger an die Nase hin, als wollte er eine Prise nehmen.«

»Sahen Sie das selbst, Herr Phillott?« fragte der Kapitän und sah dem Leutnant ganz ernsthaft ins Gesicht.

»Ja, Sir«, antwortete Herr Phillott kaltblütig.

»Haben Sie diese Geschichte schon oft erzählt?«

»Sehr oft, Sir.«

»Ich frage deshalb, weil ich weiß, daß manche Leute, wenn sie eine Geschichte öfters erzählen, zuletzt selbst glauben, sie sei wahr; nicht, als ob ich das auf Sie beziehen wollte, Herr Phillott; aber ich möchte Ihnen gleichwohl raten, diese Geschichte nur da zu erzählen, wo Sie sehr gut bekannt sind, sonst möchten die Leute deren Glaubwürdigkeit in Zweifel ziehen.«

»Ich mache mir zur Regel, aus Höflichkeit alles zu glauben«, antwortete Herr Phillott, »und erwarte dieselbe Höflichkeit auch von andern.«

»Dann, bei meiner Seele, muten Sie unserer guten Lebensart viel zu, wenn Sie diese Geschichte erzählen. Da wir gerade von Artigkeit sprechen, so wünschte ich, daß Sie einen meiner Freunde treffen möchten, der sein ganzes Leben lang ein Komplimentenmacher gewesen ist; er kann nicht anders als sich verbeugen. Ich habe mitangesehen, wie er beim Absteigen von seinem Pferde sich vor diesem verneigte und sich bei ihm bedankte; desgleichen wie er einen jungen Hund, auf dessen Schwanz er getreten war, um Verzeihung bat; eines Tages sogar, als er über ein Schabeisen gefallen war, zog er seinen Hut ab und machte diesem tausend Entschuldigungen wegen seiner Unachtsamkeit.«

»Wiederum die Macht der Gewohnheit«, sagte O'Brien.

»Allerdings nichts anderes. Herr Simpel, mögen Sie ein Stück von diesem Schweinefleisch und vielleicht erweisen Sie mir auch die Ehre, ein Glas Wein mit mir zu trinken? Lord Privilege würde unsere heutige Mahlzeit nicht sehr loben, oder doch – was meinen Sie, Herr Simpel?«

»Zur Abwechslung vielleicht schon, Sir, aber nicht für immer.«

»Ganz richtig bemerkt. Veränderung gibt Reiz. Die Neger hier werden der gesalzenen Fische und der Occrabrühe so überdrüssig, daß sie Schlamm als Delikatesse essen. Herr O'Brien, die Sonate von Pleydel spielten Sie diesen Morgen ausgezeichnet gut.«

»Ich schätze mich jedenfalls glücklich, zu hören, daß ich Sie nicht belästigte, Kapitän Kearney«, erwiderte O'Brien.

»Im Gegenteil, ich bin ein sehr großer Liebhaber von guter Musik. Meine Mutter war eine große Virtuosin. Ich erinnere mich noch, wie sie einmal eine Piéce auf dem Piano vortrug, worin sie ein Gewitter nachzuahmen hatte, und dies führte sie so bewunderungswürdig gut aus, daß, als wir uns zum

Thee niedersetzten, aller Rahm sauer geworden war, sowie drei Fässer Bier, die im Keller lagen.«

Auf dies hin konnte sich Herr Phillott nicht mehr länger halten, sondern brach in ein lautes Gelächter aus, und da er ein Glas Wein an den Mund gesetzt hatte, verspritzte er dies über den Tisch und namentlich über mich, da ich ihm unglücklicherweise gegenübersaß.

»Ich bitte um Verzeihung, Kapitän Kearney, aber der Gedanke an ein so ausgezeichnetes Talent war zu köstlich. Wollen Sie mir eine Frage erlauben? Da denn doch dem Donner der Blitz folgen mußte — wurde nicht auch jemand von dem elektrischen Fluidum getötet?«

»Nun, Sir«, antwortete Kapitän Kearney ganz ärgerlich, »aber ihre Virtuosität elektrisierte uns, was so ziemlich das gleiche war. Da Sie Ihr letztes Glas Wein verschüttet haben, Herr Phillott, so erlauben Sie mir wohl, ein anderes mit Ihnen zu nehmen?«

»Mit großem Vergnügen«, entgegnete der erste Leutnant, der nun einsah, daß er weit genug gegangen war.

»Gentlemen«, sagte der Kapitän, »bald werden wir im Lande des Überflusses sein. Ich werde noch etwa vierzehn Tage kreuzen und dann in Jamaika zum Admiral stoßen. Wir müssen nun den Bericht über das Herausholen der ›Sylvia‹ (so hieß die Kaperbrigg) machen, und ich freue mich, Ihnen sagen zu können, daß ich es für eine Pflicht erachten werde, Ihrer aller ehrenvoll zu erwähnen. Steward, Kaffee!«

Der erste Leutnant, O'Brien und ich verbeugten uns bei dieser schmeichelhaften Anerkennung von seiten des Kapitäns; ich war ganz entzückt. Der Gedanke, meinen Namen in der amtlichen Zeitung aufgeführt zu finden, und die Freude, die das meinen Eltern gewähren würde, trieb mir das Blut ins Gesicht, daß ich so rot wurde wie ein Truthahn.

»*Vetter* Simpel«, sagte der Kapitän ganz gutmütig, »Sie haben nicht Ursache zu erröten; Ihr Benehmen verdient dieses Lob und Sie sind Herrn Phillott, der mich von Ihrer tapferen Aufführung in Kenntnis setzte, zu Dank verpflichtet.«

Der Kaffee war bald getrunken, und ich fühlte mich froh, die Kajüte verlassen und allein sein zu können, um mein bewegtes Gemüt zu sammeln; ich war wirklich überglücklich. Ich sagte übrigens meinen Kameraden keine Silbe davon, weil es leicht hätte Neid erregen können. O'Brien, den ich nachher traf, gab mir auch in diesem Sinne eine Warnung, und so war ich wirklich froh, daß ich mich so vorsichtig benommen hatte.

Fünfzehntes Kapitel

Swinburne fährt fort, seine Geschichte von der Schlacht bei dem Kap St. Vincent zu erzählen.

Zwei Nächte später, da ich wieder die Mittelwache mit Swinburne hatte, forderte ich diesen auf, sein Versprechen zu halten, und mir sein Garn über die Schlacht von St. Vincent zu spinnen.

»Das will ich thun, Herr Simpel; ich muß aber ein bißchen Zündpulver haben, sonst kann ich nicht abfeuern.«

»Wünschen Sie Ihr Glas Grog vorher oder nachher?«

»Vorher in jedem Fall, wenn's Ihnen gefällig ist, Sir. Gehen Sie hinab und ich will indessen das Log für Sie auswerfen; dann werden wir eine ganze Stunde lang ungestört sein, denn dieser schwache Seewind wird feststehen, und wir führen nur wenige Segel.«

Ich brachte Herrn Swinburne ein Glas steifen Grog herauf, das er hinunterstürzte, worauf er tief aufseufzte, nachdem es geleert war, wie aus Kummer, daß nichts mehr da war. Wir stellten den Becher einstweilen in eins der Gangspillöcher, setzten uns auf ein Ringkabel unter dem Luvbollwerk, und Swinburne begann, nachdem er einen Mundvoll Kautabak genommen, folgendermaßen: –

»Also, wie ich Ihnen schon sagte, Herr Simpel, der alte Jarvis ging mit seiner ganzen Flotte nach dem Kap St. Vincent ab. Wir verloren eins unserer Schiffe – und zwar einen Dreidecker – den ›Sankt Georg‹, der auf Grund lief und nach Lissabon zurückkehren mußte. Doch schlossen sich bald nachher fünf Linienschiffe, die aus England kamen, uns an, so daß wir im ganzen fünfzehn Segel stark waren. Wir hätten beinahe noch eines unserer Schiffe verloren, denn sehen Sie, der alte ›Culloden‹ und der ›Colossus‹ stießen tüchtig zusammen, und ›Culloden‹ kam am schlechtesten weg; aber Troubridge, der ihn befehligte, war nicht der Mann, das Feuer zu scheuen und zur Ausbesserung nach dem Hafen zurückzuverlangen, wenn einmal Aussicht da war, auf den

Feind zu stoßen — und so flickte er eben sein Schiff wieder aus und meldete sich schon am nächsten Tage ›bereit zur Schlacht‹. Er war immer fertig zur Schlacht, das ist gewiß, ob aber sein *Schiff* in einem geeigneten Zustand sein mochte, das ist eine ganz andere Frage. Übrigens war er, wie die Matrosen im Scherze zu sagen pflegten, ›True Bridge‹ ('ne treue Brücke), auf die man sich verlassen könne, womit sie sagen wollten, er wisse, wie er sein Schiff in die Schlacht zu führen und wie er diese zu schlagen habe, wenn er einmal darinnen war. Ich glaube, es war am andern Tage, als Cockburn auf der ›Minerva‹ zu uns kam und Nelson mitbrachte, nebst der Nachricht, daß die Dons Jagd auf ihn gemacht hätten und daß uns die ganze spanische Flotte verfolge. Sie können sich leicht vorstellen, Herr Simpel, daß wir auf dem ›Kapitän‹ keine kleine Freude hatten, als Nelson zu uns kam, denn wir wußten wohl, daß unser Schiff, wenn es zum Gefecht mit den Spaniern käme, eine große Rolle spielen würde — und so kam es auch unfehlbar. Es war am Morgen des Dreizehnten, als der alte Jarvis das Signal gab, zur Schlacht sich vorzubereiten und dicht aufzuschließen, was so viel heißen will, als daß der Klüverbaum des hintern Schiffes in die Sternfenster vom vordern Schiffe dringt; und wir schlossen uns in der That dicht an, denn man hätte auf der Lee- oder Wasserlinie der Flotte ringsherum von einem Schiffe zum andern laufen können. So lange ich lebe und atme, werde ich diese Nacht nie vergessen, Herr Simpel. Bisweilen hörten wir die Signalschüsse der spanischen Flotte in einiger Entfernung windwärts von uns hindonnern, und Sie können sich denken, wie uns bei diesem Schalle das Herz im Leibe vor Freude hüpfte und wie wir die Ohren spitzten, den nächsten Schuß zu hören, um daraus den Kurs und die Entfernung der Spanier zu berechnen. Wir scharten uns auf den Laufplanken der Wetterseite erwartungsvoll zusammen. Ich hatte die Mittelwache und war zugleich Signalgast, so daß mir keine Zeit blieb, mich hinzulegen, auch wenn ich gewollt hätte; und selbst als meine Wache vorüber war, konnte ich es nicht über mich bringen, in meine Hängematte hinabzugehen, sondern hielt auch noch die Morgenwache mit, wie das der größere Teil unserer Mannschaft that. Was Nelson anbelangt, so ging er die ganze Nacht im Fieber auf dem Verdecke hin und her. Mit Tagesanbruch hatten wir dicke und neblige Luft und konnten die Feinde nicht gewahr werden;

aber bei dem fünften Glockenschlage gab der alte ›Culloden‹, der, wenn er auch seine Nase gebrochen, doch den Gebrauch seiner Augen nicht eingebüßt hatte, das Zeichen, ein Teil der spanischen Flotte sei in Sicht. Der alte Jarvis gab nun wiederholt das Signal, sich zur Schlacht parat zu halten, aber das hätte er sparen können, denn wir waren alle bereit: die Scheidewände herunter, die Schutzwehren hinauf, die Kanonen geladen, das Takelwerk aufgezogen, Pulver aufgefüllt, Kugeln auf dem Verdeck, und was noch mehr ist, Herr Simpel, ich will verdammt sein, wenn wir nicht alle obendrein recht willig waren. Um den sechsten Glockenschlag vormittags klärten sich Dunst und Nebel auf einmal völlig auf, gerade wie sie im Theater von Portsmouth das niedergelassene Focksegel aufziehen, und wir sahen nun die ganze spanische Flotte. Ich zählte die Schiffe alle. ›Wie viele, Swinburne?‹ schrie Nelson. ›Sechsundzwanzig Segel, Sir‹, antwortete ich. Nelson lief auf dem Hinterdeck, die Hände reibend und vor sich hinlachend, hin und her; dann verlangte er sein Glas und kam mit Kapitän Miller auf die Laufplanke. ›Swinburne, gebt gut acht auf den Admiral‹, sagte er. ›Ja, ja, Sir‹, sagte ich. Nun sehen Sie, Herr Simpel, sechsundzwanzig Segel gegen fünfzehn sind ein großer Unterschied auf dem Papier; aber wir dachten nicht so, weil wir den Unterschied zwischen den beiden Flotten kannten. Da waren unsere fünfzehn Linienschiffe alle in schönster Ordnung aufgestellt, dicht zusammengeschoben wie Dominosteine, und jeder Matrose an Bord von Verlangen brennend, zur Schlacht zu kommen. Dagegen waren ihre sechsundzwanzig alle wüst durcheinander, zwei Linien hier und keine Linie da, mit einer großen Wasserlücke in der Mitte. Auf diese Lücke nun steuerten wir mit allen unsern Schiffen und mit allen Segeln, die wir nur führen konnten, zu, und zwar deswegen, müssen Sie wissen, Herr Simpel, weil wir, wenn wir sie auf unsere beiden Seiten brachten, den Vorteil hatten, sie mit beiden Breitseiten bestreichen zu können, was nicht mehr Mühe macht, als wenn man mit einer kämpft, und überdies die Sache abkürzt. Gerade um die Zeit des siebenten Glockenschlages eröffnete Troubridge den Tanz, indem er ein halb Dutzend der Spanier beschoß und sie wanken machte, als ob sie betrunken wären, sie mochten nun wollen oder nicht. Puff, paff, puff, paff! O Herr Simpel, ’s ist ein herrlicher Anblick, wenn so die ersten Kanonen abgefeuert werden, die eine allgemeine Schlacht herbeiführen müssen. ›Er hat 'n Hundeglück, dieser Troubridge‹, sagte Nelson, vor Ungeduld mit dem Fuße stampfend. Unsere Schiffe waren bald daran; wie wetterten sie los, und der alte Sir John auf der ›Victoria‹ zerschmetterte die Kajütenfenster mit so höllisch scharfen Breitseiten, daß der Bursche davonsegelte, als wenn ihn der Teufel gepackt hätte. Beim Himmel! mit einem Portsmouth-Lastwagen hätten Sie können in seinen Stern fahren – die Ladung der ›Victoria‹ hatte Platz genug gemacht. Übrigens waren die Schiffe bald ganz in Rauch eingehüllt, und wir konnten nicht sehen, was vorging – doch dachten wir es uns recht gut. Also sehen Sie, Herr Simpel, das war, wie man so in der Komödie sagt, erster Akt, erste Szene; jetzt kamen auch wir ans Brett, und wenn ich meine Erzählung beendigt habe, so mögen Sie selbst beurteilen, ob der alte ›Kapitän‹ nicht der beste war. Doch warten Sie jetzt einen Augenblick, ich will nach dem Kompaßhäuschen sehen, denn der junge Marsgast schläft ja am Rade ein. – Heda, Herr Smith, schließt Ihr Eure Augen, um sie warm zu halten, und laßt das Schiff 'nen halben Strich vom Kurs abkommen? Nehmt Euch in acht, oder ich lasse einen andern Steuermann kommen und gebe an warum. Ihr werdet ein schlechtes Gesicht schneiden bei Wasser-Grog, morgen Klock' sieben; verdammt seien Eure Augen, haltet sie offen – könnt Ihr das nicht?«

Nach dieser höflichen Ermahnung an den Mann am Steuerruder setzte sich Swinburne wieder nieder, und fuhr in seiner Erzählung fort:

»Während dieser ganzen Zeit, Herr Simpel, hatten wir auf dem ›Kapitän‹ noch nicht eine Kanone abgebrannt, aber wir fuhren so schnell als wir nur konnten dahin, wo der Feind in einem Haufen beisammen lag. Schiffe waren genug da, um sich eins auszuwählen, und Nelson sah sich auch scharf nach einem recht großen um, wie es die kleinen Jungens machen, wenn sie sich einen Apfel aussuchen sollen; und bei dem Pfeifer, der vor Moses spielte! es war ein großes, an dessen Seite er dem Schiffsmeister befahl, anzulegen. Es war ein Vierdecker, ›Santissima Trinidad‹ genannt. Wir mußten an 'n paar Brummern vorbei, die jeden vernünftigen Mann hätten zufriedenstellen können, denn da waren der ›San Josef‹, der ›Salvador del Mondo‹ und der ›San Nicolas‹; aber dem Nelson stand kein anderes als das vierdeckige Schiff an. So segelten wir an den Klüsen von etwa sechs derselben vorbei, und sobald wir uns dem Vierdecker gegenüber befanden, wurden auf das Kommando ›Feuer‹ alle Kanonen mit einemmal abgebrannt, klapps in das Schiff hinein, und der alte ›Kapitän‹ schwankte beim Losgehen wie ein Betrunkener hin und her. Ich wünschte nur, Sie hätten mit angesehen, wie wir dieser heiligen Dreieinigkeit zusetzten; sie war ganz wie ein Sieb, mehrere ihrer Stückpforten zu einem großen Loche geschossen, und jede ihrer Rinnen triefte von Blut und Wasser. Sie hielt uns übrigens Stand ›mit eherner Stirn‹, erwiderte uns beinahe Schuß für Schuß und richtete eine schöne Verheerung unter unserer Schiffsmannschaft an. Manche von dem alten ›Kapitän‹ gingen bei dieser Gelegenheit in ein besseres Jenseits ein, und noch mehr derselben wurden genötigt, dem Greenwich-Hospital zuzusteuern.

›Feuert zu, meine Burschen – sicher gezielt!‹ schrie Nelson, ›springen Sie hinab, Herr Thomas, und geben Sie Befehl, die Patronen zu reduzieren, denn die Kugeln gehen durch und durch. Doppelte Kanonenschüsse hinten und vorne.‹

»So waren wir etwa eine halbe Stunde an ihr, als unsere Kanonen vom raschen Feuern so heiß wurden, daß sie bis an die Balken aufsprangen, ihre Ringbolzen zerrissen und die Hosungen abbrachen, als ob es Taugarne wären. Nun waren aber auch wir so ganz ohne Takelung, als hätten wir uns zwei Tage im Hafen von Portsmouth befunden, um die Schiffsmannschaft abzulöhnen. Jetzt setzte sich der Vierdecker ab, und Troubridge in dem muntern alten ›Culloden‹ legte sich zwischen uns und zwei andere spanische Schiffe, deren Geschütz gegen uns spielte. Der war so frisch wie eine Feldblume und gab ihnen eine Breitseite, die sie ganz in Erstaunen setzte; sie schüttelten ihre Ohren und fielen zurück; da faßte sie der ›Blenheim‹ fest, und bläute sie so durch, daß sie wieder zurückkehrten. Doch sie kamen aus dem Regen in die Traufe, denn der ›Orion‹, ›Prinz Georg‹ und noch ein paar andere Schiffe eilten nun auch herbei und schossen in sie hinein, daß ihnen sozusagen die Eingeweide heraushingen. Ich will verdammt sein, wenn die den vierzehnten April vergessen, und 's geschah ihnen ganz recht. Konnte ein Vierdecker einem Zweidecker nicht genug zu schaffen machen, daß noch mehrere auf uns losgehen mußten, und konnten die Lumpenkerls sich uns nicht gegenüberstellen wie Gentlemen? So hatten wir also, Herr Simpel, ein paar Minuten Zeit, Atem zu schöpfen, die Kanonen abkühlen zu lassen, die Beschädigungen auszubessern und das Blut von den Verdecken zu schwabbern; aber wir verloren unsern Vierdecker und konnten ihm nicht wieder beikommen.«

»Welche sonderbare Namen geben doch die Spanier ihren Schiffen, Swinburne.«

»Freilich, es möchte fast gottlos erscheinen, die heilige Dreifaltigkeit so zu bearbeiten wie wir es thaten. Aber wie sie einen Vierdecker ›Dreifaltigkeit‹ nennen mögen, vermag ich nicht zu erklären. Bill Saunders sagte, das vierte Verdeck sei für den Papst, der ein ebenso großes Wesen sei wie die drei anderen; aber ich kann nicht begreifen, wie das sein kann.

»Sehen Sie, Herr Simpel, ich war damals oberster Signalmann, saß auf dem Hüttendeck und diente nicht bei den Kanonen. Ich sollte alles berichten, was ich nur sehen konnte; dies war jedoch nicht viel, weil der Rauch so dicht war; bisweilen konnte ich einen Blick hindurchwerfen, wie durch eine durchlöcherte Decke. Freilich mußte ich meine Augen so viel als möglich auf den Admiral richten, nicht um seine Signale zu erkennen, denn Kommodore Nelson würde mir dafür schlecht gedankt haben; auch wußte ich schon, daß er die Signale nicht ausstehen konnte, so nahm ich auch keine Notiz von dem Flaggentuch, sondern gab nur sorgfältig darauf acht, was der Admiral treibe. Jetzt will ich Ihnen auch erzählen, was ich von den übrigen Schiffen der Flotte während der Zeit sah, da wir die erlittenen Beschädigungen ausbesserten. Sobald der alte Jarvis dem spanischen Admiral seine gehörige Portion gegeben hatte, drehte er in den Wind und segelte, indem ihm vier oder fünf Schiffe folgten, an die spanische Linie hin, wo Collingwood mit dem ›Excellent‹ zu ihm stieß. Dann durchbrachen sie miteinander die Linie; der ›Excellent‹ fuhr voran und nahm zuerst dem ›Salvador del Mondo‹ den Heiligenschein; dann überließ er ihn anderen Schiffen und griff einen Zweidecker an, der seine Flagge strich, dessen Namen ich übrigens vergessen habe. Sobald die ›Victoria‹ an die Seite des ›Salvador del Mondo‹ kam, strich dieser seine Flagge, und in der That, exzellente Gründe hatte er dafür. Und jetzt, Herr Simpel, kommt auch der alte ›Kapitän‹ wieder ins Spiel. Nachdem wir von dem Vierdecker getrennt waren, hatten wir ein neues Gefecht mit dem

›San Nicolas‹, einem spanischen Achtziger. Und während wir hart mit demselben daran waren, kam der alte Collingwood mit dem ›Excellent‹ herbei. Der ›San Nicolas‹, der wohl wußte, daß des ›Excellent‹ Ladung ihn zum Teufel schicken würde, änderte den Kurs, um die Bestreichung zu vermeiden: hierbei stieß er auf den ›San Josef‹, einen spanischen Dreidecker, und wir, auf unserem Schiffe, das ganz zerschossen war und nicht mehr geleitet werden konnte, schwankten hin und her wie Betrunkene. – Nelson befahl Steuerbord zu halten, und in einem Augenblicke waren wir drei Schiffe ganz zusammengequetscht, liefen einander vor die Kanonenmündungen, zerschmetterten unsere Planken und bohrten unsere Raen einer in des anderen Segel.

»›Alle Mannschaft zum Entern!‹ schrie Nelson, sprang an die Hängematten und schwang seinen Degen.

»›Hurrah, Hurrah!‹ erscholl es durch die Verdecke, und hinauf flogen unsere Leute, wie die erzürnten Bienen aus ihrem Stocke. In einem Augenblicke waren Piken, Tomahawks, Säbel und Pistolen ergriffen (denn es kam ganz unerwartet, Herr Simpel), unsere Leute stürzten auf das Achtzigkanonenschiff, und in ein paar Minuten waren die Verdecke ganz ausgefegt und die Dons alle in dem unteren Raum eingesperrt. Ich schloß mich den Enterern an und war auf dem Hauptverdeck, als Kapitän Miller dahin kam und schrie: ›Wieder auf's Verdeck, sogleich.‹ Wir stürzten dahin, und wozu glauben Sie wohl, Herr Simpel? Nun ja, um zum zweitenmal zu entern; denn sobald Nelson den Zweidecker genommen hatte, schwor er, daß er auch den Dreidecker haben müsse. Also wir darauf los, kletterten, so gut wir konnten, an den hohen Seitenwänden hinauf und fielen auf die Verdecke ein wie Hagelkörner. Dann drängten wir zum Hinterdecke vor, stießen jeden spanischen Schlucker, der sich wehren wollte, nieder, und nach fünf Minuten hatten wir zwei der besten Schiffe der spanischen Flotte zum Streichen der Flagge genötigt. Wenn das nicht hieß, den Dons den Glanz nehmen, so möchte ich wissen, was man dann so nennen könnte. Und schrie nicht die Mannschaft vom alten ›Kapitän‹ laut Hurrah und drückten sie sich nicht gegenseitig die Hände, als Kommodore Nelson auf dem Verdeck des ›San Josef‹ stand und die Degen der spanischen Offiziere empfing! Es waren Degen genug da, um den Kapstan rings zu umstellen, es waren ihrer sogar übrig. – Nun, Herr Simpel, was denken Sie von einem solchen Gefecht?«

»Da kann ich nur sagen, Swinburne, daß ich wünschte, dabeigewesen zu sein.«

»Das that jedermann auf der Flotte, Herr Simpel, das kann ich Ihnen wohl versichern.«

»Aber was ward aus der ›Santissima Trinidad‹?«

»Auf mein Wort, sie schlug sich besser als alle die übrigen. Sie strich erst, nachdem sie sich lange gegen vier unserer Schiffe gehalten hatte, die Flagge, und da war es keine Schande mehr für sie in Anbetracht der köstlichen Schläge, die sie schon empfangen. Doch kam nun die Leedivision der spanischen Flotte, aus elf Linienschiffen bestehend, zu ihrem Beistande herbei und umgab sie, so daß sie fortgebracht werden konnte. Da unsere Schiffe zu sehr zerschossen waren, um eine neue Schlacht beginnen zu können, gab der Admiral das Signal, die Prisen in Sicherheit zu bringen. Jetzt that die spanische Flotte, was sie schon vorher hätte thun sollen: sie formierte eine Linie; und wir verloren keine Zeit, dasselbe zu thun: gefochten aber hatten wir beide lange genug.«

»Sind Sie übrigens der Ansicht, Swinburne, daß die Spanier sich gut schlugen?«

»Sie würden sich noch besser geschlagen haben, wenn sie es nur besser verstanden hätten. Es fehlt den Dons nicht an Mut, Herr Simpel, aber sie unterstützen sich gegenseitig nicht gehörig. Nehmen Sie jetzt nur 'mal, wie Troubridge uns unterstützte. Bei Gott, Herr Simpel, das war der rechte Kamerad! und Nelson wußte dies wohl. Er war Nelsons rechte Hand; aber Sie wissen ja, für zwei Nelsons war nicht Platz. Diejenigen ihrer Schiffe, die zum Gefecht kamen, hielten sich gut, das muß man ihnen lassen; aber warum waren sie nicht alle am gehörigen Platze? Wenn sie geschlossene Linie gehalten und sich alle so mutig gewehrt hätten als gerade die, welche genommen wurden, so wäre es für fünfzehn Schiffe keine Kleinigkeit gewesen, über sechsundzwanzig den Sieg davonzutragen. Denn das ist eine große Überlegenheit, selbst wenn englische Matrosen den Kampf bestehen.«

»Ganz richtig, aber auf welche Weise trennten sich die Flotten?«

»Am nächsten Morgen hatten die Spanier den Vorteil des Windes und somit die Wahl, ob sie das Gefecht erneuern wollten oder nicht. Einmal schienen sie auch das erstere halb im Sinne zu haben, denn sie steuerten auf uns zu; sogleich drehten wir in den Wind, um ihnen zu zeigen, daß wir zum Kampfe gerüstet seien; dann besannen sie sich eines Besseren und kehrten wieder um. Auf diese Art nun, da sie nicht fechten wollten und wir nicht zu fechten wünschten, trennten wir uns in der Nacht, und zwei Tage später ankerten wir mit unseren vier Prisen in der Lagos Bay. Da haben Sie nun die ganze Geschichte, Herr Simpel, und ich hab' mich dabei völlig heiser gesprochen. Haben Sie nicht vielleicht noch einen Tropfen von dem Steifen übrig, um mir die Gurgel zu spülen? Es würde in der That ein wahres Werk der Barmherzigkeit sein.«

»Ich denke wohl, Swinburne, und da Sie es verdienen, so will ich hinabgehen und Ihnen den Steifen holen.«

Sechzehntes Kapitel

Ein diplomatischer Brief von Pater M'Grath. – Wenn Pfaffen mit Pfaffen zusammenkommen, geht's ohne Krieg nicht ab. – Pater O'Toole läßt nicht mit sich spaßen.

Wir kreuzten noch ungefähr vierzehn Tage und segelten dann nach Jamaika, wo wir in Port Royal den Admiral vor Anker trafen; aber es wurde uns das Signal gegeben, unter Segel zu bleiben, und Kapitän Kearney erhielt, als er dem Admiral seine Ehrerbietung bezeugte, die Weisung, Depeschen nach Halifax zu überbringen. Wasser und Lebensmittel wurden uns durch die Boote des Admiralsschiffes zugeführt, und als der Abend einbrach, segelten wir zu unserem großen Mißvergnügen wieder auf See hinaus, anstatt, wie wir gehofft hatten, uns am Lande zu vergnügen; die Sache war aber die, daß Befehle aus England eingelaufen waren, dem Admiral in Halifax unverzüglich eine Fregatte zu seiner Verfügung zu stellen.

Es ward mir übrigens die Befriedigung zuteil zu erfahren, daß Kapitän Kearney sein Wort, meinen Namen in der Depesche zu erwähnen, gehalten hatte, denn der Schreiber zeigte mir eine Abschrift derselben. Während unserer Fahrt fiel nichts Bemerkenswertes vor, außer daß Kapitän Kearney fast die ganze Zeit sehr unwohl war und selten seine Kajüte verließ. Es war im Oktober, als wir im Hafen von Halifax landeten, wohin die Admiralität in Erwartung unserer Ankunft unsere Briefe gesandt hatte. Für mich waren keine da, aber O'Brien empfing einen von Pater M'Grath folgenden Inhalts:

»Mein lieber Sohn!

»Und ein guter Sohn bist Du und das ist wahr. Du hast Deine Familie zufrieden und friedlich gemacht, und sie streiten jetzt nicht mehr um einen Mundvoll – und 'nen guten Grund haben sie, denn sie sehen jetzt, daß genug für sie alle da ist und für die Schweinsgeschöpfe dazu. Dein Vater und Deine Mutter, Dein Bruder und Deine drei Schwestern schicken Dir den pflichtigen Gruß und ihren Segen dazu – und dem magst Du auch meinen Segen beifügen, Terenz, der mehr wert ist als ihrer aller; denn werde ich Dich nicht, eh' Du Dich auf dem Absatz herumdrehen kannst, aus dem Fegfeuer befreien? Sei nur ganz ruhig über diesen Punkt, und überlaß mir alles; sprich nur bisweilen ein Paternoster, damit Petrus, wenn er Dich hineinläßt, Dir nicht vorwerfen kann, Du habest Deine Seele durch Übereinkunft gerettet, welches der einzige Weg ist, auf welchem Kaiser und Könige ins Himmelreich kommen. Dein Brief aus Plymouth kam uns sicher zu Händen. Barney, der Postbursche, hat ihn unterwegs dicht vor unsere Thür hingeworfen, und da nahm ihn das große Schwein ins Maul und rannte davon; aber ich sah dies und sprach zu dem Tiere, und es ließ ihn los, denn es wußte wohl (das pfiffige Vieh), daß ich ihn besser lesen könnte. Sobald ich dessen Inhalt verdaut hatte, und 'n Glück war's, daß es das Schwein nicht statt meiner that, nahm ich nur mein Essen ein; dann griff ich zu meinem großen Wanderstab und machte mich nach Ballycleuch auf den Weg.

»Nun weißt Du, Terenz, wenn Du es nicht vergessen hast – und wenn das Letztere der Fall ist, so will ich's Dir ins Gedächtnis zurückrufen –, daß in der Kneipe so eine Art fratzenhaftes Weibsbild ist, die sich Frau O'Rourke nennt und für das Weib eines Korporals O'Rourke ausgibt, der eines Tages getötet wurde oder starb, ich weiß nicht, welches von beiden; doch hat's ja nicht viel auf sich. Den Teufel glaube ich, daß je ein Priester ihre Ehe eingesegnet hat, obgleich sie darauf schwört, sie sei auf dem Felsen von Gibraltar getraut worden – das mag wohl ein starker Fels sein, soviel ich weiß, aber es ist nicht der Fels der Erlösung, wie die sieben Sakramente, von denen die Ehe eins ist — *Benedicite*!

»Frau O'Rourke ist ein bißchen gar zu geneigt, die Priester zu verspotten und zu necken, und wenn es nicht der Fall wäre, daß sie ihre scharfen Bemerkungen mit einem Glas oder zwei Gläschen echten Whiskey versüßt hinunterspülte, was doch einige Ehrfurcht vor der Kirche beweist, so würde ich längst ihren Leib und ihre Seele und jeden Leib und jede Seele, die überhaupt mit ihr in Berührung kommen, exkommuniziert haben. Aber sie muß das unterlassen, wie ich ihr immer sage, wenn sie einmal alt und häßlich wird, denn alsdann könnte sie aller Whiskey in der Welt nicht retten; jetzt hingegen ist sie noch eine hübsche Frau, und es geht gegen mein Gewissen, dem Teufel zu einer hübschen Frau zu verhelfen. Die Frau O'Rourke also kennt jedermann und alles, was in der ganzen Gegend vorgeht; und 'ne Zunge führt sie, die nie Sabbath gefeiert hat, seit sie gehört wurde.

»›Wünsch' Euch guten Morgen, Frau O'Rourke‹, sagte ich.

»›Und das Beste am Morgen für Euch, Pater M'Grath‹, antwortete sie schmachtend; ›was führt Euch her? Macht Ihr die Reise, um das echte Holz vom heiligen Kreuz zu kaufen oder wollet Ihr die Beichte einer keuschen Dirne hören oder kommt Ihr nur, um 'n Tropfen meines Whiskey zu Euch zu nehmen und ein bißchen mit Frau O'Rourke zu plaudern?‹

»Ich würde ganz gewiß sehr erfreut sein, das echte Holz vom heiligen Kreuze zu finden, O'Rourke, aber ich glaube, das ist nicht in Eurer. Stadt Ballycleuch gewachsen; und ich habe nichts dagegen, die Beichte einer schönen Dirne zu hören, wie Ihr seid, Frau O'Rourke, die mir nur die Hälfte ihrer Sünden sagt und nicht viel Mühe macht; diesmal aber bin ich in der That nur deshalb da, um ein bißchen mit Euch zu plaudern und Euern Whiskey zu versuchen, gerade nur, um meinen Mund klar und rein zu halten.‹

»Jetzt schenkte mir Frau O'Rourke vom echten Steifen ein, den ich auf ihr Wohl trank, worauf ich das Ding von 'nem Glas mit den Worten wieder hinstellte: ›Ihr habt ja Fremde in Eure Nachbarschaft bekommen, Frau O'Rourke, wie ich höre.‹

»›Ich hab's auch gehört‹, erwiderte sie. Du siehst also, Terenz, durch eine ausgesprochene Vermutung kam ich gleich auf die ganze Sache.

»›Man hat mir gesagt‹, fuhr ich fort, ›er sei ein Schottländer und rede eine Sprache, die niemand verstehen könne.‹

»›Den Teufel auch‹, antwortete sie, ›er ist 'n Engländer und spricht verständlich genug.‹

»›Aber was kann 'n Mann im Sinne haben, der ganz allein hierherkommt und sich da hinsetzt?‹ sagte ich.

»›Ganz allein, Pater M'Grath?‹ sagte sie; ›ist 'n Mann allein, der seine Frau und Kinder mit sich bringt und noch mehr unter dem Segen Gottes erwartet?‹

»›Aber die Jungens sind, glaub' ich, nicht seine eigenen Kinder‹, sag' ich.

»›Da seid Ihr wieder ganz im Irrtum, Pater M'Grath‹, sagt sie. ›Die Kinder sind alle sein eigen und obendrein Mädchen. Es scheint, es wäre sehr gut, wenn Ihr bisweilen herabkämet, um Euch über das, was in unserer Stadt Ballycleuch vorgeht, zu unterrichten.‹

»›Ganz richtig, Frau O'Rourke‹, sag' ich, ›und wo gäbe es jemand, der alles so gut weiß, wie Ihr.‹ Du siehst, Terenz, daß ich mit Absicht gerade umgekehrt – vice versa, wie man's heißt – den Inhalt Deines Briefes angab; denn merk' Dir's für immer, mein Sohn – wenn Du ein Geheimnis aus einer Frau heraushaspeln möchtest, so wirst Du mehr durch Widerspruch als selbst durch Schmeichelei ausrichten: – und so fing ich deshalb wieder an:

»›Übrigens, denk' ich, ist's doch eine Spottschande, Frau O'Rourke, für einen Gentleman, ein ganzes Corps fauler englischer Dienerschaft aus England mit herüberzubringen, während es hier so viele hübsche Dirnen und Burschen gibt, die ihn hätten bedienen können.‹

»›Nun, da seid Ihr auch wieder ganz falsch berichtet, Pater M'Grath,‹ sagt' sie; ›den Teufel auch, nicht eine Seele hat er aus dem fremden Lande mitgebracht, sondern alle hier angenommen. Ist nicht Ella Flanagan als Dienstmädchen und Terenz Driscol als Bedienter da? und sieht er nicht so gut aus in seiner neuen Livree, wenn er herunterkommt, die Zeitungen zu holen; und ist nicht Moggy Cala da als Köchin und die hübsche Mary Sullivan als Amme für das Kind, sobald es auf die Welt kommen wird?‹

»›Meint Ihr die Mary Sullivan?‹ sag' ich, ›die vor ungefähr drei Monaten Hochzeit hatte und so schnell im Kinderkriegen ist, daß sie jetzt schon niederkommen kann?‹

»›Die ist's‹, sagt' Frau O'Rourke; ›und wißt Ihr auch warum?‹

»›Den Teufel auch‹, sag' ich, ›wie sollt' ich's wissen?‹

»›Gerade deshalb, damit sie ihr eignes Kind fortschicken und ihre Milch dem englischen Kinde, das erwartet wird, geben soll; denn die Lady ist eine zu vornehme Dame, als daß sie ein Kind an ihrer Brust sollte hängen haben.‹

»›Aber angenommen, Mary Sullivan's Kind wird erst später geboren, wie dann?‹ sag' ich. ›Sprecht, Frau O'Rourke, Ihr seid ja eine gescheite Frau.‹

»›Wie dann‹, sagt' sie, ›o, das ist schon ausgemacht; denn Mary sagt, sie werde vor ihrer Herrin ins Wochenbett kommen, und so ist also alles in Ordnung, wie Ihr wohl sehet, Pater M'Grath.‹

»›Aber seht Ihr denn nicht ein, so 'ne verständige Frau, wie Ihr seid, daß ein junges Weibsbild, welches so außer der Rechnung ist, daß es drei Monate nach der Hochzeit schon ein Kind bekommt, auch in der Wochenbettsberechnung einen kleinen Irrtum machen kann, Frau O'Rourke?‹

»›Nicht zu befürchten, Pater M'Grath; Mary Sullivan wird ihr Wort halten, und ehe sie ihre Herrin in Verlegenheit setzt und ihren Platz einbüßt, stürzt sie sich lieber absichtlich die Treppe herunter, und würde sie das nicht schnell zur Niederkunft bringen?‹

»›Nun ja, das heiße ich eine gute und getreue Dienerin, die ihren Lohn verdient‹, sag' ich, ›und jetzt will ich nur noch ein Glas zu mir nehmen, Frau O'Rourke, und Euch zugleich danken. Unstreitig seid Ihr die Frau, die alles weiß, und eine hübsche Frau noch obendrein.‹

»›Laßt mich nun gehen, Pater M'Grath, und klemmt mich nicht wieder so.‹

»›Ach! 's war nur 'n großer Floh, meine Liebe, den ich auf Euer Kleid hüpfen sah; den Teufel, sonst nichts.‹

»›Danke vielmals dafür, aber das nächste Mal, wenn Ihr meine Flöhe töten wollt, so wartet doch, bis sie in einer anständigen Stellung sind.‹

»›Flöhe sind Flöhe, Frau O'Rourke, und wir müssen sie fangen, wenn wir können und wie wir können und weil wir können, also nichts für ungut. Übrigens jetzt gute Nacht, Frau O'Rourke – wann habt Ihr im Sinne zu beichten?‹

»›Ich denke, ich habe gegenwärtig zu viele Flöhe an mir, um Euch zu beichten, Pater M'Grath, und das ist wahr. Also jetzt gute Heimkehr!‹

»So wirst Du einsehen, mein Sohn, daß ich, nachdem ich alle Kundschaft von Frau O'Rourke herausbekommen hatte, wieder nach Ballyhinch zurückging, bis ich ein leises Geschwätz hörte, in dem alten Hause in Ballycleuch sei etwas im Werke. Da machte ich mich auf und ging gerade auf das Haus los, weil Priester bei Geburten, Heiraten und Todesfällen willkommen sein sollten – denn sie sind, wie Du wohl weißt, bei solchen Veranlassungen von großem Nutzen. Wer sollte mir nun da die Thür öffnen, als Pater O'Toole, der größte Spitzbube von einem Priester in ganz Irland. Hat er nicht ein Pferd gestohlen und seinen Hals nur durch die Wohlthat des geistlichen Standes gerettet? Und hat er je einem jungen Frauenzimmer Absolution erteilt, ohne sie die gleiche Sünde wieder begehen zu machen?

»›Was ist Euch hier gefällig, Pater M'Grath?‹ sagt' er, die Thür in der Hand haltend.

»›Ich will nur fragen und hören, wie's Euch geht?‹

»›Was das anbetrifft‹, sagt' er, ›so kann ich Euch nur melden, daß wir alle ganz wohl sind; aber schämt Ihr Euch nicht vor Euch selbst, Pater M'Grath, daß Ihr hierher kommt und Euch in meine Herde mischt, da Ihr doch wißt, daß ich der Beichtvater des ganzen Hauses bin?‹

»›Das mag wohl sein‹, sag' ich, ›doch wünschte ich nur zu wissen, was die Dame zur Welt gebracht hat.«

»›'s ist ein Kind«, sagte er.

»›In der That!« sag' ich; ›tausend Dank für die Nachricht; und bitte, was ist's, das Mary Sullivan zur Welt gebracht hat?«

»›Das ist auch ein Kind«, sagt' er, »und nun, da Ihr alles wißt, wünsche ich Euch guten Abend, Pater M'Grath‹, und damit schlug mir das garstige Vieh die Thür vor der Nase zu.

»›Wer hat ein Pferd gestohlen?‹ schrie ich; aber er hörte mich nicht — und das war schade.

»Du siehst also, mein lieber Junge, daß ich allerdings etwas ausfindig gemacht habe, aber nicht so viel, als ich im Sinne hatte; übrigens will ich dem Pater O'Toole beweisen, daß er sich mit Pater M'Grath nicht messen kann. Aber was ich jetzt noch entdecke, muß für einen andern Brief aufgespart bleiben, in Anbetracht daß es unmöglich ist, es Dir diesmal schon zu schreiben. — Die Kartoffeln stehen gut, aber 's wächst keinerlei Art von Kleidern auf den Bäumen von Alt-Irland; und eine Deiner sechswöchentlichen Anweisungen oder 'n bißchen Prisengeld würde, wenn es den Weg hierher fände, nicht wenig zur Achtbarkeit des Familienansehens beitragen. Selbst mein Amtsrock ist zu durchlöchert für einen Pfarrpriester geworden; nicht daß ich mich viel darum bekümmere, 's ist nur, weil Vater O'Toole, die Bestie, einen neuen braunen anhat — nicht als ob ich glaubte, er sei auf eine so ehrliche Weise dazu gekommen als ich zu dem meinigen — aber ein neuer Rock sieht immer besser aus, als ein alter, das ist gewiß. Für jetzt also nichts weiter von Deinem Dich liebenden Freunde und Beichtvater

Urtagh M'Grath.«

»Nun siehst Du, Peter«, sagte O'Brien, nachdem ich den Brief gelesen hatte, »daß Dein Onkel, wie ich längst vermutete, Böses im Schilde führte, als er nach Irland hinüberging. Ob die Kinder beide Knaben oder beide Mädchen sind oder ob Deines Onkels Kind ein Knabe und das andere ein Mädchen ist, können wir natürlich jetzt nicht wissen. Wenn ein Tausch nötig war, so ist er auch geschehen, das ist gewiß; doch will ich noch einmal an den Pater M'Grath schreiben und ihn dringend bitten, die Wahrheit, so es nur irgend möglich, ausfindig zu machen. Hast Du einen Brief von Deinem Vater erhalten?«

»Nein muß ich leider sagen. Ich wollte, ich hätte einen bekommen; mein Vater würde gewiß nicht unterlassen haben, über diesen Gegenstand zu schreiben.«

»Nun gut, denk' nicht mehr dran; 's ist nutzlos, über die Sache nachzubrüten; wir müssen unser möglichstes thun, wenn wir nach England kommen, und indessen auf Pater M'Grath vertrauen. Ich will mich nun hinsetzen und ihm gleich schreiben, so lange mir der Kopf noch voll davon ist.«

O'Brien schrieb seinen Brief, und der Gegenstand wurde zwischen uns nicht mehr berührt.

Siebzehntes Kapitel

Kapitän Kearney's Krankheit. — Er macht sein Testament und verteilt unterschiedliche Schlösser in Spanien an die betreffenden Erben. — Die Legatarspflichten werden in diesem Falle nicht verderblich. — Er unterzeichnet, siegelt und stirbt.

Der Kapitän ging, wie das seine Gewohnheit war, ans Land und nahm seine Wohnung in dem Hause eines Freundes; das heißt, in dem Hause eines alten Bekannten oder irgendeines gebildeten artigen Mannes, der ihn einladen mochte, Tisch und Bett bei ihm zu nehmen. Dies war für Kapitän Kearney völlig genug, der dann in einem solchen Falle ohne weiteres seinen Mantelsack füllte und seine Wohnung bezog, ohne daran zu denken, dieselbe zu verlassen, ehe das Schiff wieder absegelte, außer wenn ihm irgendeine andere vorteilhaftere Einladung zu teil wurde. Ein solches Benehmen würde in England gegen unsere Begriffe von Gastfreundschaft sehr verstoßen haben; aber in unsern fremden Niederlassungen und Kolonien, wo die Gesellschaft sehr klein und das Erfahren von Neuigkeiten immer höchst erwünscht ist, war ein so unterhaltender Mann wie Kapitän Kearney im allgemeinen stets willkommen, er mochte bleiben, so lange er wollte. Alle unsere Seeleute stimmen darin überein, daß Halifax einer der angenehmsten Häfen zum Ankern ist. Jedermann dort ist gastfreundlich, fröhlich, und ebenso bereit, andern Freude zu machen, als sich selbst zu vergnügen. Deshalb ist auch der Ort gar nicht gut gewählt, wenn man ein Schiff dorthin schickt, das man schnell wieder ausgebessert wünscht, wofern sich nicht der Admiral selbst an Ort und Stelle befindet, um den täglichen Fortschritt der Arbeiten zu überwachen, oder ein strenger Kommissionär da ist, der die Verrichtungen im Seemagazin befördert. Der Admiral war gerade da, als wir einliefen, und wir hätten nicht lange vor Anker liegen dürfen, wenn nicht der Gesundheitszustand des Kapitäns, gerade als wir zur Abfahrt bereit waren, so bedenklich geworden wäre, daß der Doktor den Ausspruch that, er könne nicht unter Segel gehen. Eine andere Fregatte wurde mit dem uns zugedachten Kreuzen beauftragt, und wir lagen nun müßig im Hafen. Wir trösteten uns übrigens, denn wenn wir auch keine Prisengelder machten, so waren wir doch ganz glücklich und die Offiziere zum größern Teile sehr verliebt.

Wir befanden uns ungefähr drei Wochen im Hafen von Halifax, als in dem Unwohlsein des Kapitäns Kearney eine wesentliche Verschlimmerung eintrat; Unwohlsein konnte es übrigens kaum mehr genannt werden. Er hatte lange unter den tückischen Einwirkungen eines heißen Klimas gelitten, und obgleich ihm zu wiederholten Malen der Rat gegeben worden, sich auf die Invalidenliste setzen zu lassen, wollte er sich doch dazu nicht verstehen. Er schien nun seiner Auflösung entgegenzugehen. In einigen Tagen schon war er so krank, daß er auf die Vorstellungen der Schiffsärzte einwilligte, sich ins Hospital bringen zu lassen, wo ihm mehr Bequemlichkeiten zu Gebot standen als in irgendeinem Privathause. Er war kaum zwei Tage im Spital, als er nach mir schickte und den Wunsch ausdrückte, ich möchte bei ihm bleiben.

»Sie wissen, Peter, daß Sie ein Vetter von mir sind, und man hat gerne einen Verwandten um sich, wenn man krank wird; deshalb schaffen Sie Ihr Gepäck an Land. Der Doktor hat mir ein hübsches kleines Zimmer für Sie versprochen; jetzt kommen Sie nur her und bleiben Sie immer bei mir.«

Ich machte natürlich keinerlei Einwendungen dagegen, denn ich hielt es sogar für meine Pflicht; auch muß ich gestehen, daß ich mich nie damit zu bemühen brauchte, ihn zu unterhalten, da im Gegenteile er mich immer unterhielt. Ernste Betrachtungen aber mußte ich darüber anstellen, und sehr unangenehm mußte es mich berühren, wie ein Mann, der sich in einem so gefährlichen Zustande befand – denn die Ärzte hatten seine Wiedergenesung für unmöglich erklärt – fortwährend den ganzen Tag hindurch und ohne Unterbrechung so systematisch im Lügen beharren konnte. Es schien ihm in der That angeboren zu sein, und wie Swinburne sagte, wenn er die Wahrheit sprach, so geschah es ganz aus Versehen.

»Peter«, sagte er eines Tags, »es zieht hier stark. Machen Sie die Thür zu und legen Sie noch etwas mehr Kohlen nach.«

»Das Feuer hat keinen guten Zug, Sir«, antwortete ich, »wenn die Thür nicht offen ist.«

»Es ist erstaunlich, wie wenig Leute Kenntnisse von dem Wesen solcher Dinge besitzen. Als ich mein Haus, Walcot Abbey genannt, baute, wollte kein einziger Kamin ziehen; ich ließ den Baumeister kommen und machte ihm Vorwürfe deshalb; aber er konnte da nicht helfen, und ich mußte es selbst thun.«

»Konnten Sie das, Sir?«

»Ob ich's konnte? – Ich glaube wohl. Als ich dann zum ersten Male Feuer anmachte, hatte ich die Thür geöffnet, und der Zug war so stark, daß mein kleiner Knabe William, der im Luftzuge stand, geradewegs in den Kamin hinaufgeweht worden wäre, wenn ich ihn nicht noch am Rocke gefaßt hätte; – so aber wurde nur der letztere durch das Feuer beschädigt.«

»Dieser Luftzug, Sir, muß so stark gewesen sein wie ein Orkan.«

»Nein, nein, nicht ganz so, aber er zeigte, was ein bißchen Kenntnis von einer auf philosophischen Grundsätzen beruhenden baulichen Einrichtung vermag. In England, Peter, haben wir keine Orkane, aber einen heftigen Wirbelwind habe ich einmal während meines Aufenthaltes in Walcot-Abbey erlebt.«

»In der That, Sir?«

»Jawohl, er schnitt mir viereckige Heustöcke ganz rund, ich verlor dadurch zwanzig Tonnen Heu; den eisernen Lampenpfosten am Eingange drehte er, gerade wie der Delphin eine Harpune dreht; auch ein Schwein, das sich mit seiner Brut von Ferkeln etwa hundert Ellen hinter dem Hause befand, wurde über das Haus hinaufgehoben und an dessen Front ohne weitere Beschädigung wieder abgesetzt; nur das alte Schwein hatte die Schulter verrenkt.«

»Ist's möglich, Sir?«

»O ja, aber das sonderbarste begegnete mir mit einer Menge Ratten, die sich in dem Heuschober befanden und mit dem Heu hinaufgehoben wurden. Nun mußten allerdings, Peter, nach dem Gesetz der Schwere diese vor dem Heu herabfallen und auf die Erde kommen; ich ging damals gerade mit meinem Windhunde, oder vielmehr Dachshunde, spazieren, und als eine derselben, die er auch gleich tötete, dicht vor ihn hinfiel, so war es höchst belustigend anzusehen, wie er in die Luft hinaufschaute und auf die andern paßte.«

»Windhund sagten Sie, Sir, oder Dachshund?«

»Beides richtig; die Sache ist nämlich die, er war ursprünglich ein Windhund, aber da er einmal im Sprung das Vorderbein gegen einen Baumstumpf brach, so ließ ich ihm auch die drei andern Vorderbeine abnehmen, und dann gab's einen Kapital-Dachshund. Er war ein besonderer Liebling von mir.«

»Etwas Ähnliches«, bemerkte ich hier, »habe ich schon in Freiherrn von Münchhausens Erzählungen gelesen.«

»Herr Simpel«, sagte der Kapitän, seinen Ellbogen aufstemmend und mir ernsthaft ins Gesicht sehend, »was wollen Sie damit sagen?«

»Gar nichts, Sir, ich habe nur einmal eine ähnliche Geschichte gelesen.«

»Wohl möglich; die große Kunst der Dichtung besteht darin, sich auf Thatsachen zu stützen; es gibt Leute, die aus einem Maulwurfhügel einen Berg machen, und Thatsachen und Dichtung sind heutzutage so miteinander verschmolzen, daß selbst die Wahrheit ein Gegenstand des Zweifels wird.«

»Ganz richtig, Sir«, erwiderte ich; und da er jetzt ein paar Minuten lang schwieg, so erlaubte ich mir, mich mit der Bibel in der Hand an sein Bett zu setzen, als ob ich darin läse.

»Was lesen Sie da, Peter?« fragte er.

»Nur ein Kapitel in der Bibel, Sir«, antwortete ich. »Wünschen Sie, daß ich laut lese?«

»Ja, ich bin ein großer Verehrer der Bibel — sie ist das Buch der *Wahrheit*. Peter, lesen Sie mir die Geschichte von Jakob, wie er den Esau mit einem Gericht Linsen übertölpelte und seines Vaters Segen empfing.«

Es mußte mir höchst sonderbar erscheinen, daß er gerade eine Stelle wählte, wo aus göttlichen Gründen eine Lüge mit Belohnung und Erfolg gekrönt wird. Nachdem ich damit zu Ende war, bat er mich, noch etwas anderes zu lesen; ich ging nun zur Apostelgeschichte über, und nahm das Kapitel vor, in welchem Ananias und Sapphira um einer Lüge willen tot zu Boden stürzen. Als ich hier zu Ende gelesen hatte, sagte er ganz ernsthaft:

»Das ist eine sehr gute Lehre für junge Leute, Peter, und zeigt deutlich, daß man nie von der Wahrheit abweichen soll. Merken Sie sich's, Peter, als Ihren Wahlspruch: ›Die Wahrheit sagen und den Teufel beschämen.‹«

Nach dieser Bemerkung legte ich das Buch weg, denn es schien mir nun, daß er sich seiner unglücklichen Passion zu lügen gar nicht bewußt war; und wie durfte man da, wo keine Erkenntnis der Fehler ist, auf Reue und Besserung hoffen? Er wurde mit jedem Tage schwächer und erschöpfter, so daß er sich zuletzt kaum noch im Bette aufrichten konnte. Eines Abends sagte er:

»Peter, ich will mein Testament machen. Nicht daß ich im Sinne hätte, den Eimer jetzt gleich umzustürzen; aber es ist immerhin die Pflicht eines jeden Mannes, sein Haus zu bestellen, und es wird mir Unterhaltung gewähren. Also nehmen Sie Feder und Papier und setzen Sie sich zu mir her.«

Ich that was er wünschte.

»Schreiben Sie, Peter, daß ich, Anton George William Charles Huskisson Kearney (Anton war meines Vaters Name, Peter; George wurde ich nach dem gegenwärtigen Regenten getauft; William und Charles nach den Herren Pitt und Fox, die meine Taufpaten waren; Huskisson ist der Name meines Großoheims, dessen Besitzung auf mich übergeht; er ist dreiundachtzig jetzt und kann's nicht mehr lange treiben). – Haben Sie das geschrieben?«

»Ja, Sir.«

»Bei gesundem Verstande hiermit meinen letzten Willen und Testament mache und alle früheren testamentarischen Verfügungen aufhebe.«

»Gut, Sir.«

»Ich vermache meiner geliebten Ehefrau, Auguste Charlotte Kearney (ihre Namen hat sie nach der Königin und der Prinzeß Augusta, die sie über die Taufe hielten) mein gesamtes Mobiliarvermögen, Bücher, Gemälde, das Silbergerät und Häuser zu ihrem eigenen Gebrauch und Willen und um darüber bei ihrem Absterben nach ihrem Belieben zu verfügen. – Haben Sie das geschrieben?«

»Ja, Sir.«

»Ferner die Zinsen aus allen meinen Fonds in den reduzierten Dreiprozentigen und an den langen Annuitäten sowie mein bei meinen Bankiers stehendes Guthaben zu lebenslänglicher Nutznießung. Bei ihrem Absterben soll es gleichmäßig zwischen meinen zwei Kindern, William Mohamed Potemkin Kearney und Karoline Anastasia Kearney geteilt werden. – Ist das geschrieben?«

»Ja, Sir.«

»Gut also, Peter, jetzt zu meinem Realvermögen. Meine Besitzung in Kent (lassen Sie mich doch sehen, wie sie heißt) – Walcot Abbey, meine drei Pachthöfe in dem Thal von Aylesbury und die Marschländer in Norfolk vermache ich meinen zwei vorgenannten Kindern mit der Bestimmung, daß der Ertrag dieser Güter nach Abzug aller für die Erziehung meiner Kinder erforderlichen Ausgaben zu deren ausschließlichem Nutzen und Vorteil auf Zinsen angelegt werde. – Haben Sie das?«

»Noch nicht, Sir – ›angelegt werde.‹ Jetzt, Sir.«

»Bis sie das Alter von einundzwanzig Jahren erreichen; oder aber in betreff meiner Tochter verfüge ich, daß, wenn sie sich mit Zustimmung meiner Testamentsvollstrecker vermählt, alle Besitzungen ehrlich und redlich abgeschätzt und zu gleichen Teilen zwischen ihnen verteilt werden sollen. Sie sehen, Peter, ich mache durchaus keinen Unterschied zwischen Mädchen und Knaben – ein guter Vater wird das eine Kind so sehr lieben als das andere. Jetzt will ich aber ein wenig ausruhen.«

Ich war ganz erstaunt; denn man wußte allgemein und genau, daß Kapitän Kearney nichts besaß außer seinem Sold, und daß nur die Hoffnung, Prisengeld zur Unterstützung seiner Familie zu machen, ihn bewogen hatte, so lange in Westindien zu bleiben. Es war lächerlich, und doch konnte ich nicht lachen. Ein Gefühl der Wehmut beschlich mich bei einer solchen Erscheinung eigentlicher Geistesverwirrung.

»Jetzt, Peter, wollen wir wieder fortfahren«, sagte Kapitän Kearney nach einer Pause von wenigen Minuten. »Ich habe einige Legate zu vermachen. Zuerst allen meinen Dienern fünfzig Pfund jedem und zwei Traueranzüge; meinem Neffen, Thomas Kearney von Kearnyhall, Yorkshire, vermache ich den mir vom Großsultan geschenkten Degen. Ich habe ihm denselben versprochen, und obgleich wir uns entzweit und seit Jahren einander nicht gesprochen haben, so will ich doch mein Wort halten. Das Silbergeschirr, das mir die Kaufleute von Lloyds zum Präsent gemacht haben, überlasse ich meinem lieben Freunde, dem Herzog von Newcastle. – Haben Sie das?«

»Ja, Sir.«

»Gut; meine Schnupftabaksdose, die ich vom Prinzen Potemkin verehrt bekommen, vermache ich dem Admiral Sir

Isaak Coffin, und zugleich entbinde ich ihn von der hypothekarischen Verschreibung, welche ich über seine Güter auf den Madeleine-Inseln in Nordamerika besitze. Da fällt mir ferner ein, ich vermache ihm auch den Schnupftabak, den mir der Dey von Algier schenkte; weil er die Dose hat, mag er auch den Schnupftabak bekommen. – Steht das?«

»Ja, Sir.«

»Aber jetzt, Peter, muß ich auch Ihnen etwas vermachen.«

»Oh, denken Sie nicht an mich«, antwortete ich.

»Nein, nein, Peter, meinen Vetter darf ich nicht vergessen. Warten Sie einmal; Sie sollen mein Schlachtschwert haben – ein ganz vortreffliches, kann ich Ihnen wohl sagen. Ich bediente mich desselben einmal bei einem Duell in Palermo und rannte es einem sizilianischen Prinzen rein durch den Leib, und es saß so fest, daß wir ein paar Postpferde kommen lassen mußten, um es wieder herauszuziehen. Schreiben Sie das als ein Legat für meinen Vetter Peter Simpel. Ich glaube, das ist alles. Jetzt zu meinen Testamentsvollstreckern; ich bitte meine besondern Freunde, den Grafen von Londonderrry, den Marquis von Chandos und den Herrn Bankier John Lubbock, Vollzieher meines Testamentes zu werden, und vermache jedem von ihnen für ihre Bemühung und zum Zeichen meiner Achtung eintausend Pfund. Jetzt ist es also fertig, Peter. Da ich aber über so viel wirkliches Vermögen verfügt habe, so ist die Anwesenheit von drei Zeugen notwendig; also holen Sie noch zwei Personen herbei, dann will ich in ihrer Gegenwart unterzeichnen.«

Diesem Willen wurde entsprochen und das seltsame Testament durch Zeugenunterschrift gehörig beurkundet; kaum habe ich nötig, noch zu sagen, daß sogar die Gegenstände, die er als Geschenke erhalten zu haben vorgab, von ihm selbst zu verschiedenen Zeiten erkauft waren; aber so stark blieb die Macht seiner herrschenden Leidenschaft selbst bis auf den letzten Augenblick. Herr Phillot und O'Brien besuchten ihn öfters, wie auch bisweilen einige von den andern Offizieren, und da war er immer munter und lustig, und schien ganz gleichgültig in betreff seines Zustandes zu sein, obgleich er ihn genau kannte. Seine Erzählungen wurden, wenn dies irgend möglich, noch wunderbarer, weil niemand einen Zweifel gegen deren Glaubwürdigkeit aussprechen mochte.

Ich hatte mich nun ungefähr eine Woche im Spital befunden, als Kapitän Kearney augenscheinlich dem Tode entgegenging; der Doktor kam, fühlte seinen Puls und erklärte, er würde den Tag nicht überleben. Dies war an einem Freitag, und unstreitig waren alle Symptome der Auflösung vorhanden. Er war so erschöpft, daß er kaum eine Silbe hervorbringen konnte; seine Füße waren kalt, die Augen erschienen gläsern und stierten aufwärts. Der Doktor blieb eine Stunde bei ihm, fühlte den Puls wieder, dann schüttelte er den Kopf und sagte leise zu mir: »Es ist mit ihm zu Ende.« Sobald der Doktor zum Zimmer hinaus war, schlug Kapitän Kearney die Augen auf und winkte mir, zu ihm hinzukommen: »Er ist 'n verfluchter Narr, Peter«, sagte er, »er glaubt, ich verliere jetzt meinen Wind — aber ich weiß es besser; fort muß ich, das ist richtig — doch nicht vor nächstem Donnerstag.« Und sonderbar genug erholte er sich auch von diesem Augenblick an, und obgleich man ihn schon für tot gemeldet und der Admiral bereits die Ernennung seines Nachfolgers unterzeichnet hatte, so war doch zum allgemeinen Erstaunen Kapitän Kearney am nächsten Morgen noch am Leben. In diesem Zustande, zwischen Leben und Tod, verblieb er bis zum nächsten Donnerstag, dem Tage, an welchem er, wie er sagte, sterben sollte — und am Morgen desselben eilte er auch sichtlich immer mehr den Armen des Todes entgegen. Gegen Mittag wurde sein Atem sehr beklommen und unregelmäßig, und man sah, daß er in den letzten Zügen lag. Das Röcheln in der Kehle begann; ich stand an seinem Bette, um seinen letzten Atemzug abzuwarten, als er noch einmal die Augen aufschlug und mir mit Anstrengung winkte, meinen Kopf dicht heranzuhalten, damit ich hören könne, was er mir sage; dies geschah, und mit großer Anstrengung bemühte er sich, in einer Art gurgelnden Flüsterns mir zu sagen: — »Peter, ich muß jetzt fort — nicht daß dieses Röcheln in meiner Kehle — ein Anzeichen des Todes wäre; — denn ich kannte einmal einen Mann — der — mit dem Röcheln in seiner Kehle — noch sechs Wochen lebte.« Damit sank er zurück und verschied, nachdem er vielleicht in seinem letzten Atemzuge noch die größte Lüge seines ganzen Lebens ausgesprochen hatte.

So endete dieser Mann von höchst außerordentlichem Charakter, der fast in jeder Beziehung Achtung einflößte; denn er war ein freundlicher Mann und ein tüchtiger Offizier; aber infolge der Idiosynkrasie seiner Geistesrichtung, mochte dieselbe nun durch Gewohnheit angenommen oder von Natur angeboren sein, konnte er durchaus nicht die Wahrheit reden. Ich spreche von angeboren, denn ich habe eine ebenso auffallende Erscheinung von dem Laster des Diebstahls getroffen, die gleichfalls durchaus nicht ausgerottet werden konnte. Dies war der Fall bei einem jungen Seekadetten aus guter Familie, der Geldzuschüsse erhielt, soviel er nur bedurfte; er war einer der freigebigsten und offenherzigsten jungen Leute, die ich je kennen lernte, und während seine Börse, oder der Inhalt seines Koffers, jedem seiner Kameraden zur Verfügung stand, stahl er gleichwohl alles, was er nur in die Hände bekommen konnte. Ich habe beobachtet, wie er stundenlang auf der Lauer stand, um etwas zu stehlen, das er gar nicht gebrauchen konnte, wie einmal einen einzelnen Schuh, der noch dazu zu klein für seinen Fuß war. Was er gestohlen hatte, gab er den anderen Tag wieder weg; aber es war unmöglich, ihm Einhalt zu thun. Wir kannten diese Sache schon so genau, daß wir, wenn irgend etwas vermißt wurde, zuerst in seinem Koffer nachzusuchen pflegten, und in der Regel fand sich auch der fragliche Gegenstand darin vor. Er schien in dieser Beziehung der Scham ganz unzugänglich, obgleich er sonst in allem durchaus keinen Mangel von Ehrgefühl an den Tag legte; auch suchte er — sonderbar genug — nie den Diebstahl durch eine Lüge zu verheimlichen. Nach vergeblichen Bemühungen, ihn von dieser Leidenschaft zu heilen, wurde er als unverbesserlich aus dem Dienste entlassen.

Kapitän Kearney wurde mit den üblichen militärischen Ehrenbezeugungen auf dem Kirchhofe beerdigt. In seinem Schreibpult fanden sich eigenhändige Bestimmungen von ihm über sein Leichenbegängnis sowohl als über die Inschrift seines Grabsteines. In letzterer gab er sein Alter auf einunddreißig Jahre an. Wenn dies richtig gewesen wäre, hätte Kapitän Kearney nach der Zeit, die er im Dienste des Landes gestanden, gerade *vier Monate* vor seiner Geburt auf die Flotte kommen müssen. Unglücklicherweise begann die Inschrift mit den Worten: »Hier liegt Kapitän Kearney«; kaum war der Leichenstein vierundzwanzig Stunden aufgestellt, als jemand, der des Kapitäns Charakter genau kennen mußte, mit einem Zuge an einem einzigen Worte eine solche Veränderung der Inschrift vornahm, daß sie ebenso auffallend als richtig lautete: »Hier lügt Kapitän Kearney.«

Achtzehntes Kapitel

Kapitän Horton. – Traurige Neuigkeiten aus der Heimat. – Ich stürze ins Feuer und finde nachher, daß ich aus meinen Kleidern herausgewachsen bin. – Obgleich weder so reich wie ein Jude noch so groß wie ein Kamel komme ich doch durch's Examen, was allen Prüfungskandiaten seltsam genug vorkommen wird.

Den Tag nach Kapitän Kearney's Tod traf sein Nachfolger an Bord ein. Der Charakter des Kapitäns Horton (so hieß derselbe) war uns genau bekannt, aus den Klagen, welche die Offiziere seines Schiffes über seine Unthätigkeit und Trägheit führten, und in der That hatte er auch den Spottnamen »das Faultier« bekommen. Es war doch gewiß höchst ärgerlich für seine Offiziere, mitansehen zu müssen, wie ihnen so manche Gelegenheit, Beutegelder zu machen und sich auszuzeichnen, durch die Trägheit seiner Denk- und Handlungsweise entzogen wurde. Kapitän Horton war ein junger Mann von vornehmer Familie, der durch Gönner sowie infolge gelegentlicher Auszeichnung außerordentlich schnell die Beförderung erlangt hatte. Mehrmals hatte er bei Unternehmungen zum Herausholen feindlicher Schiffe – an denen er nicht freiwillig teilnahm, sondern wozu er beordert wurde – einen ausgezeichneten Grad von Kaltblütigkeit in Gefahren und schwierigen Lagen bewiesen, wodurch er sich natürlich viel Beifall erwarb; es wurde jedoch gesagt, diese Kaltblütigkeit rühre von seinem größten Fehler her – von seiner unverantwortlichen Trägheit. Wo andere davoneilten, um sich dem Feuer des Feindes zu entziehen, pflegte er ganz langsam fortzugehen, aber nur aus dem einzigen Grunde, weil seine Gleichgültigkeit und Trägheit so groß war, daß er sich nicht damit anstrengen mochte fortzuspringen. Man erzählte von ihm, er habe einmal bei dem Wegführen eines Schiffes, wobei er sich auszeichnete, an Bord eines sehr hohen Fahrzeuges zu steigen gehabt, und zwar unter einem Hagel von Kartätschen und Musketenfeuer, und da sei er, während sein Boot an der Seite hinfuhr und seine Leute schon hinaufsprangen, dagestanden und habe an den hohen Seitenwänden des Fahrzeuges emporgeschaut und mit der Miene der Verzweiflung ausgerufen: »Mein Gott! müssen wir denn wirklich auf diese Verdecke hinaufklettern?« Als er aber oben war und durch das Gefecht mitgenommen und aufgeregt wurde, zeigte er, wie wenig die Furcht an der vorigen Bemerkung Anteil hatte; denn der Kapitän des Schiffes fiel von seiner Hand, und er kämpfte an der Spitze seiner Mannschaft. Aber diese Eigentümlichkeit, die bei einem jüngeren Offizier weniger zu sagen hatte und mehr einen Gegenstand des Scherzes abgab, war an einem Kapitän höchst bedenklich.

Der Admiral wußte wohl, wie oft er schon die Gelegenheit, dem Feinde zu schaden oder Schiffe zu nehmen, vernachlässigt hatte, wo er es doch hätte thun können; durch solche Vernachlässigung hatte Kapitän Horton sich gegen einen Artikel der Kriegsgesetze vergangen, und die für ein solches Vergehen vorgesehene Strafe ist die Todesstrafe. Demgemäß war seine Ernennung auf den ›Sanglier‹ uns ebenso unangenehm, als seine Entfernung von dem bisherigen Schiffe den an Bord desselben befindlichen erwünscht war.

Zufälligerweise hatte diese Ernennung keine bedeutenden Folgen. Dem Admiral waren zwar Instruktionen aus England zugekommen, Kapitän Horton auf die erste erledigte Stelle zu befördern, und diese mußte er befolgen; aber da er nicht wünschte, einen Offizier auf der Station zu behalten, der sich nicht anstrengen mochte, so beschloß er, ihn mit Depeschen nach Haus zu schicken, und die andere Fregatte, deren Heimfahrt schon angeordnet war und zu deren Ersatz man uns hatte kommen lassen, zurückzubehalten. Deshalb wurde die Nachricht, daß wir unverzüglich nach England segeln sollten, mit dem gemischten Gefühle der Freude und des Bedauerns vernommen. Ich meinesteils war froh darüber. Ich hatte nun nur noch fünf Monate als Seekadett zu dienen und glaubte in England bessere Aussichten auf Beförderung zu haben als auswärts. Auch war es mir, wie ich schon auseinandergesetzt, aus Familengründen sehr darum zu thun, nach Hause zu kommen.

Nach vierzehn Tagen segelten wir mit mehreren Fahrzeugen und mit der Weisung ab, einen großen Convoy zu geleiten, der aus Quebeck kommen und an der St. Johns-Insel zu uns stoßen sollte. In einigen Tagen trafen wir ihn und steuerten mit günstigem Winde England zu. Doch bald trat ganz ungünstiges Wetter ein und wir liefen mit wenig Segeln vor einer schweren Brise.

Unser Kapitän verließ selten die Kajüte, sondern legte sich

der Länge nach ausgestreckt auf sein Sofa hin, um einen Roman zu lesen oder ein Schläfchen zu machen, wie's ihm gerade am besten behagte.

Ich erinnere mich eines Umstandes, der die Trägheit seiner ganzen Denk- und Handlungsweise und das Maß seiner Unfähigkeit, eine so schöne Fregatte zu befehligen, darthun wird. Wir waren schon drei Tage von dem Winde getrieben, als das Wetter noch viel schlechter wurde. O'Brien, der die Mittelwache hatte, ging in die Kajüte, um zu melden, daß es sehr heftig stürme.

»Gut«, sagte der Kapitän, »lassen Sie mich wissen, wenn es heftiger stürmt.«

In einer Stunde etwa war der Wind noch stärker geworden, und O'Brien ging wieder hinab.

»Es stürmt viel heftiger, Kapitän Horton.«

»Ganz gut«, antwortete dieser, sich in seiner Hängematte umdrehend; »Sie können mir wieder Meldung machen, wenn es *heftiger stürmt*.«

Um Klock sechs war der Sturm auf seinem Höhepunkt und der Wind brüllte fürchterlich. O'Brien ging wieder hinab.

»Es stürmt nun fürchterlich stark, Kapitän Horton.«

»Gut, gut, wenn das Wetter schlechter wird —«

»Es kann nicht schlechter werden«, unterbrach ihn O'Brien, »es ist unmöglich, daß der Wind heftiger stürme.«

»Wirklich? Nun ja«, entgegnete der Kapitän, »so lassen Sie mich wissen, wenn er sich legt.«

In der Morgenwache ereignete sich ein ähnlicher Vorfall. Herr Phillott ging hinab und meldete, daß einige von den Schiffen des Convoy zurückgeblieben und aus dem Gesicht verloren seien. »Sollen wir beidrehen, Kapitän Horton?«

»Nicht doch«, erwiderte dieser, »das wäre gar zu unbehaglich, lassen Sie mich wissen, wenn Sie noch mehr aus dem Gesicht verlieren.«

Nach einer Stunde meldete der Leutnant, daß nur noch wenige zu sehen seien.

»Ganz gut, Herr Phillott«, erwiderte der Kapitän, sich zum Einschlafen umdrehend, »lassen Sie mich wissen, wenn Sie noch mehr verlieren.«

Nach einiger Zeit machte der erste Leutnant die Meldung, daß nun alle aus dem Gesichte seien.

»Ganz schön«, antwortete der Kapitän, »so melden Sie mir, wenn Sie sie wieder sehen.«

Dies war nun nicht wahrscheinlich, da wir zwölf Knoten in der Stunde zurücklegten, und so schnell wir nur konnten, von ihnen wegfuhren; der Kapitän blieb dennoch ungestört, bis es ihm beliebte, zum Frühstück aufzustehen. Auch sahen wir in der That keines unserer Fahrzeuge wieder, sondern ankerten, da wir mit dem Winde segelten, nach fünf Tagen schon in Plymouth. Es liefen Befehle ein, die Fregatte abzulöhnen, alles stehenzulassen und später neue Bestallungen vorzunehmen.

Ich erhielt Briefe von meinem Vater, worin er mir zur Aufführung meines Namens in den Depeschen des Kapitäns Kearney Glück wünschte und mich einlud, so schnell als möglich nach Hause zu kommen. Der Admiral gestattete, daß mein Name in die Bücher des Wachschiffes eingetragen werde, damit ich nicht von meiner Zeit einbüßen sollte, und gab mir dann zwei Monate Urlaub. Ich sagte meinen Kameraden Lebewohl, drückte O'Brien, der vorher nach Irland gehen wollte, ehe er um seine Anstellung auf einem anderen Schiffe nachsuchte, die Hand, setzte mich mit meinem Sold in der Tasche in den Postwagen, und nach drei Tagen lag ich in den Armen meiner liebevollen Mutter; auch wurde ich von meinem Vater und den übrigen Mitgliedern meiner Familie herzlich begrüßt.

Da ich jetzt einmal wieder im Kreise der Meinigen bin, muß ich auch den Leser mit dem, was seit meiner Abreise vorgefallen war, bekannt machen. Meine älteste Schwester, Lucie, hatte einen Offizier der Landarmee, einen gewissen Kapitän Fielding, geheiratet und ihren Gemahl, da dessen Regiment nach Indien beordert worden, dorthin begleitet; auch waren gerade vor meiner Rückkehr Briefe eingelaufen, die ihre glückliche Ankunft auf Ceylon meldeten. Meine zweite Schwester, Mary, die von ihrer Kindheit an eine äußerst zarte Konstitution besaß, war auch Braut geworden; sie war sehr schön und hatte viele Bewunderer. Ihr Bräutigam war ein Baronet aus guter Familie, aber unglücklicherweise erkältete sie sich auf einem Balle und bekam die Auszehrung. Sie starb zwei Monate vor meiner Ankunft, und ich traf also meine Familie in tiefer Trauer. Meine dritte Schwester, Ellen, war noch unverheiratet; auch sie war ein sehr schönes Mädchen und jetzt siebzehn Jahre alt. Den Gesundheitszustand meiner Mutter hatte der Tod meiner Schwester Mary und die Trennung von ihrem ältesten Kinde sehr erschüttert. Was meinen Vater anbelangt, so schien er sogar den Verlust seiner Tochter gänzlich vergessen zu haben über der unerfreulichen Nachricht, daß die Frau meines Oheims einen Sohn geboren habe, wodurch ihm die Titel und Besitzungen meines Großvaters, die er schon zu besitzen glaubte, entzogen wurden. In der That, es war ein Trauerhaus. Ich ehrte den Kummer meiner Mutter und suchte sie auf alle mögliche Weise zu trösten; der meines Vaters hingegen war augenscheinlich weltlich und stand so sehr im Widerspruche mit seinem geistlichen Berufe, daß ich sagen muß, ich fühlte darüber mehr Ärger als Bedauern. Er war ganz grämlich und mürrisch, gegen seine Umgebung barsch und nicht so freundlich gegen meine Mutter, als es ihm ihr Gemüts- und Gesundheitszustand zur Pflicht hätte machen sollen. Er brachte selten einen Teil des Tages bei ihr zu, und abends ging sie sehr früh zu Bett, so daß sie also wenig miteinander verkehrten. Meine Schwester war ihr ein großer Trost und auch ich, wie ich hoffen darf; sie sagte dies oft, wenn sie mich umarmte, wobei die Thränen an ihren Wangen herabrollten, und ich konnte nicht umhin zu glauben, daß diese Thränen durch die Kälte und Gleichgültigkeit, um nicht zu sagen Unfreundlichkeit, mit der sie mein Vater behandelte, verdoppelt wurden. Meine Schwester anlangend, so war sie ein Engel, und wenn ich ihre sorgfältige Aufmerksamkeit gegen meine Mutter und die gänzliche Selbstverleugnung, die sie an den Tag legte (so ganz anders als mein Vater, der so selbstsüchtig war!), mit ansah, so dachte ich oft, welch ein Kleinod sie sein würde für den Mann, der glücklich genug wäre, ihre Liebe zu gewinnen. In diesem Zustande traf ich meine Familie bei meiner Rückkehr an.

Ich war ungefähr eine Woche zu Hause, als ich eines Abends nach dem Essen meinem Vater vorstellte, daß es zweckmäßig sein dürfte, Schritte zu thun, um meine Beförderung zu erlangen.

»Ich kann nichts für Dich thun, Peter; ich habe durchaus keine Gönner«, gab er mir mißgestimmt zur Antwort.

»Ich glaube nicht, daß viel dazu erforderlich ist«, entgegnete ich ihm; »bis zum zwanzigsten des nächsten Monats werde ich meine Zeit ausgedient haben. Wenn ich in der Prüfung bestehe, was ich wohl glauben darf, so wird es, da mein Name schon in den öffentlichen Depeschen genannt wurde, nicht schwer halten, auf die Bitte meines Großvaters hin meine Ernennung zu erhalten.«

»Ja, Dein Großvater möchte das wohl erlangen, ich zweifle nicht daran; aber ich glaube, Du darfst Dir in dieser Richtung wenig Hoffnung machen; mein Bruder hat einen Sohn und wir sind ausgestoßen. Du weißt gar nicht, Peter, wie selbstsüchtig die Leute sind und wie wenig sie sich für ihre Verwandten Mühe geben mögen. Dein Großvater hat mich seit der Nachricht von dem Familienzuwachse meines Bruders nicht wieder eingeladen. In der That habe ich mich ihm auch nicht einmal genähert, denn ich weiß wohl, daß es zwecklos ist.«

»Ich muß von Lord Privilege anders denken, mein lieber Vater, bis sein eigenes Benehmen Ihre Meinung bestätigt. Ich gebe zu, daß ich für ihn nicht mehr der Gegenstand so großer Teilnahme bin; aber er war immer freundlich gegen mich und schien sogar besonders für mich eingenommen zu sein.«

»Nun ja, so versuche, was Du kannst; aber Du wirst bald sehen, aus welchem Stoffe diese Welt gemacht ist. Ich wünsche natürlich, daß Deine Hoffnungen in Erfüllung gehen; denn ich weiß nicht, was aus Euch Kindern werden soll, wenn ich sterbe — ich habe wenig oder gar nichts erspart. Und jetzt sind alle meine Aussichten zerstört durch dieses —« dabei schlug mein Vater in einer durchaus nicht priesterlichen Weise und mit einem Blicke, der eines Apostels unwürdig war, mit der Faust auf den Tisch.

Es thut mir leid, daß ich so von meinem Vater sprechen muß, aber ich darf die Wahrheit nicht verhehlen. Indes muß ich doch auch sagen, daß viel zu seiner Entschuldigung angeführt werden konnte. Er hatte von jeher eine Abneigung gegen den geistlichen Stand: als junger Mann ging sein Ehrgeiz dahin, in die Armee zu treten, und für diesen Dienst hätte er sich auch viel besser geeignet; aber da es seit Jahrhunderten eingeführt ist, das ganze Vermögen der Aristokratie auf den ältesten Sohn zu übertragen und die übrigen Brüder der Versorgung des Staates oder vielmehr des Volkes, welches zur Erschwingung der Besoldungen mit Steuern belegt wird, zu überlassen, so war es auch meinem Vater nicht gestattet, seiner eigenen Neigung zu folgen. Ein älterer Bruder hatte bereits das Heer zu seinem künftigen Stande gewählt, und deshalb war es auch entschieden, daß sich mein Vater dem Dienste der Kirche widmen sollte; so kommt es, daß wir in diesem Stande so manche Männer gehabt haben und noch fortwährend haben, die nicht nur für denselben ganz unfähig sind, sondern sogar in der That dessen Ansehen herabsetzen. Das Gesetz der Erstgeburt ist voll von Übeln und Ungerechtigkeiten; allerdings müßte ohne dieses die Aristokratie eines Landes bis zur Unbedeutendheit heransinken. Mir däucht, es sei, so lange das Volk in einem Staate damit zufrieden ist, die jüngeren Söhne des Adels zu ernähren, zweckmäßig, die Aristokratie als einen dritten Stand und als ein Verbindungsglied zwischen dem Fürsten und dem Volk aufrecht zu erhalten – daß aber dieses Volk, wenn es zu arm oder nicht mehr geneigt ist, sich besteuern zu lassen, ein Recht habe, die Besteuerung für solche Zwecke zu verweigern und die Aufhebung des Gesetzes der Erstgeburt zu verlangen.

Ich blieb bis zum völligen Ablauf meiner Dienstzeit zu Hause und begab mich dann nach Plymouth, um mein Examen zu bestehen. Da ich schon am Dienstag eintraf und der Admiral die Prüfung erst auf den Freitag festgesetzt hatte, vertrieb ich mir den Tag über die Zeit damit, daß ich im Seemagazin herumlief und mir, soviel mir möglich war, weitere Kenntnsse in meinem Fache zu erwerben suchte. Am Donnerstag wurde eine Abteilung Soldaten aus dem Depot an dem Landungsplatz auf Booten zu Kriegsfahrzeugen eingeschifft, um, wie ich hörte, nach Indien abzugehen. Ich wohnte der Einschiffung bei und wartete, bis die Boote abstießen; dann ging ich nach der Ankerwerft, um mir Kenntnisse über das Gewicht der verschiedenen Anker für die respektiven Klassen von Fahrzeugen in des Königs Dienst zu verschaffen.

Ich befand mich noch nicht lange da, als meine Aufmerksamkeit durch das Geschrei und Gezänke eines Soldaten erregt wurde, der, wie es schien, Reih und Glied verlassen hatte und in die Kneipe im Seemagazin gegangen war, um Schnaps zu sich zu nehmen. Er war betrunken. Eine junge Frau mit einem Kinde auf dem Arm folgte ihm und suchte ihn zu beschwichtigen.

»Sei nur ruhig, Patrick, mein Schatz«, sagte sie, indem sie sich an seinen Arm hing, »das ist gewiß, daß Du Reih und Glied verlassen hast und deshalb Unannehmlichkeiten kriegen wirst, wenn Du an Bord kommst. Aber sei ruhig, Patrick, und laß uns ein Boot nehmen; dann glaubt vielleicht der Offizier, es sei alles nur ein Irrtum gewesen, und läßt Dich durchschlüpfen. Jedenfalls will ich mit Herrn O'Rourke sprechen; der ist ja ein freundlicher Mann.«

»Pfui über Dich! Elende Kreatur, mit Herrn O'Rourke willst Du sprechen, und der soll Dir dann unter das Kinn greifen? Pfui über Dich, Mary, und laß mich meinen Weg an Bord allein finden. Brauch' ich denn ein Boot, da ich schwimmen könnte wie Sankt Patrick, mit meinem Kopf unter dem Arm, wenn er nicht auf den Schultern säße? Jedenfalls aber kann ich mit Tornister und Muskete schwimmen.«

Die junge Frau schrie auf und suchte ihn zurückzuhalten; aber er machte sich los von ihr, rannte die Werft hinab und stürzte sich in das Wasser. Nun sprang auch die junge Frau an den Rand der Werft vor, und als sie sah, daß er untersank, stieß sie einen jammervollen Schrei aus und streckte in der Verzweiflung die Arme hinaus. Da entfiel ihr das Kind, rollte bis zum Rande des Pfahlwerkes, überschlug sich und stürzte, noch ehe ich es auffangen konnte, in die See. »Das Kind, das Kind!« rief sie fortwährend in wildem Angstgeschrei, und bald lag das arme Geschöpf in heftigen Zuckungen zu meinen Füßen. Ich sah nun hinaus auf die See; das Kind war verschwunden, aber der Soldat hielt sich immer noch unter großer Anstrengung mit dem Kopf über Wasser. Er sank unter und erhob sich noch einmal — ein Boot ruderte zu ihm hin, aber er war schon ganz erschöpft. Da zog er wie in der gräßlichsten Verzweiflung die Arme zurück und war eben daran, unter den Wellen zu verschwinden, als ich mich nicht länger halten konnte, von der höchsten Stelle der Werft hinabsprang und hinschwamm, um ihm zu helfen, gerade noch zeitig genug, um ihn zu halten, als er zum letzten Male sinken wollte. Ich war noch keine Viertelminute im Wasser, als ein Boot zu uns kam und uns an Bord nahm. Der Soldat war im höchsten Grade erschöpft und sprachlos, ich hingegen nur ganz durchnäßt. Auf mein Verlangen ruderte das Boot dem Landungsplatze zu und wir wurden beide ans Ufer gesetzt. Der Tornister, der auf des Soldaten Rücken angeschnallt war, sowie seine Uniform zeigten an, daß er zu dem soeben eingeschifften Regimente gehörte, und ich sprach die Meinung aus, es werde das Beste sein, ihn, sobald er etwas zu sich gekommen sei, an Bord zu bringen. Da das Boot, das uns aufgegriffen hatte, zu dem Kriegsschiffe gehörte und der in demselben befindliche Offizier, der die Einschiffung der Truppen besorgt hatte, noch einmal an Land geschickt worden war, um nachzusehen, ob nicht jemand zurückgelassen worden sei, stimmte er mir natürlich bei. In ein paar Minuten hatte sich der Soldat wieder soweit erholt, daß er aufrecht sitzen und sprechen konnte, und ich blieb nur noch da, um mir Kenntnis von dem Zustande der armen jungen Frau, die ich auf der Werft zurückgelassen hatte, zu verschaffen. Nach wenigen Minuten wurde sie durch den Wärter zu uns geführt; die Szene der Wiedervereinigung mit ihrem Manne war höchst ergreifend. Nachdem sie sich ein wenig gesammelt hatte, drehte sie sich nach mir um. Ich stand, von Wasser triefend, da, und sie rief, vermischt mit Wehklagen um das Kind, ausdrucksvolle Segenswünsche auf mein Haupt herab. Dann fragte sie mich um meinen Namen. »Geben Sie ihn mir!« schrie sie, »geben Sie ihn mir auf ein Papier geschrieben, damit ich ihn an meinem Herzen tragen und ihn jeden Tag meines Lebens lesen und küssen kann – damit ich nimmer vergesse, für Sie zu beten und Sie zu segnen!«

»Ich will Ihnen denselben sagen. Mein Name –«

»Nein, schreiben Sie ihn für mich auf – schreiben Sie ihn auf. Das werden Sie mir doch sicherlich nicht abschlagen. Alle Heiligen mögen Sie segnen, lieber junger Mann, da Sie eine arme Frau von der Verzweiflung gerettet haben.«

Der Offizier, der das Boot befehligte, gab mir einen Bleistift und eine Karte, auf die ich meinen Namen schrieb, die ich dann der armen Frau überreichte. Sie drückte mir die Hand, küßte die Karte zu wiederholten Malen und steckte sie in ihren Busen. Der Offizier ward nun ungeduldig über diesen Verzug und hieß den Soldaten ins Boot hineingehen; sie folgte ihm und hängte sich, naß wie er war, an seinen Arm; dann stieß das Boot ab und ich eilte dem Gasthofe zu, um meine Kleider zu trocknen. Da drängte sich mir unwillkürlich die Bemerkung auf, wie die Furcht vor dem größern Übel jede Beachtung des kleinern aufhebt. Zufrieden, daß ihr Mann nicht umgekommen war, schien sie auf einmal kaum mehr daran zu denken, daß sie ihr Kind verloren hatte.

Ich hatte nur *einen* Anzug mitgebracht, der bei meiner Ankunft in ganz gutem Zustande war; aber Salzwasser nimmt die Uniformen verteufelt mit. Ich legte mich zu Bette, bis sie trocken war; aber wenn sie schon vorher nicht zu groß für mich war, da ich schnell wuchs, so war sie jetzt, als ich sie wieder anlegte, ganz eingegangen und zusammengeschrumpft, folglich mir viel zu klein. Meine Handgelenke ragten weit über die Ärmel des Rockes hervor – meine Hosen waren halb bis zum Knie eingeschrumpft — die Knöpfe alle angelaufen, und ich sah gewiß nicht aus wie ein anständiger und hübscher Seekadett. Ich würde mir einen andern Anzug bestellt haben, aber da die Prüfung schon am nächsten Morgen um zehn Uhr stattfinden sollte, hatte ich keine Zeit mehr dazu. Ich war demgemäß genötigt, mich gerade so, wie ich ging und stand, auf dem Hinterdeck des Kriegs-Linienschiffes einzufinden, an dessen Bord das Examen vor sich ging. Viele andere junge Leute, welche sich derselben Prüfung unterziehen sollten, waren da, und alle befremdete meine Erscheinung sehr; denn wie ich aus ihren gegenseitigen Winken und Zeichen entnehmen konnte, hatten sie, die in so schönen Anzügen auf und ab spazierten, gar keine Lust, meine Bekanntschaft zu machen.

Es standen viele vor mir auf der Liste, und unsere Herzen klopften jedesmal, wenn ein Name genannt wurde und der Gerufene in die Kajüte hinabging. Einige kehrten mit vergnügten Gesichtern zurück, und unsere Hoffnungen stiegen im Vorgefühl eines ähnlichen Glückes; andere kamen traurig und niedergeschlagen herauf, und dann teilte sich der Ausdruck der Gesichter den unsrigen mit; wir waren niedergedrückt vor Angst und Furcht. Ich stehe nicht an zu behaupten, daß, wiewohl Bestehen ein Zeugnis für die Fähigkeit sein mag, doch Nichtbestehen durchaus das Gegenteil nicht beweist. Ich habe manche der geschicktesten jungen Leute gekannt, welche zurückgewiesen wurden (während andere von geringeren Fähigkeiten gut bestanden), lediglich infolge der Bangigkeit, welche das Eigentümliche ihrer Lage hervorbrachte; und man darf sich auch nicht darüber wundern, wenn man in Erwägung zieht, daß die ganze Mühe und Anstrengung von sechs Jahren in diesem entscheidenden Augenblicke auf dem Spiele steht. Zuletzt wurde mein Name gerufen; fast atemlos vor Angst ging ich in die Kajüte hinab, wo ich mich drei Kapitänen gegenüber befand, welche entscheiden sollten, ob ich tüchtig sei, eine Anstellung in Seiner Majestät Dienst zu erhalten. Meine Logbücher und Zeugnisse wurden geprüft und gebilligt, meine Dienstzeit nachgerechnet und für recht befunden; der Fragen, die man mir über die mathematische Schiffahrtskunde vorlegte, waren nur sehr wenige, und zwar aus den besten aller möglichen Gründe, weil nämlich die meisten Kapitäne in Seiner Majestät Dienst wenig oder gar nichts davon verstehen. Während ihrer

Dienstzeit als Seekadetten lernen sie die Navigation nur durch mechanisches Nachahmen, ohne sich über die Grundsätze zu unterrichten, auf welche die angewandten Berechnungen sich stützen. Als Leutnants werden ihre Dienste in bezug auf die Navigation selbst selten in Anspruch genommen, und sie vergessen alles dahin Einschlägige ungemein schnell. Bei den Kapitänen aber besteht der ganze Umfang ihrer mathematischen Kenntnissen darin, daß sie imstande sein müssen, die jeweilige Stellung des Schiffes auf der Karte zu verzeichnen. Für die eigentliche Führung und Richtung des Schiffes ist der Schiffsmeister verantwortlich, und da die Kapitäne keinerlei Verantwortung dafür haben, so verlassen sie sich auch ganz auf des Schiffsmeisters Berechnung. Es gibt natürlich auch Ausnahmen, aber was ich sage, ist Wahrheit; und wenn heute die Admiralität einen Befehl erließe, daß alle Kapitäne wieder geprüft werden sollen, so würden, obgleich sie sich ganz vertraut mit allem, was den Flottendienst betrifft, zeigen möchten, doch neunzehn von zwanzig zurückgewiesen werden, wenn man sie über die Navigation befragte. Weil ich nun dieses Verhältnis kenne, so behaupte ich, daß der Dienst unter dem gegenwärtigen System leidet, und daß der Kapitän die *volle* Verantwortlichkeit für Führung seines Schiffes tragen sollte. Es ist längst bekannt, daß in jedem andern Seestaate die Offiziere wissenschaftlich gebildeter sind als die unsrigen, was sich leicht daraus erklärt, daß die Verantwortlichkeit nicht ganz auf unsern Kapitänen ruht.

Nachdem ich einige Fragen zur Zufriedenheit beantwortet hatte, wurde ich wieder aufgerufen. Der Kapitän, der mich bisher über die Navigation befragte, war sehr strenge in seinem Benehmen gegen mich, aber gleichwohl durchaus nicht unhöflich. Während er mich prüfte, hatten sich die andern zwei, welchen nur das Examen im Flottendienste oblag, nicht eingemengt. Der Kapitän, der mich jetzt aufrief, sprach in einem sehr barschen Tone und erschreckte mich dadurch im höchsten Grade. Bleich und zitternd stand ich auf, denn mir ahnte nichts Gutes bei diesem Anfang. Verschiedene Fragen über den Flottendienst wurden an mich gerichtet, die ich ohne Zweifel sehr lahm beantwortete, denn ich kann mich selbst nicht mehr entsinnen, was ich sagte.

»Ich dachte es mir«, sagte der Kapitän; »ich habe das gleich aus ihrer äußern Erscheinung geschlossen. Ein Offizier, der so nachlässig in seinem Anzuge ist, daß er nicht einmal ein anständiges Kleid anzieht, wenn er zu seiner Prüfung geht, zeigt in der Regel einen müßigen Burschen an und keinen Seemann. Man sollte glauben, Sie hätten Ihre ganze Zeit auf einem Kutter oder einer Zehnkanonen-Brigg gedient anstatt auf schönen Fregatten. Kommen Sie, Sir! ich will Ihnen noch eine Möglichkeit geben.« Diese Worte des Kapitäns thaten mir so weh, daß ich meiner Gefühle mich nicht bemächtigen konnte; mit bebender Stimme entgegnete ich ihm, ich hätte keine Zeit gehabt, eine neue Uniform zu bestellen — und dann brach ich in Thränen aus.

»In der That, Burrows, Sie sind denn doch wohl etwas zu hart«, sagte der dritte Kapitän, »der junge Mensch ist ganz verängstigt, lassen Sie ihn niedersetzen und sich ein wenig sammeln. Setzen Sie sich, Herr Simpel, und wir wollen dann aufs neue beginnen.«

Ich setzte mich hin, suchte meinen Gram zu bemeistern und meine verstörten Sinne zu sammeln. Die Kapitäne gingen indessen die Logbücher durch, um sich die Zeit zu vertreiben; der eine jedoch las die Plymouth-Zeitung, die einige Minuten vorher an Bord gebracht und in die Kajüte geschickt worden war. »Heh, was ist das? Sehen Sie doch, Burrows — Keats — sehen Sie her«, und dabei deutete er auf einen Artikel der Zeitung. »Herr Simpel, darf ich fragen, waren Sie es, der den Soldaten rettete, welcher gestern von der Werft hinabsprang?«

»Ja, Sir«, antwortete ich, »und das ist auch der Grund, warum meine Uniform so schlecht aussieht; dabei habe ich sie verdorben, und es blieb mir keine Zeit, eine andere zu bestellen; doch wollte ich nicht gern sagen, auf welche Art ich sie beschädigt habe.« Nun bemerkte ich einen Wechsel in den Gesichtszügen aller drei Herren, und das gab mir Mut; auch war ich jetzt, nachdem ich meinen Gefühlen Luft gemacht hatte, durchaus nicht mehr gedrückt oder geängstigt.

»Kommen Sie, Herr Simpel, stehen Sie wieder auf«, sagte der Kapitän freundlich, »das heißt, wenn Sie sich gehörig gesammelt fühlen; wo nicht, wollen wir noch ein wenig länger warten. Seien Sie nicht erschrocken; wir *wünschen*, daß Sie bestehen möchten.«

Ich fürchtete mich aber gar nicht mehr, stand sofort auf, und beantwortete jede Frage befriedigend. Als sie dies bemerkten, legten sie mir einige schwerere vor.

»Ganz gut, in der That, Herr Simpel; jetzt will ich Sie nur

noch etwas fragen; es kommt selten im Dienst vor, und vielleicht sind Sie nicht imstande, es zu beantworten. Wissen Sie, wie ein Schiff mit dem Anker gewendet wird?«

»Ja, Sir«, antwortete ich, und da ich das Manöver zur Zeit, als ich unter dem armen Kapitän Savage diente, wie sich der Leser erinnern wird, angesehen hatte, setzte ich sofort auseinander, wie es geschehen müsse.

»Das ist hinreichend, Herr Simpel; ich will Ihnen nun keine weiteren Fragen mehr vorlegen. Ich glaubte anfangs, Sie seien ein nachlässiger Offizier und kein Seemann, aber ich finde jetzt, daß Sie ein guter Seemann und ein tüchtiger Offizier sind. Wünschen Sie ihn noch weiter zu befragen?« fuhr er, sich gegen die zwei andern Kapitäne wendend, fort.

Diese verneinten; mein Prüfungszeugnis wurde ausgefertigt und die Kapitäne erwiesen mir die Ehre, mit dem Wunsche baldiger Beförderung mir die Hand zu geben. So endete diese für meine schwachen Nerven so schwere Prüfung; und als ich aus der Kajüte heraufkam, würde niemand, der mein freudestrahlendes Gesicht ansah, geglaubt haben, daß ich da unten in so großer Angst gewesen sei.

Neunzehntes Kapitel

Ein Kapitel voll Intrige. – Katholische Kasuistik in einem neuen Amtsrock. – Eine List schafft Beförderung. – Die Liebe einer Landdirne und die Indolenz eines Pairs. – Günstige Aussichten.

Sobald ich im Gasthof ankam, ließ ich mir die Plymouth-Zeitung holen, und schnitt den Artikel heraus, der für mich in einer großen Verlegenheit von so wesentlichem Einflusse gewesen war; am andern Morgen kehrte ich nach Hause zurück, um die Glückwünsche der Meinigen zu empfangen. Ich traf einen Brief von O'Brien, der tags zuvor angekommen war, und folgendermaßen lautete:

Mein lieber Peter!

»Für manche Leute, sagt man, sei es gut, daß ihr Vater vor ihnen geboren wurde, weil ihnen durch diesen in der Welt fortgeholfen wird. – Nach diesem Grundsatze also muß der meinige nach mir geboren worden sein, das ist gewiß; indessen ist da nicht abzuhelfen. Ich fand meine ganze Familie gesund und munter, aber in betreff des Anzugs flatterte das Tuch um sie wie ein Segel im Wind.

»Was Pater M'Grath's Rock anbetrifft, so beklagte er sich nicht ohne Grund darüber. Er war nur noch der Geist von einem Anzug; inzwischen haben wir unter dem Segen Gottes und meinem letzten Vierteljahrssold und der Hilfe eines Schneiders eine gehörige Ausbesserung vorgenommen, und die alte Familie der O'Briens von Bally-Hinch ist nun aufgetakelt vom Bug bis zum Stern. Meine zwei Schwestern sollen beide mit jungen Squires in der Nachbarschaft zusammengesplißt werden; es scheint, sie haben nur auf ein anständiges Staatskleid gewartet, um in die Kirche zu gehen. Nächsten Freitag wollen sie von hier abgehen, und ich wünschte nur, Peter, du wärest da, um auf der Hochzeit zu tanzen; doch laß Dir keine grauen Haare deshalb wachsen, ich will für Dich tanzen und für mich obendrein. Einstweilen will ich Dir nun auch erzählen, was Pater M'Grath und ich gethan haben, alles betreffend und anlangend den Schelm von Onkel, den Du hast.

»Was Pater M'Grath gethan hat, ehe ich zurückkam, ist sehr wenig oder gar nichts, sintemalen Pater O'Toole einen neuen Amtsrock hatte, und Pater M'Graths seiner so schäbig war, daß er vor jenem unter so ungünstigen Verhältnissen nicht wohl erscheinen konnte; dagegen umspähte Pater M'Grath denselben fortwährend und erhielt verschiedene Winke von daher und dorther, welche alle, als ich sie zusammengerechnete, gerade gar nichts zu bedeuten hatten.

»Seit meiner Heimkehr übrigens sind wir thätig gewesen. Pater M'Grath ging nach Ballyeleugh hinab, in seinem neuen Kleide, so mutig wie ein Löwe, und schwur, er wolle Pater O'Toole Ohrfeigen geben, weil er ihm die Thür vor dem Gesicht zugeschmissen habe; und er hätte dies auch gethan, wenn er den Pater O'Toole getroffen hätte, da er ihn aber nicht traf, kehrte Pater M'Grath wieder zurück, gerade so klug und ganz so mutig, als er fortgegangen war.

»Jetzt also, Peter, nahm ich den Weg selbst einmal unter die Beine, und als ich um das alte Haus, in welchem Dein Onkel seine Wohnung aufgeschlagen hat, herumstrich, wen sollte ich da anders treffen als das kleine Mädchen Ella Flanagan, die in seinem Dienste steht. Da sagte ich zu mir selbst: es gibt zwei Wege, in dieser Welt etwas zu erlangen, der eine für Liebe, der andere für Geld. Nun sind die O'Briens mit dem ersten Artikel besser versehen als mit dem letzteren, wie die meisten ihrer Landsleute, und so habe auch ich denselben recht freigebig zu Deinem Dienste verwendet, Peter.

»›Wahrhaftig‹, sag' ich, ›Du bist das kleine Mädchen, auf das meine Blicke immer gerichtet waren, als ich mich das letzte Mal in dieser Gegend befand.‹

»›Und wer sind Sie?‹ sagte sie.

»›Leutnant O'Brien von Seiner Majestät Dienst, gerade für 'ne Minute nach Hause gekommen, um sich nach 'ner Frau umzusehen‹, sag' ich; »und 's ist eine, gebaut und geformt und gescheit wie Du, die meinem Geschmack gefallen könnte.‹

»Und dann pries ich ihre Augen, ihre Nase und ihre Stirne und so abwärts, bis ich zu den Fußsohlen kam; bat sie um die Erlaubnis, sie wiedersehen zu dürfen, und fragte, wann sie mich im Walde wiedertreffen und mir ihre Gesinnungen sagen wolle. Anfangs glaubte sie (richtig genug), es könne mein Ernst nicht sein, aber ich schwur bei allen Heiligen, daß sie das schönste Mädchen im Lande sei — und das ist sie auch — und dann hörte sie mein Geplauder an. Ich sprach kein Sterbenswörtchen von Deinem Onkel, Deiner Tante oder Pater M'Grath, damit sie ja keinen Verdacht schöpfen möge, denn ich glaube beinahe, sie stecken alle unter einer Decke, sondern redete nur von meiner Liebe zu ihrer hübschen Person, und das verblendete sie, wie überhaupt alle Frauenzimmer, sie mögen so listig sein als sie wollen.

»Und nun, Peter, ist's drei Wochen seit letztem Sonntag, daß ich dies arme Mädchen zu Deinem Besten mit Liebesversicherungen bearbeite, und mein Gewissen sagt mir, daß es nicht recht ist, das gute Geschöpf in mich so verliebt zu machen, da ich doch im entferntesten nicht daran denke, sie zu meinem Weibe zu nehmen, und jedes andere Verhältnis würde des armen Dinges Verderben sein. Ich habe über diesen Gegenstand mit Pater M'Grath gesprochen; der sagt: »Wir dürfen Böses thun für gute Zwecke, und wenn sie an dem Betruge teilgenommen hat, so ist es nur höchst zweckmäßig, sie in dieser Welt zu bestrafen, und es wird vielleicht dadurch ihre Seele für den Himmel gerettet;« aber mir gefällt das nicht, Peter, und unter allen Lebenden bist Du es allein, für den ich so etwas thun kann; denn das arme Geschöpf hängt nun mit der zärtlichsten Innigkeit an mir und spricht immer vom Hochzeittage, und erzählt mir lange Geschichten über die Verbindungen, welche in früheren Zeiten zwischen den O'Flanagan's und den O'Briens bestanden haben, als sie noch alle in ihrem Glanze dastanden. Als wir gestern im Walde beisammen saßen und sie ihren Arm um mich geschlungen hatte, sag' ich: »›Ella, Liebchen, wer sind die Leute, bei denen Du bist?‹ und dann erzählte sie mir alles, was sie über die Geschichte wußte, und daß Mary Sullivan Amme bei dem Kinde sei.

»›Und was ist das Kind?‹ sag' ich.

»›Nun ja, ein Knabe‹, sagte sie.

»›Und Sullivan's Kind?‹

»›Ist ein Mädchen.‹

»›Und ist Mary Sullivan noch da?‹

»›Nein‹, sagte sie; ›gestern ist sie mit ihrem Manne und dem Kinde fort, um sich zu dem Regimente zu begeben, das nach Indien bestimmt ist.‹

»›Gestern ist sie fort?‹ sag' ich, schnell aufspringend.

»›Ja‹, antwortete sie, ›was bekümmerst Du Dich darum?‹

»›Sehr viel hab' ich mich darum zu bekümmern‹, antwortete ich, ›denn ein kleiner Vogel hat mir ein Geheimnis zugeflüstert.‹

»›Und was mag das wohl für eines sein?‹ sagte sie.

»›Nichts anders, als daß die Kinder ausgewechselt wurden, und das weißt Du so gut als ich.‹

»Aber sie schwur, daß sie nichts davon wisse, und gar nicht zu Hause gewesen sei, als die Kinder geboren wurden, und ich glaube, daß sie die Wahrheit redete.

»›Gut‹, sag' ich, ›wer war Hebamme?‹

»›Meine eigene Mutter‹, sagt Ella. ›Und wenn so etwas vorfiel, wer kann es besser wissen als sie?‹

»›Nun ja, Ella, mein Kleinod‹, sag' ich, ›ich habe ein Gelübde abgelegt, nicht eher zu heiraten, bis ich die Wahrheit in dieser Sache aufgefunden habe; je früher Du es also aus Deiner Mutter herausbringst, desto besser.‹ Da weinte sie heftig, und beinahe hätte ich mit ihr weinen müssen, als ich sah, wie das arme Ding, durch den Gedanken, nicht heiraten zu sollen, geängstigt wurde. Nach einer Weile schwappte sie ihre Wangen ab, küßte mich, wünschte mir guten Tag und schwur bei allen Heiligen, daß die Wahrheit auf die eine oder andere Weise ans Licht kommen solle.

»Diesen Morgen nun sah ich sie, wie wir gestern verabredet hatten, wieder, und da hatte das arme Ding rote Augen vor lauter Weinen; sie hing sich an meinen Arm, bat mich, ihr zu verzeihen und sie nicht zu verlassen; dann erzählte sie mir, ihre Mutter sei vor Schrecken aufgefahren, als sie die Frage wegen der Kinder an sie gerichtet, habe sich längere Zeit besonnen und sie endlich verflucht, als sie darauf bestanden habe, die Wahrheit zu erfahren; dann sei sie vor ihrer Mutter auf die Knie gefallen und habe sie gebeten, ihrem Glücke ja nicht im Wege zu stehen, denn sterben müsse sie, wenn sie das thäte (Du magst Dir selbst denken, Peter, ob mein Herz mir keine Vorwürfe machte, als sie mir dies sagte, aber das Unheil war nun einmal angestiftet); da habe ihre Mutter von ihrem Eide und Pater O'Toole gesprochen, und gesagt, daß sie erst mit diesem Rücksprache nehmen wolle.

»Jetzt also, Peter, halte ich mich überzeugt, daß die Kinder ausgewechselt wurden, und daß man die Amme nach Indien geschickt hat, um sie aus dem Wege zu räumen. Man sagt, sie sei nach Plymouth gegangen. Des Mannes Name ist O'Sullivan, und ich möchte Dir also raten, eine Kutsche zu nehmen und zu sehen, was Du in dieser Richtung thun kannst; ich will indessen alles Mögliche versuchen, um die Wahrheit in dieser Sache herauszubringen, und Dir wieder schreiben, sobald ich etwas weiteres ausfindig machen kann. Alles, was ich nötig habe, ist, den Pater M'Grath dahin zu bringen, daß er zu dem alten Teufel von Mutter geht, und ich stehe dafür, der wird ihr die Hölle heiß genug machen, daß sie alles beschwört. Gott segne Dich, Peter, und grüße mir Deine Familie.

»Für immer Dein
Terenz O'Brien.«

Dieser Brief war für mich der Gegenstand reiflichen Nachdenkens. Der Rat nach Plymouth zu gehen kam zu spät, da die Truppen schon vor einiger Zeit abgesegelt waren, und ich zweifle nicht, daß Mary Sullivan und ihr Mann sich unter denen befanden, welche damals eingeschifft wurden, als ich mich im Hafen befand, um meine Prüfung zu bestehen. Meinem Vater mochte ich den Brief nicht zeigen, denn er würde ihn nur in fieberhafte Aufregung versetzt und seine Einmischung höchstwahrscheinlich mehr geschadet als genützt haben. Ich verhielt mich demnach in Erwartung weiterer Nachrichten ganz ruhig und beschloß, die Verwendung meines Großvaters für meine Anstellung nachzusuchen.

Ein paar Tage später machte ich mich nach Adlerpark auf den Weg, wo ich gegen elf Uhr morgens eintraf. Ich ließ mich melden und wurde in das Bibliothekzimmer eingeführt, wo ich Lord Privilege, wie gewöhnlich, in seinem Armstuhle fand.

»Nun, Kind«, sagte er, auf seinem Stuhle sitzen bleibend, und mir nicht einmal *einen* Finger anbietend, »was wünschest Du, daß Du ohne Einladung hierher kommst?«

»Nur mich nach Ihrem Befinden erkundigen, Mylord, und Ihnen zu danken für Ihre Güte, die mir und Herrn O'Brien eine Stelle auf einer schönen Fregatte verschaffte.«

»Ah so«, erwiderte Seine Herrlichkeit, »ich entsinne mich nun — ich glaube, ich that's auf Deinen Wunsch, und glaube auch von jemand gehört zu haben, daß Du Dich gut gehalten hast und Dein Name in den Depeschen rühmlich genannt wurde.«

»Ja, Mylord«, antwortete ich, »und seit der Zeit habe ich auch die Leutnantsprüfung bestanden.«

»Schön, Kind! ich bin erfreut, das zu hören. Empfiehl mich Deinem Vater und Deiner Familie.«

Mit diesen Worten richtete der Lord die Augen wieder auf das Buch, in welchem er bis dahin gelesen hatte.

Meines Vaters Bemerkungen schienen mir nur zu begründet, aber ich konnte mich nicht entschließen, das Zimmer zu verlassen, ehe ich einen weiteren Versuch gemacht hätte.

»Haben Ihre Herrlichkeit Nachrichten von meinem Onkel?«

»Ja«, antwortete er, »gestern erhielt ich einen Brief von ihm. Das Kind ist ganz wohl. Ich erwarte sie alle in vierzehn Tagen oder drei Wochen hier, um ganz mit mir zu leben. Ich bin alt — werde ganz alt, und habe noch manches mit Deinem Onkel zu ordnen, bevor ich sterbe.«

»Wenn ich Eure Herrlichkeit um eine Gunst ansprechen dürfte, so möchte ich Sie bitten, sich ein wenig für meine Beförderung zu verwenden. Ein Brief von Eurer Herrlichkeit an den ersten Lord — nur ein paar Zeilen —«

»Gut, Kind, ich habe nichts dagegen einzuwenden — aber — ich bin ganz alt, zu alt, um jetzt zu schreiben«, und der Lord begann wieder aufs neue zu lesen.

Ich muß demselben die Gerechtigkeit widerfahren lassen, daß er augenscheinlich ganz in den Zustand der Altersschwäche übergegangen war. Seit ich ihn zum letzten Male gesehen hatte, war seine Gestalt sehr zusammengekrümmt, und er schien körperlich sowohl als geistig schwach. Ich wartete wenigstens eine Viertelstunde, ehe er wieder aufblickte.

»Was, noch nicht fort, Kind? Ich dachte, Du seiest nach Hause gegangen.«

»Eure Herrlichkeit waren gütig genug zu sagen, daß Sie nichts dagegen hätten, ein paar Zeilen an den ersten Lord zu meiner Empfehlung zu richten. Ich hoffe, Eure Herrlichkeit werden es mir nicht abschlagen.«

»Ach ja«, erwiderte er ärgerlich, »ich sagte es — aber ich bin zu alt, um zu schreiben — ich kann nicht sehen — kann kaum eine Feder halten.«

»Wollen Sie mir erlauben, den Brief zu schreiben, so daß ihn Eure Herrlichkeit nur unterzeichnen darf?«

»Ja, Kind — ja doch — ich habe nichts dagegen. Schreib' also Folgendes — doch nein — schreib', was Dir gefällt — und ich will den Brief unterzeichnen. Ich wünsche, der Onkel William wäre da.«

Dies war nun mehr, als ich wünschte. Ich hatte große Lust, ihm O'Briens Brief zu zeigen, aber ich dachte, es würde grausam sein, Zweifel in ihm zu erwecken und das Gemüt eines Mannes zu beunruhigen, der so nahe am Grabesrand stand; ich dachte ferner, daß die Wahrheit ja doch nicht an den Tag kommen würde, so lange er noch lebte, und weshalb sollte ich ihm da Kummer verursachen? Jedenfalls war ich entschlossen, von dem Briefe, obgleich ich ihn bei mir hatte, nur als äußerstes Mittel Gebrauch zu machen.

Ich setzte mich an einen anderen Tisch, um das Empfehlungsbillet zu schreiben. Da mir Seine Herrlichkeit gesagt hatte, ich soll schreiben, was ich wolle, so fiel mir ein, daß ich hier auch O'Brien nützlich sein könne, denn ich hielt mich überzeugt, daß der Lord sich nicht die Mühe geben würde, den Brief zu lesen. Demgemäß schrieb ich, während der Lord fortfuhr, in seinem Buche zu lesen, wie folgt:

»Mylord! – Sie werden mir eine große Gunst erweisen, wenn Sie die Ausfertigung des Ernennungsdekretes beschleunigen, welches, wie ich nicht zweifle, für meinen Großsohn, Herrn Simpel, der die Prüfung bestanden hat und dessen Name rühmlich in den Depeschen erwähnt wurde, bestimmt ist; auch bitte ich Sie, den Leutnant O'Brien nicht aus dem Gesichte zu verlieren, der sich in Westindien durch seine Tapferkeit bei mehreren Expeditionen besonders auszeichnete. In der Hoffnung, daß Eure Herrlichkeit nicht ermangeln werden, meinem dringenden Gesuche zu entsprechen, habe ich die Ehre zu sein, Euer Herrlichkeit

ganz gehorsamster Diener.«

Diesen Brief brachte ich nebst einer eingetauchten Feder dem Lord, und das Geräusch, das mein Herankommen machte, veranlaßte ihn aufzublicken. Er starrte mich zuerst an, als ob er alles vergessen hätte – dann sagte er: »Ach ja, ich erinnere mich, ich habe es gesagt – reich' mir die Feder.« Mit zitternder Hand unterzeichnete er seinen Namen und gab mir dann den Brief, ohne ihn zu lesen, wie ich erwartet hatte, wieder zurück.

»Da, Kind, belästige mich nicht mehr. Lebe wohl und grüße mir Deinen Vater.«

Ich wünschte Seiner Herrlichkeit einen guten Morgen und entfernte mich ganz zufrieden mit dem Erfolge meines Unternehmens. Bei meiner Ankunft zu Hause zeigte ich meinem Vater den Brief; er war sehr erstaunt über mein Glück, und versicherte mich, meines Großvater Einfluß bei der Staatsverwaltung sei so groß, daß ich meine Ernennung als ganz gewiß betrachten könne. Damit nun keine Störung dazwischen kommen möge, machte ich mich unverzüglich auf den Weg nach London und gab das Schreiben eigenhändig im Hause des ersten Lords ab; auch teilte ich dem Portier meine Adresse mit.

Zwanzigstes Kapitel

O'Brien und ich thun gleichzeitig einen Schritt. — Eine Familienzusammenkunft, die alles, nur keine Einigkeit erzielt. — Ein Onkel — nicht immer der beste Freund.

Einige Tage später gab ich meine Karte bei dem ersten Lord ab und erhielt tags darauf ein Schreiben von seinem Sekretär, worin mich dieser zu meinem großen Vergnügen benachrichtigte, daß mein Ernennungsdekret schon vor einigen Tagen ausgefertigt worden sei. Ich habe kaum nötig zu sagen, daß ich mich beeilte, dasselbe entgegenzunehmen, und als ich dem Schreiber die Sportelgebühren bezahlte, wagte ich, ihn auf gut Glück zu fragen, ob er die Adresse des Leutnant O'Brien kenne.

»Nein«, erwiderte er, »aber ich wünsche sie ausfindig zu machen, denn er ist heute zum Rang eines Schiffsbefehlshabers befördert worden.«

Ich hüpfte fast vor Freuden in die Höhe, als ich diese gute Nachricht vernahm. Ich gab dem Schreiber O'Briens Adresse und eilte mit meiner unschätzbaren Pergamentrolle in der Hand fort und schnurstracks meinem elterlichen Hause zu. Aber da wartete meiner tiefer Kummer; meine Mutter war sehr bedenklich krank geworden, und ich traf das ganze Haus in Aufruhr — Ärzte, Apotheker und Krankenwärterinnen sprangen hin und her, mein Vater war in einem Zustande großer Aufregung und meine teure Schwester fand ich in Thränen. Ein Krampfanfall folgte bei meiner guten Mutter auf den anderen, und obgleich jedes nur erdenkliche Mittel angewendet wurde, gab sie doch am nächsten Abend ihren Geist auf. Ich will nicht versuchen, den Gram meines Vaters zu beschreiben, der wegen seines vor kurzem so unfreundlichen Benehmens gegen sie sowohl als gegen meine Schwester und mich Reue zu fühlen schien. Von solchen Auftritten können sich nur diejenigen eine Vorstellung machen, die von ähnlichen Verlusten getroffen wurden. Ich gab mir alle Mühe, meine arme Schwester zu trösten, die nun in mir ihre einzige Stütze zu finden hoffte; nach dem Leichenbegängnisse wurden wir wieder ruhiger, aber in unseren Herzen waltete fortwährend tiefere Trauer, als aus unserem Äußern sprach. Ich hatte an O'Brien geschrieben, um ihm diese schmerzliche Nachricht mitzuteilen, und als ein treuer Freund war er unverzüglich herbeigeeilt, um mich zu trösten.

Er hatte das Schreiben von der Admiralität, wodurch ihm seine Ernennung angezeigt wurde, erhalten, und zwei Tage nach seiner Ankunft bei uns begab er sich in die Stadt, um das Dekret entgegenzunehmen. Ich sagte ihm unumwunden, auf welche Weise ich seine Beförderung erlangt habe, und er schloß wiederum seine Danksagung mit einer Anspielung auf den Irrtum der früheren Vermutung, die mich für den Familiengimpel hielt.

»Beim Allmächtigen, es würde für jeglichen Mann gut sein, wenn er ein paar solcher gimpelhaften Freunde um sich hätte«, fuhr er fort, »doch ich will Dir nichts vorschwatzen, Peter, Du weißt, was von jeher meine Meinung war; deshalb wollen wir auch nicht weiter darüber reden.«

Nach meiner Zurückkunft hielten wir eine lange Beratung, wie wir am schnellsten eine Dienstanstellung bekommen könnten; denn O'Brien wünschte so sehr als ich, wieder unter Segel zu gehen. Ich bedauerte, meine Schwester verlassen zu müssen, aber mein Vater war so mürrisch und mißgestimmt, daß ich kein Vergnügen zu Hause fand, außer in ihrer Gesellschaft. Selbst meine Schwester war der Meinung, es sei besser, wenn ich mich entfernte, da der Menschenhaß meines Vaters, der nun nicht mehr durch die Vorstellungen meiner Mutter gezügelt wurde, zugenommen hatte, und er mich mit wirklicher Abneigung anzusehen schien. Es wurde demnach zwischen meiner Schwester, mir und O'Brien, der immer unseren Beratungen beiwohnte, einstimmig beschlossen, daß es rätlich für mich sei, wieder in See zu gehen.

»Ich kann besser mit ihm zurechtkommen, wenn ich allein bin, Peter; ich habe dann nichts, was mich in Anspruch nimmt und ihm entzieht, wie gegenwärtig Deine Gesellschaft; und so schmerzlich es mir auch ist, mich von Dir zu trennen, so bestimmt mich doch die Pflicht gegen meinen Vater und der Wunsch für Deine Beförderung zu der Bitte, daß Du, auf welche Weise es nur immer möglich ist, Mittel ausfindig machen mögest, um Deine Dienstanstellung zu erhalten.«

»Gesprochen wie eine Heldin, Miß Ellen, und die sind Sie, trotz Ihres niedlichen Gesichtes und Ihrer sanften Augen«, sagte O'Brien. »Doch jetzt, Peter, laß uns sehen, wie wir's anzugreifen haben. Wenn ich ein Schiff bekommen kann, so ist für Dich schon gesorgt, denn ich werde Dich zu meinem Leutnant wählen; aber wie ist das zu bewerkstelligen? Glaubst Du, daß Du den alten Herrn in Adlerpark noch einmal herumkriegen könntest?«

»In jedem Falle will ich's versuchen«, antwortete ich; »es kann mir höchstens fehlschlagen, O'Brien.«

Ich machte mich also am nächsten Tag auf den Weg nach dem Landsitze meines Großvaters, und befand mich um die gewöhnliche Stunde, gegen elf Uhr morgens, an dem Häuschen beim Eingang. Ich ging die Allee hinauf und klopfte an die Hausthür; als diese geöffnet wurde, sah ich einen zweifelhaften Ausdruck auf den Gesichtern der Bedienten und ein gezwungenes Wesen, das mir nicht gefiel. Auf meine Frage nach Lord Privilege antwortete man mir, daß er ziemlich wohl sei, aber niemand sprechen wolle.

»Ist mein Oheim da?« fragte ich.

»Ja, Sir«, antwortete der Bediente mit einem bedeutungsvollen Blick, »und seine ganze Familie mit ihm.«

»Seid Ihr gewiß, daß ich meinen *Großvater* nicht sehen kann?« fragte ich, und legte dabei Nachdruck auf das Wort.

»Ich will ihm melden, daß Sie hier sind«, erwiderte der Diener, »aber selbst das geht gegen meine Befehle.«

Ich hatte meinen Onkel seit meiner Kindheit nicht wieder gesehen, und konnte ihn mir durchaus nicht vorstellen — auch mit meinen Muhmen und meiner Tante war ich nie zusammengekommen. Nach einer Minute ward mir die Antwort gebracht, daß ich in das Bibliothekzimmer hineingehen sollte; ich wurde hingeführt und traf da den Lord Privilege, der an seinem gewöhnlichen Platze saß, und einen großen Gentleman, in dem ich auf einmal aus seiner Ähnlichkeit mit meinem Vater meinen Oheim erkannte.

»Hier ist der junge Gentleman, Mylord«, sagte mein Onkel, mich streng anblickend.

»He, was — o ich erinnere mich. Also, Kind, Du hast Dich recht übel betragen — thut mir leid, dies zu hören. Lebe wohl.«

»Übel betragen, Mylord?« erwiderte ich; »ich wüßte nicht, wann das vorgekommen wäre.«

»Es sind allerdings sehr ungünstige Gerüchte über Sie im Umlauf, Neffe«, antwortete mein Oheim gleichgültig. »Man hat Ihrem Großvater Sachen erzählt, die ihm sehr mißfallen haben. Ich weiß übrigens nichts Näheres darüber.«

»Dann hat mich irgendein Schurke verleumdet, Sir«, antwortete ich.

Bei dem Worte Schurke sprang mein Oheim auf; doch faßte er sich wieder und sagte:

»Nun ja, Neffe, was wünschen Sie von Lord Privilege, Ihr Besuch ist doch wohl nicht ohne Ursache?«

»Sir«, antwortete ich, »mein Besuch bei Lord Privilege hat zum Zwecke, ihm erstens dafür zu danken, daß er mir zu meiner Ernennung als Leutnant behilflich war, und ihn sodann um die Gunst zu bitten, meine Anstellung im aktiven Dienste auszuwirken, was durch ein paar Zeilen augenblicklich geschehen könnte.«

»Ich wußte nicht, Neffe, daß Sie Leutnant geworden sind; aber ich stimme Ihnen darin bei, daß es nur um so besser für Sie ist, je länger Sie zur See sind. Seine Herrlichkeit wird den Brief unterzeichnen, setzen Sie sich nieder.«

»Soll ich ihn schreiben, Sir?« fragte ich meinen Onkel; »ich weiß schon, was zu sagen ist.«

»Ja, und bringen Sie ihn mir, wenn Sie damit fertig sind.«

Ich hielt mich überzeugt, daß der einzige Grund, der meinen Oheim bestimmte, sich für meine Ernennung zu verwenden, der war, weil er dachte, ich sei so besser aus dem Wege geschafft und jedenfalls auf der See mehr Gefahren ausgesetzt als auf dem Lande.

Ich nahm einen Bogen Papier und schrieb, wie folgt:

Mylord!

»Dürfte ich bitten, daß es Eurer Herrlichkeit gefällig wäre, den Überbringer dieses, sobald thunlich, auf ein Schiff zu ernennen, denn ich wünsche seine Anstellung im aktiven Dienste.

Ich bin, Mylord u.«

»Warum führen Sie Ihren Namen nicht an?«

»Das hat nichts zu sagen«, antwortete ich, »da der Brief persönlich abgegeben wird, wodurch ich mir meine baldige Ernennung zu sichern gedenke.«

Das Schreiben wurde nun Seiner Herrlichkeit zur Unterschrift vorgelegt. Es ward ziemlich schwer, dem Lord begreiflich zu machen, daß er diesen Brief unterschreiben solle. Der alte Herr schien jetzt viel geschwächter als damals, als ich ihn zum letzten Male sah. Ich dankte ihm, legte den Brief zusammen und steckte ihn in meine Tasche. Zuletzt sah er mich an; da schien ein plötzlicher Anflug früherer Erinnerungen seinen Kopf zu durchkreuzen.

»Gut, Kind – Du entkamst also aus der französischen Gefangenschaft – he, und wie geht's Deinem Freunde; wie heißt sein Name, he?«

»O'Brien, mein Lord.«

»O'Brien!« schrie mein Onkel, »das ist *Ihr* Freund; dann, Sir, darf ich wohl glauben, daß Sie es sind, dem ich für die Nachforschungen und die Gerüchte zu danken habe, die so sorgfältig in Irland verbreitet wurden – für die Verführung meines Gesindes und sonstige Unverschämtheiten?«

Ich mochte keineswegs die Sache ableugnen, obgleich ich ein wenig verwirrt war durch die Schnelligkeit, mit der sie zur Sprache gebracht wurde. Ich antwortete:

»Ich lasse mich nie in geheime Unterhandlung mit anderer Leute Gesinde ein, Sir.«

»Das nicht«, sagte er, »aber Sie stellen andere auf, es zu thun. Ich entdeckte Ihr ganzes Verfahren, nachdem der Schurke nach England abgereist war.«

»Wenn Sie das Wort Schurke auf Kapitän O'Brien beziehen, so muß ich in seinem Namen widersprechen.«

»Wie es Ihnen gefällig ist, Sir«, antwortete mein Onkel mit leidenschaftlicher Heftigkeit; »aber Sie werden mich verbinden, wenn Sie dieses Haus unverzüglich verlassen und nichts mehr, weder vom gegenwärtigen noch zukünftigen Lord Privilege erwarten, außer den Lohn, den Ihr schmachvolles Benehmen verdient hat.«

Dadurch fühlte ich mich sehr aufgeregt, und antwortete mit Bitterkeit: »Von dem gegenwärtigen Lord Privilege erwarte ich gewiß nichts mehr, und ebensowenig von seinem Nachfolger; aber nach Ihrem Tode, Onkel, erwarte ich, daß diejenige Person, auf welche der Titel übergeht, alles, was sie nur kann, für ihren ergebenen Diener thun wird. Ich wünsch' Ihnen guten Morgen, Onkel.«

Meines Oheims Augen sprühten Feuer, als ich meine Rede endete, die allerdings sehr kühn, aber auch sehr thöricht war, wie sich später zeigte. Ich eilte aus dem Zimmer fort, nicht bloß aus Furcht, von allen Dienern zum Hause hinausgejagt zu werden, sondern hauptsächlich, weil ich fürchtete, daß mir mein Brief an den ersten Lord mit Gewalt entrissen werden möchte; aber nie werde ich den Racheblick vergessen, der aus den Augen meines Onkels auf mich blitzte, als ich mich noch einmal umdrehte und ihn ansah, während ich die Thür zumachte. Ich fand meinen Weg ohne Hilfe der Dienerschaft und eilte, so schnell ich konnte, nach Hause.

»O'Brien«, sagte ich bei meiner Rückkehr, »hier ist keine Zeit zu verlieren; je früher Du mit diesem Empfehlungsschreiben nach der Stadt eilst, desto besser wird es sein; denn, verlaß Dich darauf, mein Onkel wird mir schaden, soviel er kann.« Dann erzählte ich den ganzen Hergang, und es wurde beschlossen, daß O'Brien den Brief zu sich nehmen solle, der, weil er auf den Überbringer lautete, ebensogut für ihn als für mich benützt werden konnte; und wenn O'Brien eine Anstellung erhielt, so war ich ja gewiß, nicht bloß einer seiner Leutnants zu werden, sondern auch mit einem lieben Freunde zu segeln. Am nächsten Morgen ging O'Brien nach London ab und sprach glücklicherweise gleich den Tag nach seiner Ankunft, der ein Audienztag war, den ersten Lord. Dieser nahm O'Brien den Brief ab, und lud ihn ein, sich zu setzen. Nachdem er das Schreiben durchgelesen hatte, erkundigte er sich nach Lord Privilege, fragte, ob er sich wohl befinde und dergleichen. O'Brien erwiderte, Seine Herrlichkeit könne mit der Gnade Gottes noch viele Jahre leben, und er habe noch nie den Lord über Unwohlsein klagen hören, was alles zwar keine Lüge, aber auch nicht ganz richtig war.

Als O'Brien nach Hause zurückkehrte und mir das Vorgekommene mitteilte, konnte ich nicht umhin, ihm zu bemerken, daß es mir in Anbetracht dessen, was er einmal über weiße und schwarze Lügen geäußert habe, scheine, als ob er in neuester Zeit seinem eigenen Glaubensbekenntnisse nicht treu geblieben sei.

»Das ist ganz richtig, Peter, aber mein Glaubensbekenntnis ist und bleibt nichtsdestoweniger stets dasselbe. Wir alle wissen, was recht ist, aber wir thun es nicht immer. Ich fange an zu glauben, daß es notwendig ist, die Welt mit ihren eigenen Waffen zu bekämpfen. Ich habe mit Pater M'Grath über diesen Gegenstand gesprochen, und er antwortete mir, wenn jemand ein Unrecht begehe und dadurch einen andern nötige, sich gleichfalls ein Unrecht zuschulden kommen zu lassen, um den Feind zu überlisten, so sei der erstere durchaus verantwortlich, und zwar nicht bloß für seine eigene Sünde, sondern auch für die vom andern zum Zwecke der Selbstverteidigung begangene.«

»Übrigens, O'Brien, möchte ich dem Pater M'Grath nicht

so unbedingt Glauben schenken, und manche seiner Lehren gefallen mir gar nicht.«

»Mir ebensowenig, Peter, wenn ich darüber nachdenke; aber warum soll ich mir über solche Gegenstände den Kopf zerbrechen? Ich weiß nur so viel, daß es, wenn man zwischen seiner eigenen Neigung und der Pflicht schwankt, sehr bequem ist, einen Priester zu haben, der sich für einen entscheidet und noch überdies die Sorge für die Seele übernimmt.«

Da fiel mir ein, daß ich selbst, als ich O'Brien tadelte, in betreff der beiden Briefe des Lord Privilege ähnlich gedacht und mich so gleichfalls des Betruges schuldig gemacht hatte. Ich machte ihm also Vorwürfe wegen eines Vergehens, das ich doch selbst begangen hatte, und befürchte, daß ich nur gar zu geneigt war, mich mit dem Ausspruche Pater M'Graths zu trösten, daß es erlaubt sei, Böses zu guten Zwecken zu thun. Doch nun zurück zu dem Gespräche O'Briens mit dem ersten Lord.

Nach kurzer Unterredung sagte der letztere: »Kapitän O'Brien, ich bin immer gerne bereit, den Lord Privilege zu verpflichten, um so mehr, wenn seine Empfehlung einem so verdienten Offizier gilt, wie Sie sind. Kommen Sie in einigen Tagen auf die Admiralität und Sie werden das Weitere hören.«

O'Brien schrieb uns dies sogleich, und wir sahen nun mit Ungeduld seinem nächsten Briefe entgegen; aber statt eines Schreibens kam er am dritten Tage selbst, schloß mich zuerst in seine Arme, dann ging er auf meine Schwester zu, umarmte auch diese und hüpfte und tanzte fortwährend im Zimmer herum.

»Was ist denn los, O'Brien?« sagte ich, während Ellen verlegen zurücktrat.

Da zog er ein Pergament aus der Tasche mit den Worten: »Sieh, Peter, mein lieber Peter; jetzt auf zu Ehre und Ruhm! Eine Achtzehnkanonen-Brigg, Peter. Die ›Klapperschlange‹ — Kapitän O'Brien — Station Westindien. Beim heiligen Vater! mein Herz zerspringt vor Freude!«, und damit sank er in einen Armstuhl. »Bin ich nicht fast außer mir?« fuhr er nach kurzem Schweigen fort.

»Ellen denkt das von Dir, möchte ich wohl sagen«, antwortete ich, meine Schwester ansehend, die in der Ecke des Zimmers stand und glauben mochte, daß O'Brien in der That den Verstand verloren habe; sie war vor Verlegenheit ganz rot geworden.

O'Brien, der sich nun besann, welchen Verstoß er gegen den Anstand begangen hatte, erhob sich augenblicklich von seinem Stuhle, nahm wieder seine gewöhnliche ungekünstelte Höflichkeit an, trat auf meine Schwester zu und ergriff ihre Hand mit den Worten:

»Verzeihen Sie mir, meine teure Miß Ellen: ich muß mich bei Ihnen entschuldigen wegen meiner Roheit; aber mein Entzücken war so groß und meine Dankbarkeit gegen Ihren Bruder ist so lebhaft, daß ich fürchte, im Ausdruck meiner Gefühle zu weit gegangen zu sein und Sie beleidigt zu haben, die Sie ihm so lieb und an Gemüt und Charakter so gleich sind. Wollen Sie bedenken, daß Sie einzig das überströmende Gefühl eines gegen Ihren Bruder dankerfüllten Herzens mitangehört haben, und mir um seinetwillen verzeihen?«

Ellen reichte ihm lächelnd die Hand. Dann führte er sie zum Sofa, auf dem wir uns alle drei niederließen, und nun begann O'Brien eine verständlichere Mitteilung des Vorgefallenen zu machen. Er hatte sich am bestimmten Tage auf der Admiralität eingefunden und seine Karte abgegeben; der erste Lord konnte ihn nicht sprechen, sondern verwies ihn an seinen Sekretär, der ihm das Ernennungsdekret auf die Achtzehnkanonen-Brigg ›Klapperschlange‹ übergab. Mit einem höchst verbindlichen Lächeln sagte der Sekretär zu O'Brien im Vertrauen, er werde, sobald sein Fahrzeug bemannt und segelfertig sei, nach Westindien abzugehen haben. Dann fragte er, welchen Offizier er zu seinem ersten Leutnant wünsche. O'Brien antwortete, er wünsche mich; da ich aber höchstwahrscheinlich nicht das gehörige Dienstalter für den Posten eines ersten Leutnants haben würde, so möge die Admiralität nach Belieben über diese Stelle verfügen, vorausgesetzt, daß ich auf dem Schiffe jedenfalls eine Anstellung erhalte.

Der Sekretär besann sich einen Augenblick über O'Briens Wunsch und bat dann, im Falle eine Seekadettenstelle offen sei, um die Erlaubnis, einen jungen Mann an Bord senden zu dürfen; dies bewilligte O'Brien gern, drückte ihm die Hand und eilte von der Admiralität fort, um uns diese erfreuliche Nachricht zu bringen.

»Und jetzt«, sagte er, »habe ich auch bei mir selbst beschlossen, was zu geschehen hat. Ich will zuerst nach Plymouth hinab und mein Wimpel aufhissen; dann gedenke ich um vierzehntägigen Urlaub nachzusuchen und nach Irland zu gehen, um zu sehen, wie es dort steht und was Pater M'Grath treibt. Also laß uns, Peter, den heutigen Abend so vergnügt zubringen als wir können. Denn obgleich wir beide bald wieder zusammentreffen, so können doch Jahre vergehen, bis wir alle drei wieder so wie jetzt auf diesem Sofa beisammensitzen — und vielleicht sind wir nie wieder so beisammen.«

Da blickte Ellen, die seit dem Tode meiner Mutter fortwährend sehr angegriffen war, zur Erde nieder, und ich sah, daß ihr bei der Bemerkung O'Briens, wir würden vielleicht nie wieder so beisammen sein, Thränen in die Augen traten. Der Abend war übrigens für mich in der That ein sehr glücklicher; mein Vater speiste auswärts und störte uns somit nicht. Zur einen Seite saß mir meine geliebte Schwester und zur andern ein treuer Freund. Fürwahr, es lassen sich wenige Lagen denken, die beneidenswerter wären.

O'Brien verließ uns am andern Morgen bald, und um die Zeit des Frühstücks erhielt mein Vater einen Brief. Er kam von meinem Oheim, der ihm mit kalten Worten die Anzeige machte, daß Lord Privilege in der vorigen Nacht ganz unerwartet schnell gestorben sei, daß das Begräbnis über acht Tage stattfinden und das Testament sogleich nach dem Leichenbegängnisse eröffnet werden solle. Mein Vater gab mir den Brief, ohne ein Wort zu sprechen, und schöpfte seinen Thee mit dem Theelöffel aus.

Ich konnte nicht sagen, daß mich dieser Vorfall sehr traurig gestimmt hätte; doch fühlte ich mich ergriffen, denn mein Großvater hatte sich gütig gegen mich gezeigt. Was die Gefühle meines Vaters anbelangt, so konnte ich oder, um es richtiger zu sagen, wollte ich dieselben nicht genauer zergliedern. Sobald er mit seiner Tasse Thee fertig war, stand er vom Tische auf und ging in sein Studierzimmer. Nun teilte ich auch diese Nachricht meiner Schwester Ellen mit.

»Mein Gott«, sagte sie nach einer Pause, die Hand vor ihre Augen haltend, »zu welchem entfremdeten unnatürlichen Zustande der Gesellschaft müssen wir gekommen sein, wenn mein Vater die Nachricht von dem Tode eines Verwandten auf eine solche Weise empfangen kann! Ist das nicht schrecklich?«

»Allerdings, mein teuerstes Mädchen«, antwortete ich,

»aber jegliches Gefühl wird weltlichen Rücksichten und einem leeren Titel geopfert. Die jüngern Söhne werden vernachlässigt, wenn nicht verlassen. Tugend, Talent und alles gilt für nichts – der innere Wert wird verschmäht – und nur der darf Ansprüche machen, geachtet zu werden, der in direkter Linie Erbe ist. Ganz richtig bemerktest Du, es sei dies ein abscheulicher Zustand der Gesellschaft.«

»Ich sagte nicht abscheulich, mein lieber Bruder, sondern seltsam und unnatürlich.«

»Auch wenn Du abscheulich gesagt hättest, Ellen, würdest Du Dich nicht falsch ausgedrückt haben. Ich möchte nicht um den Titel und den davon abhängenden Reichtum des herzlose, vereinzelte, und ich darf sagen vernachlässigte Wesen sein, das mein Großvater war; und wenn man mir heute dieses alles anböte, so wollte ich Ellens Liebe dagegen nicht vertauschen.«

Ellen warf sich in meine Arme; wir gingen miteinander in den Garten, wo wir uns lange über unsere Zukunft, Wünsche, Hoffnungen und Aussichten besprachen.

Drittes Buch

Erstes Kapitel

Pomphafte Beerdigung. – Verlesen des Testaments, nicht ganz nach Willen. – Ich bin mit einem Legat bedacht. – Was daraus wird. – Mein Vater ist im Eifer und schreibt eine Predigt, um sich abzukühlen. – Ich begebe mich nach O'Briens Brigg und treffe mit Swinburne zusammen.

Eine Woche später begleitete ich meinen Vater nach Adlerpark, um Lord Privileges Begräbnis beizuwohnen. Wir wurden in das Zimmer geführt, wo die Leiche schon drei Tage auf dem Paradebette lag. Die schwarzen Behänge, die wallenden Federn, die reichen Verzierungen des Sarges und die Anzahl von Wachskerzen, welche das Gemach erhellten, übten eine feierliche und großartige Wirkung aus. Als ich mich gegen die Balustrade vor dem Sarg lehnte, konnte ich mich der Rückerinnerung nicht erwehren, wie die Gefühle meines hier liegenden armen Großvaters zu meinen Gunsten aufzutauen schienen, als er mich sein Kind nannte, und daß er, ohne den spät geborenen Sohn meines Onkels, wahrscheinlich in meinen Armen gestorben wäre, abgesehen von allen weltlichen Rücksichten mich um meiner selbst willen liebend. Ich fühlte, daß er mir, wenn ich ihn länger gekannt hätte, teuer geworden wäre und daß er auch mich geliebt haben würde; dabei stellte ich Betrachtungen an, wie wenig ihn nach seinem Hinscheiden die eitlen Ehren der Welt schadlos halten konnten für den Verlust jener wechselseitigen Zuneigung, die so viel zur Erhöhung seines Glücks im Leben beigetragen haben würde. So aber hatte ihn stets Pomp und Eitelkeit umgeben und sollte ihm auch zu Grabe folgen. Ich dachte an meine Schwester Ellen, an O'Brien und nahm die Überzeugung mit mir weg, Peter Simpel sei doch eine beneidenswerte Person im Vergleich mit dem verstorbenen hochgebornen Lord Viscount Privilege, Baron Corston, Lord-Leutnant der Grafschaft und Seiner Majestät geheimem Rate. Sobald die ebenso langweilige als prunkvolle Beerdigungs-Feierlichkeit vorüber war, fuhren wir nach Adlerpark zurück, wo mein Onkel, der natürlich den Titel angenommen hatte und als Hauptleidtragender die Honneurs machte, uns erwartete. Wir wurden in die Bibliothek gewiesen und der neue Lord saß in dem Lehnsessel, den erst kürzlich noch mein Großvater eingenommen hatte. Neben ihm befanden sich die Advokaten mit Pergamentblättern vor sich. Als wir eintraten, winkte er uns mit der Hand nach den unbesetzten Stühlen, um uns damit anzudeuten, daß wir Platz nehmen sollten, sprach aber kein Wort, ein gelegentliches Flüstern mit den Rechtsgelehrten ausgenommen. Sobald alle Mitglieder der Familie bis zum vierzigsten oder fünfzigsten Vetter hinab beisammen waren, setzte der Anwalt, der meinem Onkel zur Rechten saß, seine Brille auf, entrollte das Testament und begann den letzten Willen des Hingeschiedenen zu verlesen. Ich war anfangs sehr aufmerksam, aber die juristischen Kunstausdrücke verwirrten mich, und ich dachte an andere Gegenstände, bis ich nach einem halbstündigen Vorlesen durch das Nennen meines Namens aufgeschreckt wurde. Ich war infolge eines Kodizills mit der Summe von zehntausend Pfund bedacht. Mein Vater, der neben mir saß, stieß mich an, um meine Aufmerksamkeit rege zu machen, und ich bemerkte, daß sein Gesicht nicht mehr ganz so traurig aussah wie zuvor. Ich freute mich über diese unerwartete Nachricht und rief mir ins Gedächtnis zurück, was mir mein Vater auf dem Rückwege von Adlerpark mitgeteilt hatte, daß nämlich meines Großvaters Aufmerksamkeit gegen mich so gut sei als zehntausend Pfund in seinem Testament; dabei wunderte ich mich nicht wenig, daß er so genau die Summe erraten hatte. Auch entsann ich mich dessen, was mein Vater von seinen eigenen Angelegenheiten gesprochen und wie er mir mitgeteilt, daß er nichts für seine Kinder erspart habe; ich wünschte mir daher Glück, jetzt, falls meinem Vater ein Unglück zustoßen sollte, imstande zu sein, meine liebe Schwester Ellen unterstützen zu können. Da wurde meines Namens ein zweites Mal gedacht. Die Rede war von einem spätern Kodizill, das sich erst von einer Woche her datierte und in welchem mein Großvater, nicht zufrieden mit meinem Benehmen, die erstere Verfügung widerrief und mir nichts hinterließ. Ich wußte wohl, woher dieser Schlag kam, und sah meinem Onkel ins Gesicht. Ein Strahl boshafter Freude leuchtete aus seinen Augen, die er auf mich geheftet hielt, um zu sehen, wie ich die Nachricht aufnehme. Ich erwiderte seinen Blick mit einem Lächeln der Verachtung und sah dann auf meinen Vater, der sich sehr unglücklich zu fühlen schien. Sein Kopf war auf die Brust herabgesunken und seine Hände verklammerten sich. Obgleich auch ich mich erschüttert fühlte, denn ich wußte, wie sehr wir das Geld benötigten, war ich doch zu stolz, um es mir anmerken zu lassen. In der That hätte ich nicht um die Welt meine Stellung, geschweige denn meine Empfindungen mit denen meines Onkels tauschen mögen; denn wenn man zusammenkommt, um die letzte Willensverfügung eines Menschen zu vernehmen, der vor den Richterstuhl des Ewigen abgerufen wurde, so sollten wohl die vergänglichen Erdendinge, welche er zurücklassen mußte, wenigstens für den Augenblick nicht Haß oder bösen Willen wecken, sondern den Gefühlen der Liebe und Nachsicht gegen das Andenken eines »hingeschiedenen Bruders« Raum geben. Ein kurzes Nachdenken reichte hin, um mich in eine Stimmung zu versetzen, daß ich auch meinem Onkel hätte verzeihen können.

Nicht so verhielt sich's mit meinem Vater. Das Kodizill, welches mich meiner Erbschaft beraubte, war das letzte im Testament. Der Advokat rollte das Pergament zusammen und nahm seine Brille ab. Alle Anwesenden erhoben sich. Mein Vater ergriff seinen Hut und befahl mir in barschem Tone, ihm zu folgen; zuvor aber riß er den Trauerflor ab und warf ihn auf den Boden. Auch ich steckte den meinigen los, legte ihn auf den Tisch und ging ihm nach. Mein Vater rief seinen Wagen, wartete in der Halle, bis er vorfuhr, und sprang hinein. Ich stieg nach, worauf er die Blende herunterließ und einen Befehl erteilte, nach Hause zu fahren.

»Nicht ein Sechspencestück! Beim allerheiligsten Gott, nicht ein Sechspencestück! Mein Name nicht einmal erwähnt! Und der Deinige – sage einmal, Mensch, was hast Du getrieben, die gute Meinung Deines Großvaters zu verscherzen, nachdem er Dir eine solche Summe hinterlassen hatte? He, Bursche, willst Du augenblicklich sprechen?« fuhr er fort, sich wütend gegen mich umwendend.

»Nichts, mein lieber Vater, was ich mir zum Vorwurf machen könnte. Mein Onkel ist augenscheinlich mein Feind!«

»Und warum sollte er vorzugsweise Dein Feind sein? Peter, es muß irgendein Grund vorhanden sein, der Deinen Großvater veranlassen konnte, seine Verfügung zu Deinen Ungunsten abzuändern. Ich bestehe darauf, daß Du mir's augenblicklich mitteilst.«

»Mein lieber Vater, wenn Sie ruhiger sind, will ich über die Sache mit Ihnen sprechen. Ich hoffe, Sie betrachten es nicht als Mangel an Achtung, wenn ich sage, daß Sie, als ein Geistlicher der Kirche von England« –

»Zum Teufel mit der Kirche von England und all denjenigen, die mich bei ihr untergebracht haben!« entgegnete mein Vater in tobendem Zorne.

Ich fühlte meinen Atem benommen und schwieg. Auch mein Vater schien über seine vorschnelle Äußerung verwirrt zu sein. Er sank in seinen Wagen zurück und bewahrte ein düsteres Schweigen, bis wir zu Hause anlangten. Sobald wir eintraten, eilte mein Vater nach seinem Zimmer, und ich begab mich zu Schwester Ellen, die sich in ihrem Schlafgemache befand. Ich teilte ihr alles Vorgefallene mit und beriet mich mit ihr, ob es passend sei, dem Vater die Gründe mitzuteilen, welche mir die außerordentliche Abneigung meines Onkels zugezogen hatten. Nach langem Erwägen kam sie mit mir überein, daß die Enthüllung jetzt notwendig geworden sei.

Sobald nach dem Diner der Tisch abgeräumt war, verließ meine Schwester das Zimmer und ging nach dem ihrigen, worauf ich meinem Vater die Umstände eröffnete, die hinsichtlich des Onkels Haushalt in Irland zu unserer Kenntnis gekommen waren. Er hörte mir sehr aufmerksam zu, nahm seine Schreibtafel heraus und machte seine Bemerkungen.

»Nun, Peter«, sagte er nach einer kurzen Pause, »ich sehe jetzt klar in der ganzen Sache und zweifle nicht, daß ein Kind unterschoben wurde, um Dich und mich unserer gerechten Erbansprüche an den Titel und die Güter zu berauben. Ich will indessen gleich ans Werk gehen und versuchen, ob ich dem Geheimnis nicht auf die Spur kommen kann. Unter Kapitän O'Briens und Pater M'Graths Beihilfe sollte dies nicht ganz unmöglich sein.«

»O'Brien wird alles thun, was in seinen Kräften steht«, versetzte ich, »und ich hoffe bald von ihm zu hören. Er muß nun schon eine Woche in Irland sein.«

»Ich begebe mich selbst an Ort und Stelle«, entgegnete mein Vater, »und will alle Mittel aufbieten, um dieses schändliche Komplott zu enthüllen. Nein«, rief er, mit der Faust auf den Tisch schlagend, daß zwei von den Weingläsern in Scherben zerbrachen, »kein Mittel will ich unversucht lassen.«

»Das heißt, mein lieber Vater«, erwiderte ich, »kein Mittel, das sich mit Ihrem Stande verträgt.«

»Ich sage Dir, kein Mittel, das von einem Menschen in Anwendung gebracht werden kann, wenn es gilt, Rechte wieder zu erringen, die ihm abgegaunert worden sind! Sprich mir nicht von standesgemäßen Mitteln, wenn ich Titel und Eigentum durch einen untergeschobenen Wechselbalg verlieren soll! Beim ewigen Gott, ich will der Hinterlist mit Hinterlist begegnen, falschen Eiden falsche Eide entgegensetzen, und im Notfalle Blut für Blut in die Wagschale legen! Mein Bruder hat alle Bande vernichtet und ich will mein Recht haben, selbst wenn ich ihm dafür eine Pistole ans Ohr setzen müßte.«

»Um Himmels willen, mein teurer Vater, seien Sie nicht so ungestüm; bedenken Sie doch Ihren Stand.«

»Wohl bedenke ich diesen«, versetzte er bitter, »und wie ich gegen meinen Willen zu demselben gezwungen wurde. Noch tönen mir die entsetzlichen, kalten Worte meines Vaters ins Ohr, als er zu mir sagte, ich habe die Wahl zwischen der Kirche oder dem Hungertode. Doch ich habe mich auf meine morgige Predigt vorzubereiten und kann nicht länger hier bleiben. Sage Ellen, sie solle mir etwas Thee schicken.«

Ich war zwar der Meinung, mein Vater befinde sich nicht in der geeignetsten Stimmung, um eine Predigt zu schreiben, behielt sie aber für mich. Meine Schwester kam herein, und wir sahen ihn erst am andern Morgen beim Frühstück wieder. Vorher aber erhielt ich noch einen Brief von O'Brien:

»Mein lieber Peter!

»Ich eilte nach Plymouth hinunter, hißte mein Wimpel, schaffte mir meine Burschen aus dem Seearsenale herbei und trug meinem ersten Leutnant auf, Ballast und Wasser einzunehmen. Dann brach ich nach Irland auf und wurde als Kapitän O'Brien von meiner Familie, die sich in den gedeihlichsten Umständen befindet, sehr gut aufgenommen. Mein Vater und meine Mutter sind, da nun meine zwei Schwestern so gute Partien gemacht haben, sehr glücklich, nur etwas vereinsamt, denn ich habe Dir, glaube ich, schon früher gesagt, daß es dem Himmel gefallen hat, alle meine Schwestern und Brüder zu sich zu nehmen, die beiden jetzt verheirateten und eine dritte ausgenommen, welche in ein Nonnenkloster ging, um Gott ihre Dienste zu weihen, nachdem sie die Pocken so übel zugerichtet hatten, daß keine Mannsperson mehr nach ihr sehen mochte. Solange sie beisammen waren, lamentierten meine Eltern ohne Unterlaß, daß man keines der Familienglieder aus dem Hause bringen könne, und nun alle auf die eine oder die andere Weise fort sind, ist wieder den lieben langen Tag das Gejammer, sie seien jetzt so allein und niemand da, um ihnen Gesellschaft zu leisten, als Pater M'Grath und die Schweine. Nie kann man's uns in dieser Welt recht machen, das ist gewiß. Hat man's in jedem Betracht gut, so ist einem doch nicht wohl dabei. Und erreicht man seine Wünsche, so möchte man alles wieder haben wie es vorher war, aber, wie der alte Maddocks zu sagen pflegte, bei einigen Leuten ist ein gutes Brummen besser als ein schlechtes Essen, und so finden eben jetzt Papa und Mama gleichfalls ihr einziges Vergnügen darin zu murren; wenn sie's glücklich macht, so müssen sie die ganze Zeit über sehr glücklich sein, denn sie lassen keinen Augenblick davon ab, vom Morgen bis in die Nacht.

»Mein erster Schritt bestand darin, daß ich nach Pater M'Grath schickte, der nicht mehr so häufig im Hause ist – vermutlich, weil er's nicht mehr ganz so gemütlich findet, als es sonst war. Er sagte mir, er habe Pater O'Toole getroffen und einen kleinen Wortwechsel mit demselben gehabt, der mit ein bißchen Balgerei endete; er hatte Pater O'Toole tüchtige Maulschellen gegeben, ihm den Rock vom Leibe gerissen und in Stücke zerfetzt; darauf sei Pater O'Toole bei dem Bischof klagbar geworden, und dies sei der gegenwärtige Stand der Sache. ›Aber‹, sagte er, ›der Schnapphahn hat die Gegend verlassen, und was noch mehr ist, Ella samt ihrer Mutter mitgenommen. Das Schlimmste dabei ist, daß niemand auffinden kann, wo sie hingezogen, aber man glaubt, sie seien alle über's Wasser geschickt worden.‹ Du siehst also, Peter, in einem Punkte ist es ein schlimmes Geschäft; man hat nämlich keine Aussicht, die Wahrheit aus dem alten Weibe heraus zu kriegen, denn wer will ihr folgen, da wir Krieg mit Frankreich haben? Andererseits ist die Neuigkeit nicht übel, denn sie hindert mich, das arme junge Mädchen wieder zu verlocken und sie etwas glauben zu machen, was nie geschehen wird. In diesem Betracht bin ich recht froh, denn Pater M'Grath erfuhr von ihrer Umgebung, daß sie zwei Tage vor ihrer Abreise in einem fort weinte und stöhnte, trotz der Scheltworte ihrer Mutter und der Drohungen jenes schuftigen O'Toole. Ich meine, alle unsere Hoffnungen beruhen jetzt darauf, daß wir den Soldaten und sein Weib, die Säugamme, auffinden, die nach Indien geschickt wurden – ohne Zweifel in der Hoffnung, das Klima und das Fieber möchten ihnen den Garaus machen. Dein Onkel ist ein großer Halunke – jedes Haar an ihm. In drei Tagen breche ich von hier auf, und Du wirst in Plymouth mit mir zusammentreffen.

»Empfiehl mich Deinem Vater, namentlich aber Deiner Schwester, die alle Heiligen bewahren mögen! Gott segne sie für immer und ewig. Amen.

Stets Dein
Terence O'Brien.«

Sobald mein Vater aus seinem Zimmer kam, überreichte ich ihm diesen Brief.

»Es ist ein tief angelegtes Komplott«, sagte er, »und ich denke, wir müssen alsbald thun, was O'Brien anrät, nämlich in der Armee nachforschen, die nach Indien geschickt wurde. Kennst Du das Regiment, zu welchem ihr Gatte gehört?«

»Ja«, versetzte ich, »es ist das dreiunddreißigste, und dies segelte vor ungefähr drei Monaten nach Indien.«

»Du sagtest, glaube ich, sie heiße O'Sullivan?« entgegnete er, seine Schreibtafel herausziehend. »Gut; ich will augenblicklich an Kapitän Fielding schreiben und ihn bitten, die umständlichsten Erkundigungen einzuziehen. Auch Deiner Schwester Lucy will ich Nachricht geben, denn Frauen sind in derartigen Angelegenheiten viel scharfsinniger als Männer. Ist das Regiment nach Ceylon beordert, umso besser – wo nicht, so muß er Urlaub nehmen, um seine Nachforschungen zu verfolgen. Wenn dies geschehen ist, gehe ich nach Irland und versuche, ob wir die übrigen Beteiligten aufzuspüren imstande sind.«

Mein Vater verließ sodann das Zimmer und ich schickte mich mit Ellen an, Vorbereitungen für meine Abreise nach Plymouth zu treffen. Meine Ernennung war mir brieflich gemeldet worden, und ich hatte schriftlich gebeten, man möchte meine Bestallung an den Sheriff nach Plymouth schicken, damit mir eine nutzlose Reise nach London erspart würde. Am andern Morgen trennte ich mich von meinen Angehörigen und gelangte ohne weiteres Abenteuer nach Plymouth-Dock, wo ich mit O'Brien zusammentraf. Noch am selbigen Tage meldete ich mich bei dem Admiral und begab mich auf meine Brigg. Von der Brigg zurückkehrend, ging ich Fore Street hinauf und bemerkte einen schönen, kräftigen Seemann, dessen Rücken mir zugekehrt war; er las den an allen Ecken verbreiteten Anschlagzettel, daß die ›Klapperschlange‹, Kapitän O'Brien, welche nach der Westindien-Station bestimmt sei, wo es so viele Dublonen gebe, daß man die Dollars bloß als Ballast benütze, noch einige tüchtige Matrosen brauche. Man hätte sagen dürfen, viele, denn wir hatten kein halb Dutzend Leute in die Liste eingetragen und mußten alles nötige mit den Marinesoldaten und den Arsenalarbeitern beschicken; indessen ist's in dieser Welt nicht üblich, seine Armut zu zeigen, handle es sich um Geld oder Matrosen. Ich machte Halt und hörte ihn sagen: »Jawohl, Dublonen, das zieht nicht. Ich habe lange genug in Westindien gedient, um mich zum Narren halten zu lassen. Möchte doch übrigens wissen, ob Kapitän O'Brien der nämliche ist, der zweiter Leutnant auf dem ›Sanglier‹ war. In diesem Falle machte ich mir nichts daraus, einen Zug mit ihm zu versuchen.« Ich meinte die Stimme zu erkennen und klopfte den Mann auf die Schulter; als er sich umwandte, fand ich, daß es Swinburne war.

»Wie, Swinburne?« rief ich, denn ich war hocherfreut, ihn zu sehen. »Sie sind's?«

»Ei, Herr Simpel! Nun, da werd' ich wohl recht haben, daß Herr O'Brien dieses Fahrzeug kommandiert. Sie wissen, wo man den Pilotfisch trifft, ist auch der Hai nicht weit.«

»Allerdings haben Sie recht, Swinburne«, entgegnete ich, »nur darin nicht, daß Sie Kapitän O'Brien einen Haifisch nennen. Das ist er nicht.«

»Nein, das will ich nicht sagen; er ist's höchstens in einer Weise — ich meine nämlich, daß ich von ihm erwarte, er werde bald den Franzosen die Zähne weisen. Aber ich bitte um Pardon —« damit nahm Swinburne seinen Hut ab.

»Oh, ich verstehe; Sie haben vorhin nicht bemerkt, daß ich Epauletten aufgesetzt habe. Ja, ich bin Leutnant auf der ›Klapperschlange‹, Swinburne, und hoffe, Sie werden mit uns ziehen.«

»Da ist meine Hand darauf, Herr Simpel«, sagte er, seine breite Hand in die meinige schlagend, daß sie prickelte und brannte. »Ich bin zufrieden, wenn ich weiß, daß der Kapitän ein guter Offizier ist; wenn man aber gar ihrer zwei hat, so darf man sich glücklich schätzen. Ich will jetzt ein Boot nehmen und meinen Namen in die Bücher eintragen lassen, dann aber an Land gehen, um mein Geld vollends zu verthun, und versuchen, ob ich nicht etliche Freiwillige auflesen kann, da ich weiß, wo sich die Burschen versteckt halten. Habe mir diesen Morgen das Fahrzeug betrachtet und eine Zuneigung dazu gefaßt. Es hat einen verteufelt hübschen Schnitt, aber ich hoffe, Kapitän O'Brien wird den Geigenbogenklüver abnehmen und einen geschnitzten aufsetzen lassen; ich habe nie ein Schiff mit einem Geigenbogenklüver viel ausrichten sehen.«

»Ich glaube fast, Kapitän O'Brien hat sich deshalb bereits an die Kommission gewendet«, versetzte ich; »auf alle Fälle aber wird es nicht schwer sein, wenn wir selbst die Änderung vornehmen.«

»Natürlich nicht«, entgegnete Swinburne. »Eine Rolle vierzölliges wird den Leib der Schlange machen; ich kann den Kopf schnitzen, und was die Klapper betrifft – hole mich dieser und jener, wenn ich nicht heute Nacht noch einem dieser bettelhaften Nachtwächter die seinige stehle. Nun, Gott befohlen, Herr Simpel, bis wir uns wiedersehen.«

Swinburne hielt Wort; er kam denselbigen Nachmittag aufs Schiff und brachte am andern Tage sechs gute Matrosen mit, die sich durch seine Vorstellungen für die Brigg hatten anwerben lassen.

»Sagen Sie zu Kapitän O'Brien«, bemerkte er gegen mich, »er solle sich mit der Bemannung des Schiffes nicht zu sehr beeilen; ich weiß, wo Leute in Hülle und Fülle zu haben sind, will aber zuvor den gütlichen Weg versuchen.

Er hielt Wort und brachte uns fast jeden Tag einen neuen Matrosen; die von ihm Angeworbenen waren lauter gute, tüchtige Seeleute. Auch andere Freiwillige fanden sich ein, und wir hatten bald über die Hälfte Bemannung. Da wir jetzt fahrtfertig waren, so erteilte der Admiral die Erlaubnis zu einem Preßgange.

»Herr Simpel«, sagte Swinburne, »ich habe alles aufgeboten, ein Häuflein tüchtiger Burschen zum Eintritt zu bewegen, aber sie mochten nicht. Nun habe ich mir aber vorgenommen, daß meine Brigg gut bemannt sein soll, und wenn die Halunken nicht wissen, was für sie gut ist, so weiß ich's und bin daher entschlossen, sie alle mit Mann und Maus abzufangen.«

Dieselbige Nacht musterten wir alle von Swinburne beigebrachten Leute und begaben uns an Land nach dem Hause eines ihnen bekannten Matrosenmaklers. Wir ließen die Wohnung von unseren in blaue Jacken gesteckten Marinesoldaten umzingeln, und hoben dreiundzwanzig tüchtige Matrosen auf, welche beinahe unsere Zahl voll machten. Die noch fehlende Mannschaft ergänzten wir von dem Admiralsschiff, und ich glaubte nicht, daß je ein Fahrzeug, welches Plymouth verließ und im Sunde ankerte, besser bemannt war als die ›Klapperschlange‹.

O'Brien war bei denjenigen, welche mit ihm segelten, allgemein beliebt, und Swinburne, der ihn gut kannte, überredete viele oder zwang sie, sich ihm anzuschließen, mochte es ihnen nun gefallen oder nicht. In der Folge gefiel's ihnen übrigens wohl an Bord, und wir hatten durchaus keine Deserteure, mit Ausnahme einiger, die von dem Flaggschiffe bezogen worden waren. Überhaupt wünschten wir auch derartige Leute nicht zu behalten, und die erledigten Stellen wurden bald mit besseren Leuten ausgefüllt.

Zweites Kapitel

Wir segeln nach Westindien. Ein Freiwilliger wird zurückgewiesen und an Land gesetzt, aus Gründen, welche dieses Kapitel dem Leser zur Genüge auseinandersetzen wird.

Wir freuten uns sehr, als der Hafenmeister an Bord kam, um uns in den Sund zu bringen, noch mehr aber, als wir bemerkten, daß die Brigg, welche unmittelbar vor O'Brien's Anstellung vom Stapel gelassen worden, sich beim Auslaufen als ein schneller Segler erwies. Auch auf hoher See behauptete sie diesen Ruf, denn sie segelte wunderbar, stach jedes Fahrzeug aus und überholte in sehr kurzer Frist jeden jagdbaren Gegenstand; dabei ließ sie sich wie von Zaubergewalt gegen den Wind drehen und im Nu wenden. Nachdem wir drei Tage im Sund gelegen, wurde die Mannschaft ausbezahlt und wir erhielten Ordre, sobald die nächste Abendpost angelangt sei, mit Depeschen nach Jamaika zu segeln. Wir brachen mit schönem Winde auf und hatten den Kanal bald im Rücken. Unsere ganze Zeit wurde nun durch Einübung unserer neuen Matrosen in Anspruch genommen, die den Dienst am Geschütze lernen und an strenge Ordnung gewöhnt werden mußten. Auch herrschte, als wir den Wendekreis erreichten, bereits die schönste Zucht auf dem Schiffe. Der erste Leutnant war ein etwas eigener Charakter; sein Bruder war ein reicher Fuchsjäger, und dem Beispiele desselben zufolge hegte er eine große Vorliebe für die Belustigungen derartiger Herren. Er kannte die gewinnenden Rennpferde zu Derby und Oaks von zwanzig Jahren her, war in alle Boxergeheimnisse eingeweiht, führte eine gute Büchse und hatte seinen Hühnerhund mit an Bord. Auch war er ein großer Stutzer, trug sogar im Dienste Handschuhe, hatte eine schöne Haltung und galt für einen gar nicht üblen Seemann; das heißt, er kannte den Dienst hinreichend, um seine Obliegenheiten gut zu verrichten, auch schoß er sich mit jedem Tage besser ein, da er als erster Leutnant thätig sein mußte und auch seiner Stellung keine Unehre machen wollte. Nie traf ich einen angenehmeren Tischgefährten oder einen ehrenhafteren Mann.

Einer Brigg stehen nur zwei Leutnants zu. Der Meister war zwar ein etwas rauher junger Mann, dabei aber wohlwollend, einsichtsvoll und stets guter Laune. Der Wundarzt und der Zahlmeister vervollständigten unsere Tischgesellschaft. Von diesen läßt sich nicht viel sagen — höchstens, daß der erste zu viel Höfling, der andere zu sehr Geizhals war. Indes sind Zahlmeister in der Regel Personen, gegen die mehr gesündigt wird als sie selbst sündigen.

Während ich übrigens von der Brigg und ihren Offizieren spreche, habe ich fast vergessen, eines Umstandes zu erwähnen, der sich zwei Tage vor unserer Abfahrt zutrug. Ich war mit O'Brien in der Kajüte, als Herr Osbaldistone, der erste Leutnant, hereinkam und die Meldung machte, daß ein junger Mensch an Bord gekommen sei, um als Freiwilliger einzutreten.

»Was ist's für ein Schlag?« fragte O'Brien.

»Ein recht hübscher Bursche, sehr schmächtig, Sir«, versetzte der erste Leutnant; »wir haben zwei freie Stellen.«

»Gut; sehen Sie, was Sie aus ihm machen können, und wenn Sie glauben, er lasse sich an, so können Sie ihn in die Bücher eintragen.«

»Ich habe ihn befragt, Sir. Er sagt, er sei eine kurze Zeit zur See gewesen. Ich hieß ihn das Haupttakelwerk hinaufsteigen, aber das schien ihm nicht sehr zu behagen.«

»Nun, thun Sie, wie Ihnen gutdünkt, Osbaldistone«, versetzte der Kapitän. Darauf verließ der erste Leutnant die Kajüte und kehrte nach ungefähr einer Viertelstunde wieder zurück.

»Mit Erlaubnis, Sir«, sagte er lachend, »ich sandte den Jungen zu dem Wundarzt hinunter, der ihn untersuchen sollte, und da weigerte er sich, seine Kleider auszuziehen; der Wundarzt sagt, er meine, es sei eine Weibsperson. Ich nahm sie dann auf das Halbdeck, aber sie wollte auf keine meiner Fragen antworten und verlangte mit Ihnen zu sprechen.«

»Mit mir?« rief O'Brien überrascht. »Oh, vermutlich die Frau eines der Matrosen, die versucht, ob sie nicht verstohlenerweise die Fahrt mitmachen kann. Wohlan, schicken Sie sie herunter, Osbaldistone, und ich will ihr beweisen, wie moralisch unmöglich es ist, daß sie auf Seiner Majestät Brigg ›Klapperschlange‹ mitsegelt.«

Nach einigen Minuten schickte sie der erste Leutnant nach der Kajüte herunter. Bei ihrem Eintritt wollte ich mich entfernen, aber O'Brien hieß mich bleiben.

»Du darfst nicht fort, Peter«, sagte er lachend; »meine Reputation steht auf dem Spiele, wenn ich allein bleibe.«

Die Schildwache öffnete die Thür. Mochte es nun ein Mädchen oder ein Knabe sein, ein ansprechenderes Gesicht habe ich nie gesehen. Das Haar war dicht abgeschnitten, wie bei einem Jungen, und ich konnte nicht sagen, ob der Argwohn des Wundarztes richtig war.

»Ihr wünscht mich zu sprechen? – heiliger Patrick!« rief O'Brien, ihr betroffen ins Gesicht sehend. Dann bedeckte er sein Gesicht, beugte sich über den Tisch und rief aus: »Mein Gott, mein Gott!«

Inzwischen wurde die junge Person abwechselnd totenblaß und glühend rot. Ich sah, daß sie am ganzen Leibe zitterte und ihre Knie zusammenschlugen; hätte ich nicht geeilt, so wäre sie auf das Deck niedergesunken – es war wirklich ein Frauenzimmer.

Ich bemerkte, daß sie ohnmächtig geworden war, und legte sie auf den Boden, um etwas Wasser zu holen. O'Brien trat auf sie zu.

»Mein armes, armes Mädchen«, sagte er bekümmert. »O

Peter, das ist ganz Deine Schuld.«

»Meine Schuld? Wie mag sie hierhergekommen sein?«

»Bei allen Heiligen, die für uns bitten – so lieb mir auch mein Schiff und meine Bestallung ist, wollte ich doch mit Freuden alles aufgeben, wenn ich dies ungeschehen machen könnte.«

Da O'Brien über sie niedergebeugt war, rannen die Thränen seiner Augen auf ihr Gesicht nieder, während ich sie zu gleicher Zeit mit Wasser besprengte. Ich dachte mir wohl, wer sie sein mochte, obschon ich sie nie gesehen hatte. Es war das Mädchen, welcher O'Brien Liebe geheuchelt hatte, um ihr das Geheimnis von der Unterschiebung des Kindes meines Onkels zu entlocken, und als ich die Szene mit ansah, konnte ich nicht umhin, mir zu sagen: »Wer will nun behaupten, daß der Zweck die Mittel heiligt?« Das arme Mädchen gab wieder einige Lebenszeichen von sich, und O'Brien winkte mir mit der Hand zu, indem er sagte:

»Verlaß uns, Peter, und sieh zu, daß niemand hereinkommt.«

Ich blieb beinahe eine Stunde neben der Schildwache vor der Kajütenthür stehen und wies viele zurück, welche eintreten wollten. Endlich öffnete O'Brien die Thür und bat mich, sein Beischiff bemannen zu lassen und dann hereinzukommen. Das arme Mädchen hatte augenscheinlich bitterlich geweint, und O'Brien war sehr ergriffen.

»Es ist alles in Ordnung, Peter. Du mußt mit ihr ans Land gehen und darfst sie nicht verlassen, bis Du sie wohlbehalten auf der Abendpostkutsche untergebracht hast. Erweise mir diesen Gefallen – ja, Du hast sogar die Verpflichtung dazu, denn Du bist teilweise die Veranlassung.«

Ich drückte O'Brien's Hand und gab keine Antwort. Das Boot wurde bereit gemeldet, und das Mädchen folgte mir mit festem Schritte. Ohne eine Frage an sie zu stellen, brachte ich sie ans Ufer, sorgte für ihr Unterkommen auf der Postkutsche und kehrte dann an Bord zurück.

»Komme an Bord, Sir«, sagte ich, mit dem Hute in der Hand eintretend und mich nach dem Dienstreglement meldend.

»Danke Dir«, versetzte O'Brien; »schließe die Thür, Peter. Sage mir, wie sie sich benahm – was sie gesprochen.«

»Sie sprach nichts; auch stellte ich keine Frage an sie. Sie schien sich willig in Deine Vorschriften zu fügen.«

»Setze Dich, Peter. In meinem ganzen Leben fühlte ich mich nie so unglücklich, und ich habe einen Abscheu vor mir selber. Es ist mir, als könnte ich nie wieder froh werden. Den Seemann bringt seine Lebensweise nur mit dem schlechtesten Teil des weiblichen Geschlechts in Berührung, und der wahre Wert des besseren bleibt uns unbekannt. Ich ließ mir nicht träumen, als ich diesem armen Mädchen Unsinn vorschwatzte, daß ich eines der liebevollsten Herzen brach – daß ich das Glück eines Wesens zum Opfer brachte, welches mit Freuden sein Leben für mich hingegeben hätte. Seit Du fort gewesen bist, habe ich wohl zwanzigmal in den Spiegel geblickt, nur um mich zu überzeugen, ob ich nicht wie ein Spitzbube aussehe. Aber bei dem Blute des heiligen Patrick, ich meinte, Weiberliebe sei just wie die unsrige, und eine dreimonatliche Kreuzfahrt könne alles wieder zurechtsetzen.«

»Ich glaubte, sie sei nach Frankreich gegangen.«

»Ich gleichfalls; aber nun hat sie mir die ganze Geschichte erzählt. Pater O'Toole und ihre Mutter brachten sie in der Nähe von hier an die Küste, um sie in einem Schmugglerboote nach Dieppe zu schaffen. Als das Boot nachts an Land kam, um sie einzunehmen, gingen die Mutter und der schurkische Pfaffe an Bord; sie meinte die ganze Welt zu verlieren, wenn sie dem Lande den Rücken kehrte, in welchem ich weilte, und dies hielt sie festgebannt. Die Zollwächter kamen herunter; es wurden einige Pistolen abgefeuert und das Boot fuhr ohne sie ab, so daß sie mit dem gemeinschaftlichen Gepäcke am Ufer blieb. Die Zollwächter führten sie nach der nächsten Stadt, wo sie ein Verhör bestehen mußte und dann wieder entlassen wurde. In Pater O'Tooles Gepäck fanden sie Briefe, welche sie las und daraus entnahm, daß sie und ihre Mutter zu Dieppe in einem Kloster hatten untergebracht werden sollen. Das Kloster war in den Briefen genannt – sie sollen wichtig sein, sagte sie, aber ich habe noch nicht den Mut gehabt, sie zu lesen. Sie ging sodann zu den Leuten, von deren Hause aus sie sich eingeschifft hatte, und bat dieselben, das Gepäck und einen Brief an ihre Mutter zu besorgen; sie schickte alles ab, nur die Briefe nicht, die sie für mich behielt. Sie hat seither ein Schreiben von ihrer Mutter erhalten, worin ihr diese meldet, sie sei wohlbehalten im Kloster angekommen, und die Aufforderung beifügt, sie solle möglichst bald nachkommen. Die Mutter legte eine Woche nach ihrer Ankunft das Gelübde ab, und wir wissen also, wo wir sie zu finden haben, Peter.«

»Und wo will das arme Mädchen jetzt ihren Aufenthalt nehmen, O'Brien?«

»Das ist gerade das Schlimmste an der Sache. Es scheint, sie hoffte, nicht vor unserer Abfahrt entdeckt zu werden, und dann wollte sich das arme Ding zu meinen Füßen legen und über mich wachen während der Stürme. Ich bedeutete ihr jedoch, daß dies nicht angehe und daß man mir nicht gestatten würde, sie zu heiraten. O Peter, das ist eine sehr traurige Angelegenheit«, fuhr O'Brien fort, indem er mit der Hand über die Augen fuhr.

»Aber O'Brien, was soll nun aus dem armen Mädchen werden?«

»Sie geht zu meinen Eltern in der Hoffnung, ich werde eines Tages zurückkehren und sie heiraten. An Pater M'Grath habe ich geschrieben, er solle sehen, was zu thun sei.«

»Du hast sie also nicht enttäuscht?«

»Pater M'Grath muß das thun – ich wäre außerstande dazu – es würde ihr den Tod gebracht haben – es wäre ein Dolchstoß für ihr Herz gewesen, und ich hätte ihn nicht zu führen vermocht. Lieber wäre ich gestorben oder hätte sie geheiratet, als dies gethan, Peter. Vielleicht trägt sie's besser, wenn ich weit weg bin. Pater M'Grath wird's schon einleiten.«

»O'Brien, dieser Pater M'Grath gefällt mir gar nicht.«

»Du magst recht haben, Peter; mir gefällt auch nicht gerade alles, was er sagt, aber was kann ein Mensch thun? – Ist man Katholik, so muß man glauben als Katholik oder man ist nichts. Soll ich meine Religion verlassen, da sie verfolgt wird? Nie, Peter; ich hoffe nicht – wenigstens müßte ich dann eine finden, die viel besser wäre. Indes, leider muß ich gestehen, daß dieser Rat meines Beichtvaters im Widerspruch mit meinem Gewissen steht. Pater M'Grath ist zwar ein weltlicher Mann, doch beweist dies bloß sein eigenes Unrecht und nicht das unserer Religion.«

Ich schwieg. Da indes die arme Ella Flannagan nicht mehr zum Vorschein kommen wird, so will ich hier ihre Geschichte zu Ende bringen. Ungefähr drei Monate nachher erhielten wir einen Brief von Pater M'Grath, worin er anmeldete, das Mädchen sei wohlbehalten angelangt und komme den alten O'Brien's sehr zu statten, welche sie bei sich zu behalten wünschen; ferner habe er ihr gesagt, wenn einer eine Kapitänsanstellung erhalte, so sei das ebensoviel, wie wenn er als Mönch in ein Kloster ginge und könne daher nie heiraten. Das arme Mädchen schenkte ihm Glauben, und da sie O'Brien auf immer für sich verloren hielt, so ging sie auf Pater M'Graths Rat in eines der irländischen Klöster, um, wie sie sagte, Tag und Nacht für ihn beten zu können. Viele Jahre nachher hörten wir von ihr, sie sei wohl und fühle sich nicht unglücklich, aber O'Brien konnte sich sein Benehmen gegen das arme Kind nie verzeihen. Es wurde für ihn eine Quelle unablässiger Gewissensbisse, und ich glaube, es hat ihm's bis ans Ende seines Lebens angethan.

Ich muß jedoch diesen betrübenden Gegenstand verlassen und zu der ›Klapperschlange‹ zurückkehren, welche nun in Westindien angelangt ist und sich bei Jamaika dem Admiral angeschlossen hat.

Drittes Kapitel

Schilderung der Küste von Martinique. — Fürs Hineinsehen Kopfnüsse. — Es ist kein Heldenmut, wenn man sich selbst zur Zielscheibe macht. — Wir entern eine Miniatur-Noahs-Arche unter Yankeefarben. — Wegnahme eines französischen Sklavenhändlers. — Papageiensuppe als Surrogat für Schildkröten.

Zu Barbados fanden wir Befehl, auf der Höhe von Martinique zu kreuzen und die Zufuhren für die Garnison der Insel abzuschneiden; wir brachen deshalb ohne Verzug dahin auf. Ich kann mir nichts Lieblicheres denken, als an der Ostseite dieser schönen Insel hinzusegeln. Die Hügelreihen laufen bis an den Saum des Meeres hin, sind mit dem frischesten Grün bedeckt und spalten sich an der Basis in kleine Buchten mit blendend weißem Sandgestade, wo die kleinen Küstenschiffe, welche von den benachbarten Ländereien den Zucker fortschafften, vor Anker lagen. Jeder gegen das Meer abstürzende Berg war mit einer Festung gekrönt, auf welcher die Trikolore flatterte — dem Aussehen nach gewiß eine der kriegerischsten Flaggen in der Welt. Am dritten Morgen umschifften wir den Diamantfels und kreuzten an der Leeseite der Insel vor der Ausmündung der Fort-Royal-Bai; dabei gerieten wir an dem östlichen mit Buschwerk verdeckten Eingange, der durch das Vorgebirge Salomonsspitze gebildet wurde, in die etwas mißliebige Nähe einer neu errichteten Batterie. Eine Rauchsäule fegte über das blaue Wasser hin, und dann folgte das Zischen einer Kugel, die durch unser großes Segel fuhr, zuerst aber den Verklicker dicht neben dem Kopfe des alten Swinburne abriß, der auf der Karronade stand. Ich speiste eben mit O'Brien und dem ersten Leutnant in der Kajüte.

»Wo zum Henker haben sie jetzt die Brigg getroffen?«, sagte O'Brien, indem er aufstand und auf Deck ging. Wir beide folgten, aber ehe wir auf dem Decke anlangten, waren drei oder vier weitere Kugeln zwischen den Masten durchgefahren.

»Mit Verlaub, Sir«, sagte der Schiffsmeistersmaat, der O'Farrell hieß und das Deck zu beaufsichtigen hatte, »die Batterie hat ihr Feuer gegen uns eröffnet.«

»Danke sehr für die Nachricht, Meister O'Farrell«, versetzte O'Brien, »aber die Franzosen haben dies vor Ihnen berichtet. Darf ich fragen, ob Sie eine besondere Vorliebe haben, sich zu einer Zielscheibe zu machen, oder ob Sie glauben, Seiner Majestät Brigg ›Klapperschlange‹ sei hierher geschickt worden, um sich für nichts und wieder nichts durchlöchern zu lassen? Steuerbord das Ruder, Quartiermeister.«

Der Kurs wurde geändert und die Brigg befand sich bald außer Schußweite; indes erhielten wir doch noch einige Kugeln, von welchen eine das Fockstengenstag abriß.

»Nun, Herr O'Farrell«, fuhr O'Brien fort, »möchte ich Ihnen nur bemerklich machen, daß hoffentlich weder ich noch irgend jemand auf diesem Schiffe sich nur einen Deut um das Zischen einiger Kugeln kümmert, wenn etwas für uns selbst oder für das Vaterland dadurch zu gewinnen ist; aber es liegt mir viel daran, die Gliedmaßen meiner Leute und noch mehr ihr Leben zu erhalten, wenn kein Grund vorhanden ist, es zu gefährden. Merken Sie sich daher in Zukunft: es ist keine Schande, einer Batterie aus dem Wege zu gehen, wenn der Vorteil rein auf ihrer Seite ist. Ich habe stets beobachtet, daß Schüsse aufs Geratewohl gerade die besten Leute auswählen. Lassen Sie das Hauptsegel nieder und schicken Sie den Segelmacher nach hinten, damit er es ausbessere.«

O'Brien kehrte nach der Kajüte zurück, und ich blieb auf

dem Deck, da die Nachmittagswache an mir war und ich nicht wieder hinuntergehen wollte, obschon O'Farrell den Auftrag hatte, meine Stelle zu versehen. Wir hatten nun die Bay vom Fort Royal offen vor uns und genossen einen wunderschönen Anblick. Swinburne war noch auf der Karronade, und weil ich wußte, daß er früher schon in dieser Gegend gewesen, ließ ich mir von ihm Auskunft über die Örtlichkeiten erteilen. Er nannte mir die Namen der Batterien über der Stadt und zeigte mir Fort Edward, die Negerspitze und namentlich die Taubeninsel mit ihrer Batterie, die sich auf der Bergspitze wie eine Mauerkrone ausnahm.

»Diesen Platz will ich nicht sogleich vergessen, Herr Simpel«, sagte er. »Das letzte Mal war ich anno vierundneunzig hier. Die Soldaten haben ihn einen ganzen Monat lang belagert und waren schon im Begriffe abzuziehen, weil sie kein Geschütz auf jenen Hügel dort bringen konnten. Da sagte der selige Kapitän Faulkner: ›'s gibt manchen hellen Kopf unter einem Südwester, und jeder soll fünf Dublonen haben, der einen Zwanzigpfünder auf die Spitze des Berges bringt.‹ Das war keine so leichte Sache, wie Sie von hier aus bemerken können.«

»In der That, es scheint mir fast eine Unmöglichkeit zu sein, Swinburne«, versetzte ich.

»So ging's auch den meisten von uns, Herr Simpel; aber da war ein gewisser Dick Smith, der Maat eines Transportschiffes, der ans Ufer gekommen war, und der trat heraus und sagte: Ich habe zugesehen, wie Ihre Leute dieses Geschütz behandeln, und meine Meinung ist, wenn man ein Faß nimmt, eine Karronade hineinsteckt und die Lücken mit alten Binsen und Werg ausstopft, so wird sich's bis auf die Spitze hinaufschroten lassen.‹ Da zieht denn Kapitän Faulkner fünf Dublonen heraus, gibt sie ihm und sagt: ›Ihr verdient das Geld für den Wink, selbst wenn es nicht gelingt.‹ Aber es machte sich, Herr Simpel, und am anderen Tag eröffneten wir, sehr zu ihrer Überraschung, ein Feuer auf die bettelhaften Franzosen, und legten ihnen für ihr Bramarbasieren bald das Handwerk. Einer der französischen Offiziere, der nachher in unsere Gefangenschaft geriet, fragte mich, wie wir das Geschütz da hinaufgebracht hätten, aber ich wollte ihm den Pfiff nicht mitteilen, und so sagte ich ihm als großes Geheimnis, es sei vermittelst eines papiernen Drachens geschehen; darüber riß er Mund und Augen auf, rief ein ›Sacre bleu!‹ und ging hinweg, festen Glaubens, ich habe ihm die Wahrheit gesagt. Doch ist das nicht ein Segel da droben an der Spitze, Herr Simpel?«

Es war so, und ich erstattete O'Brien Bericht, worauf dieser heraufkam und wir die Jagd begannen. Eine halbe Stunde brachte uns an die Seite des fremden Schiffes, das jetzt die amerikanische Flagge hißte und sich als eine bis ans Schanddeck beladene Brigantine auswies, die kaum einen Fuß über Wasser ging. Von dem Verdecke an hingen bis zu halber Masthöhe Körbe mit Äpfeln, Kartoffeln, Zwiebeln und den verschiedenartigsten Nüssen. Auf dem Verdecke wimmelte es von Hornvieh, Schafen, Schweinen und Eseln. Der Raum war mit Schindeln, Stabholz und unterschiedlichen anderen Artikeln, zu zahlreich, um hier erwähnt werden zu können, angefüllt. Ich begab mich an Bord des Amerikaners und fragte den Schiffsmeister, wohin er fahre.

»Nun«, versetzte er, »ich suche einen Markt, wo es auch sein mag, und hoffe nicht, daß Sie mich aufhalten werden.«

»Wenn alles richtig ist, nein«, versetzte ich; »aber ich muß von Ihrem Logbuch Einsicht nehmen.«

»Nun, ich hab 'n Gedanken, daß da nicht viel einzuwenden ist«, entgegnete er und brachte das Verlangte aufs Deck. Ich hatte nicht viel Zeit zur Untersuchung, fand übrigens das Wenige, was ich las, belustigend genug; es lautete folgendermaßen: Sehr knapp an Wasser — den weißköpfigen Ochsen geschlachtet — einen Delphin gefangen und zum Mittagessen verspeist — Syrupfaß Nr. 1 angebrochen. Schöne Nacht — sah kleine, runde Dinger auf dem Wasser schwimmen — zog einen Eimer voll herauf — meinte, es wären Perlen — hab' aber unrecht geraten, denn 's waren nur kleine Quallen — warf sie wieder über Bord — hörte einen Schrei, meinte, es sei eine Meerjungfer — lugte aus und sah nichts. Bemerkte ein sonderbares Geplätscher vorn, vermutete, es möchte die Meerschlange sein — steuerte nach, um sie deutlicher zu sehen und rannte beinahe auf Barbuda. Drehte wieder — traf einen Engländer — wurde höflich behandelt.«

Nachdem ich sein Logbuch durchblättert, bat ich ihn, seine Mannschaft vor mir zu mustern, damit ich mich überzeugen könne, ob kein Engländer darunter sei. Dies war ihm nicht sehr genehm und er brummte viel; indes wurden sie auf dem Hinterraum versammelt. Einer darunter war meiner Überzeugung nach ein Engländer, und ich machte ihm dies bemerklich; aber sowohl der Mann als der Schiffer behaupteten das Gegenteil. Dessenungeachtet beschloß ich, ihn an Bord zu nehmen und die Entscheidung O'Brien anheimzustellen, weshalb ich ihm befahl, ins Boot zu steigen.

»Gut, wenn Sie Gewalt brauchen wollen, so kann ich's nicht ändern. Meine Decken sind, wie Sie sehen, nicht aufgeräumt, sonst – Ich will Ihnen was sagen, Herr Leutnant, wenn Sie echtblütige Yankees pressen werden, die Staaten sich einmischen, so gewiß als es in Virginien Schlangen gibt.«

Trotz dieser Vorstellung nahm ich sie mit an Bord, wo sie O'Brien sich in der Kajüte lange mit dem Amerikaner besprach. Als sie aufs Deck zurückkehrten, durfte er seinen Mann wieder mitnehmen, und wir gingen aufs neue unter Segel. Ich hatte die erste Nachtwache, und als wir an der Küste hinliefen, bemerkte ich unter dem Hochgestade ein Schiff in dem Zustande, welcher von den Matrosen mit dem Namen Doldrums belegt wird, das heißt, der leichte, wirbelnde, fast stille Wind ließ die Segel nach allen Richtungen hinflattern. Wir steuerten darauf zu, und als wir ihm auf eine Viertelmeile nahe kamen, befanden wir uns ganz in derselben Lage. Das Schanzboot wurde jetzt niedergelassen, und ich ruderte auf die Fremden zu, erhielt aber von O'Brien die Weisung, mich in acht zu nehmen und bei dem mindesten Anschein von Widerstand umzukehren, da das Fahrzeug groß war und ziemlich verdächtig aussah.

Als ich mich seinem Bug näherte, rief man mir auf Französisch zu, ich solle mich fernhalten oder man werde auf mich feuern. Dies war hinreichend. Dem erhaltenen Auftrag gemäß kehrte ich nach der Brigg zurück und erstattete O'Brien Bericht. Wir ließen dann alle Boote nieder, drehten dem fremden Schiffe die Breitseite unserer Brigg zu und feuerten ein halb Dutzend mit Kugeln und Kartätschen geladene Karronaden ab. Sobald wir zu feuern aufgehört, vernahmen wir viel Lärm und Getümmel an Bord, weshalb mich O'Brien abermals abschickte, um Erkundigungen einzuziehen, ob der Gegner sich ergeben habe. Die Antwort lautete bejahend, weshalb ich an Bord ging. Das Schiff war der ›Commerce‹ von Bordeaux, der von fünfhundert an der Küste eingenommenen Sklaven noch dreihundertundvierzig an Bord hatte und nach Martinique bestimmt war. Die Mannschaft war erkrankt und lag meistens in den Hängematten.

Sie hatten in der letzten Zeit Papageien getötet, um sie zur Suppe zu verwenden; einige der noch übrigen, welche der grauen Species angehörten, sprachen merkwürdig gut. Bei ihrer Abfahrt von der Küste hatten sie an tausend Papageien an Bord genommen.

Sobald O'Brien bemerkte, daß ich das feindliche Schiff in Besitz genommen hatte, schickte er ein anderes Boot ab, um zu fragen, was es für ein Schiff sei. Ich verlangte den Wundarzt, da einige der Matrosen und viele der armen Sklaven durch unsere Schüsse verwundet waren. Von allen beklagenswerten Gegenständen ist mir keiner bekannt, der sich mit den armen Teufeln von Sklaven an Bord eines Sklavenschiffes vergleichen ließe: die erstickende Luft zwischen den Decks — der abscheuliche Gestank ihres Unrats, der kaum je weggeschafft wird — das hilflose Daliegen der Kranken, auf welche die noch Stärkeren mit der größten Gleichgültigkeit herabsehen, — Männer, Weiber und Kinder, alle nackt untereinander geworfen, vor Hunger bis auf Haut und Knochen abgezehrt, und in einer Atmosphäre lebend, in der es nur ein Neger auszuhalten vermag! Wenn man überhaupt wüßte, wie es auf einem Sklavenschiffe zugeht, so glaube ich, würde man keinen Anstand nehmen, den Sklavenhandel in gleichem Grade wie die Seeräuberei zu verpönen, da dies nur gerecht und ein solcher Schritt allein imstande wäre, dem Unwesen ein Ende zu machen.

Mit Tagesanbruch war das Schiff bereit, und O'Brien beschloß, dasselbe nach Dominika mitzunehmen, wo die armen Teufel alsbald an Land gesetzt werden konnten. Wir ankerten nach ein paar Tagen in Prinz Ruperts Bay, wo wir uns nur vierundzwanzig Stunden aufhielten, um einige Erfrischungen einzunehmen und Vorkehrungen wegen unserer Prise zu treffen, die, wie ich kaum zu sagen brauche, von einigem Werte war.

Während der kurzen Zeit, die ich mit Einkauf von Geflügel und Gemüse für O'Brien und unseren eigenen Tisch an Land verbrachte, erbaute ich mich an dem Anblicke eines schwarzen Sergeanten, der einige Rekruten von seinem aus freien Negern und Mulatten bestehenden Regimente einübte. Er mochte sie wohl in ihrem besten Lichte erscheinen lassen wollen, denn er begann mit dem Kommando:

»Ihr hab Schuh und Strümpf, steht in Front — Ihr hab Schuh und keine Strümpf, steht im Zentrum — Ihr hab keine

Schuh und keine Strümpf, steht im Hinterglied. Gesicht gegen Berg – Rücken gegen Seeufer. Warum Du nicht tret aus, Sar? – Du Henker!«

Die Neugierde veranlaßte mich, diejenigen zu zählen, welche sich für das Vorderglied qualifizierten: sie bestanden nur aus zwei Mulatten. In der zweiten Reihe standen gleichfalls nur zwei. Keine Schuhe und Strümpfe schienen daher Mode zu sein. Wir wurden wie gewöhnlich von den Negern umringt, und waren kaum ein paar Stunden dort gewesen, als sie schon ein Lied auf uns gemacht hatten, das sie ohne Unterlaß wiederholten.

»Siehst Du nicht die Klapperschlange
Kommen her in Glanz?
Siehst Du nicht die Klapperschlange,
Prisen an ihr Schwanz?
Klapperschlange hab' all das Geld, kling, kling –
Kriege, was ihr wohlgefällt, ting, ting!«

Viertes Kapitel

Mit Geld kann man in dem neuen Lande alles kaufen. – Auf amerikanische Auskunft darf man sich nicht immer verlassen. – Ein nächtlicher Angriff; wir werden abgeschlagen, retten aber doch zuletzt noch etwas aus dem Feuer.

Am andern Morgen lichteten wir die Anker und kehrten nach unserer Station von Martinique zurück. Wir hatten noch etwa drei Meilen bis Saint Pierre, als wir ein Fahrzeug unter Notmasten herauskommen sahen. Es steuerte auf uns zu, und wir erkannten die amerikanische Brigantine, mit der wir vor einiger Zeit zusammengetroffen waren. O'Brien setzte ein Boot aus, um den Schiffer zu uns an Bord zu holen.

»Wie ist das, Kapitän?« fragte er; »haben Sie eine Bö durchgemacht?«

»Schätze wohl nicht«, versetzte er.

»Was zum Teufel haben Sie dann getrieben?«

»Je nun, ich habe meine ganze Ladung und was noch mehr ist, auch meine Masten verkauft.«

»Ihre Masten verkauft? und an wen?«

»An einen mächtig netten französischen Kaper, der in Saint Pierre liegt; er hatte seine Spieren verloren, als er von einer der englischen Schlangen gejagt wurde – und ich hab' 'n Gedanken, daß ich einen hübschen Handel gemacht habe.«

»Aber wie gedenken Sie wieder nach Hause zu kommen?«

»Schätz' wohl, ich komme in die Strömung und dann wird's schon gehen. Gibt's einen Nordwester, so mache ich ein Notsignal, und da wird mich, denke ich, wohl jemand ins Schlepptau nehmen.«

»Ah so«, versetzte O'Brien. »Wollen Sie nicht in die Kajüte treten und etwas zu sich nehmen, Kapitän?«

»Mit absonderlichem Vergnügen«, entgegnete dieses seltsame Menschenkind; und sie gingen hinunter.

In einer halben Stunde kehrten sie wieder aufs Deck zurück, und das Boot brachte den Amerikaner an Bord seines Schiffes. Bald nachher berief O'Brien mich und Osbaldistone nach der Kajüte. Die Karte des Hafens Saint Pierre lag auf dem Tische und O'Brien sagte:

»Ich habe mich lange mit dem Amerikaner unterhalten, und er gibt an, der Kaper liege hier an dieser Stelle vor Anker.« (Er deutete dabei auf einen mit Bleistift bezeichneten Punkt in der Karte.) »Wenn dem so ist, so liegt er weit genug außen, und ich finde keine Schwierigkeit, ihn zu nehmen. Wie man sieht, liegt er in vier Faden tiefem Wasser und so dicht unter der äußern Batterie, daß das Geschütz nicht auf unsere Boote gerichtet werden kann. Ich habe auch gefragt, ob man gute Ausschau hält, und der Amerikaner sagt, man betrachte sich dort für so sicher, daß man dies ganz vernachlässige; der Kapitän und die Offiziere, welche zum Kaper gehören, seien die ganze Nacht über am Ufer, um daselbst zu trinken, zu rauchen und mit ihren künftigen Heldenthaten groß zu thun. Nun fragt sich's, ob es mit dieser Angabe seine Richtigkeit hat. Der Amerikaner ist von uns gut behandelt worden, und ich sehe nicht ein, warum ich Zweifel in ihn setzen sollte; in der That berichtete er dies ganz freiwillig, als ob er uns zu dienen wünsche.«

Ich ließ Osbaldistone zuerst sprechen. Schon der Umstand, daß der Kaper neue Masten brauchte, ließ mich die Wahrheit der Angabe in betreff der Lage bezweifeln, und wenn ein Teil der Geschichte falsch war, warum nicht auch das Ganze? O'Brien schien diese Bemerkung einzuleuchten, und es wurde beschlossen, die Boote sollten zuvörderst nur rekognoszieren und bloß dann einen Angriff machen, wenn der Kaper auf dem von dem amerikanischen Schiffer angedeuteten Punkte liege. Jedenfalls aber sollte die Erkundung schon in der nächsten Nacht statthaben, denn wenn der Kaper an dem mutmaßlichen Platze vor Anker lag, so blieb er aller Wahrscheinlichkeit nach nicht liegen, sondern begab sich weiter hinein, um seine neuen Masten einzusetzen. Die Kunde, daß eine Unternehmung beabsichtigt werde, lief bald durch das ganze Schiff, und alle Matrosen hatten ihre Seitengewehre vom Gangspill geholt, um zum Gefecht bereit zu sein. Die kampflustige Mannschaft beschäftigte sich ohne Auftrag mit den Booten, indem einige alte Decken zerschnitten, um die Ruder zu belegen, andere aber neue Handhaben anfertigten. Das ganze Schiffsvolk bewegte sich so geschäftig auf dem Deck hin und her, wie ein Bienenhaufen, der zu schwärmen im Begriffe ist. Endlich kam Osbaldistone herauf und erteilte Befehl, die Bootsmannschaft abzupfeifen, damit sie sich für den Dienst bereit halte. Er sollte das Kommando des Langboots übernehmen; mir wurde der erste Kutter, O'Farrell der zweite und Swinburne die Jolle zugewiesen. Sobald es dunkel war, wurde der Bug der Brigg wieder Saint Pierre zugekehrt und wir segelten langsam dem Lande zu. Um zehn Uhr legten wir bei, und um elf Uhr wurden die Boote ausgeschwenkt, wobei O'Brien Herrn Osbaldistone nochmal einschärfte, keinen Angriff zu versuchen, wenn der Kaper in der Nähe der Stadt geankert hätte. Die Leute wurden sämtlich auf dem Halbdeck versammelt, damit man sich überzeugen konnte, ob sie befohlenermaßen die viereckigen Flecke Segeltuch auf den linken Jackenärmel genäht hätten und so in der Lage wären, den Freund vom Feind zu unterscheiden — eine bei nächtlichen Unternehmungen sehr nöthige Vorsichtsmaßregel; dann bestiegen sie ihre Boote und erhielten Ordre zur Abfahrt. Die Ruder bewegten sich unter phosphoreszierendem Lichte (einer in diesem Klima sehr gewöhnlichen Erscheinung) durch das Wasser, und es ging vorwärts. Nach einer Stunde ließ Osbaldistone die Ruder des Langboots einziehen und wir schlossen uns ihm an.

»Wir sind nun an der Mündung des Hafens; es muß daher das größte Stillschweigen beobachtet werden.«

»An der Mündung des Hafens, Sir?« versetzte Swinburne, »ich denke, wir sind fast schon in der Mitte desselben. Wir haben die Spitze schon vor zehn Minuten passiert, und das vor uns ist allbereits die zweite Batterie.«

Osbaldistone war nicht dieser Ansicht, und auch ich glaubte nicht, daß Swinburne recht hatte; er bestand jedoch darauf und deutete auf die Lichter in der Stadt, die nun offen vor uns lagen, was nicht hätte der Fall sein können, wenn wir bloß am Eingange des Hafens gewesen wären. Dessenungeachtet aber blieben die Ansichten geteilt, und Swinburne schwieg aus Achtung vor seinen Offizieren.

Wir ruderten wieder mit der größten Vorsicht weiter. Die Nacht war pechfinster, und wir konnten nichts unterscheiden. Nach weiteren zehn Minuten befanden wir uns augenscheinlich dicht vor den Lichtern der Stadt, konnten aber weder einen Kaper, noch ein sonstiges Schiff bemerken. Wir zogen abermals die Ruder ein und hielten Kriegsrat. Swinburne erklärte, wenn der Kaper an dem Ort läge, wo wir ihn vermuteten, hätten wir längst an ihm vorbeikommen müssen.

Aber während wir noch debattierten, rief O'Farrell: »Ich sehe ihn«, und er hatte recht, denn er lag kaum eine Kabellänge von uns ab. Ohne auf Ordre zu warten, ließ O'Farrell wieder rudern und langte an der Seite des Kapers an. Aber ehe er die Hälfte der Schiffsseite erstiegen hatte, erschienen überall Lichter und ein Dutzend Musketen wurden abgefeuert. Jetzt konnten wir nichts anderes thun, als ihm folgen, und in ein paar Augenblicken befanden wir uns gleichfalls an der Seite des Feindes, der aber gut vorbereitet und auf seiner Hut war. Enternetze waren rund umher aufgesteckt und die Kanonenmündungen so tief als möglich niedergedrückt; auch schien der Kaper voll von Leuten zu sein. Eine Szene der Verwirrung und des Gemetzels begann, wie ich sie nie wieder zu schauen hoffe. Alle unsere Versuche, an Bord zu gelangen, waren vergeblich; versuchten wir's bei einer Geschützpforte, so stießen uns Dutzende von Piken zurück, wollten wir uns der Enternetze bedienen, so wurden wir, tot oder verwundet, in die Boote geworfen. Aus jeder Stückpforte und von den Decks des Kapers herab tönte ohne Unterlaß das Knallen der Musketen. Pistolen wurden uns in die Gesichter abgefeuert, während hin und wieder eine der Karronaden losging, uns mit ihrem Knalle betäubte und die Boote in dem bewegten Wasser schwingen machte, wenn auch sonst keine andere Wirkung dadurch erzielt wurde.

Zehn Minuten lang kämpften wir ohne Unterlaß fort. Die Hälfte unserer Leute lag tot oder verwundet in den Booten, während die ermatteten und durch ihre vergeblichen Angriffe entmutigten Streiter sich größtenteils auf die Duchten der Boote niedersetzten, ihre Musketen luden und damit in die Geschützpforten hineinfeuerten. Osbaldistone war unter den Verwundeten. Da ich bemerkte, daß er sich nicht in dem Langboot befand, von dessen Mannschaft nur noch sechs übrig waren, rief ich dem neben mir liegenden Swinburne zu, er solle den andern Booten bedeuten, sie möchten so schnell wie möglich aus dem Hafen zu kommen suchen. Dies war den noch Lebenden bald mitgeteilt; sie würden den ungleichen Kampf bis auf den letzten Mann fortgesetzt haben, wenn ich nicht Gegenordre gegeben hätte. Das Langboot und der zweite Kutter, dessen Befehlshaber, O'Farrell, gleichfalls gefallen war, fuhren ab, und sobald sie aus dem Bereich des Kapers waren, schickte ich mich an, ihrem Beispiele zu folgen, freilich unter dem zeternden Jubelgeschrei der Franzosen, die nun höhnend und neckend auf ihr Schanddeck sprangen und uns ihre Musketenkugeln nachschickten.

»Halt, Sir«, rief Swinburne, »wir müssen doch ein bißchen Rache nehmen.«

Mit diesen Worten legte er den Bug des Langbootes gegen den Kaper um, und richtete die darauf befindliche Karronade, von welcher der Feind keine Ahnung hatte, da sie nicht gebraucht worden war, dahin, wo die Franzosen im dichtesten Haufen standen.

»Einen Augenblick Geduld, Swinburne; laden Sie eine zweite Kartätschenbüchse hinein.«

Dies geschah, und das Geschütz wurde abgefeuert. Es that eine mörderische Wirkung, indem die Feinde in Massen auf das Deck niederstürzten. Das Rufen und Stöhnen, welches nun folgte, überzeugte mich, wir hätten, wenn uns noch mehr Mannschaft geblieben wäre, umkehren und den Kaper nehmen können, aber es war zu spät. Die Batterien füllten sich mit Lichtern, und obgleich man keines der Boote sehen konnte, entlud sich das Geschütz doch in der Richtung, wo man uns vermutete, denn aus dem Jubel am Bord des Schiffes konnte man wohl annehmen, daß wir zurückgeschlagen waren. Auf dem Langboote befanden sich nur noch sechs Matrosen, die ein Ruder führen konnten, in dem ersten Kutter nur noch vier, in dem meinigen fünf, und Swinburne hatte in der Jolle, ihn selbst ausgenommen, noch zwei diensttüchtige Personen.

»Das ist eine betrübende Geschichte, Sir«, sagte Swinburne. »Was wird wohl das Beste sein? Ich bin der Ansicht, man sollte alle Verwundeten ins Langboot schaffen, die beiden Kutter nebst der Jolle bemannen und dann das Langboot ins Schlepptau nehmen. Und dann, Herr Simpel, sollten wir nicht diese Seite einhalten, denn hier suchen uns die Batterien. 's wäre wohl besser, wir hielten uns dicht ans nächste Ufer, damit die Schüsse über uns hingehen.«

Dieser Rat war zu gut, um nicht befolgt zu werden. Es war jetzt zwei Uhr, wir durften keine Zeit mehr verlieren und hatten noch weit zu rudern; die Toten und Verwundeten wurden schleunigst aus den Kuttern und der Jolle ins Langboot geschafft. Ich hatte keine Zeit zur Untersuchung, bemerkte aber, daß O'Farrell tot war, desgleichen auch ein junger Mensch namens Pepper, der sich in die Boote eingeschmuggelt haben mußte. Osbaldistone fand ich auf den Hinterplanken des Langbootes. Er hatte eine tiefe Wunde in der Brust, augenscheinlich die Wirkung einer Pike. Er war bei Besinnung und bat mich um etwas Wasser, das ich ihm aus einer Tonne des Langbootes holte. Bei dem Worte »Wasser«, noch mehr aber, als sie es aus der Tonne fließen hörten, riefen viele der Verwundeten um die gleiche Labung. Da ich jedoch keine Zeit übrig hatte, ließ ich zwei Mann zurück, den einen am Steuer, den andern am Wasserfaß, nahm das Langboot ins Schlepptau und ruderte, Swinburne's Rat zufolge, dessen Boot dicht neben dem meinigen lag, geradewegs auf die Batterie zu.

Sobald wir nahe genug am Ufer waren, ließ ich mit keineswegs beneidenswerten Gefühlen fortrudern, bis wir den Hafen im Rücken hatten. Swinburne sagte mit gedämpfter Stimme zu mir:

»Dies wird ein schwerer Schlag sein für den Kapitän, Herr Simpel. Ich habe immer sagen hören, daß ein junger Befehlshaber, der seine Leute verliert, ohne dem Admiral Dollars zu bringen, keine gute Aufnahme zu gewärtigen habe.«

»Ach, ich bedaure ihn mehr, als ich wohl ausdrücken kann, Swinburne«, versetzte ich; »aber – was ist das dort vorne – ein Schiff unter Segel?«

Swinburne richtete sich im Sterne des Kutters auf und betrachtete sich den Gegenstand einige Augenblicke.

»Ja, ein großes Schiff, unter Oberbramsegeln einwärtssteuernd – es muß ein Franzmann sein. Jetzt ist's Zeit, Sir; solange wir nicht mit leeren Händen kommen, ist alles recht. Darauf losgerudert, ihr Leute. Sollen wir das Langboot treiben lassen, Sir?«

»Ja«, versetzte ich, »und nun, meine Jungen, wenn wir nur dieses Schiff kriegen, so geht alles noch gut. 's ist ein Kauffahrer, das ist klar. (Freilich konnte ich dies mit Gewißheit nicht behaupten.) Swinburne, ich glaube, 's ist besser, wir lassen ihn zwischen uns und der Küste vorbei; sie werden alle auf der andern Seite auslugen, denn sie müssen das Feuern gesehen haben.«

»Gut ausgedacht, Sir«, entgegnete Swinburne. Wir zogen unsere Ruder an, und ließen das Schiff vorbei; seine Bewegung war nicht schneller, als etwa zwei Meilen in der Stunde. Das Langboot zurücklassend, ruderten wir nun in drei Booten gegen den Stern und enterten.

Wie wir vermutet, befand sich die Mannschaft auf dem Deck und zwar auf der andern Seite des Schiffes, wo sie ängstlich nach der Batterie hinsah, die noch immer aufs Geratewohl feuerte. Wir wurden nicht bemerkt, bis wir so nahe waren, daß es die Zeit nicht mehr erlaubte, zur Wehr zu greifen. Es befanden sich auch mehrere Damen an Bord, zu deren Schutz sich einige versammelten, die übrigen aber liefen unter Deck. In zwei Minuten hatten wir Besitz genommen und gaben nun dem Bug eine andere Richtung. Zu unserem Erstaunen fanden wir, daß das Schiff vierzehn Kanonen führte. Wir ließen eine Luke für die Damen offen, welche zum Teil ohnmächtig geworden waren und daher hinuntergebracht werden mußten; die übrigen ließ Swinburne zuschlagen. Sobald wir das Verdeck für uns hatten, bemannten wir einen der Kutter und schickten ihn nach dem Langboote fort; bis dieses angelegt war, hatten wir Zeit umherzuschauen. Die Brise frischte auf und nach einer Stunde befanden wir uns außer der Schußweite sämtlicher Batterien. Ich ließ dann die Verwundeten aus dem Langboot nehmen, worauf ihnen Swinburne nebst den übrigen Verbände anlegten und alles zu ihrer Bequemlichkeit einrichteten.

Fünftes Kapitel

Auf dem mit Kaperbriefen versehenen Schiffe finden einige merkwürdige Vorfälle statt. — Alte Bekannte mit verschönertem Äußern. — Das ganze Kapitel ein Gemisch von Liebe, Krieg und Beute.

Wir hatten das Schiff kaum eine Stunde in unserem Besitze, als mir die Schildwache über der Luke meldete, einer der Gefangenen wünsche den kommandierenden englischen Offizier zu sprechen, und bitte um die Erlaubnis, aufs Deck kommen zu dürfen. Ich hatte nichts dagegen, und nun kam ein Gentleman herauf, der mir sagte, daß er ein Reisender sei; das Schiff komme von Bordeaux und sei mit Kaperbriefen versehen; auch befänden sich sieben Damen an Bord, die die Fahrt mitgemacht hätten, um zu ihren Familien zurückzukehren, und er hoffe, ich werde nichts dagegen haben, sie ans Land zu setzen, da Frauenzimmer kaum als bei Kriegen beteiligte Personen betrachtet werden könnten. Da ich nun wußte, was O'Brien in diesem Falle gethan haben würde, versetzte ich, er habe da allerdings recht und ich wolle beilegen, damit sie nicht so weit an Land hätten, auch außer den Damen den übrigen Passagieren gestatten ans Land zu gehen. Dabei forderte ich sie auf, so schnell als möglich ihr Gepäck bereit zu halten, indem ich ihnen zwei zum Schiffe gehörige Boote und eine hinreichende Anzahl französischer Matrosen geben wolle, um sich in Sicherheit zu bringen.

Der Franzose dankte mir in seinem eigenen wie im Namen der Damen und ging hinunter, um ihnen die Nachricht mitzuteilen. Ich legte dann bei, ließ die Boote nieder und wartete, bis sie heraufkamen. Als sie fertig wurden, war es bereits Tag; aber darum kümmerte ich mich nicht, denn ich sah die Brigg etwa sieben Meilen in offener See und hatte nun von den Batterien nichts mehr zu befürchten.

Endlich erschienen die Frauenzimmer und stiegen, eine nach der andern, von französischen Gentlemen geleitet, die Treppe herauf. Sie waren ganz entsetzt, als sie so viele tote und verwundete Engländer auf dem Deck liegen sahen. Als sie ihr Bedauern darüber ausdrückten, sagte ich ihnen, wir hätten den Kaper zu nehmen versucht und seien zurückgeschlagen worden; dagegen wäre im Herausfahren aus dem Hafen ihr Schiff uns in den Weg gekommen und wir hätten es genommen. Sämtliche Damen dankten mir wiederholt für die Güte, daß ich ihnen ihre Freiheit gab, eine einzige ausgenommen, deren Augen auf die verwundeten Leute gerichtet waren. Der französische Gentleman ging auf sie zu und erinnerte sie, daß sie dem kommandierenden Offizier noch nicht ihren Dank abgestattet habe.

Sie wandte sich gegen mich um — ich fuhr zurück. Wahrlich, dieses Gesicht hatte ich schon früher gesehen; es konnte da kein Irrtum obwalten. Ja, sie war jetzt zu einer schönen, jungen Dame herangewachsen!

»Celeste«, sagte ich mit bebender Stimme. »Sind Sie nicht Celeste?«

»Ja«, versetzte sie, mich ernst anschauend, als wolle sie herausfinden, wer ich wäre, was allerdings keine sehr leichte Aufgabe war, denn mein Gesicht war von Staub und Asche geschwärzt.

»Haben Sie Peter Simpel vergessen?«

»O nein — nein — ich habe Sie nie vergessen!« rief Celeste, in Thränen ausbrechend und mir ihre Hände entgegenstreckend.

Diese Szene erregte Erstaunen unter den auf Deck befindlichen Personen, welche dieselbe durchaus nicht zu begreifen vermochten. Sie lächelte durch ihre Thränen, als ich ihr sagte, wie glücklich ich mich schätze, in der Lage zu sein, ihr Dienste leisten zu können. »Und wo ist der Oberst?« fügte ich bei.

»Dort«, versetzte sie, auf die Insel deutend; »er ist jetzt General und befehligt die Streitkräfte der Garnison.«

»Und wo ist Herr O'Brien?« fragte Celeste.

»Dort«, antwortete ich, »er kommandiert jenes Kriegsschiff, auf welchem ich zweiter Leutnant bin.«

Ein rascher Austausch von Fragen fand nun statt, und in der Zwischenzeit blieben die Boote neben uns liegen. Swinburne berichtete, die Brigg steure auf uns zu, und ich fühlte, daß ich, ohne Ungerechtigkeit gegen die Verwundeten, nicht länger zögern konnte. Dessenungeachtet aber fand ich noch Zeit, Celeste die Hand zu drücken, ihr für die Börse zu danken, die sie mir gegeben, als ich Stelzenjungfer war, und ihr zu sagen, daß ich ihrer nie vergessen habe und auch nie vergessen werde. Unter vielen Empfehlungen an ihren Vater half ich ihr ins Boot, bei welcher Gelegenheit sie sagte:

»Ich weiß nicht, ob ich ein Recht zu bitten habe, aber

könnten Sie mir wohl eine Gunst erweisen?«

»Und die bestände worin, Celeste?«

»Sie haben mehr als der halben Mannschaft gestattet, uns an Land zu rudern; einige müssen zurückbleiben und fühlen sich recht unglücklich darüber. Könnten Sie nicht alle ziehen lassen?«

»Ich will es thun, um Ihretwillen, Celeste. Sobald Ihre beiden Boote abgefahren sind, will ich das Boot am Stern niederlassen und Ihnen die übrigen nachschicken; aber jetzt muß ich aufbrechen. Gott behüte Sie!«

Die Boote fuhren ab, die Reisenden winkten uns mit ihren Taschentüchern zu, und ich segelte der Brigg entgegen. Sobald das Sternboot neben uns lag, wurde die übrige Mannschaft heraufgerufen und hineingesetzt, um den vorausgegangenen zu folgen. Ich fühlte, daß O'Brien nicht zürnen würde, weil ich alle hatte gehen lassen, namentlich, wenn ich ihm sagte, wer für sie gebeten hatte. Das gewonnene Schiff war die ›Victorine‹ und hatte vierzehn Kanonen; die Mannschaft war vierundzwanzig Köpfe stark gewesen, die elf Passagiere nicht mitgerechnet. Die sehr wertvolle Ladung der Prise bestand hauptsächlich aus Seide und Wein. Celeste hatte Zeit gewonnen, mir mitzuteilen, ihr Vater sei schon seit vier Jahren in Martinique und habe sie um ihrer Erziehung willen in Frankreich gelassen; nun aber komme sie, um sich nicht mehr von ihm zu trennen. Die andern Damen waren Frauen oder Töchter von Offizieren der französischen Garnison auf der Insel, und die männlichen Passagiere zum Teil französische Offiziere; dies vertraute sie mir jedoch nur im geheimen, und ich war nicht verpflichtet, Notiz davon zu nehmen, da sie keine Uniformen trugen.

Sobald wir mit der Brigg zusammentrafen, eilte ich zu O'Brien an Bord. Er ließ die Boote frisch bemannen und schickte den Wundarzt nebst dessen Gehilfen an Bord der Prise, damit sie die Übertragung der Verwundeten beaufsichtigten; dann ging ich mit ihm in die Kajüte hinunter und erzählte ihm das Vorgefallene.

»Nun«, sagte O'Brien, »Ende gut, alles gut; aber dies ist nicht der glücklichste Streich, der uns begegnen konnte. Daß Du das Schiff nahmst, hat mich gerettet, und ich muß nun eine möglichst schwunghafte Depesche abfassen. Bei der Allmacht des Himmels, es kommt uns sehr zustatten, daß die Prise vierzehn Kanonen hat; das klingt großartig. Ich muß alles untereinander mischen, daß der Admiral glaubt, wir hätten beabsichtigt, beide zu nehmen – und so wär's auch allerdings gewesen, wenn wir von dem zweiten etwas gewußt hätten. Ich bin übrigens höchst begierig, den Bericht des Wundarztes zu hören, namentlich ob der arme Osbaldistone wieder aufkommen wird. Peter, erweise mir den Gefallen, an Bord zu gehen und zwei Schildwachen über die Luke zu stellen, damit niemand hinunterkann, im Gepäck umherzustören, denn um des Obersten O'Brien willen habe ich im Sinne, alles Passagiergut ans Land zu schicken.«

Der Wundarzt erstattete seinen Bericht. Sechs Mann waren gefallen und sechzehn verwundet. Die Getöteten bestanden aus den Seekadetten O'Farrell und Pepper, zwei Matrosen und zwei Seesoldaten. Der erste Leutnant Osbaldistone hatte drei schwere Wunden, obschon man an seinem Aufkommen nicht verzweifeln durfte; fünf andere waren gefährlich verletzt, die übrigen aber so, daß sie wahrscheinlich nach Monatsfrist wieder zu ihrem Dienst zurückkehren konnten. Sobald die Verwundeten an Bord waren, ging O'Brien mit mir auf die Prise, wo wir uns in die Kajüte begaben. Alle Passagiers-Effekten wurden gesammelt, die offengelassenen Koffer zugenagelt, und O'Brien schrieb einen schönen Brief an General O'Brien, dem er eine Liste des an Land gesandten Gepäckes beifügte. Wir schickten das Langboot mit einer Parlamentärs-Flagge zur nächsten Batterie; es wurde nach einigem Zögern angenommen und das Gepäck ausgeladen. Wir warteten nicht auf Antwort, sondern setzten alle Segel, um uns dem Admiral vor Barbados anzuschließen.

Am andern Morgen bestatteten wir die Gefallenen. O'Farrell war ein schöner junger Mann, mutig wie ein Löwe, aber von sehr hitzigem Temperamente. Er würde mit der Zeit einen guten Offizier abgegeben haben. Der arme kleine Pepper wurde gleichfalls sehr bedauert. Er war nur zwölf Jahre alt und hatte den Bugmann des zweiten Kutters bestochen, er möchte ihm erlauben, sich unter den Vorderschoten des Bootes zu verbergen. Die Branntweinration desselben Tages hatte dazu dienen müssen, für seinen Ehrgeiz eine Gelegenheit zu kaufen, die so verhängnisvoll für ihn endete. Sobald aber die Leichen unter den Wogen verschwunden und die Zeremonien vorüber waren, fühlten wir alle uns wieder froher. Es ist namentlich für Matrosen etwas höchst Unangenehmes, eine Leiche an Bord zu haben.

Wir segelten nun heiter mit unserer Prise weiter, und noch ehe wir Barbados erreichten, waren die meisten unserer Leute auf dem Wege der Besserung. Osbaldistones Wunden waren jedoch sehr ernstlich, weshalb man ihm empfahl, nach England zurückzukehren. Er folgte dem Rate und wurde bald nach seiner Ankunft befördert. Er war ein angenehmer Gesellschafter, und ich bedauerte, ihn zu verlieren, obgleich ich nach seinem Abgange zum ersten Leutnant der Brigg ernannt wurde, da der neu eintretende jünger war als ich. Da der fuchsjagende Gentleman bald nach Osbaldistones Rückkehr nach England den Hals brach, so erbte letzterer dessen Vermögen und nahm sodann seinen Abschied.

Wir fanden den Admiral zu Barbados, wo O'Brien und sein Bericht gut aufgenommen wurden. O'Brien hatte zwei gute Prisen genommen, und das war hinreichend, Sünden zu decken, falls er dieselben begangen hatte. Der Bericht war übrigens bewunderungswürdig abgefaßt, und der Admiral erteilte in seinem Briefe an die Admiralität dem glücklichen und kecken Angriffe große Lobsprüche. Freilich, wenn man die Wahrheit gewußt hätte, so würde sich herausgestellt haben, daß bloß Swinburnes Rat, sich ans Luvufer zu halten, Gelegenheit gegeben hatte, die ›Victorine‹ zu nehmen; indessen ist es immer schwer, bei derartigen Dingen einer Sache auf den Grund zu kommen, wie ich in Seiner Majestät Diensten oft genug erfahren mußte.

Sechstes Kapitel

O'Brien versichert seiner Mannschaft, daß auf dem Salzwasser ein einziger Engländer drei Franzosen aufwiege. — Sie liefern den Beweis. — Wir treffen mit einem alten Bekannten zusammen, der gleichfalls nicht als Freund betrachtet werden kann.

Unsere nächste Fahrt ging nach der Küste von Guayana und dem Golf von Mexiko, zwischen denen wir drei Monate hin- und herkreuzten, ohne daß wir auf etwas anderes trafen als nach Demerara, Berbice und Surinam segelnde Westindienfahrer; hin und wieder jagten wir wohl auch einen Kaper, aber in den leichten Winden waren sie uns zu schnell.

Dessenungeachtet machten wir uns durch Beschützung des Handelsverkehrs nützlich, und als O'Brien die Station verließ, erhielt er von den Kaufleuten ein Danksagungsschreiben, nebst einem schönen Geschenke an Silbergeschirr. Wir waren zwei Tage auf dem Wege nach Barbados und hatten bereits die Insel Trinidad im Auge, als wir sechs Segel in Lee bemerkten. Es waren drei große Schiffe und drei Schoner, die wir, was sich auch nachher als richtig herausstellte, für drei Kaper mit ebensoviel genommenen Westindienfahrern hielten. Wir setzten alle Segel, und anfangs thaten die drei Kaper das Gleiche; als sie jedoch später unsere Streitkraft entdeckten und ihre Prisen nicht aufgeben mochten, entschlossen sie sich zum Kampfe. Die Westindienfahrer drehten in den Wind, während die drei Kaper ihre Segel kürzten und unsere Ankunft erwarteten. Wir ließen auf die Posten trommeln. Sobald alles bereit war und wir noch eine Meile von dem Feinde, der jetzt die dreifarbige Fahne aufgezogen hatte, entfernt lagen, rief O'Brien die gesamte Mannschaft und redete sie an:

»Ihr seht, Leute, daß da drei Kaper sind, und bemerkt auch, daß sie drei genommene Westindienfahrer mit sich führen. Was die Kaper betrifft, so seid ihr denselben völlig gewachsen, denn ein Engländer nimmt es stets mit drei Franzosen auf. Die Kaper müssen wir schlagen um der Ehre und des Ruhmes willen, und die Schiffe müssen wir haben wegen des Gewinnes, denn wenn ihr wieder an Land geht, könnt ihr wohl einiges Geld brauchen. Ihr werdet daher jetzt einiges zu thun haben, und dann wollen wir zum Essen pfeifen.«

Diese Anrede gefiel den Matrosen sehr wohl, und sie kehrten zu ihren Geschäften zurück.

»Nun, Peter«, sagte O'Brien, »ruf' jetzt die Segelsetzer von den Kanonen ab, denn ich gedenke, mit diesen Burschen unter Segel zu fechten und sie auszumanövrieren, wenn ich kann. Sage Herrn Webster, ich wünsche ihn zu sprechen.«

Herr Webster war der zweite Leutnant, ein fester, ruhiger junger Mann und guter Offizier. »Herr Webster«, sagte O'Brien, »merken Sie wohl, daß alle Vorderkanonen sehr tief gerichtet werden müssen. Es ist mir lieber, daß die Kugeln das Wasser streifen, ehe sie treffen, als daß sie über den Feind hinfliegen. Sorgen Sie dafür, daß Ihre Geschütze alle zugleich gefeuert werden, und ich will darauf Bedacht nehmen, daß keine Breitseite vergeblich gelöst wird. Steuerbord, Swinburne!«

»Steuerbord ist's, Sir.«

»Fest drauf; so – das ist recht, auf den Stern des Schiffes im Lee.«

Wir waren noch zwei Kabellängen von den Kapern entfernt, die in kurzen Entfernungen voneinander beilagen. Es waren sehr große Schoner, voll Menschen, mit Enternetzen umsteckt, und zeigten uns eine hübsche Reihe von Zähnen. Wie sich später herausstellte, führte der eine sechzehn, die beiden anderen vierzehn Kanonen.

»Nun, meine Jungen, hinüber zu den Leekanonen und gebt Feuer, während wir wenden. Leute an die Leehauptbrassen und an den Klüver! Quartiermeister, hinten das Bramsegel angezogen! Hart Backbord, Swinburne!«

»Backbord ist's, Sir«, versetzte Swinburne.

Die Brigg drehte im Winde, schoß unter den Stern der zwei am meisten luvwärts gelegenen Schoner und gab eine Breitseite ab.

»Hurtig, meine Jungen! Frisch geladen und bei den Kanonen geblieben. Holt die Luvhauptbrassen ein! Peter, ich will nicht umdrehen lassen. Halte Dich bereit, das Bramsegel überzuholen, wenn wir vom Winde abkommen. Swinburne, das Ruder mittschiffs.«

Jetzt wurde den Schonern eine zweite Breitseite zugeschickt. Sie hatten unser Feuer noch nicht erwidert, was sie auch nicht thun konnten, da sie unklugerweise im Winde beigedreht blieben.

Jetzt führte O'Brien ein sehr geschicktes Manöver aus: er ließ die Brigg zwischen den beiden Schonern in Luv und dem in Lee passieren.

»Beide Seiten bemannt, ihr Jungen, und gebt ihnen im Vorbeifahren unsere Breitseiten.«

Die Matrosen flogen zu den Steuerbordgeschützen hinüber. Da die Kanonen der anderen Seite bereits geladen waren, gaben wir abwechselnd den lee- und windwärts gelegenen Schonern Breitseiten.

»Bravo, meine Jungen, trefflich!« rief O'Brien; »das nenne ich mir ein gutes Gefecht.«

Und so war es, denn O'Brien hatte zwei gut gezielte Breitseiten und vier andere gegeben, welche nur durch zwei erwidert wurden, denn die Schoner waren noch nicht für uns fertig, als wir das letzte Mal durchfuhren.

Der Rauch wälzte sich nun leewärts, und wir konnten die Wirkung unserer Salven sehen. Der mittlere Schoner hatte seine Hauptspiere verloren und schien auch im Rumpfe sehr beschädigt zu sein. Der Schoner im Lee hatte nicht viel gelitten; indes bemerkten die Feinde jetzt ihren Irrtum und setzten Segel. Unsere eigenen Beschädigungen waren unbedeutend – zwei Matrosen leicht verwundet und ein Segel zerschossen. Wir liefen eine halbe Meile hinter ihnen, luden unsere Geschütze, lavierten und fanden, wie wir erwartet hatten, daß wir ihnen den Wind abgewinnen konnten. Sobald dies geschehen war, brachte O'Brien die Brigg dem Luvschoner einen Steinwurf weit nahe und griff ihn, Breitseite gegen Breitseite, an, wobei er den Vorteil hatte, daß die anderen keinen Schuß lösen konnten, ohne befürchten zu müssen, ihre eigenen Gefährten zu treffen. Setzte er mehr Segel, so thaten wir das Gleiche, kürzte er sie, so folgten wir seinem Beispiele, was uns in die Lage setzte, mit wenig Veränderung unsere Stellung beizubehalten. Der Schoner focht gut, aber sein Metall stand in keinem Vergleich mit unseren Zweiunddreißigpfündern, welche die Seiten des feindlichen Schiffes so zerwetterten, daß je zwei Stückpforten in eine verwandelt wurden. Endlich ging sein Fockmast über Bord, und er blieb zurück. In der Zwischenzeit hatten die anderen Schoner laviert und kamen nun unter unseren Stern, um uns zu bestreichen. Aber der Unfall, welcher dem ersten begegnet war, gab uns freie Hand. Wir wußten, daß er nicht mehr entkommen konnte, weshalb wir gleichfalls lavierten und die beiden anderen angriffen, indem wir so dicht als möglich auf sie zuschossen. Es kam jetzt eine Brise auf; O'Brien fuhr mitten durch, beiden eine tüchtige Kartätschenladung gebend, so daß der Mannschaft die Splitter um die Ohren flogen. Dies behagte ihnen nicht, und der kleinste Schoner, der beim Beginne des Gefechts am meisten leewärts gelegen hatte, setzte jetzt alle Segel, um den Wind zu gewinnen. Wir setzten die Oberbramsegel, um ihm zu folgen, bemerkten aber jetzt, daß der andere Schoner, dem wir die Hauptspiere abgeschossen, das Steuer herumgeworfen und alle Segel vor dem Winde gesetzt hatte. O'Brien sagte daher:

»Wir müssen nicht zuviel wollen, damit wir nicht alles verlieren. Wir müssen uns mit dem einen, das uns geblieben ist, begnügen.«

Wir wendeten und fuhren nach dem Schoner hin, der den Fockmast verloren hatte; da dieser sich von seinen Kameraden verlassen sah, holte er seine Flagge herunter, als wir eben eine Breitseite geben wollten. Unsere Leute riefen ein dreifaches Hurrah, und es war eine Lust anzusehen, wie sie sich gegenseitig die Hände drückten und lachend über den glücklichen Erfolg unserer Unternehmung beglückwünschten.

»Nun, meine Jungen, seid hurtig! Wir haben genug für die Ehre gethan und müssen jetzt auch ein bißchen für den Gewinn thätig sein. Peter, bemanne die zwei Kutter und gehe an Bord des Schoners, während ich die drei Westindienfahrer fassen will. Richte dann einen Notmast auf und folge mir.«

In einer Minute waren die Kutter niedergelassen und bemannt. Ich nahm den Schoner in Besitz, während die Brigg abermals lavierte und mit allen Segeln nach den gekaperten Schiffen hinsteuerte. Der Schoner, der größte von den dreien, hieß ›Jean d'Arc‹, war mit sechzehn Kanonen ausgerüstet und hatte dreiundfünfzig Mann an Bord; die übrigen fanden sich auf den Prisen. Der Kapitän war schwer verwundet und einer der Offiziere getötet. Unter der Mannschaft fanden sich nur acht Gefallene und fünf Verwundete. Ich erfuhr, daß der Schoner vor drei Monaten von Saint Pierre auf Martinique ausgesegelt war; er hatte die beiden anderen Kaper getroffen, mit denselben gekreuzt und während dieser Zeit neun Westindienfahrer zu Prisen gemacht.

»Bitte«, sagte ich zu dem Offizier, der mir diese Auskunft erteilte, »wurden Sie von Booten angegriffen, als Sie im Hafen von Saint Pierre lagen?«

Er antwortete bejahend und fügte bei, daß sie dieselben abgeschlagen hätten.

»Haben Sie diese Masten von einem Amerikaner gekauft?«

Er bejahte dies gleichfalls. Wir hatten also dasselbe Schiff genommen, das wir früher aus dem Hafen zu holen versuchten und bei welcher Gelegenheit wir so viele Leute verloren hatten.

Wir waren alle sehr erfreut darüber, und Swinburne sagte:

»Ich will mich hängen lassen, Sir, wenn es mich nicht dünkte, als habe ich diese Geschützpforten schon früher gesehen. Ich riß einem der Spitzbuben, der mich niederstechen wollte, eine Pike aus der Hand und jagte wenigstens ein Dutzend Musketenkugeln durch das nämliche Loch. Nun, ich bin verteufelt froh, daß wir den erbärmlichen Kerl am Ende doch noch gefaßt haben.«

Wir verwahrten die Gefangenen im Raume und begannen, den Schoner in Ordnung zu bringen. In einer halben Stunde waren wir fertig und hatten auch nach Verlauf einer weiteren Stunde, da ein paar Zimmerleute mit uns waren, vorn einen kleinen Notmast aufgepflanzt, der für den Augenblick reichte. Wir ließen das große Segel nieder, setzten Hilfssegel und folgten der Brigg, die jetzt dicht vor den Prisen lag; sie kamen aber wieder auseinander, und erst gegen Abend gelang es uns, zwei davon in Besitz zu nehmen. Die dritte wurde von der Brigg gejagt. Wir folgten ihr mit den zwei genommenen Schiffen, wie auch mit unserem Notmastschoner, denn wir fanden, daß dieser ebensoschnell segelte. Am nächsten Morgen sahen wir die Brigg beilegen. Sie stand ungefähr drei Meilen vor uns und hatte auch das dritte Schiff genommen. Wir schlossen uns ihr an und ich begab mich an Bord. Webster erhielt das Kommando über den Kaper. Wir blieben denselbigen Tag liegen, um unsere Prisenmeister und Matrosen an Bord zu schicken und die Gefangenen unterzubringen: auch richteten wir einen besseren Notmast auf und segelten dann gemeinschaftlich nach Barbados. Als ich wieder an Bord der Brigg zurückkehrte, fand ich, daß wir nur einen Matrosen und einen Jungen verloren hatten. Die Zahl der Verwundeten belief sich auf sechs; doch waren die Beschädigungen nicht der Rede wert. Ich vergaß zu sagen, daß die beiden flüchtig gewordenen Kaper ›L'Etoile‹ und ›La Madelaine‹ waren.

Nach vierzehn Tagen langten wir mit unsern Prisen wohlbehalten in Carlisle-Bai an, wo wir auf den Admiral trafen, der nur zwei Tage vor uns angekommen war. Ich brauche kaum zu sagen, daß O'Brien eine sehr gute Aufnahme fand und viel Lob erntete. Ich fand mehrere Briefe von meiner Schwester, deren Inhalt mich schmerzlich berührte. Mein Vater war einige Monate in Irland gewesen und wieder zurückgekehrt, ohne etwas zu erfahren. Meine Schwester sagte, er fühle sich sehr unglücklich, widme seinem geistlichen Berufe keine Aufmerksamkeit und sitze oft tagelang da, ohne zu sprechen. Er habe sich in seinem Aussehen sehr verändert und sei mager und abgehärmt. »Mit einem Worte, mein lieber Peter«, schrieb sie mir, »ich fürchte, daß er sich zu Tode grämt. Natürlich bin dann auch ich sehr einsam und schwermütig. Ich kann mich der Gedanken nicht erwehren, was aus mir werden wird, wenn dem Vater etwas zustoßen sollte. Von dem Onkel will ich keinen Schutz, und doch, wie soll ich mein Leben fristen, da der Vater nichts erspart hat? Ich bin in der letzten Zeit sehr fleißig gewesen und suche mich zu einer Erzieherin auszubilden; auch übe ich mich mehrere Stunden des Tages auf der Harfe und dem Piano. Es wird mich sehr, sehr freuen, wenn Du bald wieder nach Hause kommst.«

Ich zeigte O'Brien die Briefe, der sie mit viel Aufmerksamkeit las. Ich bemerkte, daß eine Glut seine Wangen überflog, als er auf die Stellen kam, in denen sein Name genannt und Ellen's Dankbarkeit für die Güte ausgedrückt war, die er gegen mich bewies.

»Sei ohne Sorge, Peter«, sagte O'Brien, als er mir die Briefe zurückgab. »Wem anders verdanke ich meine Beförderung und diese Brigg als Dir? Dazu kommt auch noch all das Prisengeld, das ich errungen habe und das, beim Haupte des heiligen Patrick, eine recht anständige Summe ausmacht. Wegen Deines lieben Schwesterleins darfst Du ganz ruhig sein. Wir werfen Dein und mein Prisengeld zusammen, und sie kann dann einen Herzog heiraten, wenn's in England einen gibt, der sie verdient. Die Franzosen sollen ihre Mitgift liefern, so gewiß als die ›Klapperschlange‹ einen Schwanz hat.«

Siebentes Kapitel

Ich ziehe auf Prisen aus und treffe mit einem Sturm zusammen. — Ich werde auf die Küste geworfen und verliere mehr als die Hälfte meiner Mannschaft. — Wo ist die »Klapperschlange«?

In drei Wochen waren wir wieder segelfertig, und der Admiral schickte uns nach der alten Station auf die Höhe von Martinique. Wir hatten vierzehn Tage vor Saint Pierre gekreuzt und wenn ich nachts auf dem Deck auf- und abging, blickte ich oft nach den Lichtern der Stadt, neugierig, welches davon wohl für Celeste brenne. Da bemerkten wir eines Abends, ungefähr sechs Meilen vom Lande ab, zwei Schiffe, welche in Ufernähe die Negerspitze umfuhren. Es herrschte Windstille und die Boote hatten die beiden Fahrzeuge im Schlepptau.

»In einer halben Stunde ist's dunkel, Peter«, sagte O'Brien, »und ich denke, wir können an sie kommen, ehe sie ankern; oder, wenn sie Anker werfen, wird's weit draußen sein. Was hältst Du von der Sache?«

Ich war mit ihm einverstanden, denn es kam mir in Wahrheit vor, als sei ich viel glücklicher, wenn die Brigg mehr in der Nähe der Küste, folglich auch Celeste näher lag, während ich immer melancholischer wurde, je weiter sie in die offene See stach. Ich dachte ohne Unterlaß an sie, und ihr Anblick nach so vieljähriger Trennung hatte meine jugendliche Zuneigung in eine kräftige Leidenschaft umgewandelt. Ich darf wohl sagen, daß ich bis über die Ohren verliebt war; deshalb machte mir der Gedanke, in den Hafen einzulaufen, Freude, und ich würde überhaupt jede Thorheit begangen haben, um nur die Mauern anzusehen, die den ausschließlichen Gegenstand meiner Gedanken bargen. Freilich waren dies wilde und träumerische Vorstellungen, ohne Aussicht auf Erfüllung, aber mit einundzwanzig Jahren baut man gern Luftschlösser und verliebt sich leicht, ohne die Zukunft zu berücksichtigen. Ich sagte, daß ich das Unternehmen für sehr leicht ausführbar halte, und äußerte den Wunsch, er möchte mir den Versuch übertragen; ich wolle wieder umkehren, wenn ich finde, daß die Gefahr zu groß sei.

»Ich weiß, daß ich auf Dich bauen kann, Peter«, versetzte O'Brien, »und es ist eine Freude, wenn man weiß, daß man einen zuverlässigen Offizier hat; bist Du nicht aus meiner Zucht und habe nicht ich Dich zum Manne gemacht, wie ich Dir versprochen habe, als Du noch eine kleine Rotznase warst und Beine hattest wie ein paar gelbe Rüben? So lasse das Langboot zu Wasser und halte die Boote bereit — je schneller, desto besser. Was das für ein heißer Tag gewesen ist — nicht einmal die leiseste Kräuselwelle auf dem Wasser und der Himmel voll Nebel. Sieh nur die Sonne an, wie sie niedergeht, zu ihrem dreifachen Umfange aufgedunsen, als sei sie in schrecklichem Zorne. Ich vermute, wir bekommen tüchtigen Landwind.«

Eine halbe Stunde später fuhr ich mit den Booten ab. Es

war nun ganz dunkel und ich ruderte auf den Hafen von Saint Pierre zu. Die Hitze war übermäßig und ganz unerklärlich; nicht das leiseste Lüftchen rührte sich am Himmel. Keine Wolke war zu schauen und die Sterne wurden durch eine Art von Nebel verhüllt. Es schien ein völliger Stillstand in den Elementen eingetreten zu sein. Die Leute in den Booten warfen ihre Jacken ab, da sie dieselben nach kurzem Rudern nicht mehr auf dem Leibe tragen konnten. Als wir in den Hafen hineinkamen, wurde die Atmosphäre noch dunstiger und die Finsternis dichter. Wir meinten an dem Eingang des Hafens zu sein, konnten aber nichts sehen, was über drei Ellen von unserem Boote lag. Swinburne, der stets zu meinem Geleite gehörte, steuerte das Boot und ich machte ihn auf das ungewöhnliche Aussehen der Nacht aufmerksam.

»Hab' schon darauf achtgegeben«, versetzte Swinburne, »und kann Ihnen sagen, Herr Simpel, daß wir am besten thäten, wenn wir alsbald wieder an Bord der Brigg gingen, vorausgesetzt, daß wir sie wieder auffinden können. Ich müßte mich sehr irren, wenn sie heute nacht nicht alle ihre Hände brauchen könnte.«

»Wie soll ich das verstehen?« versetzte ich.

»Nun, ich meine oder möchte vielmehr mit Bestimmtheit sagen, daß wir noch vor morgen einen Hurrikan haben. 's ist nicht das erste Mal, daß ich in diesen Breiten gekreuzt habe. Ich erinnere nur an das Jahr vierundneunzig —«

Ich fiel ihm jedoch ins Wort.

»Swinburne«, sagte ich, »ich glaube, daß Sie recht haben. Jedenfalls will ich umkehren. Vielleicht erreichen wir die Brigg, noch ehe es soweit kommt. Sie führt ein Licht und wir können sie auffinden.«

Ich drehte dann das Boot um und steuerte nach bestem Gutdünken in die Richtung der Brigg. Wir hatten aber noch keine zwei Minuten den Hafen im Rücken, als wir in der Atmosphäre ein dumpfes Stöhnen vernahmen — bald hier, bald dort — und es kam uns vor, als drängen wir, wenn ich mich des Ausdrucks bedienen darf, in eine feste Finsternis ein. Swinburne blickte umher und deutete über den Steuerbordbug.

»'s kommt, Herr Simpel. Sie können sich drauf verlassen. Manches lebende Wesen wird sich morgen nicht mehr auf seine Beine stellen können. Sehen Sie, Sir.«

Ich folgte der angedeuteten Richtung, und trotz der Dunkelheit gewann es den Anschein, als ob eine Art schwarzer Mauer über das Wasser hin gerade auf uns zufegte. Das Stöhnen steigerte sich allmählich zu einem betäubenden Gebrülle, und dann brach es mit einem Getöse auf uns ein, mit dem sich nicht einmal der Donner vergleichen ließ. Die See war noch ganz eben, kochte aber und war mit weißem Schaum bedeckt, so daß es aussah, als schwämmen wir auf Milch. Die Ruder wurden vom Winde mit solcher Gewalt gefaßt, daß die Leute unter die Duchten geschleudert und viele davon schwer verletzt wurden. Zum Glück ruderten wir mit Pflöcken und Klampen, sonst hätten Schanddeck und Planken abgerissen werden und wir versinken müssen. Der Wind faßte das Boot bald von der Seite, und wäre die See auch nur im mindesten bewegt gewesen, so würde es unfehlbar gekentert sein; aber Swinburne warf das Steuer herum, und so fiel es vor dem Hurrikan ab, mit der Geschwindigkeit von zehn Meilen in der Stunde durch das kochende Wasser schießend. Die Matrosen waren voll Schrecken; sie hatten ihre Sitze wieder eingenommen, sahen sich aber genötigt, sie zu verlassen und sich auf dem Boden an den Duchten zu halten. Das schreckliche Brüllen des Hurrikans hinderte jede andere Mitteilung als die durch Gebärden. Die andern Boote waren verschwunden; leichter als das unsrige waren sie schneller vor dem einherfegenden Elemente dahingeflogen. Wir waren jedoch kaum eine Minute vor dem Winde, als sich die See in ganz unerklärlicher Weise wie unter dem Einflusse einer Zaubergewalt hob.

Alle Schrecken, die ich bis jetzt erlebt hatte, waren nichts im Vergleich mit der Szene dieser Nacht. Wir konnten nichts sehen und hörten nichts als den Wind, vor dem wir wie ein Pfeil fortschossen, ohne zu wissen wohin, höchstwahrscheinlich aber einem sichern Tode entgegen. Swinburne steuerte das Boot, hin und wieder auf die steigenden Wellen zurückblickend. Nach kurzer Frist befanden wir uns in einem ungestümen Wogengetümmel, das uns in der einen Minute hoch in die Höhe warf, in der nächsten aber vor dem Hurrikan schützte. Die Atmosphäre war jetzt mit ganzen Schauern von Gischt erfüllt, denn der Wind schnitt die Wellenspitzen wie mit einem Messer ab, und führte sie sozusagen in seinen Armen fort.

Das Boot füllte sich mit Wasser und schien schnell sinken zu wollen. Die Matrosen lenzten schweigend mit ihren Hüten, als eine ungeheure Woge sich über dem Stern brach und das Boot bis zu unsern Duchten füllte. Im nächsten Augenblick erhielten wir alle einen so heftigen Stoß, daß wir von unsern Sitzen geworfen wurden. Swinburne flog mir über den Kopf. Sämtliches Gebälk des Bootes löste sich mit einem Schlage, schien unter uns abzubröckeln und ließ uns in den tobenden Wassern schwimmen. Wir alle kämpften um unser Leben, obschon mit geringer Aussicht, es zu erhalten; aber die nächste Welle schleuderte uns an die Felsen, die bereits ihre Gewalt an dem Boote geübt hatten. Diese Welle brachte den einen Leben, den andern Tod. Ich wurde durch Gottes Barmherzigkeit erhalten, aber so hoch hinaufgeworfen, daß mir zwei Rippen brachen, obgleich ich nur die Spitze des Felsens streifte. Swinburne und acht andere entkamen gleichfalls, aber nicht unverletzt: zweien waren die Beine, dreien die Arme gebrochen, die übrigen hatten mehr oder minder bedeutende Quetschungen erlitten. Swinburne blieb durch ein wahres Wunder unbeschädigt. Wir waren unserer achtzehn in dem Boot gewesen, von denen sich zehn retteten; die übrigen wurden vor unsere Füße hingespült, und am nächsten Morgen fanden wir sie schrecklich verstümmelt. Zweien waren die Schädel im buchstäblichen Sinne des Wortes an den Felsen in Stücke zerschellt. Ich fühlte, daß ich gerettet war, und schickte mein Dankgebet zum Himmel; aber noch immer heulte der Orkan, noch immer flogen die Wellen über uns hin. Ich kletterte weiter am Ufer hinauf und fand Swinburne, welcher dasaß, die Augen seewärts gerichtet. Er erkannte mich, faßte meine Hand, drückte sie und hielt sie in der seinigen fest. Wir verblieben eine Weile in dieser Lage, aber nun wuchsen die Wellen, die mit jedem Momente zunahmen, bis zu uns herauf und zwangen uns, weiter in die Höhe zu kriechen. Dann blickte ich umher; der Orkan tobte in gleicher Wut fort, aber die Atmosphäre war nicht mehr so finster. Im Schaumgürtel an der Küste konnte ich auf einige Entfernung den Umriß des Hafens unterscheiden, und jetzt dachte ich zum ersten Male an O'Brien und die Brigg. Den Mund dicht an Swinburnes Ohr legend, rief ich: »O'Brien!« Swinburne schüttelte den Kopf und sah wieder nach der hohen See hinaus. Ich machte mir Gedanken, ob es der Brigg wohl möglich geworden sein möchte zu entkommen. Sie war jedenfalls sechs, wo nicht sieben Meilen weit entfernt, und der Orkan wütete nicht direkt gegen die Küste hin. Vielleicht hatte sie zehn Meilen Spielraum; aber was war das gegen eine so furchtbare Gewalt? Ich betete für die an Bord Befindlichen und dankte Gott für meine eigene Erhaltung. Ohne Zweifel würde ich bald zum Gefangenen gemacht, wenn ich es nicht schon war, aber was brauchte ich mich darum zu kümmern? Ich dachte an Celeste und fühlte mich fast glücklich.

Nach ungefähr drei Stunden legte sich die Gewalt des Windes. Es blies zwar noch immer eine heftige Bö, aber der Himmel klärte sich auf, die Sterne blinkten wieder, und wir konnten auf eine beträchtliche Ferne sehen.

»Jetzt legt er sich«, sagte Swinburne endlich; »er ist zufrieden mit dem gewiß nicht geringen Unheile, das er angerichtet hat, — das war schlimmer als Anno vierundneunzig.«

»Ich wollte gerne meinen Sold und mein Prisengeld hingeben, wenn es nur Tag wäre und ich erfahren könnte, was aus der armen ›Klapperschlange‹ geworden ist. Was meinen Sie, Swinburne?«

»Alles hängt davon ab, ob sie unvorbereitet überrascht wurden oder nicht. Kapitän O'Brien ist ein so guter Seemann, als nur je einer über eine Schiffsplanke ging, hat aber nie einen Hurrikan mitgemacht, und ist vielleicht unbekannt mit den Anzeichen, welche uns Gott in seiner Gnade als warnende Vorboten schickt. Die schnellen Schiffe füllen sich leicht — aber wir wollen das Beste hoffen.«

Mit Todesängsten sahen wir dem Tag entgegen, der nimmer kommen zu wollen schien. Endlich dämmerte es, und wir sandten unsere Blicke nach jedem Teile der See, ohne jedoch die Brigg entdecken zu können. Die Sonne ging auf, und alles war hell und klar; wir schauten aber nicht um uns, sondern unverwandt in die Richtung, wo wir die Brigg gelassen hatten. Die See ging noch immer hoch, aber der Wind legte sich schnell.

»Gott sei Dank!« jubelte Swinburne, als er die Augen nach der Küste richtete. »Sie ist jedenfalls noch über Wasser.«

Ich folgte seinem Fingerzeige und bemerkte die Brigg zwei Meilen vom Ufer, wie sie abgetakelt von den Wellen hin- und hergestoßen wurde. »Ich sehe sie«, versetzte ich mit vor Freude verhaltenem Atem, »aber — dennoch — ich glaube, sie muß auflaufen.«

»'s kommt darauf an, ob sie nicht noch ein bißchen Segel zu setzen hat, um an der Spitze vorbeizukommen«, entgegnete Swinburne; »und verlassen Sie sich darauf, Kapitän O'Brien weiß dies so gut als wir.«

Nun schlossen sich auch die anderen, die sich gerettet hatten, an uns an. Wir drückten uns gegenseitig die Hände. Sie zeigten uns die Leichen unserer umgekommenen Schiffsgefährten. Ich wies sie an, sie weiter heraufzuholen und nebeneinander zu legen, dabei fuhr ich aber fort, mit Swinburne die Brigg zu beobachten. In einer halben Stunde sahen wir, wie ein Hebebaum aufgerichtet wurde; zehn Minuten nachher erhob sich hinten ein Notmast, an den ein Notsegel gehißt wurde. Kurze Zeit darauf breitete sich ein anderes Versuchssegel und ein Sturmklüver im Winde aus.

»Das ist alles, was er jetzt thun kann, Herr Simpel«, bemerkte Swinburne; »auf dies und auf die Vorsehung müssen sie sich verlassen. Sie sind nicht weiter als eine Meile von der Küste — gibt's einen Anprall, so ist's vorbei.«

Wir sahen wohl eine halbe Stunde in größter Angst zu: die anderen kehrten zurück und teilten uns ihre Mutmaßungen mit. Das eine Mal hielten wir's für unmöglich, ein andres Mal glaubten wir ganz gewiß, daß die Brigg um die Spitze luven werde. Ich stand, vor Beklommenheit atemlos, bald auf dem einen, bald auf dem andern Beine. Sie schien an der Spitze zu sein — die Felsen wirklich zu berühren. — »Gott! Sie ist angerannt!« rief ich.

»Nein!« versetzte Swinburne.

Und dann sahen wir sie an der andern Seite des äußersten Felsens vorbeikommen und verschwinden.

»Sie ist gerettet, Herr Simpel! Hat die Spitze umluvt, bei Gott!« rief Swinburne, voll Freude seinen Hut schwenkend.

»Gott sei Dank!« entgegnete ich im Übermaße meines Entzückens.

Achtes Kapitel

Die Verheerungen des Sturms. — Peter macht sich Freunde. — Gilt's Zerstören oder Retten, so gleicht nichts den britischen Seeleuten. — Peter trifft, sehr zu seiner Freude, mit General O'Brien zusammen. — Eine andere Begegnung ist ihm noch erfreulicher.

Nun wir die Brigg geborgen wußten, dachten wir an uns selbst. Meine erste Aufmerksamkeit galt den Leichen, und ich dankte dem Himmel für meine wunderbare Erhaltung, wenn ich auf ihre verstümmelten Gliedmaßen blickte. Wir ließen dann unsere Blicke längs der Küste hingleiten, um zu sehen, ob wir nicht Reste von den andern Booten entdecken konnten. Wir waren ungefähr drei Meilen von der Stadt, welche, wie wir bemerken konnten, beträchtlich Schaden gelitten hatte; auch war das Ufer unten mit Bruchstücken und Trümmern besät. Ich sagte nun den Leuten, es sei wohl das Beste, wenn wir in die Stadt gingen und uns selbst als Gefangene auslieferten. Sie waren damit einverstanden, und wir machten uns mit dem Versprechen auf den Weg, diejenigen holen zu lassen, welche zu sehr beschädigt waren, um uns begleiten zu können.

Als wir die Felsen hinaufkletterten und das Binnenland erreichten, bot sich uns ein schrecklicher Anblick dar. In allen Richtungen lagen mit der Wurzel ausgerissene Bäume, totes Vieh, da und dort die Überreste eines Hauses, dessen übrige Teile meilenweit fortgefegt waren. Was nicht ganz feste Mauern hatte, war verschwunden. Wir kamen an eine Stelle, wo eine Reihe von Negerhütten gestanden hatte, aber sie waren jetzt dem Erdboden gleich. Die Neger suchten emsig ihre Habe unter den Trümmern, während die Weiber ihre Säuglinge in den Armen hielten und ihre übrigen Kinder um sich versammelt hatten. Da und dort wehklagte eine Mutter über der Leiche eines armen kleinen Wesens, das unter den Bruchstücken seinen Tod gefunden hatte. Sie achteten nicht auf uns.

Eine Meile weiter innen trafen wir zu unserer großen Freude auf die Mannschaft von den andern Booten, die am Wege saß. Sie waren sämtlich unverletzt entkommen; ihre Boote waren so viel leichter als das unsrige, daß sie weit hinan auf das Festland geworfen wurden; sie schlossen sich uns an, und wir setzten unsern Weg fort. Wir begegneten einem umgestürzten Karren, unter dessen Rad das Bein des Negers lag, der ihn geführt hatte. Wir befreiten den armen Burschen, aber der Knochen war zerbrochen, weshalb wir ihn an der Straße in den Schatten legten, und unsern Marsch fortsetzten. Wo wir hinkamen, erblickten wir nur Jammer und Verheerung, die sich übrigens noch steigerten, als wir die Stadt erreichten. Unter drei Häusern stand kaum eines noch ganz — das Ufer war mit Leichen und Schiffstrümmern bedeckt, und Masten, in drei oder vier Stücke zerbrochen, steckten mehrere Fuß tief im Sande. Soldatenabteilungen waren geschäftig, die Toten wegzuschaffen und die wenigen wertvollen Gegenstände zu bergen. Wir gingen in die Stadt hinauf, denn niemand hielt uns an oder achtete auf uns; hier war der Anblick sogar noch schrecklicher. In einigen Straßen grub man Verschüttete aus, deren Geschrei man unter den Trümmern hörte, in andern führte man die Leichen fort. Die Wehklage der Verwandten — das Heulen der Neger — das Geächz der Verwundeten — das Fluchen der französischen Soldaten und die von berittenen Adjutanten fortwährend erteilten Befehle, dazu noch die Verwirrung unter dem schreienden Zuschauerhaufen, all dies bot einen ebenso neuen als erschütternden Anblick.

Nachdem wir eine Weile zugesehen, ging ich auf einen berittenen Offizier zu und sagte ihm in französischer Sprache, daß ich mich als Gefangener stelle.

»Wir haben jetzt keine Zeit, Gefangene zu machen«, versetzte er. »Hunderte liegen unter den Ruinen begraben, und wir müssen versuchen, wen wir retten können. Die Ansprüche der Menschlichkeit gehen allem anderen vor.«

»Wollen Sie meinen Leuten erlauben, Ihnen Beistand zu leisten?« entgegnete ich. »Es sind besonnene und kräftige Burschen.«

»Sir«, sagte er, seinen Hut abnehmend, »ich danke Ihnen im Namen meiner unglücklichen Landsleute.«

»So zeigen Sie uns, wo wir uns am meisten nützlich machen können.«

Er wandte sich um und deutete nach einem weiter oben gelegenen Hause, das eingestürzt war.

»Es sind noch Lebende unter jenen Trümmern.«

»So kommt, meine Jungen«, sagte ich; und trotz ihrer eigenen Beschädigungen eilten sie doch mit der größten Behendigkeit ans Werk. Da mich meine Seite schmerzte, konnte ich nicht selbst Hand anlegen, indessen blieb ich bei ihnen stehen und erteilte ihnen Anweisung.

In einer halben Stunde hatten wir soweit abgeräumt, daß wir auf ein armes Negermädchen stießen, dessen Geschrei wir deutlich gehört hatten. Wir arbeiteten sie frei und legten sie auf die Straße, aber sie wurde ohnmächtig. Ihre linke Hand war furchtbar zerquetscht. Ich leistete ihr allen in meinen Kräften liegenden Beistand, und die Matrosen arbeiteten rüstig weiter, das Gebälk auf die Seite werfend, als ein Offizier heranritt. Er machte Halt und fragte mich, wer wir wären. Ich sagte ihm, wir gehörten zu der Brigg und seien gestrandet, jetzt aber leisteten wir nach Kräften Beistand, bis man Muße habe, uns ins Gefängnis zu schicken.

»Ihr Engländer seid brave Burschen«, versetzte er und ritt weiter. Unsere Leute fanden noch einen anderen Unglücklichen, einen alten grauköpfigen Neger, der aber zu sehr verstümmelt war, um seine Verletzungen überleben zu können. Wir brachten ihn heraus und legten ihn neben das Negermädchen. In demselben Augenblicke ritten mehrere Offiziere die Straße herunter. Der vorderste trug eine Generalsuniform, und ich erkannte in ihm alsbald meinen alten Freund, den vormaligen Oberst O'Brien. Sie machten Halt und sahen uns an. Ich gab Auskunft über uns. General O'Brien nahm vor den Matrosen den Hut ab und dankte ihnen.

Er erkannte mich nicht und wollte schon weiterreiten, als ich ihm in englischer Sprache zurief:

»General O'Brien, Sie haben mich zwar vergessen, aber ich werde stets Ihrer Güte eingedenk sein.«

»Mein Gott!« versetzte er, »sind Sie's, mein lieber Freund?«

Damit sprang er vom Pferde und drückte mir mit Wärme die Hand.

»Kein Wunder, daß ich Sie nicht erkannte. Sie sind nun eine ganz andere Person als der kleine Peter Simpel, der sich in Mädchenkleider steckte und auf Stelzen tanzte. Aber ich bin Ihnen sehr zu Dank verpflichtet für die Freundlichkeit, die Sie Celesten erwiesen haben, und auch sie wird Ihrer nicht vergessen. Ich will Sie nicht auffordern, von Ihrem Werke der Barmherzigkeit abzulassen, aber wenn Sie gethan haben, was Sie können, kommen Sie nach meinem Hause. Jedermann kann's Ihnen weisen, und wenn ich auch abwesend bin, werden Sie doch Celeste finden, denn Sie sehen wohl, daß ich bei diesem traurigen Anlasse alle Hände voll zu thun habe. Gott behüte Sie!«

Dann ritt er in Begleitung seines Stabes von hinnen. »Nun, meine Jungen«, sagte ich, »verlaß Euch darauf, wir werden nicht sehr grausam behandelt werden. Arbeitet nur wacker und thut, was Ihr könnt; die Franzosen werden's uns eingedenk sein.«

Wir hatten nun das Haus abgeräumt und gingen nach der Stelle zurück, wo die übrigen Leute unter der Aufsicht des berittenen Offiziers arbeiteten. Ich ging auf ihn zu und sagte ihm, daß wir zwei Menschen geborgen hätten; wenn er nichts dagegen habe, so wollten wir jetzt hier Beihilfe leisten. Er nahm dankbar unsere Unterstützung an.

»Und nun, meine Jungen«, sagte Swinburne, »laßt uns unsere Beulen vergessen und diesen Franzmännern zeigen, wie man arbeiten muß.«

Und sie erwiesen sich mannhaft. Das Gebälk flog mit einer solchen Schnelligkeit und Gewandtheit nach rechts und links, daß der Offizier und die übrigen Einwohner, welche zusahen, sich nicht genug wundern konnten. In einer halben Stunde war mehr geleistet, als man für möglich gehalten haben würde; mehrere Menschenleben wurden gerettet und die Franzosen drückten ihre Bewunderung über das Benehmen unserer Matrosen aus; sie brachten ihnen auch etwas zu trinken, was die armen Burschen recht gut brauchen konnten. Nun fuhren sie mit doppelter Kraft zu arbeiten fort und wurden unstreitig das Mittel, viele Unglückliche zu retten, die sonst zu Grunde gegangen wären. Das durch den Orkan angerichtete Unglück war umso größer, da er in der Nacht gewütet hatte, während die meisten Einwohner in ihren Betten schliefen. Ich ließ mir sagen, die Holzhäuser hätten dem Orkan keine fünf Minuten standgehalten. Gegen Mittag war die Arbeit abgethan, was ich durchaus nicht bedauerte. Meine Seite schmerzte mich sehr und die sengende Glut der Sonne verursachte mir Schmerzen und Übelkeit.

Ich fragte einen achtbar aussehenden alten Franzosen nach der Wohnung des Generals. Er wies mich zurecht und ich begab mich mit meinen Leuten dahin. Als ich anlangte, fand ich, daß die Ordonnanz eben das Pferd des Generals, der kurz zuvor angelangt war, wegführte. Ich bat einen Sergeanten, der an der Thür auf Befehle harrte – dem General zu melden, daß ich unten sei. Er kehrte zurück und hieß mich, ihm zu folgen. Ich wurde in ein großes Gemach geführt, wo ich den Herrn des Hauses nebst einer Anzahl von Offizieren fand. Er begrüßte mich abermals mit Wärme und stellte mich den Anwesenden als den Offizier vor, der den gefangenen Damen gestattet habe, ans Land zu gehen.

»So habe ich Ihnen also im Namen meiner Gattin zu danken«, sagte ein Offizier, auf mich zutretend und mir die

Hand reichend.

Dann kam ein anderer, der mir sagte, ich hätte auch seine Frau in Freiheit gesetzt. Wir ließen uns nun in ein Gespräch ein, in welchem ich den Grund unseres Schiffbruchs samt allen Einzelheiten berichtete; auch sagte ich ihnen, daß ich am Morgen die Brigg abgetakelt gesehen, daß sie aber die Spitze umluvt habe und nun geborgen sei.

»Ich muß Ihnen das Kompliment machen, daß uns Ihre Brigg sehr lästig gewesen ist. Mein Namensvetter hält die Batterien in Daueralarm«, sagte General O'Brien. »Ich glaube nicht, daß es einen über fünf Jahre alten Neger auf der Insel gibt, dem diese Brigg nicht bekannt wäre.«

Wir sprachen dann von dem Angriff auf den Kaper, in welchem wir zurückgeschlagen worden waren. »Ah!« versetzte der Adjutant, »den haben Sie übel zugerichtet. Er ist seit vier Monaten ausgefahren. Kapitän Carnot that einen Eid darauf, Sie sollen ihm dafür Rede stehen, wenn er mit Ihnen zusammentreffe.«

»Er hat sein Wort gehalten«, versetzte ich.

Und nun erzählte ich ihm unser Gefecht mit den drei französischen Kapern und die Wegnahme des Schiffes, was sie sehr überraschte, und wie ich mir wohl denken konnte, nicht wenig ärgerte.

»Nun, mein Freund«, sagte General O'Brien, »solange Sie auf der Insel weilen, sind Sie mein Gast. Wenn Sie etwas brauchen, so lassen Sie mich's wissen.«

»Ich fürchte, daß ich einen Wundarzt benötige, denn meine Seite schmerzt mich so sehr, daß ich kaum atmen kann.«

»Wie, so sind Sie verwundet?« fragte General O'Brien mit besorgter Miene.

»Nicht gefährlich, glaube ich, aber ziemlich schmerzlich«, lautete meine Antwort.

»Lassen Sie mich sehen«, sagte ein vortretender Offizier; »ich bin Militärarzt und vielleicht vertrauen Sie sich meinen Händen an. Legen Sie Ihren Rock ab.«

Ich that es, aber nicht ohne große Schmerzen.

»Sie haben zwei Rippen zerbrochen«, sagte er, meine Seite befühlend, »und eine bedeutende Quetschung davongetragen. Sie müssen einige Tage das Bett hüten oder auf einem Sofa liegen. In einer Viertelstunde komme ich zurück, um Sie zu verbinden. Ich verspreche Ihnen, Sie in zehn Tagen herzustellen – zum Dank, daß Sie mir meine Tochter gegeben haben, die mit den übrigen Damen an Bord der ›Viktorine‹ war.«

Die Offiziere verbeugten sich und ließen mich mit General O'Brien allein.

»Lassen Sie sich's ein für allemal gesagt sein«, begann er, »daß Ihnen meine Börse und alles zu Diensten steht. Wenn Sie Bedenken tragen, von meinem Anerbieten Gebrauch zu machen, so werde ich glauben, daß Sie uns nicht lieben. 's ist ja nicht das erste Mal, Peter, und Sie haben mich ehrlich wieder bezahlt. Indessen war ich natürlich bei jener Angelegenheit nicht beteiligt; sie ging bloß von Celeste aus«, fügte er lachend bei. »Ich hätte mir nimmermehr vorgestellt, daß Sie sich als Frauenzimmer verkleiden und so unverschämt auf Stelzen durch Frankreich tanzen könnten. Aber ich muß gelegentlich alle Ihre Abenteuer hören. Celeste ist sehr begierig, Sie zu sehen. Wollen Sie ihr jetzt einen Besuch machen oder wollen Sie warten, bis der Arzt dagewesen ist?«

»Wenn Sie erlauben, gleich jetzt, General. Aber darf ich vorerst bitten, daß man meinen armen Leuten einige Pflege angedeihen lasse? Sie haben seit gestern nichts gegessen, sind beim Stranden sehr beschädigt worden und haben hart gearbeitet. Auch liegen mehrere verstümmelte am Ufer, die eines Wagens bedürfen.«

»Ich sollte früher daran gedacht haben«, versetzte er. »Ich will übrigens der Mannschaft, durch welche ich die Geretteten holen lasse, zugleich Befehl erteilen, die andern armen Burschen, welche tot am Ufer liegen, zu beerdigen. Kommen Sie jetzt, ich will Sie zu Celeste führen.«

Neuntes Kapitel

Zerbrochene Rippen haben nicht notwendig gebrochene Herzen zur Folge. – O'Brien macht eine Art Friedens-, Peter Simpel eine entschiedene Liebeserklärung. – Rasche Fortschritte auf allen Seiten.

Ich folgte dem General in ein schön möbliertes Gemach, wo ich Celeste fand, die meiner wartete. Als ich eintrat, eilte sie auf mich zu – ach, mit welcher Wonne erfüllte mich der Druck ihrer Hand und der Anblick ihres schönen, ausdrucksvollen Gesichtes! Ich konnte kein Wort hervorbringen und bei Celeste war es der gleiche Fall. Ich hielt ihre Hand eine Minute in der meinigen und sah sie an. Der General stand beiseite und betrachtete uns abwechselnd. Dann wandte er sich um und trat zum Fenster. Ich hob ihre Hand an meine Lippen und ließ sie dann los.

»Es dünkt mich fast ein Traum«, sagte Celeste.

Ich konnte nicht antworten, sondern fuhr fort, sie anzublicken – sie stand vor mir in der Blüte ihrer Schönheit. Ihre Gestalt war vollkommen und der Ausdruck ihres Gesichts so verändert – so voll Geist und Innigkeit – ein wahres Engelsbild. Ihre thränenfeuchten Augen ruhten so sanft, so freundlich auf mir, daß ich hätte niederfallen und sie anbeten mögen.

»Wohlan«, sagte General O'Brien, »kommen Sie, mein lieber Freund. Nun Sie Celeste gesehen haben, muß der Wundarzt auch nach Ihnen sehen.«

»Der Wundarzt?« rief Celeste beunruhigt.

»Ja, meine Liebe; doch ist's nicht von Belang – nur ein paar Rippen zerbrochen.«

Ich folgte General O'Brien aus dem Zimmer; an der Thür wandte ich mich aber zurück, um noch einen Blick auf Celeste zu werfen. Sie hatte sich nach dem Sofa zurückgezogen und hielt ihr Buch vor die Augen. Der Wundarzt wartete auf mich. Er legte mir einen Verband an, und behandelte meine Seite mit kühlenden Umschlägen, worauf ich mich ganz behaglich fühlte.

»Ich muß Sie jetzt verlassen«, sagte General O'Brien. »Sie werden gut thun, wenn Sie sich ein paar Stündchen legen, und falls ich dann noch nicht zurück bin, wissen Sie ja den Weg zu Celeste.«

Ich that, wie mir geheißen wurde. Aber sobald ich das Klappern der Roßhufe vernahm und der General fortgeritten war, stand ich auf und eilte nach dem Besuchszimmer. Celeste war dort und fragte mich sogleich, ob ich schwer verwundet sei. Ich antwortete mit nein und sagte, daß ich heruntergekommen sei, um es ihr zu beweisen. Wir setzten uns nebeneinander auf das Sofa.

»Ich habe das Unglück, stets in einem nicht sehr gewinnenden Zustand vor Ihnen zu erscheinen, Celeste. Als Sie mich das erste Mal sahen, war ich verwundet; bei unserer zweiten Zusammenkunft steckte ich in Weiberkleidern; das letzte Mal war ich von Staub und Schießpulver ganz unkenntlich geworden, und nun ich abermals zu Ihnen zurückkehre, bin ich zerlumpt und verwundet. Ich bin doch begierig, ob ich es je so weit bringe, als Genleman vor Ihnen zu erscheinen.«

»Nicht die Kleider machen den Gentleman, Peter. Ich freue mich zu sehr, Sie zu sehen, als daß ich an Ihren Anzug denken könnte. Ich habe Ihnen noch nicht gedankt für die Güte, die Sie mir bei unserem letzten Zusammensein erwiesen. Mein Vater wird es Ihnen nie vergessen.«

»Und auch ich habe Ihnen noch nicht für die Börse gedankt, Celeste, die Sie freundlich in meinen Hut fallen ließen, als ich Ihnen auf meiner Flucht durch Frankreich begegnete. Ich habe Sie seitdem nie vergessen, und seit wir uns zum letzten Male sahen, sind Sie mir kaum je aus dem Sinne gekommen. Sie können gar nicht glauben, wie dankbar ich dem Hurrikan bin, daß er mich Ihnen zugeweht hat. Als wir in der Brigg kreuzten, habe ich oft die Stadt mit einem Fernglase untersucht und meinen Augen das Haus, in welchem Sie wohnen mochten, vergegenwärtigt. Fuhren wir dann dicht an die Küste, so fühlte ich mich glücklich, weil ich wußte, daß ich Ihnen nahe sei.«

»Auch ich habe oft die Brigg beobachtet, Peter, und freute mich, wenn sie näher kam, obschon ich mich zugleich ängstigte, die Batterien möchten Feuer geben. Wie schade, daß Sie und mein Vater einander feindlich gegenüberstehen — wir könnten so glücklich sein!«

»Das kann noch immer geschehen, Celeste«, versetzte ich.

Wir unterhielten uns zwei Stunden miteinander, die mir wie zehn Minuten entschwanden. Ich fühlte, daß ich liebte, obschon ich nicht glaube, daß Celeste damals nur entfernt an eine Erwiderung meiner Neigung dachte; indeß überlasse ich es dem Leser, aus dem angeführten kleinen Gespräche sich ein Urteil zu bilden, ob sie nicht doch Liebe oder ein sehr ähnliches Gefühl empfand.

Am andern Morgen ging ich zeitig aus, um nach der Brigg zu sehen, und entdeckte sie zu meiner großen Freude sechs Meilen vor der Hafenmündung, wie sie eben landeinwärts steuerte. Sie hatte jetzt sehr anständige Notmasten mit Bramsegel statt der Marssegel aufgepflanzt und ließ sich augenscheinlich gut lenken. Als sie noch drei Meilen vom Hafen entfernt war, setzte sie die Jolle, das einzige ihr noch gebliebene Boot, aus, das sofort eine Parlamentärsflagge hißte und landwärts ruderte. Ich kehrte sogleich auf mein Zimmer zurück, schrieb einen umständlichen Bericht über das Vorgefallene, um ihn durch das rückkehrende Boot an O'Brien schicken zu können, und fügte natürlich die Bitte bei, mir meine Effekten zu schicken, da ich meine ganze Habe am Leibe trug. Ich war eben mit meinem Schreiben fertig geworden, als General O'Brien hereintrat.

»Mein lieber Freund«, sagte er, »von Kapitän O'Brien ist eben eine Parlamentärsflagge überbracht worden. Er bittet um Auskunft über das Schicksal seiner Bootsmannschaft und um die Erlaubnis, den noch Lebenden ihre Kleider und Effekten zu schicken.«

»Ich habe eben den ganzen Hergang der Sache für ihn niedergeschrieben und ein gleiches Gesuch an ihn gestellt.«

Dabei händigte ich ihm meinen Brief ein, den er überlas und zurückgab.

»Aber, mein lieber Freund, Sie müssen sehr gering von uns Franzosen denken, wenn Sie glauben, wir gedächten Sie als Gefangene hier zu behalten. Erstlich berechtigt Sie Ihre Befreiung so vieler französischer Unterthanen, nachdem Sie die ›Viktorine‹ gekapert hatten, zu einem ähnlichen Akte der Dankbarkeit, und dann sind Sie nicht auf kriegsrechtlichem Wege, sondern durch eine Heimsuchung der Vorsehung gefangen worden. Ein Stum wie der letzte muß alle Nationalfeindschaft aufheben und zu Äußerungen jener allgemeinen Menschenliebe veranlassen, welche Ihre braven Leute an uns erwiesen haben. Sie können daher mit ihrer ganzen Mannschaft abziehen und wir werden dessenungeachtet noch in Ihrer Schuld stehen. Wie geht es heute Ihrer Seite?«

»Ach, sehr schlimm«, versetzte ich, da ich den Gedanken nicht ertragen konnte, so bald wieder nach der Brigg zurückzukehren; denn ich hatte tags zuvor sehr bald nach dem Diner Celeste verlassen, und zu Bett gehen müssen. Unsere Unterhaltung war deshalb sehr kurz gewesen; und außerdem hatte ich auch dem General O'Brien noch nicht erzählt, wie wir aus Frankreich entkommen waren.

»Ich glaube nicht, daß ich heute schon an Bord gehen kann, bin Ihnen aber äußerst dankbar für Ihre Güte.«

»Nun, nun«, entgegnete der General, der meine Gefühle bemerkte, »ich halte es auch nicht gerade für nötig, daß Sie heute schon an Bord gehen. Aber die Mannschaft will ich samt Ihrem Briefe fortschicken und dem Kapitän O'Brien schreiben, daß Sie bettlägerig seien und vor übermorgen nicht befördert werden könnten. Ist's Ihnen so recht?«

Die Zeit dünkte mich freilich gar kurz, aber ich bemerkte aus des Generals Miene, daß er meine Zustimmung erwartete, weshalb ich sie gab.

»Das Boot kann einige von Ihren Kleidern bringen und ungehindert wieder abziehen; auch will ich dem Kapitän O'Brien bedeuten, wenn er übermorgen an die Mündung des Hafens komme, könne er Sie aus einem unserer Boote in Empfang nehmen.«

Er nahm sodann meinen Brief und verließ das Zimmer. Sobald er fort war, fühlte ich mich wohl genug, um zu Celeste gehen zu können. Sie erwartete mich, und ich erzählte ihr, was vorgefallen war. Denselben Morgen erzählte ich ihr und dem General alle meine Abenteuer, an denen sich der letztere höchlich ergötzte. Ich sprach mich offen über das Benehmen meines Onkels aus und sagte, daß ich einige Hoffnung unterhalte, mit der Zeit den geübten Betrug zu enthüllen, da andernfalls meine Aussichten für die Zukunft sehr ungünstig seien. Bei diesem Teile meiner Erzählung wurde der General augenscheinlich sehr ernst und gedankenvoll. Als ich zu Ende gekommen, war es bald Zeit zum Diner, und ich fand, daß inzwischen auch meine Kleider samt einem Brief von O'Brien angelangt waren, der mir zu wissen that, er habe sich sehr über meinen mutmaßlichen Verlust betrübt und sei jetzt hoch erfreut, daß ich entkommen. Er gab ferner an, nach meinem Abfahren sei er in die Kajüte hinuntergegangen und habe zufällig auf das Barometer geblickt, zu seinem Erstaunen aber gefunden, daß es um zwei Zoll gefallen war, was den Aussagen anderer zufolge ein sicherer Vorbote des Sturmes sei. Dies, wie auch der eigentümliche Zustand der Atmosphäre, habe ihn veranlaßt, alle Vorbereitungen zu treffen, und sie seien kaum mit ihrer Arbeit fertig geworden, als der Hurrikan losbrach. Die Brigg war auf die Seite geworfen worden und hatte wohl eine halbe Stunde in dieser Lage zugebracht; es mußten deshalb die Masten gekappt werden, um sie wieder aufzurichten. Am andern Morgen hatten sie auf nicht mehr als eine halbe Kabellänge an der Spitze vorbei luven müssen, und nun schloß O'Brien mit den Worten, die Vorstellung von meinem Tode habe ihn so unglücklich gemacht, daß es ihm gleichgültig gewesen wäre umzukommen, wenn er nicht hätte auf die Mannschaft Bedacht nehmen müssen. Dem General O'Brien dankte er in einem besonderen Schreiben für seine Freundlichkeit und bemerkte gegen ihn, wenn fünfzig Schiffe an der Brigg vorbeikommen sollten, so werde er keines davon angreifen, bis ich wieder an Bord sei, und sollte er dafür wegen Dienstvernachlässigung entlassen werden. Er sagte, die Brigg segle unter ihren Notmasten fast so gut als zuvor, und sobald ich wieder an Bord sei, wollte er nach Barbados zurückgehen.

»Was den schlimmen Zustand Deiner Rippen betrifft, Peter, so kann ich das schon deuten«, fuhr er fort. »Aber Du mußt noch ein bißchen an Dich halten, mein Junge. Du sollst mir noch ein Lord werden, wie ich Dir immer versprochen habe. 's ist eine langweilige Straße, die gar keine Krümmung hat – somit Gott befohlen.«

Als ich mit Celeste allein war, zeigte ich ihr O'Briens Brief. Ich hatte dem General O'Brien den Teil vorgelesen, welcher davon handelte, der Kapitän der ›Klapperschlange‹ wollte keine Prise machen, so lange ich am Lande sei, und mein Gastfreund meinte, unter solchen Umständen sollte er mich eigentlich ein bißchen länger zurückhalten, aber, fügte er bei: »O'Brien ist ein Mann von Ehre und seines Namens wert.« Als Celeste zu der Stelle des Briefes kam, wo O'Brien von meinen Rippen sprach (diese war mir nämlich ganz entfallen), forderte sie mich auf, ihr eine Erklärung darüber zu geben. Ich sagte:

»In der That, Celeste, ich hatte diese Bemerkung O'Brien's ganz vergessen, sonst würde ich Ihnen den Brief nicht gezeigt haben; aber er spricht die Wahrheit. Wie wäre es auch möglich, nach der vielen Güte, die Sie mir erwiesen, Sie nicht zu lieben? Und brauche ich beizufügen, daß ich es für den größten Segen halten würde, den mir der Himmel bescheren kann, wenn Sie soviel Zuneigung gegen mich fühlten, um eines Tages meine Gattin zu werden. Sie zürnen mir doch nicht, daß ich Ihnen die Wahrheit sage?« fuhr ich fort, denn Celeste errötete, als ich so mit ihr sprach.

»Nicht doch! ich zürne Ihnen nicht, Peter. Im Gegenteil, was Sie eben gesagt haben, ist sehr schmeichelhaft für mich.«

»Ich weiß zwar«, versetzte ich, »daß ich Ihnen vorerst nur wenig – ja, eigentlich gar nichts anbieten kann. Ich bin durchaus keine Partie, die sich des Beifalls Ihres Vaters zu erfreuen haben dürfte – aber Sie kennen meine ganze Geschichte und meine Hoffnungen.«

»Mein Vater liebt mich, Peter, und ist auch Ihnen sehr zugethan – er war's von jeher, seit er sie zum ersten Male gesehen, denn Ihre Offenheit und Ihr ehrlicher Charakter gefielen ihm besonders wohl. Ich weiß dies aus seinem eigenen Munde, da wir oft von Ihnen gesprochen haben.«

»Nun, Celeste, sprechen Sie – darf ich, wenn ich weit fort bin, an Sie denken und mich der Hoffnung hingeben, daß wir eines Tages zusammentreffen könnten, um uns nie wieder zu trennen?« Dabei ergriff ich Celeste's Hand, und schlang meinen Arm um ihren Leib.

»Ich weiß nicht, was ich sagen soll«, versetzte sie. »Ich will mit meinem Vater darüber reden, oder vielleicht thun Sie's. Das verspreche ich Ihnen aber, wenn's von mir abhängt, so will ich nie einen anderen heiraten.«

Ich zog sie näher an mich und küßte sie. Celeste brach in Thränen aus, und legte ihr Köpfchen auf meine Schulter. Als General O'Brien hereinkam, machte ich keinen Versuch, mich zu rühren, und bei Celeste war es der gleiche Fall.

»General«, sagte ich, »ich bin in Ihren Augen wohl tadelnswert, aber ich vermochte nicht, vor Celeste meine Gefühle zu verbergen. Sie halten es vielleicht für unklug und ungerecht, daß ich das enthülle, was ich sollte geheim gehalten haben, bis ich mich in einer Lage befand, welche meine Bewerbung um die Hand Ihrer Tochter rechtfertigte. Indes ist mir Ihre Gesellschaft nur kurze Zeit gegönnt; die Furcht, sie zu verlieren, und meine innige Liebe werden hoffentlich als Entschuldigung dienen.«

Der General ging etlichemal im Zimmer auf und ab, und entgegnete dann:

»Was sagt Celeste?«

»Celeste wird nie etwas thun, was ihren Vater unglücklich machen könnte«, entgegnete sie, indem sie auf ihn zuging, ihren Arm um seinen Nacken schlang und ihr Antlitz an seiner Brust verbarg.

Der General küßte seine Tochter und sprach:

»Ich will offen gegen Sie sein, Herr Simpel. Ich kenne niemand, den ich lieber zum Schwiegersohn haben möchte; aber es gibt viele Rücksichten, die junge Leute nur gar zu gern vergessen. Eure Liebe scheint wechselseitig zu sein, und ich will sie nicht hindern; gleichwohl soll aber keine Zusage, kein Verlöbnis stattfinden. Ihr trefft Euch vielleicht in Euerm

Leben nicht wieder. Celeste ist noch sehr jung, und sie soll gegen jede Art von Zwang bewahrt bleiben; unter solchen Umständen haben auch Sie vollkommene Freiheit, wenn durch die Zeit oder die Verhältnisse Ihre gegenwärtigen Gefühle verändert werden sollten.«

»Ich kann nicht mehr verlangen, mein teurer Sir«, versetzte ich, die Hand des Generals ergreifend; »es ist eine offene Rede – und mehr, als ich mit Grund erwarten durfte. Ich kann jetzt mit zufriedenem Sinne scheiden, und die Hoffnung, eines Tages Celeste heimzuführen, wird meiner Thätigkeit zum Sporne dienen.«

»Wir wollen jetzt den Gegenstand fallenlassen«, sagte der General. »Celeste, mein Kind, Du weißt, wir haben heute große Gesellschaft bei Tisch, und Du wirst daher gut thun, auf Dein Zimmer zu gehen und Dich vorzubereiten. Ich habe alle von Ihnen befreiten Damen samt ihren Gatten und Vätern eingeladen, Peter, und Sie werden daher die Freude haben, sich selbst zu überzeugen, wie viele Leute Sie durch ihr ritterliches Benehmen glücklich machten. Nun Celeste das Zimmer verlassen hat, muß ich Sie als Mann von Ehre auffordern, ihr keinerlei Versprechen abzudringen oder sie zu veranlassen, daß sie sich durch Eide an Sie bindet. Ihre Zuneigung zu Ihnen ist unwillkürlich mit ihr groß geworden, und ihr Seelenfrieden schon jetzt zu sehr dabei beteiligt, wenn ein Unfall oder die Verhältnisse Euch für immer trennen sollten. Hoffen wir das Beste und verlassen Sie sich darauf, daß mich keine kleinlichen Rücksichten veranlassen werden, Eure einstige Vereinigung zu hindern.«

Ich dankte dem General mit Thränen. Er drückte mir mit Wärme die Hand, während ich das verlangte Versprechen gab, und wir trennten uns.

Wie glücklich fühlte ich mich, als ich auf mein Zimmer kam und mich daselbst niedersetzte, um mich zu sammeln, und über das Vorgefallene nachzudenken. Allerdings dämpfte der Gedanke an meine abhängige Lage für einen Augenblick meine Freude; aber schon im nächsten baute ich wieder Luftschlösser, malte mir die Entdeckung von meines Onkels Komplott aus, träumte mich im Besitz von Titel und Vermögen und legte alles zu den Füßen meiner teueren Celeste nieder. Die Hoffnung hielt meinen Geist aufrecht, und ich fühlte mich glücklich, daß Celeste meine Liebe erwiderte. Ich kleidete mich sorgfältig und ging nach dem Speisesaale hinab, wo ich die ganze Gesellschaft versammelt fand. Es war ein schöner, glücklicher Abend; die Damen baten General O'Brien, mich als Gefangenen zu behalten – sehr freundlich von ihnen –, und ich fühlte mich ungemein in der Stimmung, mich ihren Bitten anzuschließen.

Zehntes Kapitel

Peter Simpel kriegt zuerst ein Kommando, dann drei Westindienfahrer und zwanzig Gefangene. Ein Dienst ist des anderen wert. Die Gefangenen bemühen sich, ihn zu nehmen, werden aber selbst genommen.

Der nächste Tag war ein Unglückstag. Die Brigg lag vor dem Hafen und harrte meiner. Ich stand mit Celeste im Fenster und zeigte ihr das Fahrzeug, wobei ihre Augen den meinigen begegneten. In einem stundenlangen Gespräche hätte sich nicht mehr sagen lassen. General O'Brien zeigte, daß er vollkommenes Vertrauen in mich setzte, denn er ließ uns allein.

»Celeste«, sagte ich, »ich habe Ihrem Vater versprochen –«

»Ich weiß, was vorging«, fiel sie mir ins Wort; »er hat mir alles mitgeteilt.«

»Wie freundlich er ist! Ich versprach aber nicht, daß ich mich selbst nicht binden wolle, Celeste.«

»Nein, aber ich mußte es ihm versprechen, daß ich es nicht dulden und jeden Versuch von Ihrer Seite dazu sogleich abschneiden wolle. Ich werde Wort halten.«

»So sei's darum, Celeste. Denken Sie sich alles, was ich sagen könnte, in diesem.«

Und ich küßte sie.

»Halten Sie mich nicht für voreilig, Peter, aber ich wünschte, daß Sie glücklich von hinnen ziehen; und deshalb denken Sie Ihrerseits alles, was ich sagen könnte, in diesem.«

Sie erwiderte meinen Gruß, indem sie mich auf die Wangen küßte!

Sodann besprachen wir uns noch ein paar Stunden, aber was sich Liebende zu sagen haben, ist für nüchterne Leute Thorheit, weshalb ich den Leser nicht damit belästigen will. General O'Brien kam herein und bemerkte, daß das Boot bereit sei. Ich erhob mich, zufrieden mit dem Stand der Dinge, und sagte mit fester Stimme:

»Leben Sie wohl, Celeste; Gott behüte Sie.«

Dann folgte ich dem General, der mich mit einigen seiner Offiziere nach dem Ufer begleitete. Er schied von mir unter Umarmungen; nachdem ich ihm für seine Liebe gedankt und den Offizieren Lebewohl gesagt hatte, trat ich in das Boot. Eine halbe Stunde später war ich an Bord der Brigg und in O'Brien's Armen. Wir stachen in See; nach kurzer Frist war die Stadt Saint Pierre meinen sehnenden Blicken entschwunden und wir befanden uns auf dem Wege nach Barbados. Ich verbrachte den Tag mit O'Brien in der Kajüte und erzählte ihm ausführlich alle meine Erlebnisse. Als wir wieder in Carlisle-Bay ankerten, fanden wir, daß der Hurrikan auf den Antillen weit furchtbarer gewütet hatte, als wir uns je träumen ließen. Mehrere Kriegsschiffe, die einen oder mehrere Masten verloren hatten, lagen da, und es hielt schwer, die Bedürfnisse so vieler zu befriedigen. Da wir zuletzt angekommen waren, wurden wir natürlich auch zuletzt bedient; außerdem hatte man keinen Vorrat von Booten, weshalb wir keine Aussicht hatten, vor zwei oder drei Monaten wieder in See stechen zu können. Die von uns genommene ›Jean d'Arc‹ lag noch immer da, konnte aber aus Mangel an Mannschaft nicht ausgerüstet werden. Der Admiral machte daher O'Brien den Vorschlag, er solle sie mit einem Teil der Matrosen des Flaggschiffes bemannen, ihr einen seiner eigenen Leutnants beigeben und sie zum Kreuzen ausschicken. O'Brien ging mit Freuden darauf ein, und fragte mich, als er an Bord kam, ob ich den Schoner haben wolle; ich ging bereitwillig darauf ein, da ich Barbados und die gebratenen fliegenden Fische völlig satt hatte.

Ich wählte zwei Seekadetten, Swinburne und zwanzig Mann aus, nahm für drei Monate Mundvorrat und Wasser an Bord, erhielt von O'Brien meine schriftlichen Befehle und stach in See. Wir entdeckten übrigens bald, daß die von dem Amerikaner gekauften Masten viel zu groß waren, und mußten daher sehr behutsam sein. Ich steuerte gegen Trinidad, in dessen Höhe mein Stationsplatz war, und kaperte im Laufe von drei Wochen drei Westindienfahrer; nun aber ging es mit meiner Mannschaft knapp her und ich mußte nach Barbados zurückkehren. Ich hatte auf das erste Schiff vier und auf die beiden anderen je drei Matrosen gesetzt, welche mit den darauf befindlichen englischen Gefangenen zureichend waren; meine übrigen Gefangenen brachten mich aber in große Verlegenheit, da ihre Anzahl meine Schiffsmannschaft fast um das Doppelte überstieg. Die beiden Seekadetten befanden sich auf der Prise, weshalb ich mich mit Swinburne über die zweckmäßigsten Maßregeln beriet.

»Je nun, Herr Simpel, die Sache ist die: Kapitän O'Brien hätte uns mehr Leute mitgeben sollen. Zwanzig Mann sind wenig genug für ein Schiff wie das unsrige, und nun haben wir nur noch zehn übrig. Aber schätz' wohl, er glaubte nicht, daß wir so glücklich sein würden, und es hat allerdings seine Richtigkeit, daß er für seine Mannschaft genug zu thun hat, sintemalen alles wieder neu hergestellt werden muß. Was die Gefangenen betrifft, so ist's wahrscheinlich das Beste, wir steuern landwärts und lassen sie durch zwei von unseren Booten an die Küste setzen. Jedenfalls müsssen wir uns ihrer entledigen, damit wir nicht fortwährend genötigt sind, das eine Auge in die Höhe und das andere in die Luke hinunterzurichten.«

Dieser Rat stimmte mit meinen eigenen Ansichten überein. Ich steuerte daher landwärts, gab den Gefangenen das Sternboot und eines der größeren Boote, worin sie sämtlich Platz fanden, und schickte sie fort, für den Schoner nur noch ein einziges Boot zurückbehaltend. Es herrschte gerade völlige Windstille; wir sahen die Gefangenen landen und über die Felsen verschwinden, weshalb wir ihrer los zu sein vermeinten; ihre Zahl bestand aus zweiundzwanzig, die meisten davon Spanier und stämmige, wild aussehende Burschen.

Die Windstille hielt den ganzen Tag über an, was uns sehr ärgerlich war, da ich gar zu gern weiterkommen wollte. Indes konnte ich nicht umhin, die Schönheit der Landschaft zu bewundern; ein stolzes Gebirge schoß steil aus dem Meere auf, ragte bis in die Wolken und spiegelte alle seine Farben auf dem glatten Wasser so klar und deutlich wie in einem geschliffenen Glase. Der Schoner trieb allmählich näher ans Land, und wir konnten viele Faden tief auf dem Boden die Riffe sehen. Meilenweit in der Runde ließ sich auch nicht die Spur eines Windes entdecken, obgleich in hoher See der Horizont zeigte, daß in größerer Entfernung eine kräftige Brise wehte. Die Nacht brach ein und immer noch hielt die Windstille an. Ich erteilte Swinburne, der die erste Wache hatte, seine Befehle und begab mich nach meiner Koje in der Kajüte. Bald war ich in Träume versunken, und kaum brauche ich zu sagen, wer der Gegenstand meiner Gesichte war. Ich meinte, eben mit ihr im Adlerpark unter einem der großen Kastanienbäume zu sitzen, durch welche die Allee gebildet wurde, als ich meine Schulter rauh angefaßt fühlte. Ich fuhr auf.

»Was gibt's? Wer ist's? Swinburne?«

»Ja, Sir. Ziehen Sie nur hurtig Ihre Kleider an, denn ich denke, es gibt Arbeit.« Und Swinburne eilte alsbald wieder aus der Kajüte.

Ich hörte ihn die übrige Mannschaft aus dem Raume rufen, und da ich wußte, Swinburne sei nicht der Mann, der für nichts und wieder nichts Lärm mache, so befand ich mich schon nach einer Minute auf Deck. Er war in demselben Augenblicke dort angekommen und sah nach dem Stern des Schoners.

»Was gibt's, Swinburne?« sagte ich.

»Still, Sir, horch! Hören Sie nichts?«

»Ja«, versetzte ich; »das Schlagen von Rudern.«

»Ganz recht, Sir; geben Sie acht, diese Spanier haben Helfer gefunden und kommen zurück, um das Schiff zu nehmen; sie wissen, daß wir nur zehn Mann am Bord haben.«

Inzwischen hatten sich unsere Matrosen auf Deck versammelt. Ich gab Swinburne die Weisung, acht zu haben, daß alle Musketen geladen würden, und eilte dann hinunter, um meinen Degen und meine Pistolen zu holen. Das Wasser war so glatt und die Meeresstille so tief, daß Swinburne den Ton der Ruder schon in beträchtlicher Entfernung vernommen hatte. Es war ein Glück für mich, daß mir ein zuverlässiger Begleiter zur Seite stand. Ein anderer hätte vielleicht geschlummert und der Schoner wäre unvorbereitet geentert und genommen worden. Als ich wieder auf Deck kam, hielt ich eine Rede an die Mannschaft, ermahnte sie an ihre Pflicht, und machte sie darauf aufmerksam, daß diese gurgelschneiderischen Schufte zuverlässig uns alle ermorden würden, wenn sie den Sieg davon trügen. (Denn ich war der festen Überzeugung, daß dies unser Los sein müßte.) Die Matrosen erklärten, sie wollten ihr Leben so teuer als möglich verkaufen. Wir hatten zwanzig Musketen und ebensoviele Pistolen, die jetzt alle geladen waren. Unser schweres Geschütz war gleichfalls bereit, konnte uns aber nichts nützen, da der Schoner keine Fahrt hatte.

Wir bemerkten die Boote ungefähr eine Viertelmeile hinter

uns, als Swinburne sagte:

»Da fliegt ein Kräusellüftchen übers Wasser, Herr Simpel; wie wollten wir sie auslachen, wenn wir nur ein bißchen Wind haben könnten, aber ich fürchte, es wird nichts. Sollen wir sie wissen lassen, daß wir bereit sind?«

»Jeder von uns nimmt zwei Musketen«, entgegnete ich. »Wenn das erste Boot unter dem Heck ist, zielt gut mit der einen, ergreift dann die andere und feuert sie aufs zweite Boot ab. Dann müssen wir uns auf unsere Seitengewehre und auf die Pistolen verlassen, denn wenn sie heraufsteigen, ist keine Zeit mehr zum Laden. Verhaltet euch jetzt alle still!«

Die Boote kamen nun, mit Leuten angefüllt, heran; da wir aber vollkommen ruhig blieben, hofften sie, uns zu überraschen. Zum Glück ruderte das eine ein wenig vor dem andern, weshalb ich meine Anweisungen abänderte und den Matrosen Befehl erteilte, auch ihre zweite Muskete in das erste Boot abzuschießen; denn wenn wir dies kampfunfähig machen konnten, so waren wir dem andern hinreichend gewachsen. Sobald das Boot noch ungefähr sechs Ellen von dem Heck des Schoners entfernt war, rief ich: »Jetzt!«, und alle meine Leute feuerten unter Hurrahrufen mit einem Male ihre Musketen ab. Mehrere der Feinde ließen die Ruder fallen, und ich war überzeugt, daß wir ihnen großen Schaden zugefügt hatten; aber andere traten dafür ein, und das Boot näherte sich uns abermals.

»Nehmt diesmal ein gutes Ziel, meine Jungen!« rief Swinburne; »das andere Boot wird neben uns liegen, sobald ihr abgefeuert habt. Herr Simpel, der Schoner kann Fahrt aufnehmen, denn da kommt eine starke Brise auf.«

Abermals feuerten wir unsere zehn Musketen in das Boot; unsere Salve tat eine sehr nachdrückliche Wirkung. Es nahm mich Wunder, daß das andere Boot nicht schon neben uns lag; aber es wehte eine leichte Brise und der Schoner glitt durchs Wasser. Dessenungeachtet befand es sich aber ganz in der Nähe unseres Hecks und wir mußten sie in einer Minute an Bord haben.

Inzwischen kletterten die im ersten Boote befindlichen Spanier an der Seite hinauf, wurden aber von meinen Leuten mit großem Erfolg zurückgetrieben. Die Brise wurde frischer und Swinburne eilte nach dem Steuer. Ich bemerkte, daß der Schoner schnell durchs Wasser ging und das zweite Boot sich kaum halten konnte. Das Boot blieb zurück, und zwei Spanier, die noch an der Seite unseres Schiffes hingen, wurden zusammengehauen, daß sie ins Wasser fielen.

»Hurrah! Alles gut!« rief Swinburne. »Jetzt aber wollen wir sie züchtigen.« Der Schoner schoß unter der sich steigernden Brise mit einer Schnelligkeit von fünf Meilen in der Stunde vorwärts. Wir steuerten ein paar Minuten einwärts, lavierten sodann und machten auf die Boote Jagd. Swinburne führte das Ruder und ich blieb im Bug stehen, von dem Rest meiner Mannschaft umgeben.

»Ein wenig Steuerbord, Swinburne.«

»Steuerbord ist's.«

»Fest — fest drauf! Ich sehe das erste Boot; es liegt dich unter unserm Bug. Fest — Backbord — Backbord — Backbord ein wenig — Backbord. Gebt acht, meine Jungen, und haut jeden nieder, der heraufklettert.«

Krach! schoß der Schoner auf das Boot zu, dessen Mannschaft vergeblich bemüht war, uns zu entkommen. Ein paar Sekunden schien sich's aufzurichten, dann aber ging das vordere Schanddeck unter Wasser, das Boot schlug um und der Schoner fuhr darüber weg, jede darin befindliche Menschenseele vor ihren Richterstuhl schickend. Ein einziger klammerte sich an ein Tau an und ließ sich eine Meile nachschleppen. Aber ein Säbel löste das Tau vom Schanddecke, und mit einem matten Aufschrei verschwand er in den Fluten. Das andere Boot war dicht neben uns und bemerkte, was vorgegangen war. Die Mannschaft darin hielt ihre Ruder bereit, um einzusetzen und dem Schoner aus dem Wege zu gehen. Wir steuerten danach hin; der Schoner lief jetzt mit einer Geschwindigkeit von sieben Meilen in der Stunde. Als das Boot dicht unter unserm Bug war, drehte es sich geschickt unter kurzen Zügen mit den Steuerbordrudern, weshalb wir es nur streiften, und ehe es sank, klammerten sich viele Spanier an die Seiten unseres Schiffes und erreichten das Verdeck. Sie fochten wie Verzweifelte, aber wir waren zu stark für sie. Wir hatten nur mit denen auf dem Verdecke zu kämpfen, denn die andern hielten sich für eine Zeit fest, sanken jedoch, da sie die Seiten nicht erklimmen konnten, nacheinander ins Wasser und blieben hinter uns zurück. In einer Minute lagen die eingedrungenen Gegner tot zu unseren Füßen und in ebenso kurzer Frist hatten wir sie ihren Gefährten über Bord nachgeschickt, obgleich einer davon, als wir ihn über das Schanddeck hoben, mir sein Messer in die Wade stieß.

Ich will nicht sagen, die Spanier hätten kein Recht gehabt, einen Versuch zur Wegnahme des Schoners zu machen, indessen hatten wir sie ein paar Stunden zuvor in Freiheit gesetzt, und so konnte uns ihr Benehmen wohl als undankbar und verräterisch erscheinen, weshalb wir ihnen auch keine Schonung angedeihen ließen. Außer mir waren noch zwei Matrosen, zum Glück aber nicht gefährlich, verwundet, denn wir hatten keinen Chirurgen und nur etwa eine halbe Elle Heftpflaster an Bord.

»Das heiße ich sich gut herauswinden!« sagte Swinburne, als ich nach dem Hinterschiff hinkte. »Zum Teufel! es hätte sauber ablaufen können.«

Nachdem wir den Kurs nach Barbados eingeschlagen, verband ich mein Bein und legte mich schlafen. Diesmal träumte ich aber nicht von Celeste, sondern focht aufs neue mit den Spaniern, glaubte verwundet zu sein und erwachte mit einem heftigen Schmerz in meiner Wade.

Elftes Kapitel

Peter kommt um sein Kommando, weil sein Schiff kentert. – Fahrt auf dem Großmast mit einem Haifisch im Gefolge. – Peter und seine Leute werden nebst einem Haufen fliegender Fische an Bord eines Negerbootes genommen. – Der Held der Erzählung regeneriert sich, indem er einen neuen äußern Menschen anzieht.

Wir steuerten unter einer sehr leichten Brise auf Barbados zu, ohne ein weiteres Abenteuer zu erleben, und ich ging in die Kajüte hinunter, getroster Hoffnung, noch vor dem Frühstück des nächsten Morgens ankern zu können. Es dämmerte eben, als ich fühlte, daß ich aus meinem Bette nach der andern Seite der Kajüte aufs Deck flog; zugleich vernahm ich ein Rauschen von Wasser. Ich merkte hieraus, daß der Schoner auf der Seite lag, sprang auf und erreichte das Verdeck. Meine Vermutung erwies sich richtig, denn der Schoner war durch eine Bö umgestürzt worden und mußte in ein paar Minuten sinken. Die ganze Mannschaft war auf dem Deck versammelt, einige angekleidet, andere, wie ich selbst, in ihren Hemden. Swinburne stand hinten; er hatte ein Beil in seiner Hand und zerhieb das Takelwerk des Großmastes. Ich sah, was er im Schilde führte, ergriff gleichfalls eine Axt und löste die Kabel und Taue des Mastes ab. Wir hatten keine andere Wahl, denn unser einziges Boot, das an der Leeseite aufgehißt war, lag unter Wasser. All dies war nur das Werk zweier Minuten, und ich konnte mich des Gedankens nicht erwehren, an was für Kleinigkeiten oft die Rettung oder der Verlust eines Menschenlebens hängt. Hätte die Axt nicht glücklicherweise am Spill gelegen, so wäre es mir nicht möglich gewesen, die Kabel zu zerhauen; Swinburne wäre allein nicht fertig geworden, und der Großmast hätte mit dem Schoner versinken müssen. Zum Glück hatten wir ihn jetzt losgemacht. Der Schoner füllte sich, stieg in die Höhe und sank dann, uns und den Großmast für einige Augenblicke in seinen Wirbel hinabreißend; dann aber kamen wir wieder an die Oberfläche.

Die Bö dauerte noch immer fort, aber das Wasser war glatt. Nachdem sie ausgetobt, was nicht lange währte, trat wieder fast völlige Windstille ein. Ich zählte die Matrosen, die an dem Maste hingen, und fand, daß ich keinen verloren hatte. Swinburne war am nächsten bei mir. Er hielt sich mit der einen Hand, während er mit der andern in seiner Tasche nach Kautabak suchte, den er sodann in seine Backen steckte.

»Ich war gerade nicht auf Deck, Herr Simpel«, sagte er, »sonst wäre dies nicht passiert. Die Ablösungsmannschaft war aufgezogen und ich sagte Collins, er solle scharf nach Böen auslugen. Dies sag' ich übrigens bloß, damit Sie nicht denken mögen, ich habe meine Pflicht vernachlässigt, wenn Sie davonkommen und ich zu Grunde gehe. Wir sind zwar nicht weit vom Lande, indessen halte ich's für wahrscheinlich, daß wir eher mit einem Haifische als mit einem Freunde zusammentreffen.«

Dies waren allerdings auch meine eigenen Gedanken gewesen, obschon ich sie nicht offenbaren mochte. Nachdem aber Swinburne den Haifisch erwähnt hatte, sah ich sehr oft über den Meeresspiegel hin, ob sich keine Finnen zeigten, und ins Wasser hinunter, ob nicht eine derartige Bestie herankomme, um uns in Stücke zu zerreißen. Es war ein schreckliches Gefühl.

»Ich weiß wohl, daß es nicht Ihre Schuld war, Swinburne.

Ich hätte Sie selbst ablösen sollen; aber weil ich die erste Wache gehalten, war ich müde. Wir müssen unser Vertrauen auf Gott setzen; vielleicht werden wir noch gerettet.«

Die Windstille hielt an und die Sonne hatte sich hoch am Himmel erhoben; ihre Strahlen brannten sengend auf unsere Köpfe, da wir keine Hüte hatten, uns zu schützen. Mein Gehirn glühte wie Feuer, und ich fühlte mich fast geneigt, tief unter den Wellen Kühlung gegen die unerträgliche Hitze zu suchen. Mit dem Vorrücken des Tages nahmen auch unsere Leiden zu. Kein Lüftchen wehte und die Sonne stand senkrecht über uns, im buchstäblichen Sinne des Wortes den Teil unserer Körper bratend, der sich über Wasser erhob. Sogar ein Hai wäre mir willkommen gewesen, der mich meiner Qual überhoben hätte. Aber ich dachte an Celeste und klammerte mich ans Leben. Gegen Mittag wurde mir übel und schwindlig. Meine Entschlossenheit wich und das Licht der Augen verging mir. Da weckte mich mit einem Male Swinburne, indem er rief:

»Beim Allmächtigen, ein Boot! Haltet euch noch ein bißchen, ihr Leute, und ihr seid gerettet!«

Es war ein Boot, mit Negern angefüllt, das herausgekommen war, um fliegende Fische zu fangen. Sie hatten den Mast auf dem Wasser bemerkt und eilten hinzu, um sich die Prise zu sichern. Sie zogen uns ans Boot, reichten uns Wasser, das uns wie Nektar vorkam, und riefen uns so wieder ins Leben. Den Mast machten sie fest und schleppten ihn landwärts. Wir waren noch keine zehn Minuten auf dem Wege, als Swinburne auf die Finnen eines großen Haifisches deutete, die über dem Wasser hervorragten.

»Sehen Sie dorthin, Herr Simpel«, sagte er.

Ich schauderte und gab keine Antwort, dankte aber Gott aus dem Grunde meines Herzens.

Nach zwei Stunden landeten wir, waren aber zu unwohl, um gehen zu können. Man führte uns nach dem Hospital, ließ uns Blut ab und legte uns in Hängematten. Ich litt an einem Hirnfieber, das sechs oder sieben Tage anhielt, und während dieser ganzen Zeit kam O'Brien nicht von meinem Bette. Der Kopf wurde mir abgeschoren und die Oberhaut meines Gesichtes fiel wie eine Maske ab; ein Gleiches war mit meinem Rücken und meinen Schultern der Fall. Man setzte uns in Bäder von mit Branntwein gemischtem Wasser, und in drei Wochen waren wir alle wieder hergestellt.

»Das war ein Unglücksschoner vom Anfang bis zum Ende«, bemerkte O'Brien, nachdem ich ihm die Erlebnisse während meiner Kreuzfahrt erzählt hatte. »Schon bei der ersten Bekanntschaft kam er uns übel zustatten und sein Ende war entsprechend. Er ist gesunken und der Teufel mag mit ihm gehen; indessen, Ende gut, alles gut, und Du, Peter, bist noch immer ein Dutzend Leichen wert. Aber wahrhaftig, Du machst mir viel Angst und Sorge, und ich zweifle sehr, ob ich Dich je durchbringen kann.«

Ich kehrte zu meinem Dienst auf der Brigg zurück, die jetzt nahezu segelfertig war. Eines Morgens kam O'Brien an Bord und sagte: »Peter, ich habe eine Neuigkeit für Dich. Unser Geschützmeister ist auf den ›Araxes‹ versetzt, und der Admiral hat mir eine Kanonierbestallung für den alten Swinburne ausgestellt. Laß ihn aufs Deck kommen.«

Swinburne wurde gerufen und kam die Luke herauf.

»Swinburne«, redete ihn O'Brien an, »Sie haben Ihren Dienst gut verrichtet und sind jetzt Kanonier auf der ›Klapperschlange‹. Hier ist Ihre Bestallung, und es freut mich, daß ich sie Ihnen auswirken konnte.«

Swinburne wälzte seinen Kautabak im Munde umher und versetzte sodann:

»Darf ich so frei sein zu fragen, Kapitän O'Brien, ob ich einen von den langgestreckten, schwalbenschwänzigen Fräcken tragen muß? — von wegen, wenn das wäre, so wollt' ich lieber Quartiermeister bleiben.«

»Ein Kanonier kann, wenn er will, auch eine Jacke tragen, Swinburne. Haben Sie dann Lust dazu, so können Sie, wenn Sie ans Land gehen, sich den Schwalbenschwanz anheften.«

»Gut, Sir; wenn das der Fall ist, will ich die Bestallung annehmen, weil ich weiß, daß meine Alte eine Freude daran haben wird.«

Mit diesen Worten zog Swinburne seine Hosen in die Höhe und begab sich wieder in den Unterraum. Ich muß hier bemerken, daß Swinburne seine runde Jacke forttrug, bis wir in England anlangten; dort aber meinte die »Alte«, nämlich sein Weib, ihrer Würde geschehe Eintrag, und er mußte bald im Schwalbenschwanz umhersegeln. Von nun an hatte er jedoch selber auch eine Liebhaberei dafür, und trug ihn immer, ausgenommen wenn er zur See war.

Als ich am nämlichen Abend mit O'Brien von dem Gouverneur, bei dem ich gespeist hatte, zurückkehrte, kamen wir an einem hell erleuchteten Gebäude vorbei.

»Was mag das sein?« bemerkte O'Brien. »Ein Honoratiorenball ist's nicht; denn ich höre keine Musik.«

Unsere Neugierde veranlaßte uns einzutreten, und wir fanden, daß es ein Gotteshaus war, mit Schwarzen und Farbigen angefüllt, die auf den Bänken umhersaßen und des Predigers harrten.

»'s ist eine Methodistenversammlung«, sagte ich zu O'Brien.

»Gleichviel«, versetzte er; »wir wollen hören, was hier vorgeht.«

Einen Augenblick nachher trat kein Weißer, sondern, wie wir vermutet hatten, ein stämmiger Neger auf die Kanzel. Er war schwarz gekleidet und sein Haar, das sich natürlich nicht gerade herunterkämmen ließ, in fünf kleine Schwänze geflochten, an deren Enden sich Bleigewichte befanden, wie man dies bisweilen an Pferdemähnen bemerkt. Dadurch gewann er einen einigermaßen geistlichen Anstrich. Sein Hals war offen und der Hemdkragen herausgelegt; an den Handgelenken trug er sehr große, weiße Manschetten und mit der Rechten schwenkte er ein weißes Batisttaschentuch.

»Was für ein Stutzer!« flüsterte O'Brien.

Mich dünkte es fast zu abgeschmackt, als er sagte, er wolle sich die Freiheit nehmen, Gott in der siebzehnten Hymne zu preisen, und alle Anwesenden bitten, in den Chor einzustimmen. Dann sprach er die Verse in der seltsamsten Modulation vor. Nach Beendigung des Liedes, das von der ganzen Gemeinde im entzückendsten Mißklang gesungen wurde — denn jeder hatte eine andere Tonart, — gab er ein Gebet aus dem Herzen zum besten, das man unglücklicherweise nicht verstehen konnte, endlich begann er seine Predigt über das Thema des Glaubens. Ich will die Einleitung seiner anstößigen Rede übergehen, da sie wohl lächerlich, aber kaum erbaulich sein dürfte. Was mich am meisten amüsierte, war der Schluß, in welchem er seinen Zuhörern bewies, daß es ohne Liebe keinen Glauben gebe. Eine Weile besprach er die Frage im allgemeinen, wurde aber zuletzt persönlich. Wenn ich mich recht entsinne, lauteten seine Worte folgendermaßen:

»Und nun seh Ihr, meine liebe Brüder, wie unmöglich es ist, mit allen Glauben von der Welt in den Himmel zu gehn ohne Liebe. Liebe will sagen — Hergeben. Gesetzt, Ihr geb nicht her — so hab Ihr nicht Liebe; Ihr hab nicht Liebe, — Ihr hab auch nicht Glaube; Ihr hab nicht Glauben – so geh Ihr all zur Höll und sei verdammt. Nun denn, laß mich seh, ob Ihr hab Liebe. Ihr seh hier, ich komm zu retten all Euer Seel vom höllisch Feuer, und höllisch Feuer verdammt heiß, kann ich Euch sag. Da brenn Ihr all wie Kohl, bis Ihr sein weiß Pulver, und dann brenn Ihr fort, bis Ihr werd wieder schwarz; und so geht Ihr fort, brenn, brenn, bald weiß, bald schwarz für immer und ebig. Der Teufel nimmer erlaub zu kühlen Euer Zung, nein, kein Kokosnußmilch, – nicht ein bißl Tropf Wasser; Teufel will Euch lieber verdammt sehen, eh er's thut. Gut denn, hab Ihr Liebe? Nein, Ihr hab nicht. Du, Quashee, wie Du getrau, mir ins Gesicht zu sehen? Du hab Laden – Du verkauf Eier – Du verkauf Yam – Du verkauf scharf Pfeffer – aber wann gib Du mir? He? Nie, so mir Gott helf. Du hab nicht Liebe, und Du geh zur Höll. Du schwarz Sambo«, fuhr er fort, auf einen Mann in einer Ecke deutend, »hab sehr schön Boot, geh aus all Tag, fang Fliegfisch, bring ihn heim, brat ihn und verkauf für Geld: aber wann send Du mir? Nicht ein klein Fisch find Weg zu mir in Mund. Was ich sag Dir von Peter und Apostel – lauter Fischerleut; gute Männer, geben weg den Armen. Sambo, Du hab nicht Liebe; und gesetzt, Du nicht bereu diese Woch und send ein sehr schön Fisch, Du geh zur Höll und brenn für immer und ebig. He! so Du will weglauf, Massa Johnson?« rief er einem anderen zu, der sich nach der Thür hinbohrte; »aber Du lauf nicht weg vor dem höllisch Feuer; wenn Teufel Dich faß, er halt Dich verdammt fest. Du weißt, Du schlacht Schaf und Geiß jede Tag. Du send Klingel durch die ganze Stadt, daß komm Leut zu kauf; aber wann Du send zu mir? Nie, ausgenomm einmal, da Du mir gab ein klein Stück Leber. Das nicht genug, Massa Johnson; Du hab nicht Liebe – und gesetzt, Du mir nicht schick morgen früh Schafkopf, so hol der Teufel Deine Leber, weiter ich nicht sag. Ich seh noch viel, aber ich seh, daß sie woll nicht mehr sündigen. Ich will deshalb sie laß geh und nichts davon sag, weil ich weiß viel Platan und Banana (auf den einen deutend) und Pomeranz und Pampelmus (auf einen anderen deutend), und Salzfisch (Wink für einen Vierten) und all Ding, die morgen komm in mein Haus. So ich sag nichts mehr davon; ich seh, Ihr alle sehr leid – Ihr nur vergeß. Ihr all hab Liebe und alle hab Glaube. So nun, meine liebe Brüder, thu niederknie und Gott dank für all dies, doch besonders, daß ich rett all Euer Seel vom Gehen zu Teufel, der um Barbados läuft wie ein brüllender Löw, such wen er erwisch und steck in sein verdammt feurig Rachen.«

»Das ist genug, Peter«, sagte O'Brien; »den Rahm davon haben wir, denke ich, schon abgeschöpft.«

Wir verließen den Saal und gingen zum Boot hinab.

»Das sollte denn doch gewiß nicht erlaubt sein«, sagte ich.

»Er ist nicht schlimmer als seine Nachbarn«, entgegnete mir dieser, »und richtet vielleicht das wenigste Unheil an. Die Schlauheit dieses Spitzbuben ist bewunderungswürdig; er winkte seiner Herde, wie man in Irland sagt, mit dem Zaunpfahl.«

»Allerdings, man konnte ihn nicht mißverstehen; aber ist er ein zugelassener Prediger?«

»Sehr wenig Zugelassenes in seiner Predigt, wie mir scheint; ich glaube eher, er hat einen Ruf gehabt.«

»Einen Ruf? – was meinst Du damit?«

»Ich meine, er wünscht seinen Wanst zu füllen; Hunger ist ein Ruf der Natur, Peter.«

»Nach seiner Aufzählung zu urteilen, scheint er sehr viele Dinge zu bedürfen; wie jammerschade, daß dieses arme Volk nicht besser unterrichtet wird.«

»Das wird nie der Fall sein, Peter, solange die Religionen nicht im freien Wettbewerb stehen.«

»Du sprichst wie ein Katholik, O'Brien.«

»Ich bin einer«, erwiderte er; und damit endete unser Gespräch; denn wir waren nun zum Boote gekommen, welches an der Bucht unserer harrte.

Am anderen Tage traf ein Kriegsschiff aus England mit Briefen für das auf der Station befindliche Geschwader ein. Ich erhielt zwei Briefe von meiner Schwester Ellen, die mich sehr verstimmten. Sie schrieb mir, mein Vater sei bei meinem Oheim, Lord Privilege, gewesen und in Streit mit demselben geraten; und soviel sie hätte über den Vorfall erfahren können, habe mein Vater meinen Oheim geschlagen und sei dann von dessen Dienerschaft zum Hause hinausgeworfen worden. Er sei in einem Zustande großer Aufregung heimgekehrt und seit der Zeit immer sehr unwohl. In ihrem Briefe sagte sie ferner, es sei viel über diese Geschichte in der Nachbarschaft gesprochen worden; die Leute haben im allgemeinen das Benehmen meines Vaters höchlich getadelt und ihn für verrückt gehalten – eine Vermutung, die mein Oheim aufrechtzuerhalten sich ganz besonders bemühe. Auch sprach sie wiederholt ihre Hoffnung auf meine baldige Rückkehr aus. Ich sei nun drei Jahre von Hause weg und sie fühle sich so unbehaglich, als ob ich wenigstens zehn Jahre fort wäre. Auch O'Brien erhielt ein Schreiben von M'Grath, dessen Inhalt ich dem Leser mitteilen will:

Mein lieber Sohn!

»Langes Leben und der Segen aller Heiligen sei mit Dir jetzt und immerdar! Amen. Und mögest Du leben und Dich verheiraten, und möge ich tanzen auf Deiner Hochzeit, und möge es Dir nicht an Kindern mangeln, und mögen sie aufwachsen, so schön als ihr Vater und ihre Mutter (wer sie auch immer sein mag), und mögest Du sterben in einem hohen Alter und im wahren Glauben und eine schöne Auferstehung feiern, wie Dein eigener Vater letzten Freitag vor acht Tagen, wo er es sich nämlich in den Kopf gesetzt hatte, diese Welt für eine bessere zu verlassen. Es war ein anständiges Leichenbegängnis, mein lieber Terenz, und Dein Vater muß erfreut darüber gewesen sein, sich so schön nach dem Grabe geleitet zu sehen. Nie gab jemand eine schönere Leiche ab, wenn man in Erwägung zieht, wie alt, dünn und abgemagert er war und wie sich seine Haare gebleicht hatten. Den Blumenstrauß hielt er zwischen den Fingern über der Brust, so natürlich, als ob er lebte, und er erinnerte uns alle an den gesegneten Heiligen, Papst Gregor, der in die Herrlichkeit einging, einige Jahrhunderte, ehe wir beide, Du und ich, auf die Welt kamen.

»Deine Mutter ist ganz wohl, und da sitzt sie in ihrem alten Lehnstuhl, rutscht den ganzen lieben Tag hin und her, und spricht nie ein Wort zu jemand, denn sie denkt nur an den Himmel, wie ich wohl behaupten darf; das ist's auch just, was sie thun muß, in Anbetracht, daß sie die allerhübscheste Aussicht hat, im Laufe von einem Monat oder so etwa dorthinzukommen. Kein Sterbenswörtchen hat sie seit Deines Vaters Abscheiden gesprochen, aber geschrien und geweint genug, daß es wenigstens für sieben Jahre hingereicht hätte. Sie hat alle ihre Sinne weggeweint, denn seit der Zeit that sie nichts als husten, husten und an ihren Paternostern herumzerren – eine ganz gesegnete Weise, den Rest ihrer Tage zuzubringen, wenn man annimmt, daß ich mit jeder Minute ihr Abfallen erwarte, wie bei einer überreifen faulenden Birne. Denk also durchaus nicht mehr an sie, mein Sohn, denn wofern Du nicht blitzschnell hierherkommst, wird ihr Leib in geweihten Boden gelegt und ihre glückliche gesegnete Seele im Fegfeuer sein. Pax vobiscum. Amen, Amen.

»Und jetzt, nachdem ich Dir so viel zu Deiner Befriedigung über Deinen Vater und Deine Mutter auseinandergesetzt habe, will ich Dir auch sagen, daß Ella's Mutter im Kloster zu Dieppe gestorben ist, aber ob sie ihr Geheimnis mit ins Grab genommen hat oder nicht, ist mir unbekannt; das jedoch weiß ich, daß sie, wenn sie ihre Seele nicht durch die Beichte befreit hat, verdammt ist in alle Ewigkeit. Gott sei Dank und Preis für alle seine Gnaden, Amen. Ella Flannagan ist noch am Leben, und befindet sich für eine Nonne so wohl als man erwarten kann. Ich sehe nun auch, daß sie durchaus nichts von der Geschichte weiß hinsichtlich des Austausches der Geschlechter von den Kindern – aus dem Grunde, daß ihre Mutter einen Eid abgelegt hat an den Pater O'Toole, der gehenkt, gerädert und gevierteilt werden sollte, anstatt der armen Burschen, die das Gouvernement Rebellen nennt, die aber nicht mehr Rebellen sind, als Pater M'Grath selbst. – Da ich von Pater O'Toole spreche, fällt mir ein, daß der Bischof bis jetzt noch nicht über unseren kleinen Streit entschieden hat, indem er sagt, er müsse sich Zeit nehmen, darüber nachzudenken. Wenn man nun in Erwägung zieht, daß es gerade drei Jahre sind, seit der Spektakel vorfiel, so muß der alte edle Herr ein sehr langsamer Denker sein, wenn er jetzt noch nicht ausgefunden hat, daß ich mich im Recht befinde und daß Pater O'Toole, die Bestie, das Hängen nicht wert ist.

»Deine zwei verheirateten Schwestern sind charakterfeste und fleißige junge Frauen; jede von ihnen hat drei Kinder bekommen, seit Du sie zum letzten Male gesehen hast. Saubere Jungens, jeder Mutter Sohn von ihnen, mit hübschen breiten Gesichtern und merkwürdig großen Mäulern, um ganze Kartoffeln hineinzuschieben. Beim Allmächtigen, die Sprößlinge von dem Stamme O'Briens beginnen gleich Lärmen ins Land zu machen, wie Du sagen würdest, wenn Du sie nur einmal um ihr bißchn Abendessen schreien hörtest.

»Und jetzt, mein lieber Sohn Terenz, zum eigentlichen Zwecke dieses Schreibens, welcher eben der ist, Dir auf Seele und Gewissen zu binden, ob Du nicht als ein pfllichtgetreuer Sohn mir etwas an Geld schicken müßtest, um Deines armen Vaters Seele aus Angst und Pein zu retten – denn 's ist kein Spaß, im Fegfeuer zu sein, kann ich Dir wohl sagen; und Du würdest Dich nicht lang darin wünschen, sondern möglichst schnell wieder hinauszukommen suchen. Ich wünschte mir, Du hättest Deine kleine Zehe darin, dann würdest Du vor Ungeduld brennen, sie wieder herauszuziehen. Aber Du bist ein pflichtgetreuer Sohn, und ich will deshalb nichts weiter darüber sagen – bei einem blinden Gaul hilft ein Nicken so viel als ein Wink.

»Wenn Deine Mutter abfährt, was unter dem Segen Gottes in sehr kurzer Zeit geschehen wird, in Anbetracht daß sie nur ihren Sinnen nachzufolgen braucht, die schon fort sind, so will ich's über mich nehmen, alles zu verkaufen, sintemalen weltliche Güter und Dinge für tote Leute nutzlos sind; und ich zweifle nicht, daß der Erlös aus dem Hausgeräte, den zwei Kühen, den Schweinen und den auf dem Felde stehenden Früchten hinreichend sein wird, ihre Seele aus den Flammen zu retten und sie noch obendrein anständig zu begraben. Da Du übrigens gesetzlicher Erbe bist, sintemalen das ganze Eigentum Dir gehört, will ich ein Soll- und Haben-Konto über die Geschichte führen; und sollte sich ein Überschuß ergeben, so will ich denselben ganz auf Messen verwenden, um so ihre Seele expreß in Himmel hinaufzuschicken: wenn es aber nicht genug ist, so muß sie bleiben, wo sie ist, bis Du zurückkommst und das Fehlende darauf legst. Indessen bin ich Dein liebender Beichtvater

Urtagh M'Grath.«

Zwölftes Kapitel

Swinburne's richtiger Takt. – Vor seinem Kammerdiener gilt niemand als ein großer Mann und in der Heimat niemand für einen Propheten. – O'Brien thut aus Feldherrnklugheit einen Schritt. Er trennt sich von seinem Freunde, und Peters Stern ist nicht länger im Aufsteigen.

O'Brien war betrübt durch den Tod seines Vaters, aber seine Gefühle waren nicht gerade so, wie es bei den meisten andern Leuten der Fall gewesen wäre, da sich sein Vater gewiß nie als Vater gegen ihn gezeigt hatte. Man hatte ihn auf See geschickt, um seiner los zu werden, und seit der Zeit war er immer die Hauptstütze der Familie; sein Vater war ein großer Freund von Whiskey und gar kein Freund von Thätigkeit. Er fühlte sich zu stolz auf das echte Blut in seinen Adern, um etwas für seinen Unterhalt zu arbeiten, aber nicht zu stolz, um von seines Sohnes sauer erworbenem Verdienste zu leben. Für seine Mutter bewahrte O'Brien die innigsten Gefühle; sie hatte sich ihm immer freundlich und wohlwollend gezeigt und war ihm in der That recht zugethan. Seeleute werden übrigens, wenn sie lange in ihrem Berufe gelebt haben, ihren Familien so entfremdet und so an die Wechselfälle des Schicksals gewöhnt, daß kein Schmerz über den Verlust eines Verwandten sehr lange dauert, und deshalb hatte auch O'Brien nach einer Woche schon seine gewöhnliche Stimmung wieder angenommen, als uns ein im Hafen einlaufendes Fahrzeug die Nachricht brachte, ein französisches Geschwader sei auf der Höhe von Sankt Domingo gesehen worden. Dies setzte uns alle in Alarm. O'Brien wurde zum Admiral berufen und erhielt von ihm den Befehl, seine Brigg mit möglichster Eile zur Abfahrt auszurüsten, weil er Depeschen nach England zu überbringen bestimmt sei. In drei Tagen meldeten wir uns fertig, erhielten unsere Ordres und segelten um acht Uhr abends aus der Carlislebucht ab.

»Nun, Herr Swinburne«, sagte ich, »wie gefällt Ihnen Ihre neue Stellung?«

»Ah, sie gefällt mir soweit gut genug, Herr Simpel, denn es ist nicht übel, Offizier zu sein und in seiner eigenen Kajüte zu sitzen; doch fühle ich gleichwohl, daß ich besser vorwärts käme, wenn ich mich auf einem andern Schiffe befände. Ich bin nämlich so lange gut Freund mit der Schiffsmannschaft gewesen, daß ich nicht so leicht den Offizier spielen kann, und deshalb ist es nicht möglich, den Dienst so leicht verrichtet zu bekommen, als ich es wünschen möchte; und dann finde ich es auch in der Nacht sehr langweilig, wenn ich in meiner Kajüte wie 'n Pfarrersschreiber allein aufbleiben und mit niemand sprechen soll; denn die andern Unteroffiziere sind ganz besondere Leute; sie sagen, ich sei nur einstweilen angestellt und könne vielleicht nicht bestätigt werden, und ziehen sich deshalb stolz von mir zurück. Auch bin ich nicht gerne für alle die Menge Schießpulver verantwortlich — 's ist ein schlimmer Artikel, mit dem man zu schaffen hat.«

»Ganz richtig, Swinburne, aber bedenken Sie doch, wenn keine Verantwortlichkeit da wäre, so brauchten wir auch keine Offiziere. Ferner müssen Sie in Anschlag bringen, daß Sie jetzt für lebenslänglich versorgt sind und halben Sold beziehen werden.«

»Dies bestimmte mich anzubeißen, Herr Simpel; ich dachte an die Alte und wie bequem es ihr in ihrem hohen Alter werden würde, und dieserwegen, sehen Sie, habe ich mich aufgeopfert.«

»Sind Sie schon lange verheiratet, Swinburne?«

»Schon seit Weihnachten vierundneunzig. Ich ging nicht sorglos an die Angel, sondern beschnüffelte den Köder, ehe ich ihn nahm. Versuchte sie zuerst, und als ich fand, daß sie genug Ballast hatte, segelte ich sie als meine Frau heim.«

»Was verstehen Sie unter genug Ballast?«

»Ich meine damit keineswegs einen breiten Bug und einen starken Hulk. Sie wissen ja wohl, daß wenn ein Fahrzeug keinen Ballast hat, es blitzschnell kentert. Was nun eine Frau steif unter ihrem Segel hält, das ist ihre Sittsamkeit.«

»Sehr wahr, Swinburne; aber 's ist 'ne seltene Ware an der Küste.«

»Und warum, Herr Simpel? Weil geistige Getränke höher geschätzt werden. Mancher gute Mann hat darin sein Verderben gefunden, und 'ne Frau, wenn die einmal dabei ist, ist wie ein Schiff ohne Ruder, und geht vor dem Wind zum Teufel. Nicht als ob ich glaubte, ein Mann sollte nicht einen oder zwei nehmen, wenn er's bekommen kann. Gott der Allmächtige hat den Rum nicht bloß gegeben, um die Neger tanzen zu machen, sondern um unser aller Herzen froh zu stimmen; ebensowenig kann ich einsehen, warum eine Frau ganz leer ausgehen sollte. Was gut für den Jack ist, kann auch der Poll nichts schaden; nur gibt's, wie man sagt, 'nen Mittelweg in allen Dingen, und halb und halb ist stark genug.«

»Das möchte ich auch glauben«, antwortete ich lächelnd.

»Aber lassen Sie sich durch mich nicht abhalten, 'nen Blick hinauszuwerfen, Herr Simpel. — He, Hoskins, Ihr seid 'nen halben Strich aus dem Wind, dürft das Schiff besser an den

Wind richten. — Mir scheint, Herr Simpel, Kapitän O'Brien habe nicht den besten Mann herausgewählt, als er Tom Alsop an meiner Stelle zum Quartiermeister wählte.«

»Wieso? Er ist doch ein sehr gesetzter, tüchtiger Mann, Swinburne.«

»Nun ja, das ist er; aber er hat Naturfehler, die man nicht hätte übersehen sollen. Ich zweifle, ob er bis zur Spitze des Hauptsegels sehen kann.«

»Das wußte ich nicht.«

»Nicht? aber ich. Alsop wünscht wegen der Pension seine Zeit auszudienen, und wenn's einmal soweit ist, so sollen Sie sehen, ob ihn die Ärzte bei der Untersuchung nicht für einen Invaliden erklären, der so blind ist wie eine Fledermaus. Ich wünschte ihn als Feuerwerksgehilfen zu haben, denn dazu ist er gerade tauglich. Aber ich glaube, Herr Simpel, wir werden schlechtes Wetter bekommen; der Mond scheint so schmierig drein, und die Sterne könnten's Schneuzen brauchen. Sie werden zwei Reffe im Marssegel führen, ehe's Morgen wird. Da ist's Klock' fünf; jetzt will ich heimgehen; wenn ich nicht die halbe erste und die halbe Morgenwache hätte, so würde ich die ganze Nacht nicht schlafen können. Ich vermisse meine regelmäßige Wache sehr, Herr Simpel — Gewohnheit geht über alles — auch gefällt mir ein fest stehendes Bett nicht, 's ist so breit und ich fühle mich so kalt an den Seiten. 's kommt eben nichts einer Hängematte gleich, die geht über alles. Gute Nacht, Herr Simpel.«

»Gute Nacht, Swinburne.«

Unsere Befehle lauteten auf die größtmögliche Eile, und O'Brien fuhr deshalb Tag und Nacht, wobei er in der Regel jeden Morgen bis ein oder zwei Uhr aufblieb. Wir hatten äußerst günstiges Wetter und fuhren nach etwas weniger als einem Monat am Lizard vorbei. Mit gutem Wind passierten wir Plymouth, fuhren den Kanal hinauf und ankerten in Spithead.

Nachdem sich O'Brien beim Admiral gemeldet hatte, begab er sich mit Depeschen nach London, indem er mir den Oberbefehl des Schiffes überließ. Nach drei Tagen erhielt ich ein Schreiben von ihm, worin er mich benachrichtigte, daß er den ersten Lord gesprochen habe, der ihm sehr viele Fragen über seine bisherige Station vorgelegt und auch manches Verbindliche über seine geleisteten Dienste gesagt habe. »Auf diesen Wink ging nun auch ich mit der Sprache heraus«, fuhr O'Brien fort, »und wagte Seiner Herrlichkeit zu bemerken, daß ich hoffe, meine Beförderung verdient zu haben; und weil nichts so gut ist, als wenn man den Feind direkt ansteuert, sagte ich ihm, ich hätte Lord Privilege nicht in Anspruch genommen, weil ich der Ansicht sei, daß meine Dienste ohne irgendeine Mitwirkung von seiner Seite hinreichend wären. Seine Herrlichkeit gab mir eine sehr artige Antwort, sagte, Lord Privilege sei einer seiner bedeutenderen Freunde, und sehr freundlich für die Regierung gesinnt, dann fragte er mich, wann ich zu demselben gehen wolle. Ich erwiderte, ich würde jetzt dem Lord meine Ehrfurcht nicht bezeigen, außer wenn sich eine zufällige Gelegenheit darböte, sondern müsse eine günstigere Gelegenheit abwarten. So hoffe ich, daß des großen Lords Irrtum, den ich übrigens nicht verbessern werde, da ich meine Beförderung verdient zu haben mir bewußt bin, gute Früchte bringen werde – und Du weißt ja, Peter, was man nicht auf geradem Wege bekommen kann, muß man auf ungeradem zu erreichen suchen.« Hier schloß er seinen Brief; doch fand sich noch eine Nachschrift folgenden Inhalts: –

»Wünsche mir Glück, mein lieber Peter. In diesem Augenblicke erhielt ich ein Schreiben vom Privatsekretär, worin er mir anzeigt, daß ich zum Kapitän und auf die Fregatte ›Semiramis‹ ernannt worden sei, welche im Begriff steht, nach Ostindien abzusegeln. Sie ist schon bereit zum Auslaufen, und ich muß nun suchen, Dich zu mir zu bekommen, woran ich übrigens nicht zweifle; denn obgleich die Offiziere derselben schon lange ernannt sind, wird man doch meinem Wunsche wenige Hindernisse in den Weg stellen, wenn ich Deine Verwandtschaft mit Lord Privilege erwähne und sie bei der Meinung lasse, als ob dieser sich zu meinen Gunsten verwende.«

Ich freute mich aufrichtig über O'Briens gutes Glück. Seine Beförderung hatte ich mit Gewißheit erwartet, weil seine Dienste ihn dazu berechtigten; aber den Oberbefehl einer so schönen Fregatte konnte man ihm nur in der Vermutung gegeben haben, es werde meinem Oheim erwünscht sein, der nicht nur eine Hauptstütze, sondern auch ein sehr tüchtiges Mitglied der Toryregierung war. Ich mußte bei mir selbst darüber lachen, wenn ich daran dachte, daß O'Brien seine Wünsche durch den Einfluß eines Mannes erreichte, der ihn wahrscheinlicherweise so sehr haßte, als nur ein Mensch den anderen hassen kann, und mit Ungeduld erwartete ich O'Briens nächstes Schreiben, aus welchem ich auch meine Ernennung auf die ›Semiramis‹ zu ersehen hoffte; aber ein garstiger Strich wurde durch die Rechnung gemacht.

O'Brien schrieb nicht; hingegen kam er selbst nach zwei Tagen, eilte an Bord der ›Semiramis‹, verlas seine Ernennung und übernahm den Oberbefehl, noch ehe er mich gesehen hatte; dann schickte er sein Gigboot an Bord der ›Klapperschlange‹ und bat mich, unverzüglich zu ihm zu kommen. Ich that dies und wir gingen nun in die Kajüte der Fregatte hinab.

»Peter«, hub er an, »ich mußte mich beeilen herabzukommen und mich als Kapitän des Schiffes einzulesen; denn ich befürchte, daß unsere Sachen nicht zum besten stehen. Ich hatte mich auf der Admiralität gemeldet, um dem ersten Lord vor meinem Abgang nach der ›Semiramis‹ meine Ehrfurcht zu bezeigen, und strich eben meine Fersen im Vorzimmer ab, als einer im Durchgang hin- und herspazierte, gerade wie wenn er sich als Kapitän auf seinem eigenen Hinterdeck befände, und wer meinst Du wohl, war dies? — Niemand anders als Dein Onkel, Lord Privilege. Unsere Blicke begegneten sich — er erkannte mich augenblicklich — und wenn er nicht Feuer gegen mich sprühte, so war es doch nicht viel weniger. Er richtete mehrere Fragen an einen der Portiers und gab seine Karte ab, als mein Name vorgerufen wurde. Ich ging an ihm vorbei und zum ersten Lord hinauf, dem ich für die Fregatte dankte. Nachdem ich sodann eine große Menge Artigkeiten über meine besonderen Dienstleistungen in Westindien hingenommen hatte, verbeugte ich mich und ging fort. Ich hatte im Sinne, um Deine Ernennung zu bitten, aber ich bedachte, daß Dein Name den des Lord Privilege aufs Tapet bringen werde; und überdies wurde Deines Onkels Karte heraufgebracht und auf den Tisch gelegt, während ich dasaß. Der erste Lord dachte wohl, wie ich vermute, Seine Herrlichkeit komme, um ihm für die mir erwiesene Güte zu danken, und wurde dadurch nur noch höflicher. Ich empfahl mich und ging hinab, wo ich dem Lord Privilege begegnete, der die Treppe heraufkam und mich mit seinen Blicken durchbohren zu wollen schien — denn sogleich nach Beendigung meiner Audienz kam die Reihe an ihn. Anstatt nun das Ergebnis dieser Auseinandersetzung zwischen Deinem Oheim und dem ersten Lord abzuwarten, nahm ich eine

Postchaise und bin nun hierhergekommen, so schnell, als nur vier Postpferde laufen konnten – denn dessen halte ich mich überzeugt, Peter, wenn ich nicht an Bord gewesen wäre, würde meine Ernennung widerrufen werden; das aber weiß ich auch, daß ich, wenn ich einmal, wie es jetzt der Fall ist, den Oberbefehl übernommen habe, ein Kriegsgericht verlangen kann, um meine Ehre zu retten, wenn ich außer Dienst gesetzt werde. Ich weiß, daß die Admiralität alles thun kann, aber sie wird gleichwohl so vorsichtig sein, von den Regeln des Dienstes nicht abzuweichen, und wenn auch dem Lord Privilege ein Gefallen dadurch geschähe. Sobald ich zum Säulengange der Admiralität hinaus war, blickte ich zum Himmel hinauf und freute mich sehr zu sehen, daß die Luft neblig und der Telegraph nicht imstande war zu arbeiten, denn sonst hätte ich doch zu spät kommen mögen. Jetzt will ich ans Land und dem Admiral melden, daß ich den Befehl der ›Semiramis‹ übernommen habe.«

O'Brien that dies und wurde vom Admiral gut empfangen; er sagte ihm, wenn er noch Vorbereitungen zu treffen habe, so könne er es nicht früh genug thun, denn es dürfte ihn nicht wundern, wenn der Befehl zu seinem Auslaufen am nächsten Morgen schon eintreffe. Dies war nun sehr ärgerlich; denn ich konnte nicht absehen, wie es mir in so kurzer Zeit möglich werden sollte, auf O'Brien's Schiff zu kommen, selbst wenn es mir gelänge, einen Tausch zu bewerkstelligen. Ich eilte deshalb an Bord der »Semiramis« und wandte mich an deren Offiziere, um mich zu erkundigen, ob nicht einer von denselben geneigt wäre, mit der »Klapperschlange« zu tauschen; aber obgleich sie nicht sehr gern nach Ostindien gingen, so wollten sie doch auf keine Brigg, und ich kehrte unverrichteter Dinge zurück.

Am andern Morgen ließ der Admiral O'Brien rufen, und teilte ihm im Vertrauen mit – denn es war derselbe, der uns nach unserer Flucht aus Frankreich aufgenommen hatte, und er zeigte sich gütig gegen O'Brien – daß es mit seiner Übernahme der »Semiramis« irgend einen Haken haben müsse, und daß Befehle eingelaufen seien, sie abzulöhnen, alles stehenzulassen, und ihren Boden zu untersuchen, wenn Kapitän O'Brien noch nicht auf ihr eingetroffen sei.

»Verstehen Sie, was das heißen soll?« sagte der Admiral, der den Grund gar zu gern zu erfahren wünschte.

O'Brien antwortete ihm unumwunden, daß Lord Privilege,

durch dessen Verwendung er die frühere Befehlshaberstelle bekommen habe, unzufrieden mit ihm sei; und da er gesehen habe, wie der Lord nach seiner eigenen Audienz bei dem ersten Lord gleichfalls zu diesem hinaufgegangen, so zweifle er nicht, daß derselbe irgend etwas Ungünstiges über ihn gesagt habe, denn er sei ein sehr rachsüchtiger Mann.

»Gut«, sagte der Admiral, »'s ist ein Glück, daß Sie den Befehl schon übernommen haben; denn jetzt kann man Sie nicht versetzen und ebensowenig das Schiff ohne eine Untersuchung oder einen von Ihnen gestellten Antrag auf die Werft schicken.«

Und so kam's auch; als der erste Lord hörte, daß O'Brien bereits an Bord erschienen war, that er keine weiteren Schritte, sondern gestattete der Fregatte, nach ihrem ursprünglichen Bestimmungsorte abzugehen. Für mich war nun alle Aussicht, mit O'Brien zu segeln, verloren, und ich mußte mich jetzt zum ersten Male von ihm trennen. Jeden Augenblick, den ich von meinem Dienste erübrigen konnte, verbrachte ich mit ihm. Auch O'Brien war sehr ärgerlich, doch konnte man es eben nicht ändern.

»Laß Dich's nicht kümmern, Peter«, sagte er, »ich habe schon gedacht, daß es vielleicht am besten so ist. Du wirst mehr von der Welt sehen und nicht länger am Gängelbande sein. Du bist nun zu einem stattlichen Mann herangewachsen, groß genug und häßlich genug, wie man sagt, um für Dich selbst zu sorgen. Wir werden wieder einmal zusammenkommen, und wo nicht – nun so möge Dich Gott segnen, mein Junge, und vergiß O'Brien nicht.«

Nach drei Tagen trafen O'Briens Befehle zur Abfahrt ein. Ich begleitete ihn an Bord, und erst als das Schiff schon unter Segel und bereit war, mit günstigem Winde den Nadeln zuzusteuern, nahm ich von ihm Abschied und stieß in meinem Boote ab.

Die Trennung von O'Brien war ein harter Schlag für mich; aber ich hatte noch keine Vorstellung davon, wie viel ich leiden sollte, ehe ich ihn wieder träfe.

Dreizehntes Kapitel

Ich bin erfreut über meinen neuen Kapitän. – Erhalte Urlaub, nach Hause zu reisen. – Treffe meinen Vater von einer höchst sonderbaren Krankheit befallen und zeige mich als ganz guter Arzt, obgleich die Geistesverwirrung immer wieder in einer neuen Form ausbricht.

Den Tag nach O'Briens Abfahrt nach Ostindien kamen die Leute vom Seemagazin an Bord unserer Brigg, um sie zu untersuchen: sie wurde als so schadhaft erfunden, daß man ihre Abführung auf die Werft anordnete. Ich hatte Briefe erhalten von meiner Schwester, die bei der Nachricht meiner glücklichen Rückkehr und im Vorgenusse des Wiedersehens überglücklich war.

Die Berichte über meinen Vater lauteten hingegen höchst ungünstig. Meine Schwester schrieb mir, daß das Gefühl getäuschter Erwartung und ängstliche Sorgen einen solchen Einfluß auf ihn gehabt haben, daß er in seinen Sinnen verwirrt sei.

Unser neuer Kapitän traf bei uns ein; er war noch ein sehr junger Mann und hatte nie zuvor ein Schiff befehligt. Sein Benehmen als Leutnant war wohl bekannt und nicht sehr befriedigend, denn er hatte sich als ein barscher und ungefälliger Offizier gezeigt; da er jedoch nie erster Leutnant gewesen war, konnte man durchaus noch nicht sagen, wie er sich als Befehlshaber eines Schiffes anlassen werde. Wir waren übrigens gleichwohl ein wenig besorgt darüber, und bedauerten den Verlust O'Briens ernstlich.

Er kam an Bord des Hulks*, auf dem unsere Schiffsmannschaft überführt worden war, und verlas da seine Ernennung. Er schien ein sehr gesprächiger, herablassender und gutmütiger Mann zu sein. Gegen mich war er besonders artig und sagte, er wolle sich in meine Führung des Dienstes nicht einmengen, da ich ja so gut mit der Schiffsmannschaft bekannt sein müsse. Wir glaubten jetzt, daß diejenigen, von denen uns ein Bericht über seinen Charakter gegeben worden war, entweder aus Vorurteil gesprochen, oder aber ihn falsch beurteilt haben mußten. Während der halben Stunde, die er an Bord verblieb, sagte ich ihm, da nun die Brigg in der

* abgewrackter Schiffsrumpf

Werft sei, wünschte ich sehr, eine Gelegenheit zum Besuche meiner Verwandten zu bekommen, falls er mein Urlaubsgesuch genehmige.

Sehr freundlich gestand er das zu und fügte noch das Versprechen bei, daß er diesen Urlaub auf seine eigene Verantwortlichkeit verlängern wolle. Mein Schreiben an die Admiralität wurde durch ihn befördert und mir eine willfährige Antwort zuteil. Tags darauf reiste ich zu Wagen ab und lag einen Tag später in den Armen meiner teuren Schwester.

Nachdem die ersten Beglückwünschungen vorüber waren, fragte ich nach meinem Vater; sie antwortete mir, er sei so ungestüm, daß niemand mit ihm verkehren könne. Er sei schwermütig und reizbar zugleich und jedenfalls im Geiste verwirrt. In diesem Zustande bleibe er gewöhnlich vier oder fünf Tage, dann gehe er zu Bette, schlafe vierundzwanzig Stunden oder noch länger, und erwache mit irgendeiner wunderlichen Einbildung im Kopfe. Seine Sprache sei sehr heftig, übrigens scheine er sonst sich eher vor andern Leuten zu fürchten als geneigt, Schaden anzurichten, und mit jedem Tage werde er sonderbarer und lächerlicher. Er sei gerade von einer seiner langen Schlafpartien aufgestanden und befinde sich jetzt in seinem Arbeitszimmer; vor seinem Einschlafen habe er sich für einen Zimmermann gehalten und mehrere Stücke des Hausgeräts zusammengehauen und zersägt.

Ich ging von meiner Schwester fort, um nach meinem Vater zu sehen, und traf ihn auch in seinem Lehnstuhle sitzend. Sein Äußeres erschreckte mich sehr. Er war dünn und abgemagert, sein Auge rollte wild umher und seinen Mund hielt er fortwährend geöffnet. Eine Krankenwärterin, die meine Schwester gedungen hatte, stand neben ihm.

»Pst, pst, pst!« schrie mein Vater, »was könnt Ihr altes einfältiges Weibsbild wissen, wie's in meinem Innern aussieht? Ich sage Euch, das Gas erzeugt sich schnell, und selbst jetzt kann ich mich kaum auf meinem Stuhle halten, ich werde in die Höhe gehoben — in die Höhe gehoben; und wenn Ihr mich nicht mit Stricken festbindet, so werde ich aufsteigen wie ein Luftballon.«

»In der That, Sir«, erwiderte die Frau, »'s ist nur der Wind in Ihrem Magen; Sie werden ihm gleich Luft machen.«

»Entzündbares Gas ist's, Ihr alte Hekate! — ich weiß, das ist's. Sagt mir, wollt Ihr einen Strick nehmen oder nicht?

Ha! wer ist das? — Peter? Wie? bist Du aus den Wolken gefallen, gerade zur rechten Zeit, um mich in dieselben hinaufsteigen zu sehen?«

»Ich hoffe, Sie fühlen sich jetzt besser, Sir«, sagte ich.

»Ich fühle mich mit jeder Minute leichter. Nimm einen Strick, Peter, und bind mich an einem Tischfuße fest.«

Ich versuchte ihm beizubringen, daß er sich im Irrtume befinde, aber das war nutzlos. Er wurde ausnehmend heftig und sagte, ich wünschte ihn in den Himmel. Da ich gehört hatte, es sei besser, die Launen derjenigen, welche an Hypochondrie leiden (was offenbar die Krankheit meines Vaters war), zu befriedigen, so versuchte auch ich diesen Weg.

»Es scheint mir, Sir«, sagte ich, »wenn wir das Gas alle zehn Minuten fortschaffen könnten, wäre das höchst zweckmäßig.«

»Ja — aber wie?« entgegnete er, sein Haupt wehmütig schüttelnd.

»Nun ja, mit einer Spritze, Sir«, sagte ich, »die man, wenn sie leer ist, in den Mund hineinsteckt, und so kann das Gas ausgezogen werden.«

»Mein lieber Peter, Du hast mir das Leben gerettet«, antwortete mein Vater; »sei schnell, sonst werde ich gerade durch die Decke hinaufgehen.«

Glücklicherweise war ein derartiges Instrument im Hause; ich setzte es an seinen Mund, zog den Stempel auf, ließ dann die Luft hinaus und setzte aufs neue an. In zwei Minuten erklärte er, daß er sich viel besser befinde; ich ließ nun die alte Wärterin mit dem Auspumpen fortfahren. Ich ging wieder zu meiner Schwester und erzählte ihr das Vorgefallene, aber wir konnten nicht darüber lachen, obgleich es uns, wenn es einer uns nicht näherstehenden Person begegnet wäre, viel Spaß gemacht hätte. Der Gedanke, sie bald wieder verlassen zu müssen — da ich nur auf vierzehn Tage Urlaub hatte — und sie durch meines Vaters unglückliche Krankheit so geplagt zu wissen, war höchst niederschlagend. Wir ließen uns nun in ein langes Gespräch ein, worin ich ihr meine Erlebnisse seit unserem letzten Beisammensein erzählte, und so vergaßen wir für den Augenblick die Quelle unseres Grams und Kummers. Drei Tage lang ließ mein Vater von der alten Frau das Gas aus dem Leibe pumpen, dann fiel er wieder in seinen festen Schlaf, der beinahe dreißig Stunden dauerte.

Als er erwachte, ging ich wieder zu ihm. Es war acht Uhr

abends und ich trat mit einem Lichte in der Hand ins Zimmer.

»Nimm's weg – schnell, nimm's weg, lösch' es sorgfältig aus.«

»Nun, weshalb denn, Sir?«

»Komm mir nicht zu nahe, wenn Du mich lieb hast, komm' mir nicht zu nahe. Lösch' es aus, sage ich – lösch' es aus.«

Ich befolgte seine Befehle und befragte ihn sodann um den Grund.

»Grund?« sagte er, als wir uns jetzt im Dunkeln befanden, »kannst Du nicht sehen?«

»Nein, Vater, im Dunkeln kann ich nichts sehen.«

»Nun ja, Peter, so will ich Dir sagen, ich bin ein Magazin voll Schießpulver; der kleinste Funken von der Welt und ich fliege auf, bedenke doch diese Gefahr. Du willst gewiß nicht das Verderben Deines Vaters sein, Peter?«, und damit brach der arme alte Mann in Thränen aus und weinte wie ein Kind.

Ich wußte, daß es vergebliche Mühe war, mit ihm darüber zu rechten, und sage deshalb: »Mein lieber Vater, wenn wir am Bord eines Schiffes einer derartigen Gefahr ausgesetzt sind, überschwemmen wir stets das Magazin. Wenn Sie jetzt eine große Menge Wasser trinken wollten, würde das Pulver verdorben werden und keine Gefahr mehr da sein.«

Mein Vater war sehr befriedigt von diesem Vorschlage und trank jede halbe Stunde einen Becher voll Wasser, den ihm die alte Wärterin, sooft er danach verlangte, schleunigst bringen mußte. Damit beruhigte er sich drei oder vier Tage, die ich in Gesellschaft meiner lieben Schwester Ellen zubrachte; dann fiel er wieder in seinen Zustand der Betäubung, und wir waren gespannt, was er nun für eine Wahnvorstellung haben werde. Ich wurde plötzlich von der Wärterin gerufen, und traf meinen armen Vater im Bette liegend und auf eine sonderbare Art atmend.

»Was ist mit Ihnen, mein lieber Vater?« fragte ich.

»Wie, siehst Du nicht, was mit mir ist? Wie kann ein kleines, neugeborenes Kind leben, wenn seine Mutter nicht bei ihm ist, es zu säugen und es zu warten?«

»Im Ernste, Sir, wollen Sie damit sagen, daß Sie eben geboren seien?«

»Allerdings. Ich sterbe, wenn ich die Brust nicht bekomme.«

Dies war nun doch zu abgeschmackt, aber ich antwortete ernsthaft, das sei allerdings ganz richtig; unglücklicherweise jedoch sei seine Mutter im Kindbett gestorben, und das einzige Mittel bleibe also, ihn künstlich aufzuziehen.

Er stimmte mir vollkommen bei. Ich ließ nun die Wärterin etwas Haferschleim mit Branntwein kochen und ihm das eingeben; dies geschah, und er nahm das Getränk, als ob er ein kleiner Knabe wäre.

Diese Grille dauerte wenigstens sechs Tage, denn er legte sich zu Bette, weil Säuglinge viel zu schlafen pflegen, und ich hoffte, es würde noch viel länger währen, aber er verfiel wieder in seinen lethargischen Zustand und erwachte nach einem langen Schlafe mit einer neuen Grille. Meine Zeit war nun beinahe abgelaufen, und ich hatte meinem neuen Kapitän um eine Verlängerung des Urlaubs geschrieben, erhielt aber die Antwort, daß dies nicht gestattet werden könne und ich mich schleunigst auf meiner Brigg einzufinden habe.

Ich war sehr erstaunt darüber, aber natürlich genötigt, Folge zu leisten; ich nahm also Abschied von meiner lieben Schwester und eilte Portsmouth zu. Ich riet ihr, den Grillen meines Vaters nachzugeben, und dies that sie auch; aber sie waren bisweilen von der Art, daß es den erfindungsreichsten Kopf in Verlegenheit gesetzt hätte, sie zu bekämpfen oder das Heilmittel auszufinden, das er gelten lassen mochte. Seine Gesundheit wurde immer schlechter und seine Konstitution sichtlich durch ein schleichendes körperliches und geistiges Fieber untergraben. Die Lage meiner armen Schwester war eine sehr unglückliche, und ich muß sagen, daß ich sie mit melancholischen Ahnungen verließ.

Hier habe ich auch noch zu bemerken, daß man mir mein ganzes Prisengeld ausbezahlt hatte; es belief sich auf fünfzehnhundert Pfund Sterling, eine große Summe für einen Leutnant. Ich legte es in öffentlichen Fonds an und gab Ellen eine gerichtliche Vollmacht mit der Bitte, sich dieses Geldes als ihres eigenen zu bedienen. Wir berieten uns auch darüber, was zu geschehen habe, wenn mein Vater sterben sollte, und kamen dahin überein, daß alle seine Schulden, die sich, wie wir wußten, auf drei- oder vierhundert Pfund beliefen, bezahlt werden sollten, — ferner, daß meine Schwester mit dem, was von dem Erlös aus dem Besitztum meines Vaters übrig bliebe, und den Zinsen meines Beutegeldes auszukommen suchen müsse.

Vierzehntes Kapitel

Wir erhalten Ordre zum Auslaufen und sonstige Befehle jeder Art. — Ein Geräusch auf dem Hinterdeck. — Der Horcher an der Wand hört stets die eig'ne Schand.

Bei meiner Ankunft in Portsmouth meldete ich mich dem Kapitän, der in einem Gasthofe wohnte. Ich wurde in sein Zimmer geführt, wo ich auf ihn warten mußte, da er sich gerade ankleidete, um beim Admiral zu speisen. Meine Blicke richteten sich natürlich nach den auf dem Tische umherliegenden Gegenständen, weniger aus einem Gefühl der Neugierde als infolge des einfachen Wunsches, mir die Zeit zu vertreiben; und da sah ich zu meinem Erstaunen einen Haufen Briefe liegen, von denen der oberste von Lord Privilege stammte. Dies konnte freilich zufällig sein, aber meine Neugierde war einmal erregt; ich hob deshalb den Brief auf und fand, daß der zweite, dritte und in der That wenigstens zehn dieser Briefe von meinem Oheim waren. Ich konnte mir nicht denken, was für eine Vertraulichkeit zwischen beiden herrsche, und dachte gerade darüber nach, als Kapitän Hawkins — so hieß er nämlich — ins Zimmer trat. Er war sehr gütig und höflich gegen mich und entschuldigte sich, daß es ihm nicht möglich gewesen sei, meinen Urlaub zu verlängern, weil er, wie er sagte, sich mit dem Admiral darüber besprochen habe und dieser die Abwesenheit des ersten Leutnants nicht gebilligt, auch meine schleunigste Zurückberufung aufs entschiedenste verlangt hätte. Damit war ich zufriedengestellt; er drückte mir die Hand und wir trennten uns.

Unsere Brigg war noch auf der Werft, und ich begab mich also an Bord des erwähnten Hulks, wo ich von meinen Gefährten aufs herzlichste empfangen wurde. Sie sagten mir, der Kapitän sei im ganzen genommen sehr höflich, bisweilen sei jedoch der Pferdefuß zum Vorschein gekommen.

»Webster«, sagte ich zum zweiten Leutnant, »wissen Sie etwas über seine Familie oder Verbindungen?«

»Diese Frage habe ich auch schon an solche gerichtet, die früher mit ihm gefahren sind; alle sagen, er habe nie von seiner eigenen Familie gesprochen, sich aber sehr oft mit seiner vertraulichen Bekanntschaft mit dem Adel gebrüstet. Einige sagen, er sei ein Ableger von irgendeinem vornehmen Manne.«

Dies machte mich sehr nachdenklich, und wenn ich es in Verbindung brachte mit den vielen Briefen des Lord Privilege, die ich auf dem Tische gesehen hatte, bekam ich mancherlei üble Ahnungen; indessen war mir bewußt, daß ich meinen Dienst kannte und also niemand zu fürchten brauchte. Ich beschloß bei mir selbst, mich in allem streng vorschriftsmäßig zu benehmen und so jedem unmöglich zu machen, mir irgendetwas zur Last zu legen; dann dachte ich nicht weiter über den Gegenstand nach.

Die Brigg war jetzt ausgebessert und von der Werft gebracht; ich hatte daher einige Tage vollauf zu thun, dieselbe segelfertig zu machen. Ich kam nie von ihr fort, und hatte auch in der That gar keinen Wunsch dazu. An schlechter Gesellschaft und mitternächtlichen Orgien fand ich von jeher durchaus keinen Geschmack, und unter dem achtbaren Teile der Bewohner von Portsmouth erfreute ich mich keiner Bekanntschaft. Endlich wurde die Schiffsmannschaft auf die Brigg hinübergebracht; wir fuhren aus dem Hafen und ankerten vor Spithead.

Kapitän Hawkins kam an Bord und gab mir eine Liste von Befehlen mit den Worten: »Herr Simpel, ich habe einen großen Widerwillen gegen geschriebene Befehle, weil ich der Ansicht bin, daß die Kriegsartikel völlig hinreichend sind, um auf einem Schiffe Ordnung zu halten. Jedoch ist ein Kapitän in einer höchst verantwortlichen Lage, und wenn irgendein Zufall eintritt, so wird er zur Rechenschaft gezogen. Ich habe deshalb einige eigene Befehle für den innern Dienst des Schiffes entworfen, die mich wahrscheinlich entlasten dürften, im Falle ich mich verantworten sollte — keineswegs in der Absicht, die Behaglichkeit der Offiziere zu stören, sondern einzig deshalb, um mich gegen jeden Unfall zu schützen, der mir zur Last gelegt werden könnte.«

Ich nahm die Liste in Empfang und der Kapitän ging an Land zurück. Ich begab mich in die Konstabelkammer hinab, um sie durchzulesen, und da sah ich gleich, daß die strenge Befolgung dieser Befehle jedem Offiziere des Schiffes große Unbehaglichkeit bereiten müßte, während hingegen im Falle der Nichtbefolgung ich der verantwortliche Teil sein würde. Ich zeigte die Liste Leutnant Webster; dieser stimmte mir vollkommen bei und äußerte sich dahin, daß des Kapitäns gutmütiges und liebenswürdiges Benehmen nur Verstellung gewesen sei und daß er im Sinne habe, uns seine Gewalt fühlen zu lassen, sobald es ihm nur möglich wäre. Ich berief deshalb alle Offiziere des Schiffes zusammen und teilte ihnen meine Ansicht mit; Webster unterstützte meinen Vortrag, und es wurde einstimmig beschlossen, die Befehle zu befolgen, jedoch nicht ohne eine Gegenvorstellung zu machen.

Der größere Teil der Befehle bezog sich übrigens nur auf die Zeit, welche die Brigg im Hafen zubrachte, und da wir im Begriffe standen, in See zu stechen, war es kaum der Mühe wert, jetzt etwas darüber zu sagen. Der Befehl zum Auslaufen traf ein, und mit derselben Post erhielt ich ein Schreiben von meiner Schwester Ellen, worin sie mir anzeigte, daß sie durch Kapitän Fielding in den Besitz von Nachrichten gekommen sei; dieser habe nämlich unverzüglich nach Bombay, dem Stationsort des Regiments, geschrieben, aber die Antwort erhalten, daß kein verheirateter Soldat namens Sullivan in dem Regimente diene und auch keine verheiratete Frau dieses Namens dem Regimente gefolgt sei. Dies setzte nun auf einmal allen unsern Nachforschungen nach der Säugamme, die in meines Oheims Hause niedergekommen war, ein Ende. Es war durchaus nicht möglich zu erfahren, wohin sie geschickt worden sein mochte, und ich verzichtete auf jede Aussicht, den Betrug meines Oheims entdecken zu können. Als ich daher an Celeste dachte, seufzte ich bei dem kleinen Reste von Hoffnung, die mir noch blieb, je mit ihr vereinigt zu werden. Ich schrieb einen langen Brief an O'Brien, und am andern Tage segelten wir auf unsere Station in der Nordsee ab.

Der Kapitän fügte jetzt der ersten noch eine weitere, eine Nachtliste bei, die er jeden Abend heraufsandte und die ihm morgens, mit der Unterschrift der sämtlichen Offiziere der Nachtwache versehen, wieder zugestellt werden sollte. Auch verlangte er, daß wir alle seine allgemeine Liste unterschreiben sollten, damit wir ja nicht sagen könnten, wir hätten sie nicht gelesen. Ich hatte die erste Wache und Swinburne kam zu mir mit den Worten:

»Ach, Herr Simpel, ich glaube nicht, daß wir bei unserem Kapitänstausch viel gewonnen haben, und ich habe so 'ne schlimme Ahnung, daß wir in nächster Zeit Wind bekommen werden.«

»Wir müssen nicht zu schnell urteilen, Swinburne«, antwortete ich.

»Nein, nein — das sag' ich auch nicht; aber man muß in

der Welt doch immer 'n bißchen nach dem Aussehen und den Blicken der Leute urteilen, und darüber bin ich ganz gewiß — sein Blick und Aussehen würde ihm nicht weit helfen. Er ist wie ein Wintertag, kurz und schmutzig; und auf dem Verdeck läuft er herum, als ob die Planken nicht gut genug wären für seine Füße. Waren Sie schon einmal in der Ostsee, Herr Simpel? Ach nein, ich besinne mich eben, Sie sind noch nie dort gewesen; ich habe dort manchem harten Kampfe mit den Kanonenbooten beigewohnt, und dazu würden wir jetzt auch kommen, wenn O'Brien unser Kapitän wäre; aber bei diesem kleinen Männchen da, glaube ich, wird's mehr Worte als Arbeit setzen.«

»Sie scheinen eine sehr große Abneigung gegen unsern Kapitän zu haben, Swinburne. Ich weiß nicht, ob ich Sie als erster Leutnant anhören darf.«

»Gerade weil Sie erster Leutnant sind, sage ich's Ihnen, Herr Simpel. Ich habe mich, im ganzen genommen, noch nie in eines Offiziers Charakter geirrt, wenn ich ihm ins Gesicht sehen und ihn eine halbe Stunde sprechen hören konnte; und ich kam in der Absicht herauf, Ihnen zu sagen, daß Sie auf Ihrer Hut sein möchten; denn ich fühle mich überzeugt, daß er gegen Sie Böses im Schilde führt. Was beabsichtigt er damit, daß er den Marinesergeanten mit seinem schmierigen Gesichte jeden Morgen eine halbe Stunde in der Kajüte bei sich hat? Seine Rapporte als Waffenmeister müßten eigentlich durch Sie, da Sie erster Leutnant sind, an den Kapitän gelangen; aber dieser gedenkt ihn als Spion gegen alle und gegen Sie insbesondere zu gebrauchen. Der Kerl hat auch schon angefangen, sich ein patziges Ansehen zu geben, und spricht zu den jungen Gentlemen, als ob sie ihm untergeordnet wären. Ich dachte, Sie wüßten es vielleicht nicht, und darum hielt ich für gut, es Ihnen zu sagen.«

»Ich bin Ihnen sehr verbunden, Swinburne, für Ihre freundlichen Gesinnungen; aber ich bin meinem Dienst gewachsen, und wie sollte ich da irgendetwas zu befürchten haben?«

»Ein Mann mag seinem Dienste noch so gut nachkommen, Herr Simpel, wenn einmal ein Kapitän die Absicht hat, ihn ins Verderben zu stürzen, so hat er auch die Macht dazu. Ich bin länger im Dienste als Sie und habe stets die Augen offengehalten: seien Sie nur auf Eines bedacht, Herr Simpel; — verzeihen Sie, daß ich so frei spreche, aber verlieren Sie ja

Ihre Ruhe nie.«

»Das ist nicht zu befürchten, Swinburne«, antwortete ich.

»'s ist leicht gesagt, aber bedenken Sie, Herr Simpel, daß Ihre Gemütsruhe sich noch nicht so erprobt hat wie bei andern Offizieren. Sie sind immer als ein Gentleman behandelt worden; wenn Sie sich aber einmal anders behandelt sehen, so haben Sie zu gutes Blut in Ihren Adern, als daß Sie nicht auch ein Wort sprechen wollten — davon bin ich überzeugt. Ich habe mitangesehen, wie Offiziere bis zu solchem Grade beschimpft und gereizt wurden, daß kein Engel die Behandlung hätte aushalten können — und dann, wegen eines einzigen unvorsichtigen Wortes, dessen Zurückhaltung nur Tröpfen möglich gewesen wäre, wurden sie aus dem Dienste entlassen und zum Teufel gejagt.«

»Aber Sie vergessen, Swinburne, daß die Kriegsartikel so gut für den Kapitän als für jeden sonstigen Mann auf dem Schiffe gemacht sind.«

»Ich kenne das; aber gleichwohl machen bei einem Kriegsgerichte die Kapitäne einen großen Unterschied zwischen dem, was ein Vorgesetzter zu einem Untergebenen und dem, was ein Untergebener zu seinem Vorgesetzten sagt.«

»Ganz richtig«, antwortete ich, Shakspeare's Worte zitierend:

»Beim Kapitän heißt nur cholerisch Wort,
Was beim Soldaten krasse Meuterei.«

»Ganz meine Meinung«, sagte Swinburne; »wenn ein Kapitän Ihnen sagt, Sie seien kein Gentleman, so dürfen Sie ihm nicht das gleiche sagen.«

»Allerdings nicht«, antwortete ich, »aber ich kann ein Kriegsgericht verlangen.«

»Ja, das wird man Ihnen zugestehen, aber was werden Sie dabei gewinnen? 's ist gerade so als gegen heftigen Wind und eine Leeströmung anfahren — unter tausend Fällen werden Sie gewiß nur einmal den Hafen erreichen; und selbst dann ist Ihr Fahrzeug in Stücke zerschlagen, die Segel sind so dünn geworden wie eine Zeitung, das Takelwerk ist halb durchgerieben und muß neu gesetzt werden; aber der Befehl zur Ausbesserung trifft nicht ein, und in der Regel bleiben Sie für den Rest Ihrer Lebenszeit beiseite gelegt. Nein, Herr Simpel, das beste ist zu grinsen und es zu ertragen, dabei aber scharf aufzupassen; denn, verlassen Sie sich darauf,

Herr Simpel, auch unter der besten Schiffsmannschaft der Welt findet ein spionierender Kapitän immer seine spionierenden Helfer.«

»Beziehen Sie diese Bemerkung auf mich, Herr Swinburne?« sagte eine Stimme unter dem Bollwerk. Ich drehte mich verwundert um und sah den Kapitän, der während unseres Gespräches unbemerkt auf das Verdeck heraufgeschlichen war.

Swinburne antwortete nicht, sondern lüpfte seinen Hut und ging auf die Leeseite hinüber.

»Ich vermute, Herr Simpel«, sagte der Kapitän, sich gegen mich wendend, »daß Sie sich für berechtigt halten, über Ihren Kapitän abfällige Bemerkungen zu machen und ihn gegen einen untergeordneten Offizier auf Seiner Majestät Hinterdeck herabzusetzen.«

»Wenn Sie das vorhergehende Gespräch angehört haben, Sir«, erwiderte ich, »so müssen Sie wissen, daß wir von Kriegsgerichten im allgemeinen sprachen, und ich denke mich keines Vergehens dadurch schuldig gemacht zu haben, daß ich mit einem Offizier über Gegenstände, die sich auf den Dienst beziehen, sprach.«

»Sie wollen also behaupten, Sir, daß der Kanonier die Worte ›spionierender Kapitän‹ nicht auf mich bezog?«

»Ich gebe zu, Sir, daß Ihnen, der Sie unbemerkt zuhörten, der Ausdruck als auf Sie bezüglich erscheinen konnte; aber der Kanonier dachte nicht im entferntesten daran, daß Sie uns zuhorchten. Seine Bemerkung war die, daß ein spionierender Kapitän immer seine spionierenden Helfer finden würde. Dies nahm ich nur als eine allgemeine Bemerkung auf, und bedaure, wenn Sie darüber anderer Ansicht sind.«

»Schön, Herr Simpel«, sagte Kapitän Hawkins — und ging die Leiter hinab in seine Kajüte.

»Nun, ist's nicht sonderbar, Herr Simpel, daß ich heraufkam in der Absicht, Ihnen einen Dienst zu leisten, und Sie jetzt in eine solche Brühe bringen mußte? Übrigens ist's vielleicht so am besten; offener Krieg ist immer dem Auflauern im Dunkeln und meuchelmörderischen Dolchen vorzuziehen. Er hatte durchaus nicht im Sinne, seine Flagge zu zeigen; aber ich traf ihn so fest, daß er sich selbst vergaß.«

»Ich argwöhne, daß es so ist, Swinburne, glaube aber, Sie würden besser daran thun, diese Nacht gar nicht mehr mit mir zu reden.«

»Wollte nur, ich hätte nicht ganz soviel gesprochen, da die Dinge nun eine solche Wendung genommen haben«, erwiderte Swinburne. »Gute Nacht, Sir.«

Ich dachte über das Vorgefallene nach und fühlte mich in meinem Innern überzeugt, daß Swinburne mit Recht bemerkte, es sei besser, daß es so gekommen sei, als wenn es anders gewesen wäre. Nun kannte ich den Boden, auf dem ich stand, und vorgewarnt war vorgerüstet.

Fünfzehntes Kapitel

Wir treffen mit einer holländischen Kriegsbrigg zusammen. – Kapitän Hawkins nimmt eine sehr beschauliche Stellung am Kapstan ein. – Harte Schläge und doch kein Dank. – Wer ist furchtsam? – Die Leute müssen gesprochen haben.

Am andern Morgen bei Tagesanbruch befanden wir uns auf der Höhe von Texel und konnten die niedern Sandhügel sehen; aber kaum hatten wir dieselben bemerkt, als der Nebel vom Lande her sich aufhellte und wir ein fremdes Fahrzeug erblickten. Die Leute wurden heraufgerufen und alle Segel zur Jagd gesetzt. Wir erkannten, daß es eine Kriegsbrigg war, und da sie ihren Kurs bedeutend veränderte, so dachten wir auch, es müsse eine feindliche sein. Wir gaben das Erkennungssignal, und da dasselbe unbeantwortet blieb, machten wir alles klar zum Gefechte; die Brigg setzte alle Segel, und wir folgten ihr nach, – sie segelte etwa zwei Meilen von uns in Luv. In einer Stunde waren wir ihr um eine halbe Meile näher gerückt. Unsere Leute standen alle auf ihren Posten, ganz glücklich, bald wieder an ihre alte Arbeit zu kommen. Sie hatten ihre Hüte und Jacken abgeworfen, Tücher um ihre Köpfe gebunden und sich ihre schwarzen seidenen Halstücher um den Leib geschürzt. Jede Kanone war gerüstet, jedes Ding an seinem Platze und jede Menschenseele voll Verlangen zum Losbrechen; aber ich glaube, daß ich den Kapitän nicht einschließen darf, der von Anbeginn an kein Zeichen des Vergnügens und alles andere, nur keine Geistesgegenwart gezeigt hatte. Zuerst, als wir auf das Fahrzeug Jagd machten, wurde es für einen Kauffahrer gehalten, und erst bei vollem hellem Tageslicht entdeckten wir, daß es ein

Kriegsschiff war. Eines jedoch muß zu Gunsten unseres Kapitäns gesagt werden – er hatte in seinem ganzen Leben noch keiner Schlacht beigewohnt.

Die Brise wurde nun etwas schwächer; wir hatten auf beiden Schiffen unsere Segel gesetzt, als ein dicker Nebel das feindliche Schiff unseren Blicken entzog. Der Nebel rollte ganz dicht auf uns heran, so daß wir nicht zehn Ellen weit von der Brigg wegsehen konnten. Dies war höchst ärgerlich, weil wir nun alle Wahrscheinlichkeit hatten, den Feind zu verlieren. Glücklicherweise legte sich der Wind schnell bis zu völliger Windstille, und um zwölf Uhr flappten unsere Segel gegen den Mast. Ich meldete zwölf Uhr und fragte den Kapitän, ob ich zum Mittagessen pfeifen lassen solle.

»Noch nicht, Sir«, antwortete er, »wir wollen wenden.«

»Wenden, Sir?« fragte ich mit Erstaunen.

»Ja«, sagte er, »ich bin überzeugt, daß sie auf dem andern Schiffe jetzt schon gewendet haben, und wenn wir es nicht auch thun, so werden wir sie verlieren.«

»Wenn der Feind wendet, Sir«, sagte ich, »so muß er zwischen die Sandbänke geraten und kann uns dann gar nicht entgehen.«

»Sir«, antwortete er, »erst wenn ich Ihren Rat verlange, werden Sie so gut sein, mir ihn zu geben; ich führe den Befehl auf dem Schiffe.«

Ich lüpfte meinen Hut und rief die Mannschaft zum Wenden herauf, war aber fest überzeugt, daß der Kapitän das Gefecht zu vermeiden wünsche, denn des Feindes einzige Möglichkeit zum Entkommen bestand darin, daß er seinen Wind in der gegenwärtigen Richtung behielt.

»Wenden!« schrien die Leute, »was zum Teufel, warum wenden wir?« fragte einer den andern, als sie die Leiter heraufkamen.

»Braßt die Raen in aller Stille an«, rief ich den Leuten zu, und dies war alles, was ich sagen konnte.

Dann wurde das Zeichen zum Mittagessen gegeben. Der Kapitän, der sich fortwährend auf dem Verdecke befand, mußte notwendigerweise die Ausdrücke der Unzufriedenheit hören, welche von Zeit zu Zeit aus dem untern Verdecke ertönten. Er sagte nichts, sondern blickte nur zuweilen über die Seite hinab, um zu sehen, ob die Brigg durch das Wasser komme. Sie bewegte sich während zehn Minuten langsam fort, als eine völlige Windstille eintrat, so daß er wenig gewann. Um zwei Uhr sprang eine leichte Brise auf der entgegengesetzten Seite auf — wir wandten uns um und ihr entgegen — sie nahm zu — der Nebel wurde weggeweht, und in einer Viertelstunde war das fliehende Schiff, jetzt auf unserer Leeseite, sichtbar. Die Matrosen ließen drei Hurrahs ertönen.

»Still da hinten und vorne«, schrie der Kapitän ärgerlich. »Herr Simpel, ist das die Art, in der die Schiffsmannschaft unter ihrem vorigen Befehlshaber in Zucht gehalten wurde, daß sie aufschreit und lärmt, wenn sie es nur für gut findet?«

Ich war sehr gereizt über diese gegen O'Brien gerichtete Bemerkung und erwiderte: »Ja, Sir, sie sind von jeher daran gewöhnt, ihre Freude bei der Aussicht zu einem Gefechte mit dem Feinde laut werden zu lassen.«

»Sehr gut, Herr Simpel«, antwortete er.

»Welchen Kurs?« fragte der Schiffsmeister, seinen Hut lüpfend; — »zur Jagd?«

»Natürlich«, antwortete der Kapitän, der nun in seine Kajüte hinabstieg.

»Jetzt, Ihr Burschen«, sagte Swinburne, sobald der Kapitän hinunter war, »ich bin ringsherum gelaufen und finde, daß Eure Lieblinge sich in guter Ordnung zum Schießen befinden; ich verspreche Euch daher, es soll nicht an Pulver fehlen. Sie sollen finden, hoffe ich, daß die Klapperschlange noch teufelsmäßig hart beißen kann.«

Als das feindliche Schiff sah, daß es uns nicht entkommen konnte — denn wir fuhren ganz dicht zu ihm hin — kürzte es seine Segel zum Gefecht und hißte die holländische Flagge.

Als wir noch ungefähr eine halbe Meile von ihm entfernt waren, erschien der Kapitän wieder auf dem Hinterdeck.

»Gehen wir längsseits oder wie?« fragte ich.

»Herr Simpel, ich befehlige hier«, antwortete er, »und brauche keinerlei Einmischung.«

»Gut, Sir«, antwortete ich und begab mich auf die Laufplanke.

»Herr Thompson«, schrie der Kapitän, der nun seinen Mut auf die rechte Höhe hinaufgeschraubt zu haben schien und seine Stellung für einen Augenblick auf einer der Karronaden einnahm; »Sie werden die Brigg —«

Da flogen drei Kugeln vom Feinde heran und schwirrten zwischen unsern Masten hindurch. Schnell sprang der Kapitän von der Karronade herab und eilte dem Kapstan zu, ohne seinen Satz zu Ende zu sprechen.

»Sollen wir feuern, wenn wir bereit sind, Sir?« fragte ich; denn ich sah, daß er unfähig war, die gehörigen Befehle zu erteilen.

»Ja, ja, gewiß!« antwortete er, und blieb auf seinem Platze stehen.

»Thompson«, sagte ich zu dem Schiffsmeister, »in unserer jetzigen überlegenen Stellung, denke ich, sollten wir imstande sein, ihm den Wind abzugewinnen, um seinen Klüverbaum und die Fockstenge wegzuschießen, und dann kann er uns nicht entgehen.«

»Das will ich machen, Herr Simpel, so gewiß ich Thompson heiße«, erwiderte der Schiffsmeister.

»Paßt gut auf, meine Burschen, und gebt jetzt Feuer, wie es Euch gelegen ist«, sagte ich zu den Leuten.

Die Matrosen waren zu gut diszipliniert, um sofort Gebrauch von meiner Erlaubnis zu machen; sie warteten, bis wir an ihr vorüber waren, und gerade, als der Schiffsmeister das Steuer drehte, um den Klüverbaum des Gegners zwischen unsere Masten zu bekommen, erhielt er unsere volle Ladung in den Bug. Klüverbaum und Oberbramsegel kamen herunter, und die Brigg ging so tief durch's Wasser, daß wir uns von ihr losreißen und in den Wind drehen konnten. Der Feind, obgleich durch die Breitseite in Verwirrung gebracht, drehte gleichwohl sein Steuer, um an uns vorbeizufahren; aber wir gewahrten sein Manöver, thaten das Gleiche, braßten unsere Segel und rannten mit ihm vor den Wind, Breitseite gegen Breitseite austauschend.

Dies währte ungefähr eine halbe Stunde, und wir fanden bald, daß wir es mit keinem Gimpel zu thun hatten. Die Brigg hielt sich wacker im Gefecht und ihr Geschütz wurde gut bedient. Mehrer unserer Leute wurden verletzt und ich hielt es für geratener, uns ihr sogar noch mehr zu nähern. Die beiden Fahrzeuge waren ungefähr noch eine Kabellänge voneinander, als wir mit einer leichten rollenden Bewegung, etwa sechs Meilen die Stunde, vor den Wind fuhren.

»Thompson«, sagte ich, »wir wollen probieren, ob wir sie nicht von ihren Kanonen verjagen können. Steuerruder Backbord!«

»Ganz meine Meinung, Simpel.«

In einigen Minuten waren wir so dicht an ihrem Bord, daß die Leute beim Laden ihrer Kanonen einander mit den Ladestöcken und Wischern berühren konnten. Unsere Mannschaft gab ein Hurrah, das vom Feind wacker erwidert wurde, und nun begann von beiden Seiten ein mörderisches Kleingewehrfeuer. Der holländische Kapitän, der ein so mutiger Mann zu sein schien als je einer auf dem Verdecke herumlief, stand einen Augenblick auf den Hängematten; auch ich hielt mich an dem Schnürseil unseres Haupttakelwerkes, als er seinen Hut lüpfte und mich artig begrüßte. Ich erwiderte diese Artigkeit, aber das Feuer wurde nun so heftig, daß ich mich unter den Schutz des Bollwerks zu begeben wünschte. Übrigens mochte ich doch nicht der erste sein, der herabginge, und auch der holländische Kapitän schien entschlossen, den Ehrenposten nicht zuerst verlassen zu wollen. Endlich traf ihn einer unserer Matrosen in den rechten Arm; er legte seine Hand auf die verwundete Stelle, um mir dies anzudeuten, nickte und wurde dann von den Hängematten herabgehoben. Jetzt verließ ich unverzüglich meinen Standpunkt, denn ich hielt es für thöricht, mich als Zielscheibe für vierzig oder fünfzig Soldaten hinzustellen; auch hatte ich bereits eine Kugel unterhalb der Wade in den Fuß bekommen.

Nun wurde aber die Wirkung des Beschießens in solcher Nähe recht deutlich; unsere Kanonen waren nur noch halb bemannt, unsere Seitenwände schrecklich zersplittert und unsere Segel und sonstige Takelung zerfetzt. Der Feind war sogar noch schlimmer daran, und zwei Breitseiten, die wir ihm beibrachten, warfen ihm den Hauptmast über Bord. Unsere Leute riefen ihr Hurrah und brachten ihm noch eine neue Breitseite bei. Der Feind fiel zurück; wir wendeten, um ihn zu bestreichen; er versuchte auch zu wenden, konnte dies aber nicht, bis er sein Verdeck aufgeräumt, sein Vordersegel eingezogen und sein Hauptsegel heruntergebracht hatte. Dann setzte er das Gefecht mit ungeschwächtem Eifer fort.

»Er ist ein tüchtiger Kamerad, bei Gott!« rief Thompson aus, — »ich habe nie einen gesehen, der sein Schiff besser im Gefecht gehalten hätte; aber es ist doch unser. Webster ist gefallen, der arme Junge.«

»Ich bedaure dies«, antwortete ich, »befürchte aber, daß die Zahl unserer Tischkameraden durch den Verlust von noch manch andern armen Burschen verringert werden wird. Es scheint mir nutzlos, den Vorteil aufzugeben, den wir nun haben. Entkommen kann uns der Feind nicht, das Gefecht aber wird er in der bisherigen Weise so lange als möglich fortsetzen. Wir werden besser daran thun, wenn wir voraussegeln, unsere Beschädigungen ausbessern, und dann muß er sich in seinem verkrüppelten Zustande ergeben, sobald wir ihn aufs neue angreifen.«

»Ich stimme Ihnen vollkommen bei«, sagte Thompson; »der einzige Umstand ist der, daß es bald dunkel wird.«

»Aus dem Gesichte werde ich ihn nicht verlieren, und verschwinden kann er nicht. Wenn er vor den Wind läuft, wollen wir schnell wieder auf ihn los.«

Wir gaben ihm noch im Vorüberfahren die vollen Ladungen unserer Kanonen, und als wir etwa eine halbe Meile entfernt waren, drehten wir bei, um auszubessern.

Der Leser wird jetzt wohl fragen: »Aber wo war denn der Kapitän während dieser ganzen Zeit?« und meine Antwort darauf ist die, daß er in beharrlichem Stillschweigen am Kapstan stand und während des ganzen Gefechtes, das Thompson, der Schiffsmeister, und ich führten, auch nicht ein einziges Wort dreinredete. Wie er aussah oder wie er sich in anderer Beziehung während des Gefechtes benahm, bin ich schlechterdings außer Stand zu sagen, denn ich hatte keine Zeit, ihn zu beobachten. Selbst jetzt noch würde ich ihn, da ich damit beschäftigt war, die Takelung und überhaupt alles in Ordnung zu bringen, gar nicht bemerkt haben, wenn er nicht auf mich zugekommen wäre; denn sobald das Feuern aufgehört hatte, schien er wieder zu sich gekommen zu sein. Er redete übrigens nicht zuerst mich an, sondern begann mit der Mannschaft zu sprechen.

»Vorwärts, seid flink, meine Burschen, da ein Mann her, um das Blut aufzuschwabbern. Sie, Jüngelchen, gehen Sie schnell zum Schiffsarzt hinab und sagen Sie ihm, daß ich einen Bericht über die Toten und Verwundeten zu haben wünsche.«

Allmählich sprach er mehr, und endlich trat er auch zu mir heran mit den Worten: »Diesmal ist's lebhaft zugegangen, Herr Simpel.«

»Sehr lebhaft in der That, Sir«, antwortete ich, und lief von ihm weg, um die nötigen Anordnungen zu treffen.

»Heda! Großmars, laßt die Leine auf der Steuerbordseite herab.«

»Ja, ja, Sir.«

»Ihr Burschen, faßt an und beeilt euch.«

»Heda auf dem Großmars«, rief er von neuem, »seid ein

bißchen rascher, oder bei Gott, ich will Euch herunterrufen und Euch etwas sagen.«

Dies nun stand einem, der gar nichts gethan hatte, im Gegensatz zu denen, welche mit ihrer ganzen Kraftanstrengung arbeiteten, schlecht an.

»Herr Simpel«, sagte der Kapitän, »ich wünsche, Sie möchten Ihren Dienst mit weniger Geräusch versehen.«

»In jedem Fall gab er uns während der Schlacht ein gutes Beispiel«, murmelte ein Spaßmacher, und die andern Leute lachten herzlich über diesen Einfall.

Nach zwei Stunden, während deren wir den Feind, der noch immer an der Stelle lag, wo wir ihn verlassen hatten, sorgfältig bewachten, waren wir wieder fertig zum Gefecht.

»Soll ich den Leuten jetzt ihren Grog geben, Sir?« sagte ich zu dem Kapitän; »sie werden ihn wohl brauchen.«

»Nein, nein«, war die Antwort; »nein, nein, Herr Simpel, ich liebe das nicht.«

»Ich bin der Ansicht, Sir«, bemerkte ich, »daß es eine Ungerechtigkeit gegen unsere tüchtige Schiffsmannschaft wäre. Und ich bitte ehrfurchtvollst um die Erlaubnis, bemerken zu dürfen, daß die Leute ihre Nachmittagsportion noch nicht erhalten haben und nach den ausgestandenen Anstrengungen deren in der That bedürfen.«

»Ich führe den Befehl auf diesem Schiffe, Sir«, antwortete er.

»Allerdings, Sir, ich weiß das wohl«, entgegnete ich. »Das Schiff ist jetzt wieder fertig zur Schlacht und ich erwarte Ihre Befehle. Der Feind ist zwei Meilen von uns auf der Leeseite.«

Jetzt kam der Schiffsarzt mit seinem Berichte herauf.

»Gütiger Himmel«, sagte der Kapitän, »siebenundvierzig Mann getötet und verwundet; Herr Webster gefährlich getroffen. Die Brigg ist verkrüppelt. Wir können nichts mehr thun, unstreitig nichts mehr thun.«

»Wir können die Brigg jedenfalls nehmen«, schrie einer aus einem Haufen Matrosen heraus, die leewärts standen und den Befehl zum erneuten Angriff erwarteten.

»Welcher Mann sprach das?« schrie der Kapitän.

Keiner antwortete.

»Bei Gott! Dieses Schiff ist in einem Zustande von Meuterei, Herr Simpel.«

»Wird's bald sein, denk' ich«, sagte eine Stimme aus dem Haufen, die ich zwar sehr gut kannte, aber der Kapitän nicht, da er erst kurze Zeit bei uns war.

»Hörten Sie das, Herrr Simpel?« rief der Kapitän.

»Ich bedaure, sagen zu müssen, daß ich es hörte, Sir; ich glaubte kaum, daß an Bord der ›Klapperschlange‹ je ein derartiger Ausdruck gebraucht werden würde.« Weil ich übrigens befürchtete, er möchte nach dem Namen des Mannes fragen, und um vorzugeben, daß ich denselben nicht erkannt habe, sagte ich: »Wer von Euch hat sich dieses Ausdrucks bedient?« Aber keiner antwortete, und es war so dunkel, daß man die Leute unmöglich unterscheiden konnte.

»Nach solchen meuterischen Äußerungen«, bemerkte der Kapitän, »will ich Seiner Majestät Brigg unter meinem Befehl durch erneuertes Einlassen in ein Gefecht mit dem Feinde gewiß nicht in Gefahr setzen, wie ich es sonst, selbst in ihrem verkrüppelten Zustande, gern gethan hätte. Ich kann nur bedauern, daß die Offiziere ebenso trotzig scheinen als die Mannschaft.«

»Vielleicht mögen Sie mir sagen, Kapitän Hawkins, inwiefern und wann ich mich trotzig gezeigt habe. Ich habe mir nichts vorzuwerfen.«

»Ich hoffe, der Ausdruck bezog sich nicht auf mich, Sir«, sagte Thompson, der Schiffsmeister, seinen Hut lüpfend.

»Still, Gentlemen, wenn's Ihnen gefällig ist. Herr Simpel, wenden Sie das Schiff.«

Ob der Kapitän im Sinne hatte, den Feind anzugreifen oder nicht, konnten wir nicht sagen, wurden jedoch bald enttäuscht; denn sobald wir herum waren, befahl er abzuhalten, bis die holländische Brigg sich auf unserer Leeseite befand; dann befahl er dem Schiffsmeister, den Kurs nach Yarmouth einzuschlagen, ging in die Kajüte hinab und ließ mir sagen, ich könne nun zum Abendessen pfeifen und den Branntwein verteilen lassen.

Die Wut und die Entrüstung unserer Leute war nicht niederzuhalten. Nachdem sie zum Abendessen herabkamen, stießen sie im Verein einen dreimaligen lauten Seufzer aus, und in der That hatten die Offiziere von der Wache die ganze Nacht hindurch die größte Mühe, die Mannschaft von einer offenen Manifestation ihrer Gefühle abzuhalten, was man in diesem Falle beinahe gerechtfertigte Meuterei hätte nennen mögen.

Was mich selbst betraf, so konnte ich meinen Verdruß kaum bemeistern. Die feindliche Brigg war unsere sichere

Beute, wie sich das am nächsten Tage schon zeigte, wo sie ihre Flagge sofort einem viel kleineren Fahrzeuge strich, das zu ihr herankam, während sie noch immer in demselben verkrüppelten Zustande dalag; der Kapitän und der erste Leutnant waren getötet und beinahe zwei Drittel ihrer Schiffsmannschaft entweder tot oder verwundet. Hätten wir sie noch einmal angegriffen, so würde sie ihre Flagge augenblicklich heruntergeholt haben, denn unsere letzte Ladung hatte den Kapitän getötet, der so viel Mut gezeigt hatte. Ich, als erster Leutnant, hätte meine Beförderung erhalten, die nun verloren war. In meinem Bett weinte ich vor Ärger, wenn ich daran dachte.

Daß dieses Benehmen von den Offizieren ebenso als von der ganzen Schiffsmannschaft hart getadelt wurde, brauche ich wohl kaum zu sagen. Thompson war dafür, unsern Kapitän vor ein Kriegsgericht zu stellen, was ich auch äußerst gern gethan haben würde, wenn auch nur, um seiner loszuwerden; aber ich besprach mich lange darüber mit dem alten Swinburne, und der überzeugte mich, daß ich besser daran thun würde, es zu unterlassen.

»Denn sehen Sie, Herr Simpel, Sie haben keinen Beweis. Er sprang nicht hinab, sondern hielt fest Stand auf dem Verdeck, wenn er auch nichts that. Sie können ihm also Feigheit nicht beweisen, obgleich dieselbe nicht bezweifelt werden kann. Dann wieder, was die Nichterneuerung des Angriffs betrifft – wie, steht es da nicht dem Kapitän zu, zu entscheiden, was das Beste ist für Seiner Majestät Dienst? Und wenn er es bei dem verkrüppelten Zustande der Brigg und so dicht an der feindlichen Küste für ratsamer hielt, nun, so kann es ihm bloß als ein Irrtum ausgelegt werden. Endlich müssen Sie auch noch etwas anderes bedenken, Herr Simpel, daß nämlich die Kapitäne, welche im Kriegsgericht sitzen, wenn eine Freisprechung nur irgend möglich ist, keinen ihrer Bruder-Kapitäne der Feigheit schuldig erklären werden, und zwar deswegen, weil sie fühlen, daß es eine Schande wäre für den ganzen Stand.«

Swinburnes Rat war gut, und ich gab jeden Gedanken der Anklage auf; doch schien es mir, daß der Kapitän selbst einen derartigen Schritt in allem Ernste befürchtete, denn er war während unserer Heimfahrt äußerst höflich und artig gegen mich. Er sagte auch, er habe beobachtet, wie tapfer ich mich in dem Gefechte benommen, und er werde nicht ermangeln, davon Erwähnung zu thun. Dies war nun doch etwas, aber er hielt sein Wort nicht; denn seine Depesche wurde bekannt gemacht, noch ehe wir den Ankerplatz verließen, und da war auch nicht eines einzigen Offiziers Name genannt, sondern nur im allgemeinen gesagt, daß sie sich zu seiner Zufriedenheit benommen hätten. Das Ganze war in einem so bombastischen Stile geschrieben, daß jedermann glauben mußte, er habe mit einem überlegenen Schiffe gekämpft. Am Schlusse sagte er, nach Ausbesserung seiner Schäden habe er sofort wieder gewendet, der Feind aber die Fortsetzung des Gefechtes abgelehnt. Dies that er allerdings — aus dem besten aller möglichen Gründe — weil er nämlich unfähig war, an uns heranzukommen. Alles dies hätte recht gut bestritten werden können; aber die außerordentlich große Zahl von Getöteten und Verwundeten bewies, daß wir ein hartes Gefecht bestanden, so wie die nachherige Wegnahme der Brigg, daß wir dieselbe in der That überwältigt hatten.

So gewann im ganzen genommen Kapitän Hawkins bei einigen ein großes Ansehen; übrigens raunte man sich gleichwohl allerlei zu, was dann bis zu den Ohren der Admiralität gelangte und seine Ernennung zum Fregattenkapitän verhinderte — um so mehr, als er bescheiden genug war, nicht darum nachzusuchen.

Sechzehntes Kapitel

Folgen des Gefechtes. — Ein Schiff ohne einen tapfern Kapitän ist wie eine Sache ohne Kopf. — So denken die Seeleute. — Eine Meuterei und der Verlust unserer tüchtigsten Mannschaft.

Während unseres Aufenthaltes in Yarmouth erhielten wir keine Erlaubnis, den Fuß an Land zu setzen, unter dem Vorwande, daß wir unsere Beschädigungen sofort ausbessern und schleunigst auf unsere Station abgehen müßten; der Hauptgrund jedoch war der, daß Kapitän Hawkins außerordentlich bemüht war zu verhindern, daß wir über die Schlacht sprechen konnten. Da er sah, daß keine Klagen gegen ihn vorgebracht wurden, begann er seine systematischen Plackereien aufs neue. Von den Fenstern seiner Wohnung aus konnte man auf die Stelle sehen, wo die Brigg vor Anker lag; da bewachte er nun mit seinem Fernglase beständig alle unsere Bewegungen und notierte sorgfältig, wenn ich nicht genau zu der in seiner Liste vorgeschriebenen Stunde die Boote aufziehen ließ oder wenn sonst irgendeine andere Kleinigkeit vorfiel, um so, wenn irgend möglich, ein recht langes Verzeichnis von Klagen gegen mich zusammenzubringen. Dies erfuhren wir aber alles erst später.

Ich habe früher schon erwähnt, daß Swinburne, als er in Plymouth zu uns traf, uns anriet, eine Galionsfigur an der Brigg anzubringen. Dies war auch auf O'Briens Kosten geschehen – aber nicht in der von Swinburne vorgeschlagenen wohlfeilen Weise, sondern auf eine hübsche Art. Sie bestand aus einer großen Schlange, die sich aufgerollt hatte und den Kopf in einer drohenden Stellung hinausstreckte; der Schwanz mit der Klapper befand sich hinten. Das ganze war vergoldet und machte einen recht guten Eindruck; aber nachdem die Leute im Seemagazin die Ausbesserungen vollendet hatten, und die Brigg neu bemalt war, verschwand in einer Nacht der Kopf der Klapperschlange. Er mußte von einigen bösartigen und schlechtgesinnten Leuten abgesägt worden sein; es ließen sich jedoch durchaus keine Spuren auffinden.

Ich hatte die Verpflichtung, dies dem Kapitän zu melden, der hierüber sehr entrüstet war und zwanzig Pfund für die Entdeckung des Bösewichts bot; aber wenn er auch zwanzigtausend Pfund ausgesetzt hätte, so würde er den Thäter doch nie herausgebracht haben. Er vergaß es übrigens nicht, denn er verstand wohl, was damit gemeint war. Ein neuer Kopf wurde geschnitzt, doch auch dieser verschwand in der ersten Nacht.

Des Kapitäns Wut kannte nun keine Grenzen; er ließ die Leute aufs Verdeck rufen und erklärte, wenn der Thäter nicht angegeben würde, so wolle er Mann für Mann auspeitschen lassen. Er gab zehn Minuten Bedenkzeit, und traf dann Vorbereitungen zum Vollzuge seiner Drohung. »Herr Paul, lassen Sie die Leute herauf kommen zur Exekution«, rief er ganz wütend, und ging in seine Kajüte hinab, um die Kriegsartikel heraufzuholen. Während er unten war, besprachen sich die Offiziere über den Gegenstand. Wegen des Verbrechens eines Einzelnen die ganze Mannschaft auspeitschen zu lassen, war die höchste Ungerechtigkeit, aber es stand uns nicht zu, ihm zu widersprechen; die Schiffsmannschaft mußte übrigens aus dem Ausdrucke unserer Gesichter ersehen haben, daß wir ihre Gefühle teilten. Die Zimmerleute hatten die Strafgerüste nur langsam nach hinten gebracht und ließen sie da liegen; die Bootsmannsgehilfen, die gleichfalls nach hinten gekommen waren, rollten die Schnüre ihrer Peitschen um die roten Stiele, und alle Mannschaft ging wieder hinab. Niemand blieb auf dem Hinterdeck als die Marinesoldaten unter Gewehr und die Offiziere.

Als ich dies sah, befahl ich Herrn Paul, dem Bootsmann, die Quartiermeister mit ihren Bindestricken sowie die Leute zum Aufrichten der Strafgerüste heraufzuschicken. Er kam wieder und sagte, er habe gerufen, aber keine Antwort erhalten. Da ich nun deutlich gewahrte, daß die Schiffsmannschaft in offene Meuterei ausbrechen würde, wenn der Kapitän auf seinem Vorsatze beharrte, ging ich in seine Kajüte hinab, berichtete ihm über den Stand der Dinge und bat ihn um seine Befehle oder aber um seine persönliche Anwesenheit auf dem Verdecke.

Der Kapitän, den der Zorn zum Nachdenken ganz unfähig gemacht zu haben schien, begab sich augenblicklich aufs Verdeck und befahl den Seesoldaten, scharf zu laden. Dies geschah; doch hatten diese, wie mir Thompson, der hinter ihnen stand, später erzählte, nur mit Pulver geladen und die Kugeln in ihre Taschen gesteckt. Sie wünschten den guten Ruf, den ihr Korps besaß, zu wahren, zugleich wollten sie aber auch nicht auf die Leute feuern, die sie wie Brüder liebten und mit deren Ansichten sie übereinstimmten. Auch war es in der That, wie wir später entdeckten, ein Marinesoldat gewesen, der den Kopf der Klapperschlange zum zweiten Male weggenommen hatte.

Dann befahl der Kapitän dem Bootsmann, die Leute heraufzuschicken. Dieser erschien, mit seinem rechten Arm in der Schlinge.

»Was haben Sie an Ihrem Arm, Herr Paul?« sagte ich, als er an mir vorüberging.

»Eben jetzt die Luke hinuntergefallen – kann meinen Arm nicht rühren; ich muß zum Wundarzt gehen, sobald diese Geschichte vorüber ist.«

Wiederum wurden die Leute heraufgepfiffen, aber nicht einer gehorchte. Die Brigg befand sich somit im Zustande der Meuterei.

»Herr Simpel, gehen Sie mit den Marinesoldaten zur

Hauptluke vor und lassen Sie auf das Unterdeck Feuer geben«, schrie der Kapitän.

»Sir«, sagte ich, »es liegen zwei Fregatten auf Kabellänge neben uns; würde es da nicht besser sein, Hilfe von dorther zu suchen, als Blut zu vergießen? Überdies, Sir, haben Sie noch nicht versucht, welchen Erfolg das Aufrufen der Zimmerleute und Bootsmannsgehilfen bei ihren Namen haben würde. Wollen Sie mir erlauben, zuerst hinabzugehen und die Leute zu ihrem Pflichtgefühle zurückzubringen?«

»Ja, Sir, ich denke, Sie kennen Ihre Macht über dieselben; doch hiervon später.«

Ich ging hinab und rief die Leute bei Namen auf.

»Sir«, entgegnete mir einer der Bootsmannsgehilfen, »die Schiffsmannschaft sagt, sie wolle sich nicht auspeitschen lassen.«

»Ich spreche nicht zur Schiffsmannschaft im allgemeinen«, antwortete ich, »sondern erteile hiermit Euch, Collins, den Befehl, aufs Verdeck zu kommen und die Gerüste aufzustellen. Das ist ein Befehl, dem Ihr den Gehorsam nicht versagen dürft. Also augenblicklich hinauf. Und Ihr, Quartiermeister, geht auch hinauf mit Euren Stricken. Wenn alles fertig ist, könnt Ihr Gegenvorstellungen machen.«

Sie befolgten meine Befehle, stiegen aufs Verdeck, errichteten die Gerüste und stellten sich auf die Seite.

»Alles ist bereit, Sir«, sagte ich, meinen Hut gegen den Kapitän lüpfend.

»Schicken Sie die Mannschaft nach hinten, Herr Paul.«

»Also alle nach hinten zum Abstrafen«, schrie der Bootsmann.

Diesmal gehorten die Leute dem Befehle und erschienen sämtlich auf dem Hinterdeck.

»Die Leute sind alle hinten, Sir«, berichtete der Bootsmann.

»Und nun, ihr Burschen«, sagte der Kapitän, »will ich euch lehren, was Meuterei ist. Ihr seht diese zwei Fregatten an unserer Seite. Ihr habt sie vergessen, glaube ich, aber ich nicht. Daher, Du Schurke Jones, ziehe Dich aus, Kerl. Wenn Unheil auf einem Schiffe ist, so bist Du das Haupt davon.«

»Haupt, Sir?« antwortete dieser, eine einfältige Miene annehmend; »was für 'n Haupt, Sir?« Meinen Sie das Schlangenhaupt? Ich weiß durchaus nichts davon, Sir.«

»Zieh Dich aus, Kerl!« schrie der Kapitän wütend, »ich

will Dich bald zur Besinnung bringen.«

»Wenn's Ihnen gefällig ist, Ihre Ehren, was hab' ich denn gethan, daß ich gebunden werden soll?« fragte der Mensch.

»Ausgezogen, Du Schurke!«

»Gut, Sir, wenn's Ihnen beliebt, aber 's ist hart, für nichts und wieder nichts ausgepeitscht zu werden.« Damit zog er seine Kleider aus und lief dem Strafgerüste zu, wo ihn die Quartiermeister festbanden.

»Festgebunden, Sir«, meldete der Schurke von Marinesergeant, der als des Kapitäns Spion fungierte.

Der Kapitän sah nun in den Kriegsartikeln nach, um den hierauf bezüglichen zu verlesen, wie das immer der Bestrafung eines Mannes vorausgehen muß, und war ein wenig verlegen, einen passenden herauszufinden, da kein positives Verbrechen stattgefunden hatte. Endlich wählte er denjenigen, der von Komplott, Verschwörung und Aufreizung zur Unzufriedenheit handelt. Wir zogen alle unsere Hüte ab, während er ihn verlas; dann rief er Herrn Paul, den Bootsmann, und befahl ihm, dem Mann ein Dutzend aufzuzählen.

»Gefällt's Ihnen, Sir«, sagte dieser, auf seinen Arm in der Schlinge deutend, »ich kann nicht peitschen — ich kann meinen Arm nicht aufheben.«

»Ihr Arm war noch ganz gesund, als ich an Bord kam, Sir«, schrie der Kapitän.

»Allerdings, Sir; aber als ich die Leute schnell herauftreiben wollte, glitschte ich auf der Leiter aus und befürchte, meine Schulter verrenkt zu haben.«

Der Kapitän biß sich in die Lippen; er hielt sich völlig überzeugt, daß der Bootsmann (wie es auch in der That der Fall war) dies nur vorgab, um die Leute nicht peitschen zu müssen. »Gut also, wo ist Collins, der erste Bootsmannsmaat?«

»Hier, Sir«, sagte Collins hervortretend; er war ein starker, kräftiger Mann, ungefähr sechs Fuß hoch, mit einem beinahe vier Fuß langen Zopfe; seine Brust war, wie man durch das geöffnete Hemd sah, mit schwarzem zottigen Haare ganz bedeckt.

»Gebt diesem Mann ein Dutzend Hiebe«, sagte der Kapitän.

Collins blickte zuerst den Kapitän, dann die Schiffsmannschaft und endlich den festgebundenen Matrosen an, begann aber nicht loszuschlagen.

»Hört Ihr mich, Sir?« brüllte der Kapitän.

»Wenn's Ihnen gefällig ist, ich möchte lieber abgesetzt sein — ich — wünsche nicht erster Bootsmannsmaat bei dieser Arbeit zu sein.«

»Befolgt die Befehle augenblicklich, Sir«, schrie der Kapitän, »oder bei Gott, ich will Euch wegen Meuterei vor ein Kriegsgericht bringen.«

»Gut, Sir, ich bitte um Verzeihung; aber was sein muß, muß sein. Ich will mich nicht unehrerbietig benehmen, Kapitän Hawkins, aber ich kann diesen Mann nicht peitschen — mein Gewissen würde mir das nicht zulassen.«

»Euer Gewissen?«

»Bitte um Verzeihung, Kapitän Hawkins, ich habe immer meine Schuldigkeit gethan, bei gutem wie bei schlechtem Wetter, und bin schon achtzehn Jahre in Seiner Majestät Dienst, ohne je eine Strafe erlitten zu haben; aber wenn ich jetzt auch hängen muß — mit Ihrer Gunst und in aller Achtung gesprochen — ich kann nicht anders.«

»Ich gebe Euch nur noch einen Augenblick Bedenkzeit«, schrie der Kapitän, »thut Eure Schuldigkeit.«

Collins blickte den Kapitän an und dann zur Nocke hinauf; und mit den Worten: »Kapitän Hawkins, ich will meine Schuldigkeit thun, obgleich ich dafür baumeln muß«, warf er seine Peitsche auf das Hinterdeck hin und trat unter die übrige Schiffsmannschaft zurück.

Nun war der Kapitän ganz verwirrt und wußte kaum, was er thun sollte; auf seinem Willen zu beharren schien zwecklos — zurücktreten war beinahe unmöglich. Eine Minute tiefen Stillschweigens folgte. Jeder war atemlos vor Ungeduld, zu erfahren, was zunächst geschehen würde. Dieses Stillschweigen wurde zuerst durch Jones, der fest gebunden war, gebrochen.

»Bitt' um Verzeihung, Euer Ehren«, sagte er, seinen Kopf herumdrehend, »aber wenn ich gepeitscht werden soll, wär's Ihnen nicht gefällig, mir meine Streiche aufzählen zu lassen? Wenn ich den ganzen Tag so nackt daliege, könnte ich mich ja tödlich erkälten.«

Dies war offenbar Spott von dem Manne und brachte den Kapitän in die größte Wut.

»Marinesoldaten, nehmt Jones und Collins fest und legt beide in Eisen wegen Meuterei. Ihr Leute, ich sehe, daß eine Verschwörung auf dem Schiffe stattfindet, aber ich werde ihr bald ein Ende setzen; ich kenne die Schuldigen, und bei Gott, sie sollen es bereuen. Herr Paul, pfeifen Sie hinab; Herr Simpel, bemannen Sie mein Gigboot und merken Sie sich, es ist mein bestimmter Befehl, daß keine Boote an Land gehen.«

Der Kapitän verließ die Brigg und sah mich noch ganz grimmig an, als er über die Seite hinabging; aber ich hatte meine Schuldigkeit gethan und kümmerte mich wenig darum, obschon ich von nun an sein Benehmen ebenso genau beobachtete als er das meinige.

»Der Kapitän wünscht seine Geschichte zuerst zu erzählen«, sagte Thompson, der auf mich zukam. »Wenn ich jetzt an Ihrer Stelle wäre, Herr Simpel, so würde ich dafür sorgen, daß der wahre Verlauf der Dinge bekannt würde.«

»Aber wie ist das zu bewerkstelligen«, antwortete ich; »er hat jeden Verkehr mit dem Ufer untersagt.«

»Ganz einfach dadurch, daß Sie einen Offizier an Bord der beiden Fregatten schicken, mit der Meldung, daß sich die Brigg in einem Zustande der Meuterei befinde, und daß Sie also bitten lassen, ein scharfes Auge auf dieselbe zu richten. Dies ist, da Sie kommandierender Offizier sind, nicht mehr als Ihre Pflicht; Sie schicken nur die Meldung ab, und überlassen es mir, den Thatbestand nach meinem eigenen Gutbefinden zu erzählen. Bedenken Sie, daß die Kapitäne dieser Fregatten gerufen werden, wenn es zu einer gerichtlichen Untersuchung kommt, was ich jedenfalls erwarte.«

Ich dachte ein wenig nach und fand bald, daß der Rat gut war; ich schickte demgemäß Thompson zuerst auf die eine, dann auf die andere Fregatte ab.

Am andern Tage kehrte der Kapitän an Bord zurück. Sobald er auf das Hinterdeck trat, fragte er, wie ich es hätte wagen können, seinen Befehlen ungehorsam zu sein und die Boote wegzuschicken. Ich antwortete ihm, seine Befehle hätten dahin gelautet, in keinerlei Verkehr mit dem Lande zu treten; als befehlender Offizier aber hätte ich es für meine Pflicht erachtet, auf den andern Schiffen die Anzeige zu machen, daß sich unsere Mannschaft in einem Zustande der Insubordination befinde und daß sie also ein wachsames Auge auf uns haben möchten. Er heftete sein Auge eine Zeitlang auf mich und ging dann fort, ohne mir zu antworten.

Wie wir erwartet hatten, setzte der Admiral, auf Antrag unseres Kapitäns, ein Untersuchungsgericht ein. Etwa zwanzig von unserer Mannschaft wurden verhört, aber es kam soviel heraus über den Grund, warum der Schlangenkopf weggenommen worden war — denn die Matrosen sprachen frei und ohne Rückhalt —, daß der Admiral und die beisitzenden Offiziere Kapitän Hawkins dringend empfahlen, die Sache nicht weiter zu treiben, sondern einfach zu erklären, daß sich einige unruhige Köpfe auf seinem Schiffe befänden, und den Admiral um deren Versetzung zu bitten. Dies geschah, und die Kapitäne der Fregatten, welche diesen Rat gegeben, teilten sich in unsere besten Matrosen. Sie besprachen sich ganz offen mit mir und fragten mich geradezu, welches die besten Leute seien; dies sagte ich ihnen auch ehrlich und redlich, denn ich freute mich, daß es mir möglich war, dieselben der Gewalt des Kapitän Hawkins zu entziehen; diese bezeichneten sie nun als unruhig und tauschten sie gegen die schlechtesten Leute, die sie nur an Bord hatten, ein. Die wenigen, die noch übrigblieben, liefen fort; und so erhielten wir, die wir bisher eine der tüchtigsten und bestorganisierten Bemannungen in der Flotte geführt hatten, nun eine der allerschlechtesten.

Collins wurde an Bord der Fregatte geschickt und unter Aufsicht gestellt; er zeigte aber bald, daß sein Benehmen so gut war, wie ich es geschildert hatte, und zwei Jahre später wurde er zum Rang eines Bootsmannes befördert.

Ich muß hier bemerken, daß es kaum einen Grad von Strenge gibt, den ein Kapitän nicht ausüben dürfte gegen seine Matrosen, vorausgesetzt, daß sie sich von seinem Mute überzeugt halten oder daß er ihnen denselben bewiesen hat; wenn hierüber aber ein Zweifel herrscht oder gar das Gegenteil erwiesen ist, so geht alle Mannszucht durch Verachtung verloren, und die Schiffsmannschaft tritt in offene oder heimliche Meuterei. Wenn behauptet wird, alle niederträchtigen Tyrannen seien feig, so stimme ich vollkommen bei; aber ich habe im Dienste Leute kennen gelernt, welche die allerärgsten Tyrannen und durchaus nicht feig waren; ihre Tyrannei kannte keine Grenzen, aber es lag keine Niederträchtigkeit in ihrer Denkungsart. Sie waren im Gegenteil freigebig, offenherzig und zeigten bisweilen, wenn sie der Zorn nicht übermannte, daß sie das Herz, wenn auch nicht gerade ganz am rechten Fleck, doch nicht weit davon sitzen hatten. Sie waren übrigens gleichwohl Tyrannen, aber so sehr sie es auch sein mochten, verziehen es ihnen die Leute, und eine einzige freundliche Behandlung, wenn sie nicht durch die Heftigkeit ihres Temperamentes hingerissen wurden, machte hundert Handlungen ihrer Tyrannei vergessen.

Anders verhält es sich jedoch in unserm Dienste mit Offizieren, die in ihrer Tyrannei niederträchtig sind; diesen geben die Matrosen durchaus nicht nach, und setzen sich lieber allen Gefahren aus, welchen sie bei der Strenge unserer Kriegsgesetze unterworfen sind, als daß sie nicht frei ihre Meinung äußerten gegen einen Mann, den sie verachten. Ich mag keine Namen nennen, aber ich könnte Beispiele von mutigen und von feigen Tyrannen anführen, die auf unserer Flotte teils gedient haben, teils selbst jetzt noch dienen. Die gegenwärtigen Bestimmungen haben die Tyrannei bis auf einen gewissen Grad beschränkt, der jedoch den niederträchtigen Tyrannen nicht abhalten kann; denn ein solcher übt seine bösartigen Gesinnungen keineswegs in wichtigen Dingen, die zur Kenntnis seiner Vorgesetzten gebracht werden könnten, aus. Er greift zu kleinen und erbärmlichen Maßregeln — lächelt, um zu täuschen — hält sich streng innerhalb der Schranken, die ihn schützen; er läuft nur da Gefahr, wo seine Herzhaftigkeit in Frage gestellt wird, was übrigens äußerst selten vorkommt, und selbst dann ist es ein ebenso schwerer als höchst gefährlicher Versuch, Feigheit zu beweisen.

Man dürfte vielleicht fragen, warum ich das Schiff nicht verlassen habe, nachdem ich doch den Charakter des Kapitäns und die feindselige Gesinnung, die er gegen mich im Herzen trug, so genau kennengelernt hatte. Darauf kann ich nur antworten, daß ich oft daran dachte und auch mit meinen Kameraden darüber sprach; diese redeten mir aber zu da zu bleiben; und weil ich erster Leutnant war und wußte, daß ein einziges erfolgreiches Gefecht mir höchstwahrscheinlich meine Beförderung sichern würde, beschloß ich, um mich eines seemännischen Ausdruckes zu bedienen, »den Sturm zu überstehen«, und die einzige Aussicht, die ich nun zur Erlangung des Ranges eines Kommandeurs hatte, nicht aufzugeben.

Siebzehntes Kapitel

Nicht sehr erfreuliche Nachrichten von Hause, obgleich der Leser lachen mag. – Wir kommen in Portsmouth an, wo ich eine alte Bekannte, Frau Trotter, wiedertreffe. – Wir segeln mit einem Convoy in die Ostsee.

Ich hatte meiner Schwester Ellen geschrieben, ihr über alles Vorgefallene berichtet und auch den Charakter des Kapitäns sowie dessen augenscheinliche Vertraulichkeit mit meinem Oheim erwähnt. Sie antwortete mir, von einer alten und sehr gesprächigen Dame habe sie erfahren, Kapitän Hawkins wäre der natürliche Sohn meines Oheims aus einer Verbindung mit einer Dame zur Zeit, da er noch in der Armee diente. Ich sah nun sogleich ein, daß mein Onkel mich ihm als Gegenstand seiner Rache bezeichnet habe und daß Kapitän Hawkins ein zu pflichtgetreuer und zu gehorsamer Sohn war, um nicht zu gehorchen.

Der Zustand meines Vaters war betrübender als je; doch lag etwas äußerst Komisches in seinen Vorstellungen; er bildete sich ein, er sei ein Esel, und ahmte eine ganze Woche lang das Geschrei dieses Tieres nach; dabei stieß er die alte Pflegerin oft so mit dem Fuße auf den Magen, daß sie sich zusammenkauerte wie ein Igel. Dann hatte er sich wieder in den Kopf gesetzt, er sei eine Pumpe, streckte den Arm aus wie eine Röhre und nötigte die alte arme Wärterin, denselben stundenlang herauf- und hinunterzuziehen. Es hatten sich in der That die Fälle von sonderbaren Vorstellungen der Art so sehr gehäuft, daß meine gute Schwester beinahe selbst um den Verstand kam, und bisweilen waren seine Ideen mit einem sehr großen Kostenaufwande verknüpft, denn er bildete sich oft ein, den Titel und die Besitzungen seines Bruders geerbt zu haben, ließ Baumeister kommen und schloß Verträge mit ihnen ab wegen Aufführung von Gebäuden u.s.w. Dies kam, da es seine eigentliche Krankheit war, häufig vor. Ich schrieb der armen Ellen und gab ihr einige Ratschläge nach bestem Ermessen, denn um diese Zeit war die Brigg schon wieder bereit, und wir erwarteten unser Auslaufen täglich. Auch vergaß ich nicht, O'Brien zu schreiben, aber die Entfernung zwischen uns war so groß, daß ich wohl wußte, ich könnte vor einem Jahre wahrscheinlich keine Antwort erhalten, und ich fühlte eine wehmütige Ahnung, wie sehr ich seines Rates bedürfe.

Wir erhielten Befehl, nach Portsmouth zu segeln und uns einem Convoy anzuschließen, der sich dort versammelte, um unter Führung der Fregatte »Akaste« und zwei anderer Fahrzeuge in die Ostsee hinaufzufahren. Wir segelten ohne das mindeste Vergnügen sowie ohne Hoffnung, diesmal viel Beutegeld zu gewinnen. Unser Kapitän war Mann genug, jedes Schiff zu einer Hölle zu machen, und unsere Schiffsmannschaft bestand, natürlich mit einigen Ausnahmen, aus einer Bande meuterischer und unverbesserlicher Bösewichte. Wie ganz anders erschien den Offizieren die Brigg nach dem Verlust eines solchen Kapitäns wie O'Brien und einer so tüchtigen Schiffsmannschaft! Aber das war nicht zu ändern und alles, was wir thun konnten, war, die Dinge soviel als möglich zum Guten zu leiten und auf bessere Zeiten zu hoffen. Die Peitsche wurde beinahe jeden Tag in Anwendung gebracht, und ich muß gestehen, daß es im allgemeinen verdient war, obgleich bisweilen auf den heimlichen Bericht des Marinesergeanten über irgendeinen tüchtigen Mann, dem ich gewogen war, unfehlbar diese Strafe verhängt wurde. Diese Art, Berichte von einem untergeordneten Offizier unmittelbar anstatt durch mich, den ersten Leutnant, zu empfangen, wurde so lästig, daß ich auf alle Gefahr hin beschloß, Vorstellungen dagegen zu machen. Ich fand auch bald Gelegenheit, denn eines Morgens sagte der Kapitän zu mir: »Herr Simpel, ich höre, Sie haben gestern Nacht nach der gesetzlichen Stunde Feuer anmachen lassen.«

»Es ist ganz richtig, Sir, daß ich einen Ofen zu heizen befahl; aber ich möchte fragen, ob der erste Leutnant in dieser Beziehung nicht ein Recht hat, nach seinem Ermessen zu handeln? Und dann, wie kommt es, daß andere über mich Meldungen machen? Die Mannszucht auf diesem Schiffe wird durch mich unter Ihrer Leitung geführt, und alle Berichte müssen durch mich an Sie gelangen; ich kann nicht einsehen, warum Sie solche durch einen andern Kanal gehen lassen.«

»Ich führe den Befehl auf meinem Schiffe, Sir, und werde in dieser Beziehung thun, was mir gefällt. Wenn ich Offiziere habe, denen ich vertrauen kann, werde ich ihnen höchstwahrscheinlich auch erlauben, mir Meldungen zu machen.«

»Falls irgend etwas in meinem Benehmen Ihnen den Beweis gegeben hat, daß ich untüchtig oder des Zutrauens nicht würdig bin, so würde ich mich Ihnen verpflichtet fühlen, Sir, wenn Sie mir dies zuerst andeuten – dann aber, wenn ich es nicht besser machte, mich vor ein Kriegsgericht bringen wollten.«

»Ich bin nicht der Mann für Kriegsgerichte, Sir«, antwortete er, »aber ich lasse mir auch von einem untergebenen Offizier nichts vorschreiben, und Sie werden mich also durch Ihr Schweigen verbinden. Der Marinesergeant ist als Waffenmeister verpflichtet, mir jede Abweichung von den Regeln, die ich für den Dienst des Schiffes entworfen habe, zu melden.«

»Zugestanden, Sir; aber diese Meldung sollte nach der Üblichkeit unseres Dienstes durch Vermittlung des ersten Leutnants geschehen.«

»Ich ziehe den unmittelbaren Weg vor; sie ist so weniger der Verfälschung ausgesetzt.«

»Vielen Dank für diese Artigkeit, Kapitän Hawkins.«

Ohne mir weiter zu antworten, lief er von mir weg und ging bald darauf in die Kajüte hinab. Nun trat Swinburne zu mir heran mit den Worten:

»Wie ich höre, Herr Simpel, müssen wir nach der Ostsee. Warum konnte man uns denn nicht den Convoy von Yarmouth herholen lassen, statt daß wir jetzt den ganzen Weg nach Portsmouth machen müssen? Mit diesem schiefen Wind werden wir erst morgen dort sein.«

»Ich denke, der Convoy ist noch nicht völlig versammelt, Swinburne, und bedenken Sie doch, daß es im Kanal an französischen Kaperschiffen nicht fehlt.«

»Das ist allerdings ganz richtig, Sir.«

»Waren Sie schon einmal in der Ostsee, Swinburne?«

»Ja, auf dem alten ›St. George‹, so 'nem alten echten Achtundneunziger; segelte wie 'n Heuschober eine Meile vorwärts und drei Meilen leewärts. Gott segne Sie, Herr Simpel, das Kattegat war ihm nicht breit genug; aber 's war bei alldem eine behagliche Art von Fahrzeug, nur daß wir uns, wenn wir die Küste in Lee hatten, immer ziemlich weit vom Lande weg halten mußten, wie ich mich entsinne. Da fällt mir auch gerade ein, erinnern Sie sich noch, wie ärgerlich Sie wurden, weil ich's Ihnen in Barbados nicht steckte, als die Leute den Affen säugten?«

»Gewiß, ich weiß es noch recht gut.«

»Nun ja, damals hielt ich's nicht für hübsch, denn ich war einer von ihnen. Jetzt aber, da ich 'n Stück von einem Offizier bin, will ich Ihnen doch sagen, daß es, wenn wir nach Karlskrona kommen, da 'ne Art von Affensäugen gibt, die Sie als erster Leutnant bei so 'nem überzwerchen Kapitän wohl kennen müssen. Auf dem alten ›St. George‹ hatten wir eines Nachmittags siebzig Betrunkene, und der erste Leutnant konnt' auf keine Weise auffinden, wie's zuging.«

»In der That, Swinburne, Sie müssen mich in dieses Geheimnis einweihen.«

»Gerne, Herr Simpel. Wissen Sie nicht, daß es so 'n berühmtes Zeug für Hieb- und Stichwunden gibt, Balsam genannt?«

»Wie, Rigabalsam?«

»Ja, das ist's; diesen also werden Sie auf allen Booten zum Verkauf herbringen, wie 's auch uns auf dem alten ›St. George‹ ging. Teuflisch gutes Zeug ist das für die Wunden, ich glaub's; aber 's ist auch nicht übel zu trinken und sehr stark. Wir gebrauchten's immer *innerlich,* Herr Simpel, und der erste Leutnant hatte nicht die geringste Ahnung davon.«

»Was! Sie betranken sich also alle mit Rigabalsam?«

»So viele eben konnten; ich geb' Ihnen also nur einen Wink.«

»Ich bin Ihnen sehr verbunden, Swinburne; auf den Verdacht wäre ich gewiß nie geraten. Ich glaube, Matrosen können sich mit allem betrinken.«

Am andern Morgen ankerten wir bei Spithead, wo wir den Convoy schon segelfertig trafen. Der Kapitän ging an Land, um sich beim Admiral zu melden, und wie gewöhnlich wurde die Brigg von Proviantbooten und Nachen voller Leute umringt, die an Bord zu kommen wünschten. Da wir auf der Portsmouth-Station nicht bekannt waren und mit niemand in bestimmter Verbindung standen, so waren die Inhaber sämtlicher Proviantboote um unsere Kundschaft äußerst bemüht; und da die Wahl dem ersten Leutnant zusteht, so wird dieser so lange im höchsten Grade belästigt, bis er seine Entscheidung getroffen hat. Zeugnisse des Wohlverhaltens, von den Offizieren anderer Schiffe ausgestellt, wurden von allen Seiten herauf geboten, und ich durchlas die Dokumente auf dem Kapstan stehend. Der Name »Trotter« fiel mir auf; ich ging auf die Laufplanke aus Neugierde, um mir Gewißheit darüber zu verschaffen, ob es dieselbe Person wäre, die, als ich zum erstenmal an Bord kam, so viel Sorgfalt für mein Weißzeug an den Tag gelegt hatte. Während ich nach den

Booten hinblickte, rief eine Stimme: »Ah, Herr Simpel, haben Sie Ihre alte Freundin vergessen? Können Sie sich der Frau Trotter nicht mehr entsinnen?« Ich hatte sie allerdings nicht erkannt; sie war so dick geworden und sah, obgleich nun an Jahren vorgerückt, viel bessser aus als damals, als ich sie zuerst getroffen hatte; sie schien gesünder und frischer.

»In der That, ich hätte Sie kaum wiedererkannt, Frau Trotter.«

»Ich hab' Ihnen so viel zu sagen, Herr Simpel«, antwortete sie und ließ ihr Boot heranrudern; dann kam sie auf unser Verdeck herauf und befahl ihre Sachen herbeizubringen, gerade, als ob eine Erlaubnis ganz und gar unnötig wäre. Ich gab keinen Gegenbefehl, weil ich keinen von den andern Bootsinhabern kannte und, was die Ehrlichkeit anbelangt, sie alle für so ziemlich gleich hielt. Kraft alter Bekanntschaft also wurde Frau Trotter zugelassen.

»Ach, Herr Simpel«, rief sie, ganz außer Atem von der Anstrengung des Heraufkletterns, »was für 'n Mann Sie geworden sind, und noch dazu so 'n schöner Mann! Liebster, Teuerster, ich fühle mich ganz alt, wenn ich Sie ansehe und mir dann wieder das junge Herrchen vorstelle, das ich im Cockpit unter meinen Schutz nahm. Glauben Sie nicht, Herr Simpel, daß ich alt und häßlich aussehe?« fuhr sie lächelnd und schmunzelnd fort.

»Fürwahr, Frau Trotter, ich glaube, daß Sie sehr gut aussehen. Bitte, wie geht es Ihrem Manne?«

»Ach, Herr Simpel, der liebe arme Herr Trotter – der ist fort. Der arme Tropf, 's ist aber kein Wunder, seine Neigung zum Trunk, seine Liebe zu mir und seine Eifersucht (erinnern Sie sich noch, wie eifersüchtig er war?). 's ist nicht zu verwundern, wenn man ferner bedenkt, an was für ein Leben er gewöhnt war, und daß er, nachdem er eigene Equipage und Hunde von allen Rassen gehalten hatte, so weit herunterkam und mitansehen mußte, wie seine Frau ein Proviantboot führte. Das brach ihm 's Herz, dem guten Mann! Und seit der Zeit, Herr Simpel, habe ich mich viel glücklicher gefühlt. Denn ich konnt' es nicht ertragen, wenn ich sah, daß er sich so abgrämte. Gott im Himmel! wie eifersüchtig er war und ohne alle Ursache. Brauchen Sie kein frisches Fleisch für die Offiziersmesse? Ich hab' 'ne hübsche Hammelkeule im Boot und auch etwas Milch zum Thee.«

»Beachten Sie wohl, Frau Trotter, daß ich das Einführen

geistiger Getränke an Bord nicht gestatten darf.«

»Mein Gott, Herr Simpel, wie können Sie an so etwas denken? Es ist ganz richtig, daß dieses gemeine Pack es thut; aber, – die Gesellschaften, die ich gehalten, die Kreise, in denen ich gelebt habe, Herr Simpel! .... Überdies wird Ihnen wohl noch erinnerlich sein, daß ich nie etwas anderes als Wasser trank.«

Ich konnte ihr zwar nicht gerade beistimmen, doch wiedersprach ich auch nicht.

»Wünschen Sie die ›Portsmouthzeitung‹ zu lesen, Herr Simpel« fragte sie, ein Blatt aus der Tasche ziehend. »Ich weiß, Gentlemen sind Freunde von Neuigkeiten. Der arme Trotter pflegte nie vom Frühstück aufzustehen, bevor er das Tagblatt zu Ende gelesen hatte – das war aber damals, als wir auf einem ganz anderen Fuß lebten. Haben Sie Weißzeug zu waschen, Herr Simpel – oder sonst einer von den Gentlemen?«

»Ich fürchte, die Zeit ist zu kurz, wir werden bald wieder absegeln«, antwortete ich; »wir müssen den Convoy begleiten.«

»Wirklich?« schrie Frau Trotter, ging die Hauptplanke hinab und rief ihren Gehilfen. Ich hörte, wie sie ihm, auf die Nachricht von unserer baldigen Abfahrt hin, Befehl erteilte, nichts auf Borg zu verkaufen.

»Ich bitte um Entschuldigung, Herr Simpel, ich habe nur meinem Gehilfen gesagt, daß er Ihren Steward rufen soll, damit Sie von allem das Beste bekommen und etwas Milch für die Offiziersmesse zurückgehalten wird.«

»Und ich habe auch um Entschuldigung zu bitten, Frau Trotter, denn ich muß jetzt meinem Dienste nachkommen.«

Frau Trotter verneigte sich höflich und ging die Hauptleiter hinab, um gleichfalls ihrem Dienste nachzugehen, und so trennten wir uns. Ich erfuhr, daß sie eine große Kundschaft besitze, denn sie verstehe mit den Offizieren umzugehen und mache sich ihnen im allgemeinen nützlich. Sie führte nun seit sechs Jahren ein Proviantboot und hatte sich ein hübsches Geld verdient. Man sagte in der That, wenn ein erster Leutnant vierzig oder fünfzig Pfund bedürfe, so sei Frau Trotter immer bereit, sie ihm, ohne nur einen Schuldschein zu fordern, zu leihen.

Abends traf der Kapitän, der bei dem Admiral gespeist hatte, an Bord ein und befahl, alles bereitzuhalten, um sofort bei Tagesanbruch die Anker zu lichten und die Segel zu setzen. Mit Sonnenaufgang gab die Fregatte das Signal; vor zwölf Uhr waren wir alle unter Segel und liefen mit günstigem Winde aus. Unsere Streitmacht bestand aus der Fregatte »Akaste«, der Schaluppe »Isis« mit zwanzig und dem »Renntier« mit achtzehn Kanonen, sowie aus unserer eigenen Brigg. Der Convoy zählte beinahe zweihundert Schiffe. Obgleich der Wind günstig und die See ruhig war, brauchten wir doch länger als eine Woche, ehe wir Anholt erreichten, denn manche von den Fahrzeugen des Convoy segelten schlecht oder waren unachtsam. Wir waren beständig damit beschäftigt, Signale zu wiederholen oder Schüsse abzufeuern, und wurden oft nach den hintersten Schiffen zurückgeschickt, um sie heraufzubugsieren. Endlich kamen wir mit einer leichten Brise an Anholt vorbei und am nächsten Morgen sahen wir auf beiden Seiten das Land deutlich.

Achtzehntes Kapitel

Wie wir durch den Sund fuhren und was im Sund vorging. – Der Kapitän hört wiederum ein Gespräch zwischen Swinburne und mir an.

Ich stand hinten auf der Signalkiste und zählte die Convoyschiffe, als Swinburne zu mir kam.

»'s ist 'n kleiner Unterschied, Herr Simpel«, sagte er, »zwischen dieser Weltgegend und Westindien. Schwarze Felsen und Föhrenwälder erinnern uns nicht an die blauen Berge von Jamaika, noch an die Kokosnußbäume, welche im Seewinde schwanken.«

»Gewiß nicht, Swinburne«, antwortete ich.

»Windstillen werden wir hier genug haben, ohne vor Hitze zu schmachten, obgleich wir vielleicht die Kanonenboote zu heiß für uns finden werden; denn verlassen Sie sich darauf, sobald sich der Wind legt, werden sie aus allen Ecken und Winkeln herauskommen, und uns 'n bißchen zusetzen.«

»Sind Sie früher schon einmal mit einem Convoy hier gewesen, Swinburne?«

»Gewiß bin ich's; und hab' da 'ne scharfe Arbeit mit angesehen, Herr Simpel. Arbeit, für die, wie ich glaube, unser

Kapitän keinen Magen haben würde.«

»Swinburne, ich bitte Sie, Ihre Gedanken über den Kapitän für sich zu behalten, merken Sie sich das zum letzten Mal. Es ist meine Pflicht, solche Äußerungen nicht anzuhören.«

»Und ich dächte auch, sie zu melden, Herr Simpel«, sagte Kapitän Hawkins, der zu uns heraufgeschlichen war und das Gespräch mitangehört hatte.

»Im vorliegenden Falle brauche ich keine Meldung zu machen, Sir«, antwortete ich, »denn Sie haben gehört, was gesprochen wurde.«

»Das habe ich, Sir«, entgegnete er, »und werde es nie vergessen.«

Swinburne hatte sich zurückgezogen, sobald er des Kapitäns Stimme hörte, und auch ich ging nach vorne.

»Wie viele Schiffe sind in Sicht, Sir?« fragte der Kapitän.

»Hundertdreiundsechzig, Sir«, antwortete ich.

»Signal von der ›Akaste‹, den Convoy zu schließen«, meldete der Seekadett von der Wache.

Wir wiederholten das Signal und der Kapitän ging in seine Kajüte hinab. Wir legten damals etwa vier Meilen in der Stunde zurück; die See war sehr ruhig und der Anholt-Leuchtturm auf dem Verdeck kaum sichtbar; wir befanden uns nur etwa zwanzig Meilen Nordnord-West davon. Wir waren nun an dem Eingang in den Sund, der, wie der Leser wissen wird, eine schmale Durchfahrt nach der Ostsee ist. Wir fuhren hinein, gefolgt von den Convoyschiffen, von denen einige acht bis zehn Meilen hinter uns waren; und als wir uns sämtlich im Sund befanden, ließ der Wind allmählich nach, bis zuletzt völlige Windstille eintrat und die Schiffsklüver sich im Kreise drehten.

Meine Wache war beinahe zu Ende, als der Seekadett, der mit seinem Glase die See nach der Kopenhagener Seite hin beobachtete, drei Kanonenboote meldete, die hinter einer Landspitze herausfuhren. Ich betrachtete sie und ging dann hinab, dem Kapitän Bericht zu erstatten. Als ich wieder aufs Verdeck kam, wurden noch mehrere gemeldet, bis wir zuletzt zehn zählten, darunter zwei große Fahrzeuge, Prahme genannt. Nun kam auch der Kapitän aufs Verdeck, und ich erstattete ihm Rapport. Wir gaben der »Akaste« das Signal »Feind in Sicht«, das auch sofort erwidert wurde. Die Fahrzeuge verteilten sich — sechs derselben ruderten längs der Küste hin gegen die im Hintergrund befindlichen Schiffe des Convoy und vier kamen direkt auf unsere Brigg los. Nun gab die »Akaste« das Signal »Boote bemannt, bewaffnet und bereit gehalten«. Wir setzten unsere Pinnasse aus und ließen unsere Kutter herab; die anderen Kriegsschiffe thaten dasselbe. Nach einer Viertelstunde etwa eröffneten die Kanonenboote das Feuer aus ihren langen Zweiunddreißigpfündern, und ihr erster Schuß ging mitten durch den Rumpf der Brigg; glücklicherweise wurde niemand beschädigt. Ich drehte mich um, nach dem Kapitän zu sehen; der war so weiß wie ein Leintuch; er begegnete meinem Blick, wandte sich ab und stieß nun auf Swinburne's Auge, das ihn fest ansah. Dann ging er auf die andere Seite des Verdecks hinüber. Ein zweiter Schuß durchfurchte das Wasser dicht in unserer Nähe, sprang hoch, ging durch das Seilwerk der Hängematten, riß zwei derselben los und warf sie auf das Hinterdeck, als die »Akaste« ihre Flaggen hißte und uns das Signal gab, unsere Pinnasse sowie den Kutter zum Beistande der Schiffe hinter uns abzuschicken. Das gleiche Signal wurde der »Isis« und dem »Renntier« gegeben. Ich meldete dasselbe und fragte, wer den Befehl führen sollte.

»Sie, Herr Simpel, werden die Pinnasse führen, und Herrn Swinburne in den Kutter beordern.«

»Herrn Swinburne, Sir!« antwortete ich; »die Brigg wird höchstwahrscheinlich bald zum Gefecht kommen, und dann werden seine Dienste als Kanonier hier nötig sein.«

»Nun ja, so mag Herr Hilton mitfahren; lassen Sie Klarschiff trommeln. Wo ist Herr Webster?«

Dieser stand in unserer Nähe und wurde als zweiter Leutnant befehligt, während meiner Abwesenheit meinen Dienst zu versehen.

Ich sprang in die Pinnasse und stieß ab; zehn weitere Boote von der »Akaste« und den anderen Kriegsschiffen ruderten in derselben Richtung; dann schloß ich mich an. Die Kanonenboote hatten bereits ihr Feuer gegen die hintere Abteilung des Convoy eröffnet und fuhren immer weiter heraus, um die Schiffe zu nehmen; sie hatten sich in zwei Parteien geteilt, und steuerten so von verschiedenen Seiten unsern Fahrzeugen zu. In einer halben Stunde hatten wir uns den Booten, die ihr Feuer auf uns richteten, auf Schußweite genähert; da befahl der Leutnant von der »Akaste«, der das Detachement befehligte, die Ruder für einen Augenblick niederzulegen, und teilte uns in drei Divisionen von je vier Booten, mit der Weisung, zu den äußersten Fahrzeugen des Convoy hinzurudern; jede unserer Divisionen sollte zweien der Kanonenboote Widerstand leisten, und sich soviel als möglich vor deren Feuer dadurch schützen, daß wir unter dem Lee der Convoyschiffe verblieben und uns bereit hielten, den Feind zu entern, falls er herankäme, um eines unserer Schiffe zu nehmen.

Diese Anordnung war gut. Ich erhielt den Befehl über eine der Divisionen, da von der »Isis« und dem »Renntier« die ersten Leutnants nicht weggeschickt worden waren; nachdem ich auch gefragt hatte, welcher Abteilung der Kanonenboote ich Widerstand leisten sollte, ruderte ich dahin ab. In der Zwischenzeit sahen wir, wie die beiden feindlichen Prahme und die zwei Kanonenboote, welche hinter uns geblieben waren und das »Renntier« beschossen, sich gleichfalls verteilten — der eine Prahm griff die »Akaste« an, die zwei Kanonenboote richteten ihr Geschütz nach der »Isis«, und der andere Prahm beschoß die »Klapperschlange« und das »Renntier«; das letztere Fahrzeug befand sich in einer Linie mit uns, etwa eine halbe Meile weiter außen, und konnte somit das Feuer nicht kräftig erwidern, übrigens aber auch keinen bedeutenden Schaden erleiden. Die »Klapperschlange« war am schlimmsten dran, denn der feindliche Prahm richtete sein Feuer hauptsächlich gegen sie. Bei der vom Feinde genommenen Entfernung erreichten ihn zwar die Kanonenschüsse von der Fregatte, aber die andern Kriegsschiffe, die nur zwei lange Kanonen führten, waren nicht imstande, das Feuer gehörig zu erwidern, und Karronaden hierbei ganz nutzlos.

Der eine der Prahme führte zehn und der andere acht Kanonen. Der letztere hatte sich der »Klapperschlange« gegenübergestellt, und das Feuer wurde vom Feinde, sowie auch besonders von der »Akaste« äußerst lebhaft unterhalten. In einer Viertelstunde etwa kam ich mit meiner Division bei dem Fahrzeuge an, welches sich dem Feinde zunächst befand. Es war ein großes, nach Sunderland-Art gebautes Schiff. Die Kanonenboote, welche noch eine Viertelmeile davon entfernt waren, ruderten so schnell sie nur konnten darauf zu, und sobald sie unsere Annäherung gewahrten, richteten sie ihr Feuer auf uns, aber ohne Erfolg, mit Ausnahme der letzten Ladung, welche, da wir uns nun nahe genug befanden, aus Kartätschen bestand. Der Schuß schlug ein wenig zu kurz ein, aber ein Kartätschenstück traf einen der Bugmänner von der Pinnasse und nahm ihm drei Finger von seiner rechten Hand weg, da er gerade ruderte. Ehe sie wieder feuern konnten, waren wir durch unser Convoyschiff geschützt, an dessen Seite wir, verborgen vor dem Feinde, dicht hinruderten. Mein Boot war das einzige in der Division, das eine Kanone führte; ich ließ nun laden, wartete, bis die Kanonenboote abgeschossen hatten, fuhr dann ein wenig hinter dem Schiffe vor, feuerte ab, kehrte wieder unter mein Obdach zurück, um von neuem zu laden.

Dies dauerte einige Zeit; der Feind kam nicht näher heran, feuerte nun aber auf das Sunderlandschiff los, das uns deckte. Endlich sah der Schiffsmeister über die Seite herab und bemerkte mir: »He, mein Herr Spaßmacher, heißen Sie das *mir Beistand leisten*? Ich war besser daran, ehe Sie kamen. Damals hatte ich nur einen Anteil vom feindlichen Feuer, jetzt aber, da Sie gekommen sind, habe ich's ganz allein. Ich bin durchlöchert wie ein Sieb und habe schon vier Leute verloren; ich denke, Sie könnten mich jetzt verlassen und hinter das Fahrzeug vor uns rudern. Für mich selbst will ich schon einstehen.«

Dieses Begehren fand ich höchst vernünftig, und da ich mich beim nächsten Fahrzeuge dem Feinde näher befand und auch bereit blieb, ihm beizustehen, wenn er angegriffen würde, entsprach ich seinem Wunsche. Ich hatte bestimmten Befehl, mit einer so kleinen Streitmacht nicht zu entern (unsere vier Boote führten nur vierzig Mann, von den feindlichen Kanonenbooten hingegen ein jedes wenigstens siebzig), außer wenn der Feind herankäme, um die Schiffe wegzunehmen, wo ich dann auf alle Gefahr hin losstürzen sollte.

Ich ruderte nun zu dem anderen Fahrzeuge, einer großen Brigg; sobald wir an deren Seite hinfuhren, sagte der Kapitän: »Ich sehe schon, was Sie zu thun im Begriffe sind, und will Ihnen mein Schiff überlassen. 's ist ja doch für mich nutzlos, wenn ich meine Leute einbüße oder vor den Kopf geschossen werde.«

»Ganz richtig – Sie können nichts besseres thun, und wir ebensowenig.«

Sein Boot wurde herabgelassen, er bestieg dasselbe mit seinen Matrosen, fuhr zu einem andern Schiffe hin und legte sich hinter dasselbe, bereit zurückzukehren, sobald eine Brise aufspringen würde.

Wie zu erwarten stand, richteten nun die Kanonenboote ihr Feuer auf das verlassene Schiff, hinter welchem unsere Boote lagen, und so währte das Gefecht fort, bis es Nacht wurde; die feindlichen Schiffe mochten nicht näher kommen, und uns fiel es gleichfalls nicht ein, vorzurücken und anzugreifen. Der Mond schien nicht, und sobald die Tageshelle verschwunden war, wurde der Anblick ausgezeichnet schön. In der Ferne das Kanonenfeuer der Fregatte und der anderen Kriegsschiffe, das von den Prahmen und Kanonenbooten, zu welchen, wie wir später fanden, noch weitere sechs gestoßen waren, erwidert wurde, — der leuchtende Kanonenblitz, der von der spiegelglatten Wasserfläche zurückgestrahlt wurde — die dunkeln Umrisse der zahlreichen Convoyschiffe mit ihren, an den Masten herabhängenden Segeln, von denen ein Teil jetzt sichtbar war, wenn gerade in dieser Richtung die Kanonen abgeschossen wurden, und dann wieder verschwand, während andere, vom Feuer beleuchtet, sich für einen Moment dem Auge zeigten — der Donner der schweren feindlichen Geschütze – das Krachen der Splitter der Brigg, die, von jeder Ladung getroffen, gar oft durchbohrt wurde — das Zischen der Kugeln, wenn sie vorbeisausten — alles dieses in einer finstern, aber doch klaren Nacht, wobei jeder Stern am Himmel blinkte, als ob er auf uns herabschaute, war ebenso anziehend als furchtbar.

Bald aber gewahrte ich, daß die Kanonenboote mit jedem ihrer Schüsse sich uns mehr näherten, und ich ließ nun nur Kartätschen auf sie feuern, wobei ich jedesmal wartete, bis ich mir aus dem Abfeuern ihres Geschützes Gewißheit über die Richtung, in der sie sich befanden, verschaffen konnte. Endlich konnte ich ihre langen niedrigen Rümpfe, nicht zwei Kabellängen von uns entfernt, sowie ihre aufgehobenen Ruder sehen. Es war klar, daß sie zum Entern heranahten, und ich beschloß, ihnen wenn möglich zuvorzukommen. Ich hatte vorne an der Brigg abgefeuert und ruderte nun mit allen meinen Booten nach hinten, erteilte den Offizieren meine Befehle und ließ die Ruder in Bereitschaft halten. Die Kanonenboote waren etwa eine halbe Kabellänge voneinander, fuhren in gleicher Richtung herauf und befanden sich von uns so ziemlich in derselben Entfernung, als ich meinen Leuten befahl loszurudern. Ich war fest entschlossen, meine ganze Kraft auf das nächstgelegene Boot zu werfen, und in einer halben Minute schon hatten wir unseren Bug zwischen seine

Ruder hineingezwängt, die wir festhielten, um uns an seiner Seite hinzuarbeiten.

Die Dänen leisteten sehr entschiedenen Widerstand. Dreimal kam ich auf ihr Verdeck, und dreimal wurde ich wieder in die Boote zurückgeworfen. Endlich faßten wir festen Fuß und trieben sie allmählich vor uns hin, als ich beim Vordringen nach dem Schanddeck einen Schlag mit dem Kolben einer Muskete, wie ich glaube, auf die Schulter erhielt, der mich über Bord warf. Ich fiel zwischen die Ruder hinein und sank unter den Kiel des Fahrzeuges, kam jedoch unter seinem Sterne wieder herauf; aber die Heftigkeit des Schlages hatte mich so erschüttert, daß ich einige Zeit ganz betäubt war; doch besaß ich noch Kraft genug, mich über Wasser zu halten, und schwamm nun von dem Fahrzeuge weg, bis ich auf ein Ruder stieß, das über Bord gefallen war. Dies gab mir einen Haltpunkt und ich kam allmählich wieder zu mir.

Der laute Knall einer Kanone in der Nähe erschreckte mich; ich sah, daß der Schuß von dem Kanonenboote herkam, das ich geentert hatte, und daß dasselbe gegen das andere Kanonenboot schoß. Daraus sowie aus dem Geräusch der Ruderschläge vernahm ich, daß meinen Leuten dessen Wegnahme gelungen war. Ich rief, aber sie hörten mich nicht, und ich verlor sie bald aus dem Gesicht. Ein zweiter Schuß wurde nun abgefeuert von dem andern Kanonenboote, das, wie ich sah, auf dem Rückzuge begriffen war und dem Lande zusteuerte, denn es fuhr zwanzig Ellen an mir vorüber. Das Ruder hielt ich jetzt fest in den Händen und arbeitete mich vom Lande weg dem Convoy zu.

Eine leichte Brise kräuselte das Wasser, und ich hatte somit durchaus keine Zeit zu verlieren. Nach etwa fünf Minuten vernahm ich Ruderschlag und sah ein Boot in meiner Nähe vorbeifahren. Ich schrie so laut ich konnte — sie hörten mich, legten ihre Ruder ein — ich schrie von neuem — sie kamen zu mir heran und nahmen mich auf. Es war der Schiffsmeister der Brigg, der die Wegnahme des einen und den Rückzug des andern Kanonenbootes bemerkt hatte und nun nach seinem Fahrzeuge oder, wie er sich ausdrückte, nach dem, was davon übrig geblieben sei, sehen wollte. In kurzer Zeit trafen wir es, und obgleich tüchtig mitgenommen, hatte es doch keinen Schuß unter Wasser erhalten. Nach einer Stunde wurde die Brise stark, das Feuer hörte in jeder Richtung auf, und wir besserten die Beschädigungen soweit aus, um Segel aufziehen und unsere Fahrt durch den Sund fortsetzen zu können.

Hier dürfte wohl auch der Platz sein, den Ausgang der Schlacht zu berichten. Eine von den andern Abteilungen der Kanonenboote zog sich zurück, als sie von den unsrigen angegriffen wurde; die andern dagegen hatten unsere Boote aus dem Felde geschlagen und einen großen Teil der Mannschaft getötet, aber zugleich selbst so sehr Schaden gelitten, daß sie sich zurückzogen, ohne irgend ein Fahrzeug zu nehmen. Die »Akaste« hatte vier Tote und sieben Verwundete, die »Isis« drei Verwundete, das »Renntier« keinen einzigen verletzten Mann, die »Klapperschlange« endlich sechs Tote und zwei Verwundete mit Einschluß des Kapitäns; hiervon jedoch werde ich noch später sprechen. Ich fand, daß ich durch den empfangenen Schlag durchaus keine gefährliche Verletzung erlitten hatte; meine Schulter blieb für eine Woche steif und hatte viel farbige Flecken; weiter war es nichts. Als ich über Bord fiel, hatte ich gegen ein Ruder gestoßen, das mir das Ohr halb wegnahm.

Der Kapitän der Brigg gab mir trockene Kleider, und in wenigen Stunden schlief ich schon ganz behaglich, in der Hoffnung, am nächsten Tage wieder auf mein Schiff zu kommen; dieser aber ging nicht in Erfüllung. Es trat eine günstige und frische Brise ein, und wir kamen zwar ganz zum Sund heraus, blieben jedoch weit hinter dem Convoy zurück, sodaß wir auch nicht eins der vorderen Kriegsschiffe zu sehen bekamen. Ich kleidete mich an, ging aufs Verdeck und bemerkte nun, daß ich wenig Aussicht hatte, auf mein Schiff zu kommen, ehe wir in Karlskrona eintreffen würden; und so war es auch in der That der Fall. Gegen zehn Uhr ließ der Wind nach, und wir hatten von nun an so schwachen Wind, daß es sechs Tage dauerte, ehe wir in Karlskrona unsere Anker auswarfen, wo alle Fahrzeuge des Convoy lange vor uns angekommen waren.

Neunzehntes Kapitel

Ein Verstorbener wohnt der Versteigerung seiner Habseligkeiten bei und läßt mit dem Verkaufe einhalten. — Peter steckt wieder in seinen eigenen Schuhen. — Kapitän Hawkins legt eine freundliche Teilnahme für Peters Papiere an den Tag. Rigabalsam wird durchaus nicht zugelassen.

Sobald die Segel aufgezogen waren, dankte ich dem Schiffsmeister für seine Güte und bat ihn um sein Boot; er ließ es bemannen und sagte: »Wie erfreut wird Ihr Kapitän sein, Sie wiederzusehen!« Dies bezweifelte ich. Wir drückten uns die Hände, und ich ruderte der »Klapperschlange« zu, die etwa zwei Kabellängen hinter uns lag. Als ich die Brigg im Dienste verließ, hatte ich eine Jacke angezogen, und da ich jetzt in einem Kauffahrerboote herankam, schenkte man mir gar keine Aufmerksamkeit; auch stand in der That aus Veranlassung dessen, was gegenwärtig auf dem Schiffe vorging, nicht ein einziger Mann auf Wache, und ich stieg ganz unbemerkt an der Seite hinauf.

Offiziere und Mannschaft befanden sich auf dem Hinterdeck, wo vor dem Maste die Habseligkeiten eines Toten versteigert wurden, und aller Augen waren auf sechs Paar Nankingbeinkleider gerichtet, welche des Zahlmeisters Steward aussetzte und die ich für mein Eigentum erkannte.

»Neun Schillinge für sechs Paar Nankingbeinkleider«, rief des Zahlmeisters Steward.

»Kommt, Leute, sie sind mehr wert als das«, bemerkte der Kapitän, der sehr gut gelaunt schien. »'s ist besser, in seinen Hosen als in seinen Schuhen zu stecken.« Dieser rohe Ausfall erregte augenblickliches Stillschweigen. »Nun ja, Steward, so schlagt sie doch zu. Man sollte glauben, das Anziehen seiner Beinkleider würde Euch so furchtsam machen als er war«, fuhr er lachend fort.

»O Schande!« riefen einige Offiziere, unter denen ich Swinburnes Stimme erkannte.

»Eher wahrscheinlich, wenn sie die Ihrigen anzögen«, rief ich im lauten Tone der Entrüstung.

Alle schraken auf und drehten sich um; Kapitän Hawkins schwankte einer Karronade zu. »Ich bitte, mich als wieder eingetroffen an Bord melden zu dürfen, Sir«, fuhr ich fort.

»Hurrah, Burschen, drei Lebehoch für Herrn Simpel«, sagte Swinburne.

Die Leute ließen solche mit Begeisterung ertönen. Der Kapitän blickte mich an und zog sich, ohne ein Wort zu sagen, schleunigst in seine Kajüte zurück. Als er hinabging, sah ich, daß er seinen Arm in einer Schlinge trug. Ich dankte den

Leuten für ihre freundliche Gesinnung gegen mich, drückte den Offizieren Thompson und Webster, die mir herzlich Glück wünschten, die Hand, dann dem alten Swinburne (der mir beinahe den Arm ausriß, und mir solche Schmerzen an der Schulter verursachte, daß ich laut aufschreien mußte) und endlich allen andern, die mir die ihrige entgegenstreckten. Den Verkauf meiner Habseligkeiten ließ ich einstellen; glücklicherweise hatte er eben erst begonnen, und sämtliche Gegenstände wurden mir zurückgegeben. Thompson hatte dem Kapitän gesagt, daß er meines Vaters Adresse kenne und meine Kleider aufbewahren wolle, um sie nach Hause zu schicken; aber der Kapitän ging durchaus nicht darauf ein.

Nach einigen Minuten erhielt ich ein Schreiben von dem Letztern, worin er mich aufforderte, ihm für die Meldung an den vorgesetzten Offizier schriftlich mitzuteilen, auf welche Weise ich entkommen sei. Als ich hinabging, stieß ich auf ein sehr trauriges Gesicht, auf das des ersten Seekadetten der »Akaste«, der schon an meine Stelle ernannt worden war. Als ich an mein Pult ging, fand ich, daß mir zwei wichtige Artikel fehlten; erstens meine Brieftasche und zweitens das Tagebuch, das ich über alle Vorfälle führte und welchem diese Erzählung entnommen ist. Auf Befragen sagten mir meine Kameraden, es habe niemand außer dem Kapitän mein Pult geöffnet, und es mußte sich somit dieser in den Besitz dieser wichtigen Dokumente gesetzt haben.

Ich schrieb einen kurzen Bericht über das, was mir im letzten Gefechte begegnet war, und zu gleicher Zeit ein Dienstschreiben an den Kapitän, worin ich ihn bat, mir mein Eigentum, die in seinem Besitze befindlichen Papiere, zuzustellen. Sobald er meine Briefe erhalten hatte, schickte er Befehl herauf, sein Boot zu bemannen. Nachdem dies geschehen war, machte ich Meldung und fragte ihn hierauf, ob er meinem Gesuch entsprechen wolle. Er verweigerte dies, ging aufs Verdeck und verließ die Brigg, um zum kommandierenden Offizier zu fahren. Ich beschloß demnach unverzüglich, dem Kapitän der »Akaste« zu schreiben, ihn von dem Benehmen des Kapitän Hawkins in Kenntnis zu setzen und um seine Verwendung zu bitten. Dies that ich sofort, und da das Boot, das mich auf die Brigg zurückgebracht hatte, noch nicht wieder fortgefahren war, schickte ich durch dieses den Brief ab, mit dem Auftrag, denselben nur in die Hände eines der Offiziere abzugeben. Er wurde auch richtig überliefert, noch ehe

Kapitän Hawkins' Besuch zu Ende war; der Kapitän der »Akaste« legte ihn unserem Kapitän vor und fragte, ob diese Angaben richtig seien. Dieser erwiderte, er habe allerdings diese Papiere zurückbehalten und auch nicht im Sinne, sie wieder zurückzugeben, da sie so viele Äußerungen von Meuterei und Unzufriedenheit enthielten.

»Das kann ich nicht zugeben«, erwiderte der Kapitän der »Akaste«, der den Charakter des Kapitäns Hawkins kannte; »wenn Sie aus Versehen von irgend einem Geheimnisse des Herrn Simpel Kenntnis bekommen, sind Sie durch die Ehre verpflichtet, keinen Gebrauch davon zu machen; ebensowenig können Sie etwas, das nicht Ihnen gehört, zurückbehalten.«

Aber Kapitän Hawkins verweigerte die Herausgabe der Papiere mit Entschiedenheit.

»Gut also, Kapitän Hawkins«, erwiderte der Kapitän der »Akaste«. »Sie werden mich verpflichten, wenn Sie auf meinem Halbdecke bleiben, bis ich aus der Kajüte wieder da bin.«

Nun schrieb er einen Befehl, worin er dem Kapitän Hawkins auftrug, meine in seinem Besitz befindlichen Papiere unverzüglich ihm auszuliefern; und als er aus der Kajüte heraufkam, händigte er denselben dem Kapitän Hawkins ein mit den Worten: »Nun, Sir, hier ist ein geschriebener Befehl von Ihrem vorgesetzten Offizier. Verweigern Sie den Gehorsam, wenn Sie es wagen; aber dann werde ich Sie unter Arrest stellen und vor ein Kriegsgericht bringen. Ich kann nur bedauern, daß es einen Kapitän in Seiner Majestät Dienst gibt, der auf diese Weise gezwungen werden muß, seine Pflicht als Gentleman und Ehrenmann zu thun.«

Kapitän Hawkins verbiß seinen Ärger über diesen Befehl und die scharfen Bemerkungen, mit denen er begleitet war.

»Ihr Boot ist bemannt, Sir«, sagte der Kapitän der »Akaste« in ernstem Tone.

Sobald Kapitän Hawkins an unserm Bord eintraf, versiegelte er die Papiere und sandte sie dem Kapitän der »Akaste«, der sie unter Seiner Majestät Dienstsiegel an mich adressierte und mir umgehend überschickte. Die Leserwelt verdankt also dem Kapitän der »Akaste« die vorliegende Erzählung.

Von meinen Kameraden erfuhr ich folgendes über das, was nach meinem Abgange auf der Brigg vorgefallen war. Das Feuer des dänischen Prahms hatte ihr stark zugesetzt, und Kapitän Hawkins wurde durch ein Stück von dem Hängematten-Gitter, bald nachdem ich das Schiff verlassen hatte, an den Arm getroffen. Obgleich die Haut nur etwas aufgeritzt war, hielt er es doch für gut, sich als schwer verwundet zu betrachten, übergab den Befehl dem zweiten Leutnant, Herrn Webster, und zog sich in seine Kajüte zurück, wo er auch blieb, bis das Gefecht vorbei war. Als ihm Herr Webster die Rückkehr der Boote, die Wegnahme des Kanonenbootes und meinen vermeintlichen Tod meldete, war er so vergnügt, daß er seine Wunde vergaß, auf das Verdeck sprang, und da, seine Hände reibend, auf- und ablief. Zuletzt besann er sich aber doch, ging in seine Kajüte hinab und kam dann wieder herauf mit dem Arm in der Schlinge.

Am nächsten Morgen ging er an Bord der »Akaste«, machte dem vorgesetzten Offizier seinen Bericht und brachte den nun so enttäuschten Seekadetten als meinen Nachfolger mit. Er hatte auch auf dem Hinterdeck geäußert, wenn ich nicht getötet worden wäre, so würde er mich vor ein Kriegsgericht gebracht und meine Ausstoßung aus dem Dienste bewerkstelligt haben; er sei hinlänglich mit Klagepunkten versehen, um mich zu verderben, denn er habe von dem Augenblicke an, da ich unter seinen Befehl gekommen sei, gesammelt und wolle jetzt den alten Schurken von Kanonier seine Anhänglichkeit an mich bereuen machen. Alles dies wurde dem Wundarzt anvertraut, der, wie ich schon früher bemerkte, ein außerordentlicher Höfling war; dieser erzählte es Herrn Thompson, dem Schiffsmeister, welcher es mir mitteilte. Einen Vorteil übrigens hatte die ganze Sache, daß ich nämlich den Boden genau kannte, auf dem ich stand, und wußte, was ich zu erwarten hatte.

Während der kurzen Zeit unseres Aufenthaltes im Hafen gab ich genau acht, daß kein Rigabalsam an Bord kam, und die Leute blieben alle nüchtern. Von dem Kapitän der »Akaste« wurden wir beordert, zum Admiral, der sich auf der Höhe von Texel befand, zu stoßen; er hatte nämlich von der Admiralität die Weisung erhalten, eines der Schiffe des Geschwaders dorthin abzusenden, und wählte das unsrige, weil er Kapitän Hawkins nicht leiden mochte.

Zwanzigstes Kapitel

Ein alter Freund in einem neuen Verhältnisse. – Ein Eichenherz auf schwedischem Föhrenholz. – Peter erhält Vorwürfe wegen langen Ausbleibens, bringt aber zur Verteidigung einen Titel vor, was angenommen wird.

Als wir etwa vierzig Meilen aus dem Hafen waren, kam uns eine Fregatte zu Gesicht. Wir gaben das Erkennungssignal; sie hißte die schwedische Flagge und fiel einige Strich ab, um sich uns zu nähern.

Wir hatten uns ihr auf zwei Meilen genähert, als sie ihre Bramsegel einzog, und sobald wir auf zwei Kabellängen bei ihr waren, drehte sie bei. Wir thaten das Gleiche; unser Kapitän befahl mir, das Boot auszusetzen, mich an Bord derselben zu begeben, nach ihrem Namen sowie nach dem des befehlenden Offiziers zu fragen und diesem jeden nur irgend wünschenswerten Beistand anzubieten. Dies war der übliche Gebrauch in unserem Dienste, und ich fuhr also ab. Sobald ich auf dem Hinterdeck der Fregatte ankam, fragte ich auf Französisch, ob nicht jemand die Sprache rede. Der erste Leutnant trat vor und begrüßte mich; ich sagte ihm, daß ich beauftragt sei, nach dem Namen des Schiffes sowie dem des befehlenden Offiziers zu fragen, um ihn in unsere Logbücher einzutragen, desgleichen ihnen die Versicherung unserer freundschaftlichen Dienstwilligkeit zu überbringen. Er antwortete, der Kapitän sei auf dem Verdeck, und drehte sich um, aber dieser war hinabgegangen. »Ich werde ihm Ihre Sendung melden – ich dachte nicht, daß er das Verdeck verlassen hätte«, sagte der erste Leutnant und ging nun fort. Ich begrüßte die Offiziere, die auf dem Verdeck standen und äußerst artige Leute zu sein schienen, und plauderte ein wenig mit ihnen, als der erste Leutnant mich bat, zum Kapitän in die Kajüte zu kommen. Ich ging hinab – die Thür stand offen – ich wurde vom ersten Leutnant gemeldet, der hierauf die Kajüte wieder verließ. Ich blickte den Kapitän an, der an einem Tische saß; er war ein schöner, kräftiger Mann mit mehreren Ordensbändern im Knopfloche und einem großen Schnurrbarte. Ich glaubte ihn schon früher gesehen zu haben, konnte mich jedoch nicht entsinnen wann; sein Gesicht war mir allerdings bekannt, aber da mir die Offiziere auf dem Verdeck gesagt hatten, ihr Kapitän sei ein Graf Schucksen –

ein Mann, von dem ich nie gehört hatte — dachte ich, daß ich mich irren müßte. Ich redete ihn deshalb auf Französisch an, und machte ihm ein langes Kompliment mit all den nötigen Etcetera's.

Er drehte sich gegen mich um, nahm von der Stirn seine Hand, welche dieselbe bisher bedeckt hatte, weg und sah mir voll ins Gesicht; dann sagte er: »Herr Simpel, ich verstehe nur sehr wenig Französisch. Spinnen Sie Ihr Garn in einfachem Englisch.«

Ich war ganz verwundert und antwortete: »Ich dachte, Ihr Gesicht zu kennen — irre ich mich nicht? — nein, es muß so sein — Sie sind Herr Chucks!«

»Sie haben ganz recht, mein lieber Herr Simpel; es ist Ihr alter Freund Chucks, der Bootsmann, den Sie hier vor sich sehen. Ich kannte Sie sogleich, als Sie an der Seite heraufkamen, und da ich besorgte, daß auch Sie mich sofort erkennen würden, ging ich in die Kajüte, um eine Erklärung vor den Offizieren zu vermeiden, weshalb ich höflich um Ihre Verzeihung bitte.«

Wir drückten uns herzlich die Hände; dann bat er mich, Platz zu nehmen. »Wie kommt es aber?« bemerkte ich, »auf dem Verdeck sagte man mir, die Fregatte werde von einem Grafen Schucksen befehligt.«

»Das ist mein gegenwärtiger Rang, mein lieber Peter«, antwortete er, »da Sie aber keine Zeit zu verlieren haben, will ich Ihnen alles schnell auseinandersetzen. Ich weiß, daß ich Ihrer Ehrenhaftigkeit vertrauen darf. Sie erinnern sich noch, daß Sie mich auf dem Kaperschiff, wie Sie und ich glaubten, sterbend mit des Kapitäns Jacke und Epauletten zurückließen. Nachdem die Boote herauskamen und Sie vom Schiffe fort waren, wurde dasselbe vom Feinde bestiegen und man fand mich. Ich atmete noch, und da sie aus meinen Kleidern auf meinen Rang schlossen, legten sie mich in das Boot und brachten mich ans Ufer. Das Kaperschiff sank bald nachher. Ich hatte keine Hoffnung davonzukommen, aber in einigen Tagen trat ein Wechsel ein, und es ging besser. Sie fragten mich nach meinem Namen, und ich nannte ihnen denselben, den sie ohne weiteres in Schucksen verlängerten. Durch ein Wunder genas ich und befinde mich jetzt so wohl als je in meinem Leben. Sie bildeten sich nicht wenig darauf ein, einen Kapitän der britischen Flotte gefangengenommen zu haben, wie sie fortwährend glaubten; denn über meinen eigentlichen Rang befragten sie mich nie. Nach einigen Wochen wurde ich auf einem leichten Fahrzeuge nach Dänemark geschickt, aber es traf sich, daß wir von einem Sturme befallen wurden und an der schwedischen Küste nahe Karlskrona Schiffbruch litten. Die Dänen waren damals mit den Russen im Bunde und Feinde der Schweden; diese machte man also zu Gefangenen, während ich natürlich befreit und mit großer Auszeichnung behandelt wurde; aber da ich weder Französisch noch Schwedisch sprechen konnte, so kam ich nicht sehr gut fort. Übrigens erhielt ich eine schöne Summe und die Erlaubnis, nach England zu gehen, sobald es mir beliebe. Die Schweden waren um diese Zeit im Kriege mit den Russen und rüsteten gerade eine Flotte aus; aber Gott segne sie, sie verstanden nicht viel davon. Ich unterhielt mich damit, im Seemagazin herumzulaufen und ihren Arbeiten zuzusehen; aber sie hatten keine dreißig Mann in der Flotte, die das Geschäft verstanden, und keinen Einzigen, der ihnen zeigen konnte, wie es zu geschehen habe. Nun wissen Sie ja, Peter, ich konnte nie müßig sein, und so belehrte ich allmählich den einen oder den andern – denn viele von ihren Matrosen verstanden Englisch – bis sie das Ding ordentlich angriffen; die Kapitäne und Offiziere waren mir hierfür sehr dankbar. Zuletzt kamen sie alle zu mir; wenn sie mich nicht ganz verstanden, so zeigte ich ihnen mit meinen eigenen Händen, wie es gemacht werden müsse, und ihre Flotten-Takelung fing schon an, ein besseres Aussehen zu bekommen. Der Admiral, der den Oberbefehl führte, war mir sehr verbunden, und ich stellte mich so regelmäßig bei meiner Arbeit ein, als ob ich dafür bezahlt worden wäre. Endlich kam der Admiral mit einem englischen Dolmetsch zu mir und fragte mich, ob ich durchaus wieder nach England zurückzukehren wünsche oder ob ich vielleicht in ihre Dienste treten wolle. Ich sah schon, was sie wünschten, und antwortete deshalb, ich hätte weder Frau noch Kinder in England und ihr Land gefiele mir sehr, aber ich müsse mir Zeit nehmen, die Sache zu überlegen, und namentlich auch wissen, welche Anerbietungen sie mir machen wollten. Ich ging in meine Wohnung zurück, und um sie noch mehr zu steigern, erschien ich drei oder vier Tage hindurch gar nicht im Seemagazin, als auf einmal ein Brief von dem Admiral ankam, der mir den Befehl auf einer Fregatte anbot, wenn ich in ihre Dienste treten wolle. Ich wußte wohl, wie sehr sie meiner bedurften, und antwortete geradezu, daß ich eine englische Fregatte der schwedischen vorziehen und deshalb nicht einwilligen würde, wofern sie nicht etwas mehr böten — und auch dann nur unter der ausdrücklichen Bedingung, daß ich nie die Waffen gegen mein Vaterland führen dürfe. Nun warteten sie eine Woche, dann boten sie mir an, mich in den Grafenstand zu erheben und mir den Befehl einer Fregatte zu übertragen. Dies behagte mir, wie Sie sich wohl denken können, Peter; es war der Lieblingswunsch meines Herzens — ich sollte nun ein Gentleman werden. Ich willigte ein, wurde Graf Schucksen und bekam eine schöne, große Fregatte unter meinen Befehl. Ich ging nun eifrig ans Werk, führte die Aufsicht über die Ausrüstung der ganzen Flotte und zeigte ihnen, was ein Engländer thun kann. Wir segelten ab, und gewiß kennen Sie das Gefecht, welches wir mit den Russen bestanden und das uns, wie ich wohl sagen darf, keine Unehre machte. Ich war so glücklich mich auszuzeichnen, denn ich tauschte mehrere Breitseiten mit einem russischen Zweidecker und kam ehrenvoll weg. Bei meiner Rückkehr in den Hafen erhielt ich dieses Ordensband. Ich war später wieder auf See und traf mit einer russischen Fregatte zusammen, die ich kaperte; hierfür erhielt ich dies andere Band. Seit der Zeit habe ich mich stets hoher Gunst zu erfreuen, und nun ich die Landessprache rede, gefällt mir auch dieses Volk sehr. Wenn ich im Hafen bin, komme ich oft zu Hof; und, Peter, ich bin verheiratet.«

»Ich wünsche Ihnen Glück, Herr Graf, aus ganzem Herzen.«

»Jawohl, verheiratet und dazu gut verheiratet — mit einer schwedischen Gräfin von sehr hoher Familie, und ich hoffe in diesem Augenblicke schon Vater eines Knaben oder Mädchens zu sein. Sie sehen also, Peter, ich bin endlich ein Gentleman, und, was noch mehr ist, meine Kinder werden von Geburt adlig sein. Wer hätte jemals geglaubt, daß die Verwechselung, infolge deren des Kapitäns Jacke statt der meinigen in das Boot gelegt wurde, solche Wirkungen haben würde? Und nun, mein lieber Herr Simpel, da ich Ihnen alles im Vertrauen mitgeteilt habe, brauche ich Sie wohl nicht erst um das strengste Stillschweigen gegen jedermann zu bitten. Man könnte mir allerdings nicht mehr viel zu Leide thun, aber einigen Nachteil dürfte es doch vielleicht für mich haben; und obgleich es nicht wahrscheinlich ist, daß mich jemand in dieser Uniform und meinem Schnurrbarte kennt, so ist es doch geratener, das Geheimnis zu bewahren, das ich nur Ihnen und O'Brien anvertrauen möchte.«

»Mein lieber Graf«, antwortete ich, »Ihr Geheimnis ist sicher bei mir und meine Freude ist groß. Sie sind jedenfalls vor mir zum Besitze Ihres Titels gekommen, und ich wünsche Ihnen aufrichtig Glück dazu, denn Sie haben ihn auf eine ehrenhafte Weise erlangt; aber obgleich ich tagelang mich mit Ihnen unterhalten möchte, muß ich jetzt doch an Bord zurückkehren, denn ich segle gegenwärtig mit einem recht unangenehmen Kapitän.« Dann erzählte ich ihm mit wenigen Worten, wo sich O'Brien befand, und als wir uns trennten, führte mich Graf Schucksen Arm in Arm auf das Verdeck und stellte mich seinen Offizieren als einen alten Gefährten vor.

»Ich hoffe, daß wir uns wiedersehen«, sagte ich, »befürchte aber, daß wenig Aussicht zu einem solchen Zufalle vorhanden ist.«

»Wer weiß?« antwortete er. »Sehen Sie, was der Zufall für mich gethan hat, mein lieber Peter. Gott segne Sie, Sie sind einer von den äußerst wenigen, die ich je liebte. Gott segne Sie, mein Lieber, und vergessen Sie nie, daß alles, was ich habe, Ihnen zu Diensten steht, wenn Sie je wieder zu mir kommen.«

Ich dankte ihm, grüßte die Offiziere und ging an der Seite hinab. Als ich an Bord kam, fragte mich, wie ich erwartet hatte, Kapitän Hawkins in sehr zornigem Tone, warum ich so lange ausgeblieben sei. Ich antwortete ihm, ich sei in die Kajüte des Grafen Schucksen geführt worden, und der habe sich so lange mit mir unterhalten, daß ich nicht früher hätte fortgehen können, denn es wäre unhöflich gewesen, wenn ich gegangen wäre, ehe er seine Fragen beendigt hätte. Ich überbrachte ihm zugleich eine sehr höfliche Botschaft und er sagte nichts weiter; der Name eines großen Mannes brachte ihn in der That stets zum Stillschweigen.

Einundzwanzigstes Kapitel

Schlimme Neuigkeiten von Hause und noch schlimmere an Bord. — Ungeachtet der früheren Prüfungen ist Peter genötigt, sich auf eine neue vorzubereiten. — Abermals Frau Trot-

ter; sie hat sich mit dem Alter besser gemacht. — Kapitän Hawkins, und seine zwölf Klagepunkte.

Sonst trug sich auf unserer Fahrt nichts Bemerkenswertes zu, bis wir zum Admiral stießen, der uns nur drei Stunden bei der Flotte behielt und dann mit seinen Depeschen nach Hause schickte. Nach einer ruhigen Überfahrt trafen wir in Portsmouth ein, wo ich sofort an meine Schwester Ellen schrieb und sie bat, mir Nachricht über das Befinden meines Vaters zu geben. Ich sah ungeduldig einer Antwort entgegen, und erhielt auch mit umgehender Post einen schwarzgesiegelten Brief. Mein Vater war den Tag zuvor an einem Gehirnfieber gestorben, und Ellen beschwor mich, Urlaub zu nehmen, und bei ihrer traurigen Lage zu ihr zu kommen.

Am nächsten Morgen traf der Kapitän an Bord ein. Ich hatte einen Dienstbrief an den Admiral geschrieben, worin ich ihm dieses Ereignis anzeigte und um Urlaub nachsuchte; diesen Brief nun übergab ich ihm und bat ihn angelegentlich, denselben zu befördern. Zu keiner andern Zeit würde ich mich so herabgelassen haben, aber der Gedanke an meine arme Schwester, die jetzt, während mein armer Vater tot im Hause lag, ohne Schutz und allein war, machte mich gebeugt und unterwürfig. Kapitän Hawkins las denselben und erwiderte ganz kaltblütig, es sei sehr leicht zu sagen, daß mein Vater gestorben sei, er verlange aber Beweise. Ich war so niedergeschlagen, daß mich selbst diese Beleidigung nicht aufregte; ich übergab ihm den Brief meiner Schwester — er durchlas ihn, gab ihn mir wieder zurück und sagte mit boshaftem Lächeln: »Es ist mir unmöglich, Ihren Brief zu befördern, Herr Simpel, denn ich habe Ihnen selbst ein Schreiben zu übergeben.«

Damit händigte er mir ein großes Folio-Paket ein, und ging in seine Kajüte hinab. Ich öffnete; es war eine Abschrift von einem Schreiben, worin er ein Kriegsgericht über mich verlangte, nebst einem langen Verzeichnis der vorgebrachten Klagen. Ich war ganz betäubt, nicht sowohl deshalb, weil ich vor ein Kriegsgericht gestellt werden sollte, als vielmehr deswegen, weil ich nun von der Unmöglichkeit überzeugt war, zum Beistande meiner armen Schwester abreisen zu können. Ich ging in die Offiziersmesse hinab, warf mich auf einen Stuhl und reichte Thompson, dem Schiffsmeister, das Schreiben hin. Nachdem er es sorgfältig durchgelesen hatte, legte er es wieder zusammen.

»Auf mein Wort, Simpel, ich sehe nicht, daß Sie viel zu leiden hätten. Diese Klagen sind sehr unbedeutend.«

»Ach, die machen mir keine großen Sorgen, aber meine arme Schwester. Ich hatte um Urlaub geschrieben; nun ist sie in solch traurigen Umständen verlassen, und muß Gott weiß wie lange verlassen bleiben.«

Thompson wurde sehr ernst. »Den Tod Ihres Vaters hatte ich vergessen, Herr Simpel; 's ist in der That grausam. Ich würde mich anbieten, selbst hinzureisen, aber Sie werden mein Zeugnis bei dem Kriegsgericht bedürfen. Da kann nicht geholfen werden. Schreiben Sie Ihrer Schwester und sprechen Sie ihr Mut zu. Sagen Sie ihr, warum Sie jetzt nicht kommen können und daß alles gut enden werde.«

Dies geschah und ich legte mich früh zu Bett, denn ich war ernstlich unwohl. Am andern Morgen erhielt ich das Schreiben vom Hafen-Admiral, worin er mir anzeigte, daß ein Kriegsgericht über mich angeordnet wäre und daß dasselbe in acht Tagen stattfinden solle. Ich übergab nun unverzüglich dem zweiten Leutnant mein Kommando und begann eine Untersuchung der vorgebrachten Klagen. Es waren ihrer sehr viele, und sie rührten meistens aus der Zeit her, in der Kapitän Hawkins kaum erst ein paar Tage an Bord war. Ich will den Leser nicht mit Aufzählung aller Klagepunkte, deren Zahl sich im ganzen auf zwölf belief, behelligen, da die meisten derselben ganz unbedeutend waren, sondern begnüge mich, folgende als die wesentlichsten aufzuführen:

Erstens: wegen meuterischen und unehrerbietigen Benehmens gegen Kapitän Hawkins, indem Leutnant Simpel (an dem und dem Tage) mit einem untergebenen Offizier auf dem Halbdeck ein Gespräch führte, worin er sagte, daß Kapitän Hawkins ein Spion sei und Spione auf dem Schiffe habe.

Zweitens: wegen Dienstvernachlässigung durch Nichtbefolgung der Befehle des Kapitäns Hawkins, in der Nacht vom — —

Drittens: wegen Absendung zweier Boote vom Schiffe am — —, in direktem Widerspruch zu den Befehlen des Kapitäns Hawkins.

Viertens: wegen wiederholter meuterischer und unehrerbietiger Äußerungen über den Kapitän Hawkins gegen den Kanonier des Schiffes, am Morgen des —, wobei er dem letztern erlaubte, den Kapitän Hawkins der Feigheit zu beschuldigen, ohne dasselbe zu melden.

Fünftens: wegen beleidigender Ausdrücke, deren er sich gegen den Kapitän Hawkins beim Widereintreffen auf der Brigg am Morgen des — bediente.

Sechstens: wegen Nichtausführung der Befehle des Kapitäns Hawkins zum ernstlichen Einschreiten bei mehrfachen Veranlassungen ec.

Und am Schlusse hieß es, daß die Krone für diejenigen zwei Punkte, in betreff deren das Zeugnis Kapitän Hawkins' erforderlich sei, als Klägerin auftreten werde.

Obgleich nun die meisten derselben unbedeutend waren, ersah ich jetzt doch auf einmal das Gefährliche meiner Lage. Einige bezogen sich auf Vorgänge, die ein paar Monate alt waren; seit dieser Zeit hatte man die Schiffsmannschaft geändert, und ich konnte die nötigen Zeugen nicht beibringen. Da ich nur infolge der Klagepunkte aus der neuesten Zeit vor ein Kriegsgericht berufen zu werden erwartete, hatte ich in der That mit ernstlichen Schwierigkeiten zu kämpfen; die größte jedoch machte mir die erste Klage, mit der ich gar nicht fertig zu werden wußte. Swinburne hatte ganz entschieden auf Kapitän Hawkins angespielt, als er vom spionierenden Kapitän sprach, und ihn als Zeugen aufzurufen würde ihn selbst gestürzt haben. Doch fertigte ich mit der Hilfe Thompsons meine Verteidigungsrede so gut ich konnte, und rüstete mich, nun völlig schlagfertig zu sein.

Zwei Tage vor Abhaltung des Kriegsgerichtes bekam ich einen Brief von Ellen, die infolge der Anhäufung von Unglücksfällen ganz verwirrt zu sein schien. Sie schrieb mir, mein Vater solle morgen beerdigt werden und der neue Pfarrer habe schon bei ihr angefragt, bis wann es ihr gefällig sei, die Pfarrwohnung zu räumen. Die Rechnungen meines Vaters seien eingeschickt worden und beliefen sich jetzt schon auf eintausendzweihundert Pfund, wobei sie übrigens deren ganzen Umfang noch nicht kenne. Allem Anscheine nach werde ihr nichts übrig bleiben als das Hausgerät, und sie wünsche deshalb zu wissen, ob die Schulden von dem Gelde bezahlt werden sollten, das ich zu ihrem Gebrauche in den Fonds niedergelegt hatte. Ich antwortete ihr sogleich und bat sie, alle Ansprüche, soweit mein Geld reiche, zu berichtigen; ich schickte ihr zugleich eine Anweisung an meinen Agenten, um das Geld zu erheben, und eine gerichtliche Vollmacht, um die Papiere zu verkaufen.

Ich hatte gerade den Brief gesiegelt, als Frau Trotter, die seit unserer Rückkehr nach Portsmouth das Schiff versorgte, mir sagen ließ, daß sie mich zu sprechen wünsche, und sogleich nach der Anmeldung hereintrat, ohne auf meine Antwort zu warten.

»Mein lieber Herr Simpel, ich weiß alles, was vorgeht, und höre, daß Sie keinen Advokaten zu Ihrem Beistand haben. Nun weiß ich aber, daß das notwendig ist und höchst wahrscheinlich bei Ihrer Verteidigung von großem Nutzen sein wird — denn wenn die Leute in Angst und Not sind, haben sie den Verstand nicht immer beisammen; deshalb hab' ich einen Freund von mir aus Portsea, einen sehr gewandten Mann, mitgebracht, der sich mir zu Gefallen Ihrer Verteidigung unterziehen will; und ich hoffe, Sie werden ihn nicht zurückweisen. Ich hab' Ihnen damals keinen Korb gegeben, also dürfen Sie's jetzt auch nicht thun. Ich sagte immer zu Herrn Trotter: ›Geh zu einem Advokaten‹, und wenn er den Rat befolgt hätte, würde er gut daran gethan haben. Ich entsinne mich noch, wie ein Mietkutscher den Schlag unseres Wagens beschädigte. — ›Trotter‹, sagte ich, ›geh zu einem Advokaten‹, und wie er ganz höflich antwortete: ›Geh zum Teufel!‹ Aber was war die Folge? Er ist tot, und ich führ' ein Proviantboot. Nun, Herr Simpel, wollen Sie mir einen Gefallen thun? 's ist alles frei — gratis, für nichts — nicht für nichts, 's geschieht mir zulieb. Sie sehen, Herr Simpel«, schloß sie schmunzelnd, »ich habe auch jetzt noch Verehrer.«

Frau Trotters Rat war gut, und obgleich ich nichts davon hören wollte, des Advokaten Dienstleistungen unentgeltlich anzunehmen, willigte ich doch ein, denselben zu gebrauchen; auch erwies er sich mir äußerst nützlich durch Beleuchtung der Klagen und der Persönlichkeit des Kapitäns Hawkins. Er kam des Abends noch an Bord, untersuchte alle Dokumente sorgfältig, verhörte die Zeugen, die ich beibringen konnte, zeigte mir die schwache Seite meiner Verteidigungsrede und nahm sämtliche Papiere mit ans Land. Jeden Tag traf er an Bord ein, um neue Beweise zu sammeln und Untersuchungen anzustellen.

Endlich kam der große Tag. Ich zog meine beste Uniform an; ein Kanonenschuß vom Admiralschiff gab um neun Uhr das Signal zum Kriegsgericht, und ich begab mich mit allen meinen Zeugen in einem Boote an Bord. Bei meinem Eintreffen daselbst wurde ich sogleich dem Kriegsgerichts-Profoß übergeben. Die zum Kriegsgericht ernannten Kapitäne trafen nach und nach ebenfalls ein und wurden von den Marinesoldaten mit präsentiertem Gewehr empfangen.

Um halb zehn Uhr war das Gericht versammelt und ich wurde hineingeführt. Kriegsgerichte werden öffentlich abgehalten, obgleich der Druck der Verhandlungen nicht gestattet ist. Oben an dem langen Tische saß der Admiral als Präsident; zu seiner Rechten stand Kapitän Hawkins als Ankläger. Auf jeder Seite des Tisches befanden sich, nach der Reihenfolge des Dienstalters, sechs Kapitäne. Unten, gegenüber dem Admiral, saß der Staatsanwalt, zu dessen Linken ich als Gefangener stand. Die zum Verhör berufenen Zeugen waren zu seiner Rechten, und hinter ihm stand durch Vergünstigung des Gerichtshofes ein kleiner Tisch, an dem mein Advokat saß, nahe genug, um mit mir verkehren zu können.

Das Gericht wurde eingeschworen, und dann nahmen sämtliche Mitglieder ihre Plätze ein. Die Stühle der Kapitäne befanden sich hinter Schranken, um jede Belästigung von den Zuhörern zu vermeiden.

Jetzt verlas man die Klagepunkte als auch die Schreiben, welche der Admiral und der Kapitän wegen Abhaltung des Kriegsgerichtes miteinander gewechselt hatten; und hierauf wurde der letztere aufgefordert, seine Klage vorzutragen. Er begann mit der Versicherung seines tiefen Bedauerns darüber, daß er genötigt worden sei, eine Maßregel zu ergreifen, die seinen Gefühlen so sehr widerstrebe — sagte ferner, er habe mich oft gewarnt, ich mich aber stets gleichgültig gegen ihn gezeigt; dann nach einer langen Einleitung, die aus jeder nur irgend erdenklichen Lüge zusammengesetzt war, ging er zum ersten Klagepunkte über und legte, da er sich dabei als Zeuge aufstellte, sein Zeugnis ab. Als er damit zu Ende war, befragte man mich, ob ich irgendeine Gegenfrage stellen wolle, was ich auf den Rat meines Advokaten verneinte. Hierauf wandte sich der Präsident der Reihe nach zu den Kapitänen, welche das Kriegsgericht bildeten, um zu hören, ob sie einige Fragen zu stellen wünschten.

»Ich wünsche«, sagte der zweitälteste Kapitän, »Kapitän Hawkins zu fragen, ob er, als er auf das Verdeck kam, in der üblichen Weise hinaufging, wie ein Kapitän von Kriegsschiffen sein Halbdeck betritt, oder ob er ohne Geräusch hinaufschlich?«

Kapitän Hawkins erklärte, in seiner gewöhnlichen Weise

hinaufgegangen zu sein. Dies war allerdings richtig, denn er kam immer verstohlen herauf.

»Bitte, Kapitän Hawkins, da Sie ja einen großen Teil des Gespräches, welches zwischen dem ersten Leutnant und dem Kanonier geführt wurde, hier vortrugen, so darf ich wohl auch fragen, wie lange Sie den Sprechenden zur Seite standen, ohne von ihnen bemerkt zu werden?«

»Nur sehr kurze Zeit«, war seine Antwort.

»Aber, Kapitän Hawkins, angenommen, daß Sie in Ihrer gewöhnlichen Weise auf das Verdeck gegangen sind, glauben Sie nicht, daß Sie besser daran gethan haben würden zu husten oder zu räuspern, um Ihre Anwesenheit Ihren Offizieren bemerklich zu machen? Ich würde sehr ungern alles das mit anhören, was in meiner vermeintlichen Abwesenheit über mich gesprochen werden könnte.«

Auf diese Bemerkung erwiderte Kapitän Hawkins, er sei so sehr erstaunt gewesen über den Inhalt unseres Gespräches, daß er ganz atemlos geworden sei, denn er habe bis daher die beste Meinung von mir gehabt.

Da keine weiteren Fragen gestellt wurden, ging man zum zweiten Klagepunkt über. Dies war ein sehr unbedeutender — wegen Heizung eines Ofens, im Widerspruch mit des Kapitäns Befehlen. Der Marinesergeant trat hierzu als Zeuge auf. Nachdem er seine Angabe zugunsten der Anklage gemacht hatte, fragte mich der Präsident, ob ich keine Fragen an den Zeugen richten wollte. Ich stellte nun die folgenden:

»Meldeten Sie Kapitän Hawkins, daß ich befohlen hatte, den Ofen zu heizen?«

»Ja, Sir.«

»Haben Sie nicht die Gewohnheit, jede Vernachlässigung oder Nichtbefolgung der Befehle, die Sie auf dem Schiff bemerken, dem Kapitän unmittelbar zu melden?«

»Allerdings, Sir.«

»Machten Sie je von irgendetwas Derartigem mir, als dem ersten Leutnant, Meldung oder haben Sie dies immer dem Kapitän unmittelbar gemeldet?«

»Das letztere geschieht immer.«

»Auf des Kapitäns Befehl?«

»Ja.«

Von einigen Mitgliedern des Gerichtes wurden ihm hierauf folgende weitere Fragen vorgelegt:

»Sie haben früher auf andern Schiffen gedient?«

»Ja.«

»Haben Sie je, wenn Sie mit andern Kapitänen segelten, eine Weisung von diesen erhalten, Ihre Meldungen unmittelbar zu machen und sie nicht durch den ersten Leutnant gehen zu lassen?«

Jetzt kam der Zeuge in Verlegenheit.

»Antworten Sie sogleich, ja oder nein.«

»Nein.«

Nun ging es zum dritten Klagepunkte — wegen Absendung von Booten gegen ausdrücklichen Befehl. Dieser Punkt stützte sich wieder auf Kapitän Hawkins eigenes Zeugnis, da die Ordre mündlich erteilt worden war. Auf den Rat meines Beistandes stellte ich hierüber keine Fragen an Kapitän Hawkins, und auch das Gericht unterließ es.

Auch die vierte Klage — wegen meuterischen Gespräches mit dem Kanonier, wobei ich letzterem erlaubt habe, den Kapitän der Abgeneigtheit zum Gefecht mit dem Feinde zu beschuldigen — gründete sich auf Kapitän Hawkins Angabe, der hierbei der einzige Zeuge war. Ich verschob wiederum die Antwort auf meine Verteidigungsrede, und nur von einem der Mitglieder wurde eine Frage an Kapitän Hawkins gerichtet, nämlich ob er, da er ein besonderes Mißgeschick im Anhören von Gesprächen zu haben scheine, in üblicher Weise an Deck gegangen oder hinaufgeschlichen sei.

Er gab die gleiche Antwort wie früher.

Der fünfte Klagepunkt — wegen beleidigender Äußerungen gegen Kapitän Hawkins bei meinem Wiedereintreffen auf der Brigg in Karlskrona — kam nun zur Sprache, und der Marinesergeant sowie die Matrosen erschienen als Zeugen. Dieser Punkt machte viel Spaß.

Bei den Querfragen, welche die Mitglieder des Gerichtes stellten, fragten sie auch Kapitän Hawkins, was er damit habe sagen wollen, daß er sich bei dem Verkaufe der Kleidungsstücke eines im Gefecht gefallenen Offiziers geäußert habe, es scheine, die Matrosen seien der Ansicht, daß seine Beinkleider ihnen Furcht einflößen würden.

»Auf meine Ehre nichts anderes, Sir, als eine Andeutung, daß sie befürchteten, von seinem Geiste heimgesucht zu werden«, erwiderte der Kapitän.

»Nun, so meinte natürlich Herr Simpel dasselbe in seiner Antwort«, bemerkte der beisitzende Kapitän spöttisch.

Die übrigen Klagepunkte wurden jetzt vorgebracht, waren

aber ganz unbedeutend und die Hauptzeugen hierbei der Marinesergeant und das Fernglas des Kapitän Hawkins, womit er mich vom Lande aus beobachtet hatte.

Es dauerte bis zum späten Abend, ehe man alle vorgenommen hatte; der Präsident vertagte deshalb das Gericht, damit ich am folgenden Tage meine Entlastungszeugen beibringen könne, und ich kehrte wieder an Bord der »Klapperschlange« zurück.

Zweiundzwanzigstes Kapitel

Eine gute Verteidigung ist nicht immer gut gegen eine schlechte Beschuldigung. — Peter gewinnt die Herzen seiner Richter, verliert aber seine Sache und wird vom Schiffe entlassen.

Am andern Tage begann ich mit meiner Verteidigung. Ich zog jedoch vor, meine Entlastungszeugen zuerst beizubringen, und rief nach dem Rate meines Advokaten sowie auf seinen eigenen Wunsch Herrn Swinburne vor. Ich richtete folgende Fragen an ihn:

»Als wir uns auf dem Hinterdecke befanden, war es schönes Wetter?«

»Jawohl.«

»Glauben Sie, Sie würden jemand, der wie üblich die Treppe heraufgekommen wäre, gehört haben?«

»Ganz gewiß.«

»Wollen Sie damit andeuten, daß Kapitän Hawkins verstohlen heraufkam?«

»Ich mach' mir so Gedanken — er sprang auf uns los, wie 'ne Katze auf die Maus.«

»Welche Äußerungen wurden gethan?«

»Ich sagte, daß ein spionierender Kapitän immer seine spionierenden Gesellen finden werde.«

»Bezogen Sie und Herr Simpel diese Bemerkung auf den Kapitän?«

»Die Bemerkung ging von mir aus; was Herr Simpel dabei dachte, kann ich nicht sagen; aber ich bezog sie auf den Kapitän, und der bewies ja, daß ich recht hatte.«

Diese kühne Antwort Swinburnes setzte die Kapitäne in

nicht geringes Erstaunen; sie nahmen ihn ins Kreuzverhör, er aber blieb bei seiner ersten Erklärung — daß ich nur im allgemeinen geantwortet habe.

Zur Widerlegung des zweiten Klagepunktes brachte ich keine Zeugen vor; beim dritten jedoch stellte ich deren drei, um zu beweisen, daß des Kapitäns Befehl nur dahin gelautet habe, keine Boote ans Ufer zu schicken, daß er aber keineswegs das Absenden von Booten an die Kriegsschiffe, die in unserer Nähe lagen, verboten habe.

Bei Erwiderung des vierten Artikels rief ich Swinburne wieder vor, der erklärt hatte, wenn ich es nicht thue, selbst auftreten zu wollen. Er gab zu, daß er den Kapitän beschuldigt habe, ein Feigling zu sein, sagte aber, daß ich ihn darob getadelt hätte.

»Sagte er, daß er Sie melden wolle?« fragte einer der Kapitäne.

»Nein, Sir«, erwiderte Swinburne, »da er nie daran dachte, es zu thun.«

Dies nun war eine unglückliche Antwort.

Bei der fünften Klage brachte ich einige Zeugen bei, um die Worte des Kapitäns Hawkins sowie den Sinn, in welchem sie von der Schiffsmannschaft, die »o Schande!« darüber ausgerufen hatte, aufgenommen worden, zu bestätigen.

Zur Widerlegung der andern Klagepunkte rief ich einige Zeugen auf; dann vertagte sich das Gericht, und ich wurde befragt, bis wann ich bereit sein wolle, meine Verteidigungsrede zu halten. Ich bat um einen Tag Zeit zur Vorbereitung, was mir auch sofort zugestanden wurde, und es fand somit am nächsten Tage keine Sitzung statt. Ich habe kaum nötig zu sagen, daß ich sehr viel damit zu thun hatte, meine Verteidigungsrede unter dem Beistande meines Advokaten zu entwerfen. Endlich war alles fertig, und ich legte mich müde und ärgerlich zu Bette; doch fiel ich in einen festen Schlaf, was von meinem Advokaten nicht gesagt werden konnte, denn er ging um elf Uhr erst ans Land, und blieb die ganze Nacht auf, mit Ausfertigung einer getreuen Abschrift beschäftigt.

Im allgemeinen ist ein Flotten-Kriegsgericht das Billigste und Gerechteste, was es geben kann — die Zeugen werden nicht unfreundlich behandelt, was eine augenscheinliche Gunst gegen den Gefangenen ist — letzterem werden alle Vergünstigungen und Freiheiten bewilligt und keinerlei juridische Spitzfindigkeiten vorgenommen. Mit sehr wenig Ausnahmen wird ohne Ansehen der Person geurteilt, und in je niedrigerem Range der Angeschuldigte steht, um so günstiger sind die Aussichten für ihn.

Am folgenden Morgen wurde ich von meinem Advokaten geweckt, der, wie gesagt, die Nacht zuvor gar nicht ins Bett gegangen war und schon um sieben Uhr kam, um meine Verteidigungsrede mit mir durchzulesen. Um neun Uhr begab ich mich an Bord, und in kurzer Zeit hatte sich das Gericht zur Sitzung versammelt. Ich ging hinein, übergab dem Kronanwalt meine Rede, der sie laut vorlas. Ich besitze gegenwärtig noch eine Abschrift derselben und will sie hier dem Leser vollständig mitteilen:

»Herr Präsident und Gentlemen!

»Nach beinahe vierzehnjähriger Dienstzeit auf Seiner Majestät Flotte, während deren ich zweimal gefangen genommen und ebensooft verwundet wurde, einmal Schiffbruch gelitten habe und während deren ich, wie ich durch Zeugnisse und die öffentlichen Depeschen Ihnen beweisen zu können hoffen darf, meinem Dienst mit Eifer und ehrenvoll nachgekommen bin, sehe ich mich jetzt in eine Lage versetzt, in die ich nie gebracht zu werden erwartete — angeschuldigt und vor ein Kriegsgericht gestellt wegen Meuterei, feindlicher Gesinnung und Unehrerbietung gegen meinen vorgesetzten Offizier. Wenn das ehrenwerte Gericht die Zeugnisse prüfen mag, die ich vorzulegen im Begriffe stehe, so wird es finden, daß mein Benehmen bis zu der Zeit, da ich mit Kapitän Hawkins zu segeln begann, geradezu das völlige Gegenteil von dem gewesen sein muß, dessen ich jetzt beschuldigt werde. Ich bin immer diensteifrig und den Befehlen gehorsam gewesen, und habe nur zu beklagen, daß die Kapitäne, mit denen ich zu segeln die Ehre hatte, jetzt nicht anwesend sind, um durch ihr mündliches Zeugnis die Wahrheit dieser Dokumente zu bekräftigen. Es sei mir zuerst erlaubt, das Gericht darauf aufmerksam zu machen, daß die gegen mich vorgebrachten Klagen sich über einen großen Zeitraum, der beinahe bis auf achtzehn Monate zurückgeht, erstrecken; daß mir Kapitän Hawkins während dieser ganzen Zeit nie sagte, daß er im Sinne habe, mich vor ein Kriegsgericht zu stellen, und daß er, obgleich er zu oft mit einem vorgesetzten Offizier zusammentraf, nie eine Klage gegen mich vorbrachte. Die Kriegsartikel besagen ausdrücklich, daß, wenn ein Offizier von den Land- oder Marinetruppen eine Klage zu machen habe, so solle er dies sogleich bei seiner Ankunft in einem Hafen oder bei einer Abteilung der Flotte, wo er mit einem vorgesetzten Offizier zusammentrifft, thun. Ich gebe zu, daß dieser Artikel sich auf Klagen von Untergebenen gegen Vorgesetzte bezieht, erlaube mir aber gleichzeitig, dem ehrenwerten Gerichte zu unterstellen, daß ein Vorgesetzter gleichermaßen verbunden ist, bei der ersten besten Gelegenheit seine Klage vorzubringen oder wenigstens anzuzeigen, daß er es thun wolle, anstatt den Schuldigen in das Gefühl der Sicherheit einzulullen und ihm seine Verteidigung dadurch zu erschweren, daß er eine so lange Zeit verstreichen läßt, die ihm die Beibringung von Entlastungszeugen unmöglich macht. Ich nehme mir die Freiheit, dies Ihrer Beachtung zu empfehlen, und werde nun zur Antwort auf die gegen mich vorgebrachten Klagen übergehen. Ich bin angeschuldigt, auf dem Hinterdeck Seiner Majestät Brigg »Klapperschlange« mit einem untergebenen Offizier ein Gespräch geführt zu haben, worin mein Kapitän verächtlich behandelt worden sei. Damit man nun nicht etwa glauben möge, Herr Swinburne sei eine neue Bekanntschaft, die ich erst bei meinem Eintreffen auf der Brigg gemacht habe, muß ich bemerken, daß er ein alter Gefährte von mir ist, mit dem ich viele Jahre gedient habe, dessen Tüchtigkeit ich genau kannte. Er war mein Lehrer in meinen jüngern Jahren und wurde für seine Verdienste durch das Dekret belohnt, kraft dessen er gegenwärtig auf Seiner Majestät Brigg »Klapperschlange« als Kanonier dient. Die beleidigende Bemerkung ging erstens gar nicht von mir aus, zweitens war sie in allgemeinen Ausdrücken gehalten. Herr Swinburne hat hier zwar allerdings ausdrücklich bekannt, daß er auf den Kapitän angespielt hat, obgleich der Satz in der Mehrzahl abgefaßt war; aber dies beweist nichts in der Klage gegen mich – es verleiht im Gegenteile der Behauptung Swinburne's, daß ich in diesem Punkte schuldlos sei, Gewicht. Daß Kapitän Hawkins als Spion handelte, wird wohl sein eigens Zeugnis in betreff dieses Klagepunktes sowie das von andern Zeugen Vorgebrachte zur Genüge beweisen; da übrigens die Wahrheit einer Bemerkung deren Äußerung nicht rechtfertigt, so freue ich mich, daß ein solcher Ausdruck meinen Lippen nicht entschlüpft ist.

»Bei der zweiten Klage werde ich mich nur kurze Zeit aufzuhalten haben. Es ist ganz richtig, daß ein allgemeiner Befehl besteht, infolge dessen nach einer bestimmten Stunde keine Öfen geheizt werden sollen; aber ich möchte das ehrenwerte Gericht fragen, ob ein erster Leutnant nicht annehmen darf, einen gewissen freien Spielraum in Beurteilung aller auf den innern Dienst des Schiffes bezüglichen Gegenstände zu besitzen. Der Wundarzt meldete mir, daß ein Ofen für einen Kranken geheizt werden müßte. Ich lag damals im Bette und erteilte unverzüglich eine bejahende Antwort. Gedenkt Kapitän Hawkins vor dem ehrenwerten Gerichte zu behaupten, daß er dem Arzte die Zustimmung verweigert hätte? Gewiß nicht. Das einzige Versehen, das ich beging, wenn es überhaupt eines war, bestand darin, daß ich nicht der Form gemäß Kapitän Hawkins weckte und ihn um die Erlaubnis bat, die ich als erster Leutnant erteilen zu dürfen mich berechtigt glaubte.

»Die Klage wegen Absendung zweier Boote im Widerspruche mit seinen Befehlen habe ich bereits durch Zeugen entkräftet. Der Befehl des Kapitän Hawkins lautete dahin, mit dem Lande in keine Verbindung zu treten. Meine Gründe für Absendung der Boote –« (hier unterbrach mich Kapitän Hawkins und sagte zu dem Präsidenten, es sei nicht nötig, daß meine Gründe vernommen würden. Das Gerichtszimmer wurde nun geräumt, und da das Gericht bei unserem Wiedereintritt entschieden hatte, daß ich meine Gründe angeben solle, fuhr ich fort) – »Meine Gründe wegen Absendung dieser Boote – oder es war vielmehr, wenn ich mich recht entsinne, nur ein einziges Boot, das an die Fregatten abgeschickt wurde – waren einfach die, daß sich die Brigg in einem Zustande von Meuterei befand. Der Kapitän ließ einen von der Mannschaft auf das Strafgerüst binden, und die Schiffsmannschaft wollte sich nicht auspeitschen lassen. Hierauf ging Kapitän Hawkins an Land, um dem Admiral die Lage des Schiffes zu melden, und da hielt ich es für meine Pflicht, den in unserer Nähe liegenden Kriegsschiffen über den Stand der Dinge Kunde zu geben. Ich will mich in keine fernere Einzelheiten einlassen, da sie nur das ehrenwerte Gericht aufhalten würden, und ich bin überzeugt, daß dasselbe mein Verfahren, nicht aber das des Kapitäns Hawkins billigen wird.

»Hinsichtlich der Klage wegen wiederholten, unehrerbietigen Gespräches auf dem Hinterdeck, das Kapitän Hawkins mitangehört haben will, muß ich das ehrenwerte Gericht auf die Zeugenaussage verweisen, welche klar darthut, daß die gegen den Kapitän gerichteten Bemerkungen nicht von mir, sondern von Herrn Swinburne ausgingen, und daß ich diesem wegen solcher unüberlegten Äußerungen Vorwürfe machte. Der einzige Punkt des Anstoßes ist der, ob es nicht meine Pflicht war, eine solche Sprache zu melden. Darauf erwidere ich, daß es noch gar nicht erwiesen ist, daß ich nicht im Sinne hatte, dieselbe zu melden; aber die Anwesenheit des Kapitän Hawkins, der ja mitanhörte, was gesprochen wurde, machte jede Meldung überflüssig.

»In betreff des fünften Klagepunktes muß ich das Gericht bitten, in gefällige Erwägung zu ziehen, daß man dem Augenblicke der Aufregung einige Vergünstigung einräumen muß. Kapitän Hawkins, der mich tot glaubte, hatte meine Ehre angegriffen und zwar in so hohem Grade, daß selbst die Schiffsmannschaft ausrief: ›O Schande!‹ Ich weiß, daß die Äußerung eines vorgesetzten Offiziers die Erwiderung eines Untergebenen durchaus nicht entschuldigen kann; aber da es bis jetzt nicht bekannt ist, was ich mit meinen Worten sagen wollte, obgleich Kapitän Hawkins eine Erläuterung der seinigen gegeben hat, so will ich nur bemerken, daß ich mir nichts weiter dabei dachte als Kapitän Hawkins selbst zur Zeit, als er sich des fraglichen Ausdruckes in betreff meiner bediente.

»Auf Erwiderung der sonstigen unbedeutenden Klagen lege ich keinen Wert; ich betrachte sie vielmehr durch die bereits abgelegten Zeugnisse als völlig erledigt, und beschränke mich deshalb darauf zu bemerken, wie Kapitän Hawkins aus Gründen, die er selbst am besten kennen muß, mich von dem Augenblicke an, als er das Schiff betrat, auf das feindseligste behandelte; wie er bei jeder Gelegenheit sich alle Mühe gab, mir das Leben sauer zu machen und mich mit andern in Kollisionen zu bringen, wie er, nicht zufrieden mit umständlicher Bewachung meines Benehmens an Bord, auch noch vom Ufer aus in dieser Absicht zum Fernglase seine Zuflucht genommen hat; wie er, statt mich in der Vollziehung eines anstrengenden Dienstes zu unterstützen, mir jedes Hindernis in den Weg gelegt, untergebene Offiziere als Spione über mein Benehmen aufgestellt, mir im Beisein der Schiffsmannschaft, über die ich doch zur Obhut gesetzt war, ein so drückendes Gefühl der Demütigung aufgedrungen und mir in der Mannszucht so viele Schwierigkeiten in den Weg gelegt hat, daß ich es, falls nicht notwendig etwas Anstößiges mit dem Ausdrucke verknüpft wäre, als eines der glücklichsten Ereignisse meines Lebens betrachten könnte, wenn ich aus der Stellung entlassen würde, die ich gegenwärtig unter seinem Befehle innehabe. Ich bitte nun das ehrenwerte Gericht zu erlauben, daß die Dokumente zu Gunsten meines Charakters vorgelegt und verlesen werden.«

Nachdem dies alles vorüber war, wurde das Lokal geräumt, und das Gericht hatte nun seinen Ausspruch zu fällen. Ich wartete ungefähr eine halbe Stunde in der größten Unruhe, bis ich aufs neue gerufen wurde, um das Urteil zu vernehmen. Die üblichen Formen bei Verlesung solcher Papiere wurden beobachtet, dann kam das Urteil selbst, das vom Präsidenten gelesen wurde, während er und das ganze Gericht mit abgezogenen Hüten aufstand. Nach einer längeren Einleitung schloß es mit den Worten, daß es die Meinung dieses Gerichtes sei, die vorgebrachten Klagen haben sich teilweise erwiesen, und daß demnach der Leutnant Peter Simpel von seinem Schiffe zu entlassen sei; daß übrigens in Anbetracht seines guten Charakters und der geleisteten Dienste seine Lage der Berücksichtigung des Lord-Kommissionärs der Admiralität ernstlich anzuempfehlen sei.

Dreiundzwanzigstes Kapitel

Peter betrachtet seinen Verlust als eine Art Gewinn. — Er geht an Bord der »Klapperschlange«, um seine Sachen zusammenzupacken, und man heißt ihn selbst, sich zu packen. — Höflicher Abschied zwischen Verwandten. — Frau Trotter wird immer besser. — Peter geht nach London und gerät in alle Arten von Unglück, durch die Hände von Räubern, sowie durch die seines eigenen Oheims.

Ich wußte kaum, ob ich mich über diesen Spruch freuen oder betrüben sollte. Auf der einen Seite versetzte er allerdings meiner zukünftigen Beförderung oder Anstellung im Dienste beinahe den Todesstoß, auf der andern dagegen wurde er durch die angehängte Empfehlung wesentlich gemildert, und ich war ganz glücklich, von Kapitän Hawkins loszukommen und zu meiner armen Schwester eilen zu können. Ich verbeugte mich ehrfurchtsvoll vor dem Gerichte, das sich natürlich sofort auflöste. Kapitän Hawkins folgte den andern Offizieren auf das Hinterdeck, aber keiner mochte mit ihm sprechen, so vieles war während der Untersuchung zu seinem Nachteile an den Tag gekommen.

Nach etwa zehn Minuten ließ mich einer der ältesten Kapitäne von dem Kriegsgericht in die Kajüte rufen. »Herr Simpel«, sagte er, »wir bedauern Sie alle herzlich. Unser Spruch konnte unter den obwaltenden Umständen nicht gelinder ausfallen; das Gespräch mit dem Kanonier hat Sie gestürzt. Es muß Ihnen zur Warnung dienen, in Zukunft vorsichtiger zu sein, wenn Sie irgendjemand erlauben, auf dem Hinterdeck über das Benehmen Ihrer Vorgesetzten zu sprechen. Ich bin vom Präsidenten beauftragt, Ihnen mitzuteilen, daß wir entschlossen sind, uns sehr nachdrücklich für Sie beim Admiral zu verwenden, und zwar so, daß Sie, wenn irgendein anderer Kapitän Sie verlangt, keine Schwierigkeit haben sollen, auf ein anderes Schiff ernannt zu werden; was aber das Verlassen Ihres gegenwärtigen Schiffes betrifft, so möchte ich es unter so bewandten Umständen eher als einen Umstand, wozu man Ihnen Glück wünschen darf, betrachten.«

Ich sagte ihm herzlichen Dank und begab mich bald darauf vom Wachschiffe auf die Brigg, um meine Kleider zusammenzupacken und von meinen Kameraden Abschied zu nehmen. Bei meiner Ankunft sah ich, daß Kapitän Hawkins mir zuvorgekommen war; denn er stand bereits auf dem Verdeck, als ich an der Seite hinaufging. Ich eilte in die Offiziersmesse hinab, wo ich die Beileidsbezeugungen meiner Gefährten empfing.

»Simpel, ich wünsch' Ihnen Glück«, schrie Thompson laut genug, daß es der Kapitän auf dem Verdeck hören konnte; »wollte Gott, es ginge mir ebensogut; ich wünschte nur, daß mich ein Gewisser auch vor ein Kriegsgericht stellte.«

»So wie es ausgefallen ist«, erwiderte ich mit lauter Stimme, »und nach der Mitteilung, welche mir die beisitzenden Kapitäne in Betracht dessen machten, was sie der Admiralität vorzustellen gedenken, stimme ich mit Ihnen überein,

Thompson, daß es eine sehr gütige Handlung von seiten des Kapitän Hawkins war, und ich fühle mich ihm auch ganz dankbar.«

»Steward — Gläser her!« schrie Thompson; »laßt uns auf Herrn Simpels gutes Glück trinken.«

Alles dies ärgerte den Kapitän Hawkins, der jedes Wort hörte, nicht wenig. Als unsere Gläser gefüllt waren, sagte Thompson: »Simpel, Ihr Wohl, und möge ich mit einem so wackern Kameraden wieder zusammentreffen.«

In diesem Augenblicke streckte der Marinesergeant seinen Kopf zur Thür herein und sagte in einem höchst unverschämten Tone, daß ich augenblicklich das Schiff verlassen solle. Ich wurde so zornig, daß ich ihm mein Glas Grog ins Gesicht schüttete, worauf er sogleich zum Kapitän eilte, um zu klagen; aber ich gehörte nicht mehr zum Schiffe, und selbst wenn das der Fall gewesen wäre, würde ich eine solche Roheit nicht ungestraft gelassen haben.

Kapitän Hawkins war wütend und würde, glaube ich, ein neues Kriegsgericht verlangt haben, wenn er nicht vom ersten genug gehabt hätte. Er fragte den Sergeanten ganz genau, ob er mir gesagt habe, ich solle augenblicklich das Schiff verlassen oder aber, daß Kapitän Hawkins verlange, ich solle augenblicklich fortgehen, und da er fand, daß er den Auftrag nicht in der letzteren Weise ausgerichtet habe (was ich wohl bedachte, denn sonst hätte ich mir ein solches Verfahren nicht erlauben dürfen), schickte er wiederum, diesmal aber einen der Seekadetten herab und ließ mir sagen, ich solle augenblicklich das Schiff verlassen. Ich antwortete ihm, ich würde seine Befehle mit dem größten Vergnügen befolgen. Ich beeilte mich, meine Kleider zusammenzupacken, und meldete mich dem zweiten Leutnant als fertig, worauf dieser um die Erlaubnis bat, ein Boot bemannen zu dürfen; dies wurde jedoch von Kapitän Hawkins abgeschlagen, indem er sagte, ich könne in einem Küstenboote ans Land gehen. Ich rief nun eines derselben herbei, nahm von allen meinen Kameraden Abschied, und als ich mit Swinburne und einigen der wackersten Leute aufs Hinterdeck trat, stand Kapitän Hawkins, berstend vor Wut, am Kompaßhäuschen. Während ich vorbeiging, lüpfte ich den Hut vor ihm und wünschte ihm ganz ehrerbietig einen guten Morgen, wobei ich noch hinzusetzte: »Wenn Sie etwas an meinen *Oheim* zu bestellen haben, Kapitän Hawkins, werde ich mir ein Vergnügen daraus machen, es zu besorgen.«

Diese Bemerkung, die ihm zeigte, daß ich die zwischen ihnen bestehende Verbindung und Korrespondenz kannte, machte ihn vor Zorn schnaubend:

»Verlassen Sie das Schiff, Sir, oder bei Gott, ich lasse Sie wegen Meuterei in Ketten legen!« schrie er.

Ich lüpfte wiederum meinen Hut, ging an der Seite hinunter und fuhr ab.

Sobald ich einige Ellen von der Brigg entfernt war, sprangen die Leute auf die Karronaden und ließen ein Hurrah ertönen; ich sah, wie sie Kapitän Hawkins herunterkommen hieß, und ehe ich eine Kabellänge weg war, schrillte die Pfeife das Signal: »Alle Mann zum Auspeitschen«. Ich vermute, daß manche der armen Burschen wegen Insubordination in Darlegung ihrer guten Gesinnungen gegen mich gezüchtigt wurden. Ich gebe gern zu, daß ich das Schiff auf eine würdigere Weise hätte verlassen können und daß mein Benehmen nicht ganz dienstgerecht war, aber ich erzähle eben, was ich wirklich that und glaube, daß man meinen Gefühlen etwas zugute halten wird. Soviel ist gewiß, daß mein Benehmen nach dem Kriegsgericht eher eine Bestrafung verdiente als das vorher; ich befand mich übrigens in einem Zustande fieberhafter Aufregung und wußte kaum, was ich that.

Als ich in Sally Port eintraf, ließ ich meine Habseligkeiten in den »Blauen Pfosten« bringen, nahm das, was ich am nötigsten bedurfte, heraus, legte meine Uniform ab und war nun auf einmal ein Privatmann. Ich bestellte mir für heute Abend einen Platz in der Postkutsche, schickte ein Danksagungsschreiben mit einigen Banknoten an meinen Advokaten und schrieb endlich einen langen Brief an O'Brien, worin ich ihn mit allen eingetretenen Ereignissen bekannt machte.

Ich war eben damit zu Ende und hatte den Brief gerade gesiegelt, als Frau Trotter hereinkam.

»O mein lieber Herr Simpel! Mein Herz ist betrübt, und ich bin gekommen, Sie zu trösten. 's geht nichts über die Frauen, falls die Männer Kummer haben, wie der arme Trotter zu sagen pflegte, wenn er sein Haupt in meinen Schoß legte. Wann reisen Sie nach London?«

»Diesen Abend, Frau Trotter.«

»Ich hoffe, auch fernerhin das Schiff versorgen zu dürfen?«

»Ich gleichfalls, Frau Trotter, und zweifle nicht daran.«

»Nun, Herr Simpel, wie sieht's mit dem Gelde bei Ihnen

aus? Brauchen Sie etwas? Sie können's mir ja nach und nach zurückzahlen. Genieren Sie sich nicht; ich bin nicht mehr so arm wie damals, als Sie an Bord kamen, um mit Herrn Trotter und mir zu speisen, wo Sie mir ein Dutzend Paar Strümpfe schenkten. Ich weiß, was es heißt, kein Geld und keine Freunde zu haben.«

»Tausend Dank, Frau Trotter«, erwiderte ich, »aber ich habe genug, um nach Hause zu kommen, und dort kann ich dann mehr erheben.«

»Schön, das freut mich, aber ich hab's Ihnen in allem Ernste angeboten. Leben Sie wohl, Gott segne Sie! Kommen Sie, Herr Simpel, geben Sie mir einen Kuß; es wäre ja nicht das erste Mal.«

Ich küßte sie, denn ich fühlte mich ihr verpflichtet für ihre Güte, worauf sie schmunzelnd und liebäugelnd das Zimmer verließ. Als sie fort war, konnte ich nicht umhin, darüber nachzudenken, wie wenig wir die Herzen anderer kennen. Wenn man mich gefragt hätte, ob Frau Trotter die Person dazu sei, eine freigebige Handlung zu begehen, würde ich nach dem, was ich früher von ihr gesehen hatte, eine entschieden verneinende Antwort gegeben haben. Bei diesem Anerbieten nun war sie ganz uneigennützig, denn sie kannte den Dienst genug, um zu wissen, wie wenig Aussicht ich hatte, wieder erster Leutnant zu werden und ihr einen Dienst zu erzeigen. Wie oft dagegen kommt es vor, daß diejenigen, welche aus Dankbarkeit oder vieljähriger Freundschaft alles, was sie nur können, zu unserer Hilfe thun sollten, sich in der Not von uns abwenden und sich falsch und verräterisch erweisen. Gott allein kennt die Herzen!

Den Brief an O'Brien schickte ich auf das Admiralitätsbüro, setzte mich dann zu einem Essen nieder, von dem ich keinen Bissen anrühren konnte, und fuhr um sieben Uhr mit der Post ab. Ich war ernstlich unwohl; ich hatte hitziges Fieber und fürchterlichen Kopfschmerz, aber ich dachte an meine Schwester.

Bei meinem Eintreffen in London war ich schon viel kränker, hielt mich jedoch kaum eine Stunde auf. Ich nahm einen Platz in einer Kutsche, die jedoch nicht nach dem unserer Wohnung nächstgelegenen Orte abging, weil ich gehört hatte, daß die dorthinfahrende bereits besetzt sei und nicht bis zum andern Tage warten mochte. Die Kutsche, die ich bestieg, ging nach einer vierzig Meilen von dem elterlichen

Pfarrhause entlegenen Stadt, von wo aus ich Post zu nehmen gedachte. Am folgenden Abend kam ich dort an, nahm meinen Nachtsack, ließ eine Chaise kommen und fuhr dahin ab, wo einst meine Heimat gewesen war. Ich war so krank, daß ich kaum meinen Kopf aufrechthalten konnte, und lag wie im Traume in einer Ecke der Chaise, ohne jedoch vor schrecklichen Kopfschmerzen schlafen zu können.

Es war etwa neun Uhr abends, wir befanden uns auf einem schrecklich holprigen Wege und die Stöße des Fahrens verursachten mir die peinlichsten Schmerzen, als die Kutsche von zwei Männern angehalten wurde, die mich herausrissen und auf den Boden warfen. Einer derselben lehnte sich über mich hin, während der andere die Kutsche ausplünderte. Der Postbursche, der mit unter der Decke zu stecken schien, blieb ganz ruhig auf seinem Pferde, und sobald sich die Räuber meiner Sachen bemächtigt hatten, kehrte er um und fuhr davon. Nun ging's auch über meine Person her; sie nahmen mir alles, was ich besaß, und ließen mir nichts als meine Beinkleider und mein Hemd. Nach einer kurzen Beratung befahlen sie mir, nach der Richtung, in der ich hatte fahren wollen, fortzulaufen, und zwar so schnell als möglich, sonst würden sie mir eine Kugel durch den Kopf jagen. Ich that, was sie verlangten, und schätzte mich noch glücklich, so gut davon gekommen zu sein. Ich wußte zwar wohl, daß es wenigstens noch dreißig Meilen bis zum Pfarrhause war; aber so unwohl ich mich auch befand, hoffte ich dennoch, dasselbe zu Fuß erreichen zu können. Ich lief die ganze Nacht hindurch, kam aber nur langsam vorwärts. Ich schwankte von einer Seite der Straße zur andern und setzte mich bisweilen nieder, um auszuruhen; als der Morgen graute, gewahrte ich in der Nähe Häuser und eilte darauf zu.

Das Fieber wütete in mir; mein Kopf wollte vor Schmerz zerspringen und ich schwankte nach einer Bank, die nahe bei einem kleinen hübschen Hause an der Straße stand. Ich kann mich noch dunkel erinnern, wie jemand zu mir herkam und mich bei der Hand faßte, aber weiter auch nichts; und erst nach Verlauf vieler Monate wurde ich mit den Umständen bekannt, die ich jetzt erzählen werde.

Es scheint, daß der Besitzer jenes Landhauses ein Leutnant der Landarmee war, den man wegen seiner Wunden auf halben Sold gesetzt hatte. Er nahm mich aus Menschenfreundlichkeit in sein Haus auf und ließ sogleich einen Arzt kommen. Ich hatte alle Besinnung verloren, und es war mir ganz unmöglich zu sagen, wer ich sei. Da ich keinerlei Gepäck besaß, konnte man nur aus dem Zeichen meines Hemdes ersehen, daß ich Simpel hieß. Drei Wochen lang verblieb ich abwechslungsweise in einem Zustande der Betäubung oder des Fieberwahns. Wenn der letztere eintrat, sprach ich von Lord Privilege, O'Brien und Celeste. Herr Selwin, der Offizier, der mir so freundschaftlich beistand, wußte, daß Simpel der Familienname des Lord Privilege war; er schrieb deshalb Seiner Herrlichkeit, daß ein junger Mann namens Simpel, der von ihm und Kapitän O'Brien im Fieberwahn spreche, sehr gefährlich krank in seinem Hause liege, und da er vermute, daß dieser junge Mann ein Verwandter des Lords sei, so halte er es für seine Pflicht, ihn davon zu benachrichtigen.

Mein Onkel, der wohl wußte, daß ich es sein müsse, hielt diese Gelegenheit für zu günstig, um mich nicht, falls ich davonkäme, in seine Gewalt zu bringen. Er schrieb, daß er spätestens in zwei Tagen eintreffen werde, dankte zugleich Herrn Selwin für die gütige Verpflegung seines armen Neffen und bat ihn, keinerlei Kosten zu sparen. Als mein Onkel in seinem eigenen Wagen ankam, war die Fieberkrisis schon vorbei, aber ich befand mich infolge der außerordentlichen Schwäche noch in einem Zustande der Betäubung. Er sagte Herrn Selwin vielen Dank für seine Pflege, die jedoch, wie er befürchte, wenig nützen würde, weil meine Geistesverwirrung mit jedem Jahre zunehme, und sprach dann die Befürchtung aus, daß es mit chronischem Wahnsinn bei mir enden würde. »Sein armer Vater«, setzte er hinzu, wie tief betrübt mit der Hand über die Stirn fahrend, »starb in demselben Zustande. Ich habe meinen Arzt mitgebracht, um zu untersuchen, ob er fortgebracht werden kann. Ich werde nicht ruhig sein, bis ich ihn Tag und Nacht bei mir habe.«

Der Arzt (der meines Oheims Kammerdiener war) nahm meine Hand, fühlte meinen Puls, untersuchte meine Augen und sagte dann, ich könne ohne Anstand fortgebracht werden und würde jedenfalls in einem größeren Gemache schneller genesen. Herr Selwin erhob natürlich keinerlei Einwendung, sondern überließ alles der Sorgfalt meines Oheims; und während ich in einem Zustande der Besinnungslosigkeit dalag, wurde ich angekleidet und in den Wagen gebracht. Es ist sehr zu verwundern, daß ich, der ich in einem solchen Zustande aus meinem Bette herausgerissen wurde, nicht starb, aber es lag in dem Ratschlusse des Himmels, daß es anders sein sollte. Wenn ich gestorben wäre, würde das wahrscheinlich meinen Oheim mehr gefreut haben als mein Davonkommen. Als ich, unterstützt von dem Pseudo-Arzte, mich im Wagen befand, wiederholte mein Onkel seine Danksagung gegen Herrn Selwin, bat ihn, über seinen ganzen Einfluß zu befehlen, belohnte den Wundarzt, der mich behandelt hatte, sehr anständig, stieg dann gleichfalls ein und fuhr mit mir in meinem bewußtlosen Zustande fort – das heißt, ich war nicht ganz bewußtlos; ich glaube, ich fühlte, wie ich fortgebracht wurde und hörte auch das Rasseln der Räder; aber mein Geist war so verstört und ich überhaupt so schwach, daß ich nicht eine Minute lang ein deutliches, klares Gefühl davon haben konnte.

An die Reise selbst entsinne ich mich durchaus nicht mehr, und erst einige Tage später befand ich mich mit festgebundenen Armen in dem Bette eines dunklen Zimmers. Ich sammelte meine Sinne, und nach und nach konnte ich mich an alles erinnern, was vorgefallen war, bis zu der Zeit, als ich auf der Straße niedersank. Wo befand ich mich? Das Zimmer war verfinstert und ich konnte nichts erkennen; ich nahm nun für ausgemacht an, daß ich mir selbst etwas habe zu Leide thun wollen, denn sonst würde man doch meine Arme nicht zusammengebunden haben. Ich glaubte, im Fieber und Wahnsinn dagelegen und jetzt wieder genesen zu sein. Etwas mehr als eine Stunde mochte ich mich solchen Gedanken hingegeben haben, verwundert, warum ich allein gelassen worden sei, als die Thür des Zimmers aufging. »Wer ist da?« fragte ich.

»Ah, Sie kommen wieder zu sich«, sagte eine mürrische Stimme, »dann will ich Ihnen ein wenig Tageslicht geben.«

Er öffnete einen Laden, der das ganze Fenster verdeckt hatte, und das Licht strömte so stark herein, daß es mich förmlich blendete. Ich schloß meine Augen und gewöhnte mich allmählich wieder an das Licht, bis ich es ertragen konnte. Ich sah mich im Zimmer um, die Wände waren kahl und weiß übertüncht. Ich lag auf einem Rollbette. Ich blickte nach dem Fenster – es war mit eisernen Stangen verwahrt. »Mein Gott! wo bin ich denn?« fragte ich ängstlich.

»Wo Sie sind?« antwortete er, »nun ja, in Bedlam!«*

* Irrenhaus bei London

Vierundzwanzigstes Kapitel

Ich werde wieder losgelassen und das Glück stürmt ebensoschnell auf mich ein, als mich früher das Unglück überwältigte.

Der Schlag war zu heftig – ich fiel besinnungslos auf mein Kissen zurück. Wie lange ich dalag, weiß ich nicht, aber als ich wieder zu mir kam, war der Wärter fortgegangen, und neben meinem Bette stand ein Krug Wasser mit etwas Brot. Ich trank das Wasser, und die Wirkung, die es auf mich hervorbrachte, war ganz erstaunlich. Ich fühlte, daß ich aufstehen konnte, und erhob mich; während meiner Ohnmacht hatte man mir meine Arme losgeschnürt. Ich stellte mich auf die Füße und schwankte dem Fenster zu. Ich blickte hinaus, sah die helle Sonne, die Vorübergehenden, die Häuser auf der andern Seite – alles schien munter und froh, aber ich war Gefangener in einem Irrenhause. War ich verrückt gewesen? Ich dachte nach und vermutete, daß es wohl so sein müsse und daß mich Leute, die mich nicht kannten, hierhergebracht hätten. Es kam mir keineswegs in den Sinn, daß mein Oheim dabei beteiligt sein könne. Ich warf mich auf mein Bett und eine Flut von Thränen erleichterte meine Brust.

Es war etwa Mittag, als die Ärzte des Hauses, begleitet von den Wärtern, in mein Zimmer traten.

»Ist er ganz ruhig?«

»Ja, Sir, so ruhig wie ein Lamm«, antwortete der Wärter, der schon früher bei mir gewesen war.

Ich redete nun den Arzt an, und bat ihn, mir zu sagen, weshalb und auf welche Weise ich hierhergebracht worden sei. Er antwortete mir sanft und milde. Es sei der Wunsch meiner Freunde gewesen, und es solle mir jegliche Sorgfalt erwiesen werden; er wisse, daß meine Anfälle nur periodisch seien, und ich solle während meiner ruhigen Stunden jede Freiheit erhalten, die man mir gestatten könne; auch hoffe er, daß ich bald wieder völlig hergestellt sein würde, um das Hospital verlassen zu können. In meiner Antwort sagte ich ihm, wer ich sei und wie ich erkrankt wäre. Er schüttelte den Kopf, riet mir, soviel als möglich liegen zu bleiben, und verließ mich hierauf, um die andern Patienten zu besuchen.

Wie ich später erfuhr, hatte mich mein Onkel hierhergebracht, unter dem Vorgeben, ich sei ein junger Mann, der die verrückte Grille habe, daß er Simpel heiße und Erbe des Titels und der Güter des Lord Privilege sei; bisweilen sei ich ein Störenfried, indem ich mit Gewalt in sein Haus eindringe und die Dienerschaft beschimpfe, sonst aber sei mein Benehmen in jeder andern Beziehung harmlos; meine Anfälle endeten in der Regel mit heftigem Fieber, und es sei mehr die Besorgnis, daß mir ein Leid widerfahren möge, als irgendeine unfreundliche Gesinnung gegen den jungen Mann, die ihn wünschen lasse, daß ich im Hospitale aufgenommen und verpflegt würde.

Der Leser wird das Arglistige dieser Angabe durchschauen; es war vorauszusehen, daß ich, der ich keinen Gedanken davon hatte, warum ich eingesperrt war, natürlich fortfahren würde, mir meinen wirklichen Namen beizulegen, und daß man, solange ich dies that, mich für verrückt halten werde. Es darf also den Leser auch nicht befremden, daß ich ein Jahr und acht Monate in Bedlam zubrachte. Der Doktor kam noch mehrere Tage zu mir, und da er fand, daß ich ruhig war, gestattete er mir Bücher, Tinte und Papier zu meinem Zeitvertreibe, aber jeder Versuch zu einer Erläuterung war unfehlbar ein Zeichen für ihn, mein Zimmer zu verlassen. Ich merkte somit nicht bloß an ihm, sondern auch an dem Wärter, der allem, was ich sagte, nicht die mindeste Aufmerksamkeit schenkte, daß ich keine Hoffnung hatte, angehört zu werden und meine Befreiung zu erhalten.

Nach Ablauf des ersten Monats besuchte mich der Doktor nicht mehr; ich war ein ruhiger Patient und er empfing den Bericht durch den Wärter. Man hatte mich, mit jedem zum Beweise meines Wahnsinnes erforderlichen Dokumente versehen, hierher gesandt, und obgleich nur sehr wenig dazu gehören mag, Verrücktheit zu beweisen, so gehört doch in der That sehr viel dazu darzuthun, daß man bei gesundem Verstande ist. In Bedlam fand ich dies ganz und gar unmöglich. Ich wurde gleichwohl gut behandelt, erhielt jede mögliche Bequemlichkeit, sowie diejenige Unterhaltung, die Bücher geben konnten. Ich hatte keine Ursache, mich über den Wärter zu beklagen – ausgenommen, daß er zu beschäftigt war, um seine Zeit mit Anhörung von Dingen zu verschwenden, die er ja doch nicht glaubte. Während der ersten zwei oder drei Monate meines Aufenthaltes schrieb ich mehrere Briefe an meine Schwester und an O'Brien und bat den Wärter, sie auf die Post zu bringen. Er weigerte sich nie, versprach mir vielmehr stets, dies zu thun; sie wurden jedoch samt und sonders vernichtet. Eine Zeitlang gab ich gleichwohl die Hoffnung zu meiner Befreiung nicht auf; aber bisweilen bemächtigte sich meiner, wenn ich die Lage meiner armen Schwester bedachte, eine so lebhafte Angst und bei dem Gedanken an Celeste und O'Brien ein so schmerzliches Gefühl, daß ich beinahe rasend wurde, und dann mochte der Wärter wohl melden, ich hätte einen meiner Anfälle bekommen. Nach sechs Monaten wurde ich ganz tiefsinnig und zehrte förmlich ab. Ich versuchte nicht länger mich zu zerstreuen, sondern saß den ganzen Tag da, die Augen auf einen Fleck gerichtet. Auch auf meinen Körper verwandte ich keine Sorgfalt mehr; ich ließ meinen Bart wachsen — mein Gesicht wurde nicht mehr gewaschen, außer wenn es auf Befehl meines Wärters ganz mechanisch geschah, und wenn ich noch nicht wahnsinnig war, so hatte ich alle Aussicht, es bald zu werden. Das Leben verstrich mir wie eine leere Öde — ich war gleichgültig gegen alles — beachtete keine Zeit mehr — bemerkte nichts vom Wechsel der Jahreszeiten — selbst Tag und Nacht folgten aufeinander, ohne daß ich darauf achtete.

Ich befand mich in dieser unglücklichen Lage, als eines Tages die Thür geöffnet wurde und, wie das während der Zeit meiner Einsperrung häufig geschah, Fremde herumgeführt wurden, welche ihre Neugierde befriedigen und die geistige Gesunkenheit der armen Pfleglinge dieser Anstalt mitansehen oder aber ihnen ihre Teilnahme bezeugen wollten. Ich schenkte ihnen gar keine Aufmerksamkeit und schlug nicht einmal die Augen auf. »Dieser junge Mann«, sagte der Arzt, der die Gesellschaft geleitete, »ist von dem sonderbaren Wahne befallen, daß sein Name Simpel und er der rechtmäßige Erbe des Titels und der Besitzungen von Lord Privilege sei.«

Einer der Besucher trat zu mir und blickte mir ins Gesicht. »Und er ist es auch«, rief er dem ganz erstaunten Doktor zu. »Peter, erkennen Sie mich nicht?«

Ich schrak auf; es war General O'Brien. Ich stürzte in seine Arme und zerfloß in Thränen.

»Sir«, sprach General O'Brien, der mich zu einem Stuhle führte und mich sanft darauf niedersetzte, »*ich* sage Ihnen, dieses ist Herr Simpel, der Neffe des Lord Privilege und, wie ich glaube, auch der Erbe des Titels. Wenn also diese Behauptung seines Namens den einzigen Beweis seines Wahnsinns bildet, so ist er ungesetzlich hier eingesperrt. Ich bin zwar ein Fremder hier und ein Gefangener auf Ehrenwort, aber dessenungeachtet nicht ohne Freunde. Lord Belmore«, sagte er, sich zu einem Mitgliede der Gesellschaft wendend, »ich verpfände Ihnen mein Ehrenwort, daß meine Angabe richtig ist, und bitte Sie, die unverzügliche Freilassung dieses armen jungen Mannes zu verlangen.«

»Ich versichere Ihnen, Sir, daß ich Briefe von Lord Privilege besitze«, bemerkte der Doktor.

»Lord Privilege ist ein Schurke«, erwiderte General O'Brien. »Aber noch ist Gerechtigkeit in diesem Lande zu erlangen, und für diese Untat soll er schwer büßen. Mein lieber Peter, welch' ein Glück, daß ich diesen schrecklichen Ort besuchte. Ich hatte so viel von den trefflichen Einrichtungen dieser Anstalt gehört, daß ich mich auf Lord Belmore's Vorschlag entschloß, dieselben zu besichtigen, finde aber, daß das Lob unverdient ist.«

»Ich bitte um Entschuldigung, General O'Brien, ich bin in der That gütig behandelt worden«, antwortete ich, »und insbesondere von diesem Herrn. Es war nicht seine Schuld.«

General O'Brien und Lord Belmore befragten hierauf den Doktor, ob er etwas dagegen habe, wenn ich freigelassen würde.

»Nicht im entferntesten, mein Lord — selbst wenn er wirklich geisteskrank wäre; ich sehe aber nun deutlich ein, wie sehr ich hintergangen worden bin. Wir gestatten den Freunden eines Kranken, ihn fortzunehmen, wenn sie glauben, ihm mehr Aufmerksamkeit schenken zu können. Herr Simpel kann sogleich mit Ihnen gehen.«

Ich fühlte nun, wie mein Gehirn durch den plötzlichen Übergang von der Verzweiflung zum freudigen Hoffen erschüttert wurde, und sank auf meinen Stuhl nieder. Sobald der Doktor meinen Zustand sah, ließ er mir zur Ader und brachte mich zu Bette, wo ich, bewacht von General O'Brien, über eine Stunde verblieb. Dann stand ich dankerfüllt, aber ruhig auf. Der Barbier der Anstalt rasierte mich, wusch mich, kleidete mich an, und dann wurde ich, gestützt auf des Generals Arm, hinausgeführt. Ich richtete meine Blicke auf die zwei berühmten steinernen Statuen des trübsinnigen und rasenden Wahnsinnes; als ich daran vorüberging, zitterte ich und hing mich noch fester an des Generals Arm, mit dessen Hilfe ich eine Kutsche bestieg, um dem Wahnsinn und dem

Elend Lebewohl zu sagen.

Der General sprach nichts, bis wir uns dem Hotel in Dover Street, worin er wohnte, näherten; dann fragte er mit leiser Stimme, ob ich eine weitere Aufregung ertragen könne.

»Meinen Sie Celeste, General?«

»Allerdings, mein lieber Junge«, sagte er, mir die Hand drückend, »sie ist hier.«

»Ach Gott!« rief ich, »welche Hoffnungen habe ich nun auf Celestes Besitz?«

»Mehr als je zuvor«, erwiderte der General; »sie lebt nur für Sie, und selbst wenn Sie ein Bettler sind, besitze ich ein hinreichendes Einkommen, um es Ihnen behaglich genug zu machen.«

Ich erwiderte des Generals Händedruck, konnte aber keine Silbe sprechen. Wir stiegen aus, und nach einer Minute wurde ich von dem Vater in die Arme der erstaunten und überglücklichen Tochter geführt.

Ich übergehe einige Tage, während derer ich mich geistig und körperlich allmählich wieder erholte und dem General und Celeste meine Erlebnisse erzählte. Meine erste Aufgabe war, meine Schwester ausfindig zu machen. Ich wußte nicht, was aus der armen Ellen in dem verlassenen Zustande, in dem sie sich befunden hatte, geworden war, und beschloß daher, nach dem Pfarrhause zu gehen und Nachfrage anzustellen. Ich reiste übrigens nicht ab, bevor O'Brien einen Advokaten kommen und durch diesen Lord Privilege die Anzeige machen ließ, daß sofort eine Klage gegen ihn wegen Freiheitsberaubung unter lügnerischen Vorwänden anhängig gemacht werden solle.

Ich fuhr auf der Post ab und traf am nächsten Abend in der Stadt *** ein. Ich eilte nach dem Pfarrhause, und Thränen standen in meinen Augen, als ich an meine Mutter, an meinen armen Vater, an die eigentümliche und höchst zweifelhafte Lage meiner lieben Schwester dachte. Ein Bedienter in Livree gab mir Antwort und führte mich zu dem gegenwärtigen Bewohner des Hauses. Dieser empfing mich höflich, hörte meine Erzählung an und erwiderte hierauf, meine Schwester sei den Tag nach seiner Ankunft nach London abgereist, ohne irgendjemand etwas über ihre Pläne mitgeteilt zu haben. So war also jede Spur verloren. Ich begab mich schleunigst wieder in die Stadt, um mich auf die Post zu setzen, und traf am andern Abend wieder bei Celeste und dem

General ein; diesen teilte ich die unerfreuliche Nachricht mit und besprach mit ihnen, was nun anzufangen sei. Am andern Morgen ließ sich Lord Belmore melden, und auch mit diesem beriet sich der General. Der Lord zeigte die größte Teilnahme für mich und erteilte mir den Rat, ehe ich irgendetwas anderes täte, seine Kutsche zu besteigen und ihm zu erlauben, meine Sache dem ersten Lord der Admiralität mitzuteilen. Dies geschah sofort, und da ich nun Gelegenheit hatte, frei und offen mit dem ersten Lord zu sprechen, setzte ich ihm das Benehmen des Kapitän Hawkins, seine Verbindung mit meinem Oheim sowie den Grund, warum mich der letztere verfolge, auseinander. Da er mich unter dem mächtigen Schutze des Lords Belmore traf und wohl auch ein Auge auf meine künftigen Ansprüche warf, die er nach dem Benehmen meines Oheims für wohlbegründet zu erachten alle Ursache hatte, war er äußerst artig und sagte, ich würde in ein paar Tagen von ihm hören. Er hielt sein Wort, denn schon am dritten Tage nach meiner Unterredung mit ihm empfing ich eine Note, wohin mir meine Beförderung zum Range eines Kommandeurs angezeigt wurde. General O'Brien und Celeste teilten meine Freude über dieses gute Glück.

Als ich auf der Admiralität war, fragte ich auch nach O'Brien und hörte, daß er jeden Tag zurückerwartet werde. Er hatte sich großen Ruhm in Ostindien erworben und in Führung des Oberbefehls bei Eroberung mehrerer Inseln ausgezeichnet; man sagte sogar, er solle für seine Dienste zum Baronet ernannt werden. Alles gestaltete sich nun günstiger, und das einzige Traurige blieb das Verschwinden meiner Schwester; dies lag fortwährend schwer auf meinem Gemüte.

Doch ich hatte vergessen, dem Leser zu sagen, auf welche Weise General O'Brien und Celeste zu so guter Zeit nach England kamen. Martinique war vor etwa sechs Wochen von unsern Truppen genommen worden, wobei sich die ganze Garnison als kriegsgefangen ergab. General O'Brien wurde nach England geschickt und erhielt Freiheit auf Ehrenwort; obgleich Franzose von Geburt, besaß er sehr hohe Verbindungen in Irland, zu denen auch Lord Belmore gehörte. Bei ihrer Ankunft hatten sie sogleich alle möglichen Erkundigungen nach mir angestellt, doch ohne Erfolg; sie wußten, daß ich vor ein Kriegsgericht gestellt und von meinem Schiffe entlassen worden war, aber von da an konnte keine weitere

Spur zu meiner Entdeckung aufgefunden werden.

Celeste befürchtete, daß mir irgendein schweres Unglück zugestoßen sein möge, und ihre Gesundheit hatte infolgedessen außerordentlich gelitten. Da General O'Brien sah, wie sehr das Wohl seiner Tochter auf ihrer Liebe zu mir beruhe, beschloß er bei sich selbst, uns zu vereinigen, sobald ich aufgefunden sein würde. Ich habe kaum nötig zu sagen, wie erfreut er war, als er mich, wenn auch in einer so ganz und gar nicht beneidenswerten Lage, wiedersah.

Die Geschichte meiner Einsperrung, die Klage gegen meinen Oheim sowie die Kunde über den wegen der Erbfolge verübten Verrat hatte sich unterdessen schnell unter dem ganzen Adel des Landes verbreitet; ich sah, daß mir jede Aufmerksamkeit erwiesen wurde, und erhielt als ein Gegenstand der Neugierde und der Spekulation vielfache Einladungen. Auch der Verlust meiner Schwester erregte große Teilnahme, und manche Leute stellten in wohlwollender Gesinnung Nachforschungen an, um sie ausfindig zu machen. Als ich eines Tages von dem Anwalt, der einen Aufruf bezüglich meiner Schwester, wiewohl vergeblich, in die Zeitung hatte einrücken lassen, zurückkehrte, fand ich ein Schreiben für mich, das durch das Admiralitätsbüro eingelaufen war, auf meinem Tische liegend. Ich öffnete dasselbe, der Umschlag war von O'Briens Hand, der soeben in Spithead Anker geworfen und gebeten hatte, den Brief, wenn man meine Adresse kenne, an mich zu befördern. Folgendes ist der Inhalt desselben:

»Mein lieber Peter!

»Wo bist Du und was ist aus Dir geworden? Ich habe in den letzten zwei Jahren keine Briefe von Dir erhalten und mich darüber fast zu Tode gehärmt. Dein Schreiben über das verfluchte Kriegsgericht erhielt ich, aber Du hast vielleicht nicht gehört, daß der Spitzbube tot ist. Ja, Peter, er brachte Dein Schreiben auf seinem eigenen Schiffe mit, und das war sein Todesurteil. Ich traf ihn in einer Privatgesellschaft. Er nannte Deinen Namen — ich ließ ihn über Dich schimpfen, und dann sagte ich ihm, er sei ein Lügner und ein Schurke. Hierauf forderte er mich — gewiß mit großem Widerwillen, aber der Schimpf war so öffentlich, daß er nicht umhin konnte. Ich schoß ihn nun mit dem besten Willen von der Welt nieder, und wenn er, wie der

Hanswurst auf der Bühne, zwanzigmal wieder hätte aufspringen können, so würde ich ihm jedesmal wieder zu Leibe gegangen sein. Der niederträchtige Schurke! aber 's ist jetzt aus mit ihm. Niemand bedauerte ihn, weil ihn jedermann haßte; und sah auch der Admiral etwas ernst drein, so war er mir doch sehr verpflichtet, daß ich für seinen Neffen eine Stelle freigemacht hatte. Weil ich gerade daran bin – von einer unbekannten Hand, aber wie ich glaube, von einem Offizier des Schiffes erhielt ich ein Paket mit Briefen, die zwischen Kapitän Hawkins und Deinem würdigen Oheim gewechselt wurden; das ist nun so 'n hübsches Stück von Schurkerei, als je eines zwischen zwei Spitzbuben aufgeführt wurde: aber das ist noch nicht alles, Peter. Ich habe eine junge Frau für Dich aufgetrieben, die Dein Herz froh machen wird – nicht Fräulein Celeste, denn von der weiß ich nicht, wo sie ist – sondern die Säugamme, die nach Indien ging. Ihr Mann wurde als Invalide nach Hause geschickt, und sie erhielt die Erlaubnis, mit ihm auf meiner Fregatte nach England zu fahren. Da ich fand, daß er zu dem fraglichen Regimente gehörte, sprach ich mit ihm über einen gewissen O'Sullivan, der sich in Irland verheiratet habe, und nannte ihm den Namen des Mädchens; als er sah, daß er ein Landsmann von mir war, sagte er mir, er heiße eigentlich O'Sullivan, habe aber stets unter dem Namen O'Connell gedient, und seine Frau an Bord sei die fragliche junge Weibsperson. Hierauf ließ ich sie rufen und sagte ihr, daß ich die Geschichte ganz genau kenne, und als ich Ella Flanagan und ihre Mutter als diejenigen nannte, die mir die Nachricht gegeben hätten, war sie ganz erstaunt. Auf meine Frage, was aus dem Kinde, welches sie gegen das ihrige eingetauscht habe, geworden sei, antwortete sie mir, daß es in Plymouth ertrunken und daß ihr Mann bei derselben Veranlassung von einem jungen Offizier gerettet worden sei, »dessen Namen ich hier habe«, sagte sie; und dann zog sie aus ihrem Busen Deine Karte, auf der Peter Simpel stand. »Nun«, sagte ich, »wißt Ihr auch, gute Frau, daß Ihr bei der Mithilfe zu dem spitzbübischen Kinder-Austausch gerade denselben jungen Herrn ins Elend gestürzt habt, der Euren Mann rettete? denn Ihr habt ihn um seine Titel und seine Besitzung gebracht.« Als ich dies sagte, machte sie Augen wie ein gestochenes Schwein, und dann verfluchte und verschwor sie sich und beteuerte, sie wolle Dir zu Deinem Rechte verhelfen, sobald sie nach Haus komme; und es ist ihr sehr darum zu thun, denn sie liebt Dich und Deinen Namen außerordentlich. Du siehst also, Peter, eine gute Handlung findet bisweilen in dieser Welt schon ihren Lohn, und eine schlechte ebenfalls, wenn Du bedenkst, daß ich den verfluchten Schurken niedergeschossen habe, der es wagen wollte, übel von Dir zu reden.

»Ich habe Dir noch sehr viel zu sagen, Peter, aber ich schreibe nicht gerne Briefe, die vielleicht nie gelesen werden, und deshalb will ich warten, bis ich von Dir höre; dann aber wollen wir uns sogleich nach Erledigung meiner Geschäfte aufmachen und den Schurken von Oheim züchtigen.

»Ich habe zwanzigtausend Pfund zusammengescharrt, außer den Anteilen in den Gewürzinseln, was auch einen hübschen Pfennig ausmachen wird; und jeder Heller davon soll draufgehen, Dir zu Deinem Rechte zu verhelfen, Peter, und einen Lord aus Dir zu machen, wie ich Dir es oft versprochen habe. Wenn Du gewinnst, sollst Du mich bezahlen; kommst Du aber nicht durch, dann zum Henker mit dem Glück und dem Gelde dazu.

»Ich bitte Dich, Fräulein Ellen meine besten Empfehlungen auszurichten und ihr zu sagen, wie glücklich es mich machen wird zu hören, daß sie sich wohl befindet; aber auf dem Herzen hat es mir immer gelegen, Peter, daß Dein Vater nicht viel hinterlassen haben mag, und ich wünsche deshalb sehr zu wissen, wie ihr beide fortkommt. Bei meinen Agenten ließ ich Vollmacht für Dich, und ich hoffe nur, daß Du davon Gebrauch gemacht hast, wenn's nötig war; wenn nicht, so bist Du auch der Peter nicht mehr, den ich zurückließ. Nun lebe wohl und vergiß nicht, meinen Brief schleunigst zu beantworten. Immer

Dein *Terenz O'Brien.*«

Dies war nur in der That eine höchst erfreuliche Nachricht. Den Brief übergab ich General O'Brien, und während ihn dieser durchlas, blickte ihm Celeste mitlesend über die Schulter.

»Das ist gut«, sagte der General. »Peter, ich wünsche Ihnen Glück; und auch Dir, Celeste, muß ich Glück wünschen zu Deinen Aussichten für die Zukunft. Es wird mir ein hohes Vergnügen gewähren, wenn ich Dich einmal als Lady Privilege begrüßen darf.«

»Celeste«, hub ich an, »Du hast mich nicht verschmäht, als ich arm und im Unglück war. Oh, meine arme Schwester Ellen! wenn ich Dich nur auffinden könnte, wie glücklich würde ich sein!«

Ich setzte mich sogleich hin, um O'Brien zu schreiben und ihm alles, was vorgefallen war, sowie den Verlust meiner teuren Schwester mitzuteilen. Den Tag nach Empfang meines Schreibens stürzte er ins Zimmer. Sobald die ersten Begrüßungen vorüber waren, sagte er: »Mein Herz ist gebrochen, Peter, wegen Deiner Schwester Ellen. Ich muß sie finden. Mein Schiff werde ich aufgeben, denn so lang ich lebe, will ich nicht aufhören, sie zu suchen.«

»Thu' das, mein lieber O'Brien, und ich wünsche nur —«

»Was wünschest Du, Peter? Soll ich Dir sagen, was ich wünsche? — daß Du sie, wenn ich sie finde, für meine Mühe und Sorgen mir gibst.«

»Soweit es mich betrifft, O'Brien, könnte mir nichts größere Freude machen; aber Gott weiß, wozu Mangel und Elend sie gezwungen haben.«

»Schande über Dich, Peter, so von Deiner Schwester zu denken. Meine Ehre setze ich für sie zum Pfande. Arm, elend und unglücklich mag sie sein — aber nein — nein, Peter — Du kennst sie nicht — Du liebst sie nicht, wie ich, wenn Du Dir solche Gedanken in den Kopf kommen lassen kannst.«

Dieses Gespräch wurde am Fenster geführt, dann wandten wir uns zu General O'Brien und Celeste.

»Kapitän O'Brien«, sagte der General.

»Sir Terenz O'Brien, wenn's Ihnen gefällig ist, General. Seine Majestät hat meinen Namen versilbert.«

»Ich wünsche Ihnen Glück, Sir Terenz«, erwiderte der General, ihm die Hand drückend. »Was ich sagen wollte — ich hoffe, daß Sie in unserem Hotel Ihre Wohnung nehmen, damit wir alle zusammenleben. Hoffentlich werden wir auch Ellen bald finden: unterdessen aber haben wir auch mit der Überführung des Lords Privilege keine Zeit zu verlieren. Ist die Frau hier?«

»Ja, unter Schloß und Riegel; aber zum Teufel, von ihr ist nichts zu fürchten. Millionen würden sie nicht bestechen, demjenigen Unrecht zu thun, der für ihren Mann sein Leben wagte. Sie ist 'ne Irländerin, General, bis zum Rückgrat.

Nichtsdestoweniger, Peter, müssen wir zu Deinem Advokaten gehen und ihm von der Sache Kunde geben, damit er die nötigen Schritte thut.«

Drei Wochen lang war O'Brien mit seinen Nachforschungen nach Ellen aufs eifrigste beschäftigt; er wandte alle Mittel an, jedoch ohne Erfolg; wir, der General und ich, verfolgten einstweilen die Klage gegen Lord Privilege.

Eines Morgens besuchte uns Lord Belmore und fragte den General, ob er ihn nicht ins Theater begleiten wollte, um der Aufführung zweier gepriesenen Stücke beizuwohnen. In dem zweiten, welches eine komische Oper war, sollte eine neue Künstlerin auftreten, über deren Leistungen man viel Gutes sagte.

Celeste willigte ein; wir speisten früh und begaben uns mit dem Lord in seine Privatloge, die über der Bühne im ersten Range war. Das erste Stück ging über die Bretter, und Celeste war ganz entzückt. In dem zweiten Stück wurde die neue Künstlerin, eine Miß Henderson, durch den Direktor auf die Bühne geführt; sie war augenscheinlich befangen und aufgeregt, aber ein dreimaliger allgemeiner Applaus gab ihr Mut, und sie begann mit dem Gesange. Bei den ersten Tönen ihrer Stimme war ich ganz erstaunt, und auch O'Brien, der hinten stand, legte sich vor, um nach ihr zu sehen; weil wir aber fast gerade über ihr waren und sie ihr Gesicht nach der andern Seite gewendet hatte, konnten wir ihre Züge nicht genau unterscheiden. Im Fortgange ihres Gesanges gewann sie immer mehr Mut, ihr Gesicht war gegen uns gerichtet, sie schlug ihre Augen auf — sah mich — das Wiedererkennen war gegenseitig — ich streckte meine Arme aus, konnte aber kein Wort sprechen — sie schwankte und fiel ohnmächtig nieder.

»Das ist Ellen!« rief O'Brien, stürzte über mich hin, setzte mit einem Sprunge von der Loge auf die Bühne und trug sie fort, ehe jemand anders zu ihrem Beistande herbeikommen konnte. Ich folgte ihm und fand Ellen noch in seinen Armen, während die Schauspielerinnen ihr die geeignete Hilfe leisteten.

Der Direktor trat vor, entschuldigte sich und sagte, die junge Dame sei zu krank, um ihre Rolle fortsetzen zu können; und die Zuschauer, welche gesehen hatten, was O'Brien und ich getan hatten, waren durch diesen im wirklichen Leben aufgeführten Roman befriedigt. Ellens Rolle wurde von einer andern gesungen, aber das Stück erregte keine große

Aufmerksamkeit, da jedermann die Veranlassung dieses ungewöhnlichen Ereignisse ausfindig zu machen bemüht war. Unterdessen wurde Ellen von O'Brien und mir in eine Droschke gebracht, und wir fuhren nach dem Hotel, wo auch der General und Celeste bald zu uns kamen.

Fünfundzwanzigstes Kapitel

Glück und Unglück kommt nie tropfen- sondern gleich schüttweise. — Ich habe in allem Glück und komme zu allem, zu meiner Frau, meinem Titel und meiner Besitzung. — »Ende gut, alles gut.«

Die nun folgenden Szenen will ich übergehen, um dem Leser die Geschichte meiner Schwester in ihren eigenen Worten zu geben:

»Ich schrieb Dir, mein lieber Peter, daß ich es für meine Pflicht erachtet habe, des Vaters sämtliche Schulden mit Deinem Gelde zu bezahlen, und daß nach Befriedigung aller Ansprüche nur noch sechzig Pfund übrig geblieben waren; ich bat Dich zugleich, so schnell als möglich zu mir zu kommen, um mich Deines Rates und Beistandes zu bedienen.«

»Ich erhielt Deinen Brief, Ellen, und eilte zu Dir, als — doch jetzt nichts weiter, meine Geschichte will ich später erzählen.«

»Tag für Tag erwartete ich mit ängstlicher Sehnsucht einen Brief von Dir und schrieb endlich an die Offiziere des Schiffes, um zu erfahren, ob Dir irgendein Unfall zugestoßen sei. Der Wundarzt antwortete mir, Du habest Portsmouth verlassen, um zu mir zu kommen, und seit der Zeit habe man nichts mehr von Dir gehört. Meinen Schmerz bei dieser Nachricht kannst Du Dir leicht denken; ich durfte nun nicht mehr zweifeln, daß dir irgend etwas Entsetzliches begegnet sein müßte, denn ich wußte nur zu gut, daß Dich in einer solchen Lage nichts abgehalten hätte, zu mir zu eilen. Der neue Vikar war bereits angekommen, hatte das Haus besichtigt und Anordnungen wegen des Einzugs seiner Familie getroffen. Er war schon früher mit mir übereingekommen, das Hausgerät zum Schätzpreise zu übernehmen, und diese Summe wurde zur Bezahlung der Schulden unseres Vaters verwendet. Man hatte mir bereits gestattet, länger als es üblich ist im Pfarrhause zu verbleiben, und es blieb mir nun keine andere Wahl, als dasselbe zu verlassen, was ich jedoch erst im letzten Augenblicke that. Meine Adresse konnte ich nicht da lassen, denn ich wußte nicht, wohin ich gehen sollte. Ich fuhr nach London und suchte, um meinen Lebensunterhalt zu sichern, eine Stelle als Erzieherin, was jedoch äußerst schwer hielt, da ich natürlich keine Zeugnisse aufweisen konnte und noch nie in dieser Eigenschaft gedient hatte. Endlich wurde ich in einer Familie aufgenommen, um drei kleine Mädchen zu erziehen; aber ich fand bald, wie wenig Aussicht auf eine angenehme Stellung ich besaß. Die Dame hatte Einwendungen gegen mich erhoben, weil ich zu gut aussehe, und gerade aus demselben Grunde hatte der Herr darauf bestanden, mich anzunehmen.

»So war ich die Veranlassung häuslichen Zwistes – die Dame behandelte mich mit zu großer Barschheit und der Herr mit zu viel Aufmerksamkeit. Endlich wurde die üble Behandlung von ihrer Seite und seine Zudringlichkeit so unerträglich, daß ich meine Stelle kündigte.«

»Ich bitte um Verzeihung, Fräulein Ellen, mögen Sie nicht die Güte haben, mir den Namen und den Wohnort dieses Herrn anzugeben?« sagte O'Brien.

»Thu das ja nicht, Ellen«, antwortete ich; »fahr in Deiner Erzählung fort.«

»Ich konnte keine andere Stelle als Erzieherin erhalten; denn da ich stets sagte, wo ich gewesen war, und den eigentlichen Grund meines Austritts nicht nennen mochte (ich gab nur an, es habe mir nicht gefallen), sprach die Dame, wenn sie über mich befragt wurde, immer in einer Weise von mir, die mich hinderte, ein Unterkommen zu finden.

»Endlich wurde ich als Lehrerin an einer Schule angestellt, aber ich hätte besser daran gethan, wenn ich Dienstmädchen geworden wäre. Ich sollte überall sein und alles thun – mit Tagesanbruch mußte ich aufstehen und kam vor Mitternacht nie zu Bette; ich wurde sehr schlecht verköstigt und ebensoschlecht bezahlt – aber es war doch eine ehrliche Beschäftigung, und ich blieb da über ein Jahr. Obgleich ich übrigens so sparsam als möglich lebte, wollte mein Gehalt für Kleidung und Wäsche, meine einzigen Bedürfnisse, nicht ausreichen. Es befand sich an der Schule auch ein Lehrer der Redekunst, der jede Woche kam, und dessen Frau die Musiklehrerin war. Diese Leute faßten eine große Zuneigung zu mir und setzten mir auseinander, wie viel besser ich daran wäre, wenn ich auf der Bühne mit Erfolg auftreten könnte, woran sie, wie sie sagten, nicht zweifelten. Monatelang sträubte ich mich, indem ich immer noch hoffte, Nachricht von Dir zu erhalten, aber endlich wurde meine Beschäftigung so unerträglich und meine Lage so mittellos, daß ich wohl oder übel einwilligte.

»Es waren jetzt neunzehn Monate her, seit ich nichts mehr von Dir gehört hatte, und ich betrauerte Dich als tot. Ich besaß keinen Verwandten, außer meinem Onkel, und selbst dieser kannte mich nicht einmal. Ich verließ meine Stelle an der Schule und zog zu dem Sprachlehrer und seiner Frau, die mich mit viel Güte behandelten und mich zu meiner neuen Bestimmung ausbildeten. Weder während meines Aufenthaltes in der Schule, die drei Meilen von London entfernt war, noch in meiner neuen Wohnung, die an der Westminster-Brücke lag, kam mir ein Zeitungsblatt zu Gesicht, und es ist somit nicht zu verwundern, daß ich von Deinen öffentlichen Nachfragen nichts erfuhr. Nach dreimonatlicher Vorbereitung wurde ich durch meine lieben Freunde dem Schauspieldirektor empfohlen und von diesem auch angenommen. Das übrige weißt Du.«

»Nun, Fräulein Ellen, wenn Ihnen jemand sagt, Sie seien auf dem Theater gewesen, so können Sie jedenfalls darauf erwidern, daß Sie nicht lange da waren.«

»Ich hoffe, nicht lange genug, um wiedererkannt zu werden«, antwortete sie. »Ich erinnere mich, wie oft ich meine Abneigung gegen Personen ausgesprochen habe, welche sich dazu hergeben, sich selbst zur Schau zu stellen — aber die Verhältnisse ändern auch unsere Ansichten sehr. Ich hoffe übrigens, daß ich selbst als Schauspielerin achtungswert geblieben wäre.«

»Das würden Sie, Fräulein Ellen«, erwiderte O'Brien; »was hab' ich Dir gesagt, Peter?«

»Du setztest Deine Ehre zum Pfande, O'Brien, soviel ich mich erinnere, daß nichts Ellen bestimmen könne, ihrer Familie Unehre zu machen.«

»Ich danke Ihnen, Sir Terenz, für diese gute Meinung«, entgegnete Ellen.

Nachdem sie etwa drei Tage bei uns war, während derer ich sie von allem Vorgefallenen in Kenntnis setzte, befand ich mich eines Abends allein mit ihr; diese Gelegenheit ergriff ich, ihr die Gesinnungen O'Briens gegen sie offen darzulegen, wobei ich ihm mit allem möglichen Nachdruck das Wort redete.

»Mein lieber Bruder«, antwortete sie, »ich habe von jeher den Charakter des Kapitän O'Brien bewundert und war ihm stets dankbar für seine Güte und Zuneigung gegen Dich; aber ich kann nicht sagen, daß ich ihn liebe – ich habe nie anders an ihn gedacht als an einen, dem wir beide sehr verpflichtet sind.«

»Willst Du damit sagen, daß Du ihn nicht lieben könntest?«

»Nein, nein, das nicht, und ich will sogar alles thun, was ich kann, Peter – ich will's versuchen – ich will, wenn's mir möglich ist, ihn, der so gütig gegen Dich war, nicht unglücklich machen.«

»Verlaß Dich darauf, Ellen, daß Du bei Deiner Kenntnis von dem Charakter O'Briens und Deinen Gefühlen der Dankbarkeit ihn bald lieben wirst, wenn Du ihm einmal erlaubst, sich um Dich zu bewerben. Darf ich ihm sagen –«

»Du kannst ihm sagen, er solle selber reden, mein lieber Bruder, und auf jeden Fall will ich keinen andern anhören, bis er eine günstige Gelegenheit gefunden hat, seinen Vortrag zu halten; aber vergiß nur nicht, daß ich ihn für jetzt nur gern habe – ganz besonders gerne habe, das ist wahr – aber vorderhand hat's damit sein Bewenden.«

Mit diesem Erfolge war ich sehr zufrieden, wie auch O'Brien, als ich ihm Bericht erstattete.

»Bei der Allmacht Gottes, Peter! Sie ist ein Engel, und ich kann nicht erwarten, daß sie ein untergeordnetes Wesen wie mich lieben soll; aber wenn sie mich nur gut genug leiden mag, um mich zu heiraten, so wird sich das übrige, wie ich hoffe, nach der Hochzeit von selbst geben. Liebe kommt mit den Kindern, Peter! Aber davon brauchst Du ihr nichts zu sagen – den Teufel, nicht eine Silbe – zu Kindern soll sie kommen wie zum Alter, ohne daß sie's merkt.«

O'Brien verlor natürlich keinen Augenblick, von der erhaltenen Erlaubnis zu seinen Gunsten Gebrauch zu machen. Celeste und ich wurden einander mit jedem Tage immer teurer und teurer. Mein Advokat erklärte, mein Prozeß stehe so gut, daß er ohne Anstand fünfzigtausend Pfund darauf aufnehmen könnte; somit hatten in kurzer Zeit alle unsere Angelegenheiten eine günstige Wendung genommen, als ein Ereignis eintrat, dessen Einzelheiten ich natürlich erst einige Zeit später erfuhr, das ich aber hier erzählen will.

Mein Onkel war sehr beunruhigt, als er erfuhr, daß ich aus Bedlam befreit sei — und noch viel unruhiger, als ihm die Klage wegen der Erbfolge des Titels angezeigt wurde. Auch hatten seine Kundschafter ausgespäht, daß die Säugamme auf O'Briens Fregatte nach England gekommen war und sich in so enger Haft befand, daß sie nicht mit ihr verkehren konnten. Nun fühlte er wohl, daß alle seine Pläne zum Verderben ausschlagen würden. Sein Advokat befand sich eines Tages bei ihm; sie gingen miteinander im Garten herum, um über die Angelegenheit zu sprechen, und hielten endlich dicht unter den Fenstern des Gesellschaftssaales im Herrschaftsgebäude zu Adler-Park.

»Aber Sir«, sagte der Advokat, »wenn Sie mir nicht vertrauen mögen, kann ich auch nicht zu Ihren Gunsten handeln. Sie behaupten fortwährend, daß nichts mit den Kindern vorgegangen sei?«

»Das thue ich«, erwiderte mein Onkel, »es ist eine schändliche Lüge.«

»Dann, Mylord, dürfte ich Sie wohl fragen, weshalb Sie es für ratsam erachteten, Herrn Simpel in Bedlam einzusperren?«

»Weil ich ihn hasse – ihn verabscheue«, entgegnete der Lord.

»Und weshalb, mein Lord? Sein Charakter ist doch tadellos, und er ist Ihr nächster Verwandter.«

»Ich sage Ihnen, Sir, daß ich ihn hasse — ich wollte, er läge jetzt hier tot zu meinen Füßen.«

Kaum waren diese Worte aus dem Munde meines Oheims, als ein augenblickliches Schwirren in der Luft gehört wurde und in ihrer Nähe etwas mit lautem Geräusch niederfiel. Sie wandten sich ganz erschreckt um — da lag der angenommene Knabe leblos zu ihren Füßen und ihre Beinkleider wurden von seinem Blut und Gehirn bespritzt. Der arme Junge hatte den Lord im Garten gesehen, sich zu einem der obersten Fenster herausgelehnt, um ihn zu rufen, dabei aber das Gleichgewicht verloren und war so kopfüber auf das steinerne Pflaster gestürzt, das rings um das Haus herum ging. Der Advokat und mein Onkel sahen einander ein paar Sekunden mit Entsetzen an.

»Ein Gottesurteil – ein Gottesurteil!« rief der Advokat endlich, seinen Klienten ansehend. Mein Oheim bedeckte sein Gesicht mit der Hand und fiel nieder. Jetzt kam Hilfe herbei, und deren bedurfte allerdings mein Oheim ebensosehr als das Kind; die Heftigkeit der Aufregung führte bei jenem einen Schlagfluß herbei, und obgleich noch atmend, sprach er doch kein Wort mehr.

Infolge dieses traurigen Vorfalles, über den wir das Nähere natürlich erst später erfuhren, kam am andern Morgen mein Advokat zu uns und übergab mir einen Brief mit den Worten: »Eure Herrlichkeit wollen mir erlauben, Ihnen meinen Glückwunsch darzubringen.« Wir befanden uns gerade alle beim Frühstück, und als mir dieser Titel so unerwartet schnell übertragen wurde, sprangen wir, der General, O'Brien und ich, vor Erstaunen so rasch auf, daß wir eine tüchtige Rechnung über zusammengeschmettertes Geschirr bekamen; und wenn Ellen die Theekanne nicht gehalten hätte, so wäre am Ende noch eine Doktorrechnung dazugekommen.

Der Brief wurde gierig durchflogen – er kam von meines Oheims Rechtsanwalt, der dem Auftritte beigewohnt hatte und mir nun schrieb, daß der ganze Streit wegen der Erbfolge durch das vorgefallene traurige Ereignis sein Ende erreicht, daß er überall Siegel angelegt habe und meiner Ankunft oder meinen Bestimmungen entgegensehe. Sobald mir der Advokat das Schreiben übergeben hatte, beurlaubte er sich mit der Bemerkung, in ein paar Stunden wieder erscheinen zu wollen, wo ich dann mehr gesammelt sein würde. Mein erstes war, nachdem ich den Brief laut vorgelesen hatte, Celesten in meine Arme zu schließen, und O'Brien, der den Vorfall als Wink benützte, that das Gleiche mit Ellen, was ihm auch in Anbetracht der Umstände gar nicht verübelt wurde; doch machte sich Ellen, sobald sie nur konnte, von ihm los und schlang ihre Arme um meinen Hals, während sich Celeste an den ihres Vaters hing. Nun aber drückten sich auch die Herren gegenseitig die Hände, nachdem wir mit den Damen fertig waren, und obgleich wir nicht den mindesten Appetit hatten, unser Frühstück zu beenden, so gab es doch weit und breit kein vergnügteres Quintett.

Nach einer Stunde kehrte mein Advokat zurück, wünschte mir noch einmal Glück, und nun ging's sogleich an die geeigneten Maßregeln. Ich bat ihn, sofort nach Adler-Park zu reisen, dem Begräbnisse meines Oheims sowie des armen Jungen, der die ihm zugedachte Beförderung so teuer zahlen mußte, beizuwohnen und alles von dem Advokaten meines Oheims, der noch im Hause war, zu übernehmen. Das »schreckliche Ereignis in der vornehmen Welt« fand seinen Weg in die Tagesblätter, und ehe die Zeit zum Mittagessen herankam, wurde mir ein ganzes Bündel Visitenkarten hereingebracht, so daß mein Tisch völlig damit überdeckt war.

Am nächsten Tage erhielt ich einen Brief vom ersten Lord der Admiralität, worin er mir schrieb, er habe meine Ernennung zum Kapitän ausgefertigt und hoffe, daß ich ihm das Vergnügen gewähren werde, mir um die Stunde des Diners, um halb acht Uhr, das Dekret persönlich zu überreichen. Schönen Dank, Mylord; der »Familien-Gimpel« hätte wohl lange darauf warten können.

Während ich dieses Schreiben las, kam der Aufwärter und meldete, es sei ein junges Frauenzimmer unten, das mich zu sprechen wünsche. Ich ließ sie heraufkommen. Sobald sie ins Zimmer trat, brach sie in Thränen aus, kniete nieder und küßte meine Hand.

»Gewiß, Sie sind's — o ja — Sie sind's, der meinen armen Mann gerettet hat, während ich zu Ihrem Verderben beitrug. Aber bin ich nicht bestraft für meine gottlose That? — ist nicht mein armer Knabe tot?«

Sie sprach nicht weiter, sondern blieb auf ihren Knien, bitterlich weinend. Ich hob sie auf und sagte ihr, sie solle sich an meinen Advokaten wenden, um sich ihre Ausgaben vergüten zu lassen, und ihm zugleich ihre Adresse angeben. Der Leser wird in ihr bereits die Säugamme erkannt haben, welche ihr Kind vertauscht hatte.

»Aber verzeihen Sie mir, Herr Simpel? Ich selber kann mir nicht verzeihen.«

»Ich verzeihe Euch von ganzem Herzen, arme Frau. Ihr seid genug bestraft worden.«

»Das bin ich in der That«, erwiderte sie schluchzend, »aber verdiene ich nicht alles und noch mehr dazu? Gottes Segen und auch aller Heiligen Segen auf Ihr Haupt für Ihre gütige Verzeihung. Mein Herz ist leichter«, und damit verließ sie das Zimmer. Sie war kaum aus dem Hotel fort, als der Aufwärter wieder kam: »Noch eine Dame wünscht Sie zu sprechen, Mylord; aber sie will ihren Namen nicht angeben.«

»Fürwahr, mein Lord, Sie scheinen eine ausgebreitete Bekanntschaft unter den Frauen zu haben«, bemerkte der General.

»Auf jeden Fall bin ich mir keiner bewußt, deren ich mich schämen müßte. Bring' die Dame herauf, Aufwärter.«

Sofort schwankte, ganz erhitzt vom Gehen, eine dicke, unbeholfene kleine Person herein, setzte sich auf einen Stuhl, warf ihren Schleier zurück und rief dann aus: »Gott segne Sie, wie sind Sie gewachsen! O Jemine, kaum kann ich meinen Augen trauen, und ich sehe schon, er kennt mich nicht einmal mehr.«

»Ich kann mich in der That nicht genau entsinnen, wo ich das Vergnügen gehabt habe, Sie früher zu sehen, Madame.«

»Nun, das ist's gerade, was ich zu Jemima sagte, als ich in die Küche kam. ›Jemima‹ sag' ich, ›ich bin nur begierig, ob der kleine Peter Simpel mich noch kennt‹, und Jemima sagt, ›Ich glaube, er würde den Papagei eher kennen.‹«

»Sie sind Frau Handycock, glaube ich«, — und nun erinnerte ich mich wieder an Jemima und den Papagei und endlich auch an Frau Handycock selbst, obgleich die früher magere Frau jetzt so dick geworden war, daß ich sie nicht hatte erkennen können.

»Ah, so haben Sie's doch noch herausgebracht, wer ich bin, Herr Simpel — Mylord, muß ich sagen. Nun ja, nach Ihrem Großvater brauche ich Sie jetzt nicht zu fragen, denn ich weiß, der ist tot; aber da ich gerade des Weges kam, glaubte ich, doch auch hereinkommen und nach Ihnen sehen zu müssen.«

»Wie ich hoffe, befindet sich Herr Handycock wohl, Madame. Bitte, ist er ›Bulle‹ oder ›Bär‹?«

»Gott segne Sie, Herr Simpel — Mylord, will ich sagen — er ist seit den letzten drei Jahren weder Bulle noch Bär. Wenn ich auch wenig von Bullen und Bären verstand, so weiß ich doch recht gut und auf meine Kosten, was 'ne ›lahme Ente‹ ist. Wir sind von der Börse weg, und Herr Handycock ist Kohlenhändler geworden.«

»In der That!«

»Ja; das heißt, wir haben keine Kohlen, sondern nehmen nur Bestellungen an und bekommen eine halbe Krone für sechsunddreißig Scheffel für unsere Mühe. 's ist ein sehr gutes Geschäft, wie Herr Handycock sagt, wenn er nur genug davon hätte; vielleicht können Eure Herrlichkeit uns auch Aufträge geben. 's trägt Ihnen nichts aus und uns etwas ein.«

»Das wird mich sehr freuen, wenn ich wieder nach London komme, Frau Handycock. Der Papagei ist hoffentlich ganz wohl?«

»Oh, mein Lord, das ist 'ne traurige Geschichte; denken Sie nur, nachdem wir uns von der Börse zurückgezogen hatten, nahm Herr Handycock eines Tages meinen Papagei und verkaufte ihn für fünf Guineen, indem er sagte, fünf Guineen seien besser als ein garstiger, kreischender Vogel. Allerdings hatten wir an jenem Tage nichts zu essen, aber wie Jemima meinte, wollten wir lieber einen ganzen Monat ohne Mittagessen bleiben, als uns von unserm Poll trennen. Seit wir wieder ein wenig in der Welt emporgekommen sind, habe ich mir auf diese und jene Art fünf Guineen zurückgelegt, und meinen Poll wiederzubekommen versucht; aber seine gegenwärtige Herrin sagt, sie würde ihn nicht für fünfzig Guineen verkaufen.« Dann sprang sie von ihrem Stuhle auf mit den Worten: »Guten Morgen, Mylord; ich will Ihnen Herrn Handycocks Karte dalassen. Es würde auch Jemima so freuen, Sie wiederzusehen.«

Sobald sie zum Zimmer hinaus war, fragte mich Celeste lachend, ob ich noch mehr solcher Bekanntschaften habe.

Ich antwortete, ich glaube das nicht; aber ich muß gestehen, daß mir Frau Trotter einfiel, und ich war etwas besorgt, sie würde am Ende auch kommen und mir ihre Aufwartung machen.

Am folgenden Tage erhielten wir einen andern unerwarteten Besuch. Wir hatten uns eben zum Essen gesetzt, als unten Lärm entstand, und bald darauf trat des Generals französischer Bedienter eilends ein und sagte, es sei ein Fremder unten, der mich zu sprechen wünsche; einen der Aufwärter des Hotels habe er bereits durchgeprügelt, weil er ihm nicht die schuldige Achtung bezeugt habe.

»Wer kann das sein?« dachte ich, ging zur Thür hinaus und schaute über das Treppengeländer hinab, während der Lärm noch fortdauerte.

»Ihr dürft nicht hierher kommen, um Engländer zu prügeln, kann ich Euch wohl sagen«, schrie einer der Aufwärter, »was kümmern wir uns um euch ausländische Grafen!«

»Sacré, canaille!« rief eine Stimme, die mir bekannt war.

»Ah, Kanal — im Kanal wollen wir Euch untertauchen, wenn Ihr nicht aufpaßt.«

»Das wollt Ihr?«, sagte der Fremde, der bisher Französisch

gesprochen hatte; »erlaubt mir, Euch zu bemerken in der zartesten Weise von der Welt — Euch nur anzudeuten, daß Ihr ein verfluchter, Teller scheuernder, Servietten haltender, Schilling suchender, Stiegen auf- und abspringender Hurensohn seid — und da habt Ihr das für Eure Unverschämtheit!«

Stockschläge ließen sich wieder hören, und ich eilte die Treppe hinab, wo ich den Grafen Schucksen beschäftigt fand, zwei oder drei Aufwärter unbarmherzig durchzuprügeln. Sobald ich kam, zogen sich die Aufwärter, die sich zur Wehr setzen wollten, aus dem Bereich des Stockes zurück.

»Mein lieber Graf«, rief ich und drückte ihm die Hand.

»Mein lieber Lord Privilege, wollen Sie mich entschuldigen? Diese Burschen sind so unverschämt.«

»Dann will ich sie fortgejagt wissen«, antwortete ich. »Wenn ein Freund von mir und ein Offizier von Ihrem Range und Ihrer Auszeichnung mich nicht besuchen kann, ohne beleidigt zu werden, will ich mich nach einem andern Hotel umsehen.«

Diese Drohung sowie mein Empfang des Grafen brachte alles ins Geleise. Die Aufwärter schlichen sich davon, und der Besitzer des Hotels bat um Verzeihung. Es schien, man hatte den Grafen ersucht, im Gastzimmer zu warten, bis man ihn gemeldet hätte, und dies kränkte natürlich seine Würde.

»Wir haben uns gerade zum Essen niedergesetzt, Graf. Wollen Sie nicht mit uns speisen?«

»Sobald ich meinen Anzug geordnet habe, mein lieber Lord«, antwortete er. »Sie sehen ja, daß ich auf Reisen bin.«

Der Hotelbesitzer verbeugte sich und führte ihn in ein Ankleidezimmer.

Als ich wieder die Treppe hinaufkam, fragte O'Brien: »Was war denn da unten los?«

»O gar nichts — ein kleiner Streit, weil ein Fremder nicht Englisch verstand.«

Nach etwa fünf Minuten öffnete der Aufwärter die Thür und meldeten den Grafen Schucksen.

»Jetzt, O'Brien, wirst Du Dich wundern«, sagte ich.

Der Graf trat ein, kam auf mich zu und faßte meine Hand mit den Worten:

»Mein lieber Lord Privilege, gestatten Sie mir, nicht der letzte zu sein, der Ihnen zu Ihrer Standeserhöhung Glück wünscht. Ich fuhr in meiner Fregatte den Kanal herauf, und da brachte mir ein Lotsen-Boot die Zeitung, aus der ich den unerwarteten Wechsel Ihrer Verhältnisse ersah. Ich brauchte einen Vorwand, um in Spithead diesen Morgen Anker zu werfen, und bin mit Postpferden hierhergeeilt, um Ihnen die Versicherung zu überbringen, welch innigen Anteil ich an Ihrem Glück nehme.«

Dann grüßte er den General O'Brien und die Damen höflich, und wandte sich hierauf zu O'Brien, der ihn ganz verwundert anstarrte.

»Graf Schucksen, erlauben Sie mir, Ihnen Sir Terenz O'Brien vorzustellen.«

»Beim Pfeifer, der vor Moses spielte, aber das ist doch kurios«, sagte O'Brien, dem Grafen scharf ins Gesicht sehend. »Blut und Donner; wenn das nicht der Chucks ist – mein lieber Kamerad, wann erstanden Sie denn aus Ihrem Grabe?«

»Glücklicherweise«, antwortete der Graf, nachdem sie sich eine Zeitlang die Hand gedrückt hatten, »glücklicherweise kam ich gar nicht hinein, Sir Terenz. Aber jetzt will ich, mit Ihrer Erlaubnis, Mylord, ein wenig zu mir nehmen, denn ich habe in der That keinen kleinen Hunger. Nach dem Essen, Kapitän O'Brien, sollen Sie meine Geschichte erfahren.«

Er vertraute sein Geheimnis der ganzen Gesellschaft an, nachdem ich für unverbrüchliches Stillschweigen mein Wort verpfändet hatte, was allerdings ein kühnes Wagestück war, wenn man bedenkt, daß sich zwei Damen dabei befanden. Der Graf verblieb einige Zeit bei uns und wurde von mir überall eingeführt. Seine Manieren waren äußerst fein, und man konnte durchaus nicht erkennen, daß er seine Erziehung nicht in höheren Kreisen erhalten hatte. Er war ein so großer Liebling der Damen, und sein Schnurrbart, sein schlechtes Französisch und sein gutes Walzen – was er in Schweden gelernt hatte – machten ihn ganz zum Modemanne. Die Damen alle waren sehr betrübt, als der schwedische Graf seine Abreise durch Karten ankündigte.

Ehe ich London verließ, begab ich mich zum ersten Lord der Admiralität und verschaffte Swinburne eine der besseren Stellen beim Schiffsbau, das heißt eine Aufseherssstelle. Er hatte das oft gewünscht, da er nach fünfundvierzigjähriger Dienstzeit des Seelebens müde war. Später wirkte ich ihm auch jährlich einen Urlaub aus, den er recht vergnügt bei mir im Adler-Park zu verleben pflegte. Den größern Teil dieser Zeit übrigens brachte er mit Fischfang und Herumrudern auf dem See zu, wobei er allen denen, die ihn auf seinen Wasserfahrten begleiten mochten, lange Geschichten erzählte.

Vierzehn Tage nach Annahme meines Titels gingen wir nach Adler-Park, und Celeste willigte auf meine Bitten ein, daß unsere Hochzeit in einem Monat stattfinden solle. Auf diesen Wink hin sprach auch O'Brien ein Wort, und um mich zu verbinden, gab Ellen ihre Zustimmung dahin, daß die Verbindung von uns allen an demselben Tage gefeiert werde.

O'Brien schrieb an Pater M'Grath, aber der Brief kam von der Post zurück mit der Bemerkung »Gestorben«.

Hierauf schrieb O'Brien an eine seiner Schwestern, die ihm meldete, Pater M'Grath habe eines Abends, als er ein ziemliches Quantum Whisky zu sich genommen hatte, über das Moor gehen wollen; man habe ihn fern vom rechten Wege gesehen und seit dieser Zeit nichts mehr von ihm gehört.

An dem festgesetzten Tage wurden wir alle getraut, und beide Verbindungen sind von so viel Glück begleitet, als diese Welt nur bieten kann. Wir beide, O'Brien und ich, sind mit Kindern gesegnet, zu denen wir, wie O'Brien sagte, gekommen sind wie zum Alter, so daß wir jetzt in zwei Familien eine zahlreiche Weihnachts-Gesellschaft versammeln können. Der General, dessen Haupt nun ergraut ist, sitzt da und lächelt, beglückt in dem Glück seiner Tochter und erfreut über die Sprünge seiner Enkel.

Dies, lieber Leser, ist die Geschichte von Peter Simpel, dem Viscount Privilege, der nun nicht mehr der Gimpel, sondern das Haupt der Familie ist und Dir jetzt Lebewohl sagt.

Nachwort

Frederick Marryat (1792–1848), Kapitän der britischen Kriegsmarine, Mitglied des Bath-Ordens, Salonlöwe, Gutsbesitzer, erfolgreicher und wohlhabender Schriftsteller, schrieb einem Kritiker, der ihm vorwarf, er veröffentliche seine Romane in billigen Wochenzeitungen, folgendes:

»Darf nur der Reiche unterhalten werden? Sollen Frohsinn und Lachen Luxusartikel nur für die oberen Klassen bleiben und dem ehrlichen, hartarbeitenden Handwerker versagt bleiben? ... Wenn ich den unteren Klassen gute, bekömmliche (und, wie ich hoffe, gesund-moralische) Nahrung vorsetze, werden sie schließlich groben und unerfreulichen Lesestoff ablehnen, welchem sie sich nur zuwenden, weil nichts Besseres angeboten wird ... Ich glaube daher, daß ich, wenn ich zur Unterhaltung und Belehrung der Armen schreibe, etwas tue, was bisher stark vernachlässigt wurde, und daß ich damit meinem Lande diene.«

Bekömmlichen Lesestoff à la Marryat (in bewußtem Gegensatz zu bisherigem, der »die Öffentlichkeit demoralisiert, Unzufriedenheit und Übelwollen gegen die Regierung hervorruft und die schändlichen Ansichten von Demagogen und Chartisten unterstützt«) bietet unter anderem ›Peter Simple‹ (erschienen 1834) – die umfangreiche Geschichte eines jungen Mannes aus gutem Hause, der als Midshipman (Seekadett, Offiziersanwärter) zur See geht, Karriere in der Royal Navy macht und schließlich sogar Lord und Peer des Königreichs wird. Die gesunde konservative Moral (nicht nur für die unteren Klassen) ist: Wer immer strebend sich bemüht, seinen Dienst gut verrichtet und als britischer Gentleman lebt, hat Erfolg. Ein adliger Großvater ist dabei nicht zu verachten; aber auch ein nicht zum Gentleman Geborener (wie der Bootsmann Chucks) kann es, wenn auch nur im weit entfernten Schweden, mit Glück und Beharrlichkeit zu Ansehen und Adelstitel bringen.

Soweit der frühviktorianisch-moralische Anspruch. Aber in ›Peter Simple‹ tritt, wie in den meisten der rund fünfundzwanzig Bücher des literarischen Kapitäns, ein Phänomen ein, das den kritischen Leser versöhnt: Die Unterhaltung — die Geschichte, der Stoff — stellt der Moral ein Bein, die Erfolgsdidaktik wird (fast) vergessen über einer Fülle von Abenteuern und Erlebnissen, über der speziellen Romantik der christlichen Seefahrt, die das Buch beherrscht. Seegefechte, Stürme, ein Hurrikan, Schiffbruch, Meuterei, Kriegsgericht, Kreuz- und Kaperfahrten, Konvoy-Dienst, das Leben in Hafenstädten und an Bord — der Leser begleitet den eigentlich so unheldischen Helden Peter Simple durch alle diese Fährnisse und segelt mit ihm um die halbe Welt — von Nord- und Ostsee durch die Biskaya ins Mittelmeer und nach Westindien. Er gönnt ihm schließlich auch den sozialen Erfolg, das Happy End, das er sich durch seinen abenteuerlichen Lebenslauf verdient hat — er und andere Romanfiguren, vor allem ›Gentleman‹ Chucks und Peters Freund und Mentor O'Brien, der katholische Ire, der (in Marryats England durchaus nicht selbstverständlich) vom konventionellen Typ des komischen Paddy zum wirklichen Helden des Romans wird.

Durch Marryat, der sich selbst, unterstützt vom einflußreichen und wohlhabenden Vater, vom Midshipman zum Kapitän heraufgedient und zwischen 1806 und 1830 viele Abenteuer Simples am eigenen Leibe erfahren hat (wenn er auch immer wieder behauptet, seine Bücher seien »ganz und gar erdichtet«), wird der Seeroman zur literarischen Mode, der Chamier und Michael Scott folgen, Cooper und Sue; sie alle haben ein großes Publikum, vor allem in England, wo man nicht aufhören will, sich an vergangenen Großtaten der Navy zu delektieren. Marryats ›Frank Mildmay, der Marineoffizier‹ (1829), ›Mr. Midshipman Easy‹ (1836) und vor allem ›Peter Simple‹, sein längster und wichtigster Roman (für den der Autor die seinerzeit ungeheure Summe von elfhundert Pfund erhielt), bilden die naiven, direkt und ohne Anspruch literarischer Kunstfertigkeit oder philosophischer Tiefe erzählten Anfänge eines Genres, dessen bedeutendster (und durchaus nicht naiver) Vertreter später dem Vorgänger zwiespältige Reverenz erwies:

»Für den Künstler ist Marryats Werk interessant als der ganz und gar erfolgreiche Ausdruck einer nichtkünstlerischen Natur. Es ist für uns absolut bewunderswert — die Enthüllung des Geistes, der die aufregende Zeit belebte, da das neunzehnte Jahrhundert jung war.« (Joseph Conrad)

Auch wenn ›Peter Simple‹ vorrangig und zuerst ein Seeroman ist, enthält er andere für seine Beurteilung wichtige Elemente – Züge des Bildungsromans, allerdings ohne teutonischen Welt- und Seelenschmerz (»Ich hatte in kurzer Zeit viel von der Welt gesehen und konnte für mich selbst denken und handeln«), und Motive des Sensations- und Intrigenromans (mit allen Mitteln versucht ein schurkischer Verwandter, Peter um Titel und Erbschaft zu bringen – »ein im wirklichen Leben aufgeführter Roman«). Aber auch die an den Haaren herangezogenen Intrigen verlieren wie die konservative Moral vom perfekten Gentleman und die erfreulich unsentimentale Liebesgeschichte zwischen Peter und Celeste, dem »vollkommenen Engel«, an Wichtigkeit neben blauem Meer und Breitseiten, ordnen sich ein in das romantisch-realistische Märchen vom braven Seeoffizier.

Der Krieg, um den es in ›Peter Simple‹ geht, die nur durch kurze Friedensperioden unterbrochene dreiundzwanzigjährige (1793–1815) Auseinandersetzung Großbritanniens mit der französischen Republik und dem Kaiserreich Napoleons, bildet wenig mehr als die heroische Kulisse zu den Abenteuern des Helden – ein manchmal blutiges, oft fröhliches Turnier von Kavalieren, Offizieren und Gentlemen, dessen Last vor allem die gepreßten und wie Vieh behandelten Matrosen traf. Über sie und ihre Situation erfährt man bei Marryat nicht sehr viel, und ein anonymer Seemann wendet sich mit Recht gegen das zu positive Bild der Marine bei den erfolgreichen Seeliteraten seiner Zeit:

»Es waren Offiziere (Marryat und Chamier), die so sprachen und schrieben, und es ist nicht unwahrscheinlich, daß ihr esprit de corps sie von Feststellungen abhielt, die die Leser, und durch sie die ganze Gesellschaft, in die Lage versetzt hätten, in dieser Angelegenheit zu einem gerechten Urteil zu gelangen.«

Es geht Marryat nicht um die historische Wahrheit, um Motive, Anlaß und Auswirkungen des Krieges gegen die Revolution oder um ein wahrheitsgetreues und umfassendes Bild vom Leben in der britischen Kriegsmarine. Sein Stoff ist nicht die Geschichte, sondern der Mythos der Royal Navy, der Mythos von Nelson, Trafalgar und Abukir, von Teerjacken und Eichenschiffen, von überlegener britischer Seemannschaft und Seeherrschaft (»Diese Engländer sind doch von Geburt an wahre Teufelskerle«), gesehen vom Hinterdeck einer Fregatte.

Peter Simple steht neben Foresters Horatio Hornblower und kann seinen Platz in Ehren behaupten; seine Abenteuer waren, als sie geschrieben wurden, unmittelbare Vergangenheit und, wenn auch nicht Realität, Abbilder, in denen eine junge Zeit und eine (noch) junge Gesellschaft sich wiedererkennen wollten, nicht nostalgisches Wiederaufführen verschwundener Größe. Ihre Faszination ist die Faszination des Mythos, der sich auch der zeitlich, räumlich und im Bewußtsein distanzierte Leser nicht entziehen kann.

Michael Koser